Pour Tracy Amber Lewis

Chapitre premier

Un ange pleureur a explosé dans une profusion de poussière grise. Ses ailes ont valsé dans des directions opposées. Au bout d'une seconde, après avoir compris que je n'étais pas morte, j'ai couru me mettre à l'abri d'un obélisque. Je me suis plaquée au sol – la boue a imprégné mes vêtements déjà trempés – au moment même où une rafale de coups de feu s'est abattue sur le monument en granit, à grand renfort d'étincelles, juste au-dessus de ma tête. Bizarrement, je commençais à me demander si ma petite descente au cimetière n'allait pas se révéler beaucoup moins amusante que prévu.

Ces derniers temps, j'avais tendance à cumuler. Par un enchaînement de circonstances qu'on pourrait qualifier de catastrophiques – pour rester polie – on m'avait refilé le poste de Pythie. La Pythie étant l'oracle en chef de la communauté surnaturelle, le Cercle d'argent, un groupe d'utilisateurs de magie blanche, aurait préféré que ce soit l'une de leurs adeptes bien obéissantes qui hérite du sacerdoce. Comme le voulait une coutume vieille de quelques milliers d'années, d'ailleurs. Et il n'avait pas été ravi que le pouvoir me revienne à moi : Cassie Palmer, voyante autodidacte, ancienne protégée d'un ponte du crime vampire, également connue pour ses liens avec un mage guerrier renégat.

L'ironie de la situation avait dû leur échapper.

Pour exprimer leur mécontentement, les mages avaient essayé de m'envoyer explorer les mystères insondables de la vie après la mort. Comme je n'étais pas spécialement curieuse de savoir ce que nous réservait l'au-delà, j'avais décidé de faire profil bas. Mais apparemment, je me débrouillais plutôt mal.

Il fallait que je me protège. J'ai jeté mon dévolu sur une crypte et j'y étais presque arrivée lorsqu'un choc m'a fait mordre la poussière. J'ai eu l'impression de recevoir un coup de massue. Un éclair s'est abattu sur un arbre, tout près de moi. L'air est devenu piquant, chargé d'électricité, et des serpents bleutés se sont enchevêtrés en sifflant autour des racines dénudées. Le sang battant à mes tempes à l'idée d'avoir failli y passer, je me suis éloignée de l'arbre fendu en deux et de son cœur noirci comme du vieux bois de chauffage. L'air était chargé d'ozone et le ciel parcouru de grondements de tonnerre menaçants. Très efficace, comme effet sonore. Dans un film, j'aurais adoré.

Pour rester dans le thème de l'ironie, ça aurait été vraiment tordant que Mère Nature me tue avant que le Cercle en ait l'occasion. Je me suis mise à ramper en direction de la crypte. En tout cas, étant momentanément aveugle – je clignais désespérément des yeux pour me débarrasser des images fantômes de l'éclair – j'espérais que c'était la direction de la crypte. J'ai enfin compris pourquoi les pistolets ont des poignées rugueuses : votre arme ne vous glisse pas des mains, même si ces dernières sont moites de terreur.

Je ne maniais pas mon nouveau neuf millimètres aussi bien que le précédent, mais je commençais doucement à m'habituer à son poids. Au début, je m'étais convaincue que me balader armée n'était pas si dramatique tant que je me contentais de riposter quand des méchants surnaturels ouvraient le feu. Mais j'avais récemment dû élargir cette définition : je m'autorisais à tirer dès que je risquais ma peau, et je m'orientais progressivement vers une règle se situant quelque part entre l'autodéfense proactive et le dogme du « ils-l'ont-bien-cherché-ces-salopards ». En admettant que je survive assez longtemps, j'avais bien l'intention d'accuser mon coéquipier dérangé d'avoir déteint sur moi.

J'ai trouvé la crypte en y rentrant dedans la tête la première, non sans m'érafler la joue sur la chaux râpeuse de la façade. J'ai tendu l'oreille mais il n'y avait plus aucun signe de mes agresseurs. Une rafale de balles s'est abattue sur le chemin, juste à côté de moi. Elles ont ricoché sur les pavés et volé en tous sens. Bon : aucun signe de mes agresseurs… excepté le fait qu'ils continuaient à me canarder.

Je me suis plaquée contre le mur en me raisonnant : surtout, ne pas réagir de façon disproportionnée. Surtout, ne pas gâcher mes munitions. J'avais déjà lobotomisé un angelot parce qu'une bourrasque avait soulevé quelques feuilles devant lui, me donnant l'impression qu'il avait bougé. Pourtant, à ce moment-là, on y voyait assez bien : la lune était presque pleine ! Maintenant que le vent l'avait voilée de nuages, c'était trois fois pire. D'autant qu'avec les clapotis de la pluie, j'étais incapable d'entendre le moindre bruit de pas un tant soit peu feutré.

Au bout d'un certain temps, les coups de feu ont cessé mais je tremblais toujours, au point de laisser tomber le chargeur que je venais maladroitement d'extraire de ma poche. L'ancien chargeur contenait encore quelques balles, mais je n'avais pas envie d'être à sec à un moment critique. Un autre coup de feu a touché l'angelot que j'avais décapité, le dépouillant sans cérémonie d'une de ses petites fesses. J'ai eu un mouvement de recul et j'ai buté sur quelque chose, le renversant dans une flaque. Je me suis agenouillée dans l'herbe pour chercher l'objet à tâtons, tout en fulminant le plus silencieusement possible.

— Un peu plus à gauche.

J'ai fait volte-face, l'arme au poing, le cœur battant à tout rompre. Mais ça n'a pas eu l'air d'impressionner l'homme brun adossé à la fontaine moussue. Forcément : il n'avait plus de soucis à se faire pour son corps.

Je me suis un peu détendue. Les fantômes, ça me connaissait. Je m'étais même attendue à en voir. Le Père Lachaise n'est pas le plus vieux cimetière de Paris, mais il est immense. J'avais dû renforcer mes boucliers pour arriver à y voir clair à travers la luminescence verdâtre des milliers de traces spectrales zébrant le paysage comme une gigantesque toile d'araignée. C'était la principale raison pour laquelle je n'avais pas embarqué mon propre assistant fantôme. Billy Joe avait beau être un enquiquineur de première, je n'avais pas envie qu'il serve de quatre-heures à une bande de spectres affamés.

— Merci.

— Vous êtes américaine ?

— Euh… Ouais. (Une balle a ricoché contre une grille en métal, juste à côté. J'ai sursauté.) Comment vous savez ?

— D'après vous ?

Il a regardé avec insistance mon jean boueux, mes tennis autrefois blancs et mon tee-shirt gris détrempé. Je l'avais acheté sur un coup de tête quelques jours auparavant, pour le porter à la salle de tir et rappeler à mon entraîneur exigeant que je venais seulement de m'y mettre. La petite blague imprimée dessus – « Je n'ai pas le permis de tuer, seulement celui d'apprendre à tirer » – faisait assez ironique, vu les circonstances.

Contrairement à moi, Lara Croft aurait porté des vêtements un peu moins sales et ses cheveux auraient été coiffés de façon à lui dégager le visage tout en restant sexy. Mais ma tignasse en était au stade où elle était trop longue pour rester sagement en arrière et trop courte pour être portée en queue-de-cheval. Résultat : des mèches blondes et dégoulinantes tombaient devant mes yeux et collaient à mes joues, ce qui rajoutait une couche à mon style tout sauf classe.

— Les bons Américains viennent mourir à Paris, a dit le fantôme après avoir tiré sur sa petite cigarette. Mais vous n'êtes pas morte. La question, c'est donc de savoir si vous êtes une bonne Américaine.

J'ai fini par remettre la main sur le chargeur et je l'ai enfoncé dans l'arme. J'ai regardé le fantôme du coin de l'œil pour essayer de déterminer si ma réponse me vaudrait son aide.

— Ça dépend à qui vous posez la question, ai-je répondu après avoir détaillé sa longue veste en velours, sa cravate en soie et son sourire nonchalant.

— Fabuleux ! Une vicieuse ! Je m'entends toujours mieux avec les dépravés.

— Dans ce cas, peut-être pourriez-vous me dire à combien de personnes j'ai affaire.

Un autre fantôme a fait irruption par le sol. Il ne portait qu'un jean taille basse. Il me disait vaguement quelque chose, avec ses cheveux bruns jusqu'aux épaules, ses traits réguliers et son expression légèrement exubérante.

— Une bonne dizaine. Ils viennent de pulvériser ma stèle ultra-moche.

L'autre fantôme a reniflé de mépris.

— Vos légions de fans vous en installeront une autre en moins d'une semaine…

— C'est ma faute si je suis populaire ?

— … pour mieux la vandaliser. Ainsi que toutes les autres stèles se trouvant à proximité.

— Hé ! Cool, Raoul !

L'aîné des deux fantômes s'est raidi.

— Ne me faites pas la leçon, infâme imposteur ! J'étais cool. J'étais « le cool » incarné ! En fait, c'est moi qui ai inventé le concept de « cool » !

— Pouvez-vous parler moins fort ? ai-je demandé d'une voix légèrement stridente.

Une goutte de sueur a dégouliné le long d'une de mes tempes avant de me couler dans l'œil, qui s'est mis à piquer. Je l'ai évacuée d'un clignement de paupières et j'ai reporté mon attention sur les silhouettes qui s'approchaient furtivement. Je les voyais seulement du coin de l'œil. C'était comme si elles disparaissaient dès que je regardais droit dans leur direction. Soudain, un sort a explosé au-dessus de ma tête, illuminant les alentours comme une fusée éclairante. D'un seul coup, j'avais une visibilité parfaite. Malheureusement, mes agresseurs bénéficiaient du même avantage. L'arche gothique me surplombant a instantanément été arrosée d'une bruyante rafale de coups de feu. Je me suis précipitée à l'intérieur de la crypte sous une pluie de gravats.

— C'est ridicule ! Vous êtes encore pires que ces fous furieux qui viennent voir Kardec ! (Bien sûr, les fantômes m'avaient suivie.) Mystique ? Mon œil ! Il ne s'est jamais relevé d'entre les morts ! Pourtant, pas un jour ne se passe sans que quelqu'un psalmodie, ou prie, ou le couvre de fleurs…

— Qu'est-ce que t'en sais ? Il croyait en la réincarnation. Il est peut-être revenu !

Je me suis dépêtrée d'une immense toile d'araignée et j'ai réussi à ne pas tomber sur les dalles en pierre, rendues glissantes par la pluie et les feuilles en décomposition.

— La ferme ! ai-je chuchoté méchamment.

Le vieux fantôme a reniflé.

— Au moins, les mystiques sont polis.

J'ai essayé de ne pas lui prêter attention pour me concentrer sur les gribouillis censés représenter une carte. Ça aurait sans doute été plus simple si je n'avais pas été trempée jusqu'aux os et sujette à une épouvantable migraine. Je n'avais qu'une envie, c'était de me faire la malle. Malheureusement, grâce à un certain maître vampire particulièrement retors, c'était hors de question.

Si je me retrouvais à rôder dans un cimetière au milieu de la nuit en slalomant entre chiens de garde, éclairs et autres mages guerriers, c'était à cause d'un sortilège appelé *geis*. Le vamp en question, Mircea, me l'avait jeté des années auparavant. Il ne s'était pas emmerdé à me demander la permission, ni même fatigué à me le dire. Les maîtres vamps sont un tantinet cavaliers. Mais, dans ce cas précis, ce n'était peut-être pas de l'arrogance pure et simple.

D'une part, le sortilège m'avait protégée pendant mon enfance : il m'avait estampillée comme étant sa propriété. Autrement dit, aucun vampire doué de raison n'aurait touché à un de mes cheveux. D'autre part, le *geis* était conçu pour susciter une fidélité exclusive, indéfectible et totale. Maintenant que nous étions tous les deux adultes, le sortilège voulait nous lier l'un à l'autre pour l'éternité, et mon manque de coopération l'irritait. C'était problématique, étant donné qu'il arrivait fréquemment que les gens deviennent fous ou préfèrent se suicider plutôt que d'être rongés par la douleur lancinante qu'utilise le *geis*, entre autres artifices, pour éviter qu'on contrecarre ses plans. Mais je n'allais pas me faire balader sans rien faire !

Si notre lien était scellé pour de bon, nos deux vies seraient irrémédiablement soumises aux caprices du partenaire dominant – Mircea en l'occurrence, aucun doute là-dessus. Par conséquent, je deviendrais son esclave consentante, et puisqu'il était membre d'honneur du Sénat des Vampires, l'organisme dirigeant l'ensemble des vamps d'Amérique du Nord, je me retrouverais sûrement à faire leurs basses besognes. Je frissonnais d'avance à l'idée de ce qu'ils pourraient me demander. D'ailleurs, c'était précisément la crainte du Cercle : que la Pythie tombe sous le joug des vamps. J'avais beau désapprouver les méthodes qu'ils employaient pour éviter que ça se produise, j'étais bien obligée de leur donner raison sur un point : ce serait catastrophique.

Depuis que j'étais devenue la Pythie, j'étais dans le collimateur de tous les membres de la communauté surnaturelle un tant soit peu avides de pouvoir – c'est-à-dire à peu près tout le monde. En revanche, sur le front du *geis*, ça m'avait fait gagner du temps. Combien de temps ? Aucune idée. D'où mon acharnement à dégotter le contre-sort qui, d'après la rumeur, se trouvait dans un grimoire dont l'unique copie aurait été ensevelie dans les parages.

Bien entendu, si j'avais réussi à lire cette satanée carte, ça m'aurait facilité les choses. J'avais beau la scruter, rien à faire. La seule source de lumière provenait de la lune, filtrée par les vestiges de vitraux autrefois magnifiques. Une madone assise – qui n'était plus à présent qu'une moitié de madone – regardait par la fenêtre, les yeux rivés sur le ciel gris anthracite zébré, de temps à autre, par un éclair qui soulignait les contours des épais nuages. J'avais bien une lampe torche, mais si je l'allumais, je deviendrais une proie encore plus…

Quelqu'un a fait irruption des ténèbres et s'est approché de moi.

— Ne tirez pas ! a chuchoté un homme.

Il sentait la sueur, le métal et la poussière, et il émanait de lui une énergie nerveuse et crépitante, reconnaissable entre toutes. J'ai braqué la lampe torche dans sa direction. Sans surprise, j'ai vu une touffe de cheveux clairs en bataille défiant la gravité de façon éhontée, une mâchoire carrée, un nez légèrement épaté et des yeux verts étincelants de colère. Il s'agissait bien du renégat le plus célèbre du Cercle et de mon coéquipier malgré lui : John Pritkin.

J'ai soupiré de soulagement et enclenché la sécurité de mon pistolet. Dès notre première rencontre, j'avais eu envie de le tuer. Mais, jusque-là, j'avais toujours résisté à la tentation.

— Vous n'avez pas idée de débarquer comme ça, par-derrière ! ai-je chuchoté.

— Pourquoi ne m'avez-vous pas tiré dessus ? a-t-il demandé.

— Vous m'avez dit de ne pas le faire.

— Je… C'est…

Comme Pritkin avait l'air d'avoir perdu le fil, j'ai appuyé le canon de mon pistolet contre son ventre. En tout cas, ce que je pensais être son ventre. Je voulais seulement lui montrer que je n'étais pas complètement démunie mais, en un clin d'œil, je me suis retrouvée plaquée contre la paroi de la crypte, le bras armé épinglé au mur, le corps pris en étau entre la surface rugueuse et un mage guerrier très énervé. Je devais admettre à contrecœur avoir quelques fantasmes commençant de cette façon, mais je doutais que la soirée finisse aussi bien.

— Je savais que c'était vous, ai-je rétorqué après avoir recouvré l'usage de ma voix. Vous sentez la poudre et la magie.

C'était encore plus vrai que d'habitude : le cuir de son manteau, un épais pardessus dont il se servait pour camoufler son arsenal, était en partie roussi et gondolé. Apparemment, un sort l'avait manqué de peu.

— Ça grouille de mages, dehors ! a-t-il murmuré avec hargne. Ils sentent tous la même chose ! Et par le diable : que faites-vous encore ici ?

— J'ai la carte, lui ai-je rappelé.

— Donnez-la-moi et fuyez !

— Vous voulez que je vous laisse tout seul ? Ils sont au moins douze !

— Si vous ne partez pas immédiatement…

J'ai dressé le menton. Mais comme je venais d'éteindre la lampe torche, il ne l'a probablement pas remarqué.

— Que comptez-vous faire ? M'abattre ?

Sa main s'est crispée sur mon épaule. Il m'a presque fait mal. *Ne pas provoquer le mage guerrier psychopathe !* me suis-je rappelé, au moment précis où une balle a fait irruption dans la crypte. Elle a ricoché plusieurs fois contre les parois intérieures avant de démolir le peu qui restait de la madone.

— Si vous traînez ici plus longtemps, je n'aurai pas à me donner cette peine, a-t-il rétorqué, hors de lui.

— On n'a qu'à récupérer ce satané machin et s'enfuir tous les deux, ai-je dit pour tenter de le raisonner.

— Au cas où ce détail vous aurait échappé, il s'agissait d'un piège !

— Mince alors ! Si on ne peut plus faire confiance à personne ! (Le vieux mage français que nous avions rencontré dans sa fermette m'avait semblé tellement digne de confiance, avec son charme européen et ses yeux doux... Pourtant, sa carte pourrie nous avait lancés dans une course-poursuite infernale. C'était quand même mal fait : les méchants ne devraient pas ressembler à un gentil grand-père !) Manassier avait l'air tellement...

— Si le prochain mot à franchir vos lèvres est le mot « gentil », je ferai de votre vie un enfer, à notre retour. Un véritable enfer.

Je ne me suis pas abaissée à lui répondre. Pritkin était juste... Pritkin. Avec le temps, j'avais appris à laisser courir. Je me demandais souvent s'il était aussi pénible avec le Cercle avant de couper les ponts avec lui pour me suivre. Si c'était le cas, les mages me remercieraient probablement chaudement. Ils prévoyaient peut-être même d'acheter un joli bouquet pour mon enterrement.

— Écoutez. La seule chose dont on soit sûrs, c'est qu'une partie des mages était déjà ici à notre arrivée. On a peut-être tous décidé de piller cet endroit la même nuit !

Je n'y croyais pas vraiment – ils nous avaient attaqués dès notre arrivée et on n'avait encore rien trouvé. Mais je n'aimais pas l'idée d'abandonner notre meilleure piste. Et il n'était pas question que je laisse Pritkin la suivre tout seul. Son instinct de survie confinait à celui d'un insecte voletant à proximité d'un pare-brise reluisant.

Sa main s'est refermée sans ménagement sur mon bras.

— Mais aïe ! ai-je protesté.

— Donnez-moi cette foutue carte !

— Pas moyen.

— Hé ! (J'ai levé les yeux. Le jeune fantôme nous dévisageait.) Au cas où vous ne l'auriez pas remarqué, des gens essaient de vous tuer !

— Des gens essaient toujours de me tuer, ai-je répliqué avec agacement.

— Pas question que vous mouriez cette nuit, m'a informée Pritkin. Sauf de mes mains.

— Je me suis souvent retrouvé dans ce genre de relation, a compati le fantôme.

— On n'est pas ensemble, ai-je marmonné.

— Vous ne faites qu'entraver… quoi ? (Les imprécations de Pritkin, que je n'écoutais pas, de toute manière, se sont arrêtées net. Il a regardé autour de lui, aux aguets.) Que se passe-t-il ?

— Tu veux dire que tu le laisses te parler comme ça et que tu prends même pas ton pied ? C'est l'arnaque, quoi !

— Rien. Juste deux fantômes, ai-je répondu en fusillant le fantôme numéro deux du regard.

— Hé ! On n'est pas sourds !

— Qui plus est, a ajouté son collègue, je ne suis pas d'accord avec le terme « juste ». Nous sommes les deux esprits les plus actifs de l'ensemble de…

— Actifs ? (Une main descendait le long de mon bras. Une main douce et rugueuse, calleuse à force de brandir des pistolets, de faire des pompes et de tordre le cou des gens.) N'y pensez même pas, ai-je prévenu Pritkin avant de reporter mon attention sur le fantôme. Actifs comment ?

Visiblement flatté, le vieux fantôme a expliqué.

— Nous voyons tout ce qui se passe dans les environs. Je pourrais vous en raconter, des choses…

— Donc, s'il existe des passages dérobés, vous les connaissez ? ai-je demandé tandis que Pritkin trouvait mon poignet. (L'instant d'après, il m'avait arraché la carte des mains.) Je ne vais pas m'en aller pour autant, ai-je informé le mage.

— Oh ! C'est ce bidule que vous cherchez ? a demandé le jeune fantôme.

J'ai décidé de ne pas lutter pour récupérer la carte des mains de Pritkin. Ça n'aurait pas été très digne. Et surtout, ça n'aurait pas marché.

— Quel bidule ?

— Le bidule avec le machin, a-t-il ajouté en faisant un geste nonchalant de la main.

Je commençais à croire que si on meurt complètement *stone*, notre fantôme reste complètement *stone*.

— Tu ne pourrais pas être un chouïa plus précis ?

Avant qu'il puisse répondre, un bruit étrange a retenti à l'extérieur de la crypte. C'était un gémissement strident, à moitié étouffé. J'ai senti une main dans mon dos et on m'a tirée par terre sans ménagement. Une seconde plus tard, Pritkin était juché sur moi et me maintenait plaquée au sol, en position fœtale. Tout autour de nous, des projectiles explosaient en crachant une pluie d'étincelles.

Pendant d'interminables secondes, des taches rouges et violettes ont dansé sous mes paupières crispées. Ensuite, le sol a tremblé pendant une bonne minute, comme parcouru par les ondes de choc d'un tremblement de terre, et le surplus d'énergie m'a donné la chair de poule. Au bout d'un moment, j'ai ouvert les yeux avec précautions, et j'ai vu la lumière des étoiles passer par un énorme trou dans le toit, voilée par des nuées de particules de roche.

Pritkin était déjà debout. Il tirait sur les mages, qui ripostaient, et les détonations se réverbéraient comme autant de pétards contre les gigantesques caveaux, étroitement accolés. Souvent, je trouvais qu'il avait la gâchette un peu trop facile, dans le genre « Tire et croise les doigts pour que ça crève ». Mais, parfois, je trouvais ça pratique. Surtout quand on essayait de transformer ma tête en passoire.

— Par ici, nous a indiqué le jeune fantôme en désignant un endroit sur la droite. Vite !

Toujours aussi amorphe, il a ignoré le sentier qui serpentait non loin et opté pour un raccourci entre les tombes hérissant le sol.

— Un des fantômes sait où se trouve le passage secret ! ai-je informé Pritkin.

Il a eu l'air surpris. J'ai fait la moue. Certes, je ne connaissais pas trente-six façons de tuer un type d'un simple coup de coude, mais je n'étais pas *totalement* inutile.

Pritkin avait l'air sur le point de faire remarquer qu'il était dangereux de faire confiance à des esprits inconnus, ou de mettre en doute mon état mental, lorsque les mages m'ont fait la faveur inattendue de lancer un nouveau sortilège. Le sort s'est fracassé en fanfare contre un marronnier tout proche, dont le tronc embrasé s'est effondré, détruisant la moitié de la crypte dans sa chute. Heureusement, ce n'était pas notre moitié.

— Eh bien, allons-y! a hurlé Pritkin.

Il m'a attrapé la main et s'est carapaté en me tractant derrière lui, comme si l'idée venait de lui.

— Par ici!

Je l'ai orienté sur les traces du fantôme tandis qu'une nouvelle rafale de balles s'abattait sur les décombres derrière nous.

Notre fuite était infernale: le sol vaseux aspirait mes chaussures à chaque pas tandis que la pluie m'empêchait presque de suivre des yeux la silhouette floue et vacillante de notre guide. Pourtant, ce salopard de Pritkin slalomait entre les obstacles en granit comme s'il les avait posés lui-même.

— Comment faites-vous? ai-je demandé après m'être fracassé le genou, pour la quatrième fois, contre une stèle particulièrement dure.

— Quoi donc?

— Vous voyez parfaitement! lui ai-je reproché.

— Attendez...

Il a effleuré ma joue en marmonnant pendant une fraction de seconde. J'ai cligné des yeux et, d'un seul coup, tout a revêtu un étrange aspect plat et granuleux, comme une télévision mal réglée. Le vent a soufflé dans un arbre qui nous a aspergés de gouttelettes. Quelques feuilles sont tombées. Leurs ombres ont glissé sur le visage de Pritkin. Je distinguais parfaitement ses contours: il me gratifiait de sa grimace habituelle.

— Pourquoi n'avez-vous pas fait ça plus tôt ? ai-je demandé.

— Parce que je croyais que vous alliez partir !

— Bon ! Vous y tenez, à ce passage secret ? a demandé le fantôme, les mains posées sur ses hanches sans substance.

Il s'était arrêté devant la statue d'une femme agenouillée devant une stèle, l'air blasé. Sa robe était tellement tapissée de mousse qu'elle en était presque verte. Verte et gluante, comme j'ai pu le constater en tâtant son genou à trois reprises à l'invitation du fantôme. Rien ne s'est passé.

— Et maintenant ?

— Tu dois dire le mot magique.

— S'il te plaît !

Il a éclaté de rire.

— Non. Je veux dire : le vrai mot magique. Pour faire bouger la statue.

Au-dessus de nous, un sortilège a explosé contre un chêne, projetant tout autour de moi une gerbe de feuilles embrasées qui ont manqué de m'enflammer les cheveux.

— Et c'est quoi ?

— Aucune idée. (Le fantôme a haussé négligemment les épaules.) Ce n'est pas comme si j'en avais besoin.

— Quel est le problème ? a demandé Pritkin en lançant tout son arsenal d'armes volantes sur la brochette de silhouettes sombres à l'approche.

Ses lames plongeaient et dansaient, grignotant à chaque passe les boucliers de nos assaillants, à grand renfort d'étincelles. Mais ça n'avait pas l'air de les ralentir plus que ça.

— Le fantôme ne connaît pas le mot de passe !

Pritkin m'a décoché un de ses regards qui tuent les plus savants avant de marmonner une insulte britannique bizarre. Je ne crois pas qu'il s'agissait du « Sésame, ouvre-toi » en question, mais la formule qu'il a chuchotée juste après a eu plus ou moins le même effet : la statue s'est fendue en deux en plein milieu, révélant une grotte béante.

À l'intérieur, il faisait un noir d'encre. La grotte n'était qu'un trou sombre se détachant sur le ciel électrique. J'ai sorti ma lampe torche et je l'ai allumée, mais son rayon a à peine entamé les ténèbres. Le pire, c'était qu'il n'y avait pas d'escalier. Juste des échelons en acier plantés dans la pierre et descendant dans un tunnel oppressant creusé à même la roche.

— J'ai vu beaucoup de chasseurs de trésors descendre là-dedans, a fait remarquer le vieux fantôme qui venait d'apparaître à mon côté. Mais peu en remontent. Et ceux-ci reviennent bredouilles.

— Ça ne nous arrivera pas.

— C'est ce qu'ils disent tous, a-t-il murmuré au moment où un sortilège explosait au-dessus de nos têtes.

Après avoir remis mon pistolet et ma lampe à ma ceinture, j'ai agrippé le premier échelon rouillé et entrepris de descendre, en me laissant à moitié glisser jusqu'en bas de la grotte. Pritkin m'a suivie illico, manquant de me tomber dessus, avant de lancer un sort vers le haut pour provoquer un éboulement et boucher l'entrée du tunnel.

Avec pour effet de bloquer nos assaillants, mais également de nous priver du peu de lumière dont nous disposions. Une fois les grondements de l'éboulement apaisés, on s'est retrouvés plongés dans le silence le plus parfait. Et dans d'insondables ténèbres. Apparemment, la formule d'amélioration de la vue avait besoin d'un minimum de luminosité pour fonctionner, parce que je n'y voyais absolument rien.

J'ai rallumé ma lampe torche. Il a fallu un peu de temps à mes yeux pour s'accommoder, mais une fois la phase d'adaptation passée, j'ai glapi et reculé en titubant. Le maigre rayon ne révélait pas grand-chose – comme si l'obscurité qui régnait là-dessous dévorait la lumière avec gloutonnerie, à peine sortait-elle de l'ampoule – mais j'aurais presque préféré ne rien voir. Toutes les parois étaient tapissées d'ossements, savamment disposés du sol au plafond, qui était relativement bas. De l'eau s'était infiltrée dans le souterrain et la plupart des crânes pleuraient des larmes vertes, quand ils n'étaient pas dotés de barbes mousseuses, ce qui n'arrangeait rien à leur côté morbide.

— Les catacombes, a dit Pritkin avant que je pose la question.

— Les quoi ?

— Les Parisiens ont commencé à utiliser les carrières d'argile pour en faire des cimetières souterrains, il y a plusieurs siècles de cela. (Il a pris la lampe et l'a braquée sur la carte. Il a froncé les sourcils.) Je ne pensais pas qu'elles étaient aussi étendues.

— Elles vont jusqu'où ?

— Si ces tunnels sont connectés à ceux de la ville, elles s'étendent sur plusieurs centaines de kilomètres. (Il s'est mis à agiter la lampe dans toutes les directions. J'aurais préféré qu'il arrête de faire ça : la lumière éclairait les flaques remplissant les orbites vides, et j'avais l'impression que les crânes bougeaient.) Ça fait des années que des rumeurs circulent quant à l'éventualité de catacombes sous le Père Lachaise, mais je croyais que ce n'était que des balivernes.

J'ai jeté un coup d'œil à la tête de mort la plus proche. Elle était dépourvue de corps et reposait sur une estrade constituée de fémurs. Il lui manquait la mâchoire inférieure mais j'avais quand même l'impression qu'elle souriait.

— Ça m'a l'air on ne peut plus véridique.

Le rayon de la lampe a révélé un éclat doré, à moitié enseveli dans le mortier servant à aligner une rangée d'os. J'ai gratté le ciment avec mon doigt. Il était si vétuste qu'il est aussitôt tombé en miettes. Le cercle doré que j'ai ainsi révélé est resté fermement ancré dans la pierre, mais j'ai pu le voir plus en détail. Il représentait un serpent se mordant la queue.

— L'ouroboros, a dit Pritkin, qui venait de se poster derrière moi.

— Le quoi ?

— Un vieux symbole de régénération et d'éternité.

— Une sorte de croix ?

— Un symbole plus ancien. (Il l'a de nouveau éclairé.) Le coven de Paris a dû créer ses propres catacombes, probablement pendant l'Inquisition. Parfois, les sorcières et les magiciens étaient exhumés pour être brûlés et mutilés. C'était peut-être une façon d'éviter que ça se produise.

— Vous voulez dire que c'est un cimetière de mages ?

— C'est possible. Ces puits de calcaire ont été creusés par les Romains. Ils sont restés intacts pendant des siècles avant que la ville de Paris décide de les utiliser. Peut-être la communauté magique a-t-elle eu cette idée avant ? (D'un seul coup, un éboulis de gravats et de pierres s'est mis à pleuvoir sur nous. Apparemment, nos poursuivants n'avaient pas jeté l'éponge.) Pouvez-vous nous téléporter jusque-là ? a-t-il demandé en désignant un gribouillis infâme sur la carte.

Mon nouveau boulot comportait un nombre incalculable d'inconvénients, mais il avait quelques bons côtés. Enfin, un seul, en réalité. Le pouvoir venant du sacerdoce de la Pythie permettait de se transporter dans l'espace et le temps, et d'emmener une ou deux personnes. C'était une arme sacrément utile – ma seule, jusque-là – mais elle avait ses limites.

— Pas tant que je ne sais pas où je vais.

— Vous vous êtes déjà téléportée dans des endroits où vous n'étiez jamais allée !

— C'est différent.

Une autre avalanche impromptue. Un sort s'est fracassé au sol, derrière nous, déclenchant une tempête de lumière d'un blanc aveuglant qui a percuté les crânes, les fendillant allégrement, avant de rebondir contre le mur opposé et de lui arracher des éclats de pierre, comme autant de dagues virevoltantes. Pritkin m'a presque intégralement protégée de l'impact. Ensuite, il m'a pris la main et s'est engagé dans la galerie en me traînant derrière lui.

Comme je ne me prenais aucun mur, je devinais qu'il voyait encore clair. Pourtant, j'avais vraiment l'impression qu'on se précipitait tête baissée dans le néant. Il avait éteint sa torche – pour que nos poursuivants aient plus de mal à nous repérer, j'imagine – et, sans lumière, les tunnels étaient si sombres que je ne savais pas si mes yeux étaient ouverts ou fermés.

— En quoi est-ce différent ? a-t-il demandé.

— Le pouvoir me permet d'explorer d'autres temps. Des endroits révolus. Pas le présent, ai-je expliqué en tressaillant. (Des réminiscences de l'explosion formaient des taches rouges et bondissantes devant mes yeux : j'étais persuadée que j'allais buter sur quelque chose d'un instant à l'autre.)

» Si je veux me téléporter dans le présent, je dois visualiser précisément l'endroit visé.

Et trois ou quatre mots griffonnés sur une carte illisible, ce n'était clairement pas suffisant.

La galerie s'est rétrécie d'un seul coup. Impossible de continuer côte à côte. Pritkin est passé devant et s'est mis à me tirer tant bien que mal, sans cesser de courir. Il faisait chaud et lourd, le sol sous nos pieds était tout sauf régulier, et j'ai très vite compris pourquoi on avait eu l'idée de cacher un trésor dans cet endroit : sans indication claire, on pouvait y errer pendant des mois sans rien trouver.

Pritkin s'est arrêté, si brusquement que j'ai failli lui rentrer dedans. Il a étalé la carte sur la paroi et m'a tendu la lampe torche. Je l'ai allumée. La salle que j'éclairais était beaucoup plus chaotique que la première : les ossements s'étaient détachés des parois et jonchaient le sol. Çà et là, ils étaient assemblés sans aucun soin. Contrairement à ceux de la galerie principale, ils avaient l'air d'avoir été jetés au petit bonheur la chance. D'ordinaire, je ne suis pas très sentimentale avec les morts – j'en rencontre trop pour être émue – mais ça m'a quand même fait tiquer. Amis, ennemis ; parents, enfants… Tout le monde était mélangé. Il n'y avait aucune histoire, aucune date de décès, pas même un nom.

— Si vous braquiez la torche sur cette carte, ça m'aiderait beaucoup, a fait remarquer Pritkin, caustique. (Je me suis exécutée, éclairant son visage par la même occasion, et ses traits ne me disaient rien qui vaille.) Vos fantômes sont-ils ici ? a-t-il demandé.

— Non. Ils ne peuvent pas nous suivre hors des limites du cimetière.

Et apparemment, ça faisait longtemps qu'on les avait franchies.

— Il n'y en a pas d'autres ?

— Pourquoi ça vous intéresse ?

— Parce que cette carte est tout sauf précise ! Quelques indications pourraient m'être utiles.

J'ai secoué la tête.

— Ces corps ont été altérés. Je pense qu'on les a déplacés jusqu'ici. Ce n'est pas leur sépulture d'origine.

— Et ça veut dire quoi, en clair ?

— En clair, ça veut dire que leur fantôme est resté en rade.

Sans compter que, s'il s'agissait d'une nécropole de mages, ils n'auraient de toute manière pas produit de fantôme. À ma connaissance, ça n'arrivait jamais aux créatures magiques.

— Pourtant, leurs ossements sont bien ici.

— Ça ne compte pas. Les fantômes peuvent hanter une maison même si leurs os n'y reposent pas. Ils doivent se sentir attachés à l'endroit : il faut qu'il ait joué un rôle important dans leur vie. (J'ai regardé autour de moi en frémissant.) À leur place, je ne me sentirais pas très attachée à cet endroit.

Pritkin a fini par jeter son dévolu sur une direction et on est repartis de plus belle. On s'est faufilés par des failles parfois à peine assez grandes pour moi. Je ne sais pas comment il s'en est tiré, mais à en croire les commentaires étouffés qui me parvenaient de temps en temps, il a dû y laisser des plumes.

Au bout d'un moment, on a débouché dans une galerie un peu plus spacieuse. On évoluait toujours en file indienne mais on avait la possibilité d'accélérer un peu. L'espace d'un instant, j'ai cru qu'on avait réussi à semer nos poursuivants mais, comme d'habitude, la loi de Murphy est toujours la plus forte.

En faisant irruption par un coude, on est tombés nez à nez avec une bande de silhouettes sombres. J'ai entendu des cris, des détonations et des sortilèges – dont l'un s'est fracassé contre les défenses de Pritkin qui ont éclaté comme une bulle de savon – et Pritkin m'a rugi « Courez ! » en pleine face. Ensuite, un grondement s'est fait entendre, comme le tonnerre d'un orage lointain, et le plafond s'est écroulé dans un boucan de tous les diables.

Chapitre 2

Il m'a fallu quelques secondes pour comprendre que je n'étais pas morte. J'étais accroupie, les mains sur la tête pour la protéger, dans l'attente d'une éventuelle attaque, mais la galerie baignait dans un silence de mort. Les seules personnes présentes, à part nous, étaient soit incrustées dans les murs, soit ensevelies sous les tonnes de gravats que leur propre sortilège leur avait fait tomber sur le crâne. Je me suis avachie par terre, toute pantelante, en m'efforçant de ne pas hurler.

Au bout d'un moment, j'ai cherché la lampe torche à tâtons. Lorsque ma main s'est refermée sur le cylindre froid en plastique, j'ai allumé l'engin, soulagée qu'il fonctionne encore, et j'ai aperçu Pritkin. Il gisait sur le côté, il ne bougeait pas et j'ai vu avec horreur que sa barbe de trois jours était barbouillée d'un sang rouge vif. *Qu'il aille se faire voir, Murphy, avec sa loi à deux balles*, me suis-je dit avec hargne en secouant Pritkin comme un prunier.

— Pourriez-vous arrêter de me secouer comme ça, s'il vous plaît ? m'a-t-il demandé poliment.

Je l'ai dévisagé. Sans en donner ma main à couper, j'étais presque sûre qu'un Pritkin poli, ça figurait parmi les signes de l'apocalypse.

— Vous êtes blessé à la tête ?

Je me suis approchée pour mieux voir, projetant accidentellement, d'un coup de genou, une pelletée de cailloux sur son front tailladé et sanguinolent.

— Si je vous dis que tout va bien, allez-vous arrêter d'essayer de m'aider ?

À entendre ce ton irrité si familier, tous les muscles de mon corps se sont relâchés. Parfait. Je lui tapais toujours sur le système. J'étais en terrain connu.

— Toujours vivant, à ce que je vois, ai-je lâché.

— Tout ce qu'il y a de plus vivant.

Comme il ne bougeait pas, j'ai balayé les lieux du rayon de la lampe, le temps qu'il se remette. Je n'ai pas compris tout de suite ce que je voyais. Apparemment, Pritkin avait de nouveau dressé ses boucliers, parce qu'ils luisaient, bleus et aqueux, et dansaient lentement dans la lumière de la torche. Mais, au-dessus, il n'y avait plus de voûte. Ou plutôt, il y avait toujours une voûte, mais elle ne reposait sur rien.

D'énormes blocs de pierre mal équarris, dont certains portaient d'anciennes marques de burin, étaient posés sur les boucliers, qui avaient soudain l'air très fins. Chaque fois que les défenses ployaient, des gravats et des grains de sable glissaient sur leurs côtés, parsemant le silence de sons étouffés. Les plus grosses pierres ne pouvaient pas tomber, mais elles bougeaient suffisamment pour nous rappeler qu'elles n'avaient aucune base solide. Même le rocher le plus petit, de la taille d'un pavé, aurait suffi à nous faire un mal de chien en tombant. Je n'avais pas besoin d'imaginer les dégâts que causeraient les plus épais : deux mages écrasés comme des chiens à quelques centimètres de là m'en faisaient la démonstration patente.

J'aurais pu les toucher. Ils étaient étendus, coincés entre le bouclier et l'éboulis. Leurs cadavres étaient étrangement contorsionnés, pris au piège dans la roche et les gravats comme des fossiles, les yeux ouverts, brillant dans les reflets de la lampe. Si ce n'est que les fossiles exposent rarement la preuve intégrale de la façon dont ils ont fini, en tout cas pas dans toute leur splendeur en Technicolor.

Ces nouveaux ossements, bien blancs et zébrés de sang, contrastaient avec les spécimens plus vieux, qui étaient légèrement dorés. Une main reposait contre le bouclier bleu, figée en position défensive, comme si un être humain était capable de résister au poids d'une montagne. Pendant un instant de folie, je me suis demandé si cette main allait laisser une empreinte rouge ; si elle apparaîtrait chaque fois que Pritkin dresserait ses boucliers.

D'un seul coup, l'air m'a semblé plus difficile à respirer. J'avais beau avoir été témoin d'un nombre impensable d'événements absurdes, mon cerveau n'arrivait pas à s'en remettre. Il persistait à me dire que des dalles de pierre gigantesques pesant une bonne tonne chacune, ça ne pouvait tout simplement pas léviter comme ça. Et qu'on allait forcément mourir d'un instant à l'autre.

J'ai émis un petit bruit étouffé mais j'ai réussi à ravaler la bulle d'hystérie avant qu'elle éclate. Si Pritkin avait redressé ses défenses ne serait-ce qu'une seconde plus tard, il y aurait eu non pas deux nouveaux cadavres ensevelis ici, mais quatre. Or ce n'était pas le cas. On était en sécurité. Enfin, plus ou moins.

Pritkin s'était tourné sur le dos. Il me scrutait de ses yeux durs et décidés.

— Voilà précisément la raison pour laquelle je vous ai demandé de rentrer chez vous.

— J'ai une réplique qui tue, sur le bout de la langue ! ai-je rétorqué avec dignité.

— Voulez-vous que nous abandonnions ? (J'ai cligné plusieurs fois des paupières. Le nombre de fois où Pritkin m'avait demandé mon avis se comptait sur… zéro doigt de la main.) D'autres mages nous attendent très certainement de l'autre côté.

Je me suis rappelé que le fantôme m'avait dit avoir compté douze mages au total. Il y en avait donc dix à l'affût au-delà de l'éboulis. À moins qu'ils soient pris au piège quelque part hors de ma vue. Ou qu'ils soient partis en supposant que l'éboulement nous avait tués. Mais ces deux scénarios étaient improbables : j'avais trop la poisse.

— Vous connaissez l'enjeu, lui ai-je rappelé.

— J'étais sûr que vous me diriez ça.

Pritkin s'est mis à genoux en grognant. Les gravats ont bougé avec lui, tant et si bien qu'une énorme dalle s'est affaissée. Sa face inférieure, toute déchiquetée, s'est abattue à quelques centimètres de mon visage.

La voix de Pritkin, toujours aussi empreinte d'agacement, m'a sortie de mon état de panique.

— On y va.

— On y va ? ai-je lâché d'une voix beaucoup plus stridente que je l'aurais voulu. Et on y va comment ? Parce que je peux nous téléporter à la maison, mais pas derrière ce truc. Je ne sais pas ce qu'il y a de l'autre côté. Je ne sais même pas s'il y a un autre côté. Et…

— Restez près de moi.

Il avait à peine fini sa phrase que ses boucliers ont changé de texture, passant de vaguelettes fluides au cristal le plus dur, réfléchissant l'éboulis à travers un kaléidoscope de facettes abruptes. De nouvelles roches sont tombées, cédant la place aux pierres qu'elles soutenaient, qui se sont écroulées à leur tour sur la surface désormais rigide du bouclier en émettant des bruits sourds. Pritkin s'est mis à ramper en avant, et ses défenses l'ont suivi, manquant de me trancher les pieds le temps que je comprenne le plan et que je me dépêche de le rattraper.

Ce n'est qu'en voyant le cadavre d'un des mages glisser le long du bouclier et faire un roulé-boulé derrière nous que j'ai compris ce qui se passait. Notre petite bulle était en train de labourer la roche et la terre comme une taupe de cristal bien décidée à se creuser un terrier tout neuf. On a d'abord heurté un mur à la recherche d'une issue inexistante, mais on a fini par en trouver une un peu plus à gauche et on est passés en force. La grotte s'est écroulée derrière nous.

Pritkin a baissé ses boucliers en poussant un énorme soupir et le nuage de poussière que notre fuite avait provoqué a inondé la galerie et manqué de m'aveugler. On s'est éloignés de la nuée suffocante, lentement mais sûrement. Les particules en suspension n'avaient aucune chance de se disperser : il n'y avait aucun souffle d'air. Aucune ouverture. Mais on n'avait pas franchi dix mètres qu'une autre grotte s'offrait à nous.

Avant de comprendre ce que je voyais, j'ai dû cligner les yeux à plusieurs reprises pour enlever la poussière. Devant nous s'étendait un étroit tunnel tapissé, jusqu'à mi-hauteur et sur plus de un kilomètre, de ce qui ressemblait à un tas d'ossements. Pritkin s'est juché sur le monceau de restes humains en miettes et s'est mis à balayer les alentours du rayon de sa lampe.

— Il y a un interstice dans la paroi, droit devant. Il doit mener à un autre tunnel.

J'ai scruté le tas d'os, mal à l'aise. Tout ce qui touche l'aura d'une personne finit par s'imprégner d'une pellicule spectrale. J'avais été visitée par un nombre incalculable de visions cauchemardesques en effleurant, par inadvertance, un élément déclencheur puissant. Et qu'y a-t-il de plus puissant, comme élément déclencheur, qu'un morceau de cadavre ?

— Dépêchez-vous, bon sang !

Pritkin m'a tendu la main. Dans la galerie que nous venions de quitter, on entendait des bruits diffus de voix. Bizarrement, notre sortie n'était pas passée inaperçue.

Il ne faut pas y penser. Je me suis hissée avec précaution sur le tas. Les os étaient vieux et cassants. Quand ils ont crissé sous mon poids, j'ai cru que j'allais me sentir mal. La plupart se sont fendus, m'écharpant les paumes et me déchirant le jean comme autant de petits poignards. Mais je n'ai pas eu de flash. Le fait qu'ils avaient été déplacés avait dû dépouiller les ossements de toutes les empreintes qu'ils avaient générées.

Quand Pritkin avait évoqué un interstice, ça n'avait pas été façon de parler. J'ai eu beaucoup de mal à me faufiler dans la fente. Quant à Pritkin, si j'en croyais les insultes qui ont fusé à son passage, il avait dû généreusement s'écorcher.

— Plus vite ! a-t-il chuchoté en me poussant dans le bas du dos.

J'ai trébuché dans la petite caverne creusée à même la roche qui se trouvait de l'autre côté, et j'ai failli tomber dans le petit escalier qui commençait à moins de un mètre de là. Les marches étaient creusées dans un tunnel atrocement bas et particulièrement peu amène, dont n'émanaient que des flaques de ténèbres, nimbant le moindre recoin, le moindre creux. J'avais tout sauf envie de descendre. C'est à ce moment-là qu'un sortilège s'est fracassé contre la voûte, juste derrière moi, en produisant un raffut digne d'une canonnade. Ça m'a décidée : j'ai ouvert le chemin et je me suis engagée bon an mal an dans l'escalier.

On était encore sur les marches lorsqu'un second sortilège nous a heurtés, suivi d'une explosion interminable. On aurait dit une bombe au ralenti. Une grêle de graviers m'a criblé les mains et la nuque et j'ai dégringolé les escaliers. Les vibrations de l'explosion se propageaient le long de mes jambes : impossible de reprendre appui. Mais bientôt, ça n'avait plus aucune espèce d'importance : impossible de s'appuyer sur quoi que ce soit. La roche s'est désintégrée sous mes pieds et j'ai pédalé dans le vide obscur avant de plonger dans une eau glaciale.

Je n'ai pas compris tout de suite que je ne me noyais pas. L'eau ne m'arrivait qu'à la taille, mais elle était glaciale et le froid est remonté le long de ma colonne vertébrale. Pour ne rien gâcher, notre vieil ami le nuage de poussière est descendu en volutes sur moi pour me prendre au piège, manquant de m'étouffer. Instinctivement, j'ai agité les bras dans tous les sens pour m'éloigner de l'éboulis et j'ai perdu pied. Tout en me débattant pour garder la tête hors de l'eau, j'ai agrippé un crâne moussu dépassant de la paroi, et mes doigts se sont enfoncés dans ses orbites. Trop soulagée pour être dégoûtée, je me suis accrochée et j'ai pris de grandes bouffées d'air.

— Pritkin ! ai-je articulé avec peine.

Une seconde plus tard, le rayon de la torche s'est fiché dans mes yeux et m'a aveuglée.

— Toujours en vie ?

J'ai voulu répondre, mais mes poumons ont sauté sur l'occasion pour expulser toutes les matières étrangères que j'avais inspirées. Prise d'une quinte de toux incontrôlable, j'ai lâché l'os glissant et me suis enfoncée dans l'eau glaciale. Pendant un long et terrifiant moment, je fus plongée dans un océan noir qui me pétrifia jusqu'à la moelle. Ensuite, deux mains épaisses m'ont repêchée maladroitement par les épaules et m'ont hissée à la surface, me rappelant où se trouvait le *haut* par rapport au *bas*.

— Mademoiselle Palmer !

J'ai craché une sorte de purée d'argile, un savant mélange entre la poussière du tunnel et l'eau poisseuse.

— Tout baigne.

Pritkin a hoché la tête et balayé les lieux avec le rayon de sa lampe, nous donnant un aperçu de la galerie. Le sol y était bizarrement ondulé et tout n'était qu'ombres grises ou d'un vert pâle et irréel. Apparemment, les niveaux inférieurs étaient entièrement sous les eaux. Je savais nager, mais je n'étais pas enchantée à l'idée de m'orienter dans un cours d'eau souterrain et obscur, avec à peine assez d'espace en hauteur pour pouvoir respirer.

— Je vais m'en sortir, a dit Pritkin d'un air grave. Téléportez-vous.

— Et s'ils vous suivent ?

— Je me débrouillerai.

Et dire qu'il me prenait pour une tête brûlée. J'ai pris une nouvelle bouffée d'air pour informer mes poumons que l'asphyxie allait devoir attendre, avant de m'engager de nouveau dans l'eau sombre.

— Taisez-vous et nagez.

En guise de réplique, Pritkin s'est contenté de ruminer une insulte, mais c'était peut-être dû au sort qui venait de s'abattre dans l'eau, juste derrière nous, faisant brusquement passer la température du glacial au bouillant. J'ai hurlé et perdu l'usage de mon cerveau. Je n'ai pas réfléchi. Je l'ai attrapé par la main et je me suis téléportée.

Une seconde plus tard, on a atterri dans la même galerie, mais sans nuage de poussière, sans mage et sans inondation. Dans l'époque qu'on venait de quitter, j'étais dans l'eau jusqu'au cou. Par conséquent, je n'étais à quelques centimètres du sol. Malheureusement, Pritkin, qui surnageait, est tombé de beaucoup plus haut. À peu près de deux mètres.

Il a percuté le sol en émettant un bruit sourd, un juron et un craquement. Ce dernier provenait de la lampe torche, qui venait de rendre l'âme. J'ai essayé de lui demander s'il allait bien, mais j'avais un point de côté lancinant. Pendant un long moment, je n'ai pas pu alimenter mes poumons en oxygène. D'un seul coup, mes genoux sont devenus tout ramollos et je me suis laissé tomber le long de la paroi. C'était plus sûr de rester assis.

— Que s'est-il passé ? a demandé Pritkin au bout d'un moment, encore pantelant.

Sans lampe torche, ni feu d'artifice de sortilèges mortels, il faisait un noir de plomb. Mais si je me fiais à l'endroit d'où provenait sa voix, je devinais qu'il était encore par terre.

— Je nous ai fait remonter le temps, ai-je réussi à articuler.

Je me sentais tremblante et nauséeuse. Ce n'était pas très bon signe : j'étais pourtant immobile et très près du sol. Quel était le problème ? Je ne m'étais téléportée que deux fois, ce jour-là. Une fois pour aller à Paris depuis la fermette de Manassier et une deuxième fois à l'instant. Pourtant, j'étais exténuée. Apparemment, ça me demandait beaucoup d'énergie de prendre un auto-stoppeur. Dommage que personne n'ait pris la peine de me donner le mode d'emploi.

— Prévenez-moi un peu avant, la prochaine fois !

— Ce fut un plaisir de vous sauver la vie.

— À quelle époque sommes-nous ?

Pour changer, j'ai craché un nuage de poussière crayeuse. Maintenant, je savais pourquoi Lara Croft se promenait toujours avec une gourde. J'étais trempée jusqu'à l'os mais j'avais la gorge terriblement sèche. J'ai dégluti douloureusement tout en parcourant mentalement les fiches de l'agenda livré avec mon pouvoir.

— 1793.

— Quoi ? Pourquoi ?

— Parce que je n'avais pas envie de finir ébouillantée ?

— Vous auriez pu nous faire remonter d'une journée ! D'une semaine ! Ça ne rime strictement à rien !

Bien sûr, ai-je pensé avec amertume, *Lara Croft aurait sorti un petit gadget très pratique pour se sortir de là. Et son partenaire n'aurait pas été un connard fini.* Je me suis relevée laborieusement et j'ai découvert à ma grande surprise que je n'avais qu'un vague vertige. J'ai tendu l'oreille mais je n'entendais rien d'autre que ma propre respiration laborieuse et le bruit diffus d'une goutte d'eau tombant quelque part.

— Allons-y, ai-je dit en cherchant à tâtons la main de Pritkin.

Elle était encore glacée à cause de l'eau. Son pouls était rapide, mais ça restait raisonnable. Le mien, au contraire, battait si fort que j'avais peur qu'une de mes veines éclate. Je devais faire attention de ne pas me téléporter avant un petit moment. Quelque chose comme… une bonne semaine.

Pritkin n'a pas bougé.

— Où ça ?

— Retrouver le *Codex* ! Je me disais que ça pourrait être sympa de le chercher sans personne pour nous canarder ! Ça changerait !

— Tout cela est fort sensé, mais vous oubliez un léger détail. Le coven de Paris est un des plus anciens d'Europe. Il a beau avoir été abandonné à notre époque, il grouille sans nul doute de mages, à l'heure qu'il est. Sans compter les pièges et autres souricières. Sous peu, nous nous prendrons les pieds dans un talisman défensif. Si ce n'est déjà fait.

— Avez-vous une autre suggestion ?

— Oui. Téléportez-nous hors d'ici !

Même dans la plus parfaite obscurité, j'étais persuadée de le voir fulminer.

J'ai respiré profondément. Jamais de ma vie je ne m'étais sentie aussi agacée. Enfin : jamais de ma vie *avant Pritkin* en tout cas.

— Oh ! Pourquoi n'y avais-je pas pensé ?

— Ce n'est pas la première fois que vous nous téléportez plusieurs fois d'affilée, et…

— Et ça m'a toujours complètement cassée.

— Vous n'avez jamais abordé la question.

— Vous n'avez jamais posé la question.

— Vous sentez-vous bien ? a-t-il demandé après un bref silence.

— Au poil. Si on passait déjà la galerie au peigne fin ? ai-je suggéré pour couper la poire en deux. (Je détestais cette idée mais je n'en avais pas de meilleure.) Ensuite, j'essaierai de nous téléporter un peu plus tôt que tout à l'heure, juste avant que le feu d'artifice commence.

Ça nous a pris une éternité de longer cette galerie. Pas tant à cause de l'obscurité que de Pritkin. Il avait l'air persuadé que quelqu'un ou quelque chose allait nous sauter à la gorge d'un instant à l'autre. Mais on n'a rencontré que les problèmes habituels : il faisait chaud, on n'arrivait pas à respirer et on faisait des acrobaties pour éviter de trébucher sur le sol dénivelé, ou de se râper une couche de peau supplémentaire contre le mur. Au bout d'un moment, on a atteint une fourche et Pritkin s'est arrêté.

— Êtes-vous certaine de vous sentir d'attaque.

— Vous feriez quoi si je vous disais « non » ?

— J'attendrais sans bouger que vous me disiez « oui ».

— Bon. Eh ben on va dire « oui ».

Je ne suis pas claustrophobe mais je commençais à en avoir vraiment marre de ces tunnels. Je lui ai serré la main, je me suis concentrée sur notre époque et je me suis téléportée.

Cette fois, le monde s'est liquéfié autour de nous, au ralenti, comme de la peinture se diluant dans de l'eau et se dispersant en lentes rivières. D'habitude, je ne ressens pas le passage du temps. J'ai juste l'impression de perdre toute substance et de tomber dans le vide. Et la chute cesse à l'époque voulue. Cette fois, j'ai senti le temps passer. La réalité s'est vrillée autour de nous et s'est mise à vaciller dans tous les sens. J'avais l'impression d'être en apesanteur et très envie de vomir. Mais j'étais plutôt soulagée de ne rien voir : tout ce que je sentais était terrifiant. L'espace d'un long moment, je n'étais plus qu'un flot déchirant d'atomes distendus. Écartelée, j'étais à moitié inconsciente, prise au piège d'un corps tellement dilaté qu'il n'avait plus ni début ni fin.

Parfois, je retrouvais mon intégrité, mais en un clin d'œil, le tourbillon reprenait de plus belle. J'entendais des bribes de conversation, quelques notes de musique, ce qui ressemblait à un effondrement ou une explosion, le tout se succédant à une vitesse folle. C'était comme si quelqu'un s'amusait à zapper trop vite entre les chaînes de télé. Au bout d'un moment, j'ai compris ce qui était en train de se passer. Ce voyage n'était pas un saut dans le temps mais une série de petits bonds. Et en se frayant un – très long – chemin jusqu'à notre époque, on apparaissait et on disparaissait aléatoirement à telle ou telle autre.

Je sentais le temps. Et il pesait lourd. J'avais l'impression de nager dans de la mélasse. Traverser les siècles me faisait l'effet de courir un marathon. Dans le noir. Avec des poids attachés aux chevilles.

Au bout d'un moment, on est arrivés à destination. J'ai eu l'impression d'avaler de l'oxygène après avoir manqué de me noyer. C'était brutal, inattendu, miraculeux. Je m'étais préparée à l'éventualité de me matérialiser sous l'eau, mais on avait dû dépasser la partie inondée, parce que j'ai percuté une paroi plus ou moins sèche. Je me suis assise précipitamment et j'ai incliné la tête en arrière. J'ai dégluti. J'étais tellement soulagée que j'en avais le vertige.

Pritkin m'a rejointe en rampant et s'est adossé à la paroi, à côté de moi.

— Vous sentez-vous bien ?

— Vous allez arrêter de me poser cette question ? ai-je rétorqué.

Mais il fallait que je reste immobile si je voulais réprimer ma nausée. J'avais l'impression que mon estomac était en retard de quelques secondes sur mon corps, et qu'il ne serait pas enchanté de retrouver sa place.

— Je prends ça pour un « oui ».

J'avais toujours un goût de poussière dans la bouche. J'ai dégluti en me disant que ça ne serait pas très professionnel de rendre tripes et boyaux.

— Ouais. C'est juste un peu dur d'essuyer les plâtres.

J'ai fermé les yeux et je suis restée sagement assise pendant quelques minutes. Au bout d'un moment, j'ai réussi à me détendre et ma respiration a repris un rythme régulier.

— Vous n'êtes pas obligée de faire ça, a repris Pritkin. Je pourrais…

— Je ne pourrais pas nous téléporter hors d'ici, même si ma vie en dépendait, lui ai-je avoué franchement.

— Votre pouvoir ne devrait pas fluctuer de la sorte, a-t-il commenté.

Au ton de sa voix, je devinais le froncement de sourcil suspicieux que devait revêtir son visage.

— Le pouvoir ne fluctue pas. C'est ma capacité à le canaliser qui fluctue. Plus je suis fatiguée, plus c'est difficile.

— Mais ça ne devrait pas être si difficile, a-t-il réitéré avec entêtement. Jamais mon pouvoir ne…

— Parce que c'est le vôtre ! (Et mince ! Je n'avais pas envie qu'on se dispute. Ça durait toujours des plombes et j'étais exténuée.) Ce pouvoir n'est pas le mien. Je ne suis pas née avec. On me l'a prêté. Vous vous souvenez ?

Le pouvoir n'était pas né avec les Pythies, autrefois prêtresses d'un être très ancien se faisant appeler Apollon. Je l'avais rencontré une seule fois, et il m'avait promis de me former. Mais jusque-là, il avait accordé à peu près autant de considération à cette promesse qu'aux objections que j'avais opposées, dès le début, à l'idée d'exercer ce sacerdoce. À savoir : aucune. Malheureusement, je ne pouvais me tourner vers personne d'autre.

Contrairement à la plupart des Pythies, qui avaient été formées pendant plusieurs dizaines d'années sur les tenants et les aboutissants de leur fonction, ma séance d'introduction avait duré trente secondes. À peine le temps, pour la dernière hôtesse du pouvoir, de me le refiler avant de mourir. Et les rares personnes capables de me donner deux ou trois indications étaient sous l'emprise du Cercle.

On est restés un moment assis sans rien dire. Au bout d'un certain temps, j'ai eu la force de retirer mes chaussures pour balancer mes chaussettes trempées contre le mur, où elles se sont aplaties en produisant un bruit mouillé. Ça n'a pas changé grand-chose : j'ai dû remettre mes chaussures mouillées.

— Avant que vous accomplissiez le rituel et deveniez la Pythie, c'était le pouvoir qui décidait de la façon dont il se manifestait, et du moment, a fait remarquer Pritkin tandis que je me relevais laborieusement. (C'était la deuxième fois que je manquais de m'endormir contre son épaule, malgré mes vêtements mouillés, le sol dur et tout le tremblement.) Est-ce exact ?

— Ouais. Je n'ai eu le droit de conduire qu'après avoir acheté la voiture, si vous préférez.

C'était toujours mieux que de se faire balader dans le temps à chaque coin de rue, et de réparer ce qui était censé déraper sans avoir la moindre idée de ce que ça pouvait bien être.

— Dans ce cas, vous devriez commencer à tâcher d'apprécier votre endurance. Sinon, vous risquez de rester coincée dans une autre époque ou de surcharger votre système. Au prix de sérieuses blessures.

— Non ? Vous croyez ? (J'ai commencé à longer la galerie. J'avais l'impression que mes pieds étaient coulés dans du béton.) Je n'y aurais jamais pensé toute seule.

— Je ne plaisante pas. (Pritkin m'a attrapée par le bras, à son endroit favori, juste au-dessus du biceps. Un jour ou l'autre, j'aurai les marques de ses doigts incrustées pour de bon.) Vous devez entamer une série d'expériences visant à connaître vos limites. Combien de fois êtes-vous capable de vous téléporter avant d'être totalement épuisée ? Le fait de remonter plus loin dans le temps vous demande-t-il plus d'énergie que des sauts plus courts ? Possédez-vous d'autres pouvoirs sur le temps ? Si oui, lesquels ?

Je lui ai répondu dans l'ordre :

— Trois ou quatre fois en fonction de mon niveau de fatigue de départ, si je ne me trimballe pas d'auto-stoppeur. En clair, je n'ai pas vraiment envie de savoir. Bon. Maintenant, est-ce qu'on pourrait s'occuper de nos petites affaires et garder vos trente-six autres questions pour plus tard ?

Pritkin n'a rien rétorqué, mais son silence était éloquent : il n'allait pas me lâcher. Je l'ai laissé bouder : je devais me concentrer pour ne pas me casser la figure. On s'est frayé un chemin, à tâtons, le long d'une autre galerie sombre et poussiéreuse.

On a fini par trouver la remise grâce à une méthode assez simple : en se cognant dedans. Ou plutôt, en se cognant au portail en fer forgé rouillé qui barrait l'entrée. J'ai fait quelques pas en arrière et Pritkin s'est mis à farfouiller partout. Je l'ai entendu craquer une allumette et, d'un seul coup, j'ai vu. À la lueur jaune et vacillante filtrant à travers le verre d'une petite lanterne placée dans une niche, il s'est mis à la recherche de pièges surprises. Il n'en a trouvé aucun, ce qui a eu l'air de le contrarier plus que de le réjouir.

— Quel est le problème ? Manassier nous a bien dit que cet endroit était abandonné.

Pritkin s'est passé la main dans les cheveux. Malgré l'eau, la sueur et la poussière de calcaire, ils se comportaient toujours comme une entité totalement indépendante.

— Êtes-vous encore capable de vous téléporter ?

— Peut-être.

— Si nous rencontrons le moindre problème, vous devez vous téléporter *sur-le-champ*. M'avez-vous bien compris ?

— Cinq sur cinq.

Pritkin m'a lancé un regard suspicieux. J'ai affiché mon air le plus neutre. Il m'avait demandé si j'avais compris. J'avais répondu « oui ». Je n'avais jamais dit que j'étais d'accord.

Il a passé un doigt sur le mécanisme de la porte, creusant un sillon de deux centimètres dans la couche de poussière et de crasse. On a entendu un « clic » et il a reculé, avant de donner un petit coup d'orteil à la porte. Elle s'est ouverte vers l'intérieur, bien obéissante, mais il a hésité sur le seuil.

— Je n'aime pas ça. C'est trop simple.

Personnellement, j'aimais bien quand c'était simple. D'ailleurs, il aurait été grand temps que la simplicité se radine.

— Peut-être que la chance commence enfin à nous sou…

Pritkin est entré dans la pièce et a disparu en émettant une espèce de son étranglé.

— Pritkin !

Aucune réponse. Je me suis agenouillée sur le seuil mais je n'ai rien vu. Il n'y avait qu'une caverne vide sans issue. Ni mage.

De toutes mes forces, j'ai agrippé les barreaux en fer du portail et j'ai tendu une main à l'intérieur. Après avoir exploré le calcaire poussiéreux sur à peu près cinquante centimètres, elle a disparu dans le sol. J'ai retiré brutalement mon bras, mais il avait l'air parfaitement indemne. Il s'agissait donc d'une illusion.

Je me suis allongée par terre, j'ai fermé les yeux et je me suis penchée en avant, à tel point que mon crâne aurait heurté la pierre s'il y avait réellement eu un sol à cet endroit. Puisqu'il n'y en avait pas, mes yeux se sont ouverts sur les ténèbres. Au bout d'un moment, ma vue s'est accommodée à l'obscurité et j'ai vu des doigts crasseux aux articulations blanchies par l'effort. Ils étaient accrochés à un pic en calcaire, à quelque trois mètres en contrebas. C'étaient des doigts humains et en dessous, je distinguais à peine une tête hirsute très familière.

— Attrapez ma main ! me suis-je exclamée. Je vais nous téléporter hors d'ici !

J'espérais en être capable. La tête s'est relevée brutalement vers le haut.

— Qu'est-ce que je viens de vous dire ? m'a demandé Pritkin.

— Salut. Moi, c'est Cassie Palmer. On se connaît ?

— Mademoiselle Palmer, a-t-il commencé d'un ton inflexible mais soudain très doux. Éloignez-vous du bord. Tout de suite.

— Je ne vais pas tomber, ai-je protesté, agacée.

— Moi non plus ! Il y a quelque chose en bas.

Je ne voyais pas très bien le visage de Pritkin. Ce n'était qu'une forme pâle et floue se détachant sur les ténèbres, mais d'après sa voix, je devinais qu'il n'était pas aux anges. Les gens ont tendance à croire que Pritkin n'a qu'un seul état : l'énervement.

C'est faux! Il en a plein. En quelques semaines, j'avais appris à distinguer entre l'énervement tout court, l'énervement agacé et l'énervement paniqué. Malheureusement, je reconnaissais cette dernière catégorie. Et on était deux à paniquer.

Ce sentiment s'est amplifié de plusieurs crans lorsque Pritkin a poussé un juron en tirant plusieurs coups en direction d'une chose tapie dans les ténèbres. Une légère odeur âcre de poudre est remontée vers moi et je me suis avancée en tortillant, tout en écartant bien les jambes : je me disais qu'en distribuant correctement mon poids, je serais plus à même d'éviter de provoquer une chute de pierres. Je me suis étirée au point d'entendre mon épaule craquer, mais j'étais toujours trop loin du mage. Et si je ne pouvais pas le toucher, je ne pouvais pas me téléporter avec lui.

J'ai levé les yeux vers le sol inexistant en me mordant la lèvre. C'était plutôt bizarre de le voir sous cet angle. Comme si la surface de la mer était couverte de poussière et de cailloux. Mais ça ne m'aidait pas à me concentrer. Je me suis donc remise en position assise et j'ai regardé le sol d'en haut.

Pendant une époque, lorsque je courais un danger, je n'avais qu'une seule ligne de conduite : la fuite. C'est une stratégie très efficace quand on veut rester en vie. En ce temps-là, je n'avais qu'un seul souci : échapper au vampire qui voulait me faire la peau. Mais il y avait une nette différence entre ce bon vieux temps et ma situation actuelle. À l'époque, je pouvais *éviter* les problèmes. Maintenant, j'avais des devoirs et des responsabilités. Le genre de choses dont on ne se débarrasse jamais. Chaque jour, une bonne dizaine de cauchemars jouaient des coudes pour décrocher le record de l'horreur. Et ils avaient tous leur chance, chacun à sa façon. En haut de la liste, il y avait précisément la peur d'assister sans rien faire à la mort d'un ami essayant de m'aider. J'avais déjà donné.

D'un seul coup, j'étais plutôt contente de ne pas voir le bas de la grotte.

J'ai basculé par-dessus le rebord. Sous mes doigts, la roche a commencé à s'effriter. Peut-être mes mains tremblaient-elles ? Une cascade de petits cailloux a disparu de l'autre côté de l'illusion. Certains ont dû tomber sur Pritkin, parce que je l'ai entendu pousser un nouveau juron.

— Par tous les diables ! Qu'êtes-vous en train de…

— Je suis une tête brûlée de première. Vous vous souvenez ? Est-ce que vous voyez ma jambe ?

Je m'accrochais aux rebords du gouffre par les bras, en m'appuyant sur les coudes, mais je ne me sentais pas stable pour autant. J'ai fait bien attention de *ne pas* regarder en bas mais j'ai tendu l'oreille pour entendre les cailloux tomber au fond. Et je n'ai jamais rien entendu.

J'ai essayé de bouger l'orteil, en essayant de ne pas tomber, mais je n'ai rien senti. Il n'y avait que le vide. Mince ! Et si j'avais besoin de toucher les gens avec ma peau ? Pourquoi n'avais-je pas pensé à enlever mes chaussures d'abord ? J'ai essayé d'en enlever une en la secouant, mais l'eau avait rétréci le tennis, qui adhérait à mon pied.

— Attrapez ma cheville !

Une série de mots on ne peut plus orduriers s'est réverbérée contre les parois.

— Si j'attrape quoi que ce soit, je lâche prise !

— Vous avez deux bras !

— Écoutez-moi. (La voix de Pritkin était basse et contrôlée, comme toujours lorsqu'il prétendait être raisonnable.) Je ne peux pas lâcher mon arme. Il y a quelque chose en bas. C'est cette chose qui m'a fait tomber. D'un instant à l'autre, elle pourrait se lasser de moi et s'en prendre à vous. Vous devez… (Il s'est interrompu : on entendait des cris, des explosions et des bruits de bottes provenir du fond de la galerie.) Téléportez-vous, bon sang !

— Attrapez ma jambe !

Toujours accrochée au rebord du gouffre, je me suis baissée un peu plus. Ma tête dépassait à peine, mais je ne touchais toujours rien. Cette satanée roche tombait en miettes sous mes doigts et je paniquais tellement que la sueur rendait mes paumes toutes glissantes. Une série de douleurs lancinantes ont remonté le long de mes bras, jusqu'à mes épaules, et les parois du gouffre n'offraient aucune aspérité pour y poser les pieds. Pritkin ne pouvait quand même pas être si bas !

Mais ça n'avait plus d'importance : une paire de pieds bottés venait de s'arrêter pile devant mes yeux. J'ai relevé ma nuque vers le haut et j'ai vu un homme entre deux âges me sourire. Il avait les cheveux poivre et sel et les yeux gris clair. Manassier. Tout s'expliquait !

— Je ne croyais pas que vous arriveriez jusque-là, m'a-t-il dit avec son accent à couper au couteau.

Quand je pense que je l'avais trouvé mignon, cet accent !

J'avais dû me mordre la langue à vif à un moment donné, parce que j'ai dégluti du sang.

— Surprise !

Il a haussé les épaules.

— Aucune importance. Je remporte quand même la récompense.

— Il y a une récompense ?

— Un demi-million d'euros. (Son sourire s'est élargi.) Vous allez faire de moi un homme riche.

— Un *demi*-million ? Vous voulez rire ? Je suis la Pythie. Je vaux bien plus que ça.

Il a sorti un pistolet. C'était un Sig Sauer P210. Je le reconnaissais grâce aux leçons de tir de Pritkin. Je visais toujours comme un pied mais maintenant j'étais capable d'identifier tout un tas d'armes. Même celle qui s'apprêtait à me tuer.

— Je suis un homme simple, a rétorqué Manassier. J'ai des goûts simples. Un demi-million, ça me va.

Me faire avoir par un escroc à la petite semaine… C'était moi tout craché. J'ai réprimé une furieuse envie d'éclater de rire.

— Vous n'êtes pas obligé de tirer, ai-je fait remarquer, à bout de souffle. Je ne vais pas tenir bien longtemps, de toute manière.

— Certes. Mais si vous glissez, le Cercle pourrait avancer que vous êtes morte de façon naturelle et ne pas offrir de récompense. Et j'aurais fait tout ça pour rien.

— Oh ben non… Ce serait trop bête.

Il a déclenché la sécurité.

— Bon. Ne bougez pas. Ça ne va pas faire mal.

— Tiens, ça changerait, pour une fois !

J'avais l'impression que mon corps pesait une tonne. Mes bras étaient liquéfiés d'épuisement et mes épaules hurlaient de douleur. Ça serait un tel soulagement de lâcher…

Et c'est ce que j'ai fait.

Je l'ai entendu hurler quelque chose en français et j'ai senti une balle fuser non loin de ma tête. Mais ça m'était égal. Je tombais sans trouver aucune prise. Partout où se posaient mes mains, il n'y avait que de la terre instable ou de la roche friable. J'ai agité les bras dans tous les sens : il fallait absolument que je touche Pritkin. Pendant une longue seconde, je n'ai rien senti d'autre que de l'air, mais mes doigts ont fini par heurter quelque chose de chaud et vivant. Je l'ai attrapé et on est tombés tous les deux. J'ai senti une bouffée d'air vertigineuse. Mon pouvoir ne venait pas. J'étais en train de me dire que je nous avais tués… lorsque mon cerveau s'est vidé d'un seul coup. Mon cœur a failli s'arrêter. La réalité s'est tordue dans tous les sens…

… Et on a atterri maladroitement dans le hall d'entrée d'un casino. À l'autre bout de la planète ou presque. Toute à ma panique démentielle, j'avais dû mal apprécier les distances, parce qu'on est arrivés à un mètre cinquante du sol. Pritkin est tombé par terre en premier, en grognant de douleur et j'étais cramponnée à son dos. Ensuite, les choses sont devenues d'un calme sidérant. C'était toujours comme ça lorsque j'échappais de peu à une mort certaine dans des circonstances particulièrement débiles. C'était un phénomène connu et c'était mauvais signe : ça voulait certainement dire qu'il se produisait beaucoup trop souvent. Je suis restée allongée, toute tremblante. J'entendais les conversations polies des clients devenir plus intenses, mais ça m'était égal. Je n'avais qu'une pensée en tête : *Merci Seigneur, je ne nous ai pas tués.*

Au bout d'un moment, j'ai toussé violemment et je me suis laissé rouler par terre. Pantelante, complètement amorphe, j'avais le visage couvert de boue et les paumes écorchées vives. Des réseaux entiers de muscles tressautaient de manière aléatoire, saisis de petites crampes douloureuses, avant de se relâcher. J'avais envie d'éclater en sanglots et de crier victoire en même temps.

Pritkin a fini par s'asseoir en grognant. Il était pâle comme un linge et suait abondamment. Ses cheveux trempés collaient à son front. Son visage et ses mains étaient tailladés de partout et il avait des brûlures à l'avant-bras.

J'avais envie de le toucher, pour être sûre qu'on en avait bel et bien réchappé tous les deux, mais je n'ai pas osé : on pouvait perdre une main pour moins que ça ! Je me suis donc contentée de le dévisager. J'étais tellement contente d'être en vie que je prêtais à peine attention à mon dos douloureux, à mes bras tremblants et à mon mal de crâne carabiné.

— C'est l'éclate ! ai-je articulé. Enfin, presque…

Pritkin m'a hissée en position assise. Sa main crasseuse et grevée d'entailles s'est refermée sur ma nuque.

— Allez-vous bien ?

Sa voix était sèche et abrupte, avec un arrière-ton paniqué.

— Je vous ai demandé d'arrêter de me poser cette…

Il m'a secouée. Il avait beau me tenir d'une seule main, j'ai senti mes dents claquer.

— Si une telle situation se présente de nouveau, n'importe quand… Vous. Me. Laissez. Compris ?

J'aurais bien entamé le débat, mais bizarrement, je me sentais un peu vaseuse.

— Je ne suis pas très douée pour abandonner les gens, ai-je fini par lâcher.

Un agent d'accueil s'est approché de nous à toute vitesse, muni d'un kit de premiers soins. Pritkin l'a gratifié d'une grimace peu avenante et le pauvre type s'est hâté de reculer.

— Dans ce cas, faites un effort !

Il s'est éloigné d'une démarche ferme mais boitillante. L'une de ses épaules pendait en formant un angle improbable.

— Ne me remerciez surtout pas, ai-je marmonné.

Chapitre 3

On avait atterri à Las Vegas, au *Dante* : un endroit à mi-chemin entre le casino et le train fantôme. Pour le moment, c'était également ce que Pritkin appelait notre centre d'opérations et que je considérais comme notre planque. Et dans le genre « cachette », ça se posait là. Non seulement le *Dante* se situait sur le territoire des vampires – une propriété fort bien tenue et particulièrement bien munie en talismans défensifs – mais on avait récemment contribué à en démolir une bonne partie. Nos ennemis ne penseraient jamais à nous y chercher. En tout cas, notre plan reposait sur cette hypothèse.

L'après-midi suivant, j'étais accoudée au comptoir du *Purgatoire* – le bar du rez-de-chaussée – en train d'essayer de scalper une tête rétrécie, lorsqu'un vampire a fait son entrée. Il avait beau s'être emmitouflé dans une cape noire à capuche – un accoutrement qui, dans tout autre contexte, aurait été éminemment théâtral –, j'ai immédiatement perçu sa nature grâce à un frisson très caractéristique à la base de ma nuque. Apparemment, notre plan était vaguement foireux.

J'ai gardé discrètement l'individu à l'œil tout en terminant de disséquer la tête. La touffe luisante de cheveux noirs a fini par se détacher presque intégralement. J'ai reposé le morceau de plastique sur lequel je m'étais acharnée et j'ai saisi la véritable tête rétrécie, qui était juchée sur un cendrier renversé, juste à côté. Elle m'a regardée méchamment de son œil torve et ratatiné comme un raisin sec.

— Je n'arrive pas à croire qu'on soit obligés d'en arriver là, a-t-elle protesté. Tu veux ma mort, ou quoi ?

— Tu es déjà mort.

— Ça, poupée, c'est un coup bas.

J'ai posé le long catogan sur sa peau plissée et je l'ai ajusté. D'habitude, cette tête – qui avait, d'après la rumeur, appartenu à un flambeur ayant eu la mauvaise idée de ne pas être solvable – prenait les commandes au *Zombie Bar*, à l'étage. Mais pour le moment, à cause de l'incendie qui y avait fait rage une heure durant, elle était au chômage technique. Par miracle, elle s'en était bien sortie, mais y avait laissé ses cheveux.

Je me sentais plus ou moins responsable : c'étaient les mages guerriers du Cercle qui avaient mis le feu au bar en essayant de me rôtir. J'avais donc essayé de remplacer sa touffe roussie par les cheveux d'une des reproductions vendues à la boutique de souvenirs. Le *Dante* n'est pas réputé pour la qualité de sa marchandise. Par conséquent, j'avais passé une bonne heure à passer en revue une centaine de têtes pour en trouver une qui corresponde. Mais la tête n'avait pas l'air d'apprécier mes efforts à leur juste valeur.

— Je ne peux pas me balader comme ça ! a-t-elle déclaré, amère, pendant que j'attrapais la Super Glue. Je suis la principale attraction. C'est moi, la vedette !

— C'est soit ça, soit je scalpe Barbie, l'ai-je menacée. Ils ne font pas de perruques à ta taille.

— Écoute, poulette. Ils ne font rien à ma taille. Mais ça ne m'a jamais posé problème avant.

— Je n'ai même pas envie de savoir ce que tu veux dire par là, ai-je rétorqué avec franchise.

Pendant ce temps-là, le vampire balayait du regard les tables prises d'assaut par la clientèle. Il était peut-être venu boire un coup et faire une partie de craps, mais j'en doutais. Je venais tout juste de refuser une offre d'emploi du Sénat des Vampires et, en règle générale, refuser quelque chose au Sénat, c'était plutôt mauvais pour la santé. Ce qui me surprenait, ce n'était pas qu'ils aient envoyé un émissaire réitérer leur offre dans des termes plus pragmatiques, c'était le temps que ça leur avait pris.

J'ai regardé une serveuse, vêtue de quelques sangles noires et de jambières lui arrivant aux cuisses, se diriger l'air troublé vers le nouveau venu pour l'accueillir. Elle marchait comme si elle avait les voûtes plantaires douloureuses, ce qui était probablement le cas. Le *Purgatoire* joue sur le bondage chic : ils avaient choisi ce style vestimentaire pour faire écho au nom du bar. Mais pour les serveuses, qui restaient debout huit heures d'affilée pour servir les clients, c'était une torture. J'en savais quelque chose : j'avais passé plusieurs jours dans leurs pompes. Littéralement.

L'idée, c'était de me cacher « pile devant leur nez ». En tout cas, c'est ce qu'avait soutenu Casanova, le directeur du casino. Pour ma part, je le soupçonnais de vouloir profiter d'une main-d'œuvre gratuite.

Le maître de Casanova, c'était Antonio, un grand ponte du crime basé à Philadelphie et mieux connu sous le nom de Tony. Un nom traîné dans la boue, ces derniers temps, parce qu'il avait arnaqué son propre maître… qui n'était autre que Mircea.

Entre autres choses, Tony avait essayé de me tuer, ce qui contrecarrait sérieusement les plans de Mircea. Ce dernier étant plutôt du genre rancunier, il avait confisqué toutes les possessions de Tony, y compris le casino et son directeur. Avant que le *geis* le mette sur la ligne de touche, Mircea avait ordonné à Casanova de m'aider, mais il ne lui avait pas donné d'instructions détaillées. Résultat, l'aide de Casanova s'était manifestée par une série de petits boulots de remplacement pour lesquels je n'avais pas vu l'ombre d'une fiche de paie.

Mais tant que Pritkin ne nous trouvait pas de piste qui tienne la route, je n'avais pas grand-chose d'autre à faire. À part regarder l'heure toutes les trente secondes en me demandant combien de minutes de liberté j'avais devant moi. Et le fait d'être occupée m'aidait un peu. En plus, Casanova avait raison pour le costume : ma combinaison short-bustier en vinyle ne dissimulait pas grand-chose de mon anatomie, mais avec mon maquillage sophistiqué et ma longue perruque noire, j'avais du mal à reconnaître en moi la petite blonde vénitienne aux yeux bleus que j'étais. J'ai continué à tripoter la tête rétrécie, l'air parfaitement décontracté, en croisant les doigts pour que le déguisement fonctionne.

L'homme assis à côté de moi s'est mis à geindre.

— La poire d'angoisse ? (Il a plaqué violemment la carte des boissons sur le comptoir.) J'y comprends rien, à ce charabia infernal !

— Vous n'êtes pas en enfer, justement, a rectifié le barman. Au purgatoire, les âmes ne sont autorisées ni à boire ni à manger.

— Et elles font quoi ? a demandé le type sur un ton sarcastique.

— Elles souffrent.

Je pensais que le costume du barman, estampillé « grand maître du donjon », avec sa cagoule de bourreau, ses bracelets de force cloutés et sa poitrine nue, était suffisamment explicite. À défaut, la demi-douzaine d'instruments de torture tapissant le mur aurait dû lui mettre la puce à l'oreille.

— Je *souffre* aussi… J'ai tellement soif ! a insisté le touriste.

— Une poire d'angoisse, c'est une poire, ai-je expliqué patiemment.

— Cool ! Merci beaucoup, Elvira. Et je suis censé faire quoi ? Jouer aux devinettes pour commander à boire ?

— Ce n'est pas si compliqué, a dit le barman avec douceur, tout en posant un cocktail flamboyant devant un autre client. Une vierge de fer, c'est un *virgin mary*, un empalement, c'est un *sex on the beach*, une chaise à clous, c'est un *rusty nail*, un…

— Tout ce que je veux, c'est un *bloody mary* ! Vous en avez ?

— Oui.

— Et comment ça s'appelle, ici ?

— Une marie sanglante.

Le vampire s'était arrêté à côté de moi.

— Inutile d'essayer, lui ai-je dit.

Pas moyen de me faire changer d'avis sur leur offre. En règle générale, il ne faut jamais faire confiance à un vampire. Mais à côté des membres du Sénat, le vamp de base fait figure de modèle de vertu.

— C'est ce que je m'échine à te dire ! a craché la tête. Ça ne ressemble à rien !

J'ai reposé la créature ingrate sur son cendrier et j'ai fait volte-face pour toiser mon visiteur inopportun.

— Et pourquoi vous donner la peine de vous déguiser ? Ce n'est pas comme si je ne connaissais pas votre vraie nature.

— Ce déguisement ne vous était pas destiné, a rétorqué le vampire en faisant tomber sa capuche.

Ses yeux marron ont croisé les miens. Leur couleur était aussi douce et familière qu'un cuir longtemps porté. Seule leur expression torturée détonnait. Je l'ai dévisagé, complètement éberluée.

— Rafe ?

Il s'est affalé contre le comptoir, les mains sur le ventre, comme s'il venait de recevoir un coup de poing. Je me suis laissé glisser de mon tabouret et je l'ai aidé à s'y jucher. Il tremblait de tous ses membres, malgré l'épaisse cape en laine dont il s'était enveloppé. Dehors, en cette fin de mois de juin, les rues vibraient de chaleur. Pourtant, il s'était emmailloté comme s'ils avaient prévu une tempête de neige. Je le connaissais depuis toujours, mais je ne l'avais jamais vu aussi mal en point.

On s'était rencontrés à la cour du vampire qui l'avait transformé, le susmentionné Tony. Ce dernier avait ordonné à Rafe de peindre ma chambre à coucher, lorsque j'étais enfant. Je doute que Tony ait agi de la sorte pour faire plaisir à sa voyante résidente. Il avait juste un sens de l'humour tordu et il avait trouvé hilarante l'idée de confier les tâches les plus triviales à l'un des plus grands artistes de la Renaissance. Mais Raphaël avait effectivement pris plaisir à son travail, et pendant les quelques mois qu'il avait passés à tapisser mon plafond d'angelots, d'étoiles et de nuages, on était devenus de grands amis. Rafe avait été une des rares personnes à avoir rendu supportable mon enfance chez Tony.

Lorsqu'il m'a embrassée distraitement, j'ai senti que ses lèvres étaient froides et ses mains glaciales. Je les ai réchauffées dans les miennes. J'avais le ventre serré d'angoisse. À moins d'être complètement affamés, les vampires sont aussi chauds que les êtres humains. Mais il ne pouvait pas être affamé. Comme tous les maîtres, Rafe pouvait soustraire à distance les molécules de sang. S'il avait faim, il pouvait drainer la moitié des clients du bar sans que personne s'en rende compte… jusqu'au moment où les premiers cadavres commenceraient à s'écrouler par terre.

— Je vais bien, Cassie.

Rafe m'a serré les mains et je me suis tout de suite sentie mieux. Il avait toujours eu cet effet sur moi. Peut-être parce qu'il m'avait souvent consolée, enfant. J'avais grandi dans l'illusion que s'il me disait que tout allait bien, c'était forcément vrai. De telles habitudes sont dures à perdre.

— Mais qu'est-ce qui se passe, alors ? Qu'est-ce qui ne va pas ? (Il a dégluti mais en guise de réponse, il s'est contenté de me lancer un regard désespéré. Son visage dansait dans le reflet des « flammes » en verre cernant le bar. Mon sang-froid tout neuf m'a désertée en moins d'une seconde.) Rafe ! Vous me faites peur !

— Ce n'était pas mon intention, *mia stella*.

Sa voix, d'ordinaire dotée d'une belle tessiture de ténor relevée d'un léger accent, n'était plus qu'un râle rauque. Il a dégluti mais lorsqu'il a essayé de reprendre la parole, il a failli s'étrangler. Il a lâché mes mains et s'est tenu la gorge. Un rictus a déformé son visage et j'ai reculé d'un pas, m'enfonçant par mégarde dans le nuage de brume fraîche que constituait Billy Joe.

Certaines personnes sont dotées de guides spectraux. Le genre de fantômes sages et sereins qui leur apportent leur aide d'Outremonde. Moi, j'ai un ex-flambeur. Une espèce de gros malin qui passe plus de temps à tricher au casino qu'à me donner des conseils. D'un autre côté, étant donné qu'il avait fini son existence mortelle en piquant une tête dans le Mississippi, avec les compliments d'un groupe de cow-boys qu'il venait de plumer aux cartes, ce n'est peut-être pas plus mal.

— Il lutte contre une injonction, a dit Billy, comme si j'avais besoin qu'on m'explique.

Je l'ai fusillé du regard. En vertu de son statut de personne à vie réduite, Billy en sait plus que moi sur le monde surnaturel. Mais de nous deux, c'est quand même moi qui m'y connais en vamps. Je n'avais pas grandi à la cour de Tony pour rien.

Même une fois devenus maîtres, les vampires restent soumis à l'autorité de leur propre maître, à moins d'arriver au premier niveau, que la plupart d'entre eux n'atteignent jamais. Mais les vieux vampires ont plus de latitude qu'un nouveau-né pour interpréter les ordres. Surtout s'ils sont intelligents et prêts à risquer un lourd châtiment. Et Rafe avait déjà intercédé en ma faveur : il avait dit à Mircea que Tony voulait me tuer, au péril de sa vie. S'il ne m'avait pas aidée, je n'aurais pas vécu assez longtemps pour devenir la Pythie.

— Tony ne peut plus vous donner d'ordres, ai-je dit lentement. (Les traits tordus de douleur de Rafe se sont un peu détendus. Notre fléau commun avait littéralement disparu de la surface de la terre : il se cachait quelque part en Faerie.) Il serait incapable de vous empêcher de me parler. Sauf s'il s'agit d'une injonction plus ancienne.

Pendant un long moment, l'immobilité de Rafe a eu presque quelque chose de surnaturel. Les seuls mouvements animant son visage étaient les vacillements des lumières du bar.

Ensuite, lentement, presque insensiblement, sa tête a oscillé de droite à gauche. J'ai jeté un coup d'œil à Billy Joe, qui s'était éloigné de quelques centimètres. Son corps voilait les flammes : à travers lui, elles avaient une étrange consistance translucide et elles brillaient d'une couleur sépia, avec des reflets rouges et dorés. De son doigt inconsistant, le fantôme a donné une chiquenaude à son *stetson*.

— Eh bien, si on procède par élimination…

J'ai hoché la tête. Il ne restait qu'une seule personne capable de forcer Rafe à lui obéir au point qu'il manque de s'étouffer à la simple idée de lui désobéir. C'était le maître de Tony.

Le bar, bondé, était chaud et humide. Pourtant, mes bras se sont couverts de chair de poule. Un désir inassouvi m'a traversée de part en part. Tout en moi – mon sang, mes os, ma peau – s'étirait, se tendait vers l'absent. J'ai jeté un coup d'œil au slogan placardé au-dessus du bar : NE NOUS SOUMETS PAS À LA TENTATION ; ON A DÉJÀ DONNÉ. Ils en avaient d'autres, comme ça ?

Rafe me regardait avec de grands yeux inquiets. Il ne pouvait être venu que pour une seule et unique raison : m'implorer d'aller voir Mircea. Comme si je n'avais pas assez de problèmes comme ça. J'ai ravalé mon envie de hurler. J'avais constamment les nerfs à vif, ces derniers temps. Mais ce n'était pas la faute de Rafe.

— Vous feriez mieux de vous en aller, lui ai-je dit d'une voix peu assurée. Je ne peux rien faire pour lui.

Rafe a secoué violemment la tête en signe de refus. Ses boucles brunes ont dansé devant son visage. Il a examiné tous les recoins de la pièce avec des mouvements furtifs des yeux, comme s'il avait peur qu'on lui saute dessus par surprise. Il était à bout de nerfs et ça se voyait. Il n'avait jamais été doué pour dissimuler ses émotions, même à la cour. Ça lui avait joué des tours plus d'une fois.

Il a reporté son attention sur moi. Son regard était empreint de désespoir, mais aussi d'une certaine détermination.

— Je ne vais pas bien, a-t-il dit avant de s'interrompre, comme s'il attendait quelque chose.

J'ai cligné des yeux. J'étais persuadée d'avoir raté un épisode. Les vampires, ça ne tombe pas malade. Ça se fait tirer dessus, brûler, empaler... mais ça n'a pas de rhume carabiné.

— Je peux faire venir un guérisseur, ai-je proposé.

Au *Dante*, ils avaient l'habitude de toutes sortes de petits accidents. Pas plus tard que la nuit précédente, deux gargouilles avaient eu la bonne idée de grignoter les vedettes d'un numéro animalier. Malheureusement, elles s'étaient aperçues que les loups savants n'étaient pas des loups. Ça s'était fini en un titanesque pugilat qui avait donné du fil à retordre à l'équipe médicale sur place pendant toute la nuit. Et ce genre d'incidents n'avait rien d'exceptionnel.

— Je ne pense pas qu'un guérisseur puisse m'aider, a tenté Rafe, hésitant.

Comme son maître ne semblait pas le punir, son regard s'est illuminé. Il m'a lancé un regard lubrique et j'ai compris ce qu'il était en train de faire : pour contourner l'interdiction, il prétendait parler de sa propre initiative. Mircea devait vraiment être au bout du rouleau pour avoir négligé une faille aussi évidente.

— Aucune importance, ai-je dit en espérant éviter une longue et pénible explication. Si je pouvais faire quoi que ce soit, ne croyez-vous pas que j'aurais déjà pris les devants ?

Le *geis* qui me faisait souffrir le martyre avait un effet encore plus néfaste sur Mircea. En effet, l'intensité du sort dépendait de sa durée. Et à cause d'un petit incident survenu sur la trame temporelle, Mircea avait de l'avance sur moi. À peu près un siècle d'avance.

Mon ancienne rivale au poste de Pythie, une folle furieuse appelée Myra, avait décidé de mettre un terme à notre concurrence en mettant au point un homicide tout à fait créatif. Elle n'aurait pas pu me tuer, en vertu d'une règle stipulant que l'assassin de la Pythie ou de son héritière désignée ne pouvait exercer son sacerdoce. Mais Myra était une petite futée, en tout cas en matière de chronologie, et elle avait manigancé une alternative. Si Mircea était mort avant mon altercation avec Tony, je n'aurais plus bénéficié de sa protection et Tony aurait fait le sale boulot à sa place.

Néanmoins, son plan avait une petite faille : il impliquait de trafiquer la trame temporelle. Et mon pouvoir n'avait pas apprécié. Il s'était acharné à me faire remonter le temps pour contrecarrer ses tentatives d'homicide. Au cours d'une de ces excursions, j'avais rencontré Mircea à une époque où le *geis* n'avait pas encore été lancé. Le sort avait aussitôt vu en Mircea le chaînon manquant à son accomplissement et il lui avait sauté dessus. Le processus avait non seulement donné au *geis* un siècle d'avance, mais lorsque Mircea avait fait lancer le *geis* d'origine, il s'était retrouvé avec deux chaînes aux pieds. Et j'étais bien placée pour savoir qu'une seule faisait déjà assez de dégâts.

— Mais... Personne d'autre n'est capable de faire quoi que ce soit !

Mon refus avait l'air d'avoir complètement démonté Rafe. Il était sidéré. J'ai été prise d'un sursaut de remords, ce qui était proprement injuste : ce n'était pas moi qui avais commencé ! C'était Mircea.

— Si je connaissais un contre-sort, ça ferait longtemps que je l'aurais lancé ! ai-je insisté.

D'habitude, je n'étais pas aussi hargneuse quand je m'adressais à Rafe. Mais mince ! Que croyait-il que je fabriquais depuis une semaine ?

Un seul livre renfermait l'unique contre-sort connu : le *Codex Merlini*, un ouvrage recensant les connaissances magiques les plus anciennes. Mais cet ouvrage avait disparu depuis bien longtemps – à supposer qu'il ait jamais existé. La plupart des gens qu'on avait contactés avec Pritkin étaient persuadés que le *Codex* n'était qu'un mythe. Nous avions rencontré toute une série de mages dédaigneux, et ils nous avaient tous certifié que ce livre devait être traité comme le reste de la légende arthurienne. Camelot n'avait jamais existé que dans l'imagination d'un poète français. Et il n'y avait pas de *Codex*.

La seule exception à la règle, c'était Manassier. Et pour des raisons qui n'appartenaient qu'à lui, il nous avait envoyés au diable Vauvert. Jusque-là, tout le monde avait refusé de nous parler. Ou on ne savait rien. Ou on voulait s'en mettre plein les poches sur le dos de deux crétins prêts à tout. Bref : je faisais déjà mon possible pour réprimer une panique galopante, que Rafe venait en rajouter une couche avec ses appels au secours !

— Je vous en supplie, Cassie !

Sa voix était brisée. Son regard à fendre le cœur m'a noué l'estomac. Si n'importe qui d'autre m'avait lancé un regard pareil – n'importe quel vampire, en tout cas – mes instincts paranoïaques se seraient immédiatement réveillés. Mais Rafe n'était pas un manipulateur. Enfin, pas à ma connaissance. Et au bout de quatre siècles, on pouvait décemment penser que sa personnalité ne changerait plus jamais.

— Je vous jure que je ne connais pas le contre-sort, ai-je répété plus gentiment. Dans quelques semaines, peut-être…

— Mais je serai mort dans quelques semaines ! s'est-il exclamé.

L'espace d'un instant, j'ai cru que le sol s'ouvrait sous mes pieds. Mes oreilles se sont mises à bourdonner et j'ai eu l'impression que le bar rétrécissait, que je manquais d'air, que la lumière s'estompait. La basse constituant le bruit de fond continuel du *Purgatoire* résonnait à l'intérieur de mon crâne.

Rafe m'a dévisagée. Ses traits s'étaient adoucis.

— Je suis désolé, *mia stella*. Je ne voulais pas vous annoncer cela de cette façon.

Pendant un moment, je n'ai rien pu faire d'autre que lui renvoyer son regard. Comprendre ce qu'il venait de dire m'a fait l'effet d'un éclair traversant mon cerveau. J'avais toujours su que ce sortilège était particulièrement vicieux – mes propres réactions le démontraient tous les jours – mais je n'avais jamais envisagé qu'il allait si loin. Mircea était un maître du premier niveau. Il n'en existait qu'une poignée dans le monde et ils étaient presque impossibles à tuer. L'idée qu'il puisse mourir à cause d'un sortilège – de n'importe quel sortilège – était presque inconcevable. D'autant que le sortilège en question n'avait même pas été conçu comme une arme.

— Il doit s'agir d'un malentendu, ai-je fini par lâcher. Je sais que vous souffrez, mais…

— Je ne souffre pas, *mia stella*, a-t-il chuchoté. Je *meurs*.

— Mais si je viens à lui, ça ne fera qu'empirer les choses !

Je m'étais trompée de pronom. Rafe a tiqué, mais ça ne l'a pas arrêté.

— La Consule a fait appel à des experts venus du monde entier. Vous savez très bien qu'ils ne lui mentiraient jamais. (J'imaginais que non. La Consule, à la tête du Sénat des vampires, était de loin son membre le plus effrayant.) J'ai entendu l'un d'eux lui dire que si vous accomplissiez le sortilège, ça… me libérerait peut-être. Et il n'avait entendu parler d'aucun autre remède.

— Je vous promets que je trouverai un autre moyen, lui ai-je certifié, au bord de l'évanouissement.

Rafe avait l'air sincèrement sidéré par mon refus. Comme si le fait de risquer l'esclavage à vie n'était qu'une bagatelle.

— Je ne comprends pas vos réserves. Mircea ne vous ferait jamais aucun mal…

— Ce n'est pas ça le problème ! Ça vous a amusé, de servir de boy à Tony ? Pour l'éternité ?

— Mircea n'a rien à voir avec ce *bastardo* de Tony, a rétorqué Rafe, complètement scandalisé.

J'ai secoué la tête d'énervement. Non. Mircea n'était pas Tony, malgré le *geis*, malgré tout ce qu'il m'avait fait. Je le savais. Mais ça restait un vampire. Et s'il y a une chose à laquelle les vampires ne peuvent pas résister, c'est le pouvoir. Si le *geis* permettait à Mircea de contrôler le mien, il s'en servirait. Et comme avec Tony, je n'aurais pas mon mot à dire.

Si Tony voulait ma mort, c'était principalement parce que je l'avais vendu au FBI. J'avais tout un tas de raisons d'aider les fédéraux, mais la raison principale de ma trahison, c'était la façon dont Tony avait utilisé mes visions. Il s'en était servi pour anticiper les catastrophes. Et, par conséquent, les occasions d'en tirer profit. Comme j'étais jeune et naïve à l'époque, je l'avais cru quand il m'avait certifié qu'il avait besoin de mes informations pour avertir les gens sur le point de souffrir. Lorsque j'avais découvert ce qu'il en faisait vraiment, je m'étais juré de ne plus jamais me faire utiliser de la sorte. Ni par lui ni par personne d'autre.

J'ai dégluti. Je savais que ma question risquait de mal passer, mais il fallait que je la pose.

— Dites-moi la vérité, Rafe. Est-ce Mircea qui vous envoie ?

S'il était vraiment à l'article de la mort, c'était logique qu'il envoie Rafe me prévenir. Mircea m'avait sauvé la vie en empêchant Tony d'assouvir sa vengeance. Je lui devais une fière chandelle. Ça ne m'aurait pas étonné qu'il me demande de lui rendre la pareille.

Ce qui ne me semblait pas très logique, c'était d'ordonner à Rafe de se prêter à cette mise en scène compliquée et de prétendre qu'il lui avait interdit de venir me voir. Mais Mircea avait beau avoir l'apparence d'un homme de trente ans, il en avait cinq cents. Et dire qu'il était machiavélique, c'était une litote. C'était le cas de tous les vampires, d'ailleurs. J'avais très vite compris que la meilleure façon de savoir ce que vous voulait un vampire, c'était de se poser la question de ses intérêts. Et il était dans l'intérêt de Mircea d'accomplir le *geis*.

Rafe m'a dévisagée en clignant des yeux. Pendant quelques secondes, il a eu l'air complètement perdu, hébété, presque vexé.

— Vous croyez que je vous mentirais ?

— Si Mircea vous l'ordonnait, oui. Vous n'auriez pas le choix !

— On a toujours le choix, a rétorqué Rafe, offensé. Si on m'avait donné l'ordre de vous mentir… (Il a légèrement haussé les épaules.) Je n'y peux rien. Je fais un bien piètre acteur.

— Mais vous êtes très attaché à Mircea. Vous pourriez être d'accord avec ses ordres.

Il a poussé un soupir exaspéré.

— Mircea a de nombreuses qualités, Cassie. J'en ai bien conscience. Mais il a aussi ses défauts. Et l'un de ses défauts pourrait, j'en ai bien peur, causer sa perte. Il est buté. Trop buté pour entendre raison lorsque les experts de la Consule lui disent qu'il ne peut pas lutter. Trop buté pour croire que son pouvoir, si grand soit-il, pourrait flancher. Et trop fier pour l'admettre, même s'il y croyait !

Ça ressemblait effectivement à Mircea. D'ailleurs, je m'étais toujours demandé comment il réagirait à un dysfonctionnement du *geis*. J'avais toujours imaginé qu'il serait plutôt tenté de s'en servir pour mieux me contrôler. J'étais habituée à ce que ma vie soit chaotique, mais pour lui, c'était nouveau. C'était Mircea qui manipulait les gens, qui les utilisait pour arriver à ses fins ou à celles du Sénat. Il n'avait pas l'habitude qu'on lui fasse la même chose.

— Et puisqu'on parle de tromperies, a ajouté Rafe avec insistance, le mage Pritkin n'a aucune raison de sauver Mircea. S'il meurt, le sort sera rompu. Tout ce qu'il a à faire, c'est prendre son mal en patience le temps que ça se produise, et vous serez libre.

J'ai failli objecter par réflexe, mais mes protestations se sont évanouies avant de franchir mes lèvres. Le *Codex* contenait un sortilège mystérieux que Pritkin ne voulait absolument pas qu'on retrouve. Je m'étais engagée à lui remettre le livre dès qu'on l'aurait trouvé, pour qu'il retire la formule avant de m'autoriser à chercher le contre-sort du *geis*. Et s'il ne me faisait pas confiance ? Je ne connaissais pas assez bien la communauté magique pour savoir qui interroger. Jusque-là, tous les experts à qui on avait parlé étaient des contacts de Pritkin. Et tout son cinéma, à Paris, tous ses « partez-je-reste » ? Était-ce vraiment par souci de ma santé ou parce qu'il voulait m'empêcher de trouver le moindre indice ? Si on faisait constamment chou blanc, c'était peut-être parce qu'il le voulait.

— J'ai failli oublier. J'ai quelque chose pour vous. (Rafe a fouillé un moment dans sa cape, dont il a fini par extraire un petit paquet enveloppé dans du feutre.) Les faes l'ont rendu à Mircea. Elles se sont dit qu'il pourrait vous le remettre, puisqu'il est votre maître.

J'ai déplié le feutre et un vieux paquet de tarot m'est tombé entre les mains. Les cartes étaient sales et froissées, écornées pour la plupart. J'étais quelque peu étonnée de les revoir : je les avais perdues lors d'une désastreuse incursion en Faerie, à la recherche de Myra. J'avais été tellement soulagée de sortir vivante de cette débandade que je n'avais pas vraiment pensé aux pertes.

Soudain, une carte a fait irruption du paquet, sans aucune intervention de ma part.

— Le bateleur inversé, a commenté une voix assourdissante, avant que je rabatte la carte dans le paquet et fourre le tout dans la poche de mon short.

Ça n'a pas arrangé mon état d'esprit…

Mon ancienne gouvernante avait fait enchanter ce jeu de tarot pour qu'il diagnostique le climat spirituel d'une situation donnée. Au départ, ce n'était qu'une blague, mais au cours des années, j'avais remarqué que ses prédictions avaient une triste tendance à être exactes. Et c'était problématique. Parce qu'il n'y avait pas photo : le bateleur inversé, c'était mauvais.

Vous savez, les types qui manipulent des gobelets avec des fèves cachées à l'intérieur, dans les fêtes foraines ? Les gars avec des tas de peluches qui moisissent sur place parce que personne ne les gagne jamais ? Le bateleur inversé, c'est un peu ça. C'est le vendeur ou l'escroc qui vous fait croire n'importe quoi. Vous pouvez l'éviter, mais vous devez rester sur vos gardes. Parce qu'il n'a jamais l'air d'un truand.

J'avais soigneusement rangé la carte mais j'avais toujours l'impression qu'un petit visage de bateleur flottait devant moi. Et mon imagination lui donnait les yeux vert vif de Pritkin. Je ne savais pas jusqu'où il était prêt à aller pour que le sort mystérieux ne soit jamais retrouvé. Or, si Mircea mourait, ma principale raison de découvrir le *Codex* disparaîtrait avec lui. Et si Pritkin était prêt à payer le prix fort pour garder son secret ? Comme la mort de quelqu'un ? C'était possible. Surtout si le « quelqu'un » en question était un vampire.

Chapitre 4

Rafe m'a regardée sans rien dire pendant un long moment avant de se racler la gorge.

— Il pourrait y avoir un autre moyen.

J'ai attendu, mais il est resté bêtement assis. Sa mâchoire bougeait mais aucun son ne sortait de sa bouche.

— J'écoute…

— Je ne peux pas vous le dire, a-t-il fini par admettre, s'avouant vaincu.

Finalement, l'injonction de Mircea n'avait pas l'air d'avoir tant de failles que ça.

J'ai jeté un coup d'œil à Billy. Il a haussé les épaules en soupirant. Il n'aime pas posséder les gens, mais ça lui permet d'infiltrer leurs pensées et de glaner quelques bribes d'informations ici et là. Et je doutais que Mircea ait interdit à Rafe de penser à son petit secret.

— Baissez vos boucliers, lui ai-je dit. Et gardez cette pensée en tête.

Rafe avait l'air un peu nerveux, mais comme Billy s'est insinué dans sa peau quelques secondes plus tard, j'ai conclu qu'il m'avait obéi. J'ai regardé autour de moi en me demandant ce que les touristes auraient pensé s'ils avaient su qu'un fantôme était en train de posséder un vampire à quelques mètres d'eux. À côté de ça, les spectacles du *Dante*, c'était de la gnognotte. Billy est ressorti de Rafe, par l'autre côté. Il avait l'air horrifié.

— Oh non ! Tout mais pas ça…

— Qu'est-ce que tu as vu ?

— Rien. Rien de chez rien.

— Tu mens.

Je n'y croyais pas. Billy avait un tas de défauts, mais il ne mentait jamais. Enfin, il ne *me* mentait jamais.

Sa mâchoire s'est crispée. Ses yeux noisette reflétaient une détermination que je ne lui connaissais pas.

— Si je mens, c'est pour ton bien.

D'après la tradition, il y a quatre principales raisons pour lesquelles un fantôme apparaît aux yeux des mortels : pour leur reprocher quelque chose, pour les mettre en garde, pour leur remémorer un événement ou pour les conseiller. J'aurais pu en ajouter quelques-unes : pour les enquiquiner, pour les empêcher de tourner en rond et, dans le cas de Billy, pour leur mettre les nerfs en boule.

— C'est à moi d'en décider ! ai-je rétorqué, furieuse.

— Pour ce qu'elles valent, tes décisions !

— Pardon ?

— Chaque fois que tu te retrouves impliquée dans une histoire de vampires, c'est la cata. (Billy a levé trois doigts.) Tomas. « Oh, Billy ! C'est qu'un gentil SDF ! Il a juste besoin d'un logement ! » Ouais, c'est ça. Un gentil SDF qui s'est révélé être un maître vampire déguisé qui t'a trahie et a failli te faire tuer ! (Il a baissé un doigt.) Mircea. « Oh, Billy ! Je le connais depuis toujours. Je n'ai rien à craindre de lui. » Jusqu'à ce qu'il te lance un *geis* et te manipule pour que tu deviennes la Pythie. (Il a baissé un autre doigt, me laissant admirer un geste insultant.) Tu comprendras que je me fasse de la bile !

— Je suis *toujours* impliquée dans une histoire de vampires ! lui ai-je rappelé sèchement.

— Tu ne vas pas aimer.

— Je n'aime déjà pas ! Crache le morceau !

Le barman m'a regardée bizarrement. Il se demandait sûrement pourquoi je cherchais des noises au comptoir.

— Ton pote a mené sa petite enquête, a commencé Billy à contrecœur. Et il a entendu une rumeur. Mais ce n'est sans doute qu'une rumeur. Ça fait des siècles que les gens se font des films sur le *Codex*.

Rafe a secoué la tête mais s'est immédiatement tenu la gorge. Le barman commençait à s'éloigner lentement. Je lui ai souri mais je lisais sur son visage qu'il nous prenait pour des tarés. D'habitude, ça ne m'aurait pas gênée tant que ça, mais pour une fois, j'étais du même avis.

— Billy !

Il a soupiré.

— On raconte que le *Codex* n'a jamais disparu, que les mages l'ont toujours eu mais qu'ils ont lancé cette rumeur pour être sûrs que personne ne vienne le leur chourer.

— Génial, ai-je dit d'un ton sinistre. Exactement ce qu'il me fallait : une autre prise de bec avec le Cercle.

— Cass', a continué Billy, presque gentiment. Il n'y a pas qu'un seul Cercle.

Je n'ai pas compris tout de suite ce qu'il voulait dire. Et puis mes yeux ont dévisagé Rafe automatiquement.

— C'est le Cercle noir qui l'a ? ai-je chuchoté avec férocité.

Le Cercle noir rassemblait les utilisateurs de magie noire, des gens sans scrupules qui ne se souciaient pas de la façon dont ils obtenaient leur pouvoir. Ou l'utilisaient. Récemment, ils s'étaient alliés avec des vampires renégats pour lutter contre le Cercle d'argent et le Sénat des vampires, déclenchant une guerre qui menaçait d'anéantir le monde surnaturel. Jusque-là, j'avais réussi à rester plus ou moins à l'écart. Et j'aurais bien aimé le rester.

Rafe a eu la décence d'avoir l'air vaguement désolé.

— J'essaie d'éviter de me faire de nouveaux ennemis, ai-je ajouté sèchement.

— En plus, si Mircea veut mener un assaut contre une forteresse des Ténèbres, il peut payer des gens pour ça, a fait remarquer Billy. Franchement, il n'a pas besoin de nous.

J'ai acquiescé d'un hochement de tête. Pour une fois, Billy était la voix de la raison. Rafe avait l'air paumé. Il était incapable d'entendre Billy, maintenant qu'il ne l'avait plus « en résidence », pour ainsi dire.

— Mircea dispose d'un personnel hautement qualifié..., ai-je commencé, mais Rafe m'a interrompue d'un geste hystérique.

— Aucun d'entre eux ne bougera le petit doigt, a-t-il articulé d'une voix rauque.

Il avait presque l'air de s'étouffer. Je suis allée derrière le comptoir pour lui offrir un verre d'eau.

— Et pourquoi ça ? Ils tiennent vraiment à ce qu'il meure ?

— Non !

Il a regardé autour de lui, complètement paniqué. Mais son hurlement avait été couvert par le bourdonnement des conversations et le rythme monotone de la musique. Il s'est penché sur le comptoir et a baissé la voix. Son chuchotement était si indistinct que j'ai presque dû lire sur ses lèvres.

— Une minorité d'entre eux sont mécontents de leur travail. Ils pensent qu'ils s'épanouiraient mieux ailleurs. Mais la plupart sont assez intelligents pour comprendre...

Il n'a pas fini sa phrase.

— Pour comprendre quoi ?

Rafe a pris le verre que je lui tendais mais n'a pas bu. Il l'a posé et s'est mis à caresser frénétiquement le comptoir par automatisme.

— Que sans Tony et avec Mircea dans la tombe, nous n'aurons plus personne pour nous protéger. Le clan sera dispersé et chacun d'entre nous récupéré par un autre maître, qui se servira de nous pour accroître son pouvoir. Mais nous serons des inconnus pour eux, Cassie : ils n'auront aucune considération pour nous. Nous ne serons que des pions, rien de plus. Ils nous exploiteront pour mieux nous abandonner si, par malheur, nous ne sommes pas à la hauteur de leurs espérances.

Je n'avais pas pensé à ça. Je me suis traitée de tous les noms. Mais bien sûr ! La mort de Mircea serait bien plus qu'une tragédie personnelle : son statut de patriarche de clan allait y veiller. Et pour quelqu'un comme Rafe, ce serait une vraie catastrophe.

Il n'avait jamais été respecté, chez Tony : à sa cour, une fine gâchette avait plus de valeur qu'un artiste de génie. Mais au moins, il connaissait les règles de la maison et il avait voix au chapitre. Dans un nouveau clan, il devrait se battre pour trouver sa place. Et cette lutte pourrait durer plusieurs décennies. Rafe n'était pas un combattant. Il ne vivrait peut-être pas assez longtemps pour faire son trou.

— Dans ce cas, pourquoi le clan ne l'aide-t-il pas ? ai-je demandé. Ils ont autant à perdre que lui !

— Parce que la Consule l'a interdit ! a chuchoté Rafe. Je m'expose à son courroux en venant jusqu'ici !

Je comprenais qu'il soit si nerveux.

— Mais pourquoi ferait-elle une chose pareille ? Elle a besoin que Mircea reste en vie !

La Consule avait beau être effrayante, elle ne pouvait pas espérer gagner cette guerre toute seule. Au final, le Sénat était aussi fort que la somme de ses membres, et il en avait déjà perdu un bon quart au combat. Ou par défection. Elle ne pouvait pas se permettre de perdre Mircea.

— D'après elle, nous avons déjà fait notre possible. Une nouvelle ingérence ne ferait qu'aggraver les choses. Mais à mon avis, ce n'est pas la seule raison : elle sait qu'on s'adressera naturellement à vous et elle ne veut pas vous aider.

— Mais j'essaie d'arranger les choses !

C'était dans l'intérêt de Mircea de lever ce *geis*. Autant que du mien. Et je ne connaissais pas bien la Consule, mais j'étais sûre qu'elle était sensible au principe de la protection de ses intérêts propres.

— Je sais, Cassie. Mais elle, non. Elle croit que vous en voulez toujours à Mircea d'avoir lancé le *geis*, et que vous pourriez manigancer une sorte de vengeance. Elle sait pertinemment que nous n'êtes pas obligée de l'aider : s'il meurt, le *geis* sera détruit et…

— Elle croit vraiment que je ferais une chose pareille ? Le regarder mourir sans rien faire ?

Les mains de Rafe se sont crispées sur le comptoir.

— Je ne sais pas ce qu'elle croirait en temps normal, mais les circonstances sont exceptionnelles ! Nous sommes en guerre et elle a peur de perdre Mircea. Qui plus est, elle a peur de votre pouvoir. Et la peur n'est pas une émotion qu'elle ressent très fréquemment. Lorsqu'elle a peur… elle réagit de façon disproportionnée. Peut-être pourriez-vous lui parler ?

Je l'ai fusillé du regard. Je n'ai pas pris la peine de lui répondre. Je soupçonnais la Consule de nourrir le plan secret de libérer Mircea du *geis* en se débarrassant de la personne qui l'avait lancé sur lui. Et comme par hasard, à cause du cafouillis chronologique évoqué plus haut, cette personne, c'était moi.

— Mircea ne va pas mourir, ai-je dit, autant pour me rassurer que pour convaincre Rafe. C'est un membre du Sénat, pas un nouveau-né !

Rafe n'a pas répondu. Il s'est contenté de tendre la main. Il a ouvert sa paume, dévoilant une fine barrette à cheveux en platine. Je l'ai reconnue immédiatement. Contrairement à la plupart des vieux vampires, Mircea s'habillait très rarement à la mode de sa jeunesse. Je ne l'avais vu qu'une seule fois en habits traditionnels, et c'était un acte réfléchi, une prise de position politique. Il préférait les vêtements contemporains raffinés. Le seul signe distinctif rappelant ses origines, c'était ses cheveux, qu'il portait longs. Un jour, il m'avait dit qu'à son époque, seuls les serfs et les esclaves avaient les cheveux courts.

Il n'avait jamais réussi à dépasser ses préjugés. Mais même sur ce chapitre, il faisait des concessions aux conventions modernes : il retenait sa chevelure à la naissance de sa nuque, au moyen d'une barrette. De cette barrette.

Je suis restée à une distance respectueuse : je ne voulais surtout pas déclencher une vision. Le simple fait de penser à Mircea me mettait déjà dans tous mes états : je n'avais aucune envie de le voir. Cela dit, cette fois, mes précautions ont été inutiles. Une vague d'images s'est abattue sur moi et m'a emportée.

J'ai cligné des yeux. Une nouvelle scène s'est imposée à moi. Mes oreilles se sont mises à bourdonner dans le silence soudain. La faible lueur des bougies formait une flaque dorée autour d'un immense lit, surélevé de quelques marches par rapport au reste de la chambre. J'ai eu la vision fugitive d'un environnement confortable – du bois sombre, des tapis généreux, de nombreuses antiquités – mais je ne pouvais pas y fixer mon regard. Toute mon attention était mobilisée par le corps allongé sur les draps froissés, par sa peau pâle comme un linge contrastant avec la couleur chocolat du tissu. Des ombres d'un bleu profond adoucissaient ses traits nets et coupants, les revêtant d'une beauté subtile. Ça n'avait rien à voir avec la lumière électrique. En contemplant les flammes parcourant les muscles de Mircea de leurs doigts orange doré, j'ai pleinement pris conscience de la puissance évocatrice des bougies.

Il avait déboutonné sa chemise mais l'avait gardée sur lui. Il ne portait rien d'autre. Elle était plaquée à sa peau. Le tissu blanc était tellement imbibé de sueur qu'il en était presque transparent. J'ai été assaillie par une succession de détails. Aucun d'entre eux ne m'a aidée à reprendre mon sang-froid : ses tétons protubérants, les muscles tressaillants de son ventre, ses yeux couleur d'ambre, ses hanches saillantes et tendues.

Son corps raidi de douleur a été saisi de violentes convulsions. Son dos s'est cambré, sa poitrine s'est soulevée et ses muscles se sont contorsionnés. J'avais l'impression que sa colonne vertébrale allait céder. Ses doigts se sont écartés sur les draps mouillés, désespérément. Ses cuisses se sont mises à tressaillir comme s'il venait de courir un marathon. Sa tête a touché le matelas. Il avait la mâchoire crispée et les tendons de son cou saillaient de façon impressionnante. Je l'ai dévisagé. Ça me fendait le cœur de le voir comme ça. J'avais envie de le prendre dans mes bras et de me cramponner à lui, comme si ça pouvait l'aider. En réalité, ça nous condamnerait tous les deux.

Au bout d'un moment, ses membres se sont relâchés et il est retombé sur le dos, pantelant. Des frissons l'ont parcouru pendant encore quelques minutes. Quelques-unes de ses boucles noires, luisantes de sueur, collaient à son cou. Elles constituaient sa seule couleur, à l'exception de ses yeux et des veines bleu pâle sous-jacentes à sa peau.

Pour une fois, son visage était libéré de son masque de jovialité et il avait l'air affamé. Ça lui donnait presque un air sauvage. Les yeux rivés au plafond, il a murmuré quelques mots inintelligibles d'une voix éraillée. Ensuite, il s'est interrompu et ses poings se sont crispés dans les draps humides sur lesquels il reposait. Ses lèvres luisaient de sang. Il les avait mordues pendant sa crise. Il les a léchées avant de balayer la pièce de son regard perçant. Soudain, même si je n'étais pas vraiment là, même s'il ne pouvait pas me voir, ses yeux étincelants de fièvre m'ont transpercée de part en part.

— Cassie.

Dans sa bouche, mon nom était à la fois une caresse et un grognement.

Et je me suis retrouvée en haut des marches. Comme si sa voix m'avait fait apparaître. Je n'ai pas paniqué – j'ai quand même l'habitude d'avoir des visions – mais cette expérience-là dépassait le stade purement visuel. Je sentais tout : le bois lisse du cadre de lit, sa fragrance de cire d'abeille ; les épais rideaux en velours marron, attachés par une douce cordelette en satin et terminés par une frange soyeuse qui glissait sur les phalanges de mes doigts. Ça ne m'était jamais arrivé dans une simple vision.

Soudain, je me suis demandé si je ne m'étais pas téléportée par mégarde. Ça me semblait quasiment impossible : depuis que j'étais devenue la Pythie, c'était moi qui contrôlais le pouvoir, pas l'inverse. C'était moi qui décidais du lieu et de l'époque que je visitais. Je commençais à reculer lorsqu'une main tremblante s'est levée et s'est mise à remonter le long de ma cuisse, brûlante de fièvre contre ma peau. *Bon*. Je me trompais peut-être.

Les cheveux de Mircea pendaient mollement de son crâne, sans vie, emmêlés. Et ses pommettes saillantes transperçaient presque sa chair abîmée. Son corps avait beau être solide, il avait l'air fané, évanescent. Pourtant, ses yeux n'avaient pas changé : ils étaient brûlants, étincelants, dangereux. Son regard était tellement intense que j'ai commencé à paniquer un petit peu, finalement. D'autant que ma peau s'est couverte de frissons. Et ce n'était pas des frissons de peur.

Sans crier gare, mes jambes se sont dérobées et je me suis retrouvée dans le creux du lit, encore chaud de son corps. Son odeur était omniprésente, comme une brume hypnotique. Je pouvais presque goûter le musc qui émanait de lui. Il m'envahissait de sa douce et ténébreuse sauvagerie. Mes pensées se sont emmêlées. Mon cerveau n'arrivait pas à trier toutes les informations qui lui parvenaient en bloc : les draps ; un lin d'antan, rêche. Les particules de poussière dansant dans la flamme des bougies, comme de la poudre d'or. Les gouttes de sueur tombant du visage de Mircea sur le mien, comme des larmes. Et le poids de son corps sur moi. Sa cuisse ouvrant mes jambes, ferme et chaude de sang.

Ses lèvres et ses dents se sont emparées de ma bouche, presque avec sauvagerie. Il s'est mis à mordre ma lèvre inférieure, jusqu'à me faire mal, avant de la lécher, me soulageant pour mieux me rendre sensible à ses autres morsures.

Il gémissait contre moi. Ses mots étaient inintelligibles mais son intention claire comme de l'eau de roche. *Vous êtes à moi.*

Soudain, plus rien n'existait que sa bouche et ses mains expertes. Ces dernières ont commencé à pétrir mon corps, glissant contre mes hanches et mon ventre, remontant le long de ma poitrine, jusqu'à mes épaules et à mon cou, avant de redescendre. La fine pellicule de vinyle conduisait la chaleur aussi bien que ma peau nue. Chacun de ses attouchements me brûlait. Chaque caresse possessive hurlait « Vous êtes à moi ». Les mots étaient inutiles.

Ça faisait si longtemps que je vivais avec le désir inassouvi du *geis* que je m'y étais habituée. J'avais presque oublié l'effet de la satisfaction. La chaleur de ses caresses me l'a rappelé. Il a raffermi son étreinte à un point tel que ç'en est devenu douloureux, mais je m'en rendais à peine compte. Il m'a de nouveau mordillée avant de m'embrasser tendrement, lentement. J'avais l'impression d'être dans un rêve. Mes yeux se sont fermés sous l'effet de ses lèvres, de ses dents et de ses caresses enivrantes.

Je ressentais en moi l'écho de ses émotions, que notre lien me communiquait. Je les entendais aussi clairement que s'il m'avait parlé. Et je sentais son excitation contre moi. Notre séparation était presque douloureuse, comme si le *geis* voulait que nous ne fassions qu'un. Comme s'il détestait que nous soyons deux individus séparés. C'était une douleur vide, profonde. Comme celle que ressentirait une personne ayant dépassé le stade de la faim : ce n'était plus une crampe d'estomac, c'était un néant dévorant. Même si je n'avais jamais rien ressenti de tel pour de la nourriture, je reconnaissais ce sentiment. La faim peut prendre de nombreuses formes.

J'avais passé toute ma vie d'adulte à recommencer de zéro. J'avais toujours fui quelqu'un : Tony, le Sénat ou le Cercle. Je n'étais jamais restée longtemps au même endroit. Je n'avais jamais appris à connaître les gens parce que j'avais toujours su que j'allais m'en aller et les perdre. J'avais appris à ne pas m'attacher, à ne jamais tenir à rien ni à personne. Je savais que si je m'habituais à leur présence, la séparation n'en serait que plus difficile. J'avais toujours regardé tout le monde avec suspicion, en faisant bien attention à me tenir à une distance raisonnable, douloureuse. Tous autant qu'ils étaient : les amis, les ennemis, les amants potentiels… Et pendant tout ce temps, ma faim n'avait fait que croître. La faim d'avoir quelqu'un qui reste, pour toujours. Quelqu'un qui m'appartienne.

Et maintenant, le *geis* me susurrait, de sa voix tentatrice, que je pouvais avoir tout ça : Mircea, une famille, un monde qui me comprenait et que je comprenais. J'étais un être humain mais je ne pensais pas comme eux. J'en avais vraiment pris conscience ces dernières semaines. J'avais été noyée dans une marée de magie totalement inepte, de raisonnements humains impossibles à suivre, de querelles humaines qui risquaient de me détruire. J'avais une envie soudaine et violente de peaux froides, de voix calmes, de regards vénérables. J'avais envie de rentrer chez moi.

Mais je n'avais plus de chez-moi. *C'est du Cassie tout craché*, ai-je pensé avec amertume en caressant ses pommettes saillantes du bout des pouces. Le seul endroit où je me sentais chez moi était précisément le dernier endroit où je pouvais mettre les pieds.

J'ai enfoui mes mains dans ses cheveux tandis que mon cerveau essayait de traiter cette information comme toutes les choses que j'avais désirées sans m'autoriser à les avoir. Mais mon esprit d'habitude si précautionneux et analytique ne fonctionnait plus. Au fond de moi, je ne voulais pas entendre les mots « plus tard » ou « attends » ou « trop dangereux ». Surtout pas avec ces mèches noires glissant entre mes doigts, s'enroulant comme des chaînettes de soie autour de mes poignets. Elles étaient aussi douces qu'elles en avaient l'air. Et belles. Si belles.

J'explorais son corps. La prudence dont j'avais fait preuve toute ma vie bataillait contre un désir impérieux, une envie lancinante de le posséder. Je le *voulais* si ardemment. Mes mains tremblaient en parcourant la courbe de ses jambes, jusqu'au creux de ses genoux, le dessus de ses cuisses. Ce n'était pas assez. Et c'était déjà trop. Il fallait absolument que je parte. Pourtant, jamais de ma vie je n'avais eu autant envie de rester.

J'ai agrippé sa chemise et l'ai fait glisser le long de ses bras. Ses épaules étaient si larges que j'ai dû m'étirer pour les dénuder. Lorsque je les ai effleurées, j'ai senti ses muscles se bander sous mes mains. Mes paumes se sont imprégnées de sa sueur. *Il peut m'appartenir*, ai-je tenté de me convaincre. *Juste une minute.* Quelques instants volés avant d'obéir à la voix de la raison et de m'enfuir.

J'ai caressé ses biceps en remontant jusqu'aux ailes saillantes de ses clavicules et à sa nuque. Mircea était grand et fin. Mais ses muscles déliés adoucissaient la silhouette de son corps anguleux. Il était bâti comme un coureur, un nageur, un escrimeur. J'ai posé la main sur sa joue et suivi la ligne de sa mâchoire, agitée par un muscle frémissant de désir. Lorsque j'ai atteint ses lèvres, elles se sont ouvertes sous mes doigts.

Tandis que je dessinais la courbe de sa lèvre inférieure pulpeuse, sa langue a glissé le long de mes doigts, sa voix a tremblé à travers ma peau. Nos regards se sont croisés et je me suis dit que si je me laissais aller, je pourrais me noyer dans ses reflets ambrés et y rester des semaines entières. Je pensais qu'il allait m'embrasser, mais au lieu de ça, il a arrêté ses lèvres sur ma clavicule. Après l'avoir légèrement mordillée, il a fait glisser sa langue le long de l'os, avant d'aller explorer la peau plus tendre de mon cou.

Ses dents m'ont effleurée, exactement à l'endroit que choisirait un vampire pour boire. Je les ai à peine senties. Je n'ai pas eu peur. Je me sentais complètement déconnectée, j'avais l'impression d'avoir quitté la terre et de flotter, d'être en apesanteur. Mais je n'avais pas peur. Il s'est légèrement retiré et m'a léché la peau, pile sur la veine, lentement, comme pour marquer son territoire. Et j'ai de nouveau senti ses dents. Aiguisées comme des lames de rasoir, à la différence des dents humaines émoussées, leur contact me rappelait la nature exacte de la créature dont je partageais le lit. Mais ça ne suffisait pas à m'inquiéter. Parce que Mircea ne m'avait jamais mordue.

Pourtant, il avait pincé la chair protégeant la jugulaire, assez fort pour que je le sente, et il ne lâchait pas prise. Ça ne faisait pas mal. C'était une sensation légère. Mais mon pouls battait à tout rompre sous la pression de ses lèvres et lorsque je déglutissais, j'avais l'impression d'étouffer.

— Mircea, ai-je commencé.

Et j'ai senti ses crocs s'enfoncer dans ma chair.

Pendant un instant, je suis restée pétrifiée. Mon cœur s'est affolé dans ma poitrine, comme s'il hésitait entre s'extirper de ma cage thoracique et s'arrêter complètement. Mais je n'ai pas réussi à comprendre ce que signifiait cette perte de contrôle de la part de Mircea : la douleur a immédiatement cédé la place à une vague de désir pur. Il frottait frénétiquement ses hanches contre les miennes tandis que ses dents s'enfonçaient plus profondément. Et la douleur lancinante était entrecoupée de saccades de jouissance époustouflantes. Tout est devenu flou. Aux mouvements ondulants de son corps répondait un flot tourmenté de sensations irréelles.

Je me suis mise à produire des bruits – des gémissements aigus et étranglés, de petits halètements étouffés – qui ne me ressemblaient absolument pas. Lorsque Mircea a commencé à se nourrir, je me suis cambrée contre lui. J'avais presque l'impression d'entendre grésiller le plaisir qui me traversait. Comme si ça libérait quelque chose en moi, quelque chose qui était resté beaucoup trop longtemps tendu à son maximum, comme un élastique exagérément étiré. Et cette chose a fini par céder. Je l'ai sentie claquer aux tréfonds de mon corps.

Comme si une jointure disloquée s'était brutalement remise à sa place. C'était tellement *bon* que j'en ai eu le souffle coupé. Un sentiment familier s'est répandu dans mes veines, me répétant que j'étais ici chez moi. Que je n'étais chez moi qu'ici. Émerveillée, je me suis laissé aller à l'étreinte de Mircea. Et une tension indescriptible m'a désertée.

Je sentais mon sang sourdre en lui. Chaud, vivant, vigoureux. J'ai voulu le repousser, mais au lieu de ça, je me suis cramponnée à ses épaules pour l'attirer plus près de moi. Mircea a emprisonné ma nuque au creux de sa main. De son autre main, il a appuyé sur mes hanches, pour nous fondre l'un dans l'autre…

Et je me suis retrouvée assise au bord de la mer. Une eau turquoise léchait mes orteils, à moitié ensevelis sous le sable.

J'ai regardé frénétiquement autour de moi, complètement désorientée. Je m'attendais que quelqu'un ou quelque chose me saute dessus d'un instant à l'autre. Je me suis retournée pour me plaquer au sol, dans l'espoir de constituer une plus petite cible, et le soleil m'a momentanément aveuglée. Je me suis pétrifiée. J'étais certaine que quelqu'un allait en profiter pour me prendre par surprise. Mais il ne s'est rien passé. J'ai cligné des paupières pendant quelques secondes pour recouvrer la vue. Puis je n'ai rien vu d'autre que le soleil, le ciel, le sable… et, perché au sommet d'une colline, un petit temple en train de tomber lentement en ruine.

Il ne se passait toujours rien. Au bout d'un moment, mon cœur a abandonné l'idée de sortir de ma poitrine en battant comme un forcené et ma respiration a repris un rythme plus ou moins normal. Toujours allongée, j'ai regardé une ruée de petits oiseaux marron virevolter autour du toit du temple, où ils devaient avoir leur nid. Rien d'autre ne bougeait sur cette plage, à l'exception des vaguelettes léchant mes pieds.

J'ai fini par m'asseoir. Comme personne ne m'a attaquée, je me suis mise à genoux. Mon cerveau avait suffisamment évacué d'adrénaline pour se remettre à fonctionner : je savais très bien qui je devais m'attendre à rencontrer. L'être qui avait autrefois possédé mon pouvoir s'était déjà montré à moi dans une situation similaire. Il avait l'air de trouver hilarante l'idée de me rendre visite au moment le plus embarrassant possible.

Un des petits oiseaux marron sautillait sur la plage. Ses pattes dessinaient de petites traces que l'eau s'empressait de remplir. Lorsque les vagues se retiraient, l'oiseau se ruait sur le sable mouillé, en quête d'une petite friandise qu'elles auraient pu oublier, et se dépêchait de regagner la plage dès qu'elles revenaient à la charge. Il a fini par se fatiguer de ce petit jeu et a sautillé vers moi pour demander l'aumône. J'ai cligné des yeux et lorsque je les ai rouverts, un bel homme blond vêtu d'une tunique beaucoup trop courte était allongé sur le sable à côté de moi. Pendant un court instant, j'ai cru qu'il avait écrasé le petit oiseau. Mais j'ai fini par comprendre.

— Je suis tout cela, Hérophile, a-t-il dit en faisant un grand signe de la main. Les vagues, le sable et, bien entendu, le soleil. Mais il n'est pas facile d'avoir une conversation sous cette apparence.

— Je m'appelle Cassandra ! ai-je rétorqué sèchement.

Lors de notre première rencontre, il m'avait donné le nom de la seconde Pythie de Delphes, où se trouvait son ancien temple. C'était censé être une sorte de nom de règne, mais je n'étais pas très à l'aise à l'idée de l'utiliser étant donné que je ne savais pas comment exercer correctement la fonction qu'il représentait. Sans compter que pour un nom, « Hérophile », c'était quand même gratiné.

— Vous étiez où ? ai-je demandé. Vous m'aviez promis de me former ! Vous vous êtes trompé ? Vous vouliez dire « me laisser moisir comme une vieille chaussette » en fait ? Ça fait une semaine ! J'espère que vous vous rendez compte que j'ai failli tout foirer !

— Tout à fait. C'est pourquoi je viens te sortir de là. (Il a cessé de tripoter les algues et s'est tourné vers moi. Contrairement à la dernière fois qu'on s'était vus, il n'avait pas le corps couvert de poussière d'or, mais je ne voyais toujours pas son visage, qui n'était qu'un ovale de lumière. Ça n'avait rien de majestueux. C'était juste bizarre. J'avais l'impression de parler à une lampe disproportionnée.) Tu ne peux pas continuer de la sorte. Nous devons régler ce problème de *geis*. Il constitue une distraction.

— Une distraction ? (J'aurais pu qualifier le *geis* de beaucoup de choses, mais le terme « distraction » ne figurait pas sur ma liste.) Mircea va mourir et je ne vais sûrement pas faire de vieux os !

— Sauf si tu retrouves le *Codex*. La réponse que tu cherches s'y trouve.

— Je sais ! Ce que je ne sais pas, c'est l'endroit où il se trouve et comment le récupérer. Aucune de nos pistes ne nous a menés nulle part. Sauf la dernière, qui a failli nous mener... à notre mort ! Mais vous n'étiez peut-être pas en ligne, hier ?

Il venait de terminer une tresse d'algues. Il me l'a attachée autour du poignet, comme un bracelet.

— Si c'était facile, ce ne serait pas un test.

— Je n'ai pas besoin de test : j'ai besoin d'aide !

— Tu as déjà toute l'aide dont tu as besoin.

— Dans ce cas, j'ai dû passer à côté !

— Tu trouveras ce qu'il te faut en temps et en heure. C'est peut-être ton talent le plus précieux, Hérophile : attirer les gens à toi.

— Ah oui, ça pour attirer, j'attire ! Le souci, c'est que j'attire des gens qui veulent me tuer.

Il a éclaté de rire, comme si mon trépas imminent était la chose la plus amusante qu'il ait entendue de la journée.

— Je t'ai promis de te former. Fort bien. Voici ton premier devoir : trouve le *Codex* et lève ce *geis* avant qu'il complique encore plus les choses.

— Et si je n'y arrive pas ?

— Tu as toute ma confiance.

— Vous êtes bien le seul.

— Tu vas y arriver. J'en suis persuadé. Sinon... (Il a haussé nonchalamment les épaules.) tu ne mérites pas ton poste.

Et je suis retournée à la case départ, agrippée aux épaules musclées et dénudées de Mircea, les doigts glissant sur sa peau luisante de sueur. J'avais beau être habituée aux va-et-vient des visions, j'étais quand même secouée. D'autant que Mircea se nourrissait encore. Et que la sensation était toujours aussi intense.

Je ne m'étais jamais sentie aussi complice de quelqu'un. Aussi proche, aussi liée. J'avais envie que ça ne s'arrête jamais. C'était bien parti pour, d'ailleurs. C'était bien ça le problème. Au bout d'un moment, je me suis rendu compte que le sang battait à tout rompre à mes tempes, que des petites taches blanches dansaient devant mes yeux, que mon souffle commençait à manquer... mais que Mircea ne s'arrêtait pas pour autant.

— Lâchez-moi, Mircea, ai-je dit aussi clairement que me le permettaient ses crocs enfoncés dans ma gorge. (Sans aucun effet. Sauf si vous comptez un durcissement de sa main posée contre ma hanche, brûlante malgré le textile.) Mircea ! Lâchez-moi ! Vous allez me tuer.

Je l'ai repoussé de toutes mes forces. Sur le moment, je n'ai pas pensé que ce geste risquait de m'arracher la gorge. Je voulais juste qu'il s'en aille. Mes mains formaient un angle bizarre contre ses épaules. Je ne faisais pas le poids, mais mon geste a dû faire son effet, parce qu'il s'est arrêté.

Je le sentais hésitant. Sa soif luttait contre le peu de raison qui lui restait et, pendant un long moment, je me suis vraiment demandé laquelle des deux allait l'emporter. Et puis lentement, comme s'il se déplaçait sous l'eau, ses dents se sont retirées de moi, proprement.

— Cassie… (Il avait l'air complètement perdu. Sa voix était rauque.) J'ai cru que vous n'étiez qu'un rêve.

Je l'ai regardé, au bord du vertige.

— C'est peut-être le cas.

Il m'a dévisagée en déglutissant avec peine. L'étincelle fiévreuse de ses yeux brillait de plus belle. Il avait l'air d'un drogué en manque.

— Mes rêves s'améliorent.

Je l'ai embrassé. Nos langues se sont emmêlées, pendant un court instant de douce chaleur.

— On essaie de trouver une solution.

— Je sais.

Il s'est interrompu pour jeter un coup d'œil circulaire à la chambre, comme s'il s'attendait à apercevoir quelqu'un, ou quelque chose. Puisqu'il n'y avait rien, il est retombé sur le dos. Quand il s'est éloigné de moi, un long frisson l'a parcouru.

— Vous savez ? Comment savez-vous ?

Il n'a pas répondu. J'ai juste senti ses muscles tressaillir sous mes mains. Il a fermé les yeux, comme pour ne plus voir mon visage.

— Vous devez partir, Cassie.

C'était un bon conseil, mais le fait que Mircea me le donne n'était pas très logique. Je savais très bien pourquoi je tenais à éviter d'accomplir le *geis*. Mais lui n'avait aucune raison d'agir de la sorte. Non seulement ça le délivrerait de son état déplorable, mais ça lui garantirait une servante de prix. Il n'y avait aucune ombre au tableau.

— Vous ne voulez pas accomplir le *geis* ? ai-je demandé, perplexe.

Je devais avoir raté un épisode.

— Non. (Il a crispé les poings dans les draps, si fort que ses articulations ont blanchi.) Je veux que vous partiez.

— Je ne comprends pas…

Je lui ai touché l'épaule sans réfléchir, l'esprit encore embrumé par le sortilège. Il a eu un mouvement de recul, comme si je venais de le gifler. Ensuite, il a bondi hors de ma portée, à l'autre bout du lit pour s'asseoir face au mur.

— Allez-vous-en, Cassie. Je vous en conjure.

— D'accord.

Il se passait quelque chose de très bizarre mais je n'avais pas le temps de découvrir les tenants et les aboutissants. Un bruit sec a retenti, semblable à un coup de feu. J'ai sursauté, mais j'ai compris qu'on n'était pas en train de me tirer dessus. C'était Mircea. Sa main s'était refermée sur la quenouille massive du lit : il l'avait brisée comme une brindille.

En un clin d'œil, je me suis envolée. Derrière moi, la chambre s'est évanouie dans les ténèbres. J'ai plissé les yeux pour recouvrer la vue, et lorsque je les ai rouverts, j'étais de retour au bar. En me voyant apparaître, le barman a sursauté et s'est enfui dans la remise.

Je l'ai suivi des yeux, interloquée, avant d'apercevoir mon reflet dans le miroir, derrière les bouteilles. J'avais les yeux grands ouverts, les joues rouges et les lèvres boursouflées par les baisers de Mircea. J'ai mis la main à mon cou et l'ai retirée teintée de sang sombre. J'ai scruté ma paume enduite de sang et j'ai essayé de parler. Sans succès.

Rafe m'a tendu une serviette, que j'ai pressée contre mon cou. Mes lèvres palpitaient encore du souvenir des baisers de Mircea. Ses caresses me manquaient déjà atrocement, douloureusement. Ma poitrine me faisait mal, comme si Mircea avait laissé ses empreintes en moi, profondément. Pas seulement sur ma peau.

— Vous comprenez, désormais ? m'a demandé Rafe d'une voix douce.

J'ai hoché la tête lentement. Je n'avais pas eu de vision. Je m'étais inconsciemment téléportée au chevet de Mircea. Même moi, j'avais perdu tout contrôle : la situation de Mircea devait être cent fois plus terrible. J'ai compris que le *geis* n'allait pas le tuer : il allait le rendre fou. Et pour mettre fin à un désir aussi impérieux, tôt ou tard, n'importe qui serait prêt à commettre l'irréparable.

Y compris mettre fin à ses jours.

Chapitre 5

Au sein de la communauté surnaturelle, *Boule de Cristal* n'est pas l'organe de presse le plus respecté. Son slogan en dit long : « Tous les scoops sont permis ». Mais de temps en temps, ses journalistes à l'affût de scandales révèlent une histoire que des journaux plus respectables rejettent sous prétexte qu'il ne s'agit que d'une rumeur. Encore plus rarement, cette rumeur s'avère juste.

Jusque-là, on avait beaucoup spéculé sur l'identité de la nouvelle Pythie, mais personne n'avait réussi à établir mon identité. Ce n'était qu'une question de temps mais je n'allais pas cracher sur ce petit sursis. Qui plus est, le manque d'information sur cette affaire l'avait reléguée aux dernières pages des journaux, pour céder la place à des histoires plus croustillantes. Le titre à sensation du jour concernait une femme non identifiée pillant le quartier général du Cercle. Comme d'habitude, l'article était aussi avare en faits qu'il était dispendieux en termes du genre « Mata Hari » ou « Catwoman ». Tous mes vœux tacites l'accompagnaient. Si on ne m'avait pas encore débusquée, c'était peut-être grâce à elle.

Ma pause était finie. J'ai rangé le canard dans mon casier et je me suis préparée à retourner au travail. Ma dernière activité en date pour tuer le temps était liée à la toute nouvelle expérience lucrative de Casanova.

Il venait d'entuber un styliste en le forçant à louer une des boutiques hors de prix de la galerie commerçante. Pour remplir sa part du marché, Casanova s'était engagé à mettre, au début de chaque saison, un espace à la disposition de ses défilés de mode. Et il lui prêterait ses actrices pour lui servir de mannequins, ainsi que des petites mains pour faire le sale boulot. Bien entendu, je faisais partie des petites mains.

Une jolie brune s'affairait devant le casier voisin. On s'est dévisagées l'une l'autre. Son costume consistait en une tartine de peinture corporelle imitation cadavre, un collier de crânes et une jupe composée de bras flétris. On les avait coupés à hauteur du coude pour donner un effet minijupe. Ils bougeaient très légèrement, ce qui suffisait à rendre l'ensemble particulièrement répugnant.

— Du zombie, m'a-t-elle dit en ajustant son rouge à lèvres grâce au miroir de son casier.

— Pardon ?

— Tu sais, ceux qui travaillaient à l'étage, avant.

— Je croyais qu'ils étaient foutus.

Lorsque le Cercle m'avait prise en chasse, les zombies s'étaient retrouvés en travers de leur chemin. Et les morts-vivants ont beau être résistants en règle générale, ils n'avaient pas fait de vieux os contre une escouade de mages guerriers émérites.

— Ouais. Mais tu connais le chef. Il ne voulait pas gâcher.

— Je ne comprends pas.

— Il nous a dit que les zombies assez dégourdis pour servir au bar et plutôt dociles pour s'abstenir de grignoter la clientèle, ça ne court pas les rues. Du coup, il a mis à contribution son personnel humain en attendant d'en recruter plus, mais il voulait qu'il y ait un petit rappel, histoire que personne n'oublie que c'était censé être le Bar des Zombies. Donc…

— Il a récupéré des bouts de leurs cadavres pour en faire des costumes ?

— Ça pourrait être pire, a-t-elle dit en voyant mon expression. Le seul problème, c'est que je me fais tripoter chaque fois que je m'assieds.

— Quoi ?

Elle a fait une grimace en direction de sa jupe.

— Il y en a un qui n'arrête pas de me palper. Quand je me suis plainte aux sorciers vaudous, ils m'ont dit qu'ils ne pouvaient pas tous les remplacer et que je devais repérer lequel c'était. Mais ils se ressemblent tous.

On a scruté un moment les choses grisâtres qui pendouillaient à sa taille. Je me suis fait violence pour ne pas frissonner chaque fois qu'une phalange osseuse effleurait sa peau nue, mais ma robe n'a pas réussi à en faire abstraction. Comme la plupart des pièces de la collection, elle avait été enchantée de façon à s'adapter aux humeurs. Et elle avait une gamme à faire pâlir de jalousie un caméléon. Toute la matinée, elle avait affiché des paysages apaisants, mais elle venait tout juste de virer au caca d'oie brumeux. Ça rappelait un rayon de soleil filtré par la pollution ambiante.

— C'est la première fois que je vois ce costume, a fait remarquer la jolie brune en plissant les yeux.

— Je bosse sur le défilé.

— Tu es mannequin ? Mais ils m'avaient dit qu'ils n'avaient plus besoin de filles !

— Je suis juste en coulisses. Mais le styliste veut qu'on soit toutes habillées.

— Ah. Ça va, alors, a-t-elle dit, plus calme. Je me disais qu'il devait y avoir une erreur. Je veux dire, tu es mignonne et tout. Mais tu n'as pas forcément…

— … l'étoffe d'un mannequin ?

J'ai souri, mais ma robe a pris la teinte gris jaune du ciel orageux de San Francisco. *Génial.*

— Exactement ! (Elle a plissé le nez en considérant la nouvelle teinte de ma robe.) Beurk. Comment tu t'y prends pour lui redonner une couleur plus sympa ?

— Je ne sais pas trop.

Et le styliste, un petit blond acariâtre appelé Augustin, n'allait pas apprécier le changement.

— Détends-toi ! m'a-t-elle dit avec jovialité. Si tu restes en coulisses, personne ne te verra, de toute manière.

Elle a fermé la porte de son casier d'un coup de hanche, avant de pousser un glapissement : une des mains venait de lui pincer les fesses. Et d'un seul coup, ma robe a repris la teinte d'une belle journée ensoleillée.

C'était moins compliqué que je pensais.

Mon nouveau job avait un bon côté : j'avais une copine de travail. Vu qu'elle n'avait ni passeport ni numéro de sécu et qu'elle ne parlait pas très bien anglais, je m'étais demandé comment elle allait se débrouiller pour gagner sa vie. D'autant que son CV était périmé de quatre cents ans.

J'ai retrouvé Françoise en coulisses et je l'ai aidée à enfiler sa robe : une gaine d'un blanc éclatant dotée d'une jupe longue et de manches papillon. C'était une belle robe, mais je ne voyais pas ce qu'elle faisait dans une collection tellement chère que même les sorcières pleines aux as hésitaient avant d'acheter. Soudain, un petit point noir a fait irruption sur une des épaules, avant de déplier huit pattes sombres et de s'affairer.

Une rangée d'autres points que j'avais pris pour des boutons se sont détachés de son épaule pour suivre le premier. Une fois la robe entièrement boutonnée, les araignées avaient couvert la moitié du corsage d'une fine broderie noire, aussi raffinée et compliquée que les toiles qu'elles imitaient. Les araignées tissaient et détissaient sans cesse de nouveaux motifs, si rapidement qu'on aurait dit que le textile était parcouru de feux d'artifice soyeux : chaque explosion formait, en s'épanouissant, un motif unique se fondant aussitôt dans un autre, encore plus sophistiqué.

J'ai admiré la robe avec convoitise pendant que Françoise enfilait ses gants. Tous les mannequins en portaient. C'était le fil rouge de la collection. Les siens étaient longs et noirs. Ils avaient un autre intérêt : ils dissimulaient les cicatrices qu'un bourreau chevronné lui avait faites quatre siècles auparavant, la défigurant à vie.

Elle avait commencé son existence dans la France du XVIIe siècle, où elle s'était frottée à l'Inquisition, qui n'était pas trop fan des sorcières. Elle avait échappé aux inquisiteurs, mais elle s'était retrouvée embarquée en Faerie contre son gré. Une bande d'esclavagistes avait eu l'idée de se faire de l'argent facile en vendant de jeunes sorcières aux faes. On lui avait infligé ses cicatrices juste avant de la kidnapper mais son acheteur, un noble dont l'épouse était très jalouse, n'avait pas osé les soigner. Au bout d'un moment, Françoise s'était enfuie, mais elle s'était retrouvée prisonnière des faes des Ténèbres, qui se sont dit qu'elle serait plus utile comme esclave qu'au menu. Bien entendu, dans ces conditions, elles n'avaient même pas remarqué les cicatrices.

Du point de vue de Françoise, toute cette aventure n'avait duré que quelques années, mais en Faerie, le temps ne suit pas les mêmes règles qu'ici. Quand elle avait enfin réussi à s'échapper, le monde qu'elle avait connu avait disparu depuis bien longtemps, ce qui faisait d'elle, à ma connaissance, la seule personne à subir encore plus que moi les caprices du sort. Heureusement pour elle, elle était grande, mate et typée. Des qualités peu appréciées dans son siècle d'origine qui préférait les femmes menues, pâles et traditionnelles, mais qui avaient suffi à Augustin pour passer l'éponge sur son manque de références professionnelles. Les amazones peu prisées d'antan font les top models d'aujourd'hui.

Une fois Françoise habillée et pendant qu'elle attendait qu'on la maquille, même si cela n'était absolument pas nécessaire, j'ai reporté mon attention sur un sac à main rebelle, que je me suis échinée à attraper. Au bout d'un moment, je l'ai coincé entre le mur et une penderie, et je l'ai agrippé par sa poignée squameuse. Il m'a attaquée et s'est tortillé comme un beau diable, tout en faisant son possible pour me griffer le visage.

Augustin est apparu derrière mon épaule. Il n'a pas levé le petit doigt pour m'aider. Il s'est contenté d'observer le combat quelque temps, par-dessus le bord de ses lunettes d'un violet criard qui menaçaient de glisser de son long nez. Elton John aurait pu porter les mêmes dans un clip de « Rocket Man ». Leur épaisse monture, tapissée de paillettes, détonnait avec ses yeux bleu clair et ses boucles coiffées avec art. Mais elle aurait détonné avec n'importe quoi.

— Certaines… personnes… demandent à vous voir, m'a-t-il informée. Ils n'ont pas de billet d'entrée, et très franchement…

— Quelles personnes ? ai-je demandé.

J'avais très peur de la réponse. J'aurais pu compter mes amis sur les doigts d'une main et, à l'exception de Rafe, aucun d'entre eux ne savait où me trouver.

— Qu'est-ce que j'en sais ? (Les yeux d'Augustin étincelaient de colère.) Vous pensez vraiment que je vais m'occuper toutes affaires cessantes de vos amis dépenaillés ? Quelques secondes à peine avant le défilé ? Ils ne sont même pas sur la liste des invités !

Je n'ai pas répondu tout de suite parce que le sac était en train de gagner. Il s'était déjà doté de quatre pattes trapues et d'un museau denté. Pour couronner le tout, une queue couverte d'écailles vertes a fait irruption de sa croupe : il s'en est servi pour faire levier et m'échapper des mains. Il est tombé au sol et s'est lancé à la poursuite d'une ceinture en serpent. La ceinture s'est éloignée en rampant mais le sac l'a attrapée par la queue, engloutissant la créature frétillante en quelques bouchées.

Avec l'aide de Françoise, j'ai plaqué au sol l'accessoire récalcitrant et bâillonné son museau avec un foulard.

— À quoi ils ressemblent ?

— C'est exactement là où je voulais en venir ! a rétorqué sèchement Augustin en faisant danser ses boucles d'un coup de tête. On dirait des figurants de *Hair*. Et je ne vous raconte pas l'odeur. Débarrassez-vous d'eux. Sur-le-champ !

Puis il a tourné les talons en marquant bien son indignation.

J'ai jeté un coup d'œil entre les rideaux séparant les coulisses du podium, à l'affût de mes visiteurs, mais ce n'était pas facile. La salle de bal était pleine de sorcières sur leur trente et un. Apparemment, les chapeaux seraient à la mode, cet été : au début, je n'ai rien vu d'autre qu'une forêt de ronds aux couleurs tape-à-l'œil, qui bondissaient et oscillaient comme des fleurs dans la brise. Aucun signe d'une personne habillée ou parfumée pour moins de cent dollars le kilo. Mais les deux sorcières qui me bloquaient la vue ont fini par s'installer dans leur fauteuil et je les ai aperçus, eux.

Augustin s'était trompé. Ce n'étaient pas mes amis.

La musique a commencé et le premier mannequin m'a donné un coup de coude pour passer et avancer sur le podium d'une démarche chaloupée. À son côté, un sac en peau de léopard se faisait discrètement la malle. Mais je l'ai à peine remarqué. J'avais les yeux rivés sur les deux silhouettes qui venaient de se faufiler par la sortie de secours. Je ne les connaissais pas, mais je savais ce qu'ils étaient. Leurs épais manteaux étaient on ne peut plus révélateurs : il s'agissait de mages guerriers. Et ils avaient beau être dépenaillés, je doutais qu'ils soient venus jusqu'ici pour renouveler leur garde-robe.

Ils parcouraient la foule l'air de rien. J'avais souvent vu les traits de Pritkin refléter cette expression anodine : je savais à quel point ils étaient perspicaces. J'ai reculé dans l'ombre des rideaux. Je me demandais si j'étais capable de me téléporter sans être vue lorsqu'un des mages a donné un coup de coude à son collègue tout en hochant la tête en direction d'un groupe d'enfants en guenilles, massés contre un des murs. Les mages se sont précipités sur eux, l'air sombre, et les enfants se sont immédiatement mis à courir. La plupart des spectateurs ayant pris place, il n'y avait aucun obstacle entre les gosses et leurs poursuivants, à l'exception des deux vamps postés à l'accueil.

Le Cercle et le Sénat avaient conclu une trêve temporaire en raison de la guerre, mais qui n'effaçait pas des siècles d'inimitié et de méfiance. D'autant que des mages guerriers avaient mené un assaut contre le casino un peu plus d'une semaine auparavant. Les vamps leur ont donc bloqué le chemin, un sourire arrogant aux lèvres. Les mages se sont arrêtés net.

Les gosses s'étaient élancés dans l'allée flanquant le mur et entreprenaient de grimper sur scène. La plupart des gens regardaient le podium, qui avait été conçu de façon à s'étendre jusqu'au milieu de la salle. Les enfants n'ont donc eu droit qu'à quelques regards médusés. Ils se sont rués sur les coulisses. À la vue de la frénésie d'activité, ils se sont arrêtés un peu à l'écart.

Leurs regards faisaient des allers-retours entre moi et les quelques mannequins blondes s'échinant à enfiler leur costume. Un jeune garçon noir d'environ quatorze ans a donné un coup de coude à une petite fille.

— C'est laquelle ?

La petite fille avait des cheveux blonds ternes. Ses grands yeux marron se sont posés sur moi sans aucune hésitation.

— C'est elle.

Elle m'a désignée de sa main libre, celle ne serrant pas son nounours tout défraîchi.

Soudain, le sac que j'avais dans les bras s'est débattu et j'ai failli le lâcher. Françoise a prononcé quelques mots dans une langue ne ressemblant pas à du français et le sac s'est figé. Ses griffes d'un noir luisant n'étaient qu'à deux centimètres de mon visage.

— Tu veux que je prenne le crocodile ? m'a-t-elle demandé.

— Très bonne idée.

Je lui ai volontiers passé la bestiole vicieuse.

Le garçon a jeté un regard méfiant à la petite fille.

— T'es sûre ?

Elle a hoché la tête et s'est remise à triturer la tête de son nounours. Le garçon s'est approché et m'a tendu la main. Son tee-shirt élimé était criblé de taches et son jean était troué au genou. Un de ses tennis n'avait plus de lacets – il était fermé par une épingle à nourrice – et il avait noué un sweat miteux autour de sa taille. Mais sa poignée de main était ferme et il a soutenu mon regard. Avant même qu'il ouvre la bouche, j'ai eu un étrange sentiment de déjà-vu.

— Je m'appelle Jesse. C'est Tami qui nous envoie.

— Tami ?

— Tamika Hodges.

Je l'ai dévisagé. J'avais l'impression qu'on venait de me donner un coup de poing dans le ventre. Il m'a rendu mon regard. Ses yeux sombres étaient suspicieux, comme s'il pensait que j'allais l'ignorer, le rejeter, le jeter aux lions. Je connaissais cette expression. Dix ans plus tôt, quand j'avais à peu près son âge, j'étais tout aussi craintive, tout aussi méfiante. J'étais persuadée que je ne pouvais faire confiance à personne. Et dans l'ensemble, j'avais eu raison.

Quelques années avant de jurer la perte de Tony, j'avais eu pour seule ambition de lui échapper. Je m'étais retrouvée à Chicago par hasard, parce que c'était le terminus du bus que j'avais pris. On m'avait très rarement autorisée à quitter la forteresse de Tony, à Philadelphie, et j'avais toujours été entourée d'un escadron de gardes du corps. Ma liberté toute neuve me terrorisait complètement. Grâce à une amie généreuse, j'avais de l'argent. Mais j'avais peur de loger dans un endroit normal, de crainte de me réveiller avec deux sous-fifres de Tony penchés sur mon lit. Par ailleurs, ce n'est pas évident de réserver une chambre d'hôtel quand on est une fille de quatorze ans non accompagnée. J'avais donc jeté mon dévolu sur les foyers d'accueil.

J'avais très vite découvert les inconvénients de la vie en foyer. Outre les alcoolos, les junkies et les combats au couteau, le problème, c'était qu'on ne pouvait pas y rester éternellement. Les refuges autorisant des séjours de longue durée ont du personnel susceptible de signaler aux autorités la présence d'une adolescente isolée. J'avais donc tendance à graviter plutôt autour des foyers d'accueil autorisant des séjours de deux semaines maximum. C'était suffisamment long pour se mettre à l'aise et pas assez pour se faire repérer.

Mais la plupart avaient des registres : une fois qu'on avait fait son temps, on ne pouvait plus y revenir avant six mois. Une limitation nécessaire quand on veut éviter que les gens prennent racine, mais qui avait des conséquences fâcheuses : en quelques mois, j'avais épuisé les foyers d'accueil les plus corrects et j'avais fini par atterrir dans un endroit tellement surpeuplé qu'un tiers d'entre nous étaient logés dans une cour poussiéreuse protégée par une palissade. Le soir, on nous donnait un sac de couchage à chacun et on nous demandait de nous chercher une place dehors. Les plus grands et les plus costauds s'étaient approprié les touffes d'herbes éparses et les parcelles de terre plus douillettes, laissant le patio en béton aux nouveaux, aux junkies et à la vieille dame folle qui faisait des bruits d'oiseau toute la nuit.

Je m'étais réveillée en sentant le bras glacial d'un jeune type mort d'overdose dans son sommeil. Et c'était ce jour-là que Tami avait choisi pour faire son apparition. Elle prospectait régulièrement les foyers pour récupérer les gamins passés à travers les mailles du filet magique. Et lorsque cette jolie Afro-Américaine aux doux yeux marron et à la voix beaucoup trop forte pour sa constitution m'a proposé de loger chez elle, je ne me suis pas fait prier. Quelques minutes plus tard, je l'ai suivie jusqu'à sa Chevrolet bringuebalante en traînant mon sac à dos à même la poussière.

Dieu merci, Tami s'était révélée être honnête. Elle m'avait accueillie au sein d'une communauté bigarrée de fugueurs qui s'était surnommée, pour rire, la Mafia des Zonards.

Lorsque j'avais entendu ce nom pour la première fois, j'avais eu quelques doutes. Mais j'avais fini par m'y faire. Au bout d'un moment, je trouvais même qu'il allait parfaitement de soi. J'avais fui une mafia pour une autre, mais elles avaient une différence de taille : ma nouvelle mafia essayait de maintenir les gens en vie, pas l'inverse.

J'avais fini par abandonner le petit groupe pour retourner chez Tony, bien déterminée à le faire tomber, et une fois ma vengeance bien orchestrée, trois années s'étaient écoulées. Ensuite, tout s'était précipité : le pacha avait pris la poudre d'escampette et on avait mis ma tête à prix. Ajoutez à cela le nouvel avis de recherche que le Cercle venait tout juste de me lancer. Bref, tout mis bout à bout, ça m'avait pris plus de trois ans pour revenir dans l'immeuble de bureaux désaffecté qui nous avait servi de foyer. Et je n'avais rien trouvé d'autre qu'un espace vide, des fenêtres sales et des planchers couverts de poussière.

Je n'avais aucune raison d'être surprise. Dans le monde surnaturel, le milieu clandestin change vite : trois ans en valent bien trente. J'étais quand même restée quelques jours à Chicago, dans un étrange état d'errance et de désorientation. Je n'avais pas osé garder contact avec Tami après mon retour chez Tony, de peur qu'il découvre son existence et la punisse de m'avoir aidée. Mais je m'étais toujours dit que j'allais rentrer à la maison et que tout recommencerait comme avant. J'étais donc retournée à Chicago, mais je ne savais vraiment pas quoi faire.

Ayant grandi dans un endroit où le moindre signe de faiblesse est exploité à la seconde, j'avais appris à enfouir en moi toutes les émotions susceptibles de devenir gênantes et j'étais devenue incapable de leur laisser libre cours. Même le vamp le plus jeune est plus doué qu'un détecteur de mensonges : il sent le moindre de vos changements physiologiques – une infime accélération de votre rythme cardiaque, la moindre irrégularité dans votre respiration, un clignement d'œil trop rapide. Si vous n'apprenez pas à vous contrôler, vous ne faites pas de vieux os. À mon retour à Chicago, je m'étais rendu compte que mes vieilles habitudes avaient la vie dure : j'avais passé mon enfance à les intégrer et même si je n'en avais plus besoin, je n'arrivais pas à m'en défaire.

J'avais erré sans but dans nos anciens repaires. J'étais même allée à la boulangerie où travaillait Tami. Mais tout avait changé et je ne reconnaissais personne. Au bout de quelques jours, j'avais compris que je n'étais plus chez moi à Chicago. J'avais été chez moi avec Tami. Et elle n'était plus là. Alors, j'avais laissé un bouquet de fleurs au coin de notre ancien immeuble, en sachant pertinemment qu'il allait servir de pâture aux rats, et j'étais passée à autre chose.

— Comment avez-vous su où me trouver ? ai-je demandé à Jesse.

— Jeannie savait où vous étiez. Des fois, elle voit des trucs. Elle a dit que vous nous aiderez.

— Jeannie est voyante ?

— Ouais. Elle est pas très bonne. Elle voit pas grand-chose et c'est souvent des machins débiles. Elle a que cinq ans, a-t-il expliqué, méprisant. Mais Tami trouvait que c'était une bonne idée. Elle a dit qu'on devait aller vous voir s'il lui arrivait quelque chose. Alors après le pataquès, on a sauté dans le bus.

— Après quel pataquès ?

— Les mages ont débarqué et l'ont enlevée.

Ses yeux sombres se sont fichés dans les miens, craignant ma réponse à la question qu'il n'avait pas encore posée. Je connaissais ce regard. J'en connaissais un paquet, au chapitre « trahison ».

— Je vais m'occuper de vous, me suis-je entendue dire.

Je me suis demandé si je n'étais pas devenue folle. Je suais déjà sang et eau pour m'occuper de moi-même. Tami devait vraiment être acculée pour les envoyer ici : j'étais en plein sur la ligne de mire ! J'avais envie de poser des milliers de questions, mais ce n'était pas le moment. J'aurai mes réponses en temps et en heure. Il fallait d'abord que je sème leurs poursuivants.

Cachée derrière le rideau, j'ai jeté un coup d'œil à la salle. Casanova venait de rejoindre les vamps campés devant les mages. Il portait un gilet agité de flammes crépitantes : une pièce de la collection Messieurs, j'imagine. Les flammes mettaient bien en valeur ses cheveux noirs et son teint mat, mais elles n'adoucissaient pas ses traits. Lui et les mages guerriers, ça faisait deux. Malheureusement, il ne pouvait rien faire d'autre que leur mettre des bâtons dans les roues : il n'avait aucune raison légitime de les expulser. Et ils s'interposaient entre nous et la sortie.

J'ai rapidement compté la bande de fugueurs : ils étaient huit, au total. *Neuf*, ai-je rectifié. Une des filles serrait un bébé – un peu trop fort – dans ses bras. Il s'est mis à chialer. Je ne pouvais pas nous téléporter tous.

J'ai jeté un rapide coup d'œil à Françoise.

— J'aurais besoin d'une diversion.

— Une grosse diversion ? m'a-t-elle demandé nonchalamment.

— Énorme.

— *D'accord*[*].

Elle s'est rendue à l'extrémité de la scène et s'est mise à psalmodier doucement. Quelques secondes plus tard, des nuages noirs ont fait irruption dans la pièce. Ils ont pris position au-dessus du podium, en se jouant du fait qu'on était à l'intérieur. Les spectateurs se sont levés avec maladresse, envoyant promener leurs chaises et, bientôt, le murmure de fond a cédé la place à un vacarme insensé. Apparemment, les sorcières savaient reconnaître un mauvais signe lorsqu'elles en voyaient un.

---

* En français dans le texte. (*NdT*)

Les mages ont aussitôt perdu leurs bonnes manières. Ils ont jeté leurs cartes d'identité au nez de Casanova et se sont rués dans l'allée. C'est à peu près à ce moment-là qu'une chose verte et gluante s'est abattue sur le podium. Je n'avais pas eu le temps de l'identifier qu'un amas de choses similaires a fait irruption des nuages denses et menaçants, comme des grains de pop-corn. La jolie robe en mousseline du mannequin en train de défiler est passée d'une agréable couleur pêche à un vert sombre peu amène. Une teinte presque parfaitement assortie à la peau de la grenouille qui venait de lui dégringoler sur l'épaule.

L'animal a commencé à dégouliner sur sa poitrine et elle s'est mise à crier et à reculer sur le podium en titubant. Or la piste était presque entièrement tapissée de petits cadavres écharpés. La plupart avaient explosé en s'écrasant. Elle a donc fini inévitablement les quatre fers en l'air. Ensuite, tout est parti en vrille.

Les sorts défensifs fusaient de tout côté. De temps à autre, ils percutaient les amphibiens kamikazes, provoquant, en plein air, un feu d'artifice de bouts de chair. Ce qui n'a fait qu'aggraver la mauvaise humeur des sorcières situées au centre de la pièce : littéralement aspergées de boyaux de grenouilles, elles se sont défoulées sur leurs camarades. Le pugilat a quelque peu ralenti les mages, mais je les voyais encore se frayer un chemin à travers le chaos et s'approcher de nous avec la plus grande détermination.

— Vous n'êtes que neuf ? ai-je demandé à Jesse.

Il a dit quelque chose, mais avec le boucan que faisaient les chaises en se fracassant sur les mages, je n'ai rien entendu. Les chaises ne se fracassaient pas uniquement sur les mages, d'ailleurs – emportées par le vent, les sortilèges et la confusion ambiante, elles valsaient un peu partout – mais bizarrement, les mages étaient les seuls à disparaître sous une montagne de bois précieux : ce n'est jamais bon de se mettre un groupe de sorcières à dos.

— Quoi ?

— Oui ! m'a crié Jesse à l'oreille. On est les seuls à s'être fait la malle !

— OK. Vous êtes prêts à remettre ça ?

Chapitre 6

Miranda a regardé ma robe, qui reflétait désormais un tourbillon de feuilles d'automne, et ses oreilles se sont repliées vers l'arrière. Un indice reflétant parfaitement son humeur. C'était bien pratique : je n'avais jamais su lire son visage. C'était peut-être dû à la fourrure couvrant sa face féline. Ou alors les expressions des gargouilles sont peut-être trop différentes des expressions humaines pour qu'on puisse les déchiffrer ?

J'étais suivie de ma bande de Zonards, qui avaient maculé de leurs traces de pas boueux les carreaux d'un blanc étincelant. Je les avais emmenés dans la cuisine de l'hôtel parce que je ne savais pas exactement où logeait Miranda. Elle gérait une équipe de faes des Ténèbres exploitées par Tony parce qu'elles constituaient une main-d'œuvre bon marché. Mais je ne les avais jamais vues ailleurs qu'au travail. Elles passaient leur temps à couper et à trancher à une vitesse surnaturelle, quand elles ne trimballaient pas des chariots de nourriture à travers les couloirs du *Dante*.

Elles ne s'arrêtaient jamais, sauf pour poser sur les photos des clients, qui les prenaient pour des nains costumés. Je me demandais s'ils se rendaient compte que leurs tirages photos étaient toujours légèrement flous et que leurs yeux n'arrivaient jamais à se fixer sur les petits serveurs. Tony avait dépensé une fortune en talismans pour protéger le casino, mais vu la quantité d'alcool que descendaient ses visiteurs, il aurait très bien pu s'abstenir. En matière de logement pour les employés, je doutais qu'il ait été aussi dispendieux. J'avais donc très peur de la façon dont Miranda accueillerait ma requête.

L'une des gamines, qui avait l'air d'avoir douze ans mais qui, je l'ai appris plus tard, en avait déjà seize, tenait un bébé dans ses bras. Âgé d'à peu près quatre mois, il était tout juste propre et il avait, pour seuls vêtements, un tee-shirt rose, une couche et une chaussette. La fille le serrait si fort sur sa poitrine qu'il avait les joues rouges. Je m'apprêtais à me lancer dans un long discours bien préparé lorsque Miranda a souri. Son long visage sérieux s'est éclairé de crocs acérés. Elle ne me regardait plus.

J'ai fait volte-face et j'ai aperçu plusieurs gargouilles postées tout autour de la fille. Elles étaient si près que la gamine m'a lancé un regard affolé tout en serrant son bébé de plus belle.

— Elles ne vont pas te faire de mal, l'ai-je rassurée. Les faes… euh… les faes adorent les bébés.

J'ai vite compris que c'était une litote de première. Une des gargouilles les plus massives, dotée d'une tête de chien surmontant un costume blanc immaculé, est rentrée dans un mur à force de faire coucou au bébé d'un air béat. Les yeux de Miranda étaient rivés sur l'enfant. Ils respiraient tellement la convoitise que j'étais à deux doigts de m'inquiéter.

— Pas vrai ? lui ai-je demandé en lui enfonçant un doigt dans les côtes.

Elle m'a gratifiée d'un geste agacé de la patte. Dieu merci, ses griffes étaient rétractées.

— Nous défendrions une crèche au prix de nos vies, a-t-elle dit à la mère avec un calme serein.

La jeune fille a eu l'air soulagée, mais elle continuait de garder à l'œil la gargouille la plus proche. Il s'agissait d'un exemplaire plus petit, avec une toque de chef sur ses oreilles d'âne tombantes. Il a timidement tendu la main. Elle était encore plus mutilée que celle de Françoise. Tous ses doigts manquaient, à l'exception d'un seul, qui se terminait en une longue griffe recourbée, d'un gris sombre.

Sa main tremblait, et la surface de sa griffe a été parcourue d'un éclat iridescent. On aurait dit une nappe de pétrole. Le bébé a gazouillé à la vue de ces belles couleurs et a essayé de toucher. La créature a retiré la main abruptement, si rapidement que j'ai à peine vu son geste, avant de tomber à la renverse en bêlant et d'atterrir sur sa propre queue trapue. Le bébé en a été d'autant plus intrigué. Il a geint jusqu'à ce que sa mère le pose par terre puis s'est mis à ramper vers Oreilles d'Âne avec la détermination d'un prédateur fondant sur sa proie, traînant sa chaussette unique sur son sillage et écartant ses doigts potelés. La gargouille a battu en retraite, affolée.

Oreilles d'Âne a fini par se retrouver coincé entre le bébé enragé et une batterie de fours, d'où il émanait une odeur de beurre et de cannelle envahissant la pièce. C'est peut-être ce qui a attiré le bébé. Ou la petite fille était-elle simplement curieuse ? Dans tous les cas, elle a rampé résolument vers la créature recroquevillée et lui a tendu les mains, pleine d'espoir. Il l'a dévisagée, les yeux comme des soucoupes, jusqu'à ce que Miranda lui fasse comprendre d'un raclement de gorge qu'il pouvait prendre le bébé dans ses bras. Ce qu'il fit. La petite fille a émis un bruit de satisfaction et farfouillé dans sa tunique. Bientôt, elle avait la moitié de son écharpe dans la bouche.

Elle m'a grandement mâché le travail.

Dix minutes plus tard, on était tous rassemblés autour d'un plan de travail, à engloutir des brioches à la cannelle accompagnées de lait. Ça faisait des semaines que le personnel de la cuisine me nourrissait. Et il m'avait fallu à peu près tout ce temps pour comprendre qu'ils ne faisaient pas ça par gentillesse : j'étais leur cobaye attitré. Ils essayaient leurs recettes sur moi pour vérifier ce qui fonctionnait ou pas. Apparemment, les papilles gustatives des gargouilles sont assez différentes de celles des êtres humains. Et maintenant, ils avaient une armada de nouveaux goûteurs sur lesquels mener leurs expériences.

Malgré le boucan causé par neuf gamins affamés en train de se faire une orgie de sucre, j'ai essayé d'expliquer les choses à Miranda.

— Écoute, je te suis très reconnaissante, mais avant que tu acceptes de faire du baby-sitting, il faut que je te dise deux ou trois petites choses. (Miranda n'a pas réagi. Elle avait pris le bébé des bras de son subordonné effrayé et enfournait une cuiller pleine de compote dans la bouche de la petite fille, à un rythme effréné. Lorsqu'elle a constaté que le bébé ne recrachait pas sa nourriture, elle a émis un petit ronronnement de satisfaction.) Le truc, c'est que… (Jesse, qui en était déjà à sa troisième brioche, m'a fusillée du regard. Un regard qui voulait clairement dire « ne foire pas tout ». J'ai dégluti mais j'ai repris quand même.) Les gamins qui se retrouvent à fuguer, dans notre monde… Enfin… Ils ont des raisons.

— Nous aussi, a-t-elle marmonné.

Elle ne m'écoutait pas.

— Oui… C'est vrai. Mais c'est différent… (Les gargouilles fuyaient Faerie parce qu'elles étaient discriminées et par peur d'une escalade de violence. Ça leur faisait deux points communs avec les gosses de Tami. Mais une fois ravies à leur environnement, les faes étaient beaucoup moins puissantes que les Zonards.) Écoute. Si tu m'aides à protéger ces gamins, tout au moins jusqu'à ce que je trouve une solution, tu dois bien comprendre que…

Je me suis interrompue. J'avais reçu un violent coup de pied dans le tibia. J'ai lancé un regard assassin à Jesse, mais il s'était déjà levé de sa chaise.

— Il faut que je vous parle, a-t-il dit avec insistance.

Je me suis frotté la jambe en grimaçant.

— D'accord.

On s'est retrouvés dehors, assis à côté de la rampe de chargement utilisée pour transporter les objets les plus volumineux jusqu'aux réserves de la cuisine. En bas, quelques gargouilles étaient occupées à parsemer l'asphalte de miettes de pain en jetant par moments de rapides coups d'œil pleins d'espoir vers le ciel.

— Elles font quoi ? m'a demandé Jesse.

Je m'étais posé la même question, mais mes séjours répétés dans la cuisine m'avaient permis de comprendre.

— Pour faire court : ce n'est pas bien difficile de se procurer des pâtisseries dans cet endroit. En revanche, si on veut manger de la viande, il faut faire preuve d'un peu plus d'ingéniosité.

Il a hoché la tête, avant de se souvenir qu'il était censé être furieux contre moi.

— C'est quoi, le problème ? Vous tenez vraiment à ce que ça foire ?

Apparemment, Jesse était un pur produit des cours d'autodéfense de Tami. Malheureusement pour lui, moi aussi.

— Je tiens vraiment à jouer franc jeu avec Miranda. Je veux qu'elle sache où elle met les pieds. Ça me semble correct. Pas toi ?

D'un geste énervé du pouce, il a désigné la gargouille la plus proche. Cette dernière avait une tête de chat contrastant bizarrement avec un corps de reptile tout sinueux.

— Vous croyez qu'on peut leur faire du mal ?

— Je crois que la bande avec laquelle je traînais pourrait leur faire du mal.

Un événement en particulier me revint en mémoire : la fois où un groupe de dealers ayant ouvert boutique au rez-de-chaussée de notre immeuble était convaincu que la présence de squatteurs supplémentaires était superflue. Un matin, après le départ de Tami, ils avaient fait irruption chez nous. J'étais restée pour surveiller Lucy, une empathe de onze ans, et Paolo, un garou de douze ans banni par sa meute.

Son histoire, d'ailleurs, restera un mystère pour moi : il n'avait pas prononcé un son de tout son séjour, et, quelques semaines après l'attaque des dealers, on avait retrouvé son corps atrocement mutilé. Il avait fui notre protection à l'approche de la pleine lune, ce qui avait évité à sa meute de se fatiguer à venir le chercher.

Les dealers, eux, n'avaient pas été aussi malins.

Cela dit, ces derniers n'ont même pas eu le temps de découvrir de quoi était capable un jeune garou. Ce n'était pas pour rien que Lucy était restée à la maison avec moi.

Il faut savoir que la plupart des gamins atterrissant dans le centre de réadaptation magique de Tami parvenaient à se maîtriser pendant un certain temps. La peur d'être à nouveau rejetés les poussait à faire tout leur possible pour éviter d'attirer l'attention et contrôler leur pouvoir. Mais tôt ou tard, ils finissaient par perdre les pédales. Il suffisait d'un rien pour faire voler leur self-control en éclats et en général, ça arrivait pile quand ils commençaient tout juste à se détendre. Dans ces moments-là, leur carapace tombait en miettes et ils laissaient libre cours à toutes leurs émotions : la colère à l'encontre de leur nature, qui en avait fait des parias dès la naissance ; la douleur d'avoir vu des êtres proches se retourner contre eux ; la peur panique à l'idée de se faire capturer et d'être ramenés de force dans des instituts spécialisés se rapprochant plus de prisons que d'écoles – ils étaient censés y rester le temps d'être estampillés « spécimens non dangereux », mais la plupart devenaient des résidents à vie.

D'après Tami, ces éruptions de colère étaient saines. Elles permettaient aux gamins d'évacuer leur trop-plein d'émotions et de commencer à guérir. Mais aucune de ces crises n'avait jusque-là impliqué d'empathes. Et encore moins d'empathes doués non seulement du talent de lire les émotions, mais également de les projeter et de les magnifier.

Dans ce genre de situation, la plupart des gamins pliaient bagage et s'installaient ailleurs, n'importe où, le temps que ça passe. Mais cette solution avait été hors de question pour Lucy. Même si elle était folle d'inquiétude, Tami avait été obligée de partir travailler : elle était notre seule source de revenu. Mais elle n'avait pas osé laisser Lucy seule dans cet état. Je m'étais portée volontaire pour la garder parce qu'elle avait l'air plus calme en ma présence. J'avais passé mon enfance chez Tony à contrôler mes émotions : je ne les projetais pas autant que la plupart des gens. Pourtant, ce jour-là, cette aptitude n'a pas fait une grande différence.

Les yeux rivés sur la porte, j'essayai de résister aux émotions que Lucy projetait, vague après vague après vague. Mais ces sentiments étaient trop proches de ce que je ressentais tous les jours pour que je puisse simplement les ignorer. Paolo, qui était resté avec nous pour éviter que sa meute le retrouve en suivant sa piste olfactive, se jetait littéralement contre les murs.

Nous avions tous les deux dressé nos boucliers mais ça ne servait à rien : les émotions de Lucy étaient presque insoutenables !

Alors imaginez ce qu'ont ressenti les dealers lorsqu'ils ont fait irruption dans la pièce ! Ils ont foncé tête baissée dans le mur de douleur que Lucy avait érigé. Elle avait laissé sortir tous les sentiments qu'elle refoulait depuis le moment où ses parents l'avaient déposée à sa nouvelle « école » avant de tirer leur révérence. Et son pouvoir magique les avait démultipliés avant de les projeter. Bref, au lieu de nous intimider – si c'était bien leur intention – les trafiquants, complètement aveuglés par la colère de Lucy, avaient fini par s'entre-tuer.

Jesse me dévisageait avec insistance.

— Vous nous prenez pour des monstres, c'est ça ?

J'ai cligné des paupières. J'avais presque oublié sa présence. Je ne pensais pas souvent à Tami. Ça faisait bizarre.

— Je suis plus tolérante que la plupart des gens, ai-je fini par articuler. Mais tu sais aussi bien que moi que vous êtes susceptibles de créer des… situations problématiques.

Jesse a levé le menton.

— Astrid est une mage-néant, a-t-il déclaré d'un air renfrogné.

— Astrid ?

— La fille avec le gosse.

— Ah.

C'était donc pour ça que Françoise avait dû se mettre de l'autre côté de la scène pour lancer son sortilège. Les mages-néant projetaient des espèces d'écrans tampons qui annulaient la magie dans l'espace environnant. Les plus puissants pouvaient affecter jusqu'à un pâté de maison entier. Les plus faibles avaient un rayon d'action plus réduit. Mais avec un mage-néant dans les parages, même de niveau médiocre, sa magie aurait été amoindrie.

— C'est comme ça qu'elle a réussi à s'enfuir lorsqu'ils ont appris qu'elle allait avoir un bébé. Ils n'ont pas réussi à la pister.

J'ai hoché la tête. Contrairement à d'autres mages victimes de dysfonctionnements magiques, les mages-néant n'étaient pas systématiquement arrêtés : on ne les considérait pas comme des menaces. Mais lorsque Astrid était tombée enceinte, elle avait dû subir un nombre incroyable de pressions pour avorter, afin d'éviter que les gènes affectés se transmettent. Pas étonnant qu'elle se soit enfuie. Et les mages-néant étaient on ne plus difficiles à trouver quand ils voulaient passer inaperçus.

Tami était elle-même un mage-néant de faible niveau, ce qui lui permettait de protéger ses Zonards et de réduire le chaos à son minimum. En tout cas, lorsqu'elle était là. Et ce talent avait permis à ses protégés d'éviter de se faire repérer par un sort de pistage quelconque. J'étais d'autant plus étonnée qu'elle se soit fait prendre par les mages après tant d'années.

— OK. Ça me rassure. (J'étais sincèrement soulagée. La présence d'Astrid allait faciliter les choses, mais elle ne pouvait pas être partout à la fois, et elle devait surveiller sept gamins. Sans compter son bébé. Je devais mesurer l'ampleur du pétrin dans lequel je me fourrais.) N'empêche que tout le monde n'est pas un mage-néant. Tu en es aussi conscient que moi. (Jesse a frappé l'asphalte du pied sans répondre.) Jesse.

— Je suis un raccroc, a-t-il craché sur le même ton qu'il aurait dit « j'ai la lèpre ». Ça va ? Vous êtes contente ?

— Ça ne me dit pas grand-chose.

« Raccroc » est un terme générique faisant référence à toute espèce de bizarrerie magique touchant à ce que les êtres humains appellent la chance. Pas forcément bonne, d'ailleurs. Il pouvait très bien s'agir de malchance. C'était le hasard, en somme.

L'auteur français Émile Deschamps en avait fait l'expérience. Et son aventure étrange était devenue emblématique du phénomène, qui était même connu des norm'. En 1805, dans un restaurant parisien, un inconnu appelé monsieur de Fortgibu lui avait offert une part de *Christmas Pudding*. Dix ans plus tard, Deschamps avait vu le *Christmas Pudding* sur la carte d'un autre établissement, et lorsqu'il avait voulu en commander, le serveur lui avait dit qu'un client venait d'en prendre la dernière part. Or ce client n'était autre que monsieur de Fortgibu. Encore plus tard, en 1832, Deschamps avait de nouveau eu l'occasion de manger du *Christmas Pudding* au restaurant. Pour plaisanter, il avait dit à ses amis qu'il ne manquait plus que Fortgibu pour boucler la boucle… et peu après, Fortgibu avait fait son apparition !

Bien sûr, ce que les livres d'histoire ne disent pas, c'est que Fortgibu était un raccroc. Son pouvoir magique lui permettait d'associer certaines choses à des personnes, des endroits ou des événements précis. Par exemple, chaque fois qu'il rencontrait l'une de ses cousines, il était habillé en bleu ; quand il se rendait chez son libraire préféré, il sentait une odeur d'orange ; et dès qu'il s'approchait de Deschamps, un *Christmas Pudding* montrait à tous les coups le bout de son nez.

La plupart des êtres humains considèrent ces événements comme de pures coïncidences. Pour les mages guérisseurs, en revanche, ils sont liés à la mémoire. Tout le monde stocke des images de gens ou de lieux dans son cerveau. D'après eux, ces images seraient connectées à un certain type de données sensorielles. Par exemple, quelqu'un pense à sa grand-mère chaque fois qu'il aperçoit une fleur qu'elle aimait bien. Fortgibu étant mage, il avait simplement porté cette manifestation à un autre niveau : en présence d'un élément, son dysfonctionnement magique provoquait l'apparition systématique de son doublet.

Mais la magie des raccrocs ne se manifestait pas toujours de la même façon vaguement délirante mais néanmoins inoffensive que celle de Fortgibu. Un jeune homme provoquait des raz-de-marée dès qu'il s'approchait à moins de huit kilomètres du rivage : on avait dû lui interdire l'accès à la plage. Un autre mage générait des activités sismiques : on avait dû l'empêcher de s'approcher des failles actives. Cette catégorie de raccrocs avait suffisamment frappé les esprits pour mériter leur propre nom. On les appelait « les tuiles ».

En gros, une tuile, c'est une loi de Murphy à pattes, semant à tout vent des « accidents » liés à ses éruptions de pouvoir incontrôlées. Et contrairement aux hasards provoqués par les raccrocs, les effets d'une tuile sont toujours désastreux. Il y avait quelques centaines d'années, on les tuait encore à vue. J'espérais de toutes mes forces que je n'avais pas affaire à une tuile. Mais bon… Même si c'était le cas, Jesse n'allait jamais me l'avouer.

— Tu es puissant ?

À la base, une tuile, c'est dangereux. Mais une tuile puissante, c'est un véritable fléau. Au sens propre du terme.

— Non, m'a-t-il répondu avec empressement. Je ne suis pas puissant du tout ! Et je suis le seul. Les autres sont inoffensifs. Enfin, plus ou moins.

— Ah bon ? (Aucun des gamins, qui devaient avoir sept ou huit ans, ne m'avait semblé dangereux. Mais bon : Lucy non plus.) C'est quoi, ta définition du terme « plus ou moins inoffensif » ?

— Si vous voulez m'envoyer paître, faites-le ! a rétorqué Jesse avec hargne. Mais les autres sont tranquilles. Si vous les gardez avec vous, je veux bien.

— Je n'ai jamais dit que je voulais que tu t'en ailles ! Je veux juste savoir à qui j'ai affaire. C'est tout.

Quand un enfant magique essayait de se faire oublier, ce n'était jamais un hasard. Ça voulait dire qu'il était doté d'un don le rendant *persona non grata* au sein de la communauté magique. Pourtant, Jesse n'avait admis la présence que d'une mage-néant, d'un raccroc et d'une voyante. Il m'a juré que les cinq autres n'étaient que des filtres, terme politiquement correct désignant les mages n'ayant que peu de compétences. J'avais mes doutes. Certes les filtres constituaient la majorité des fugueurs magiques, mais connaissant Tami, elle n'avait pas dû se concentrer sur eux : ils n'étaient pas accablés de handicaps nécessitant la présence salvatrice d'un mage-néant. Et ils pouvaient également choisir de se faire passer pour des norm' pour éviter de se conformer aux règles de la communauté magique. Pour des gens comme Lucy, ce n'était pas envisageable.

Mais j'avais beau avoir des doutes, je ne pouvais pas le forcer à me dire la vérité. Et de toute manière, avec Astrid dans les parages, ça n'avait pas d'importance. Tant qu'ils restaient groupés, son pouvoir annulerait les talents des gamins. Quels qu'ils soient. Ça me laisserait le temps d'enquêter pour savoir ce qui était arrivé à Tami.

J'ai décidé de changer de sujet.

— Comment les mages vous ont-ils dénichés ?

Jesse a secoué la tête.

— Je ne sais pas. Ils ont débarqué un matin et Tami nous a hurlé de nous enfuir. Astrid a essayé de les drainer, mais ils étaient trop nombreux et ils avaient des flingues. Elle n'avait aucune chance.

— Mais elle s'en est sortie.

— Ils n'en avaient rien à faire d'elle : ils étaient venus pour Tami. Ils nous ont à peine regardés. Ils voulaient juste l'attraper, elle.

— Pourquoi ?

Jesse a tripoté les manches de son horrible sweat vert caca d'oie.

— Euh… Ben… Je sais pas ?

— Ça marcherait mieux sans le point d'interrogation à la fin, ai-je rétorqué sèchement.

Il est resté obstinément muet. J'ai laissé tomber en soupirant. Ce n'était que partie remise : lorsqu'il aurait appris à me faire confiance, sa mémoire lui reviendrait sûrement. Et s'il me mentait maintenant, il aurait plus de mal à m'avouer la vérité plus tard.

— Je vais essayer de me renseigner pour savoir ce qui est arrivé à Tami, lui ai-je dit. J'ai deux ou trois contacts qui pourraient me dire si le Cercle l'a faite prisonnière.

Son expression reflétait clairement ses doutes quant à mes chances de succès. Et connaissant le Cercle, je n'étais pas spécialement plus optimiste.

On s'est levés pour rejoindre les autres mais on s'est interrompus sur le seuil, à la vue d'un petit cortège. Une rangée de cadavres d'oiseaux s'échappait d'une benne à ordure et se faufilait lentement à l'intérieur de la cuisine. Ce n'était pas un hasard s'ils avaient atterri dans la poubelle : ils n'avaient plus aucune plume, ni peau, ni chair. Leurs os minuscules n'étaient reliés que par du cartilage et ce qui ressemblait à… de l'air.

Jesse a proféré un mot que j'aurais préféré ne pas entendre dans la bouche d'un gamin de son âge et m'a regardée d'un air paniqué.

— Il ne fait pas ça tout le temps ! Juste quand le bébé est grognon ou… ou des trucs comme ça.

J'ai suivi la ribambelle de cadavres de pigeons jusqu'à la cuisine, où ils en ont rejoint d'autres, qui bougeaient bizarrement autour de Miranda. J'ai fini par comprendre qu'il s'agissait d'une danse. Le bébé agitait joyeusement sa cuiller couverte de sauce dans leur direction, tandis qu'un petit garçon asiatique d'environ huit ans souriait jusqu'aux oreilles, apparemment fier de lui.

— C'est un nécromant ? ai-je demandé avec douceur.

Du bout de sa chaussure, Jesse a tracé un trait sur les dalles désormais crasseuses.

— Je l'avais oublié.

— Tiens donc.

Je me demandais ce qu'il avait « oublié » d'autre.

J'ai expliqué comme j'ai pu la situation à Miranda.

— D'accorrrd, a-t-elle chuinté en essuyant d'un coup de cuiller la sauce dégoulinant de la bouche du bébé. Miam, miam, miam.

La petite fille a gazouillé et Miranda a montré ses crocs, ce qui, pour elle, revenait à sourire. J'ai jeté l'éponge.

Après avoir demandé à Jesse de bien veiller à ce que tout le monde reste caché et suffisamment près d'Astrid pour diminuer les probabilités d'accidents, je suis partie à la recherche de mon partenaire. J'avais besoin de rayer plusieurs lignes de ma liste de choses à faire avant de commencer à en rajouter.

Chapitre 7

Je n'ai pas eu beaucoup de mal à trouver Pritkin : il avait passé la majeure partie de la semaine dans une des remises du *Dante*, aux étages inférieurs, à reluquer d'énormes bouquins avec un de ses copains. Effectivement, quand j'ai ouvert la porte, il était plongé dans un volume gigantesque. Il a levé les yeux, comme une proie qu'on venait de débusquer. Ses cheveux, qui défiaient d'ordinaire la gravité, pendaient tristement par mèches, et son front était couvert de poudre rouge. Un maquillage gracieusement fourni par la couverture du livre, dont le cuir se désagrégeait. J'avais l'impression que ce n'était pas un grand fana de recherches : les livres, on ne pouvait pas leur taper dessus.

— Que faites-vous ici ? a-t-il demandé.

— Le spectacle est annulé.

Nick, enseveli sous un tas de livres et de parchemins et caché derrière un ordinateur portable bien moderne, a levé les yeux à son tour. Il avait l'air d'un inoffensif rouquin à lunettes, tellement grevé de taches de rousseurs qu'on l'aurait cru bronzé et doté de mains et de pieds disproportionnés, comme un chiot en phase de devenir un énorme dogue. Mais ce jeune homme dégingandé se trouvait être un mage. Et puisque c'était un copain de Pritkin, il était probablement plus dangereux qu'il en avait l'air.

Il a regardé mon ensemble, qui reflétait maintenant un après-midi pluvieux. La soie était traversée, de temps à autre, par quelques fleurs orange emportées par des bourrasques. Le vêtement avait l'air un peu fatigué.

— Pour une raison particulière ?

— Il pleut.

Nick a froncé les sourcils.

— Je croyais que le défilé avait lieu dans la salle de bal.

— Il pleut des grenouilles, ai-je précisé.

La petite créature aux allures de Barbie juchée sur une pile de livres, à côté de Nick, a enfin daigné remarquer ma présence.

— Des *grenouilles* ? C'est ça que tu as dit ?

— Ça a un peu gâché le spectacle.

Nick a jeté un coup d'œil à Pritkin.

— Vas-y, a-t-il dit en soupirant.

Nick ne se l'est pas fait dire deux fois. Lui aussi devait en avoir marre de faire des recherches.

Sa compagne miniature a levé les yeux au ciel et s'est remise à m'ignorer ostensiblement. La pixie, qui s'appelait Radella, était l'agent de liaison dépêché par le roi des faes des Ténèbres. Par « pixie », j'entends « petite créature de mauvaise humeur à côté de laquelle Pritkin fait figure de fin diplomate ». Et par « agent de liaison », je veux dire « espion ». Elle avait deux missions à accomplir : ramener Françoise en esclavage et s'assurer que je ne double pas son patron, avec lequel j'avais conclu un marché. Il voulait aussi le *Codex* et il s'était mis en tête que j'étais la minette idéale pour le job. La pixie n'avait pas l'air convaincue.

Et ce n'était pas la seule. J'avais accepté l'offre du roi pour plusieurs raisons. D'abord, je me trouvais sur son territoire et entre ses mains : lui dire « non » aurait pu avoir des conséquences néfastes pour ma santé. Ensuite, j'avais besoin qu'il offre le gîte et le couvert à un ami, un vampire appelé Tomas : son royaume était le seul endroit hors de portée du Sénat. Et surtout, le roi avait promis de m'aider à résoudre une des plus grandes énigmes de ma vie.

Tony s'était toujours bien gardé de me parler de mes parents. Je supposais qu'il avait peur que l'incident de la voiture piégée m'énerve : c'était lui qui les avait assassinés pour s'approprier mes talents. Mais peut-être aimait-il juste jouer au salaud ? Joindre l'utile à l'agréable avait toujours été son credo.

Dans le même esprit, il s'était dit que ça ne suffisait pas de tuer mon père. Ce dernier faisait partie des employés de Tony – les humains faisant tourner la boutique pendant la journée – mais il avait quand même refusé de me livrer lorsqu'on lui en avait donné l'ordre. Et ceux qui désobéissaient au patron ne l'emportaient pas au paradis. Tony avait embauché un mage pour concocter un piège magique destiné à emprisonner l'esprit de mon père, histoire de le faire payer dans l'au-delà.

Je nourrissais l'espoir d'arracher ce trophée de ses doigts morts, mais ça impliquait de le débusquer d'abord. Et ma dernière incursion en Faerie m'avait convaincue que je ne faisais pas le poids contre les faes.

Sans l'aide du roi des Ténèbres, je n'avais aucune chance de m'approcher du trou à rat dans lequel se terrait Tony. Et pour une raison ou une autre, le roi convoitait le *Codex* encore plus que moi. Dès que je me hasardais à y réfléchir, cette idée me faisait frémir.

— Qu'est-il arrivé à votre cou ? m'a demandé Pritkin.

J'ai porté la main au foulard que j'avais noué sur les marques de morsure. Un morceau de la gaze que j'avais placée sur la blessure dépassait de la mousseline. Bien entendu, ça n'avait pas échappé à Pritkin, qui n'avait pas pu s'abstenir de faire un commentaire.

— Je me suis coupée en me rasant.

— Très drôle. Que vous est-il arrivé ?

J'ai hésité tout en essayant d'élaborer un bon mensonge. Pritkin a poussé un grognement méprisant. J'ai soupiré.

— *Mircea* m'est arrivé.

— Où est-il ?

J'ai secoué la tête. Pritkin était presque debout.

— Relax. C'est moi qui suis allée le voir, pas l'inverse.

— Vous êtes allée le voir ? Mais pourquoi ?!

Mes doigts ont tracé des motifs dans la poussière tapissant la couverture d'un livre posé à côté de moi. En dessous, le cuir vieux et pelé ressemblait à une peau de reptile. J'ai retiré aussitôt la main et j'ai réprimé mon envie de l'essuyer sur ma jupe.

— Je me suis téléportée par mégarde.

— *Par mégarde* ? Comment pouvez-vous…

— Parce que ça devient de pire en pire ! (J'ai essayé de déchiffrer les notes qu'il avait griffonnées mais elles étaient écrites dans une langue inconnue.) Vous avez trouvé quelque chose ?

— Non. (Il ajouta, en surprenant mon regard :) Je vous avais dit que ça pouvait prendre un certain temps.

— Et qu'est-ce que je suis censée faire, en attendant ? J'en ai ma claque de jouer les serveuses et de servir de bouche-trou à Casanova. Il y a des jours où je me dis que je vais devenir folle !

— *Devenir* folle ? a marmonné la pixie.

Pritkin fusillait la pile de livres du regard, comme si les bouquins venaient d'insulter sa mère. Il a fini par jeter son dévolu sur un énorme exemplaire placé tout en bas.

— Vous n'êtes pas en danger immédiat, du moment que vous évitez les « accidents » impliquant Mircea.

— Et Mircea, justement ? lui ai-je demandé. Sa condition empire.

— C'est un maître vampire. Il peut encaisser.

Je n'ai pas répondu. Je me suis contentée de me pencher sur le bureau pour jeter un coup d'œil à l'intérieur de la petite théière blanche posée à côté de Pritkin. Il restait un fond de liquide verdâtre dégageant une agréable odeur de fleur. Du chrysanthème, à première vue. Quand j'ai relevé la tête, j'ai croisé le regard assassin de Pritkin.

— Je sais très bien que c'est votre faute, a-t-il craché.

Quelques jours auparavant, j'avais convaincu Miranda de remplacer la mixture noire qu'elle appelait « café » par quelque chose de plus naturel : la dernière fois qu'il avait fait le plein de caféine, Pritkin m'avait pourri la tête. J'étais sûre qu'il s'arrangeait pour boire du café en douce, mais je me suis abstenue d'en faire la remarque. Très franchement, je doutais qu'il puisse survivre sans sa dose quotidienne. Ou plutôt : je doutais que les gens puissent survivre *à sa présence* s'il n'avait pas sa dose quotidienne.

— Vous êtes la meilleure pub pour le déca que je connaisse, ai-je rétorqué. Et très franchement, vous ne trouvez pas ça paradoxal de vous gaver de germes de soja et de tofu mais d'engloutir trente-six cafetières par jour ?

— Mon record, c'est six cafetières.

— Et moi qui croyais que vous autres Britanniques étiez des buveurs de thé. Mais peut-être qu'un peu d'eau chaude...

Il m'a arraché la théière des mains.

— J'en ai encore besoin.

Je l'ai regardé avec plus d'attention : il avait sûrement raison. Son dernier tête-à-tête avec une douche avait dû être expéditif. Il avait les yeux rouges et lorsqu'il a bougé sa tête, la lumière a révélé la fine couche de barbe blond roux lui couvrant les joues et le menton. Ajoutez à cela un tee-shirt et un jean chiffonnés, comme s'il avait dormi dedans, et une allure qu'on pouvait qualifier, même pour lui, d'épouvantable...

— Vous devriez dormir un peu, me suis-je entendu lui dire. Vous avez vraiment une sale mine.

— Et qui s'occupera de notre affaire, si je dors ?

— Nick et moi. (Pritkin m'a gratifiée d'un regard sceptique. Je me suis raidie.) Je ne suis pas chercheuse de formation, mais je peux quand même vous aider.

— Très juste. Vous pourriez me dégotter du café, pour l'amour du ciel !

Je me suis dit que ça ne m'avancerait à rien de lui jeter quelque chose à la figure. Et, de toute manière, il allait probablement esquiver.

— Les vampires ont entendu des rumeurs comme quoi le *Codex* serait entre les mains des mages noirs.

— Vous m'en voyez ravi. Et Mircea vous a dit ça avant de vous sucer le sang, ou après ?

— C'est Rafe qui me l'a dit.

— Je suis content de savoir que vous n'avez pas coupé les ponts.

— C'est quoi, votre problème ?

Pritkin m'a ignorée.

— Je suppose que Rafe ne vous a pas donné d'adresse ?

— Non. Mais vous devez bien avoir une petite idée…

— Les mages noirs ne restent jamais longtemps au même endroit. S'ils étaient si faciles à débusquer, ça ferait longtemps qu'on les aurait exterminés, à l'heure qu'il est !

— Il doit bien y avoir des rumeurs.

— Il y a toujours des rumeurs. Mais lorsque le Corps les entend et envoie une brigade, ils ont levé le camp depuis belle lurette, nous laissant très souvent une surprise de taille.

Le Corps, c'était le nom officiel des mages guerriers, qui constituaient le bras armé du Cercle d'argent. Et ils étaient légèrement plus fanatiques que les membres de la police humaine. Ils avaient véritablement le permis de tuer et ils croyaient en la nécessité de l'exercer. Je n'avais vraiment pas envie de me frotter à une organisation qui les menait en bourrique. Mais si les mages noirs avaient le *Codex*, je n'avais pas le choix.

— Ce n'est pas en fouillant dans des livres poussiéreux que vous risquez de les retrouver, ai-je fait remarquer. Qu'est-ce que vous êtes en train de faire ?

La pixie a tourné une page d'un des tomes les plus volumineux. Pour ce faire, elle a dû se camper sur ses pieds et utiliser ses deux mains.

— On est prêts à t'expliquer, a-t-elle dit en haletant, mais on serait obligés d'utiliser des mots de plus d'une syllabe.

— Nous essayons de trouver une autre solution pour résoudre votre problème de *geis*, a répondu Pritkin.

— En faisant quoi ?

— En essayant de lancer un sort permettant de le briser.

Il m'a répondu sans même me regarder : il parcourait déjà des yeux un autre passage tout aussi sibyllin.

Je devais me faire violence pour me rappeler que Pritkin était mon ami. Si je ne le considérais pas comme tel, la frustration de ne pas pouvoir le tuer était trop cruelle.

— Nous savons déjà où se trouve le contre-sort : dans le *Codex* !

— Dois-je vous rappeler que le *geis* s'est dédoublé ? m'a demandé Pritkin avec hargne.

— On n'a qu'à le lancer deux fois !

— La magie ne fonctionne pas comme ça. Vous rappelez-vous ce qui s'est produit lorsque vous êtes remontée dans le temps ? Le jour où vous avez rencontré Mircea, alors qu'il n'était encore soumis à aucun *geis* ?

— Mon *geis* lui a sauté dessus, ai-je répondu avec agacement.

Je ne voyais pas pourquoi il posait la question : il était là quand ça s'était produit.

— Créant un double du *geis*, ce qui a généré la réaction parasite dont vous faites les frais.

— OK, mais avec le contre-sort…

— À vous entendre, il y aurait deux sortilèges distincts ! a-t-il aboyé. Mais nous en sommes tout sauf certains !

— Je ne comprends pas.

J'ai gardé mon calme : je n'arrivais jamais à lui faire parler du sort, et j'avais besoin de réponses.

— Le *geis* a été conçu pour s'adapter aux circonstances. C'est son atout principal. Mais cette capacité d'adaptation le rend également bien trop imprévisible pour la plupart des usages. Il arrive fréquemment que le sortilège d'origine change au cours du temps, de façon à répondre au mieux aux besoins – en tout cas, à ce qu'il perçoit des besoins – de la personne l'ayant lancé.

— Vous en parlez comme si c'était un être conscient.

— Pas plus qu'un programme informatique. Mais comme un programme sophistiqué, il s'adapte à toute nouvelle donnée.

— Quelle nouvelle donnée ?

Pritkin m'a scrutée froidement.

— En soi, le sortilège est logique. Mais son créateur a oublié de prendre en compte le caractère illogique de la plupart des gens. Ils ne savent souvent pas ce qu'ils veulent vraiment et le sort ne fait pas la différence entre les pensées refoulées, les désirs inconscients et les désirs conscients.

— Vous êtes en train de dire que j'ai voulu être prise au piège ?

— Plus maintenant, peut-être, mais…

— Je ne veux pas que Mircea meure !

— Certes. Mais ce n'était pas le but premier du sortilège. Le *geis* était censé vous lier l'un à l'autre. (Je l'ai dévisagé, horrifiée. Alors c'était pour ça que le *geis* avait sauté sur Mircea dans le passé ? Parce que je l'avais voulu secrètement ? Si je n'avais pas été attirée par lui, si je m'étais maîtrisée, peut-être que rien de tout cela ne serait arrivé…) Et il a passé plus d'un siècle sans surveillance, a continué Pritkin, intarissable. Il a probablement mis ce temps à profit pour croître et se transformer. Il y a de fortes chances pour que vous cherchiez à contrer un sort qui n'existe plus.

Je l'ai dévisagé. Une panique noire et amère m'obstruait la gorge. Ayant passé la majeure partie de ma vie à la botte de Tony, j'avais appris à ne pas chercher à contrôler mon environnement : je m'étais concentrée sur la seule chose que je pouvais maîtriser : moi-même. Et à l'idée d'avoir perdu cette seule et unique liberté, la terreur a envahi des parties de mon esprit dont j'ignorais l'existence.

— Vous êtes en train de me dire que le contre-sort ne marchera pas ?

— Vous avez changé les paramètres du *geis* en le dédoublant, a répété Pritkin. Il s'est peut-être transformé en un sortilège contre lequel le contre-sort n'a pas été conçu efficacement. Ça ne vous servira à rien de trouver le *Codex*.

Pendant un long moment, je n'ai rien répondu. Je me suis contentée de fixer mon regard sur les yeux vert clair qui me regardaient avec franchise. Malheureusement, sa théorie était plausible. Mais comment pouvais-je être sûre qu'il me disait la vérité ? Comment être certaine qu'il ne me racontait pas cette histoire pour me persuader d'arrêter de chercher ce livre ? Après tout, il n'avait jamais voulu que je le trouve. Et puis j'avais du mal à le croire : mon autre source, tout aussi respectable, tenait le discours inverse. Et, selon lui, le *Codex* arrangerait tout. Il m'avait même confié, comme toute première mission officielle, la tâche de le retrouver.

— Comment ça, « à rien » ? (La pixie s'est mise à voleter devant mes yeux. Son petit visage était livide.) Ça t'évitera de te faire tuer par mon roi, quand même !

Soudain, j'ai eu un flash du loir dans la théière d'*Alice au Pays des Merveilles*. J'ai regardé la théière avec nostalgie, en me demandant si la pixie tiendrait à l'intérieur. Peut-être qu'en la poussant un peu…

— Je n'ai pas oublié notre marché, ai-je rétorqué succinctement. Et les menaces ne fonctionnent pas très bien sur moi.

— Mais je ne te menace pas ! Tu as conclu un marché avec lui, très chère humaine. Si tu te dédis, je ne te raconte pas ce qu'il te fera !

Pritkin était bizarrement silencieux. J'ai jeté un coup d'œil dans sa direction et j'ai vu qu'il s'était replongé dans ses recherches. Apparemment, il n'était pas spécialement déconcentré par l'idée de ma mort imminente des mains du roi des faes. J'ai donné un violent coup sur le bureau, du plat de la main. Il a sursauté.

— La Consule a déjà fait bosser le gratin de la communauté magique sur le sujet ! Vous croyez vraiment vous en sortir mieux qu'eux ?

— Je ne crois rien. Je *dois* m'en sortir mieux qu'eux.

— Ce n'est pas une réponse ! (Il me regardait sans rien dire.) Mince ! Je suis la Pythie, maintenant ! Comment voulez-vous que je fasse mon boulot si vous passez votre temps à décider de ce que je dois, ou ne dois pas savoir ?

— Si vous êtes la Pythie, conduisez-vous comme telle.

— J'essaie ! Et je ne crois pas que ça implique de rester les bras croisés en attendant la prochaine gifle que le destin me réserve ! Je veux *faire* quelque chose !

Soudain, j'ai vu le gigantesque tome qu'il étudiait bondir en l'air et se fracasser contre la porte, où il a laissé une tache de poussière bleue. Je m'apprêtais à faire remarquer à Pritkin que c'était puéril de s'emporter – et inutile par-dessus le marché – lorsque la porte s'est ouverte, laissant passer une tête rousse. Nick avait l'air de se dire que c'était moins dangereux en haut, en pleine baston généralisée.

Il est entré avec précaution en poussant un chariot devant lui. Dans la foulée, il a ramassé le livre renversé.

— C'est fini. Mais il doit bien y avoir un millier de crapauds ! Sa voix était presque admirative.

— Qui en est à l'origine ? a demandé Pritkin.

— Augustin pense qu'il s'agit d'un concurrent crapuleux.

J'ai failli faire remarquer le jeu de mot, hilare, mais l'humeur de Pritkin s'est assombrie de plus belle.

— Nous devons nous attendre que ce genre d'incidents devienne de plus en plus fréquent. Le Corps est totalement accaparé par la guerre.

— Quel genre d'incidents ? ai-je demandé.

— Des mages animés de vengeance tentent de rendre justice de leurs propres mains, a expliqué Nick.

— Le Corps ne peut pas à la fois faire la guerre et punir tous les mages vindicatifs. Et ils le savent très bien, a conclu Pritkin, amer. Qu'est-ce que c'est que ça ?

— Le déjeuner. Je suis tombé sur un serveur avec un chariot en redescendant. (Nick a commencé à passer en revue les sandwichs, les fruits et les gâteaux.) Voulez-vous quelque chose, Cassie ? Il y a l'embarras du choix.

— J'ai pas trop faim.

— Elle doit manger, a rétorqué Pritkin, sèchement.

— J'ai dit que...

— Si vous mourez de faim, ma réputation professionnelle en pâtira.

— Je mange très bien.

— En revanche, si je vous étranglais de façon totalement justifiée, ma réputation ne serait pas entachée.

— Je veux bien un sandwich, ai-je dit à Nick. Sans viande.

Il a déniché un sandwich œufs-crudités à l'allure inoffensive et me l'a tendu avec une brique de jus de pomme. J'ai considéré Nick avec intérêt. Contrairement à son ami, c'était encore un membre à part entière du Cercle. Il pouvait peut-être se renseigner sur Tami. En supposant qu'elle soit bien prisonnière du Cercle d'argent. D'un autre côté, je ne savais pas ce qu'il pensait des handicaps magiques. Il avait peut-être la même attitude que la plupart des gens manifestaient lorsqu'on abordait le sujet, à savoir une gêne teintée d'indifférence. Dans ce cas, il ne se donnerait pas la peine de poser deux ou trois questions. Mais qui ne tente rien n'a rien...

Je lui ai exposé brièvement la situation.

— Si elle vous a recueillie il y a sept ans, j'imagine qu'il ne s'agit pas d'une adolescente, a-t-il dit.

— Quand je l'ai rencontrée, elle allait sur ses trente ans. J'imagine qu'elle doit avoir autour de trente-sept ans, maintenant. Pourquoi ?

— Parce qu'elle est beaucoup trop vieille pour les moissonneurs, a répondu Nick entre quelques bouchées de ce que j'espérais être du poulet. Ils ne perdraient pas leur temps avec elle, surtout si elle n'est pas très puissante à la base.

Pritkin a surpris mon regard.

— Il parle des gens qui confectionnent les bombes à néant.

Nick a hoché la tête.

— Les bombes à néant, c'est…

— Je sais ce qu'est une bombe à néant, l'ai-je interrompu, tout engourdie.

Ces bombes étaient très recherchées. Elles concentraient en elles les effets des mages-néant et bloquaient toute activité magique – y compris la mienne – pendant une durée limitée. J'avais appris leur existence très récemment. Tami n'avait jamais abordé la question. Et c'était compréhensible : pour fabriquer une bombe à néant, on devait drainer la force vitale du mage en question, ce qui revenait à le tuer.

— Ne vous inquiétez pas, a repris Nick en badigeonnant un autre petit pain de moutarde. Comme la plupart des mages, les mages-néant arrivent à maturité de leur pouvoir lorsqu'ils atteignent la puberté. Ils ne peuvent jamais devenir plus puissants. Les moissonneurs font leur possible pour les cueillir immédiatement après, de façon à optimiser la force vitale qu'ils peuvent en tirer. Votre amie n'aurait jamais pu les intéresser.

— Et le Cercle ? Pourquoi s'intéresserait-il à elle ?

Il a haussé les épaules.

— Aucune idée. À moins de connaître un secret d'envergure…

J'ai secoué la tête.

— Tami n'est pas au courant de ce genre de choses.

— Mais elle connaît quelqu'un qui l'est, a fait remarquer Pritkin. (Devant mon air éberlué, il a soupiré.) Le Cercle ne sait pas où vous vous trouvez : le fait qu'ils aient placé une prime aussi exorbitante sur votre personne en dit long ! Peut-être essaient-ils de vous attirer jusqu'à eux.

— Vous pensez qu'ils l'ont enlevée à cause de moi ?

D'un seul coup, le sandwich, qui n'était déjà pas terrible à la base, a perdu tout son goût.

— C'est possible, a corroboré Nick, apparemment du même avis. La moitié du Conseil a assisté à votre apparition au Sénat, lorsque vous avez rembarré la Consule, séduit Mircea et libéré Tomas sous son nez.

— Mais ça ne s'est pas passé comme ça ! ai-je protesté, horrifiée.

C'était la pure vérité. La Consule était en train de torturer à mort un de mes amis et j'avais fait une tentative désespérée pour le sauver. Ma tentative avait fonctionné, ce qui m'étonnait encore, mais j'avais vraiment eu chaud et j'avais failli mourir de trouille.

Nick a haussé les épaules.

— En tout cas, c'est l'histoire qui circule.

— Et s'ils essaient de vous pousser à vous lancer dans une opération de sauvetage tout aussi téméraire, ils ont besoin de dénicher une personne qui compte beaucoup pour vous, a fait remarquer Pritkin. Tomas réside actuellement en Faerie, hors de leur portée. Et vos parents, si je ne m'abuse, sont décédés. Quant à vos amis d'enfance, il s'agit de vampires sous la protection du Sénat. (Il a réfléchi un instant.) Ou de fantômes. Et même le Cercle ne saurait porter atteinte aux morts.

L'espace d'un instant, je suis restée plantée là, à cligner bêtement des yeux. Ça en disait long sur ma vie : même mes ennemis avaient du mal à trouver quelqu'un dont je me sente proche. Ça faisait sept ans que je n'avais plus vu Tami. Ça voulait dire qu'en sept ans, je ne m'étais fait aucun ami suffisamment vulnérable pour servir d'otage. Je devais me rendre à l'évidence. Le seul, c'était Tomas. Et ce n'était pas vraiment rassurant. Mes nœuds à l'estomac, lorsque j'avais appris la raison pour laquelle on le destinait à une atroce agonie, me sont revenus en mémoire. Sans doute parce que je ressentais la même chose pour Tami.

Le Sénat avait eu des tas de raisons de souhaiter la mort de Tomas, et ils avaient rendu son exécution publique dans l'espoir que je viendrais à sa rescousse. Or c'était précisément ce que j'avais fait. Au beau milieu d'une salle remplie de leurs alliés du Cercle d'argent. Apparemment, ces derniers avaient bien retenu la leçon. S'étaient-ils mis immédiatement à chercher un remplaçant pour Tomas ? Avais-je condamné Tami en le libérant ?

— Pouvez-vous vérifier si elle est bien détenue par le Cercle ? ai-je demandé à Nick.

— Je peux essayer, a-t-il dit sans conviction. (Il avait l'air de se rendre compte que la matière devait être délicate.) Mais s'ils veulent que vous veniez à son secours, ils auront soin de faire toute la publicité nécessaire.

— Pas forcément.

— Mais…

— Ils ont peut-être fait passer un e-mail pour l'exécution de Tomas, mais je n'étais pas sur leur liste de diffusion. Je suis tombée dessus par hasard. Et l'exécution avait déjà commencé.

S'il était encore en vie, c'était uniquement parce que c'était un vampire. Tami n'avait pas cet avantage.

— Quoi qu'il en soit, a repris Nick avec gravité, le Conseil a eu un aperçu très probant du type de pouvoir dont dispose la Pythie. Ils ne sont pas près d'oublier cette démonstration de force. S'ils vous attirent dans un piège, ce ne sera pas sans précaution. Par conséquent, toute tentative de votre part paraîtra extrêmement…

— Vous ne ferez aucune tentative.

Cette remarque venait de Pritkin, bien entendu.

— Pas sans une idée précise de l'endroit où elle se trouve, ai-je admis.

Lorsque j'étais allée chercher Tomas, le Sénat m'avait lancé une bombe à néant pour m'empêcher d'arriver en me téléportant, de le choper et de repartir par le même biais. Le Cercle avait très certainement prévu son propre attirail de mauvaises surprises. Grâce à leur vigilance, si je m'amusais à sauver Tami, ce serait vite moi qui aurais besoin d'aide. Il me fallait un plan. Et je ne pouvais pas fomenter de plan sans savoir où elle se trouvait.

— Je vais faire mon possible, m'a promis Nick. Mais concernant le *Codex*, je continue à penser qu'on devrait demander à Saleh.

— C'est qui, Saleh ? ai-je demandé en essayant de ne pas laisser transparaître mon désespoir.

— C'est trop risqué !

Pritkin a fusillé Nick du regard. Ses yeux auraient pu faire fondre une vitre.

— Je suis la Pythie, lui ai-je rappelé. Pour moi, respirer, c'est déjà risqué.

— Saleh est un pourvoyeur d'informations. Des informations ésotériques, précieuses, difficiles à obtenir, a expliqué Nick malgré le visage de plus en plus rouge de Pritkin. Le problème, c'est leur prix.

— Je peux nous avoir de l'argent, ai-je dit en pensant à Billy.

La roulette, les sommes exorbitantes, tout ça…

— Ce n'est pas l'argent qui l'intéresse, a rétorqué sèchement Pritkin, coupant le sifflet à Nick, qui s'apprêtait à dire quelque chose. Ce sont les petits services. Et je vous déconseille de lui devoir la moindre faveur.

— C'est à moi d'en décider !

— On pourrait au moins discuter avec lui, a proposé Nick avec calme.

Je continuais à espérer que l'humilité de Nick allait déteindre sur son copain. Jusque-là, je n'avais pas eu cette chance.

— S'il sait quelque chose, je lui tirerai les vers du nez, a déclaré la pixie en portant la main à sa petite épée.

Ça aurait pu paraître ridicule, mais j'avais vu de quoi cette chose était capable.

Nick a secoué la tête.

— Si on l'énerve, on n'en tirera rien.

— Et moins on est, mieux ce sera, ai-je ajouté. La plupart des gens n'aiment pas discuter avec toute une meute d'interlocuteurs.

Surtout pas quand on brandit une épée devant leurs yeux.

Pritkin avait l'air à deux doigts de l'apoplexie.

— Mais vous n'avez rien écouté, ma parole ! Le *Codex* vous sera probablement inutile. Et je ne vous guiderai jamais jusqu'à cette ordure.

— Vous n'aurez pas besoin de me guider, ai-je rétorqué avec agacement. Je me guiderai moi-même.

— Vous n'irez pas, a-t-il dit.

C'était son dernier mot.

— Je connais déjà son nom, ai-je fait remarquer. Vous croyez vraiment que Billy n'arrivera pas à le localiser ?

— Avez-vous la moindre idée de ce qu'il pourrait exiger de vous ? Il tentera de vous arnaquer, et…

— Dans ce cas, nous ferions mieux de l'accompagner pour que ça ne se produise pas, a dit Nick avec douceur. (Il m'a regardée en haussant un de ses sourcils blond roux.) Si vous nous autorisez à vous escorter.

J'ai jeté un coup d'œil à Pritkin. Son visage virait au violet. J'ai soupiré. Mes compétences en autodéfense étant ce qu'elles étaient, je pouvais difficilement me passer d'un ou deux gardes du corps. En plus, quoi que je fasse, Pritkin allait me coller aux basques. J'ai dit « oui » tout en sachant que j'allais probablement le regretter.

Et, bien entendu, je l'ai regretté.

Chapitre 8

La pièce aurait pu être agréable. Le souci, c'était juste la quantité de sang. Le raffinement de la décoration intérieure, alliant le crème et le doré, contrastait avec la vue sur le Strip Boulevard. Mais le principal problème, c'était les rigoles brunâtres défigurant le papier peint et coagulées sur la jolie moquette beige. On ne voyait aucun cadavre, mais ce n'était pas nécessaire : personne ne pouvait rester en vie après avoir perdu autant de sang. Même si, comme c'était le cas ici, on n'était pas totalement humain.

Ma robe avait adopté la couleur d'un crépuscule fantomatique, zébré de branches noirâtres et tordues crispées autour de la pleine lune. Très morbide, comme paysage. Parfaitement en phase avec mon humeur. J'ai regardé avec nostalgie l'entrée, derrière moi. Mais j'avais beau en avoir très envie, je ne pouvais pas prendre mes jambes à mon cou. Le seul point positif, c'était que j'avais réussi à semer la pixie. D'ailleurs, je me demandais si elle avait été capable de sortir du tiroir.

À contrecœur, j'ai suivi Pritkin à travers le salon ravagé. Nick est resté pour examiner la pièce. On a longé le couloir avec précaution, essayant tant bien que mal d'éviter les plus grosses flaques de sang. Ce n'était pas facile. Arrivée au bout du couloir, je me suis dit que la victime avait dû entraîner une partie de ses agresseurs dans sa tombe. Un seul corps ne pouvait décemment pas saigner autant.

Bien entendu, la porte sur laquelle donnait le couloir était entrebâillée par le cadavre étendu en travers, ou plutôt, par la moitié d'un cadavre : le haut se trouvait à quelques centimètres du bas et je ne voyais le bras droit nulle part. Mais je n'avais pas assez cherché.

Après avoir enjambé, avec prudence, ce qui restait du cadavre, j'ai immédiatement repéré le bras manquant : il était épinglé au mur, de l'autre côté de la porte, par les bons soins d'une énorme hache qui l'avait tranché à partir de l'épaule. Le bras pendait aux vestiges d'une manche qui avait dû être bleue mais qui n'était plus qu'un chiffon violet raidi par le sang séché.

J'ai dégluti laborieusement avant de parcourir les lieux du regard. Ma lèvre supérieure avait commencé à se couvrir de sueur. La climatisation n'était pas allumée et, malgré le courant d'air en provenance d'une fenêtre ébréchée, il faisait facilement trente-cinq degrés dans l'appartement. Mais ce n'était pas pour ça que je transpirais.

Les rayons du soleil de ce milieu d'après-midi étaient plus opaques que d'habitude, chargés de poussière et de ce que j'ai fini par identifier comme étant une nuée de plusieurs centaines de mouches. Elles voletaient au-dessus de ce que j'ai cru, tout d'abord, n'être qu'un amas de parties de corps humain entassées au hasard sur le lit à deux places. Au bout d'un moment, j'ai compris qu'il s'agissait d'un cadavre entier. Pour rester polie, il n'était plus très frais. Je ne suis pas une experte, mais je doutais qu'une personne récemment décédée ressemble à une baudruche sur le point d'éclater sous l'effet de la pourriture et autres gaz fétides. La scène était si écœurante que je n'ai pas remarqué immédiatement la couleur de la peau : elle était d'un bleu vert crayeux, comme un bonbon à la menthe.

— Un djinn, a dit Pritkin sans cérémonie avant que j'aie le temps de poser la question. Le voyez-vous ?

J'ai regardé le mage, complètement ahurie.

— C'est difficile de passer à côté.

— L'esprit !

J'ai secoué la tête. S'il y avait un fantôme dans les parages, il faisait profil bas. Ou alors il s'était évanoui à l'odeur du liquide suintant d'une entaille pratiquée dans le torse du djinn. Les mouches avaient l'air d'être les seules à apprécier : une centaine d'entre elles s'étaient agglomérées dessus et formaient un monticule noir et laborieux.

— Fais gaffe, Cass', a lâché Billy. T'es presque aussi verte que lui. Dis au mage qu'il n'y a pas d'autre fantôme que moi dans la baraque et fiche le camp fissa. Cet endroit me fout les jetons.

J'ai dégluti avec difficulté.

— Tu ne sens rien ?

Si quelqu'un était capable de débusquer un fantôme paniqué, c'était Billy.

— Non. Mais je vais faire un petit tour pour être sûr. Des fois, les petits nouveaux se planquent.

Je devais vraiment avoir sale mine : Billy faisait rarement preuve de générosité.

— Merci.

J'ai entrepris de regagner la porte. J'avais dans l'idée de prendre une bonne bouffée de pollution – de l'air pur, en comparaison – et j'espérais pouvoir ouvrir une des fenêtres du salon. Mais Nick a fait irruption.

Je ne l'avais pas vu entrer et il m'a surprise. J'ai poussé un glapissement et j'ai reculé si brutalement que je serais tombée si Pritkin ne m'avait pas retenue.

— Je doute qu'il soit resté ici, a-t-il dit sèchement en m'aidant à retrouver l'équilibre. Même si une partie de son esprit a survécu, il aura pris en chasse son meurtrier.

— Quel mal peut bien faire un fantôme ? s'est esclaffé Nick.

Pritkin et moi avons échangé un regard complice. Il avait vu, de ses propres yeux, les dégâts que pouvait causer une paire de fantômes énervés. Mais il s'est abstenu d'en parler.

— Je vais passer en revue les autres pièces, s'est-il contenté de dire.

Et il est parti.

— Il a beau être le meilleur chasseur de démons du Corps, a commencé Nick en regardant son ami d'un air maussade, je parie que vous en savez beaucoup plus que lui sur les fantômes. Saleh a pu en laisser un, non ?

Son regard est passé de ma personne au cadavre. Mais ce dernier n'a pas répondu. Pas étonnant : il n'avait plus de tête.

— Je ne sais pas.

Je n'avais encore jamais rencontré de djinn. Mais je supposais que les djinns suivaient les mêmes règles que la plupart des créatures magiques non humaines. Aucune d'entre elles ne produisait de fantôme. La plupart des êtres humains non plus, d'ailleurs. C'était assez rare, comme état, en règle générale. Par conséquent, il y avait de fortes chances pour que les secrets que ce type avait emportés avec lui dans l'au-delà... y restent. Mais je ne me sentais pas le courage d'entrer dans une explication interminable.

— Billy est allé faire un tour. S'il a laissé une trace, il la trouvera.

— Une trace ? Soit il y a un fantôme, soit il n'y a pas de fantôme !

Nick avait l'air vaguement stressé. Une veine battait ostensiblement à son œil droit. Il me faisait plutôt l'effet d'un rond-de-cuir. Le terrain, ce n'était peut-être pas sa marotte.

— Ce n'est pas si simple, lui ai-je expliqué. Tous les fantômes ne sont pas permanents. Certains esprits traînent autour de leur corps pendant un moment avant de se rendre à l'évidence et de passer à autre chose.

— Combien de temps ?

— Quelques heures. Voire quelques jours. Pas plus d'une semaine. Sauf s'ils décident de jouer les prolongations.

— À en juger l'état de ce cadavre, il est mort il y a quatre jours maximum. D'après vos calculs, son esprit pourrait toujours être présent ?

— Peut-être. Mais je ne sens rien.

— Essayez encore ! a insisté Nick. Il n'est plus en position d'exiger quoi que ce soit de nous. Si vous entrez en contact avec lui, il est susceptible de nous dire ce qu'il sait.

— S'il est là, Billy le trouvera. Sinon… (J'ai haussé les épaules.) Je ne fais rien pour attirer les fantômes. Donc je ne peux pas « essayer encore ». Ils ont juste tendance à débarquer quand je suis dans les parages.

— Nous ne pouvons pas nous permettre de rester plus longtemps.

La voix de Nick était calme mais je n'aimais pas son ton alarmé. Soudain, je me suis demandé pourquoi les lieux ne grouillaient pas de mages guerriers. Ça fait partie de leur boulot d'enquêter sur les meurtres intervenus au sein de la communauté magique. Et il y avait assez de cadavres ici pour les occuper un bon moment. J'avais entraperçu un pied – à la peau d'une teinte brun doré bien humaine – dépasser de derrière le lit. Je n'avais pas vérifié s'il était encore attaché à un corps.

— Ils débarqueront dans combien de temps ? ai-je demandé, très mal à l'aise.

Pritkin n'était pas exactement en bons termes avec ses collègues mages. Je me serais bien passé d'assister aux retrouvailles.

— Impossible à dire. Mais le Conseil avait placé Saleh sous interdit. (À la vue de mon expression, il a expliqué.) C'est un peu comme la liberté conditionnelle. S'il ne se rend pas à son rendez-vous hebdomadaire, ils enverront quelqu'un vérifier ce qu'il devient.

— Et merde.

Je me suis dirigée vers la porte, mais Nick m'a retenue par le bras.

— Et si vous touchez le cadavre ? La connexion serait peut-être plus forte !

Je l'ai dévisagé avec horreur.

— Pas moyen que je touche cette chose !

Juste à cette idée, ma peau se couvrait de chair de poule.

— Dans ce cas, vous pourriez toucher un objet lui ayant appartenu !

Avant que je puisse l'arrêter, Nick avait traversé la pièce pour arracher un bout de la chemise du mort. Je crois qu'il voulait juste me donner un morceau de tissu, mais la chair nécrosée s'est détachée avec le textile, dégageant l'os comme un poisson bien cuit. La chemise s'est entrouverte, donnant un aperçu du ventre, qui bougeait tout seul. Lorsque j'ai vu qu'il s'agissait d'asticots grouillant sous la peau, j'ai eu un haut-le-cœur et j'ai failli m'évanouir.

— OK. Basta.

J'ai traversé la chambre à toute vitesse et percuté Pritkin, qui remontait le couloir.

— Il y a une salle de bain ? ai-je demandé.

— La deuxième porte à gauche. Il n'y a personne à l'intérieur.

L'espace d'un instant, je n'ai pas compris ce qu'il voulait dire. On n'était que trois à s'être lancés dans la besogne absurde d'interroger un mort. Sauf si on comptait Billy. Mais ça faisait un bail qu'il n'avait pas eu besoin d'aller aux toilettes. Et puis j'ai compris qu'il me signalait simplement l'absence de cadavre. J'ai eu un flash du corps ballonné que je venais de quitter et je me suis enfuie en manquant de m'étouffer.

La robe avait l'air de préférer la salle de bains à la chambre transformée en morgue. Le miroir reflétait une teinte vaguement rose pâle, comme un ciel d'aurore. Je suis restée une bonne minute devant le lavabo, en essayant de ne pas rendre mon déjeuner, mais le soleil ne s'est pas levé. Je le comprenais.

Je venais de finir de m'asperger le visage et les mains pour essayer d'enlever ce qui ressemblait à une fine pellicule de graisse, lorsqu'un voile de brume s'est élevé de la tuyauterie. Il brillait d'une lumière froide et argentée. La brume a pris la forme d'un visage. On aurait dit un mirage fait de vapeur. Le visage était flou et indistinct. D'habitude, je vois les fantômes presque solides. J'ai cligné des yeux, mais le visage n'a pas disparu.

— Est-ce que je suis en sécurité ? a demandé une voix chevrotante.

— Ben…, ai-je commencé bêtement.

Il n'y avait aucune façon de répondre correctement à cette question. À quelques rares occasions, j'avais rencontré des fantômes n'ayant pas conscience du fait qu'ils étaient morts. Et ils n'avaient jamais apprécié être mis brutalement devant l'évidence.

Les yeux brumeux ont commencé à faire le tour de la salle de bains. Ils se sont détachés du reste du corps et se sont mis à flotter et à toucher timidement chaque objet. Un des yeux s'est glissé sous la porte. J'ai grimacé : je savais pertinemment ce qui allait se passer. Quelques secondes plus tard, la bouche s'est ouverte, sous le choc, mais aucune parole n'en est sortie.

— Ça peut vous sembler terrible, ai-je bredouillé, mais vous irez dans un monde meilleur.

Le visage sans yeux a pivoté dans ma direction.

— J'en doute, a-t-il grogné. Je suis un démon. (Il marquait un point. L'autre œil, qui était allé regarder par la fenêtre, est revenu vers le visage et s'est positionné au milieu du front. C'était très bizarre : ça lui donnait un faux air de cyclope. Mais étant donné les circonstances, je me suis abstenue de commentaire.) Qui a fait ça ?

— Vous ne savez pas ? ai-je demandé, ahurie.

— Je dormais ! a-t-il protesté, visiblement vexé. J'ai entendu quelqu'un briser la fenêtre, j'ai voulu me lever, et la lumière s'est éteinte.

Pour toujours, ai-je pensé. Mais je n'ai rien dit. L'œil a scruté mon visage. Il venait seulement de me remarquer vraiment.

— Et vous êtes qui, d'abord ?

— Je ne fais que passer, ai-je répondu en me dirigeant vers la porte.

— Pas si vite. (Le visage s'est mis en travers de mon chemin.) L'œil errant a rejoint son alter ego et ils ont joué des coudes un moment. Ils ont fini par trouver leur place et le visage m'a regardée d'un air accusateur.) Vous me voyez !

— Je suis médium.

— Bien. Alors dites-moi qui a fait ça. Ils vont payer !

Soudain, j'ai senti une idée germer.

— On peut peut-être s'arranger, ai-je proposé.

— Qu'est-ce que vous bavassez ?

— J'ai besoin d'infos sur le *Codex*, ai-je tenté timidement.

— Lequel ? a-t-il demandé d'un ton soudain très professionnel.

— Il y en a plusieurs ?

— Un Codex, c'est une somme de savoirs, poupée. De quel Codex on parle ?

J'ai dégluti.

— Le *Codex Merlini*. Le volume perdu.

Il m'a regardée avec un regain d'intérêt.

— Comment vous appelez-vous, déjà ?

— Je ne vous ai pas dit mon nom. Vous avez des infos ?

— Peut-être.

J'ai soupiré.

— Je m'appelle Cassie Palmer, ai-je avoué.

Les yeux spectraux se sont visiblement illuminés.

— Bon, d'accord. (Sa voix s'est faite plus énergique.) Ça fait des siècles que le *Codex* a disparu. Mais ce n'est pas le plus gros problème. Même si vous le trouvez, vous n'arriverez pas à le lire.

— Il est codé.

— Encore mieux ! Tôt ou tard, même les meilleurs codes se déchiffrent. Il était beaucoup plus ingénieux.

— Hé ! Vous voulez dire que Merlin a vraiment existé ?

— Non. Ils ont appelé ça le *Codex Merlini* parce qu'il a été écrit par un type appelé Ralph, a répondu Saleh, visiblement agacé. Vous connaissez cette légende selon laquelle Merlin serait devenu de plus en plus jeune à la place de vieillir ? (J'ai hoché la tête.) Eh bien, les colporteurs d'histoires ont tout mélangé.

— Comment ça ?

— Ce n'est pas le mage qui s'est mis à vieillir à l'envers. Il a enchanté le *Codex*. Si jamais on devait le lui ravir, il se serait mis à vieillir à rebours.

— Mais pourquoi faire une chose pareille ?

Saleh m'a regardée comme s'il commençait à se dire que j'avais un QI équivalent à mon tour de poitrine.

— Pour qu'il se dés-écrive lui-même, bien sûr ! À notre époque, ce n'est plus qu'un tas de parchemins vierges.

— Mais si quelqu'un remontait dans le temps…

Saleh m'a lancé un regard malicieux.

— Ce quelqu'un pourrait éventuellement le récupérer.

Mon estomac s'est noué. D'après ma fiche de poste, j'avais pour mission, entre autres choses amusantes, de veiller à l'intégrité de la trame temporelle. Mais comme j'avais raté plusieurs sessions de formation, chaque fois que je remontais dans le temps, je risquais de dérégler quelque chose et d'être incapable de réparer les dégâts.

— Où est-il ? ai-je demandé tout en sachant que je n'allais pas apprécier la réponse.

— Mauvaise question, a-t-il chuchoté. Vous devriez me demander « où *était*-il ? ». Vous devez remonter à une époque où le livre était encore presque intact, mais déjà plus en la possession de Merlin.

Quelqu'un a frappé timidement à la porte.

— Nous devons partir.

La voix de Pritkin portait parfaitement à travers la fine porte en bois.

— OK. Où *était*-il ? ai-je demandé en gardant mon calme. La seule personne qui détestait les sauts dans le temps encore plus que moi, c'était Pritkin. Je voulais conclure le marché avant qu'il s'immisce dans mes affaires. Pour tout gâcher, probablement.

Soudain, Billy a traversé le mur à toute vitesse. Il était surexcité.

— Le mage a raison, Cass'. On doit bouger. Tout de suite. (Il s'est interrompu à la vue du visage spectral du djinn.) C'est qui, ça ?

— Saleh. Je l'ai trouvé.

— Super. Bon, il faut qu'on y aille. Il y a une escouade de mages dans l'ascenseur.

— Une minute.

— On n'a pas une minute.

— Billy ! J'ai peut-être une piste !

Pritkin s'est mis à tambouriner la porte.

— Que se passe-t-il ? Il y a un problème ?

Je me suis souvenue – trop tard – qu'il avait l'oreille particulièrement fine.

Je me suis retournée vers Saleh.

— Que voulez-vous ?

Il a levé les yeux au ciel.

— Qu'est-ce que vous croyez ? Et ça se dit voyante… Je veux savoir qui m'a fait ça, tiens !

— Je ne contrôle pas mon pouvoir, lui ai-je dit, aux abois.

Pritkin commençait à défoncer la porte de la salle de bains.

— Eh bien, je vais vous suivre et je vais attendre qu'il décide de se manifester, a dit Saleh avec jovialité.

— Même pas en rêve ! a rétorqué Billy en le fusillant du regard.

J'ai dévisagé le djinn. Il me rendait calmement mon regard. J'ai soupiré et jeté l'éponge.

— Quand êtes-vous mort, exactement ?

— Lundi matin. Vers 10 heures.

J'ai regardé Billy. Pas moyen que je retourne dans un appartement rempli d'assassins dans mon corps d'être humain vulnérable.

— Il me faut un coup de main, l'ai-je pressé.

Mon corps a besoin d'un esprit en résidence pour le maintenir en vie, mais ça ne devait pas forcément être le mien. Un jour, quelqu'un d'assez bien placé pour le savoir m'avait dit que je n'avais pas besoin que Billy fasse du baby-sitting pendant que mon esprit partait en goguette. *Tu n'as qu'à revenir exactement au moment où tu es partie*, m'avait-elle dit nonchalamment, comme si c'était de la tarte de synchroniser un saut dans le temps ! Inutile de vous dire que je préférais ma méthode.

— Je n'y crois pas une seconde, a marmonné Billy. (Un des gonds a commencé à céder en produisant un « crac ». Je lui ai lancé un regard désespéré. Il s'est insinué sous ma peau en prononçant une insanité.) Dépêche-toi : il s'apercevra tout de suite que je ne suis pas toi, vu que je n'arriverai pas à nous téléporter.

— Que se passe-t-il ? a demandé Saleh.

— Je ne peux pas vous dire ce que vous voulez savoir, mais je peux vous montrer.

J'ai agité la main à travers les vestiges de son être et je me suis téléportée.

La salle de bains s'est reformée autour de nous, telle qu'elle se présentait quelques jours auparavant. Il n'y avait aucun bruit en provenance des autres pièces. Sur mes gardes, j'ai passé la tête à travers la porte en bois et j'ai regardé autour de moi. Il n'y avait pas de sang sur les murs : j'avais réussi à devancer les assassins.

Saleh a traversé le mur avec détermination. Je l'ai suivi, à l'affût de quoi que ce soit d'inhabituel. Quelqu'un armé d'une très grande hache, par exemple…

Saleh a traversé le mur de sa chambre en flottant avec facilité, comme s'il faisait ça tous les jours. Sur le lit, il y avait un djinn endormi. En vie, il avait l'air plutôt normal. Seule sa peau avait une couleur bizarre. Pas de turban, pas de boucles d'oreilles dorées, pas de costume oriental. Il avait une tignasse de boucles brunes, une barbiche soignée et un survêtement aux couleurs des L.A. Lakers. Il avait aussi une tête.

Sur sa table de chevet, un réveil indiquait 9 h 34. On a échangé un regard et on s'est mis à l'aise pour attendre. Ça n'a pas été long.

À 9 h 52, j'ai entendu des bruits de pas précipités et des armes s'entrechoquer : les gardes du corps de Saleh devaient probablement affronter les meurtriers. Un instant plus tard, un des gardes du corps a passé la porte en titubant, suivi d'une hache en lévitation, qui a fini par lui sectionner le bras. Une seconde plus tard, une épée maniée par un être humain l'a tranché en deux, tandis que la silhouette allongée sur le lit se réveillait, clignait ses paupières bouffies et commençait à regarder autour de lui. Il n'a pas eu le temps de voir quoi que ce soit : très vite, le second garde du corps était mort et la tête de Saleh jouait au basket avec la penderie, de l'autre côté de la pièce.

J'ai à peine fait attention à cet atroce dénouement : j'avais les yeux rivés, incrédules, sur la silhouette qui brandissait l'épée et supervisait le meurtre. Si mes poumons avaient fonctionné, j'en aurais eu le souffle coupé. Mais d'un seul coup, je n'avais plus un poil d'air dans le corps. Une nausée s'est emparée de moi. L'espace d'un instant, j'ai été incapable de bouger, incapable de penser. J'avais l'impression que le temps s'était arrêté. Totalement ahurie, je ne pouvais pas détacher mon regard de ce visage, éclaboussé du sang de son ennemi.

Une partie de mon cerveau s'est rendu compte qu'il n'avait pas son apparence habituelle. Au lieu de son tee-shirt élimé et de son manteau marron qui avait essuyé beaucoup trop de batailles, sa silhouette svelte était mise en valeur par un jean noir moulant, assorti à une chemise boutonnée jusqu'au col et à une veste en cuir de qualité, également noires. Ses vêtements habituels, en mieux. Comme s'il avait d'un seul coup eu du goût. Même ses cheveux avaient l'air d'avoir été brossés récemment et sa barbe de trois jours semblait étudiée pour faire mode. Elle ne ressemblait pas au duvet d'un homme ayant simplement oublié de se raser.

Mais la principale différence, c'était son expression. Je l'avais vu en colère un nombre incalculable de fois, mais ses traits avaient quelque chose de nouveau. On aurait dit un rapace prêt à tordre le cou de sa proie. Je ne voulais pas y croire. J'ai regardé ces yeux verts, si familiers, en me répétant : *Pas étonnant qu'il ne voulait pas me mener jusqu'à Saleh.*

— Je n'arrive pas à y croire ! a gémi Saleh. Je ne le connais même pas !

On a regardé Pritkin essuyer son épée sanglante sur les draps de Saleh et la rengainer dans le long fourreau qu'il portait sur le dos, en bandoulière. Il s'est éloigné d'une démarche lente et décontractée, d'une terrifiante élégance, sans regarder en arrière.

— Un type débarque dans ma chambre, pénard. Il me met en morceaux. Et je ne le connais même pas !

— Calmez-vous, ai-je rétorqué. (J'avais le vertige et une légère nausée.) Il faut garder la tête froide.

— Je n'ai plus de tête ! a-t-il aboyé en se dirigeant vers la porte.

— On avait passé un marché, lui ai-je rappelé.

— Votre bouquin se trouve à Paris, a lancé Saleh par-dessus son épaule. (Enfin, ce qui aurait dû être son épaule s'il en avait encore eu.) Essayez 1793.

Je l'ai dévisagé.

— Quoi ?

Et merde… J'aurais dû me douter que ce n'était pas une coïncidence.

— Ouais. C'est l'année qu'a choisie une bande de mages noirs à la ramasse pour dépouiller Merlin. Ils en tenaient une couche. Ils…

— Attendez ! (Je l'ai fusillé du regard. J'avais l'impression qu'il me prenait pour une débile.) Merlin vivait en… enfin, je ne sais pas trop, mais il ne pouvait pas être encore en vie au XVIIIe siècle !

— Il était à moitié incube. Tout le monde le sait, enfin ! m'a-t-il informée avec agacement. Et les démons sont immortels. Maintenant, si vous tenez à votre information, vous feriez mieux de vous taire. Sinon, je m'en vais. (Je me suis tue.) Bref. Il était donc en vie en 1793, l'année où les mages lui ont volé le *Codex*. Ils l'ont vendu aux enchères le 3 octobre, à l'occasion d'une petite fête entre amis. Juste après, ils ont dû mettre les bouts pour échapper aux exécutions publiques, aux bûchers, aux mouvements de foule et au demi-démon qui voulait leur faire la peau. Voilà. Si vous voulez y jeter un coup d'œil avant qu'ils le vendent, vous feriez mieux de vous mettre sur votre trente et un.

— Mais s'ils veulent le vendre, il sera probablement bien gardé ! Il doit y avoir un meilleur moment pour…

— C'était Merlin qui surveillait le *Codex* avant que les mages mettent leurs sales pattes goulues dessus. Croyez-moi : se frotter à Merlin, Pythie ou pas, ce n'est pas une partie de plaisir.

— Et après ? Qui l'a acheté ?

— Même si j'avais toute la journée, je n'aurais pas le temps d'énumérer les rumeurs qui se sont mises à circuler après cette nuit-là. De toute façon, ça ne vous servirait à rien : si vous voulez avoir le bouquin avant que les sortilèges se fassent la malle, vous devez vous y prendre tôt. Et « tôt », c'est

Paris en 1793, a-t-il conclu sèchement. Et évitez de vous faire décapiter. Croyez-en mon expérience : ça craint.

Il s'est dirigé de nouveau vers le couloir.

— Attendez une seconde ! Vous allez où, comme ça ?

— D'après vous ? J'ai du pain sur la planche.

— Saleh !

Il s'est arrêté sur le seuil de la porte.

— Ce n'est pas vos oignons, chérie. Grâce à ce mystérieux inconnu, je suis de nouveau sous forme astrale. Dix siècles d'accumulation de pouvoir partis à la poubelle. Comme ça, en un clin d'œil. (Il a essayé de claquer les doigts, mais comme il n'avait pas de mains, ça l'a frustré de plus belle. Il a grimacé.) Je suis habilité à me venger de la façon qui me plaira. Et croyez-moi, je peux faire preuve d'une très grande inventivité.

Il a tiré sa révérence et je suis restée bêtement à le regarder. Au moins, ça expliquait comment il avait pu produire un fantôme : il n'en avait pas produit. Naturellement, Saleh existait sous forme astrale. Il avait simplement accumulé suffisamment de pouvoir pour se forger un corps. Pour interagir plus facilement avec les mortels, j'imagine. La question que je me posais, c'était de savoir si je devais me lancer à sa poursuite.

Sous sa forme actuelle, je ne pensais pas qu'il puisse faire le moindre mal à Pritkin. Les fantômes, même les plus jeunes, ont une réserve d'énergie limitée, qui s'érode rapidement s'ils s'en prennent aux vivants. Certes, Saleh n'était pas un fantôme, mais puisqu'il avait perdu la majeure partie de son pouvoir avec sa tête, il ne pouvait pas faire beaucoup mieux. Si on ajoute à cela le nombre de boucliers dont Pritkin était bardé… Il ne courait sûrement aucun danger. Dommage que je ne puisse pas en dire autant.

Si Saleh entrait en contact avec le mage, pour l'accuser de crime ou lui lancer un avertissement quelconque, il serait tout à fait capable d'avouer la façon dont il avait acquis cette information. Et je serais dans la panade. Puisque Saleh ne le connaissait même pas, ça m'aurait étonné que Pritkin ait des comptes à régler avec le djinn. Donc, s'il l'avait tué, c'était probablement pour l'empêcher de me parler du *Codex*. Et puisque Pritkin n'avait pas hésité à tuer Saleh par sécurité, il n'allait pas être plus tendre avec moi.

Pour finir, je me suis dit que toutes ces tergiversations n'avaient aucun sens étant donné que je ne savais pas comment forcer un djinn à me suivre contre son gré. Je me suis donc téléportée seule et j'ai entendu Billy hurler dans ma tête.

— Dans la baignoire !

Comme je restais plantée sur place, encore désorientée, Billy est sorti de moi et m'a poussée au milieu de la poitrine. D'habitude, Billy a déjà des problèmes pour déplacer de petits objets. Cette fois, il avait dû puiser un surplus d'énergie quelque part, parce que j'ai failli tomber à la renverse. J'ai reculé en titubant, heurté la baignoire rétro dotée de pattes de lion et perdu l'équilibre. Je suis tombée dedans, au moment précis où le mur du couloir a implosé dans une effusion de plâtre, de bois et de papier peint de marque.

Pendant quelques secondes, je suis restée allongée, complètement sidérée. J'avais le vertige et la vue trouble. La baignoire était une antiquité restaurée, avec une cuve en fonte d'origine, bien solide. Elle m'avait sauvé la vie, mais j'avais du mal à lui en être reconnaissante : mon crâne palpitait et mes poumons étaient encrassés de poussière.

— Mademoiselle Palmer ! (La voix de Pritkin provenait d'un trou dans le mur, à l'endroit où se trouvait la porte juste avant.) Vous allez bien ?

Je ne l'ai pas regardé. Je ne pouvais pas le regarder.

— Au poil. (J'ai craché du sang – je m'étais mordu la langue – et de la poudre de plâtre.) Je me porte comme un charme.

Je me suis extraite des débris pour me diriger vers le lavabo. Malheureusement, il avait disparu. En revanche, il y avait un trou en forme de lavabo dans la fenêtre. J'ai traversé la salle de bains d'un pas chancelant et j'ai regardé à travers. L'air frais m'a distraite un moment et je n'ai pas remarqué tout de suite les vestiges de l'appareil sanitaire tombé quelque huit étages plus bas, en plein milieu de Flamingo Road. Un chauffeur de taxi venait de sortir de sa voiture et regardait son capot défoncé, complètement interloqué. Il a levé la tête et croisé mon regard. Je me suis remise à couvert en vitesse. Cet endroit allait vite devenir beaucoup trop populaire à mon goût.

J'ai jeté un coup d'œil dans le couloir. Il y avait trois mages assis, dos au mur. Je ne les avais jamais vus. Ils avaient l'air énervés. Sans doute parce qu'ils étaient ligotés comme des poulets sur le point de passer au grill. Ils n'étaient que trois : ils ne s'étaient donc pas attendus à nous voir. Et vu le regard assassin qu'ils me lançaient, ils m'avaient sûrement reconnue. Sauf s'ils gratifiaient tout le monde du même regard noir pour le principe.

— Tu pourrais essayer de leur jeter un sort d'amnésie, a dit Nick en les considérant avec scepticisme.

— Ça ne tiendra pas, a rétorqué Pritkin. Pas avec l'entraînement qu'ils ont reçu. (Il a regardé Nick. Ses yeux s'étaient voilés d'inquiétude.) Apparemment, tu as officiellement rejoint la résistance.

J'ai cligné des yeux mais rien à faire : le masque de Pritkin était absolument parfait. J'avais grandi au milieu de créatures dont les émotions ne transparaissaient que via de légers battements de cils, des pauses infinitésimales dans leurs conversations : je croyais être douée pour déchiffrer les intentions des gens ! Mais j'avais beau me concentrer à mort, je ne décelais aucune faille.

Le prédateur félin et mortel que j'avais vu avait tout simplement disparu. À sa place, il n'y avait plus qu'un homme pâle et exténué, dont la peau et les vêtements étaient couverts de plâtre. Pritkin a passé les doigts dans ses cheveux. Déjà trempés de sueur – il faisait une chaleur atroce, dans cet appartement – ils se sont agrégés en épis. On aurait dit un punk. *Au moins, il sera obligé de les laver*, ai-je pensé machinalement.

Pritkin m'a remarquée. Le simple fait de croiser son regard m'a donné la chair de poule.

— L'avez-vous trouvé ?

J'ai titubé jusqu'au mur et m'y suis adossée lourdement. Mon cœur battait à tout rompre à l'intérieur de ma cage thoracique. Je sentais presque ses pulsations dans ma gorge.

— Non. (J'ai fermé les yeux, prétextant la fatigue : Pritkin avait prouvé par le passé qu'il était capable de déchiffrer beaucoup trop facilement mon regard. Mais j'étais assez fière de ma voix. Je l'avais beaucoup travaillée à la cour. C'était ma voix étudiée pour ne rien dire à un vampire. J'ai forcé mon cœur à ralentir et mon souffle à devenir plus régulier.) Apparemment, les djinns sont comme les vampires. Ils ne laissent aucun spectre.

— Vous avez dit que vous aviez trouvé quelque chose !

J'ai ouvert les yeux. Pritkin s'approchait de moi. Je suis revenue sur mon opinion : son masque avait bel et bien une faille. Il avait la même démarche : elle était terriblement fluide, comme celle d'un combattant, tout en force contenue, tout en réflexes vifs. Il s'est arrêté devant moi, beaucoup trop près à mon goût. Ses yeux verts et pénétrants ont examiné mon visage.

C'est Tony, me suis-je dit avec sévérité. *Il est de mauvais poil. Il veut faire la peau à quelqu'un parce qu'il a eu une mauvaise journée. Tu ne ressens rien. Tu n'as pas peur. Si tu as peur, il te remarquera. Tu es calme. Tu es sereine. Tu es plongée dans tes pensées.*

— J'ai décelé une trace spectrale dans la salle de bains mais ce n'était pas le djinn, ai-je répondu, parfaitement décontractée. Quelqu'un d'autre est mort ici il y a quelque temps.

— Êtes-vous certaine que tout va bien ?

Nick s'est posté à mes côtés. Il avait les yeux rivés sur ma robe, qui avait abandonné son apparence d'aurore pleine d'espoir pour adopter celle d'une nuit brumeuse : on y voyait des fumerolles blanches zébrer un paysage plongé dans l'obscurité.

— Je vais très bien, ai-je répondu avec assurance. J'ai réussi à esquiver le lavabo qui vient de se manger un taxi.

Pritkin a contemplé la salle de bains en ruine par-dessus mon épaule. Ses traits se sont encore assombris.

— Nous devons partir. Plus rien ne nous retient en ces lieux. Et la police humaine ne va pas tarder à débarquer.

Je n'ai pas réussi à lui prendre la main. J'ai donc agrippé son manteau – qui avait repris sa teinte marron élimé. Tout en me demandant où il cachait ses fringues chic, j'ai tendu ma main libre à Nick et je me suis préparée à nous téléporter au *Dante.*

— Ouais, ai-je acquiescé sans quitter Pritkin des yeux. On n'a plus rien à faire ici.

Chapitre 9

D'après Casanova, me loger dans une suite aurait été extrêmement mal avisé, au cas où le Cercle aurait surveillé les séjours de longue durée. Il m'avait donc casée dans une petite pièce, à l'arrière du bar à thème « tiki ». Elle avait longtemps servi de remise : il y avait encore plusieurs cartons d'ombrelles à cocktail sous mon lit, et à peine assez de place pour me tourner. Pritkin était logé à pire enseigne : il avait hérité du placard à balais ayant servi à entreposer les célèbres stars décédées de la boîte de nuit. Il avait plus d'espace – il fallait bien faire entrer les cercueils – mais apparemment, ça ne sentait pas la rose. Cette idée me rendait hilare.

Je finissais d'enfiler le tee-shirt trois fois trop large qui me servait de chemise de nuit lorsque Billy est entré en traversant le mur. Je l'ai mis au courant de ma conversation avec Saleh pendant qu'il se roulait une cigarette spectrale, assis sur un coin du lit.

—Il nous faut une équipe.

—On est déjà une équipe, a-t-il répondu.

J'étais fatiguée et j'avais mal partout. J'ai serré mon oreiller contre moi. Un coussin offert par une compagnie aérienne particulièrement radine aurait été plus confortable.

—Notre duo de choc a peut-être suffi à garder une longueur d'avance sur Tony, mais ça ne fera pas l'affaire si on veut cambrioler une forteresse du Cercle noir, ai-je rétorqué.

— Jusque-là, on ne peut pas dire qu'on ait eu la main heureuse, niveau partenaires.

— On peut faire confiance à Rafe.

— Cass', je sais que tu l'aimes bien, ce gars. Mais franchement ! C'est pas un foudre de guerre !

— On n'a pas besoin d'un foudre de guerre, ai-je répliqué avec agacement. Je n'ai pas le plan secret d'attaquer le Cercle de front !

— Pour ce qu'ils valent, tes plans secrets…

— Tu le fais exprès, ou tu es vraiment chiant ?

— C'est naturel. (Il a allumé sa cigarette et m'a regardée à travers un rideau de fumée spectrale.) On pourrait toujours demander à Marlowe.

Il voulait parler de Kit Marlowe, autrefois dramaturge élisabéthain, aujourd'hui espion en chef de la Consule.

— Ouais, c'est ça. Très sain, comme approche.

— Tu sauverais autant ta mise que celle de Mircea, a fait remarquer Billy. Je suis sûr qu'il y aurait moyen de passer un coup d'éponge sur ton ardoise.

— Sauf s'ils estiment que c'est moi qui l'ai mis dans ce pétrin à l'origine.

— Mais c'est lui qui t'a lancé ce *geis*…

— Ce qu'il était parfaitement en droit de faire : c'est un maître vampire ! Moi, en revanche, je n'avais pas le droit d'en rajouter une couche, même par erreur. (J'ai décelé une objection naître sur les lèvres de Billy.) Et oui, je suis d'accord avec toi : leur raisonnement est pourri. Mais c'est comme ça.

— Je ne les aime pas plus que toi. (Billy avait l'air vraiment fâché.) Mais est-ce qu'on a le choix ? On en a rencontré des caïds, mais ils sont tous complètement à l'ouest.

— Avant de remonter dans le temps avec quelqu'un, j'ai besoin de lui faire confiance, de pouvoir compter sur ses compétences et d'être sûre qu'il ne sert pas ses propres intérêts.

Billy a lâché un soupir exaspéré.

— Ça va être un chouïa difficile de former une équipe, avec des critères pareils. Quelqu'un de loyal, de puissant et de désintéressé ? Tu rêves ou quoi ?

J'étais vraiment furieuse contre Pritkin : il était censé répondre précisément à ces trois critères. Et dire que j'avais commencé à baisser ma garde sous prétexte qu'il était intelligent, courageux, et parfois même drôle. À sa façon. J'aurais dû me souvenir que ça ne voulait pas nécessairement dire qu'il était de mon côté. « *Quand je donne ma parole, je la tiens* », qu'il disait. *Ouais, c'est ça.*

Je me suis mise à tripoter le dessus-de-lit, fait de brocarts bleus et dorés et de dentelles qui grattaient. J'aurais préféré qu'il soit moins chic mais plus confortable. Ce n'était pas la première fois que je me faisais cette réflexion. J'avais usé jusqu'à la corde celui que j'avais chez Tony. Il était doux, tout en coton. À force de passer au lave-linge, il avait perdu ses couleurs : ses fleurs tape-à-l'œil avaient fini par adopter une teinte pastel, façon « jardin anglais ». Il était un peu effiloché sur les bords mais je n'avais jamais voulu que ma gouvernante maniaque le remplace. Je l'aimais comme il était, avec tous ses défauts. Mais comme toutes mes affaires, comme Eugénie, il n'était plus de ce monde.

— Cass' ? (D'un seul coup, Billy avait l'air mal à l'aise. Ça ne lui arrivait presque jamais.) Rassure-moi : tu te rends bien compte que Pritkin est un salaud ? (*Un salaud que je considérais comme un ami*, a chuchoté une petite voix tapie au fond de mon cerveau. *Stop ! Arrête !*) Cass' ?

J'avais la gorge tellement serrée que ça devenait presque douloureux, et mes yeux commençaient à piquer. Si je ne voulais pas me ridiculiser, il fallait que je change de sujet. Genre : tout de suite.

— Oui, oui.

— OK. Ça va. On se porte mieux sans. Je ne lui ai jamais fait confiance.

— Je ne fais jamais confiance à personne, ai-je ajouté d'un ton convaincu.

Ces derniers temps, c'était la seule chose dont j'étais certaine.

— À personne sauf à moi, a rectifié Billy. Bon. C'est quoi, le plan ?

— Je dois récupérer le *Codex*, ai-je répondu. (Autant commencer par la seule chose qui ne portait pas à polémique. Pritkin soutenait que ça ne me servirait à rien, mais j'avais bien vu que je ne pouvais pas lui faire confiance.) Je ne peux pas le ramener ici. Ça fait deux cents ans qu'il traîne : qui sait quelles conséquences aurait son extraction de la trame temporelle ?

Pendant un instant, Billy a eu l'air tout perdu. Mais d'un seul coup, ses yeux se sont élargis.

— Tu ne penses quand même pas ce que je pense que tu penses !

Je l'ai gratifié d'une grimace.

— Si la montagne ne vient pas à Mahomet, c'est Mahomet qui ira à la montagne.

— Mahomet n'était pas un maître vampire fou à lier !

— Mircea n'est pas fou. (Pas encore, en tout cas.) Il est… tourmenté.

— Oh, pardon : donc tu vas demander à un maître vampire *tourmenté* de t'accompagner pour cambrioler une forteresse des Ténèbres ?

— Tu as une meilleure idée ?

— *N'importe quelle idée* est une meilleure idée !

— Pas la peine de hurler.

— Si tu ne veux pas que je hurle, arrête de délirer ! (Je lui ai lancé l'oreiller, sans aucun effet : il lui est passé au travers.) Ça ne change rien au fait que tu es folle.

Je me suis affalée sur le lit et j'ai plié mon bras sur mes yeux.

Il avait probablement raison, mais ça ne changeait rien. Si je ne pouvais pas mener le sortilège à Mircea, je devais mener Mircea au sortilège. Je n'avais pas le choix. Et dire que ce matin encore, je disais que je voulais *faire* quelque chose. Comme derniers mots, on fait mieux.

— Tu devrais dormir un peu.

Billy a essayé de me prendre la main, mais il avait utilisé trop d'énergie à l'appartement, et il n'en avait plus la force. Ses doigts m'ont traversée.

— Et toi, tu devrais manger, ai-je dit en finissant ma pensée.

Je me serais bien passée d'un drainage énergétique, mais comme j'allais dormir, de toute manière…

— Ça ira, a-t-il dit au bout d'une minute.

Je l'ai regardé, ébahie. Je ne me souvenais pas l'avoir jamais entendu refuser une rasade d'énergie. C'était notre arrangement principal, sa rétribution pour m'aider à résoudre mes innombrables problèmes.

— Quoi ?

— Sans vouloir te vexer, Cassie, t'as vraiment une sale tête.

— Merci.

— Et de toute façon, je n'ai pas besoin de beaucoup d'énergie pour espionner le psychomage. (Il a relevé son chapeau d'une chiquenaude et m'a gratifiée d'un sourire malicieux.) Et avec un peu de chance, ses vieux potes du Corps le retrouveront et nous enlèveront une épine du pied.

Je me suis endormie en me demandant pourquoi je ne me sentais pas soulagée à cette idée.

Le matin suivant, Rafe m'a rejointe dans la cuisine. Juste avant l'aube. Avec Pritkin hors jeu, il fallait que j'aille chercher de l'aide ailleurs. Et je n'avais pas l'embarras du choix. J'avais laissé un message sur le numéro de téléphone privé que m'avait laissé Rafe et j'avais demandé à le voir. J'espérais juste qu'il ne paniquerait pas trop quand je lui expliquerais ce que je voulais faire.

On avait à peine grappillé deux tabourets pour s'attabler à un plan de travail inoccupé qu'un serveur m'a déposé une tasse de café en porcelaine blanche sous le nez. Il dégageait une bonne odeur de torréfaction amère et de lait fraîchement fouetté, et sa surface mousseuse était agrémentée d'un petit trou, pratiquée par la machine à expresso. Pritkin aurait adoré mais je l'ai repoussé : je me sentais un peu barbouillée.

— *Cucciolina*, tu es toute sale, a-t-il dit à sa toute nouvelle admiratrice, dont les petites mains potelées tartinaient sa chemise en soie verte d'une bouillie de baies rouges.

Une partie du personnel était occupée à confectionner des tartes pour la Saint-Jean, d'où le cercle rouge autour des lèvres du bébé et la confiture collée à ses cheveux tout fins. Dès que j'avais passé la porte, Miranda, qui faisait son possible pour faire du baby-sitting tout en supervisant les cuisines, m'avait immédiatement passé la petite, qui s'était aussitôt mise à piailler son mécontentement. Comme je restais plantée là sans rien faire, à la porter maladroitement, elle s'était mise à pousser un hurlement strident.

Rafe était venu à mon secours. Malgré son costume élégant, il l'avait prise dans ses bras et l'avait bercée contre sa poitrine. Elle avait joué la comédie pendant quelques secondes, comme si je venais de lui enfoncer des aiguilles dans le corps, avant de se calmer et de poser la tête contre la chemise de Rafe en poussant des petits halètements apeurés. Étant donné la vitesse avec laquelle elle s'était remise de ses émotions, c'était clair qu'elle voulait seulement flirter avec le beau gosse.

Une petite assiette blanche a rejoint ma tasse de café. Sur l'assiette reposait un muffin assez gros, légèrement doré. J'ai regardé le muffin, qui ne m'a pas rendu mon regard. À première vue. Comme il venait de passer le premier test, je l'ai ouvert pour le sentir. Beurre de cacahouète et anchois. Un chef minuscule faisait les cent pas à côté de moi, dans l'attente de mon verdict. Il allait devoir attendre longtemps.

— Elle me fait penser à vous au même âge, a dit Rafe, en essuyant en vain les lèvres de la petite avec une serviette. (Ça n'a fait qu'empirer les choses : ses joues aussi sont devenues violettes.) Vous non plus, vous ne pouviez pas manger sans vous en mettre partout.

Jesse, assis tout au bout du gigantesque plan de travail sur lequel une bande de gamins jouait au Monopoly, a réprimé un sourire. Ils auraient dû être au lit – il était à peine 4 heures – mais personne ne suivait des horaires normaux, au *Dante*. Le fait que la moitié du personnel soit constitué d'individus risquant de prendre feu à la lumière du jour devait sûrement y être pour quelque chose.

La plupart des gamins plus âgés étaient concentrés sur la partie en cours, mais une des plus jeunes était assise par terre et jouait avec un Pez Elvis que quelqu'un lui avait donné. Elle avait l'air parfaitement absorbée mais la porte, derrière elle, restait obstinément ouverte. Ses parents avaient pris l'habitude d'enfermer leur embarrassante fille dans une petite pièce sans fenêtre, jusqu'à ce qu'elle s'aperçoive que les verrous adoraient s'ouvrir pour elle. Elle s'était échappée et c'était devenu une sorte de tic. Sa présence au casino rendait parfois les déplacements compliqués : quand elle entrait dans un ascenseur, les portes refusaient de se fermer tant qu'elle n'en sortait pas.

À la regarder, j'ai compris ce qui me tracassait depuis le début : ces gamins étaient beaucoup trop jeunes. La moyenne était de huit ans, et certains n'avaient que quatre ou cinq ans. C'était absurde.

À quatorze ans, j'étais une des plus jeunes pensionnaires de la garderie de Tami. À cette époque, la plupart d'entre eux étaient à la fin de l'adolescence. Ils avaient l'âge d'anticiper leur vie dans un institut spécialisé et de planifier une évasion. Parfois, il arrivait qu'on accueille des enfants plus jeunes, mais la plupart du temps ils étaient accompagnés par un frère ou un ami. Je n'avais jamais vu Tami s'occuper d'autant de petits. Comment s'étaient-ils échappés ? Et comment avaient-ils réussi à survivre dans la rue le temps qu'elle les récupère ? J'avais déjà eu beaucoup du mal et j'étais plus âgée et plus riche que la plupart d'entre eux.

— Je ne suis arrivée à la cour qu'à l'âge de quatre ans, ai-je rappelé à Rafe d'un air absent.

Une voiture de Monopoly s'est mise en tête de rouler jusqu'à nous. Elle a rebondi contre ma main. Je lui ai fait faire demi-tour et l'ai renvoyée. Elle a percuté une chaussure occupée à sauter sur place. Apparemment, quelqu'un avait enchanté le jeu pour les gamins.

— Pour vous y installer. Mais votre père vous y emmenait lorsque vous n'étiez qu'une *bambina*, a répondu Rafe.

Il a abandonné l'idée de nettoyer le bébé poisseux. D'un bras, il l'a serré contre sa poitrine. De l'autre, il a pris sa tête au creux de sa paume, d'un geste protecteur.

— Quoi ?

— Il adorait vous exhiber. Bien entendu, vous étiez beaucoup plus sage que d'autres enfants, a-t-il ajouté en soupirant : le bébé avait entrepris de mâchouiller sa cravate.

— Je ne savais pas.

Je savais si peu de chose sur mes parents que cette petite anecdote m'a fait l'effet d'une révélation. Dans mon esprit, « mère » équivalait à « main tiède », « cheveux doux » et « bonne odeur ». C'étaient mes souvenirs les plus vivaces. Voire mes seuls souvenirs, sauf lorsque je me creusais vraiment la tête. Et je me rappelais encore moins de mon père.

— *Piccolina mia*, arrête, veux-tu ? a lâché Rafe, exaspéré, en tirant sur sa cravate. (Il l'a vite remplacée par une tétine, avant que son fardeau gigotant ait le temps de protester. Dieu merci, le petit objet a eu l'air de l'épuiser complètement. Elle s'est recroquevillée contre la poitrine de Rafe et s'est endormie aussitôt.) Ces visites ont pris fin après vos deux ans.

— Vous savez pourquoi ?

Rafe a fait mine de hausser les épaules mais il s'est abstenu, de peur de réveiller sa nouvelle amie.

— À mon avis, vous avez commencé à montrer quelques signes de vos talents. Et votre père a dû avoir peur que Tony veuille s'emparer de vous si jamais il l'apprenait.

C'était exactement ce qui s'était passé. Deux ans plus tard.

— Comment l'a-t-il appris ?

On ne m'avait jamais dit comment Tony s'était rendu compte de l'intérêt qu'il aurait à m'acquérir. L'idée que mes actes aient pu lui faire découvrir le pot aux roses me rendait malade. Rafe m'a rassurée.

— Tony n'a jamais fait confiance à personne, pas même à ses plus anciens serviteurs. Il avait mis votre père sous surveillance. Et votre père devait probablement, à son tour, surveiller ses espions. Les seuls qu'Antonio ne gardait pas à l'œil, c'étaient ceux d'entre nous qui avaient un lien de sang avec lui et qu'il savait trop faibles pour s'en libérer.

Rafe a prononcé la dernière phrase avec une amertume inhabituelle.

— J'imagine que vous ne pourriez pas... Pouvez-vous me parler de mes parents ?

Ce n'était pas la première fois que je lui posais la question, mais il n'avait jamais pu me répondre. Il avait l'ordre strict de garder le silence. Et puisque le vampire qui lui avait donné cette instruction était celui qui l'avait transformé, son injonction était encore plus forte que celle de Mircea.

Rafe m'a considérée avec compassion.

— Désolé, Cassie.

— Je me disais... Vu que Tony n'est plus là...

— Il est encore en vie, m'a rappelé Rafe avec douceur. Il a toujours prise sur moi.

— Mais peut-être que Billy pourrait...

— L'interdiction d'Antonio inclut tout type de communication avec le monde des esprits.

Étant donné que mes compétences de médium me venaient de mon père, je n'étais pas surprise que Tony ait pensé à ajouter cette clause. J'avais beau le détester depuis toujours, je devais reconnaître qu'il était tout sauf stupide. Un sentiment familier de déception a repris sa place habituelle. Derrière ma cage thoracique.

— Mircea pourrait-il briser le lien de sang ? ai-je demandé au bout d'un moment.

— Je ne lui ai pas demandé. Dans son état… je n'ose rien faire qui risque de l'affaiblir davantage.

— Ce qui nous mène à la raison pour laquelle je voulais vous voir.

J'ai jeté un coup d'œil aux enfants mais aucun n'avait l'air de nous prêter la moindre attention. Jesse se mordait la lèvre en fulminant : des cartes « hypothèque » venaient d'apparaître devant ses hôtels. J'ai informé Rafe de mon idée aussi calmement que possible.

— Vous voulez piller une forteresse des Ténèbres ? a-t-il demandé, effaré, lorsque j'ai eu terminé. Toute seule ?

— Pas toute seule, ai-je rectifié.

La nuit porte conseil. J'avais repensé à mon plan. Certes, il fallait que je mène Mircea jusqu'au *Codex*, mais l'idée de le contrôler toute seule était aberrante. Heureusement, il y avait une autre solution.

À l'exception de Rafe et de quelques autres trophées de ce type, Tony s'était plutôt spécialisé dans l'acquisition de caïds susceptibles d'enrichir son réseau d'activités on ne peut plus illégales. Et certains d'entre eux avaient eu quelques siècles pour affiner leurs compétences. J'allais récupérer le *Codex*. Et je n'allais pas le faire toute seule.

— Mais si vous savez déjà où il se trouve, ne pourriez-vous pas simplement…

Rafe a gesticulé bizarrement. J'ai compris qu'il essayait de mimer une téléportation.

Je le respectais beaucoup trop pour lever les yeux au ciel. Mais ça m'a demandé un gros effort.

— Débarquer comme une fleur et voler le *Codex*? Ouais. Je pourrais aussi faire ça. Mais ça ne sera sûrement pas si simple. J'ai besoin d'Alphonse.

Rafe s'est figé sur place. Il avait l'air horrifié. Il a dû communiquer sa tension au bébé: la petite fille s'est réveillée et s'est mise à renifler. Je l'ai regardée avec inquiétude: je savais ce que ça voulait dire. Mais Miranda, qui avait fini de terroriser son personnel, est venue la reprendre, évitant l'explosion. Rafe n'a pas bougé. Il continuait à me regarder fixement.

Sa réaction ne me surprenait qu'à moitié.

Alphonse était le bras droit de Tony et son malfrat en chef. Après le départ théâtral de son patron, Alphonse avait pris la tête des opérations du clan sur la côte est. De la même façon que Casanova avait repris en main Las Vegas. Son apparence n'avait rien de rassurant.

Pour commencer, il avait l'air d'un boxeur ayant perdu un peu trop de combats: ses traits étaient légèrement dissymétriques, comme s'il avait essuyé tellement de coups qu'on avait été incapable de lui raccommoder correctement le visage. Ensuite, il parlait comme Don Corleone. C'était effrayant. C'était seulement dû à une blessure à la trachée datant de son époque mortelle, mais ça ne changeait rien: chaque fois qu'on visionnait *Le Parrain* chez Tony, quelqu'un finissait par craquer… et se retrouvait aussitôt à repeindre le sol avec son sang. C'est sans doute pour ça qu'ils le programmaient si souvent.

Mais le plus inquiétant, c'étaient encore les rangées d'albums photos épais, lus et relus, qu'il stockait dans sa chambre. Ils étaient remplis de clichés en noir et blanc, soigneusement étiquetés. Certains montraient des gens dans leurs cercueils, les yeux légèrement révulsés. D'autres la tête dans le caniveau. D'autres écrasés sur de l'asphalte craquelé. D'autres en train de perdre tout leur sang. Alphonse gardait les photos de toutes les personnes qu'il tuait. Et il avait beaucoup d'albums.

À la base, c'était une idée de Tony. Dans le monde des humains, Alphonse avait été un monstre. Le genre de monstres sur lesquels on fait des films avec des poursuites en voiture, des explosions et assez de baston pour que les journalistes s'empressent de relancer la polémique sur les effets néfastes de la violence à l'écran. Mais dans le monde des vampires, il faisait juste bien son boulot. Un tantinet trop bien, parfois. Tony aurait aimé que son exécutant en chef ne se mette pas le Sénat à dos en dépassant les bornes une fois de trop. Mais ça ne servait à rien de le raisonner et les psy, ça n'existe pas chez les vampires. Mais un soir, au dîner, quelqu'un avait proposé pour plaisanter qu'Alphonse se trouve un hobby. Et Tony avait trouvé l'idée bonne.

Il avait confié au pauvre plaisantin la tâche de déceler chez Alphonse un centre d'intérêt qui n'implique pas de tuer les gens... ou de se sacrifier pour lui servir de divertissement lui-même. Tout le monde s'était dit que c'était sans espoir, y compris le malheureux. Et cette opinion s'était renforcée lorsque les animaux domestiques s'étaient mis à servir de gibier, le piano de cible et les clubs de golf d'écharpes. Mais lorsqu'il avait ramené un appareil photo et installé une chambre noire, on n'avait plus vu Alphonse de la semaine.

Lorsqu'Alphonse était à court de cadavres, il photographiait tout ce qui lui tombait sous la main. Ce qu'il adorait tout particulièrement, c'était prendre les gens par surprise et les photographier dans une situation embarrassante ou sous un angle impossible. Dans ma chambre, les murs soutenant le splendide plafond de Rafe étaient tapissés de portraits hideux : moi avec les yeux tellement révulsés qu'on ne voyait plus que le blanc ; moi avec la bouche pleine de pizza ; moi avec des joues de hamster à cause d'une dent arrachée.

Au début, je les détestais. Je détestais me réveiller tous les jours en voyant ces versions grotesques de ma personne. Quand je me regardais trop longtemps dans le miroir, j'avais l'impression de les voir se refléter. Mais je n'avais pas osé refuser les cadeaux d'Alphonse. Très vite, il était venu en rajouter une frise et peu à peu, à mesure que ma collection s'étoffait, j'avais changé d'avis.

Le modèle préféré d'Alphonse, c'était sa petite amie, une blonde pulpeuse dont les bras étaient aussi musclés que ceux d'un homme et qui répondait au nom de Sally la Borgne. Son physique faisait honneur à son surnom. Elle avait une cicatrice en travers de l'œil gauche, qui descendait jusqu'au bas de sa joue, comme pour prolonger le coin de sa bouche. Elle avait perdu son œil en Californie, pendant la ruée vers l'or, au profit d'une autre fille de saloon, qui maniait mieux qu'elle les culs de bouteille ébréchés. Peu après, Tony avait décidé de l'ajouter à son cheptel. Si vous perdez une partie de votre anatomie avant d'être transformé en vampire, elle ne se régénère pas. Et Sally était borgne à vie. Mais ça n'avait pas l'air de gêner Alphonse. Son sourire de travers et son visage mutilé figuraient en bonne place dans sa collection.

Un jour, je regardais son dernier cliché de ma personne et mon regard faisait des va-et-vient entre ma joue grevée d'acné, qu'Alphonse avait mis en valeur au moyen d'un filtre rouge – on aurait dit la surface de Mars – et une photo de Tony sur le trône, encore plus bouffi que d'habitude. Et je remarquais à peine le nouveau portrait de Sally, au milieu. Pourtant, il s'était attardé avec amour sur ses cicatrices. Entre nos deux portraits, elle avait l'air parfaitement normale. Et j'avais compris qu'à travers l'objectif d'Alphonse, tout le monde était laid. Ou tout le monde était beau. C'était selon.

Ce qui est sûr, c'est que je n'avais plus jamais regardé mes portraits de la même façon. J'avais même commencé à me dire qu'à côté des photos posées, en costume, dont raffolait ma gouvernante, les clichés d'Alphonse présentaient un certain intérêt.

Bref, Alphonse était peut-être un meurtrier sans scrupules, il lui arrivait d'être rationnel. Contrairement à un certain mage guerrier de ma connaissance. Et j'étais fatiguée de travailler avec des gens que je ne comprenais pas.

J'avais passé ces dernières semaines dans le monde de Pritkin, auquel j'étais censée appartenir, mais j'avais l'impression d'être une touriste en pays inconnu. Je ne comprenais pas la moitié de ce qu'il me racontait et, une fois sur deux, je perdais le fil des événements. À quelques rares occasions, je m'étais même sentie tellement perdue que j'avais eu peur de subir des dommages cérébraux. Comment voulez-vous que je gagne à un jeu – voire, que j'y participe – sans rien comprendre aux règles ? Pour que la partie soit équitable, j'avais besoin des vamps.

— Alphonse a beau être un malfrat de première, ce n'est pas un maître de niveau un, ai-je rappelé à Rafe. Si Mircea meurt, vous serez tous les deux dans la même galère. Il devra lutter pour s'élever dans la hiérarchie du clan qui l'absorbera.

— Il n'a aucune crainte à avoir. Nombreux sont ceux qui seraient heureux d'ajouter ses… talents spéciaux à leur arsenal.

— Ouais. Mais combien d'entre eux seraient prêts à en faire leur second ?

Alphonse ferait son trou, tôt ou tard. Mais il n'atteindrait plus jamais le rang de bras droit. Pas avant des siècles en tout cas. Et le connaissant, ça n'allait pas lui plaire.

— La Consule a interdit à quiconque de vous aider, m'a rappelé Rafe.

— Alphonse n'est pas du genre à suivre les ordres, lui ai-je répondu du tac au tac. Je crois qu'il prendra le risque. (Je l'aurais parié à dix contre un. J'étais sa meilleure chance de garder son poste. Ce qui faisait de moi sa nouvelle meilleure copine. Quoi qu'en dise la Consule.) J'ai besoin d'Alphonse et d'une escouade de ses sous-fifres les plus tarés. Pouvez-vous faire en sorte qu'il m'aide ?

— Je peux toujours le contacter, a admis Rafe à contrecœur. Mais même s'il est d'accord, je doute que nous ayons assez de temps.

— Assez de temps pour quoi ? ai-je demandé avec agacement. Je sais où se trouve le *Codex*, Rafe. J'ai juste besoin d'aide pour le récupérer !

— Certes, mais Mircea… Son état s'aggrave. Et s'il perd ses facultés, le contre-sort fera-t-il seulement effet ? Peut-être restera-t-il ainsi à jamais ?

On avait beau être assis beaucoup trop près des fours, Rafe a frissonné.

J'ai redressé le buste. J'avais la tête qui tournait. Je m'étais toujours dit qu'il suffisait que je déniche le contre-sort pour que tout s'arrange. Et si ça ne marchait pas ? Le Sénat était au beau milieu d'une guerre : ils pouvaient raisonnablement se dire que la présence d'un vampire fou parmi eux était un risque qu'ils ne devaient pas prendre. Pas étonnant que Rafe panique : si le *geis* ne tuait pas Mircea, la Consule en serait tout à fait capable.

Le seul élément qui me faisait défaut, c'était le temps. Plutôt ironique, non ? Je savais où se trouvait le *Codex*. Tôt ou tard, j'arriverais à récupérer ce sortilège. Mais ça ne me servirait pas à grand-chose si Mircea devenait fou pendant que je faisais des plans. Il fallait que je trouve une façon de diminuer les effets du *geis* le temps de trouver un angle d'attaque. Et il n'y avait qu'une seule façon de faire ça : il n'existait qu'un endroit, à ma connaissance, où le pouvoir du *geis* ne s'exerçait pas totalement.

— Et en Faerie ? ai-je demandé. Si on s'arrangeait pour l'y emmener, ça nous laisserait le temps de…

— La Consule y a déjà pensé, a dit Rafe. (Il parlait d'un ton calme mais ses doigts frénétiques étaient en train de réduire ma serviette en charpie.) Mais les faes ne tiennent pas à accueillir d'autres vampires sur leur territoire. Surtout pas un vampire dans l'état où se trouve Mircea. Elles ont refusé d'accorder leur visa.

— Qui ça ? Les Lumières ou les Ténèbres ?

Il avait l'air interloqué.

— Le Sénat ne traite pas avec les Ténèbres. Ses accords avec les Lumières le lui interdisent.

— Mais moi, si.

Le roi des Ténèbres m'avait demandé de trouver le *Codex* et de le lui rapporter. Tant que je n'avais pas rempli ma mission, il avait tout intérêt à me faire plaisir. Ce qui me donnait un levier pour obtenir de lui quelques menus services. Le gîte et le couvert pour un vampire en difficulté, par exemple.

— Les faes seraient-elles prêtes à vous aider, comment comptez-vous vous rendre en Faerie ?

— Par le portail de la MAGIC.

La *Metaphysical Alliance for Greater Interspecies Cooperation*[1] était l'équivalent des Nations unies pour la communauté surnaturelle. Ce n'était pas mon endroit favori, mais on devait de toute manière y faire un tour pour récupérer Mircea. Ça aurait donc été logique d'utiliser leur connexion avec Faerie.

Mais Rafe a démonté cette idée.

— Il n'est pas encore réparé. Votre dernier passage était… peu conventionnel. Il a brisé le sortilège. La Consule a demandé aux faes de nous en accorder un autre, mais elles ont répliqué

1. Alliance Métaphysique pour le Renforcement de la Coopération Inter-espèces. (*NdT*)

que nous avions prouvé notre incapacité à contrôler les allers et venues sur notre territoire, et qu'elles n'étaient pas certaines de vouloir nous l'allouer. Des négociations sont en cours, mais je ne saurais vous dire combien de temps elles prendront.

Et les faes n'étaient pas réputées pour leur réactivité.

Par ailleurs, à supposer que le portail rouvre un jour, il serait probablement très bien gardé. Ce qui ne nous faciliterait pas la tâche.

— Et merde ! (J'ai frappé la table du plat de la main, assez violemment pour répandre le contenu de ma tasse encore pleine. J'étais en train de l'absorber avec mes bouts de serviette lorsqu'un des post-it dont j'avais tapissé mon cerveau s'est agité.) Tony a un portail illégal, quelque part, ai-je articulé. Il s'en servait pour faire de la contrebande. Je ne sais juste pas où il se trouve.

Rafe m'a pris les mains. Pour la première fois, il avait l'air d'y croire.

— Comment peut-on le localiser ?

— Je ne sais pas. Mais je sais à qui demander.

— Tu n'as pas besoin de portail tant que tu n'as pas le livre, a dit la pixie en crêpant sa petite tignasse rousse. (Elle avait déniché un poudrier, probablement dans une poubelle étant donné qu'il ne contenait presque plus de poudre. Elle l'avait posé sur une table fabriquée à base de boîtiers de CD, où il servait de miroir.) Et on n'avance pas du tout sur ce front.

— Tu en as besoin pour rentrer, non ? ai-je fait remarquer. À moins que tu préfères rester ici !

J'ai balayé du regard son appartement improvisé. De son point de vue, il devait être assez spacieux : il occupait plusieurs étagères du bureau de Pritkin. Elle avait installé son dressing sur la planche supérieure et sa chambre sur la planche inférieure. Cette dernière était équipée d'une manique en guise de sac de couchage et d'une lampe torche en guise de lampe de chevet. Elle m'a quand même fusillée du regard.

— J'y pense, figure-toi ! Je trouve ton monde tellement accueillant !

— Quand j'ai visité le tien, j'ai failli y laisser ma peau !

— Et moi, j'ai été séquestrée dans un tiroir ! a-t-elle craché.

— C'est mieux qu'un donjon !

— Tu paries ?

J'avais aperçu le tiroir en question : c'était comme si une bombe avait explosé à l'intérieur.

— Apparemment, tu n'as pas eu trop de problèmes pour sortir.

— Parce qu'il s'agissait d'un alliage médiocre, pas de fer, a-t-elle rétorqué en tressaillant. J'aurais pu mourir ! Mon pouvoir magique aurait pu être asséché, mon corps aurait pu se pétrifier, pris dans l'étau mortel et glacial du…

— Oui, mais tu n'es pas morte. Est-ce qu'on pourrait revenir à nos moutons ?

Ses yeux furibonds couleur lavande ont croisé les miens.

— Nos moutons, c'est que l'esclave doit retourner au service du roi et que tu dois lui ramener le livre que tu lui as promis. (Elle a esquissé un sourire diabolique.) Tu n'as pas intérêt à revenir en Faerie sans. Le roi n'est pas réputé pour sa mansuétude.

— Françoise n'ira nulle part, ai-je répété pour la énième fois. Et si la colère du roi était si terrible, pourquoi nous avoir aidés à nous échapper ? Ne craignais-tu pas les conséquences ?

La pixie a agité frénétiquement ses ailes.

— C'est différent.

— En quoi est-ce différent ?

— Le mage m'a proposé quelque chose que je ne pouvais pas refuser. (Sa moue s'est estompée et ses yeux se sont éclairés d'une lumière plus douce.) Personne ne peut me reprocher d'avoir accepté son offre. Pas même le roi.

— Et qu'est-ce qu'il t'a proposé ?

— Ça n'a aucune importance ! Je ne la trouve pas !

Elle a donné un coup de pied à la boîte à bijoux et s'est assise sur une bobine de fil disproportionnée en se massant furtivement le pied.

Soudain, la mémoire m'est revenue.

— La rune ! Jera.

Une des raisons pour lesquelles j'avais réussi (à peine) à survivre à ma seule et unique incursion en Faerie, c'était parce que j'avais acquis des runes de combat appartenant au Sénat. La Consule voulait sans doute les récupérer, d'abord parce qu'elles pouvaient être utiles en temps de guerre, ensuite parce que je ne lui avais pas exactement demandé la permission avant de les prendre. Mais pour le moment, je me disais qu'elle devait certainement avoir encore plus besoin de Mircea. Et je ne voyais pas très bien à quoi pouvait lui servir une rune dont le seul pouvoir était de rendre les gens plus fertiles.

La pixie m'a lancé un regard plein de reproches.

— Il a dit qu'il l'avait. Il me l'a même montrée. Elle ressemblait à la vraie.

— C'est la vraie. (J'ai été traversée par un éclair de compréhension.) Tu serais prête à encourir le courroux du roi juste pour avoir un enfant ?

— « Juste » ? (Sa minuscule voix s'est transformée en un couinement strident.) C'est les humains tout crachés, ça. Mon peuple est en voie d'extinction et pendant ce temps-là, votre race puérile, faible et écervelée, dont la seule réussite est de proliférer comme des…

— OK. Merci. J'ai compris. (Je l'ai regardée avec attention.) Et si je te l'obtenais ?

Soudain, un tourbillon d'ailes vertes et scintillantes me remplissait le champ de vision.

— Où est-elle ? Est-ce que tu l'as ? Je croyais qu'un des mages…

J'ai souri. Pas étonnant qu'elle leur léchait les bottes.

— Je peux l'avoir.

— J'y croirai quand je la verrai.

— Dans ce cas, tu y croiras bientôt. Mais, en échange, je veux savoir l'endroit précis où s'élève le portail.

— Je le trouverai, m'a-t-elle promis avec ardeur. Mais n'essaie pas de me doubler, humaine. Tu te rendras vite compte que je suis encore plus rancunière que mon roi.

Chapitre 10

Cet après-midi-là, je faisais l'accueil d'une convention que le personnel de l'hôtel avait surnommé *L'Invasion des geeks* – une bonne centaine de rôlistes invétérés venait de débarquer avec armes et bagages – lorsque j'ai surpris Pritkin en train de m'observer. Il était posté de l'autre côté du hall d'entrée, adossé à une des fausses stalagmites qui émergeaient du sol, tout en barbe de trois jours, en cheveux ébouriffés et en constitution svelte et musclée. Son corps avait l'air détendu mais il avait le même visage de rapace que celui qu'il arborait au chevet du cadavre sans tête de Saleh.

L'air renfrogné, j'ai tendu son badge à un type vêtu d'une robe longue et d'un chapeau pointu. Il a changé son bâton de main pour l'épingler. Je n'étais pas certaine de l'utilité de ces badges : c'était mon septième Gandalf de la matinée.

— Je ne comprends pas pourquoi on ne peut toujours pas s'installer, a chouiné le type posté à côté de moi.

Sa voix était étouffée par son masque. Malheureusement, ça ne m'a pas empêchée de le comprendre. Je n'avais pas tout de suite identifié son déguisement : il avait agrémenté un masque de défenses en plastique, de sorte que tout son visage penchait légèrement vers l'avant. Apparemment, il n'avait pas trouvé de masque d'ogre à son goût : il avait été obligé de recycler un Chewbacca.

— Comme je vous l'ai déjà expliqué : c'est à cause d'un nettoyage de dernière minute, ai-je expliqué pour la cinquième fois.

— Ils ne nettoient quand même pas toute la pièce en même temps ! On pourrait slalomer entre les femmes de ménage !

— Ce n'est pas moi qui décide, ai-je rétorqué sèchement en regardant une bande de types affublés d'oreilles d'elfe.

Ils montraient du doigt les énormes créatures juchées près du plafond caverneux de l'entrée. Elles mesuraient un bon mètre quatre-vingt de haut. De couleur gris noir, elles étaient dotées d'immenses ailes reptiliennes se terminant en fines griffes acérées. Elles ressemblaient à un croisement entre une chauve-souris et un ptérodactyle et la plupart des gens les considéraient comme des éléments de décoration. Mais les « elfes » s'étaient mis en tête de les prendre pour cibles : ils avaient tous les trois sorti leurs arcs. L'un d'eux a armé une flèche.

Je me suis frayé un chemin à travers la foule. Sans m'attendre, une des créatures avait gagné le sommet d'une stalagmite en planant élégamment. Son nouveau perchoir était couvert de cristaux qui scintillaient dans la lumière diffuse, presque aussi intensément que les yeux sombres de la créature qui observait les touristes avec envie, comme des proies. Lorsqu'il a aperçu le joueur muni de son arc, il a poussé un atroce couinement métallique, qui s'est réverbéré à travers le gigantesque hall d'entrée. Tous les regards se sont portés sur lui.

— Hé ! Génial ! s'est exclamé le type avec la flèche. Un yrthak !

— Ça ne peut pas être un yrthak, a rétorqué un autre joueur avec suffisance. Ça a des yeux.

Un frisson d'horreur a parcouru ma colonne vertébrale. Parfois, les défenses du casino prennent des passants innocents pour de dangereux envahisseurs et agissent en conséquence. Ça s'était déjà vu : Pritkin et moi, on en avait fait les frais et on avait même failli y passer. Je ne pensais pas que le touriste lambda s'en sorte aussi bien.

J'ai plongé entre deux hobbits – ou jawas, à moins que ce soit deux très petits moines – et j'ai arraché l'arc des mains du joueur. Je l'ai jeté à un des vigiles, qui venait de faire irruption de l'autre côté, au pas de course. La passion de Casanova pour l'argent mal acquis allait causer notre perte à tous.

— Ce n'était franchement pas le moment d'accueillir une armada de norm', ai-je craché en chuchotant de façon théâtrale.

Le vigile s'est contenté de hausser les épaules et de tenir l'arc à bout de bras, pour éviter que le joueur scandalisé l'attrape.

— Il est interdit de tirer dans ce casino ! a-t-il clamé.

Le jeune homme s'est renfrogné.

— Toi, t'as zéro en charisme.

J'ai fait volte-face et j'ai vu Chewbacca. Il était toujours vert de rage.

— Écoutez, madame : j'ai des exposants sans nulle part où poser leurs affaires ! Qu'est-ce que je suis censé leur dire ?

Même si Casanova me payait, ça n'aiderait pas à faire passer la pilule. J'ai mis le bras sur les épaules poilues du joueur.

— Vous voyez ce type, là-bas ? (Je lui ai montré Pritkin.) C'est lui qui s'occupe de ça, d'habitude. Mais il aime les choses carrées : il faudra peut-être insister un peu.

Mon grand copain brun échevelé a hurlé quelque chose à la troupe d'exposants postés autour de l'entrée et leur a désigné Pritkin. Ils ont tracé en meute vers le mage et je suis retournée travailler. Cinq minutes plus tard, j'ai senti une main chaude se poser sur mon épaule.

— Ce n'était pas très gentil.

Ma peau s'est couverte de frissons, comme si on venait de souffler dessus.

— Depuis quand vous vous souciez de la gentillesse ? ai-je rétorqué avec hargne.

Le mot « gentil » ne faisait même pas partie de son vocabulaire courant.

— Ce n'est pas sur ma fiche de poste, effectivement, a-t-il avoué d'un air amusé.

Je n'ai pas répondu. J'avais les yeux rivés sur un groupe de joueurs ayant entrepris d'attirer leur « yrthak » en lui tendant un sandwich. La créature n'était pas revenue à sa place : ça m'inquiétait beaucoup. Encore plus inquiétant : ses yeux n'étaient pas posés sur l'offrande mais sur la jugulaire du joueur le plus proche.

— Rassurez-moi : vous êtes capable de contrôler ces choses, n'est-ce pas ? ai-je demandé nerveusement à un garde.

L'homme n'a pas répondu mais il s'est approché des joueurs. Il avait l'air aussi ravi que moi. Laisser quelqu'un se faire dévorer, ça ne fait pas très classe sur la fiche d'évaluation mensuelle. Il a sorti une radio, apparemment préoccupé.

— Il se pourrait qu'on ait un problème, a-t-il dit à son interlocuteur.

— Je vous ai vue m'observer, a prononcé Pritkin à mon oreille.

— Trop fort. Je suis impressionnée, ai-je répliqué tandis que les elfes, trolls et vieux magiciens que j'avais réussi à mettre en rang se précipitaient pour assister à la scène.

Et merde. J'espérais en avoir bientôt fini.

Pritkin était si près que la chaleur de son corps me faisait transpirer. Une goutte de sueur a dégouliné le long de ma colonne vertébrale.

— Bon ben, c'est pas tout ça, lui ai-je dit, l'air de rien. J'ai du boulot. Vous ne devriez pas être en train de braquer votre flingue sur quelqu'un ?

Il n'a pas protesté. Il était sûrement trop occupé à me lécher lentement la nuque et y laisser une longue trace humide. L'espace d'une seconde, je suis restée les bras ballants, complètement pétrifiée. J'avais toujours cru que Pritkin était plus ou moins allergique au contact. Il touchait très rarement les gens. Sauf moi, mais seulement pour me secouer comme un prunier. Et il ne m'avait *jamais* fait du gringue. Surtout pas de façon aussi… directe.

J'ai fait volte-face. Son sourire s'est élargi et ses yeux verts sont devenus fiévreux. Je n'aurais jamais imaginé que son visage soit capable de refléter une expression pareille. Il dégageait une sexualité presque sauvage et il portait de nouveau du noir. Ça ne me disait rien qui vaille. Mais ce n'était encore rien. Lorsqu'il s'est avancé et m'a pressée contre lui, c'était encore pire.

Les mots que je m'apprêtais à prononcer ont été étouffés par ses lèvres, qui ont glissé lentement sur les miennes. Je ne m'étais pas du tout préparée à ce qu'il m'embrasse. Encore moins de cette façon. Sa bouche était chaude et étonnamment douce. Sa barbe de trois jours, pas érotique pour deux sous, était incroyablement sensuelle. De sa langue, il a effleuré ma lèvre inférieure, et cette légère caresse m'a fait un effet proprement indécent. Je me suis dégagée, complètement ahurie.

— Qu'est-ce…

— Non, a-t-il protesté avant d'incliner mon visage pour m'embrasser. Sa main, irradiant de chaleur, était lourde sur ma nuque, et son pouce me caressait légèrement le cou, comme pour y dessiner des motifs. Un vague de désir m'a traversée et j'ai oublié de fermer la bouche. Sa langue experte s'est enroulée autour de la mienne. Pritkin a pris son temps. Il m'explorait. Il me goûtait. Son autre main était posée sur ma taille. C'était un endroit parfaitement anodin et pourtant, ça m'a fait l'effet d'une brûlure.

J'ai bondi en arrière. J'étais furieuse. Je ne savais plus quoi penser.

— Vous êtes fou ?

Une des choses les plus amusantes, avec le *geis*, c'était qu'il me frappait d'une douleur insensée chaque fois que je m'approchais de quelqu'un n'étant pas Mircea. Et le sortilège avait l'air d'avoir une dent contre Pritkin : avec lui, la virulence de l'avertissement montait d'un cran. J'avais l'impression que mes yeux quittaient mes orbites.

Il n'a rien répondu. Il s'est juste débrouillé, sans me toucher, pour m'acculer derrière le comptoir. Il y avait du grabuge dans le casino : j'entendais des cris, j'apercevais des flashs et une escouade de vigiles est passée devant nous, un énorme filet entre les mains.

— Je sais que vous avez parlé à Saleh, a-t-il chuchoté contre mes lèvres. Que vous a-t-il dit ?

J'ai entendu retentir un nouveau hurlement surhumain. Cette fois, ça venait d'en haut. La deuxième créature n'avait pas l'air d'apprécier qu'on essaie de capturer son compagnon. Elle s'est lancée dans la mêlée, non sans arracher un morceau de stalactite. Des bouts de rochers factices se sont mis à nous arroser de toute part. J'y ai à peine fait attention. J'étais totalement obnubilée par le corps se pressant brusquement contre le mien.

— Répondez-moi.

Je me suis vaguement rendu compte que la garde d'une épée s'enfonçait dans mes côtes : c'était… bizarre. Et où était l'étui à pistolet qu'il portait toujours à la cuisse ? Et la ceinture tout élimée qu'il blindait d'armes et de potions, comme le grand savant fou qu'il était ? Et depuis quand Pritkin mettait de l'eau de Cologne ?

D'un seul coup, j'ai paniqué. Tout ça était complètement absurde. Je n'étais quand même pas en train de bécoter *Pritkin* au beau milieu du hall d'entrée… et d'une scène d'apocalypse. Je l'ai poussé, mais autant essayer de pousser un roc.

— Lâchez-moi ! (Une vague de pouvoir s'est élevée. Paniquée, j'ai senti le duvet de mes bras se soulever et un raz-de-marée incandescent traverser mon corps.) Je vous ai demandé de me lâcher, ai-je marmonné.

Soudain, j'étais complètement perdue dans ses yeux d'une clarté cristalline. Sa bouche s'est de nouveau emparée de la mienne, avec une sauvagerie possessive. Il se moquait totalement du nombre de spectateurs potentiels. J'ai tout oublié. Tout sauf un élan de désir brut. Son odeur me rendait complètement folle : elle était élégante, précieuse... totalement inédite. Surtout avec cet arrière-goût de musc et d'excitation émanant de sa peau.

Il a reculé. Je contemplais le visage d'un étranger. Ses traits reflétaient une violence de prédateur. « *Répondez-moi* ». Son injonction m'a traversée de part en part, aussi inexorable que la marée. Par réflexe, j'ai ouvert la bouche, prête à répondre malgré moi, lorsqu'une nouvelle avalanche de plâtre est tombée sur nous.

J'ai manqué de m'étouffer et j'ai craché une bouchée de poussière grise. Pritkin a poussé un soupir agacé.

— Pour un endroit bondé d'incubes, a-t-il fait remarquer sèchement, je trouve étonnamment difficile de pratiquer une séduction.

J'ai reculé en titubant et je suis rentrée dans une troupe de vigiles dépêchés sur le marasme du jour. Quand on a réussi à se dépêtrer les uns des autres, Pritkin s'était évanoui.

— Tu sais, moi aussi j'ai tendance à être un tantinet rancunière, ai-je dit en fusillant la pixie du regard.

Comme si je n'avais pas assez de problèmes avec les crises de folie de Pritkin. Pour ne rien gâcher, Radella avait fait chou blanc.

Françoise était toujours occupée à passer en revue les armes que Casanova entreposait au *Dante* – dans des quantités inquiétantes – à l'intérieur d'une remise située au sous-sol. Vu le nombre de gens qui voulaient me faire la peau, je m'étais dit qu'il était peut-être temps de m'équiper. Et dans la foulée, avec Radella œuvrant toujours à sa perte, j'avais pensé que ce ne serait pas du luxe si Françoise récupérait quelques bricoles.

Elle m'a tendu un objet :

— *Qu'est-ce que c'est* ?

J'ai plissé les yeux pour mieux voir.

— C'est un Taser. Ça électrocute les gens.

— *Quoi* ?

— Comme les éclairs.

J'ai vaguement gesticulé et elle a fini par comprendre.

Françoise a levé les yeux sur la pixie, qui voletait au plafond, hors de portée. Elle a souri.

— Si tu t'amuses à m'électrocuter, je t'arrache le cœur, l'a avertie Radella.

Françoise n'a pas répondu mais elle a fixé ses yeux sur la petite arme accrochée à la ceinture à outils militaire, de couleur olive, qu'elle avait récupérée dans un casier. La ceinture détonnait avec sa tenue : elle portait toujours la robe du défilé. Les araignées avaient l'air beaucoup plus mollassonnes. Deux d'entre elles s'étaient complètement immobilisées et celle qu'elle portait à l'épaule filait la même toile depuis vingt minutes. Apparemment, le sortilège était conçu pour ne fonctionner qu'une seule journée.

C'était le seul vêtement que je l'avais vue porter, à l'exception de la robe qu'elle portait lorsqu'elle s'était échappée de Faerie. D'un seul coup, je me suis rendu compte qu'elle n'en avait sûrement pas d'autres. Il fallait que je pense à l'emmener faire du shopping.

— Et donc ? C'est quoi, le petit contretemps ? ai-je demandé à Radella tout en examinant un 9 mm.

Sa poignée n'avait pas l'air plus maniable que la mienne. Je l'ai reposé.

— Je ne le trouve pas. C'est tout. (Elle a virevolté jusqu'au sommet d'une armoire forte et s'est juchée dessus, le menton dans la main. Ses ailes iridescentes lui tombaient misérablement sur les épaules.) J'ai regardé partout !

— Eh bien, regarde mieux !

— S'il y avait un portail, je l'aurais trouvé !

— Apparemment, non. Parce qu'il *y a* un portail.

— Si c'était le cas, il serait facile à repérer ! a maugréé Radella. À elle seule, la source de pouvoir…

— Comment ça, « la source de pouvoir » ?

Elle m'a décoché un regard méprisant.

— Ce n'est pas avec des piles qu'on alimente un portail ! S'ils sont si peu communs, ce n'est pas seulement parce qu'ils sont sujets à une réglementation spécifique ! Très rares sont les gens disposant d'une source de pouvoir susceptible d'en entretenir un !

— Quel type de pouvoir ?

— Colossal. En général, on utilise une vasque tellurique. Certains talismans sont capables d'ouvrir des passages temporaires mais ils sont rares. Je doute que ce vampire en ait un.

— Une vasque… quoi ?

— Un endroit où deux lignes telluriques se croisent et cumulent leurs énergies, a expliqué Radella avec agacement. (Je l'ai dévisagée, les yeux comme des soucoupes.) Des… lignes… telluriques, a-t-elle répété en articulant, très lentement. Tu sais ce que c'est, quand même ?

J'en avais entendu parler. Je me souvenais seulement d'une histoire de monuments anciens construits suivant des lignes parallèles.

— Pars du principe que je n'y connais rien.

Elle m'a gratifiée d'un sourire en coin.

— Je n'y manque jamais.

Françoise a dit quelque chose dans une langue inconnue et le visage de Radella est devenu rouge vif. Elle a frappé l'armoire du plat de la main, faisant trembler toute la structure sous ses fesses.

— Silence, esclave ! Souviens-toi à qui tu t'adresses !

— Je n'y manque jamais.

— Mesdames !

Mon regard a fait des va-et-vient entre les deux femmes. Mais aucune n'a dégainé d'arme, ce qui revenait, pour elles, à papoter de façon conviviale.

— Pour faire très, très simple, a expliqué Radella d'un ton glacial, les yeux toujours posés sur Françoise, les lignes telluriques tracent les frontières entre les mondes : le tien, le mien, le royaume des démons, etc. Quand ces lignes se rencontrent, ça génère une tension. C'est le même principe que vos plaques tectoniques, lorsqu'elles se confrontent. Et qui dit tension dit énergie.

— Comme les failles magiques.

— C'est ce que je viens de dire ! a aboyé Radella. Donc, dans ce cas, ce n'est pas de la roche qui bouge, mais de l'énergie magique. Et au lieu de produire des tremblements de terre ou des tsunamis, ça génère du pouvoir. Si on sait comment s'y prendre, on peut l'utiliser de diverses manières.

— Faire fonctionner un portail, par exemple.

— Dans des conditions bien précises. Si deux lignes telluriques particulièrement intenses se croisent, elles sont susceptibles de produire l'énergie nécessaire. Mais c'est peu fréquent.

— Bon. On n'a plus qu'à trouver cette vasque-machin, ai-je dit avec enthousiasme. Si ça dégage un tel pouvoir, ça devrait être facile à trouver !

Radella a soupiré et marmonné quelque chose. Pour une fois, j'étais contente de ne pas comprendre.

— Las Vegas grouille de lignes telluriques, a-t-elle fini par expliquer. Mais aucune d'entre elles ne se croise dans les parages. La vasque la plus proche se trouve sur le territoire de la MAGIC. C'est d'ailleurs la raison pour laquelle ils s'y sont installés.

— Alors comment se débrouillait Tony ? ai-je demandé avec agacement.

— D'après moi ? (Radella a fait une petite moue. On aurait dit Barbie institutrice.) Il faisait appel à la magie noire. C'est rapide, c'est puissant et c'est facile à obtenir.

— Si tu as l'estomac pour, a ruminé Françoise.

— Attends un peu. (J'espérais sincèrement avoir mal compris.) Ce que tu dis, c'est que si je trouve le portail de Tony, il faudra que je tue quelqu'un pour l'utiliser.

Radella a haussé les épaules.

— Tu n'es pas obligée de tuer quelqu'un que tu aimes bien.

— Pas question que je commette un meurtre !

— Je pense pouvoir alimenter le portail, a dit Françoise. Pendant un moment. Avec un peu d'aide.

Elle m'a regardée, mais j'ai secoué la tête.

— Je n'ai jamais reçu de formation. Tony avait peur d'avoir une sorcière puissante à sa cour.

— Mais… Tu ne sais rien ? a-t-elle demandé, horrifiée.

— Presque rien.

— Mais c'est dangereux ! Tu vas par monts et par vaux. (Elle a gesticulé frénétiquement.) Tu fais constamment des choses !

— Et je devrais faire quoi ? Attendre qu'on vienne me tuer ?

— Je veux dire que si les mages noirs t'attrapent, ils vont drainer ton pouvoir ! Ça serait terrible !

J'ai esquissé un sourire sans joie.

— Oui. Eh bien, ils devront faire la queue, comme tout le monde.

— Quoi ?

— Rien. (J'ai regardé la pixie.) On s'occupera de la façon d'actionner le portail quand on le trouvera. Tu n'as pas quelques idées ?

— En toute logique, ça doit être un portail caché, a-t-elle répondu, pensive.

— Je sais bien qu'il est caché ! ai-je fait remarquer, complètement exaspérée.

— Mais non ! Pas « caché » comme « caché ». « Caché » comme : « n'existant dans cette dimension que si on l'invoque » !

— Tu ne te rappelles pas ? Je viens juste de te dire que je n'y connaissais rien en magie.

Radella s'est renfrognée de plus belle.

— Tu peux imaginer ça comme une porte. Dès que tu l'ouvres, elle consomme de l'énergie. Donc, tu la laisses fermée jusqu'au moment voulu.

— Et tu l'ouvres grâce à un sacrifice.

— Exactement. Mais si ce portail fonctionne bien de cette façon, il faut probablement prononcer une incantation spécifique.

— Laisse-moi deviner : tu ne la connais pas.

— Chaque portail a son incantation. Une sorte de mot de passe, connu seulement de ses utilisateurs.

— Et vu qu'ils sont tous en Faerie, lui ai-je rappelé, je ne vois pas très bien comment je pourrais la découvrir.

Elle a tourné son petit visage poupin vers moi et m'a décoché un regard entendu.

— Je pourrais peut-être trouver un moyen, si tu y mets le prix.

J'ai regardé la petite créature machiavélique en fronçant les sourcils.

— Qu'est-ce que tu veux, encore ?

Elle a essayé d'avoir l'air décontracté. Heureusement qu'elle était trop petite pour jouer au casino : on lisait en elle comme dans un livre ouvert. Elle se ferait plumer en moins de deux.

— Je veux que tu lances deux fois la rune, a-t-elle fini par cracher. Au cas où le premier sort ne me donne pas d'enfant.

J'ai fait semblant d'examiner un autre pistolet. J'étais persuadée lui avoir promis la rune, pas seulement de la lancer pour elle. Cette chose avait peut-être plus de valeur que je l'avais imaginé.

— D'accord, ai-je dit lentement, en essayant d'avoir l'air récalcitrant. Tu auras droit à deux lancers.

— Sans aucune restriction ! Même si j'ai un enfant du premier coup, je veux avoir droit à un deuxième sort !

— OK.

Radella a dégluti.

— Et tu veux beaucoup d'aide ?

— Toute l'aide nécessaire.

Je n'allais pas non plus lui laisser dicter ses conditions.

— J'étais sûre que tu allais finir par m'entraîner dans ton entreprise hasardeuse, a-t-elle dit sèchement.

Mais elle était visiblement aux anges.

— Alors ? Marché conclu ?

— Tu le sais très bien ! (J'ai souri, mais elle m'a décoché une grimace.) Ne t'emballe pas, humaine ! Je ne t'ai pas encore expliqué mon idée.

La façade du *Dante* est tout droit sortie d'un cauchemar médiéval, depuis ses statues en basalte représentant des damnés tordus de douleur jusqu'à ses sculptures végétales tourmentées et sa douve des familles. En passant par les poignées de la porte d'entrée, en forme de visages déformés par des gémissements et des grognements informant le nouvel arrivant qu'il lui faut, selon le dicton, abandonner tout espoir – et tout le contenu de son portefeuille. Mais une décoration délirante, ça coûte cher. Ça explique pourquoi l'arrière du *Dante* ressemble à un entrepôt tout ce qu'il y a de plus contemporain, avec ses rampes de chargement, ses containers à poubelle puants et son parking pour les employés plein comme un œuf, le tout fermé par un grillage tout simple.

Françoise, Radella, Billy Joe et moi-même avons atterri dans le parking des employés du *Dante* dans le passé, deux semaines plus tôt. Le soleil – comme toute personne sensée – n'allait pas penser à se lever avant quelques heures. En d'autres mots, il était à peu près midi pour les types que je voulais rencontrer.

L'idée géniale de Radella, c'était de remonter dans le temps, de retrouver ceux qui savaient comment invoquer le portail et de leur extorquer l'incantation par tous les moyens. Enfin presque : à ma demande expresse, on avait exclu passages à tabac, coups de couteau et autres gracieusetés susceptibles de détraquer la trame temporelle. Françoise avait rajouté un gramme de finesse : elle nous avait dit qu'elle pourrait effacer la mémoire de tout le monde, à l'exception d'un puissant mage. Bref. On avait un plan : il ne nous restait plus qu'à trouver un pigeon. Et le prédécesseur de Casanova, un collaborateur sournois répondant au nom de Jimmy le Rat, me semblait le candidat idéal. Il connaissait forcément l'incantation.

— Je suis désolée, a dit Françoise, les yeux baissés comme si elle s'adressait au pied du grillage.

J'ai regardé la pixie, qui s'est contentée de hausser les épaules. Je me suis baissée pour mieux voir et je me suis retrouvée menottée au poteau.

— C'est quoi, ce bordel ?

Françoise a reculé et croisé les bras. Elle me considérait d'un air qui me faisait passablement penser à Pritkin dans ses grands jours.

— Nous irons seules. C'est trop dangereux pour toi.

— Pardon ?

— Tu n'as aucune compétence en magie, n'est-ce pas ?

— Où veux-tu en venir ?

— On avait besoin que tu nous emmènes. Pas le choix. Mais tu ne dois pas prendre de risque. On va parler avec le gangster et toi, tu restes en sécurité.

— Je suis assez grande pour m'occuper de Jimmy !

Françoise n'a pas répondu, mais elle avait l'air d'être prête à en discuter toute la nuit. J'ai tiré sur les menottes, mais elle avait dû les prendre dans la réserve du *Dante* parce qu'elles étaient en métal de qualité. Ça n'a servi à rien. À part abîmer le grillage et me mettre en rogne.

— OK, ai-je cédé. Vous partir. Moi rester. Amusez-vous bien.

— Tu plaisantes ! a dit Billy, incrédule.

— Tu ne bougeras pas ?

Françoise avait l'air sceptique. Elle s'attendait peut-être que je proteste davantage. Pour lui démontrer ma bonne volonté, j'ai agité le grillage.

— Est-ce que j'ai le choix ?

— Je ne lui fais pas confiance, a dit la pixie en me regardant d'un œil torve. On devrait l'enfermer dans un placard.

— J'ai un flingue, ai-je fait remarquer.

Radella a froncé les sourcils.

— Elle a raison. Elle pourrait faire exploser la serrure.

— Je pensais tirer sur quelque chose de plus vivant, ai-je rétorqué, sans être certaine de plaisanter.

Radella a fait claquer ses doigts.

— On l'assomme, et ensuite on l'enferme dans un placard. Un tout petit placard, a-t-elle ajouté d'un air vicieux.

Françoise n'a pas pris la peine de la regarder.

— On revient vite, a-t-elle dit avant de tourner les talons et de s'éloigner d'un pas ferme.

— Ouais, pas de souci. Je vais juste rester là et attendre comme un bon chauffeur de taxi qui se respecte, lui ai-je crié.

Ses épaules ont légèrement tressailli mais je ne sais pas si c'était de honte ou parce qu'elle ne savait pas ce qu'était un taxi.

— Bon. C'était vraiment…, a commencé Billy.

Je lui ai tendu ma main libre. Françoise s'est arrêtée près de la porte pour regarder dans ma direction. Elle devait probablement se demander pourquoi ma main flottait en l'air. Je lui ai donc fait « coucou ». Une minute plus tard, elle s'est engouffrée dans l'entrée du personnel, Radella sur les talons. Dès que la porte s'est refermée, je me suis téléportée un mètre plus loin. Derrière moi, la menotte, désormais vide, rebondissait contre le grillage.

— J'oublie tout le temps que tu peux faire ça maintenant, a dit Billy.

— Moi aussi, la plupart du temps.

J'ai massé mon poignet et j'ai regardé autour de moi. Il n'y avait personne en vue. J'aurais peut-être dû vérifier s'il y avait des témoins avant de jouer les Houdini. Mais bon...

— Pourquoi tu ne leur as pas tout bêtement montré qu'elles perdaient leur temps ? a demandé Billy.

— Je me suis dit qu'il valait mieux mettre ce petit épisode de mutinerie derrière nous. (Sans compter que Radella n'avait probablement pas plaisanté en lançant l'idée du placard.) Allons chercher Jimmy avant qu'il leur vende le pont de Brooklyn ou un autre...

— En parlant du loup..., a dit Billy.

Une personne ressemblant étrangement à Jimmy venait de franchir la porte en quatrième vitesse.

Après un instant de stupéfaction, je me suis dirigée vers lui. Je n'osais pas y croire. Quelle chance ! Si j'arrivais à l'intercepter avant qu'il atteigne sa voiture, on pourrait discuter sans être entendus. Et surtout, je ne risquais pas de rencontrer d'autres personnes. Mais la porte s'est ouverte violemment et une blonde est sortie du *Dante*. Apparemment paniquée, elle cherchait Casanova des yeux.

— Attends ! Il y a une bimbo avec lui, m'a avertie Billy. (La blonde a fini par repérer Jimmy est s'est lancée à sa poursuite. Son tee-shirt noir trop court se retroussait au gré de sa course. Billy a sifflé, approbateur.) Elle va finir par perdre cette chose si elle ne...

Il s'est interrompu brusquement pour mieux scruter la scène se déroulant de l'autre côté du parking. Je l'ai imité. Une sensation désagréable s'est mise à remonter le long de ma colonne vertébrale, comme un vague pressentiment. Les halogènes économiques n'arrangeaient rien à la visibilité mais j'ai en vu suffisamment pour sentir mon estomac faire des nœuds.

— Je crois qu'on a un souci, ai-je articulé, complètement pétrifiée.

— Hé ! a dit Billy, les yeux comme des soucoupes. Je crois que c'est toi, cette bimbo ! Je te reconnais à la forme de tes…

— Tu te rends compte de ce que ça veut dire ? ai-je réussi à chuchoter.

Ce n'est qu'à ce moment-là que j'ai compris : je nous avais ramenés la nuit de ma première visite au *Dante*… Et je n'avais pas spécialement envie de la revivre.

— Ouais, je me rends compte, a-t-il dit en me fusillant du regard. Tu aurais pu choisir n'importe quelle date ! Bon dieu, mais pourquoi…

— Je ne l'ai pas fait exprès ! ai-je chuinté. Casanova m'a dit que la dernière cargaison d'esclaves avait été livrée en Faerie cette nuit-là ! Je me suis dit qu'au pire, si on n'arrivait pas à faire parler Jimmy, on pourrait toujours l'espionner pour entendre l'incantation !

— À condition d'arriver au bon endroit au bon moment. Et apparemment, on n'y est pas.

— Ah ? Tu crois ?

Ma première visite au *Dante* ne s'était pas très bien passée. Pour être parfaitement honnête, elle s'était passée de la pire façon imaginable. J'avais frôlé la mort un nombre incalculable de fois : si les choses s'étaient passées légèrement différemment, j'aurais facilement pu y passer, ainsi qu'un certain nombre de gens. Il fallait absolument que je récupère ma fine équipe et que je nous rapatrie fissa avant de changer quoi que ce soit aux événements.

Jimmy et mon alter ego ont disparu derrière une rangée de voitures, et la porte s'est de nouveau ouverte. Pritkin a fait son entrée, accompagné d'un groupe de vamps. Je me suis figée sur place. Avec mes yeux, j'avais du mal à voir ce qui se passait, mais eux n'auraient sûrement pas le même problème. Et s'ils regardaient dans ma direction, ils me verraient et ils risquaient de perdre le fil. Sachant que le fil, entre autres choses, c'était sauver la vie de mon autre moi…

Je n'ai pas bougé. Je n'ai pas respiré. Je n'ai pas cligné des yeux. Grâce au débardeur et au jean noirs pour lesquels j'avais opté – je m'étais dit qu'ils conviendraient parfaitement à des activités nocturnes – j'étais un peu plus difficile à repérer. Mais ils étaient parfaitement capables de me sentir à distance, même dans un parking puant les poubelles et les pots d'échappement. Un des vampires s'est arrêté. Il a levé la tête, comme pour humer l'air. J'ai dégluti laborieusement. C'était Tomas, mon colocataire d'un temps. Il avait eu six mois pour apprendre à reconnaître mon odeur entre toutes. S'il me repérait…

Mais il ne m'a pas repérée. Les trois hommes se sont rués entre deux rangées de voitures et, quelques instants plus tard, c'est parti en eau de boudin. J'ai entendu des cris, des coups de feu et quelqu'un a incendié une voiture. Je me suis ruée vers la porte… et je me suis arrêtée en dérapant quelques secondes plus tard : la dernière personne que je voulais voir venait d'apparaître sur mon chemin.

J'ai réussi à ne pas le percuter de plein fouet. De justesse. J'ai reculé de quelques pas chancelants, par sécurité.

— Vous n'êtes pas censé être ici ! lui ai-je reproché.

Son sourcil parfaitement dessiné s'est haussé, formant un arc de cercle tout aussi parfait.

— Cela nous fait encore un point commun, *dulceață*.

Chapitre 11

J'ai dévisagé Mircea, sous le choc.

— Vous êtes censé être en ville.

La version de ma personne pourchassant Jimmy à travers le parking s'était échappée de la MAGIC cette nuit-là, peu de temps auparavant. Les talismans du QG avaient permis aux vamps de savoir que j'avais filé à Las Vegas, mais personne n'était sûr de l'endroit précis où je me trouvais. Pendant que Tomas, Pritkin et un vampire appelé Louis-César s'étaient rendus au *Dante*, Rafe et Mircea étaient allés me chercher chez Tony. Enfin, c'est ce que je croyais.

— J'étais en ville. J'y ai laissé Raphaël au cas où vous feriez une apparition, a dit Mircea. (Il a légèrement plissé les yeux.) Puis-je vous demander comment vous le savez ?

— Ça ne serait pas une très bonne idée, ai-je répondu.

J'aurais adoré pouvoir m'offrir le luxe d'une crise d'hystérie.

Mircea restait planté là. C'était ridicule. Il ressemblait à une photo de mode, avec ses cheveux ébouriffés, sa bouche légèrement amusée, son costume noir coûteux mettant parfaitement en valeur son corps – objectivement – sexy. Je ne sais pas si c'était étudié, mais ses vêtements épousaient toujours amoureusement ses cuisses et ses biceps, et mon attention divaguait, fascinée par des parties de son anatomie où mon regard n'aurait absolument pas dû s'attarder. Sans compter que Mircea, en noir, était vraiment à croquer. Dieu merci, il ne portait pas de cuir… mais je n'aurais même pas dû penser à tout ça !

Il m'a tendu la main. C'était une invitation tacite mais mon ventre s'est serré. Mon ventre était *stupide*.

J'ai fait un bond en arrière et j'ai failli m'emmêler les pieds.

— Ne me touchez pas !

La dernière fois que j'avais rencontré Mircea dans le passé, le *geis* lui avait sauté dessus, déclenchant tout ce pétrin de dédoublement de sort. Le sort triplerait-il si je m'approchais trop ? Franchement, si c'était le cas, je ne pensais pas qu'on y survivrait. Ni l'un ni l'autre.

Quelque part, tout près de nous, des gens hurlaient, Pritkin jurait et deux rats-garous terrifiés sont passés devant nous à toute allure, aspergeant l'asphalte de leur sang.

— Nous devons partir, *dulceață*, a-t-il dit d'une voix douce.

C'était probablement bon signe qu'il m'appelle toujours par le surnom affectueux qu'il m'avait donné étant petite – et qui signifiait plus ou moins « très chère » – mais ça n'allait sûrement pas durer. Il fallait vraiment que je bouge. Mais je ne tenais absolument pas à me téléporter devant lui, de peur de lui dévoiler beaucoup trop de choses. D'un autre côté, je ne pouvais pas lui échapper. Et encore moins le laisser me toucher.

— Cassie.

Comme j'ignorais toujours sa main tendue, Mircea m'a lancé un regard plein de reproches.

À la fois…, ai-je réfléchi tout en reculant désespérément. Le sort s'était détraqué à une époque où le *geis* n'avait pas encore été lancé. Le Mircea de cette époque-là n'en était pas affligé. Et le sort était passé de mon corps au sien pour s'accomplir. En revanche, le Mircea que j'avais devant les yeux avait déjà le *geis* en lui. Deux fois, d'ailleurs. Il était peut-être immunisé. *Non ?*

— Cassandra !

— J'essaie de réfléchir ! ai-je rétorqué.

Il s'est approché.

— Vous pourrez réfléchir une fois de retour à la MAGIC. Vous y serez en sécurité.

— Vous savez, ai-je répliqué avec agacement, pour quelqu'un qui manque de se faire tuer tous les quatre matins, je trouve que j'entends très souvent le mot « sécurité ».

— Ça ne se produira pas ce soir, a-t-il dit avec conviction tout en me prenant la main.

Je l'ai dévisagé avec horreur. Je m'attendais à ressentir un grésillement électrique me prouvant que j'avais réussi à nous tuer. Mais je n'ai rien senti d'autre que le léger picotement caractéristique du *geis*.

Enfin, rien d'autre à l'exception d'une odeur sucrée de fleurs en putréfaction. Où avais-je déjà senti cette odeur ? Mircea a proféré ce que je suspectais être une insulte roumaine, avant de me pousser devant lui.

— Cass' ? a demandé Billy d'une voix légèrement chevrotante. La dernière fois, quelques mages noirs s'étaient invités à la fête. Tu te rappelles ?

— Je ne vois pas le rapport avec…, ai-je commencé en regardant derrière le manteau de Mircea. (Un groupe de silhouettes sombres se détachait sur la lumière des réverbères.) Oh.

— Je crois que j'avais dû en rater deux ou trois, a dit Billy, horrifié.

J'ai compté rapidement.

— « Deux ou trois » ? ai-je couiné. Il y en a huit ! Tu appelles ça « deux ou trois », toi ?

Au loin, un nuage bleu a commencé à se répandre sur le parking. Je me souvenais que Pritkin avait utilisé une espèce de gaz lacrymogène pendant le combat. On avait failli tous mourir d'asphyxie. Cette nuit-là, à l'intérieur du nuage, mon corps avait dégusté : mes poumons avaient brûlé pendant des heures. Mais à l'extérieur, ce n'était pas non plus une partie de plaisir.

— L'oracle doit nous suivre, vampire !

Je pensais que Mircea allait essayer de s'en tirer avec de belles paroles, user du fameux charme qui avait fait de lui le négociateur en chef de la Consule. Les mages avaient dû penser la même chose, parce qu'ils ont eu l'air vraiment surpris lorsque leur porte-parole a voltigé dans les airs.

Il a atterri sur les câbles électriques, au-dessus de nous. Un des plus épais a cédé et le mage s'est empêtré dans les plus fins. L'électricité a émis une sorte de sifflement. Pendant un bref instant, le courant a fusé frénétiquement autour de son corps. Ensuite, le mage est tombé en direction du sol. Un des câbles, qui s'était enroulé autour de sa cheville, l'a rattrapé in extremis et l'homme a joué au Yo-yo avant de se retrouver pendu par le pied. Comme l'arcane de mon jeu de tarot.

— Voilà qui était extrêmement mal avisé, a dit calmement le mage le plus proche de Mircea.

Une seconde plus tard, un mur d'air brûlant s'est abattu sur nous. L'impact m'a complètement soulevée du sol et nous a projetés contre la barrière. J'ai évité de justesse le poteau, qui m'aurait fracassé la colonne vertébrale, mais j'avais l'impression d'avoir incorporé des parties de grillage dans mon anatomie, à titre permanent.

En un clin d'œil, Mircea était de nouveau sur pied... et deux mages ont pris feu. Ils ont aussitôt maîtrisé la combustion spontanée. Le temps que je me dépêtre du filet métallique, ils avaient contre-attaqué en projetant une boule d'électricité bleue et blanche. Sous l'impact, Mircea a mis un genou à terre, mais il a attrapé la boule entre ses mains, qui se sont manifestement mises à grésiller, avant de la renvoyer à l'expéditeur. Les boucliers des mages ont fait obstacle et l'ont renvoyée dans les câbles électriques, au-dessus de nos têtes. Une pulsation s'y est propagée comme une flamme bleue. Toute une rangée de réverbères a explosé, comme autant de pétards, et un courant d'énergie s'est abattu contre le mage pendu. Il est tombé en vrille sur le sol, entouré d'un câble crépitant et tressautant.

Le mage électrocuté tressaillait légèrement contre l'asphalte, comme s'il avait été encore en vie. Mais j'ai regardé son visage de plus près, et à la vue de sa mâchoire béante, de ses yeux vitreux et de sa langue noircie, je me suis dit que ce n'était probablement pas le cas. Un de ses collègues avait dû tirer la même conclusion. Mais plutôt que de pleurer son ami, il a choisi de l'utiliser. D'un geste de la main, il a réanimé son cadavre, qui s'est remis en position verticale. Il ressemblait à un épouvantail ballotté par le vent, avec ses pieds brimbalant frénétiquement à quelques centimètres du sol.

Mon regard est passé du cadavre saltimbanque au nuage bleu, qui faisait tache d'huile sur le parking. J'ai entendu, à la dérobée, quelques bruits de la bataille se déroulant à l'intérieur : grognements, coups de feu étouffés, craquement d'éclairs. En comparaison, je me suis sentie relativement en sécurité. Mais c'était un sentiment mensonger, d'autant qu'un container à poubelles en métal lancé à pleine vitesse se dirigeait précisément sur nous. Il s'est figé dans sa course, à trente centimètres à peine de mon nez, avant de faire marche arrière et d'éclater en mille morceaux acérés qui se sont abattus sur le groupe de mages, comme autant d'éclats d'obus. Malheureusement, les éclats en question n'ont pas réussi à traverser leurs boucliers.

La Ford marron toute rouillée qui s'est fracassée sur eux une seconde plus tard n'a pas eu plus de succès mais ils ont dû combiner leurs efforts pour la repousser. Le véhicule a valsé dans les ténèbres et tourbillonné trois fois avant d'exploser contre la rangée de voitures la plus proche. La plupart des mages étaient certes furieux, mais indemnes. À l'exception du plus jeune ou du moins compétent : il avait dû perdre sa concentration pendant une fraction de seconde. Et ses boucliers, par la même occasion. Malheureusement, une seconde, c'est plus qu'assez.

Un maître vampire n'a pas besoin de toucher les gens pour leur sucer le sang. Mircea s'est saisi de l'occasion pour en faire la démonstration. Je crois qu'il essayait de pousser les autres à la fuite, parce qu'il n'a franchement pas choisi la méthode douce. Il a tendu la main et le mage s'est pétrifié. Aussitôt, des larmes de sang lui ont jailli des yeux. Mais au lieu de dégouliner sur ses joues, elles ont giclé en avant et volé jusqu'à la paume de Mircea, qui a absorbé les fines gouttelettes en un battement de cil.

Bientôt, il ne saignait plus seulement des yeux. On aurait dit que tous les pores de son visage s'étaient élargis. Et ce n'était plus un sillage de gouttes qui se tortillait dans l'air, mais une rivière de sang semblable à un ruban rouge. En quelques secondes à peine, le visage désormais livide du mage s'est complètement fripé et ses lèvres exsangues se sont figées dans un « oh » silencieux. Il est mort avant de toucher l'asphalte.

Si Mircea voulait les intimider, ça n'a pas marché. Les mages se sont contentés de se séparer et de mener des attaques distinctes. Ils ont dû se dire que Mircea ne pouvait pas les surveiller tous les six à la fois : pendant qu'il s'occupait d'un des leurs, les autres pourraient peut-être le maîtriser. J'avais vraiment peur qu'ils aient raison. Le cadavre réanimé s'est approché. Derrière lui, une nuée de bris de verre issus des voitures pulvérisées s'est soulevée du sol, scintillant dans les flammes comme une pluie de diamants. Comme si ça ne suffisait pas, un escadron volant de pneus en flammes a décollé de l'asphalte. Ils se détachaient sur les ténèbres comme autant de soucoupes volantes.

Ensuite, j'ai perdu le fil des événements. Non seulement ils étaient souvent trop rapides pour mon œil, mais tout s'est passé en même temps. J'ai cligné des paupières, et quand je les ai rouvertes, j'ai vu une partie du grillage s'interposer entre nous et les différents projectiles, qu'il a esquivés comme un bouclier. Lorsque le cadavre s'est fracassé contre la barrière, elle a été parcourue d'étincelles. C'est seulement à ce moment-là que j'ai compris pourquoi le macchabée avait continué à bouger après sa mort : son pied était toujours prisonnier du câble abattu, qui sifflait et grésillait comme un long serpent noir. Et le feu qu'il crachait était aussi mortel pour un vampire que pour un être humain. Mais il ne pouvait pas nous atteindre. Au bout d'un moment, le cadavre a reculé dans le parking, en gigotant dans tous les sens comme une marionnette hystérique.

Mircea a projeté le grillage contre le mage le plus proche. Il a heurté ses boucliers en produisant une pluie d'étincelles. Les défenses ont tenu. Le métal brûlant n'a pas touché sa peau, mais la barrière s'est refermée autour de lui, l'enveloppant comme une couverture. Aussitôt, le fil de fer s'est mis à luire de plus belle tandis qu'il s'incrustait dans le talisman, comme un filet d'eau chaude crevassant un bloc de glace.

Pour une raison ou une autre, les autres mages s'étaient interrompus. Je n'ai pas attendu de savoir pourquoi. J'ai plongé sur Mircea, fermement décidée à nous téléporter avant qu'ils reprennent du poil de la bête. Tant pis pour ma couverture.

Mais lorsque j'ai tendu la main, j'ai heurté un mur d'énergie qui m'a brûlé une bande de peau, comme un coup de soleil particulièrement sévère.

— Allez-vous en, Cassie, a dit Mircea tandis que je retirais brutalement la main.

— Bonne idée, a dit Billy. Téléporte-toi loin d'ici et embarque-le.

Je l'ai regardé, l'air de dire « Non ? Tu crois ? ».

— Pour ça, il faut que je le touche !

— Et qu'est-ce qui t'en empêche ?

Apparemment, il ne voyait pas non plus la barrière invisible, mais elle était bien là. Mircea n'avait pas de boucliers : ce n'était pas un mage. La magie des vamps ne fonctionne pas de cette façon. Il avait dû générer du pouvoir pur autour des mages afin de les piéger. C'était aussi efficace qu'une cage mais, dans un certain sens, il était logé à la même enseigne : s'il baissait cette barricade, il relâcherait les mages dans la nature ; mais tant qu'il la laissait dressée, je ne pouvais pas m'approcher de lui.

— *Mircea* m'en empêche ! ai-je aboyé.

— Cassandra ! Je ne pourrai pas les retenir éternellement ! (Une rigole de sueur a creusé un sillon sur la joue de Mircea. La gouttelette est restée suspendue au bord de sa mâchoire.) Vous devez partir !

Je n'ai pas eu le temps de répondre qu'un des mages s'est libéré. Un jeune homme couvert d'acné et avec les yeux vairons – un bleu et un vert. Il s'est éloigné de ses comparses en titubant. Ses vêtements fumaient et ses cheveux bruns sans forme avaient pris feu. Mais il n'a eu qu'à marmonner quelques mots pour éteindre les flammes. Et lorsqu'il s'est tourné vers moi, le visage plein de rage, il avait quelque chose en main. Quelque chose de chaud. Rose pâle. De la même couleur que les membranes entre ses doigts.

La petite boule avait l'air inoffensive, mais j'avais passé trop de temps en compagnie de mages pour me laisser berner. Et Mircea ne pouvait pas libérer les autres : ils auraient causé encore plus de dommages. Le vampire ne pouvait donc ni bouger ni se défendre. Une peur panique d'une violence inouïe m'a frappée de plein fouet, avant de descendre le long de ma colonne vertébrale. Mon pouls s'est mis à battre à mes tempes, ce qui était totalement absurde étant donné que mon visage était parcouru de picotements, signe que le sang l'abandonnait.

La petite boule est tombée par terre et a roulé quelques centimètres avant de buter mollement contre une touffe d'herbe jaillissant du béton. Le mage est tombé à genoux et m'a dévisagée avec surprise. Ensuite, il s'est affaissé sur le côté, les mains crispées sur sa poitrine maculée d'une tache qui ne faisait que s'élargir.

— Tu lui as tiré dessus !

Billy avait l'air presque aussi stupéfait que moi.

— J'imagine qu'il a dû oublier de redresser ses boucliers, ai-je dit, complètement sonnée.

J'avais envie de m'asseoir, les intestins en compote et les mains tremblantes, ce qui n'était pas très rassurant étant donné que j'avais encore un chargeur presque plein dans mon pistolet. Soudain, les mages ont fait quelque chose pour projeter Mircea contre les vestiges du grillage. Il a perdu sa concentration pendant un court instant, et le cadavre réanimé en a profité pour traverser le parking à toute vitesse pour foncer sur lui.

J'ai hurlé. Je savais parfaitement l'effet qu'avaient les flammes, n'importe quelles flammes, sur un vampire sans défense. Et je me suis mise à tirer à l'aveuglette. Une douleur lancinante me transperçait la poitrine. J'avais presque l'impression qu'on me poignardait. Mais les mages survivants avaient dressé leurs boucliers. Quand mes balles n'ont pas ricoché contre eux, comme sur du métal transparent, ils les ont tout bonnement absorbées. Ça revenait à jeter des cailloux dans l'eau. Ils allaient tuer Mircea et je ne pouvais même pas leur faire de mal !

— Cassie !

Au son de sa voix, je me suis retournée vers Billy. Il voletait devant Mircea, flou et indistinct, comme un double négatif.

J'ai dévisagé Mircea, incrédule. J'avais l'impression qu'il levait lentement la tête mais j'ai mieux regardé et j'en ai eu littéralement la bouche bée : il pendait au milieu d'un grillage tressautant d'énergie bleue et blanche. Aucun moyen qu'il survive à un tel traitement !

— Sors-le de là tout de suite ! Il va y passer !

— Quoi ? ai-je demandé bêtement.

Mais à ce moment précis, quelqu'un m'a attrapée par-derrière. Le pistolet m'a échappé des mains et un poing s'est écrasé sur ma pommette, projetant ma tête en arrière. J'ai vu trente-six chandelles. Acculée, j'ai essayé de me téléporter mais j'avais la tête qui tournait, j'étais percluse de douleur et rien ne s'est produit.

— Je l'ai ! a hurlé une voix d'homme à mon oreille.

Du coin de l'œil, j'ai vu une autre silhouette noire s'approcher. Mais j'avais beau me débattre comme une folle, les bras agrippés à ma taille ne se desserraient pas d'un millimètre. J'ai entendu quelqu'un crier tout près. C'était un hurlement atroce, complètement désespéré, et il m'a déconcentrée, presque autant que les mains enserrant mes poignets.

J'ai donné un coup de pied à mon agresseur, de toutes mes forces, et je l'ai senti s'enfoncer dans quelque chose de mou. Quelqu'un a poussé un juron et un homme pâle et dégingandé est apparu devant moi. Il a sorti un couteau inquiétant de son manteau et l'a brandi devant mes yeux, si près que j'avais de plus en plus de mal à le voir. Et quand mon regard s'est complètement troublé, le mage a enfoncé le poignard dans mon poignet droit.

J'ai senti mes cartilages céder. Ensuite, le mage a remué la lame, histoire de sectionner quelques tendons, avant de la retirer pour l'agiter de nouveau devant mes yeux. Des gouttes de sang dégoulinaient le long de mon bras.

— Vous tenez toujours à nous combattre ?

L'espace d'un instant, je n'ai pas pu crier : il n'y avait tout bonnement pas assez d'air dans mes poumons. Mais soudain, quelque chose de dur et de lisse s'est resserré autour de mes poignets, juste à hauteur de la blessure, et j'ai hurlé. Un hurlement étranger, qui ne me ressemblait pas du tout. Mais la douleur qui s'emparait de moi était si intense que je ne pouvais pas le réprimer.

— Faites-la taire ! a dit quelqu'un.

Un bras s'est pressé contre ma trachée, m'empêchant d'émettre le moindre son, mais également de respirer.

Acculée, j'ai essayé de nouveau de me téléporter. Pendant une seconde, j'ai cru que ça avait marché. Comme dans la caverne, j'ai senti le temps. Il avait une texture sirupeuse et élastique. Mais quelque chose n'allait pas. Il ne m'enveloppait pas comme je l'aurais voulu.

Et soudain, je suis tombée par terre. Complètement sonnée, le regard flou, j'ai profité du fait que personne ne me ramassait pour essayer de m'enfuir à quatre pattes mais j'avais les mains liées par des menottes en plastique, je ne pouvais pas prendre appui sur mon poignet cassé et j'étais totalement désorientée. Pour finir, je me suis laissé rouler dans une flaque chaude et poisseuse.

J'ai baissé les yeux. Des traces de brûlure octogonales incrustaient l'asphalte. Tout autour, il y avait des lambeaux de tissus, que j'ai fini par identifier : les bouts roussis d'un jean et les charpies calcinées d'une chemise en coton. Les motifs octogonaux étaient parsemés, ici et là, de petites choses blanches et dures et, par endroits, de ce qui ressemblait à des cheveux. Au bout d'un moment, j'ai fini par comprendre : le grillage. Mircea l'avait enroulé autour du mage. Il avait brûlé ses défenses, avant de le…

Je me suis remise laborieusement sur mes pieds et je me suis éloignée en titubant. J'avais un haut-le-cœur et le souffle tellement court que mes poumons commençaient à me faire mal. Et le vertige, pour ne rien arranger : quand j'ai essayé de retrouver mon équilibre, l'espace s'est mis à tourner. J'aurais foncé tête baissée dans le grillage si Billy ne m'avait pas hurlé :

— Tes chaussures, Cass' ! Elles ont une semelle en caoutchouc !

Je n'ai pas tout de suite compris de quoi il parlait. Mais des flammes bleues et blanches se sont mises à danser devant mes yeux et j'ai capté.

Le câble électrique avait abandonné son conducteur humain pour se connecter directement au grillage, qui tressautait et oscillait sur l'asphalte comme une gigantesque anguille électrique. J'avais toujours le vertige, je voyais flou et mes doigts avaient l'air de refuser d'exécuter mes ordres. Même ceux de ma main indemne qui, pourtant, ne m'élançait pas atrocement. Le simple fait d'enlever mon tennis a été un véritable cauchemar et j'ai eu du mal à le tenir… Comment allais-je m'y prendre pour le manier ? Et pourquoi personne n'essayait de m'arrêter ?

Je ne voulais pas prendre le risque de toucher le câble directement. J'ai essayé de lancer le tennis mais je visais encore plus mal que d'habitude. J'ai fini par le balancer à coups de pied. Au bout de quatre essais, j'ai réussi à éloigner le câble rebelle du grillage.

Aussitôt, j'ai eu l'impression fugitive de voir Mircea bondir de la barrière et attaquer les mages survivants. J'ai entendu des cervicales craquer et un corps tomber sur l'asphalte, tout près. Mais j'étais incapable de me concentrer sur les événements se déroulant autour de moi. Je faisais mon possible pour lutter contre le besoin impérieux de me détendre et de sombrer dans les ténèbres confortables qui commençaient à envahir mon champ de vision.

J'ai reculé en titubant et mon talon a heurté quelque chose qui s'est effrité sous l'infime pression de mon pied. J'ai baissé les yeux et j'ai vu deux cadavres étendus au sol. Le plus proche était celui d'une femme. Elle était si vieille qu'elle ressemblait presque à un squelette, avec sa peau parcheminée grevée de taches de vieillesse et ses cheveux trop fins, d'un blanc jaunâtre. L'autre cadavre était celui d'un homme, à en croire ses vêtements. Le vent dispersait de fines pellicules de sa chemise couleur moutarde, dont le tissu se désagrégeait complètement. On aurait dit une nuée de pollen. Sous ses vêtements, son corps ressemblait à une momie tout juste sortie de son sarcophage, avec sa peau friable et brune tendue sur ses côtes apparentes. Je les ai regardés, complètement interloquée.

— Cass' ! Cass' ! (Billy me parlait tandis qu'un objet pâle butait mollement contre mon dernier tennis.) Lance-le !

Au bout d'un moment, mes yeux ont réussi à se concentrer sur la petite chose et j'ai fini par l'identifier. C'était la boule que le mage tenait entre ses mains tout à l'heure. Billy avait dû la récupérer, mais je n'ai pas compris pourquoi. Jusqu'au moment où j'ai aperçu, à l'extrémité du parking, cinq nouveaux mages se ruer sur nous. La cavalerie débarquait. Et, manque de bol, ils n'étaient pas de mon côté.

J'ai secoué la tête pour essayer de retrouver mes esprits mais le mouvement s'est répercuté le long de mon bras, provoquant un élancement violent. *Ouille. Très mauvaise idée.* Dieu merci, les mages ne faisaient pas du tout attention à moi. Soit parce qu'ils ne m'avaient pas vue, soient parce que j'avais l'air particulièrement inoffensive en comparaison de Mircea. C'est vrai qu'en matière de diversion, on pouvait difficilement faire mieux : il a sauté à pieds joints sur la nuque d'un des mages tout en en décapitant littéralement un autre. C'était impressionnant. Mais je savais qu'il était épuisé : s'il avait été acculé à se battre à mains nues, il n'aurait pas tenu. Pouvait-il seulement résister à un nouvel assaut ? Je n'avais pas envie d'en faire l'expérience.

J'ai essayé de saisir la sphère, mais mes mains étaient poisseuses de sang : je n'arrivais pas à la tenir. Dès que je pensais l'avoir, elle me glissait entre les doigts. Je lui ai donné un coup de pied accidentel et j'ai retenu mon souffle. Je m'attendais qu'elle explose et nous tue, mais elle s'est contentée de rouler sur quelques mètres, avant de buter contre une arête de bitume.

— Cass' !

J'ai levé les yeux. Je jouais contre la montre : les mages s'étaient arrêtés à une distance respectable de Mircea, mais uniquement parce qu'un maître vampire, même blessé, – surtout blessé – ça impose le respect. Ils n'allaient pas tarder à lancer l'assaut final, et j'étais totalement impuissante.

Chapitre 12

— Billy ! Je n'arrive pas à la prendre ! (Je lui ai lancé un regard désespéré.) C'est toi qui dois le faire !

Il a secoué la tête.

— Je suis épuisé. J'ai dépensé toute mon énergie pour la faire rouler jusque-là ! J'ai fait un nouvel essai. J'ai réussi à piéger la boule sous mes mains, mais elle était trop glissante. Même si je n'avais pas saigné abondamment sur elle, la sphère ne m'aurait de toute manière pas offert beaucoup de prise.

— Et mince ! Si seulement j'avais plus de temps…

Billy m'a regardée comme si j'étais folle.

— Tu es la Pythie ! Tu as tout le temps que tu veux !

— Je ne peux pas me téléporter ! J'ai déjà essayé.

C'était sûrement uniquement dû à la douleur, mais je n'arrivais pas à faire abstraction. Ça faisait peut-être partie de la formation. « Comment se concentrer quand on a le cerveau en compote, qu'on perd des litres de sang, qu'on a la main à moitié arrachée et pas le temps de se tromper ». J'aurais adoré suivre ce module…

Mais ce n'était pas le cas : j'étais obligée de rester en terrain connu. J'ai suspendu mes efforts inutiles pour soulever la sphère et je me suis tournée vers Billy.

— Sers-toi une rasade.

— Maintenant ?!

— Mais purée, Billy ! Bien sûr « maintenant » ! Reprends des forces et balance ce truc !

Billy n'a pas perdu de temps. Il s'est insinué sous ma peau en moins de deux. Je n'avais pas fini de parler que je l'ai senti pomper mon énergie. Contrairement à d'habitude, ça m'a fait mal. Soit parce que je n'avais pas grand-chose à donner, soit parce que Billy s'est nourri plus vite, ou parce que j'avais déjà mal avant. En tout cas, quelques secondes plus tard, mon cœur battait à tout rompre dans ma poitrine, mes mains tremblaient et j'avais l'impression de sentir, physiquement, mon essence vitale s'échapper de mon corps. *Mauvaise idée mauvaise idée mauvaise idée mauvaise idée*, ressassait mon esprit, en boucle. Mais je ne pouvais rien faire pour arrêter le processus. J'ai entendu quelqu'un expirer, une longue bouffée d'air légèrement sifflante, et je me suis affalée de tout mon long.

Lorsque j'ai atterri sur l'asphalte, j'ai vu Billy ramasser la boule. Tout d'abord, elle a failli lui échapper et s'est mise à glisser le long de sa main presque transparente, mais il l'a rattrapée au dernier moment. Je n'aurais pas fait pire : il a lancé la boule par en bas, avec maladresse, et le projectile a largement raté sa cible. Il a explosé un ou deux mètres devant les mages en produisant un « pouf » à peine audible et un petit nuage rose et trouble, comme si quelqu'un avait jeté une baudruche pleine de poudre à maquiller sur le parking. J'ai eu l'impression que l'air se plissait vaguement, mais les mages n'ont pas eu l'air spécialement affectés.

— C'est quoi, ce sort tout naze ? a maugréé Billy au moment où l'un des nouveaux venus arrivait à hauteur de Mircea.

Le vampire a fait volte-face pour donner un coup de coude au mage. Je me demandais pourquoi l'homme n'avait pas dressé ses boucliers, pourquoi il n'avait pas paré l'attaque de Mircea, lorsque la tête du mage a explosé. Comme si Mircea n'avait pas frappé un être humain mais un visage fait de sable coloré.

— La Femme de Lot ! a dit Billy, impressionné. C'est du costaud ! De la vraie magie noire.

Son ton approbateur était presque inquiétant.

Les autres mages s'étaient immobilisés, pétrifiés chacun dans un mouvement différent. L'un d'entre eux avait été surpris en train de courir, une jambe en l'air. Son énergie cinétique l'a fait basculer en avant. Il s'est pulvérisé contre le bitume. Mircea a esquissé un sourire sadique. Il s'est approché de la statue humaine la plus proche – un homme aux cheveux blond roux – et lui a donné une chiquenaude du plat de la main. Le mage est tombé en arrière et s'est fracassé contre un de ses camarades. Ils se sont effondrés tous les deux sur l'asphalte, se dissolvant à grand fracas dans un nuage de poussière multicolore. Ils étaient si mélangés qu'il était impossible de distinguer leurs corps.

Mircea s'est dirigé vers le dernier mage. J'avais les yeux rivés sur le sable couleur chair qui débordait d'un tennis en cuir déchiré. Une bourrasque a balayé le parking, projetant de petites particules sur ma joue, toujours plaquée contre le bitume. Ça ne ressemblait pas à du sable. Ça ne ressemblait à rien du tout.

J'ai entendu un autre corps heurter le sol dans un bruit sourd et j'ai senti le souffle de l'explosion lorsqu'il s'est pulvérisé, mais je n'arrivais pas à me concentrer sur ce qui se passait. *Choc post-traumatique*, ai-je pensé. Je savais ce que je devais ressentir en théorie, mais je n'étais pas certaine de le sentir vraiment. J'avais mal partout mais la douleur ne m'atteignait qu'à travers un filtre grésillant d'électricité statique.

J'ai regardé fixement le monceau de restes humains en me demandant ce qu'avait fait le sortilège. Billy disait quelque chose. Il essayait peut-être de m'expliquer, mais je ne comprenais rien. *Peut-être que ça absorbe l'eau du corps*, ai-je pensé, distraite. Ne restait-il rien d'autre de nous, une fois notre humidité presque entièrement absorbée ? Un tas de trucs friables avec une odeur chimique qui ressemblait à tout sauf à un être humain ? *Les êtres humains, ça ne se pulvérise pas au moindre toucher.* Je ne pouvais pas y croire : c'était épouvantable.

Aussi épouvantable que d'abattre un homme d'une balle en plein cœur. C'était pourtant ce que je venais de faire.

Quelqu'un s'est agenouillé près de moi pour trancher mes menottes en plastique. J'apercevais par intermittence des bouts d'os affleurer de mon poignet sanglant, en charpie, mais apparemment, aucune veine n'avait été touchée. Ça faisait quand même mal. Quelqu'un m'a prise dans ses bras et appuyé mon dos contre une poitrine chaude, dans laquelle un cœur battait beaucoup trop vite. Mais peut-être était-ce mon cœur ? J'ai essayé de ralentir mon pouls. En vain. J'en ai déduit que ce n'était pas mon cœur.

Des mains puissantes ont caressé mes cheveux, tendrement. Pendant un instant, les doigts ont séparé mes mèches emmêlées. Ensuite, j'ai senti un souffle chuchoter à mon oreille.

— *Dulceață*, je pourrais vous guérir, mais il vaudrait mieux que nous nous rendions à la MAGIC pour consulter des guérisseurs plus compétents.

Mircea, ai-je pensé. C'était donc lui qui sentait la fumée, le sang et la sueur. C'était étrange. Je l'avais toujours associé à de l'eau de Cologne de prix. J'ai baissé les yeux. Partout où il l'avait touchée, ma peau était couverte de sang et d'empreintes. Ça aussi, c'était étrange. Mais je n'arrivais pas à savoir pourquoi.

— Cass', on doit bouger. Il ne faut surtout pas qu'il te ramène à la MAGIC.

Billy flottait devant mes yeux. Enfin quelque chose de normal. Lui, au moins, il n'avait pas changé.

— Il ne faut surtout pas que je rentre à la MAGIC, ai-je dit en répétant bêtement les mots de Billy.

Bizarre : ma voix était presque détendue.

— Vous souffrez d'une fracture très sérieuse, *dulceață*. Le poignet contient de petits os en quantité. Je ne suis pas certain de pouvoir tous les remettre en place.

J'ai levé les yeux sur son visage. Il était crasseux et trempé de sueur. Sa joue gauche portait une marque octogonale qui s'estompait à vue d'œil : la peau indemne commençait à repousser la peau grillée, qui s'effritait et s'envolait au gré du vent, comme si de rien n'était. Ses yeux n'avaient pas changé. Ils reflétaient toujours ce mélange d'intelligence vive, de tendresse et de compréhension. Ils étaient si beaux. Si doux. Il allait bien. Mircea allait s'en sortir. J'étais tellement soulagée que c'en était presque douloureux. Pendant un instant, j'ai presque oublié mon poignet en charpie.

J'avais envie de lui parler, mais les émotions brutes que j'essayais de contenir étaient beaucoup trop vives. Et de toute façon, ça ne se fait pas d'exprimer des sentiments pareils. Ça ne se fait pas de dire à quelqu'un « mon heure est bientôt arrivée mais je suis contente que tu continues à vivre ». C'était une sorte d'avenir par procuration. Ce n'était pas l'avenir dont j'avais rêvé, mais ça me suffisait. L'idée me plaisait. Je me suis donc contentée de le regarder sans ciller. Au bout d'un moment, je ne voyais plus qu'un mélange flou de noir et de blanc, comme si les deux couleurs de sa personne avaient fusionné, pour une raison ou une autre.

— Je vous soignerai ici, a dit Mircea d'un ton grave.

Et sa grande main s'est refermée sur mon poignet.

Il avait l'air bizarre, presque bestial. Beaucoup trop tendu, beaucoup trop contrôlé. On sentait quelque chose sourdre sous la surface : de la fureur, de la frustration. Qui sait ? Peut-être les deux. Je n'étais pas la seule à m'en rendre compte : les vamps essayaient tous d'avoir l'air dociles ; la pixie le considérait d'un œil inquiet ; Françoise était assise par terre, juste à côté de nous, mais elle avait l'air d'hésiter. Comme si elle ne savait pas quoi dire. Je commençais à me demander ce que tout le monde faisait là lorsque la chaleur s'est répandue le long de mon bras, sous l'action de Mircea. Quand j'ai senti la douleur disparaître, j'ai avalé une bouffée d'air, stupéfaite.

J'ai baissé les yeux sur ma blessure. Elle était en train de se fermer et je sentais des choses bouger sous ma peau. *Mes os se soudent*, ai-je pensé distraitement. Ce n'était pas très agréable mais ça ne faisait pas mal. Soudain, j'avais même les idées un peu plus claires. Je sentais mon sang s'engouffrer avec hâte dans mes veines, ma peau se tendre et reprendre sa couleur, mais je ne ressentais ni douleur ni léthargie.

Tout en se mordant la lèvre, Mircea suivait mes muscles et mes tendons du doigt, pour les reformer, comme avec un scalpel. C'était un attouchement très léger : il se contentait de m'effleurer de la main, mais j'ai tressailli. Un geste aussi anodin ne devrait pas être aussi intense.

Mircea n'a rien remarqué. Ses yeux étaient grands ouverts. Plus brillants que jamais, ils palpitaient encore de la violence du combat. Totalement absorbé par sa tâche, Mircea avait l'air étrangement jeune. Lorsqu'il a relevé la tête pour me dire qu'il avait fini, j'ai agrippé sa chemise, je l'ai attiré à moi et je l'ai embrassé avec fougue.

Ça ne m'a pas demandé beaucoup d'efforts. J'ai mal apprécié mon angle d'attaque – nos dents se sont entrechoquées – et nos lèvres avaient un goût d'adrénaline, mais ça m'était égal. Mes poings, entortillés dans sa chemise, froissaient la soie épaisse. C'était plus fort que moi et ça tombait bien : sans mes poings, je ne pouvais pas le frapper. Et j'avais une terrible envie de le frapper. Soudain, j'étais presque verte de rage. Mince ! Il avait failli mourir et je n'avais rien pu faire.

Mircea n'a pas résisté. Il n'a pas essayé de se dégager. Au contraire : il m'a pressée contre lui, si près que j'entendais son cœur battre, si près que je le sentais respirer. Il a pris le contrôle de notre baiser, qui s'est fait plus lent jusqu'à n'être plus que chaleur et tendresse. Inexorablement. Il a fait glisser ses mains le long de mon dos et les a passées dans mes cheveux. Lorsque ses doigts se sont mêlés à mes boucles, j'ai frissonné. Je ne pensais pas qu'on puisse communiquer par un baiser, s'excuser par un baiser. En tout cas, Mircea en était capable. Je n'étais pas sûre de savoir pourquoi il s'excusait, mais après tout, ce n'était que justice! Il avait intérêt! Quelle idée de me faire une frayeur pareille!

Mais il trichait: il ne m'offrait pas tout son baiser à la fois. Il m'en donnait un bout, m'en retirait un autre... J'ai cru mourir de frustration. J'avais envie de hurler mais je n'avais pas un brin de souffle à perdre. Au moment où j'ai vraiment cru devenir folle, il a émis un gémissement à la fois calme et affamé et il m'a rejointe à mi-chemin. Soudain, tout n'était plus que halètements et grognements de désir. Et ce désir ne faisait que se renforcer, nous enveloppant d'une vapeur sensuelle.

Je sentais le *geis* réagir, mon corps trembler sensiblement, juste sous la peau, comme pour annoncer une explosion imminente. Et ça m'était égal. Bizarrement, je n'avais jamais remarqué la souplesse de son corps, tout en puissance; l'agilité de ses mains: fines, puissantes, atrocement tendres. En pensant à ce que je ressentirais, écrasée sous le poids de ce corps, j'ai été traversée par une vague de chaleur. J'avais envie de lui. J'en mourais d'envie.

Mais il s'est dégagé, sous le choc. Il avait les yeux fous. Beaucoup plus que pendant le combat, au cours duquel il aurait eu de vraies raisons de paniquer. Je l'ai regardé. À la vue de ses cheveux échevelés et de son visage souillé, j'ai eu envie de l'embrasser de nouveau. Ce n'était pas une impulsion: j'avais envie de sentir encore son corps. Il m'était devenu familier. J'avais envie que cette chaleur, qui me brûlait la peau chaque fois qu'il me touchait, m'envahisse de nouveau.

Mais je n'en avais pas le droit. Pour ainsi dire, ce Mircea avait deux semaines de retard. Pour lui, le *geis* venait à peine de s'éveiller. Mais plus on restait en contact, plus son intensité grimperait. Et l'agonie de mon Mircea serait encore plus terrible.

J'ai fait un bond en arrière et il m'a lâchée. Son regard faisait des va-et-vient entre Françoise, Radella et moi.

— Vous avez sûrement beaucoup de choses à m'expliquer, *dulceață*.

J'ai jeté un coup d'œil à Françoise mais elle s'est contentée de hausser les épaules à la française : je n'avais jamais réussi à comprendre ce que ça voulait dire. *Génial.* Je me suis retournée vers Mircea et j'ai dégluti.

— Je ne me sens pas très bien, lui ai-je dit. (C'était la vérité.) On ne pourrait pas discuter plus tard ?

Après une pause infinitésimale, Mircea a opiné du chef. Tout en me tenant à l'œil, il s'est levé pour donner des instructions aux vamps qui venaient de débarquer, bien après la bataille. Aussitôt, ils se sont affairés comme des fourmis terrifiées. Je me suis assise par terre pour les observer. Je me suis demandé ce qu'ils étaient en train de faire. J'ai compris lorsque j'ai vu l'un d'entre eux s'emparer d'une espèce d'aspirateur industriel. Aussitôt, il s'est mis à aspirer ce qui restait des mages frappés par le sortilège de la Femme de Lot. Sur ses talons, un autre vamp ramassait les chaussures et tous les morceaux n'entrant pas dans la catégorie « sable » pour les jeter dans un sac-poubelle extra-large.

Je n'avais plus mal nulle part mais j'étais toujours épuisée et légèrement décalée. Mircea avait dû m'hypnotiser – la version vamp d'une gueule de bois monstre – et je me suis dit que ce ne serait pas une très bonne idée de me téléporter tout de suite.

Un autre vamp avait commencé à démembrer les deux cadavres flétris. Ils étaient si vieux que leurs os se sont brisés sans effort : ils étaient secs comme des brindilles. Il les a jetés dans un sac-poubelle, où ils ont atterri à grand renfort de craquements. Je les ai observés. Le voile scintillant de l'hypnose ralentissait mes réactions. Le sortilège qui les avait tués m'était destiné. Je le savais. Mais, sur le moment, ça ne me semblait pas du tout important. Le vamp a réussi à les enfourner tous les deux dans le sac. Apparemment, c'était de la bonne qualité : le plastique s'est tendu mais n'a pas cédé.

Soudain, un autre vamp s'est mis à courir à travers le parking en hurlant. Il s'était débrouillé pour prendre feu en essayant d'éteindre la Ford. Mircea lui a décoché un regard méprisant mais il lui a porté secours. Il en aurait probablement fait autant si ce type ne lui avait pas appartenu. Il était sénateur : il se devait de faire respecter la devise officielle du Sénat : « Ne jamais partir sans faire le ménage ».

Soudain, mon poignet m'a élancé légèrement. Signe que l'effet de l'hypnose s'estompait et que j'aurais mieux fait de prendre une aspirine. Mais je n'ai pas bougé. Je suis restée plantée là, fascinée par cette scène qu'on ne voit jamais dans les films parce que ce n'est franchement pas excitant : des gens étaient en train de bosser. Après l'action, on passe à la phase « éteindre l'incendie, balayer la rue, expliquer aux familles pourquoi Untel ne rentrera plus jamais ». Cette dernière précaution serait inutile, dans notre cas. Personne ne connaissait l'identité des mages noirs. Ni leur adresse. Si l'homme que j'avais tué avait une famille, ses membres n'auraient aucun moyen d'apprendre la mauvaise nouvelle. Ils s'en rendraient compte d'eux-mêmes quand ils ne le verraient pas revenir.

À cette pensée, j'ai eu l'impression qu'on transperçait mes côtes d'une lame particulièrement acérée. Des parties de moi dont je ne parlais jamais, auxquelles je ne pensais jamais, sont revenues à la charge. L'espace d'un instant, j'ai eu un flash-back.

Mac, un ami de Pritkin – et le mien, très brièvement – m'avait suivie en Faerie. Il y était mort en me protégeant. J'en faisais encore des cauchemars. Mon esprit me montrait les images surréalistes de ses mains crispées sur le tronc d'un arbre. Et l'écorce se liquéfiait. Et le liquide glissait entre ses doigts, se refermait autour de ses poignets et l'envahissait peu à peu, paralysant le reste de sa personne. Très vite, sa peau, ses cheveux, tout son corps étaient revêtus d'une texture grise, uniforme et monotone. Comme un linceul. En général, quand son visage se voilait, je me réveillais en sueur, le cœur battant la chamade.

Il ne restait plus une once d'humanité en lui.

Ça ne s'était pas tout à fait passé comme ça, mais j'étais contente que mon cerveau me passe la version censurée. La réalité avait été bien pire. J'en avais assez d'être celle par laquelle le malheur arrive. Je m'étais juré ne plus jamais être responsable de la mort de quiconque. Et pourtant, cette nuit, quelqu'un était mort à cause de moi. Pire : de ma main. Un homme était mort et c'était de ma faute. Je l'avais tué.

Mon esprit était horrifié et incrédule. Heureusement, mes émotions avaient décidé de faire une petite pause. Je ne tremblais pas, je ne vomissais pas, je ne ressentais rien. Si ce n'est l'engourdissement. Pourtant, je n'avais pas tué qu'un seul mage.

Certes, c'était Billy qui avait lancé la Femme de Lot. Mais, sans mon énergie, il en aurait été incapable. J'étais donc responsable de leur mort. Au moins en partie. Très bizarrement, ça ne me semblait pas réel. Toute ma vie, j'avais vu la magie en action. Mais là, c'était différent. Les vampires sont des créatures magiques mais pour tuer les gens, les gars de Tony utilisaient principalement la vitesse, la force et tout un fatras d'armes humaines. Parfois, ils faisaient des choses franchement spectaculaires – et répugnantes – mais ça restait compréhensible. Rien à voir avec une malheureuse petite boule capable de massacrer cinq personnes en quelques secondes. En revanche, le coup de feu, c'était encore autre chose. J'avais vu l'expression que reflétait le visage de cet homme. J'avais vu le sang jaillir, entre ses doigts, d'une blessure que j'avais causée. Impossible de se voiler la face.

Enfin, bon. La violence du sentiment de culpabilité et de la douleur qui allait s'abattre sur moi dès que l'hypnose de Mircea s'estomperait ne serait rien comparé à la constatation que j'avais complètement détraqué la trame temporelle. Beaucoup de gens étaient morts. Et sauf preuve du contraire, ils n'étaient pas censés l'être.

J'avais du mal à réfléchir. Ça peut paraître étonnant mais les paradoxes temporels, ce n'était pas mon dada. Je commençais quand même à me rendre compte de quelques étrangetés. Par exemple, si j'avais vraiment chamboulé l'intégrité des événements, pourquoi n'avais-je pas rencontré Mircea la dernière fois ? Et pourquoi n'y avait-il eu que deux mages, cette nuit-là, alors qu'on aurait pu en énumérer une bonne dizaine cette fois-ci ? Si ce n'était pas Mircea qui les avait combattus, qui d'autre ? Parce que les volontaires ne se bousculaient pas au portillon.

— Cassie, on doit y aller, a dit Françoise avec douceur.

Je l'ai regardée. Je ne voyais pas clair. J'avais l'impression qu'elle rebondissait. Pourtant, ses pieds n'avaient pas l'air de s'élever du sol. Et elle était complètement floue sur les bords. Je me suis dit que ça devait être moi.

— Ça s'est bien passé ?

Elle m'a gratifiée d'une grimace.

— Tu ne te souviens pas ?

Pendant une minute, j'ai essayé de me remémorer les événements qui s'étaient déroulés la quinzaine précédente.

— Ils t'avaient capturée. Je me rappelle t'avoir libérée, mais à part ça… Pas grand-chose. (Je n'avais pas cherché à savoir ce qu'une pixie et une bande de sorcières faisaient séquestrer dans les sous-sols du *Dante*. Je leur étais tombée dessus en vaquant à mes petites affaires et je les avais aidées à s'enfuir. Mais je n'avais pas posé beaucoup de questions.) Je ne me souviens pas des détails, ai-je avoué.

— Les mages ont cru que je faisais partie des esclaves qui venaient de s'échapper, a expliqué Françoise. Ils m'ont enfermée. Et quand Radella a essayé de m'aider, ils l'ont capturée aussi.

— Et tu as le mot de passe ?

Elle a acquiescé avec gravité.

— Je devais faire partie du deuxième voyage. Lorsqu'ils ont envoyé les premiers, j'ai entendu les mages lancer le sort. Je devais être la suivante mais ils ont appris ta présence. Enfin, la présence de l'autre toi, a-t-elle précisé pour que je comprenne bien. (J'ai hoché la tête.) Ils ont refermé le portail et ils nous ont laissées là : tout le monde avait reçu l'ordre de te chercher toutes affaires cessantes.

Je voulais bien le croire. Tony tenait vraiment à me faire la peau. Et ses sous-fifres auraient très bien pu finir leur boulot d'esclavagistes plus tard. Soudain, je ressentais un plaisir sadique à l'idée qu'on les avait court-circuités. C'était au moins ça.

— Je n'aurais jamais dû te laisser seule, a dit Françoise, toute penaude.

— Je n'irai nulle part tant que vous ne me montrerez pas cette satanée rune, a affirmé la pixie en croisant ses petits bras.

— Pourquoi ?

— Parce que vous êtes complètement malades ! a aboyé Radella.

Elle avait les yeux rivés sur les vamps agenouillés devant le motif octogonal incrusté dans l'asphalte. Ils étaient en plein débat. La question était de savoir s'il valait mieux essayer de gratter les fissures pour les nettoyer ou refaire le revêtement.

— Parce que j'aurais pu t'aider, a répondu Françoise en me regardant comme si elle craignait que je sois tombée sur la tête.

Ce qui était le cas d'ailleurs, comme me le rappelait ma mâchoire douloureuse. J'avais presque oublié. Les effets de l'hypnose s'estompaient décidément trop vite.

— Ça n'aurait rien changé, lui ai-je dit. Et tu aurais pu te faire tuer.

— Ça aurait été pire si ça avait été toi !

J'ai fait mine de secouer la tête mais je me suis interrompue aussitôt : ça faisait trop mal.

— Depuis quand ma vie a plus de valeur que la tienne ?

— Depuis que tu es la Pythie !

Au beau milieu du parking, j'ai vu la tête de Mircea se tourner brusquement. J'ai réprimé un soupir. Satanée audition vampirique…

— Ouais. Justement, ai-je rétorqué en lui prenant la main.

Françoise n'avait pas l'air de comprendre, mais je n'avais pas le temps de lui expliquer que c'était la Pythie qui était censée protéger les gens, pas l'inverse. Mircea s'approchait à grands pas et je ne me sentais pas d'attaque pour l'une de nos joutes verbales. Je les perdais déjà en temps normal, alors avec un cerveau en compote sur le point de s'extraire de mon crâne…

— Accroche-toi, ai-je dit à la sorcière.

J'espérais sincèrement réussir à me téléporter avant de m'évanouir.

Chapitre 13

Penchez le canon de votre pistolet. De votre main libre, équilibrez la culasse pour stabiliser la mire. Appuyez très légèrement sur la détente. Vous n'avez pas besoin de beaucoup de force pour déclencher le tir. J'ai respiré lentement en regardant la cible en papier tressauter, comme si les charges lui transperçaient effectivement la chair. Presque toutes les balles ont atterri hors champ, et absolument aucune n'a atteint le cercle représentant les organes vitaux. Ironique, non ?

Le local de service abandonné était bien ventilé pour un local fermé. C'est la raison pour laquelle Pritkin y avait installé notre salle de tir. On y faisait des sessions quotidiennes. L'idée, c'était que j'améliore ma visée. En théorie. En pratique, les silhouettes en carton disposées au fond de la pièce n'avaient pas beaucoup de souci à se faire.

J'ai enlevé le chargeur vide pour le remplir. Dans ma main, l'arme n'avait pas changé : après deux semaines à ce rythme, tout me semblait familier : son poids, l'odeur de fumée, de poudre et d'huile, l'arrière-goût de papier brûlé… Pourtant, quand je l'avais prise, ce matin, ça m'avait fait bizarre. Je me disais que le fait d'avoir tué un homme hier aurait dû opérer un changement quelconque : la rendre plus lourde, marquer sa surface lisse et noire d'une trace indélébile… Que sais-je ?

Mais il n'y avait rien à signaler.

Beretta neuf millimètres. Chargeur : quinze cartouches. Portée : maximum quinze mètres pour rester efficace. Mais il vaut mieux se rapprocher. N'oubliez pas de déclencher la sécurité et de viser le torse. Pritkin n'avait pas arrêté de me donner des tuyaux. Il était déterminé à – je cite – « réduire mon statut de point de mire géant sur le champ de bataille ». Et c'était comme ça que j'avais considéré ses leçons jusque-là. Comme une façon de m'aider à me défendre. Mais bizarrement, je n'avais jamais compris que se défendre avec un pistolet, ça revenait tôt ou tard à tirer sur quelque chose de plus vivant qu'une cible en papier. Que se défendre avec une arme à feu, ça voulait souvent dire « tuer ».

J'avais grandi entourée de flingues. J'en avais tellement vu qu'ils faisaient partie du décor, au même titre qu'un vase ou une lampe. Je n'en avais jamais eu : je n'étais pas censée me battre. Chez Tony, je faisais partie du groupe des non-combattants utiles. C'était les autres qui nous protégeaient. On m'avait ressassé des centaines de fois qu'en cas d'attaque, mon boulot, c'était de me précipiter dans une des nombreuses planques et d'attendre que ça passe.

Jusqu'à aujourd'hui, je n'avais jamais apprécié à sa juste valeur le privilège que me conférait mon ancien statut. À partir du moment où on accède à un poste à responsabilités, les gens commencent à dépendre de vous. Ils pensent que vous allez les protéger, les sauver. J'étais très douée pour fuir. Incroyablement douée, même. Sinon, je serais morte depuis bien longtemps. Je savais où dénicher des fausses cartes d'identité dans tout le pays ou presque. Je savais me déguiser. Je savais me fondre dans la foule…

Mais je ne savais pas comment garder les gens en vie.

Mon chargeur était de nouveau vide. Un petit « clic-clic » m'indiquait qu'il fallait que je le remplisse. J'ai appuyé sur le bouton mais le chargeur m'a échappé des mains. Il a rebondi sur ma chaussure et a glissé par terre en tournant sur lui-même, comme une toupie. Je l'ai ramassé et j'ai chargé quinze nouvelles balles.

Malgré mon poignet douloureux, mes mains ne tremblaient pas. Ça n'arrêtait pas de me surprendre. Je m'attendais à m'effondrer d'un instant à l'autre. À notre retour, je m'étais lavée devant la glace de la salle de bains et j'avais laissé le gant de toilette tiède et apaisant reposer un moment sur ma nuque. Je pensais que j'allais me désagréger mais je tenais bon. Et ça commençait à m'inquiéter.

Quand j'avais à peu près six ans, Alphonse était revenu d'une mission couvert de sang, avec une entaille qui partait du front et lui fendait le cuir chevelu en deux. On aurait dit le monstre de Frankenstein avant que le toubib lui fasse des points de suture. Pourtant, il était d'une bonne humeur inhabituelle parce que les autres types, ceux qu'il avait mis en miettes et dont il avait tapissé le terrain de basket, étaient dans un bien pire état. Ils avaient abattu deux ou trois de nos hommes au cours d'une échauffourée quelconque. Et puisque les défunts faisaient partie du cheptel d'Alphonse, Tony lui avait donné l'autorisation de s'en occuper personnellement. Comme d'habitude, il n'y était pas allé de main morte.

Lorsqu'il m'avait vue débarquer devant lui au coin du couloir et le dévisager avec de grands yeux, il m'avait tripoté le menton en passant. Ses doigts avaient laissé une marque rouge sur ma peau, qu'Eugénie avait dû frotter plus tard, non sans me donner, par inadvertance, ma première leçon de gros mots. Plus âgée, j'avais compris qu'il avait essayé de démontrer quelque chose : rentrer couvert de sang, c'était une façon de faire savoir que l'affront avait été réparé. Mais à l'époque, je m'étais seulement étonnée de le voir si détendu. S'il n'avait pas été tartiné de sang grumeleux, on aurait pu croire qu'il rentrait tout bêtement d'une bonne nuit de travail.

Sans compter que le sang n'avait pas l'air de l'incommoder plus que ça.

J'ai visé encore une fois la cible. L'air avait beau devenir âcre de poudre, elle était toujours immaculée. J'ai pensé au visage de

Mircea, au feu se reflétant dans ses yeux, à son corps baignant dans l'aura des flammes bondissantes et mortelles. J'avais tellement envie de le toucher que je sentais presque ses doigts sur mon poignet, comme une douleur fantôme. Ça devait faire cet effet, d'essayer de ramasser un objet quand on n'a plus de main : une sensation de vide, d'anormalité, de frustration. Et j'avais failli me retrouver dans cet état de façon permanente ! Tout ça à cause d'un type qui pensait qu'électrocuter quelqu'un était une façon totalement normale de dire « bonjour ».

Le bruit des coups de feu et du papier déchiré m'a submergée, jusqu'à ce que le « clic » revienne. J'ai rechargé, les yeux piquants de fumée. J'aurais tellement aimé que la vie soit si simple : remplir ce qui est vide, remplacer ce que l'on perd… Mais ce n'était pas si simple, justement. Certaines choses ne peuvent pas être remplacées. Il faut se débrouiller pour ne pas les perdre, un point c'est tout.

Je commençais à avoir la même philosophie qu'Alphonse ! C'est dire si ça allait mal !

Cet après-midi, je m'étais aventurée en compagnie de Françoise à l'intérieur de l'imposant édifice tout de marbre et de verre qui servait de magasin à Augustin, dans la galerie principale. Ma rencontre avec les mages noirs avait eu le mérite de mettre les choses au clair : sans Mircea, je n'aurais pas duré trente secondes. Si je voulais avoir le moindre espoir de mettre la main sur ce *Codex*, il valait mieux que je sois préparée. J'espérais juste qu'Augustin était capable de mettre en œuvre mon idée.

Françoise s'était arrêtée devant les deux vitrines exposant quelques pièces choisies de la collection de prêt-à-porter. Elle a jeté un coup d'œil à une robe étroite agrémentée de bulles dorées s'en échappant comme d'une flûte de champagne, mais elle n'a pas fait de commentaire. À l'intérieur de la boutique, un chandelier suspendu occupait presque tout le plafond. En guise de cristaux, il était orné de glaçons enchantés de façon à ne pas fondre, malgré les innombrables bougies réparties entre ses nombreux paliers. Françoise s'est aussitôt mise à passer les vêtements en revue. Avec quel argent elle comptait les acheter ? Aucune idée. Je lui avais proposé de l'emmener faire du shopping, vu qu'elle avait débarqué sans famille, ni amis, ni garde-robe, mais mon compte en banque et les boutiques de luxe, ça faisait deux.

J'ai décidé de remettre ces explications à plus tard – au cas où elle trouverait quelque chose – et je suis entrée dans le petit atelier situé à l'arrière. Je suis passée devant le nez des vendeurs. Personne n'a fait mine de m'arrêter. Il faut dire que j'étais repassée en mode « Elvira », avec ma perruque noire et mon badge on ne peut plus officiel. Je m'étais aperçue qu'en ayant l'air d'une employée, j'évitais un tas de questions gênantes, même si mes voûtes plantaires dégustaient.

L'atelier était tellement plein de penderies et autres ballots de tissus que je ne voyais même pas Augustin. Mais j'ai fini par entendre quelqu'un marmonner dans un coin, de l'autre côté de la pièce. Par chance, il s'agissait du styliste en personne, dans toute sa splendeur. Il était aux prises avec une fourrure dorée qui essayait de le dévorer. Après l'avoir lancée par terre et plaquée au moyen d'une chaise, il s'est attablé à son bureau pour fouiller dans des piles de papier, en maugréant de plus belle.

Je me suis approchée avec précaution : la fourrure ruait comme un beau diable et menaçait de renverser la chaise.

— Euh… Bonjour ?

— Inutile de vous plaindre. Le défilé a été annulé. Personne n'a été payé. Pas même moi.

— Ce n'est pas pour ça que je suis venue.

La fourrure a tressauté, manquant de le jeter par terre. Mine de rien, il a discrètement déplacé le pied de son bureau massif pour aider la chaise en détresse.

— Dans ce cas, je suis tout ouïe.

— J'ai besoin d'une robe. Je pensais à un modèle français.

— Vous ne pensez pas à ce *tâcheron* d'Édouard, j'espère ? a-t-il demandé, visiblement outré. Très chère, je vous en prie : je ferais trois fois mieux les yeux fermés. Que dis-je ? Je ferais trois fois mieux *mort* !

— Non, je ne cherche pas un styliste français, ai-je essayé d'expliquer. J'ai juste besoin de quelque chose qui fasse…

— Oubliez Paris. Paris, c'est complètement *has been*, m'a-t-il interrompue distraitement. Bien. Et pour quelle occasion souhaitez-vous exposer mon travail ?

— J'ai besoin d'une tenue qui fasse fin XVIIIe siècle.

— Oh. Un bal costumé. Ce n'est pas mon rayon.

Étant donné que son style personnel se situait à mi-chemin entre Galliano et Liberace, je trouvais ça discutable. Ce jour-là, il portait une tunique safran dotée de manches bouffantes, sur un sarouel violet. Il avait ceint sa taille d'une écharpe dorée, façon « pirate », avec, en guise de sabre, une paire de ciseaux, un mètre et un pique-aiguilles en forme de tomate.

— Vous ne comprenez pas, ai-je dit patiemment. C'est vraiment important !

— Ah ! Vous voulez épater la galerie, a-t-il dit avec malice. Dans ce cas, vous avez frappé à la bonne porte.

Il m'a tirée jusqu'à un mannequin, au milieu d'un des rares espaces un peu dégagés. Il a marmonné une formule et le mannequin a pris une apparence très familière et… détaillée. J'ai dû réprimer mon envie de jeter une serviette dessus.

— Avez-vous des demandes spécifiques ? a-t-il demandé. Certaines peuvent influencer la forme de la robe.

— Non, je veux juste…

— Parce que je n'ai pas envie que vous débarquiez à la dernière minute pour me dire que vous avez oublié de mentionner qu'il vous faut un charme pour mieux danser, pour tenir l'alcool ou pour briller en société.

— Vous pouvez faire tout ça avec une robe ?

— Très chère, je peux *tout* faire avec une robe. Dans les limites de la légalité, bien entendu. N'allez pas me demander un philtre d'amour ou une autre absurdité du même genre. Je ne tiens pas à perdre ma licence.

— Que pouvez-vous faire d'autre ?

Le simple fait d'envisager toutes les possibilités me donnait le vertige.

— Que voulez-vous ?

Un tissu blanc commençait à envelopper le mannequin.

— Pouvez-vous me rendre invisible ?

Augustin a donné une chiquenaude à ma perruque en soupirant.

— Une tenue hideuse et une coupe de cheveux encore plus atroce feraient parfaitement l'affaire.

Je l'ai fusillé du regard.

— Pouvez-vous me rendre résistante aux sortilèges ? Faire en sorte que si quelqu'un s'amuse à me jeter une saloperie, elle rebondisse ?

— Rivale jalouse ? a-t-il demandé d'un air complice.

— On peut dire ça comme ça.

— Cette petite furie est-elle puissante ?

— Qu'est-ce que ça change ?

— Mais ça change tout ! J'ai besoin de connaître sa puissance pour élaborer le contre-sort ! s'est-il exclamé avec agacement. S'il s'agit d'une mesquinerie, comme… vous faire puer comme une benne à ordures…

— Non. Je dois pouvoir repousser une attaque sérieuse. Du niveau d'un mage noir.

Augustin me dévisageait, les yeux comme des soucoupes.

— Très chère, à quel genre de soirée allez-vous prendre part ?

— C'est le problème : je n'en sais rien.

— Dans ce cas, vous devriez peut-être songer à passer votre tour. Pourquoi s'infliger un tel stress ? Restez chez vous. Faites-vous les ongles.

— Je ne peux pas y couper.

— Mmm. Ce n'est franchement pas mon rayon, a-t-il dit, sceptique. Je sais que les mages guerriers utilisent des capes, de temps à autre, pour renforcer leurs boucliers, mais je doute que le style soit leur priorité.

Françoise a passé la tête par l'embrasure de la porte. En guise de top, elle avait revêtu ce qui ressemblait à un petit animal doté d'une tonne d'aiguilles dirigées dans toutes les directions.

— J'ai trouvé quelque chose, m'a-t-elle dit.

Augustin s'est raidi.

— Où avez-vous trouvé ça ? C'est un prototype.

— Qu'est-ce que c'est ? ai-je demandé en contemplant le vêtement avec scepticisme.

— C'est une veste, bien sûr ! m'a-t-il répondu. En porc-épic. Parfait pour qui veut se débarrasser de toute attention indésirable. Malheureusement, ce spécimen a tendance à projeter ses aiguilles sans crier gare à quiconque importunerait sa propriétaire. Je ne pense pas...

— Je la prends. (Françoise a déversé une brouette d'habits sur le bureau.) Et ça aussi.

— C'est quoi, tout ça ? ai-je demandé.

Derrière elle se tenaient deux montagnes de vêtements à pattes. Il s'agissait sûrement de vendeuses, mais je ne voyais pas leur tête dépasser.

— Pour les enfants, a dit Françoise en me tendant un petit tee-shirt sur lequel était imprimé, façon crayon de couleur : « gamin le plus génial de l'univers ».

J'ai scruté le tee-shirt. Augustin l'a arraché des mains de Françoise, l'air outré.

— Une image de son propriétaire apparaîtra sous l'impression, m'a-t-il dit avec importance.

— On peut faire la même chose dans une boutique du centre commercial.

— Et l'enfant est pris d'une soudaine et incontrôlable envie de manger des légumes.

J'ai soupiré.

— On le prend.

Il a claqué des doigts en direction de ses vendeuses surchargées. Elles se sont mises à s'agiter dans tous les sens et à faire des piles.

— Au sujet de ma robe, ai-je tenté maintenant qu'il était de meilleure humeur. Je me disais qu'un artiste de votre génie apprécierait le défi.

Il m'a tapoté la joue. Étant donné qu'il était à peine plus âgé que moi, je trouvais que c'était un peu abuser.

— Bien sûr, très chère. Mais il faudra néanmoins régler le petit détail de la note. Il ne s'agit pas de prêt-à-porter. Et vous avez des demandes qui…

— Envoyez la facture au seigneur Mircea, a lancé Françoise en tripotant une écharpe qui, très bizarrement, se comportait en écharpe : elle ne bougeait pas.

J'ai sursauté.

— Quoi ? Pas question !

Son magnifique front s'est plissé légèrement.

— Pourquoi pas ?

— Je ne… Ce n'est pas… Ça ne serait pas convenable, ai-je dit, consciente du fait qu'Augustin n'en perdait pas une miette.

— Mais, tu es sa petite amie, non ?

— *Non* ! ai-je répété en français. Je veux dire : « non ! ». Non, je ne suis pas sa petite amie. (Le front de Françoise s'est plissé de plus belle mais elle a haussé les épaules d'une façon qui laissait entendre qu'elle n'était pas dupe et qu'elle savait que je refusais de regarder la vérité en face.) Envoyez la facture à Casanova, ai-je dit à Augustin.

S'il refusait, je lui demanderais de l'enlever du salaire qu'il me devait.

— Casanova, a répété Augustin, un éclair machiavélique dans les yeux. Vous vous rendez compte qu'il m'a demandé de payer pour les dégâts occasionnés dans la salle de bal ? Ce matin, il m'a envoyé une facture ridicule.

— Dans ce cas, envoyez-lui-en une autre. Une facture importante. (J'ai regardé le tas de bizarreries diverses et variées que Françoise avait rassemblées.) Et remettez-en une louche.

Le sourire d'Augustin s'est élargi. Il ressemblait presque au chat de Cheshire.

— Cendrillon, j'ai bon espoir que vous puissiez aller au bal.

Ce soir-là, après mon service aux Enfers, j'ai embarqué Françoise et je me suis éclipsée du *Dante* à bord d'une Jeep noire rutilante. En attendant l'arrivée d'Alphonse et de mes renforts, j'avais deux ou trois courses à faire et la sorcière s'était proposée de m'aider. On n'avait pas de voiture, mais je m'étais arrangée pour nous trouver un chauffeur.

La Jeep était immatriculée 4U2DZYR[1]. Elle appartenait à Randy, un des employés de la version casanovesque des thermes. Il aurait fait un parfait gigolo des plages, avec son bronzage, ses mèches décolorées par le soleil et son sourire Colgate. Le seul « hic », c'était son accent du Midwest. Bien entendu, il était possédé par un incube. Mais jusque-là, il était resté bien sage.

— Tu es sérieuse ? m'a-t-il demandé pour la troisième fois tandis qu'il s'engageait sur le gigantesque parking du Wal-Mart. Tu veux vraiment faire du shopping *ici* ?

— Oui, je veux faire du shopping ici ! ai-je répondu, complètement exaspérée.

À une certaine époque, le Wal-Mart était même trop cher pour moi, en comparaison avec les fripes à 25 cents que j'achetais chez Oxfam ou à l'Armée du Salut. Mais j'avais

1. Lire « For You To Desire » : « Au service de vos désirs ». (*NdT*)

l'impression que Randy n'avait pas souvent des clientes dans la même situation. Il avait dû demander à une serveuse comment y aller.

Il s'est garé sur la place de parking la plus proche de l'entrée et s'est arrêté brusquement. Il a baissé ses Ray-Ban pour mieux me dévisager.

— Du moment que le seigneur Mircea n'apprend jamais que j'ai été mêlé à ça. Je ne fais que suivre les ordres. Si la dulcinée du patron a envie de se balader dans la zone…

— À t'entendre, on a l'impression que je vais dans un bar de stripteaseuses ! l'ai-je interrompu avec agacement tout en sortant de la voiture. Et je ne suis pas la dulcinée du patron !

— C'est ça.

Randy a ouvert la portière à Françoise, qui avait passé le voyage complètement crispée sur la banquette arrière, presque au point d'arracher le rembourrage. J'avais oublié de lui demander si elle était déjà montée dans une voiture. À en juger par ses yeux grands ouverts et son teint livide, je pariais que non.

— Je ne veux plus jamais faire ça.

— Je ne conduis pas si mal, a dit Randy, vexé.

— Je vous assure que si, a-t-elle dit avec emphase.

— En tout cas, les roues se sont arrêtées de bouger, ma chérie, lui a-t-il dit en l'attrapant par la taille pour la déposer sur l'asphalte. Vous savez, j'ai donné le meilleur de moi-même, sur cette banquette.

Cette dernière phrase était accompagnée d'un large sourire malicieux, du genre « comment ne pas me trouver craquant ? » C'est sûrement ce qui l'a sauvé.

J'ai sorti la longue liste de courses et je l'ai agitée devant leurs yeux avant que Randy ajoute quoi que ce soit.

— On ne pourrait pas y aller ? On n'a pas toute la journée.

Je m'étais rendu compte que huit gamins et un bébé, ça a besoin de beaucoup de choses, surtout lorsqu'ils n'ont que leur chemise pour garde-robe. Littéralement. Et hormis quelques tee-shirts pour touristes, la boutique d'Augustin n'était pas spécialisée dans les vêtements pour enfants. Il préférait ses clients adultes et en talons hauts. D'où la liste.

Une heure plus tard, j'étais adossée à une étagère remplie à ras bord de tee-shirts Fruit of the Loom tandis que Françoise terrorisait des vendeurs sous-payés. Il n'y en avait pas moins de quatre à son service, à faire des allées et venues pour trouver les bonnes tailles ! Elle avait l'air complètement décalée : elle portait une création très sophistiquée d'Augustin : une longue robe noire et sobre assortie d'une veste chic sur laquelle étaient imprimés des journaux. J'espérais que personne n'allait remarquer que les gros titres étaient tous datés du jour.

Randy s'était posté devant un pilier tapissé de miroirs pour admirer son biceps.

— T'en penses quoi ?

Le tee-shirt de musculation qu'il venait d'enfiler était d'un bleu vif reflétant parfaitement ses yeux. Il savait parfaitement ce que j'en pensais. Ce que toutes les femmes du magasin en pensaient. C'était soit ça, soit toutes les jeunes mères de l'État avaient, par pure coïncidence, un besoin urgent de renouveler la garde-robe de leurs fils le jour précis où on avait décidé d'aller faire du shopping.

— Je croyais que tu n'achetais jamais rien dans ce genre d'endroits !

— Un tee-shirt, c'est un tee-shirt, a-t-il répliqué en haussant les épaules, bandant par inadvertance un muscle, à la grande joie d'une cliente qui s'est mise à couiner de plaisir. Bon. Écoute : t'as plein d'enfants, non ?

— Ouais. Pourquoi ?

Pendant une minute, il est resté planté là, les bras ballants. On aurait dit un gamin. Un gamin avec plein de muscles et un tee-shirt en mailles transparentes.

— Parce que tu les loges au casino, non ? Dans des chambres inoccupées ?

— Comment tu sais ?

Le personnel de la cuisine n'avait pas assez de place pour abriter neuf personnes de plus dans les logements minuscules que Casanova leur avait alloués. J'avais donc dû faire preuve d'un peu d'ingéniosité. Ça servait, de faire des extras à la réception.

— Tout le monde le sait. Le personnel fait en sorte que Casanova ne s'en aperçoive pas. Mais ça lui arrive de consulter les résa, tu sais ?

— Où veux-tu en venir, Randy ?

— Ce que je veux dire, c'est que si tu as besoin d'argent. Ou de n'importe quoi d'autre. Enfin…

Il n'a pas fini sa phrase. Je l'ai dévisagé, complètement incrédule. Son incube ne lui avait rien appris, ou quoi ? En tout cas, il avait dû zapper le cours expliquant que c'étaient les femmes qui devaient le payer, pas l'inverse.

— On va se débrouiller.

Si Casanova me reprochait d'avoir utilisé les chambres, j'enverrais Billy tricher sur toutes les roulettes de l'établissement. À y réfléchir, il était aussi assez bon aux dés.

— T'es sûre ? Parce que… Enfin… Ce que je veux dire, c'est que je gagne pas mal. Ça ne me coûterait pas grand-chose, tu vois ?

Françoise le reluquait comme un incube aurait dû la regarder, elle. Lorsqu'elle a vu que je l'avais remarqué, elle a haussé les épaules. Un geste qui aurait pu vouloir dire « je regarde, c'est tout » autant que « ça fait quatre siècles que je n'ai pas fait l'amour, alors jette-moi la première pierre ! ». Je n'avais pas envie de savoir de quel scénario il s'agissait.

— Merci. Si on me cherche, je suis au rayon « chaussures », ai-je répondu en m'emparant du caddie le moins rempli.

Seize pieds… Je ne comptais pas le bébé : jusque-là, elle s'était révélée être incapable de s'en sortir avec ses chaussettes.

Ça fait beaucoup de chaussures. Après avoir fouillé dans l'étagère du bas, à la recherche d'ersatz de Converse à la taille de Jesse, je me suis redressée… et j'ai cogné ma tête contre un coude. Le coude de quelqu'un qui avait l'air tout droit sorti du Caesar Palace. Sans avoir enlevé son costume.

— Que fais-tu ici ? m'a-t-il demandé.

Sa voix était si forte qu'elle s'est répercutée dans le vaste espace.

J'ai regardé autour de moi, complètement paniquée, mais personne n'avait l'air d'avoir remarqué qu'un dieu doré de trois mètres de haut se baladait au rayon « chaussures ».

— Je pourrais vous poser la même question ! ai-je chuchoté.

— Je suis venu te rappeler que tu n'as plus beaucoup de temps. Ton vampire mourra si tu ne lèves pas le sortilège.

— Je suis au courant ! ai-je répondu sèchement.

— Dans ce cas-là, je réitère ma question : que fais-tu ici ? As-tu progressé ?

— Oui, plus ou moins. Je veux dire : je sais où se trouve le *Codex*.

— Et pourquoi ne l'as-tu pas encore récupéré ?

— Ce n'est pas si simple ! Et en quoi ça vous concerne ? Vous tenez tant que ça à Mircea ?

— Pas le moins du monde. Mais ta performance est pour le moins décevante. Tu es beaucoup moins concentrée que je l'espérais. Tu dois me démontrer tes capacités, Hérophile. C'est important. Et tu n'arrêtes pas de te laisser distraire par des tâches superflues. Ta mission n'est pas de t'occuper de ces enfants mais de retrouver le *Codex*.

— Ouais, ouais. (Pour quelqu'un qui se fichait du *Codex*, je trouvais qu'il remettait souvent le sujet sur le tapis.) Je bosserais peut-être mieux avec un peu d'aide ! Vous ne pourriez pas rester un peu ? Et me donner ces leçons dont vous n'arrêtez pas de parler, pendant que vous y êtes ?

— Je ne saurais pénétrer ce royaume, Hérophile. Ce corps n'est qu'une projection, que toi seule peux voir. Et je ne pourrai pas la maintenir bien longtemps.

— Dans ce cas, pourquoi ne pas m'en dire un peu plus sur ce *Codex* ?

Par exemple, m'expliquer pourquoi Pritkin était prêt à tuer pour le garder secret.

— Tu sais tout ce qu'il y a à savoir. Trouve-le, accomplis ta mission et fais vite. Tu as de nombreux adversaires.

— J'avais remarqué. Merci.

— Qu'est-il arrivé ? a-t-il demandé sèchement.

— Vous êtes un dieu, oui ou non ? Vous devriez être au courant.

Il a froncé les sourcils et m'a décoché un regard inquiétant.

— N'oublie pas ton rang, Hérophile. Ton homonyme s'est opposée à ma volonté et l'a regretté toute sa vie. Ne commets pas la même erreur.

Même pour moi, c'était un peu surréaliste de papoter mythologie avec un dieu de légende au beau milieu du rayon « chaussures » de Wal-Mart. D'autant qu'un vendeur posté dans une autre rangée était en train de me dévisager. Mais il n'a rien dit. Il avait peut-être l'habitude que ses clients discutent avec les chaussures avant de les acheter.

— Peut-être, mais c'est mon nom. Et je fais ce que je peux. Ce ne sont pas vos menaces qui vont me faire avancer plus vite.

— Dans ce cas, trouve un autre moyen, m'a-t-il lancé d'un ton blasé avant de disparaître.

J'ai soupiré et réprimé l'envie de me fracasser la tête avec acharnement contre le présentoir en métal. Mais le vendeur planqué derrière les tailles 46 me regardait du coin de l'œil, et il avait l'air à deux doigts d'appeler la sécurité. J'ai décidé de ne pas prendre de risque.

Je lui ai tendu une paire de fausses Converse rouges.

— Vous les avez en 38 ?

Chapitre 14

Le lendemain matin, je suis entrée en douce dans la chambre de Pritkin. Je m'étais donné pour mission de dégotter la rune que j'avais promise à Radella. Mais en entrant, je me suis arrêtée nette. Je pensais que la fouille serait rapide. Pour une raison ou une autre, j'étais convaincue qu'il rangeait ses affaires avec une minutie de militaire. Mais je m'étais trompée.

Je ne savais pas quand il y avait dormi pour la dernière fois, mais son lit était défait. Et ses vêtements étaient éparpillés par terre, comme après le passage d'une tornade. En plus, il avait dit vrai : ça ne sentait effectivement pas la rose mais je n'étais pas certaine que ce soit dû aux anciens occupants des lieux. J'étais plutôt encline à incriminer les fioles d'apparence putride qui remplissaient l'étagère placée contre un des murs.

Le meuble, qui avait l'air complètement branlant, surplombait le lit. À la place de Pritkin, je n'aurais pas été très rassurée. Sachant que la plupart des substances qu'il trimballait étaient mortelles… Mais bon. Il n'avait pas l'embarras du choix. Le mur opposé était occupé par un placard, le mur jouxtant la boîte de nuit par une porte, et le dernier par un gigantesque vitrail donnant sur l'extérieur du casino.

Ces vitraux étaient la marque de fabrique du *Dante*. Les architectes intérieurs avaient dû planquer celui-ci derrière les vestiaires parce que son style gothique détonnait avec le thème exotique du bar vaudou. Mais la présence d'une fenêtre aussi massive dans une pièce aussi exiguë produisait un effet intéressant : la chambre était entièrement baignée dans différents tons de pierres précieuses : rubis, saphir, émeraude, perle… Autant de reflets diffus et dansants colorant la couette et inondant le sol de flaques lumineuses. J'aurais été incapable de dormir dans cette pièce mais je devais admettre que les motifs du vitrail présentaient l'intérêt d'être assortis au mage : ils représentaient un groupe de soldats en train de brandir des armes médiévales.

Je me suis mise au travail à contrecœur. Très vite, j'en suis arrivée à me poser beaucoup plus de questions sur ce que je ne trouvais pas que sur mes trouvailles. À part quelques tee-shirts délavés et un arsenal à vous conquérir une nation, je n'ai dégotté que deux ou trois jeans, une paire de tennis neuves, quelques articles de toilette de base et des chaussettes pas encore déballées. Autant d'articles achetés à la hâte par un type n'ayant pas besoin de faire de l'esbroufe. Il ne faisait que remplacer ses basiques, probablement parce qu'il n'osait pas retourner à son appartement pour se ravitailler. Avec le Cercle à ses trousses pour une bonne demi-douzaine de raisons – principalement parce qu'il m'aidait – je le comprenais aisément. Mais ça ne me disait pas où il casait la garde-robe de son alter ego.

J'ai fini par me résoudre à ramasser le petit boîtier en bois posé sur la table de nuit. Je l'avais intentionnellement laissé pour la fin. J'avais espéré trouver la rune au fond d'une chaussette. Je n'avais aucune envie de mettre mon nez dans ses affaires personnelles, et ce boîtier avait vraiment l'air personnel. Si je n'avais pas eu autant besoin de cette satanée chose, j'aurais pris mes jambes à mon cou, mais vu les circonstances… j'ai ouvert le couvercle à contrecœur.

À l'intérieur, aucun signe de la rune. Seulement quelques lettres jaunies et une photographie passée : le portrait d'une femme portant un chapeau noir et une robe à col haut rehaussant son visage, qui se détachait comme une empreinte digitale livide. L'image était floue mais la femme avait l'air jeune. Ses traits réguliers et ses yeux clairs me portaient à croire qu'elle devait être jolie. Enfin : si elle avait souri.

J'ai retourné la boîte, mais elle n'avait pas de compartiment secret. En tout cas, je n'en ai pas vu. Ce n'était qu'un rectangle en pin tout bête, sans même une doublure sous laquelle camoufler quoi que ce soit. J'ai regardé le verso de la photo : il y avait le nom d'un studio inscrit dessus : J. Johnstone, Birmingham.

Pritkin avait mentionné le fait qu'il avait vécu à l'époque victorienne. Il était donc beaucoup plus vieux que le laissait croire son apparence de trentenaire. Mais on avait été tellement occupés à se battre, à s'enfuir et à manquer se faire tuer que je n'avais jamais eu l'occasion de l'interroger sur ce sujet. Et il n'avait jamais parlé de sa famille. Ce portrait aurait donc pu représenter sa sœur aussi bien que sa mère. Voire sa fille. J'étais stupéfaite. Je venais de me rendre compte que je ne savais absolument rien de sa vie. Pourtant, j'étais persuadée de pouvoir écrire des tartines sur lui !

Billy a traversé la porte en voletant, m'interrompant dans mes pensées.

— Tu l'as ? ai-je demandé avec nervosité.

Il a déplié les mains. Elles étaient vides. J'ai soupiré. J'ai remis les lettres à leur place sans les lire – non sans les tâter pour vérifier que la rune ne s'y cachait pas – et j'ai reposé le boîtier à sa place, sur son petit rectangle sans poussière.

— Qu'est-ce qu'on fait, maintenant ?

Billy m'a regardée d'un air torve.

— Tu sais très bien ce qu'on fait maintenant. Tu as fouillé la chambre et j'ai passé son antre souterrain au peigne fin. Il ne va pas planquer un truc pareil n'importe où. Il l'a sur lui, c'est tout.

Bien sûr qu'il l'avait sur lui. C'était le scénario catastrophe : ça devait forcément être ça.

— Tes compétences de pickpocket pourraient suffire ?

— Ça dépend s'il fait attention ou pas. Je lui ai déjà chouravé une rune mais s'il ne s'en est pas aperçu, c'est uniquement parce qu'il était trop occupé à te hurler dessus. Il faudra que tu crées une diversion.

Génial. En temps normal, ça ne m'aurait posé aucun problème de déclencher une dispute : il était tellement soupe au lait. Mais avec ce qui s'était passé…

— Pas question, ai-je répliqué avec fermeté.

— Dans ce cas, tu ferais mieux de tirer ta révérence, parce que je viens de le dépasser.

Pendant une seconde, j'ai regardé Billy avec de grands yeux, complètement pétrifiée. Ensuite, j'ai fini par assimiler ses paroles et je me suis précipitée sur la porte. C'était la dernière chose à faire, d'autant que j'aurais pu me téléporter, mais j'ai paniqué. La poignée s'est tournée dans ma main et en un clin d'œil je me suis retrouvée un couteau sous la gorge, prise en sandwich entre le matelas et une poitrine musclée.

J'ai cligné frénétiquement des paupières tout en contemplant le mage. Son visage baignait dans les reflets bariolés qui se déversaient sur son lit. Ses cheveux clairs et ses pommettes étaient teints en bleu. L'espace d'un instant étrange, je ne l'ai pas reconnu.

— Pouvez-vous m'expliquer ce que vous êtes en train de faire ? m'a-t-il demandé.

Le tranchant de sa lame formait un creux dans ma peau, beaucoup trop près de la jugulaire à mon goût. J'ai dégluti.

— J'essaie de ne pas bouger ?

Pritkin s'est retiré et son couteau a disparu comme par magie.

— Vous auriez dû me prévenir de votre visite. Et si j'avais installé un piège ?

Je n'ai pas répondu. J'étais trop occupée à me demander pourquoi il avait encore l'air différent. Il s'est démis de son vieux manteau en cuir, révélant un tee-shirt vert délavé et un jean. Un jean bleu clair, fin, doux et soyeux. Il était si large qu'il tenait tout juste au relief musculeux de ses hanches. En d'autres mots, c'était l'inverse de noir et moulant. Et ses cheveux avaient perdu leur allure branchée et gélifiée. Ils étaient fraîchement lavés et quelques mèches – qui auraient bien mérité une coupe – lui tombaient devant les yeux. Il aurait pu penser à laver le reste de sa personne : ses bras étaient barbouillés de traces de crasse mettant ses veines en relief, et ses joues n'étaient pas en reste.

— Qu'est-ce que vous avez fait ? ai-je demandé en m'asseyant.

— Des recherches.

— Dans une mine de charbon ?

— Les textes occultes, ça ne se trouve pas en parcourant quelques fichiers informatiques bien hygiéniques. Maintenant, voulez-vous m'expliquer ce que vous faites ici ?

J'ai détourné les yeux avant de répondre. J'avais du mal à séparer le Pritkin de tous les jours, avec son manteau trop large et sa coupe de cheveux de crétin, de l'homme qui m'avait embrassée.

— Je me disais que ça vous ferait plaisir de me voir, après ce qui s'est passé dans le hall d'entrée.

— De quoi parlez-vous ?

Je n'ai pas répondu. Je venais juste de me rendre compte d'un élément important : comme d'habitude, Pritkin était bardé de ceintures, de fourreaux et d'étuis. C'était un arsenal à pattes, ce type ! Il portait sur lui un exemplaire de toutes les armes portables connues. Sauf une. J'ai eu le déclic.

— Vous ne portez pas d'épée, ai-je dit.

Pritkin était en train d'accrocher son manteau dans la penderie. Il s'est retourné. Billy en a profité pour aller fouiller le vêtement. J'espérais juste qu'il n'allait pas trop faire de bruit.

— Je n'en ai pas besoin. Vous vous souvenez ?

Je l'ai dévisagé pendant une seconde avant de bondir du lit et de l'attraper. Je l'ai fait pivoter tout en soulevant son tee-shirt.

— Par le diable, que…

— Ne bougez pas, lui ai-je ordonné en bataillant pour défaire les boucles et les sangles, dont la bonne moitié devait être conçue pour me taper sur les nerfs.

Ces derniers temps, les seules fois où j'avais eu des pics d'adrénaline, c'était parce que j'étais en danger de mort. C'était très déstabilisant de se sentir dans le même état pour quelque chose de potentiellement positif. Le problème, c'était que mon cœur battait si vite que je sentais mon pouls dans ma gorge et dans mes doigts : j'étais trop maladroite pour accomplir ma tâche.

— Enlevez votre tee-shirt, lui ai-je ordonné en essayant de garder une voix calme.

Il s'est tourné vers moi. Son visage reflétait une expression mi-interloquée, mi-furieuse. Mais à ma grande surprise, il n'a pas protesté. Il s'est déshabillé avec rapidité et efficacité. Je l'ai fait pivoter de nouveau et j'ai vu ce que je m'attendais à voir : une tache étincelante et colorée – dorée, argentée et noir corbeau – descendant, depuis son épaule, le long de son flanc.

J'ai passé le doigt le long des légers reliefs que le tatouage formait sur sa peau tiède et ses muscles fermes. Son pantalon m'a interrompue. J'avais été stupide de ne pas y avoir pensé plus tôt, d'autant que j'avais assisté moi-même à une bonne partie de la séance de tatouage. Pritkin n'avait plus besoin de porter d'épée. Il en avait déjà une, sous la forme d'un tatouage magique pouvant se manifester dès qu'il en avait envie.

— Vous songez à vous faire tatouer autre chose ? a-t-il demandé.

Bizarrement, sa voix était tendue.

Je n'ai pas répondu. Les muscles de son bras, arc-bouté contre le mur, étaient saillants et son dos était crispé. J'étais presque hypnotisée par ce pouvoir contenu, cette puissance impitoyablement retenue. J'adorais sentir sous mes mains cette force docile et domptée.

J'ai regardé mes doigts s'engouffrer sous le pantalon lâche et effiloché pour suivre le tranchant de la lame. Le textile soyeux avait accumulé la chaleur de son corps. Je m'y suis frayé un chemin facilement, jusqu'à un petit creux, dans le bas du dos, que le vêtement couvrait à peine. *Maintenant je sais pourquoi je n'ai pas trouvé de sous-vêtements parmi ses achats*, ai-je pensé distraitement tandis que mes doigts abandonnaient l'épée pour parcourir la petite fossette.

Brusquement, Pritkin a fait volte-face et m'a prise par le poignet.

— Attention ! a-t-il dit d'une voix rauque. Avez-vous oublié de quoi est capable votre *geis* ?

C'était un autre mystère. Le pouvoir n'avait donné aucun signe de vie dans le hall d'entrée. Pas plus que maintenant. Pourtant, il aurait eu des raisons ! Pritkin m'a lâchée et je me suis rassise. J'avais beaucoup trop chaud et la tête qui tournait. Je n'arrivais pas à détacher mon regard de sa poitrine. Sur ses biceps poussait un duvet dru et vieil or, qui se clairsemait et s'assombrissait sur son ventre, jusqu'à disparaître sous le jean. Il avait l'air doux, sur tous ces muscles fermes, et beaucoup trop tentant.

J'ai dégluti.

— On a un problème.

Pritkin a reniflé de mépris.

— Juste un ? Voilà qui nous changerait.

J'ai basculé en arrière et me suis affalée dans le lit. J'étais épuisée à l'idée de ce qu'impliquait ma découverte. Pritkin n'avait pas tué Saleh. Pritkin n'était pas l'homme du hall d'entrée. Pritkin n'était – probablement – pas un traître. J'avais retrouvé mon allié le plus puissant. Mais j'avais aussi son dangereux alter ego sur les bras. Un jumeau qui ne pensait qu'au meurtre et à la séduction. Et malheureusement, il avait l'air particulièrement doué dans ces deux domaines.

Vermillon, azur, jade… Les couleurs du vitrail filtraient à travers la peau de mes paupières. Soudain, une silhouette noire a fait barrage. J'ai ouvert les yeux. Pritkin me fusillait du regard. Il était beaucoup trop près à mon goût.

— Vous allez me dire en détail ce qui se trame, a-t-il dit avec hargne. Et vous allez me le dire maintenant.

Et d'un seul coup, la vague de sensations que l'homme du hall d'entrée avait éveillées s'est abattue sur moi. *N'y pense même pas*, me suis-je dit tandis que je levais les bras pour m'emparer de son visage. Mes doigts ne m'ont pas écoutée. Ils ont glissé le long de sa peau douce parsemée d'une barbe de trois jours et fait basculer sa tête pour me permettre de l'embrasser sous un angle idéal. *C'est peut-être ça, la schizophrénie*, me suis-je dit. Mon corps me hurlait « plus près » alors que mon cerveau m'ordonnait de ne pas bouger. Mon cerveau a perdu.

Sans obéir à une décision consciente, j'ai effleuré ses lèvres des miennes. Je supposais qu'il devait être fou de rage, intérieurement, mais son corps n'avait pas l'air de répondre plus que le mien aux injonctions de son cerveau. Sous mes doigts, ses muscles étaient tendus au maximum mais il ne s'est pas dégagé. Et après une seconde de stupéfaction, il m'a attrapé la nuque et m'a rendu mon baiser.

J'ai passé les mains dans ses cheveux. Ils n'étaient pas seulement en bataille. Ils étaient aussi épais, doux et lisses. C'était une sensation merveilleuse de les caresser. Cela dit, je n'ai pas eu l'occasion d'en profiter. Pritkin embrassait comme il faisait tout le reste : il était direct, sans pitié et tellement intense qu'il m'a coupé le souffle. Son baiser brûlant, violent et désespéré était celui d'un homme affamé. Et j'ai ouvert la bouche pour l'accueillir, parce que… *Waouh*…

— Sale tricheur ! lui ai-je dit, pantelante, quand on a fini par se décoller. Je le savais !

J'avais senti le goût du café, âcre et amer, dans ma bouche.

— Mademoiselle Palmer, vous…

— Je suis allongée dans votre lit. Vous venez de m'embrasser fougueusement. Je crois que vous pouvez m'appeler par mon prénom.

— Je prends déjà trop de risques comme ça, a-t-il marmonné.

J'ai enfoncé les doigts dans les muscles fermes de ses épaules. Son lourd manteau avait rendu sa peau chaude et légèrement humide. C'était complètement hypnotisant. J'ai dessiné les contours discrets d'une cicatrice. La peau y était plus lisse et plus tendre qu'ailleurs : une créature dotée de griffes avait dû s'énerver sur lui. Cet homme était une énigme. John Pritkin : savant fou avec des calles aux mains à force de brandir des flingues, de vieilles cicatrices et encore plus de secrets que moi.

Mes mains ont glissé le long de ses bras, caressant le renflement de ses biceps avant de s'attarder sur la peau soyeuse de l'intérieur de son coude. Lorsqu'on s'approchait trop l'un de l'autre, une aura d'énergie se mettait à crépiter entre nous. Je l'avais sentie un nombre incroyable de fois. Mais apparemment, si je le touchais vraiment, c'était beaucoup plus…

— Cassie.

— Vous vous êtes jeté à l'eau, ai-je fait remarquer, rêveuse. J'imagine que je n'ai plus qu'à vous appeler John.

— Ce n'est pas une bonne idée.

Sa voix était tendue mais il ne s'est pas retiré. J'ai pris ça pour une invitation et j'ai fait glisser mes bras entre les siens, pour promener mes mains le long de son dos puissant. Je sentais sa chair résister puis céder sous mes caresses, chaude et ferme. *Mais arrêtez !* ai-je ordonné à mes mains. Elles m'ont ignorée. Elles ont préféré explorer la courbe lisse et fascinante de sa colonne vertébrale. Elles ont trouvé le début du pantalon trop large couvrant la peau tiède et les muscles raidis du petit creux qui m'avait tellement fascinée un peu plus tôt. Je n'ai eu qu'à l'effleurer légèrement, et les yeux de Pritkin ont brusquement viré au jade sombre.

— Je ne vous ai jamais demandé si vous aviez un jumeau diabolique, n'est-ce pas ? ai-je demandé distraitement.

Il a cligné des yeux.

— Pourquoi ?

J'ai essayé de lui expliquer mais j'avais du mal à trouver de l'oxygène. J'avais l'impression qu'une partie de lui faisait bouger l'air autour de nous. Comme si je l'aspirais en moi à chaque souffle. J'ai enfoui mon visage dans le duvet couvrant sa poitrine. Je le sentais contre ma joue, épais et chaud, comme son sexe tendu contre ma cuisse.

Il a martelé le lit avec violence. Ses traits reflétaient le désespoir plus que la colère.

— Écoutez-moi ! Quelque chose ne tourne pas rond. Que vouliez-vous dire au sujet du hall ?

Ses mots tombaient sur moi en cascade, indistincts et incompréhensibles. J'ai ratissé sa poitrine de mes ongles, jusqu'à la peau plus tendre de son ventre. Un afflux de pouvoir, à fleur de peau, a suivi mes moindres gestes.

Lorsque je l'ai senti se dégager brutalement, j'ai ressenti un choc mais j'étais comme anesthésiée. Après toute cette chaleur humide, il n'y avait soudain plus entre nous que de l'air froid. Comme si tout l'air de la pièce s'était engouffré dans l'interstice. Au même moment, la lumière en provenance du vitrail s'est intensifiée, comme si un projecteur venait de s'allumer derrière la fenêtre. Très vite, la chambre s'est retrouvée baignée dans une teinte si étincelante et si forte qu'elle était presque tangible.

Toutes les parties rouges du vitrail se sont mises à irradier. Elles avaient presque l'air sur le point de se détacher du reste et de s'envoler dans un feu d'artifice écarlate et doré. Les taches ont fusionné sur le lit en formant une silhouette étrangement familière. J'avais déjà vu une forme identique, mais ce n'était alors qu'une pâle imitation de la brume vague et dorée qui se dessinait sous mes yeux.

— Tout ce pouvoir, a dit une voix qui semblait venir de nulle part. C'est proprement irrésistible.

La voix chuchotait contre ma peau, comme une douce brise.

Pritkin a levé brusquement la tête. Ses traits étaient déformés par la haine.

— Je le savais !

— Que se passe-t-il ?

Pritkin m'a ignorée, tout comme la voix. Mais peut-être n'avais-je pas parlé assez fort ? Je n'étais plus sûre de rien. Tout avait cette qualité qu'ont les choses quand on reprend ses esprits après s'être évanoui : angles improbables, formes insensées… Et le sang me montait à la tête comme un raz de marée.

— Tu ne l'auras pas ! a grogné Pritkin.

Un rire délicat a résonné à travers la pièce.

— Moi ? Qui a dit que je ferais quoi que ce soit ?

Le voile étincelant s'est positionné sur le mage. On aurait dit que sa peau était couverte de paillettes. Il a hurlé. Il n'y a pas d'autre mot. Ensuite, j'ai eu l'impression qu'un barrage venait de céder. La brume musquée dans laquelle je baignais a cédé la place à une pluie torrentielle qui m'a complètement engloutie. Et je me suis perdue en lui. Dans la pièce, on se serait cru sous les tropiques au mois de juillet. Et toute cette chaleur, épaisse et vaporeuse, s'insinuait en moi par tous mes pores.

Ses lèvres étaient sur les miennes, il me tenait délicatement la tête pour mieux aspirer, à chaque baiser, tout l'air contenu dans mon corps, et il m'écrasait contre le lit. Ensuite, j'ai eu l'impression que sa bouche était partout à la fois – sur mes clavicules, le long de mon cou, au creux de mes seins, sur ma mâchoire – et j'ai remarqué qu'il ne choisissait pas ses cibles au hasard. Il avait déjà *pensé* à m'embrasser là. Et cette simple pensée suffisait à me rendre complètement folle de désir.

Mais il s'est arrêté et un tremblement l'a parcouru, se propageant de son corps au mien. Je me suis cambrée contre lui. Il a poussé un gémissement étouffé et fait mine de reculer, comme si le fait de me toucher lui faisait mal.

— Ne…, s'est-il efforcé de dire à travers sa mâchoire crispée. Ne bougez pas.

Je me suis rendu compte avec horreur qu'il essayait d'arrêter, qu'il jouait aux gentlemen. Dès que mon corps a compris qu'il allait encore une fois être délaissé, une vague de colère désespérée s'est emparée de moi. Toutes les émotions que j'avais ressenties pour Pritkin se sont réveillées avec violence.

— Non !

Je l'ai attrapé par les épaules et je l'ai retourné pour le positionner sous mon corps. Mon cœur battait la chamade et j'avais le vertige. Dans un recoin de mon esprit, une alarme a retenti mais je l'ai ignorée. J'ai enfoui mon visage contre les muscles fermes de son ventre. Il sentait si *bon*. Sa peau sentait le sel, la sueur et le musc. J'avais envie de savoir s'il avait aussi bon goût que le laissait présager son odeur. J'avais besoin de sentir ses mains sur mon corps, mes mains sur son corps. Plus rien d'autre n'existait pour moi.

Lentement, ma langue a glissé sur lui, juste sous le nombril. Je sentais son pouls rapide et frénétique sur mes lèvres. Et il se répercutait au bout de mes doigts, qui avaient entrepris d'ouvrir son jean.

— Cassie…

La voix de Pritkin était étrangement rauque et râpeuse mais je l'ai ignorée. Je me suis contentée de me réjouir de l'entendre prononcer encore une fois mon nom. Deux fois dans la même journée : c'était son record personnel.

Finalement, j'adorais les vieux jeans. Une fois le premier bouton défait, je n'ai eu qu'à tirer vaguement pour que les autres s'ouvrent dans la foulée.

— Oh seigneur…, a soupiré Pritkin.

Bizarrement, sa voix était teintée de panique. Il m'a dévisagée, le souffle court, et son visage déformé par le désir a été traversé d'une vague de terreur. Ses iris étaient presque intégralement noirs : je ne distinguais plus qu'une fine auréole verte. Et ses ongles étaient profondément enfoncés dans le lit. Il s'y accrochait comme si c'était la seule chose lui permettant de résister au flux de sensations émanant de nos deux corps. La seule façon de résister à l'envie irrépressible de se jeter sur moi.

Et lorsque l'air s'est mis à fluctuer autour de nous, je m'en suis à peine aperçue. Dieu seul sait où la petite tornade avait pris naissance : elle a soulevé les vêtements éparpillés autour de nous et les a emportés dans un tourbillon fou. Un cri âpre s'est échappé de la gorge de Pritkin – on aurait dit une incantation – et un halo rouge est apparu dans les ténèbres. On aurait dit le vacillement radieux d'une aurore boréale décrivant les contours d'un homme. J'ai cligné des yeux et la silhouette est passée à travers le voile de lumière. Le mirage rouge s'est dissipé, comme du brouillard. J'ai encore cligné des yeux, plus fort cette fois. J'étais persuadée d'être en train de rêver. Mais non. Je contemplais, complètement incrédule, le sosie parfait de Pritkin. Mon regard a fait des va-et-vient entre son vrai visage et son reflet.

— Elle doit mourir, a dit l'homme sur un ton presque badin. (À la vue de l'expression de Pritkin, il a décoché un sourire à la fois charmant et cruel.) Je te promets que ça ne lui fera aucun mal.

— Que lui veux-tu ? a demandé Pritkin, d'une voix empreinte de haine.

— Elle a parlé avec Saleh. (Les yeux de son double se sont posés sur moi. Il n'y avait aucune vie en eux. Aucune chaleur, rien d'humain. Ils me jaugeaient froidement. Comment avais-je pu confondre les deux hommes ?) Elle sait.

Avant que mon cerveau se ressaisisse et me permette de poser une question, Pritkin a bondi du lit et s'est précipité sur le nouveau venu. Il l'a percuté en pleine poitrine. Pris dans son élan, il est tombé avec lui sur le sol et ils ont fait des roulés-boulés dans l'espace exigu. Leurs deux pouvoirs crépitaient l'un contre l'autre en grésillant. J'ai regardé autour de moi, à la recherche d'un objet, n'importe lequel, susceptible de me servir d'arme.

J'avais bien un bracelet ayant autrefois appartenu à un mage noir. Il était toujours prêt à entrer dans la danse mais il avait un caractère bien trempé et il ne suivait pas toujours mes instructions. Je n'osais pas l'utiliser. Il ne portait pas un amour inconsidéré à Pritkin : il y avait de fortes chances pour qu'il se trompe de cible.

Dans le placard, il y avait une puissance de feu suffisante pour massacrer une armée entière mais il était hors d'atteinte. La seule chose qui se trouvait de mon côté de la pièce, c'était la lampe de chevet. Elle n'avait pas l'air particulièrement solide mais je l'ai quand même arrachée du mur. À ce moment précis, j'ai vu Pritkin se faire submerger par une lente tornade de lumière blanche. Aveuglante. Ensuite, j'ai entendu un roulement de tonnerre et un flot de pouvoir a envahi la pièce, comme si un éclair venait de s'abattre à l'intérieur de la pièce. L'éclat m'a aveuglée momentanément et j'ai senti quelque chose sur moi.

Il me touchait. Ou plutôt, « ça » me touchait. Ça me plaquait au sol mais je ne sentais aucune chaleur émaner de son corps, aucune odeur, pas le moindre relent d'après-rasage ou de cuir. J'étais habituée à cette bizarrerie de la part des fantômes. Mais ça, c'était différent. C'était une abomination : ça m'agrippait et c'était totalement… neutre. Sans réfléchir, j'ai tendu mes sens vers la chose, dans l'espoir de trouver quelque chose d'humain à quoi me raccrocher. J'ai vu un être bien vivant, qui se tortillait dans tous les sens, mais qui n'avait rien d'humain. *Oh seigneur*. Absolument rien.

J'ai senti son appétit croître comme un millier d'orages contenus. Sa faim était insatiable. Il n'aspirait qu'à une chose : se fondre en moi et se nourrir, encore et encore. J'ai senti un nuage en putréfaction se poser sur ma peau. Il promenait ses mains glaciales sur mon corps. Lorsqu'il m'a embrassée, j'ai senti les miasmes putrides qu'il avait au fond de la gorge. Le nuage a commencé à infiltrer ma peau et à se répandre à l'intérieur de mon corps. Il a franchi une à une toutes mes défenses. Je ne respirais plus que son souffle infect. Et soudain, il était là. Il coulait dans mes veines avec une écœurante vitalité.

Il me touchait partout. Il me consumait de l'intérieur. Et il avait menti : ça faisait mal. La sensation de succion était mille fois plus insupportable que la morsure d'un vampire. J'avais l'impression que des crocs d'acier me transperçaient partout, qu'ils s'incrustaient comme des lames de rasoir entre mes os et mes muscles, qu'ils allaient jusqu'à transformer l'air de mes poumons en verre pilé.

J'étais censée être protégée contre ce genre de choses. La seule chose que j'avais héritée de ma mère, c'était un tatouage sur le dos, en forme de pentagramme. Il s'agissait d'un des charmes les plus puissants du Cercle. Ma mère était l'héritière de la Pythie. Lorsqu'elle s'était enfuie pour suivre mon père, elle était tombée en disgrâce mais les mages lui avaient offert l'étoile pour la protéger de façon permanente. Le tatouage pouvait encaisser des attaques considérables, mais le *geis* l'avait détraqué. Résultat : j'allais devoir m'en sortir toute seule. Ou pas.

J'ai essayé de me débattre, mais mes bras et mes jambes ne m'obéissaient pas. Toute ma force se déversait dans la créature qui me tenait si tendrement dans ses bras. Mon corps semblait lourd et sans vie. Comme si la chose avait fini de se nourrir. Mais je savais que ce n'était pas le cas : je la sentais me grignoter les os et me sucer la moelle et j'étais tellement anesthésiée que je ne pouvais même pas crier. Il aspirait ma vie. Je commençais doucement à perdre conscience, à glisser dans des limbes amorphes. Mon corps essayait de me protéger contre l'inévitable…

Et tout s'est arrêté : Pritkin a passé son bras autour du cou de la créature. Je l'ai dévisagée. Elle ressemblait à s'y méprendre à Pritkin, si ce n'est qu'elle brillait comme une flamme, dynamisée par l'énergie qu'elle venait de me subtiliser. Et d'un seul coup, les pièces du puzzle se sont assemblées.

— Vous êtes un incube !

Je m'adressais à l'esprit, mais c'est Pritkin qui m'a répondu.

— À moitié seulement, a-t-il grogné en tordant le cou de la créature, si violemment que des vertèbres humaines auraient cédé.

Soudain, trop rapidement pour que je la suive du regard, la créature s'est dégagée de l'étreinte du mage, avant de faire volte-face et d'envoyer Pritkin valdinguer dans la fenêtre. Il l'a percutée avec violence : les panneaux du vitrail se sont descellés et les vitres ont explosé vers l'extérieur. La créature s'est retournée vers moi. Ses yeux étaient entièrement noirs, comme si ses pupilles avaient débordé.

J'ai tendu la main. J'ai voulu crier, mais aucun son n'est sorti de ma gorge. Et soudain, l'attaque s'est interrompue. Il n'y avait plus aucun bruit, plus aucun mouvement. Rien.

Pendant une seconde, je suis restée stupéfaite. Et puis j'ai compris que les points rouges qui flottaient devant mes yeux étaient des éclats de vitre rubis. Le chaos du combat les avait projetés vers moi. Ils étaient figés dans leur vol. Ils flottaient dans le vide, comme s'ils attendaient l'autorisation de tomber. Tout était figé sur place, depuis le démon aux yeux noirs jusqu'à Pritkin, pétrifié au milieu de la fenêtre brisée, la peau transpercée par ses bords acérés. Dans toute la pièce, j'étais la seule personne à bouger.

Je savais qu'Agnès, la Pythie précédente, était capable de faire ça, d'arrêter le temps pendant de courtes périodes, mais je ne savais pas comment faire. D'ailleurs, je me suis rendu compte avec horreur que je ne savais pas non plus comment remettre le compteur en route. Une peur lancinante m'a parcourue mais j'ai décidé de m'en inquiéter plus tard et de m'attaquer d'abord aux problèmes que je savais résoudre.

J'ai saisi une des fioles posées sur l'étagère de Pritkin, je l'ai débouchée et j'ai lancé son contenu au visage du démon.

Ça n'a eu aucun effet, sauf celui de teindre ses cheveux en rose. Une seconde plus tard, prise de panique, je me suis mise à lui jeter tout ce qui me tombait sous la main. J'ai d'abord lancé des potions liquides, claires et inodores comme de l'eau, avant de passer à des substances plus sirupeuses. Ces dernières étaient si fétides que ma tête commençait à tourner. Mais l'arsenal de Pritkin avait beau être conçu pour combattre les démons, aucune de ses fioles n'a eu le moindre effet.

J'ai vidé toute l'étagère, incapable de détacher mon regard du visage barbouillé de potions qui me faisait face. J'avais la sensation effroyable qu'il me scrutait derrière ces yeux noirs et luisants. Soudain, mon propre regard a commencé à se voiler, j'ai senti le duvet de ma nuque se dresser… et le temps a repris son cours.

Pritkin a traversé la fenêtre et le démon s'est mis à crier. Son hurlement, mêlé au son de bris de verre, exprimait une intolérable douleur. Apparemment, les potions n'avaient eu aucun effet à cause de mon petit entracte. Mais maintenant, elles marchaient très bien. Certaines ont enflammé sa peau et ses cheveux, qui se sont aussitôt mis à exhaler une odeur de cuir brûlé. Il a essayé d'éteindre les flammes avec ses mains. Sans succès : il n'a réussi qu'à se faire des cloques. Sous l'action de la dernière potion que je lui avais jetée – celle avec une odeur lourde et poivrée – son visage s'est mis à fondre comme de la cire.

Au bout d'un moment, abandonnant l'idée de sauver sa peau, il a de nouveau jeté son dévolu sur moi. J'ai essayé d'invoquer mon pouvoir, mais il était tout mollasson : ce petit contretemps avait dû lui coûter un bras. Acculée, j'ai lancé la lampe sur le démon mais il l'a envoyée promener en rugissant, de rage plus que de douleur. Il n'avait déjà presque plus de cheveux : le feu qui le consumait avec une frénésie surnaturelle les avait brûlés jusqu'à la racine. Mais ça ne suffirait pas. Loin de là.

J'ai levé le bras droit et deux poignards vaporeux et étincelants ont émergé du bracelet que je portais. Il n'y avait plus qu'un Pritkin dans la pièce, maintenant. Et je ne me souciais pas vraiment de son sort. Tant mieux, parce que les lames se sont mises à déchiqueter le démon avec leur enthousiasme habituel.

— Cassie ! (Billy gesticulait frénétiquement devant le visage fumant de mon assaillant.) Ici !

Comme si je ne savais pas où se trouvaient les armes…

— Qu'est-ce que tu crois que j'essaie de faire ?! (Mes poignards virevoltaient dans tous les sens. Ils entraient et sortaient de leur proie avec une telle vivacité que je les voyais à peine. Je n'osais pas bouger.) Chope-moi un truc !

L'espace d'un instant, il ne s'est rien passé. Et puis j'ai entendu une avalanche de cliquetis : tout l'arsenal est tombé par terre. Billy avait réussi à renverser l'étagère du placard. La plupart des armes sont restées sur place mais un couteau – un seul – a glissé par terre et buté sur mon pied. Je l'ai attrapé mais le démon à mes pieds se tortillait dans tous les sens : il ne restait pas assez longtemps immobile pour que je le poignarde.

— Achève-le ! (Billy vacillait d'excitation.) Achève-le !

— J'essaie !

Le démon ne me voyait pas : il était aveuglé par l'acide lui ayant rogné presque tout le visage. Mais il m'entendait très bien, et il s'est mis à ramper vers moi, les mains tendues. Sa peau n'était plus qu'un amas craquelé de bandelettes noires et rouges, et sa veste en cuir y avait adhéré par endroits. Je l'ai dévisagé. D'un seul coup, j'étais écœurée à l'idée d'avoir été capable de lui faire une chose pareille. Qu'étais-je devenue ? Comment infliger ça à quelqu'un ? Même à quelqu'un d'aussi maléfique que lui ?

Il a tourné ce qui restait de son visage vers moi et m'a regardée d'un air suppliant. Et j'ai hésité. En moins de temps qu'il n'en faut pour le dire, il m'avait attrapée par la cheville et les os dénudés de ses doigts glissaient contre ma peau. Immédiatement, sous l'horreur lisse de cette caresse, j'ai de nouveau eu la sensation qu'on me vidait de mon énergie. Il m'avait à peine effleurée que mon pouvoir se déversait déjà en lui.

L'espace d'un instant, la douleur était si intense que le monde s'est voilé. Ensuite, j'ai hurlé et j'ai essayé de bondir en arrière, avec pour seul effet de perdre l'équilibre. Je suis tombée sur les fesses tout en donnant des coups de pieds à mon agresseur, martelant son visage roussi avec une telle violence que sa peau desséchée est tombée en miettes sur le sol, révélant des os étincelants de blancheur. Mais le démon s'est contenté de me montrer ses dents dans une parodie de sourire.

— Dans un moment, votre apparence n'aura rien à envier à la mienne, a-t-il susurré en accélérant le rythme de sa succion.

L'espace d'un instant, le monde s'est couvert d'un voile gris.

— Oh ! là, là ! Réagis, Cass' ! m'a dit Billy, complètement paniqué. Je n'ai plus un poil d'énergie ! Si tu t'évanouis, c'est fini !

— Ça va aller, lui ai-je dit en mordant à sang l'intérieur de ma joue. (Mes lames continuaient à poignarder inlassablement le démon, encore et encore, mais la créature avait l'air de ne plus les remarquer.) Le cou, leur ai-je dit, d'une voix à peine audible. Coupez-lui le cou.

À ma grande stupéfaction, non seulement les couteaux m'ont entendue, mais en plus ils m'ont obéi. Et ils se sont mis consciencieusement au travail. Ils ont attaqué la chair et les tendons et bientôt je les ai entendus atteindre l'os. Le sang battait à mes tempes et ma vision commençait à s'obscurcir, mais pas question que je ferme les yeux. Lorsque les poignards ont eu fini leur travail, des petits points lumineux commençaient à apparaître devant moi. Mais les lames ont sectionné la colonne vertébrale en produisant un « crac » sonore.

Aussitôt, une tornade a envahi la pièce, entraînant vêtements, draps et bris de verre dans une spirale chaotique.

Ça partait dans tous les sens. Acculée, je ne pouvais rien faire d'autre que protéger ma tête en essayant de me faire toute petite. Je sentais le monde entier tourbillonner frénétiquement autour de moi et mes entrailles menaçaient de remonter dans ma gorge. Le corps tout recroquevillé, comme une crampe géante, j'avais envie de m'évanouir ; j'avais envie de savoir ce qui se passait ; j'avais envie de voir le visage de Pritkin ; et je n'avais pas envie qu'il soit couvert de sang.

J'ai entendu des cris diffus. Ça ne venait pas de loin mais je n'arrivais pas à distinguer une seule syllabe. Malgré les bourrasques hurlantes qui m'enveloppaient et me rasaient avec acharnement, je suis restée sagement prostrée, incapable de regarder autour de moi. Et soudain, ça s'est arrêté comme c'était venu. Le silence est descendu sur nous. On n'entendait plus que ma respiration sifflante et laborieuse.

Je me suis laissé tomber sur le dos et j'ai contemplé le plafond. J'avais toutes les peines du monde à soulever mes poumons. Inspirer. Expirer. Ma main reposait au sol, inerte, les doigts encore légèrement enroulés autour du couteau dont je ne m'étais pas servi. J'avais beau sentir le béton sous mon corps, on ne peut plus solide, j'avais la tête qui tournait. J'avais l'impression que le sol allait se dérober et que j'allais tomber dans le vide. *Au moins, le corps de la créature a disparu*, me suis-je dit, complètement sonnée. Et je me suis mise à rendre tripes et boyaux.

J'ai dû vomir assez longtemps, mais mon horloge interne était totalement détraquée : j'avais perdu le fil du temps. Pour ne rien gâcher, mes yeux me jouaient des tours : je n'y voyais clair que de manière sporadique. Pendant une de ces courtes périodes, l'obscurité a fait place aux bouts laminés des bottes de Pritkin et au teint pâle de sa peau, à l'intérieur de son biceps. Il me soutenait. Mon cœur battait à tout rompre et je tremblais de tous mes membres. Si je n'avais pas été aussi concentrée sur le fait de ne pas vomir de plus belle, j'aurais eu honte.

J'ai mis une main par terre pour essayer tant bien que mal de me hisser debout, mais Pritkin m'a serrée plus fort contre lui.

— Prenez votre temps.

Sa voix respirait la rage mais ses doigts étaient chauds et tendres sur ma peau. Ça faisait un bien fou. Je me sentais tellement décalée, tellement froide, tellement exsangue. J'avais l'impression d'être une boule vide et glacée.

Son corps, transpercé par la fenêtre, était moucheté de sang. Les gouttes rouges formaient un sillage sinueux de son avant-bras à son coude. Ses yeux avaient l'air d'avoir autant de mal que les miens à se concentrer. Je me demandais comment il s'était débrouillé pour ne pas finir en chair à pâtée sur le parking. Mais bon : je l'avais sous-estimé depuis le début. Je l'ai dévisagé, sans voix. Mais Billy Joe n'avait pas perdu son sens de la repartie.

— Alors comme ça, le plus célèbre chasseur de démons du Cercle est à moitié démon lui-même ! a-t-il lâché en s'extrayant du placard. Je t'avoue que je l'avais pas vue venir, celle-là !

Très franchement, moi non plus.

Chapitre 15

J'ai passé le reste de la journée au lit. Le simple fait de relâcher les muscles me faisait mal. Comment pouvait-on survivre à une telle douleur ? Ce n'était peut-être pas seulement dû à l'agression. C'était peut-être un effet secondaire de mon bricolage temporel. Après tout, la Pythie précédente était morte peu de temps après avoir joué le même tour : c'était peut-être lié. Bizarrement, j'avais l'impression que mon corps n'était plus qu'une contusion géante.

Et mes membres n'avaient rien à envier à mon état mental. J'ai fini par m'endormir au bout d'un certain temps, mais c'était pour mieux rêver du visage de Pritkin, qui me décochait un sourire franc et radieux. Assez déconcertant, étant donné que je ne l'avais jamais vu arborer cette expression dans la vraie vie. Mais très vite, ses traits se sont affaissés et des rigoles de chair se sont mises à dégouliner le long de ses joues et de son menton, comme de la cire. Ses yeux sont sortis de ses orbites et son sourire rayonnant a cédé la place à une grimace de squelette. Je me suis réveillée en sueur et glacée.

J'ai contemplé les motifs que ma lampe de chevet projetait au plafond et je me suis efforcée de calmer mon rythme cardiaque. *Ça ne te ressemble pas*, me suis-je dit, furieuse. *Toi, tu ne perds pas ton souffle sans raison, tu maîtrises tes pensées et tu ne hurles pas comme une gamine à cause d'un cauchemar tout bête.* J'ai respiré lentement pendant quelques minutes, avec régularité, jusqu'à ce que ma respiration se rétablisse d'elle-même.

Peu de temps après, la porte s'est ouverte sur Pritkin. Il me regardait encore, les bras ballants, lorsqu'un grondement précipité a retenti, accompagné d'une bouffée d'air froid. J'ai crié comme une folle.

Pritkin a bondi dans la pièce, m'a arrachée du lit et m'a jetée par terre, tête baissée. Son corps me couvrait entièrement. Je m'attendais à ressentir cette atroce léthargie, cette terrible sensation de succion, mais il ne s'est rien passé. Au bout d'une minute, le vrombissement a cessé et j'ai senti le sang me monter au visage. Pourtant, il était plaqué contre le béton glacé du sol.

— Je vous remercie infiniment de m'avoir protégée contre la climatisation, ai-je bafouillé. Est-ce que je pourrais me relever, maintenant ?

Pritkin m'a libérée et s'est débiné. Tant mieux. Je n'avais toujours pas la moindre idée de ce que je devais lui dire.

Je suis retombée, comme on tombe d'une falaise, dans un sommeil sans rêve. Vers minuit, j'avais dormi tout mon saoul et mon ennui avait commencé à avoir raison de mes bobos. Je me suis assise. J'avais soif, je transpirais et je me sentais groggy. Le miroir reflétait une version pâlichonne et défaite de ma personne, agrémentée d'une trace de couette incrustée dans la joue gauche. Mais après une douche brûlante, un peu de nourriture et quatre aspirines, je suis quand même partie à la pêche aux questions.

Pritkin n'était pas revenu sur la scène du crime. On avait balayé les débris de verre et couvert la fenêtre béante d'une lourde bâche en plastique représentant les motifs de feu le magnifique vitrail. Sûrement un substitut pour qu'on ne se doute pas, de l'extérieur, du chaos se trouvant à l'intérieur. Je me sentais plus ou moins dans le même état.

J'aurais bien aimé avoir l'avis d'une tierce personne sur les événements de la veille mais Billy avait pris congé. Il était prostré dans mon collier, en train de pomper le peu d'énergie que le bijou avait réussi à accumuler. Cette abomination toute en or et en rubis – et tellement laide que je la portais sous mes vêtements – n'était en réalité rien d'autre qu'un talisman. Il stockait l'énergie du monde naturel et la lui restituait à petites doses. Ça suffisait à maintenir le fantôme en activité mais ce n'était pas assez à son goût. C'est pour ça que je le ravitaillais avec mes propres réserves. Mais comme elles étaient épuisées…

Je suis donc allée trouver la seule personne susceptible d'avoir des réponses. Je l'ai trouvée au deuxième étage, en train de fulminer devant les machines à sous. À voir l'expression de Casanova, j'ai cru que quelqu'un venait de remporter le jackpot. Mais non. C'était pire.

Il était 1 heure du matin. L'heure de pointe, au *Dante*. Je trouvais donc un peu bizarre que la salle principale soit vide aux trois quarts, avec des rangées entières de machines à sous délaissées, suppliant tacitement les passants de les caresser, de les aimer, de leur donner de l'argent. Je me suis engagée dans une des allées et j'ai aussitôt compris la raison de ce désintérêt.

Deux membres de la triplette de demi-déesses grecques connues comme les légendaires « Grées » étaient en goguette. Elles avaient l'air inoffensives comme ça : petites, ratatinées et aveugles, à l'exception de Dino, qui était en possession temporaire de l'œil unique qu'elles se partageaient. Ça devait être son jour de chance, d'ailleurs : lorsqu'elle m'a souri en me faisant un signe de la main, j'ai vu qu'elle exhibait également leur dent collective.

J'avais, par mégarde, contribué à libérer ces dames de leur longue captivité, faisant d'elles mes servantes le temps que chacune me sauve la vie. Vu le nombre de pépins que j'attire, ça avait été rapide et elles étaient désormais libres « d'aller terroriser l'humanité ailleurs », comme l'avait si bien dit Pritkin. Sauf si je les prenais de nouveau au piège.

Et j'avais l'intention de le faire tôt ou tard, mais cette broutille n'arrêtait pas de descendre de plus en plus bas sur ma liste de choses à faire. J'avais des affaires plus urgentes à régler. Françoise s'était portée volontaire pour prendre le relais, en guise de remerciement pour lui avoir trouvé un emploi à temps partiel. Je m'étais sentie légèrement coupable de la mêler à tout ça – j'avais beau tourner les choses dans tous les sens, ce bazar était quand même *mon* bazar – mais je m'étais dit qu'une puissante sorcière s'en sortirait sûrement mieux que moi avec les Grées.

Malheureusement, elle n'avait pas l'air de faire grand-chose. Elle se contentait de les regarder d'un œil noir, sans faire la moindre tentative pour les attraper. Lorsqu'elle a surpris mon regard, elle a haussé les épaules.

— Elles ont un lien.

— Quoi ?

— Un lien métaphysique, a répondu sèchement Casanova. D'un point de vue magique, elles ne constituent qu'une seule entité.

J'ai regardé les filles en essayant de digérer l'information. Pemphrédo était aux abonnés absents tandis qu'Ényo jouait au black jack. Dino, quant à elle, était juchée sur un tabouret à ses côtés, occupée à disséquer une machine de poker : elle en extrayait méthodiquement les mécanismes internes et les déversait sur la moquette psychédélique. Apparemment, ses gains l'avaient déçue.

J'avais besoin d'en savoir un peu plus.

— Et alors ?

Casanova a tapoté la petite boîte noire que Françoise tenait à la main. C'était un piège magique parfaitement capable, en dépit de sa taille, d'enfermer les Grées. Une boîte totalement identique à celle-ci les avait contenues pendant plusieurs siècles.

— Le sortilège..., a commencé Casanova d'une voix on ne peut plus agacée, était censé me débarrasser d'elles et les mettre là-dedans. Je me trompe ?

— Euh… ouais.

— Eh bien, pour une raison ou une autre, il considère les horribles mémés comme faisant partie d'un tout – ce qui est peut-être le cas, ça m'est complètement égal – donc tant qu'elles ne seront pas réunies toutes les trois, le sortilège ne pourra pas les détecter. Et elles ont compris qu'on voulait les piéger.

— Donc elles s'arrangent pour qu'il en manque toujours une, ai-je conclu à sa place. Mais ça n'explique pas ce qu'elles fabriquent ici. Si elles sont au courant qu'on veut les…

— Elles sont aux aguets, a marmonné Casanova.

— Quoi ?

— Ce sont des guerrières. D'après moi, elles trouvent Las Vegas un peu trop tranquille à leur goût. Il ne s'y passe presque plus rien, a-t-il expliqué en me fusillant du regard. Elles savent très bien que, s'il doit y avoir du grabuge, ce sera ici ! Donc elles. Sont. Toujours. Là.

— En parlant de grabuge…, ai-je commencé.

Mais il m'a fait taire d'un geste de la main.

— Ne te fatigue pas : je ne peux rien faire pour t'aider.

— Mais il a fracassé ta fenêtre… Et il a failli tuer Pritkin !

— C'est votre mage qui a commencé. Il l'a traqué pendant des siècles avec une seule idée en tête : le tuer, justement. Il ne devrait pas se plaindre.

— Il faut qu'on parle.

— Tout à fait. (Casanova n'aurait pas été plus clair avec une pancarte « Je suis de mauvaise humeur ».) Je commence : le *Dante* n'est pas un camp de réfugiés. Je me coltine déjà un bataillon de travailleurs clandestins en cuisine, grâce à toi…

— C'était l'idée de Tony à la base ! Et tu sais très bien que…

— … et maintenant, je découvre qu'ils ont été rejoints par une bande toute dépenaillée et probablement infestée de puces…

— Hé !

— … de gamins, qui squattent deux de mes suites, probablement dans l'intention de me saigner à blanc !

— Ce ne sont que des enfants.

— Eh bien, fais en sorte que tes enfants soient sages comme des images. Des images invisibles si possible, a-t-il rétorqué. (Il ne s'était pas adouci.) Je n'ai pas assez de vigiles pour surveiller le trio infernal ici présent, faire le ménage derrière toi et jouer les baby-sitters !

— Personne ne t'a demandé de…

Il a braqué un doigt accusateur sur moi.

— J'en ai assez de t'aider. Tu m'entends ? Toi et tes amis bizarres… Tu corromps mon personnel, tu mets mon casino sens dessus dessous et par-dessus le marché, tu t'attires les foudres du seigneur Rosier…

— De qui ?

— Je m'en cogne des ordres ! (Je lui ai attrapé le bras pour éviter qu'il se débine. Normalement, ça n'aurait pas dû marcher, mais Françoise m'a donné un coup de main.) Oh, mais de mieux en mieux ! On m'agresse dans mon propre casino ! Que peut-on me faire de plus ? Ligote-moi à une chaise, tant que tu y es !

— Je suis sûre que tu détesterais ça, ai-je dit avec amertume. Arrête ton char. Pritkin est parti faire une course et j'ai besoin de réponses. Alors soit tu me les donnes, soit tu me fais mettre dehors.

Casanova a reniflé de mépris.

— Parce que tu crois que je vais expulser la petite copine du patron ?

— Je ne suis pas la petite copine du patron.

— Ah bon ? Ce n'est pas ce qu'on m'a dit. Aux dernières nouvelles, des nouvelles de premier plan, j'avais l'ordre de te porter toute l'assistance nécessaire parce que… Comment a-t-il formulé ça, déjà ? Ah oui : parce que tu lui étais *précieuse*.

(Casanova a fait une moue de dégoût.) Bien sûr, c'était avant que tu roules des pelles au mage au beau milieu du hall d'entrée!

— Ce n'était pas le mage!

— Tu es au courant. Je suis au courant. Est-ce que Mircea est au courant? Parce qu'il n'aime vraiment pas partager.

— En parlant d'être au courant, ai-je enchaîné avec hargne, j'aimerais bien comprendre ce qui s'est passé hier. Et je parie que tu vas tout m'expliquer.

— Tu rêves! a rétorqué Casanova, catégorique.

Françoise s'est mise à psalmodier et il a pâli.

— Oh! là, là! Non, non. Arrête! Je n'ai pas encore payé la facture de la dernière catastrophe!

— Dans ce cas, parle! Qui m'a attaquée? Et pourquoi?

— Je t'ai déjà répondu! Et je préfère ne pas prononcer son nom encore une fois. Ça risque d'attirer son attention. (J'ai senti Casanova tressaillir.) Je n'ai pas besoin d'une onzième plaie d'Égypte.

— Tu es sûr que tu ne me racontes pas des salades?

Les seuls qui ne voulaient pas encore me faire la peau, c'étaient les démons. En grande partie parce que je n'en connaissais aucun. Enfin, jusqu'à maintenant. Je ne comptais pas les incubes: semer la mort et la destruction, aux dernières nouvelles, ce n'était pas trop leur truc.

— Je passe ma vie à mentir, *chica*. Mais s'il y a un sujet avec lequel je ne rigole jamais, c'est bien celui-là.

— Tu veux dire que le père de Pritkin est une espèce de démon?

Casanova a pâli de plus belle.

— Ce n'est pas *une espèce de démon*. C'est le souverain de notre cour.

— Donc ce Rosier est une sorte de seigneur démon.

— *Ne l'appelle pas par son nom!*

Billy Joe me l'avait dit. Et Pritkin lui-même l'avait admis implicitement, mais je n'arrivais toujours pas à y croire.

—Mais Pritkin déteste les démons ! Il les traque depuis des années. C'est un vrai fou furieux…

—Je ne te le fais pas dire…

—Mais s'il était vraiment à moitié démon, pourquoi…

—Je ne sais pas. Enfin si : ils sont en froid. Tout le monde est au courant. Ton mage a l'honneur d'être le seul être connu à avoir été renvoyé de l'enfer. Mais je ne connais pas les détails. Je ne suis pas au parfum de ce qui se passe dans la haute. J'ai déjà assez de problèmes comme ça. Et ces temps-ci, la plupart de ces problèmes tournent autour de ta personne !

J'ai ignoré son habile transition.

—Je ne comprends pas. Comment Pritkin peut-il être un demi-incube ? (J'ai enfoncé un doigt dans son bras.) Tu n'as pas de corps.

—J'ai un hôte qui…

—Exactement ! Tu as besoin d'un hôte pour… Enfin tu vois… (J'ai montré son corps d'un grand geste de la main. Il était aussi élégant que d'habitude, avec son costume en lin sombre et sa cravate en soie orange vif. Casanova a haussé un sourcil.) Ben… Pour te nourrir. Ce qui fait que si quelqu'un doit avoir un enfant, c'est ton hôte. Pas toi.

Casanova a poussé un profond soupir, comme si le poids de ma stupidité était devenu intolérable. Mais il m'a quand même répondu.

—Notre souverain est assez puissant pour prendre forme humaine à sa guise. Il n'a pas à se soucier de trouver un hôte. Par conséquent, c'est le seul d'entre nous capable de se reproduire. (Il a fait une grimace.) Et vu le résultat, personnellement, je ne l'envie pas.

—Tu veux dire que Pritkin est le seul de son espèce ?

—Il existe de nombreuses races de démons. Et beaucoup ont tout le temps forme humaine, a rectifié Casanova avec irritation. Les demi-démons ne courent pas les rues, mais ils existent. Et la plupart d'entre eux ne sont pas des exterminateurs fous.

— Mais il n'existe pas d'autre demi-incube ?

— Parce que tu trouves que c'est une expérience probante, toi ? a-t-il fait remarquer sèchement.

— Bon. D'accord. Mais ça n'explique pas pourquoi Ros... (Casanova a tiqué.) Pourquoi ce démon m'a attaquée. S'il s'en est pris à Pritkin, c'est uniquement parce qu'il a essayé de me protéger.

— Te protéger ! Autant envoyer Pancho Villa raisonner Che Guevara !

— Pourrais-tu te contenter de...

— Je n'en sais rien. (À la vue de mon expression, il a poursuivi.) C'est la vérité ! Je n'en sais rien et je n'ai pas envie de savoir. La dernière chose dont j'ai besoin, c'est d'être soupçonné d'ingérence !

— Rosier a tué Saleh, ai-je dit pour essayer de rassembler les pièces du puzzle. Et quand il s'en est pris à moi, il m'a dit que c'était parce que je lui avais parlé. Mais la seule chose dont on a discuté, avec Saleh, c'est...

— Je ne veux pas le savoir !

Casanova a reculé, paniqué. Percutant ainsi le groupe de dangereux individus qui venaient tout juste d'entrer dans la salle. Ils avaient été si discrets que je ne les avais pas remarqués. En temps normal, Casanova aurait dû les repérer, mais il n'était pas au mieux de sa forme. État qui ne s'est pas arrangé lorsqu'il a fait volte-face et aperçu la tronche d'Alphonse, qui arborait un sourire en coin.

Il s'est littéralement mis à grogner. Les vigiles du casino, qui suivaient de près la bande de vampires sur leur trente et un, se sont rapprochés un peu plus.

— C'est moi qui les ai invités ! ai-je lancé avant que ça tourne au vinaigre.

— Tu as manigancé ça derrière mon dos !

Casanova m'a regardée d'un œil torve. *OK. Ouais. C'est vrai*. J'aurais dû lui dire plus tôt. Mais j'avais eu un léger contretemps !

— Ils sont là pour m'aider, pas pour se battre, ai-je rectifié. (J'ai croisé le regard d'Alphonse, ce qui n'était pas bien difficile, même avec Casanova devant, étant donné qu'il mesurait presque deux mètres.) N'est-ce pas ?

— Ça va sans dire, a-t-il acquiescé, tout miel, non sans gratifier l'épaule de Casanova d'un petit pincement amical. (L'incube a bronché de douleur.) On est v'nus reluquer les bécanes du Mirage.

— Tu es sur mon territoire !

Alphonse a esquissé un sourire nonchalant.

— Y en a plus, des territoires. T'es pas au jus ? Le Sénat les a annulés histoire d'éviter les guerres de clan.

Il a pouffé de rire, comme si c'était la blague la plus drôle du monde.

— Tu sais bien qu'il adore les motos, me suis-je empressée de rappeler à Casanova.

C'était vrai. En plus de la photo, des films de vampires de série B et de tuer des choses, Alphonse aimait les grosses motos bien bruyantes expulsant une fumée noire asphyxiant quiconque avait le malheur de se trouver derrière. Pour un tueur de sang-froid, il avait des goûts plutôt éclectiques.

Il était aussi très doué pour horripiler Casanova, mais ce n'était pas bien difficile. Apparemment, l'incube n'avait pas supporté qu'Alphonse prenne sa place de second auprès de Tony, quelques années auparavant. Ce n'était peut-être pas uniquement professionnel, d'ailleurs… Quoi qu'il en soit, Casanova avait une dent contre Alphonse. Et le fait qu'il débarque chez lui sans lui demander sa permission n'allait pas arranger les choses.

— Et si on a envie de titiller la roulette, moi et ma poupée ? Je ne vois vraiment pas ce qui nous en empêche.

D'un commun accord, les cinq vigiles ont avancé d'un pas. Je m'apprêtais à m'interposer entre eux et la bande d'Alphonse, constituée d'Alphonse lui-même, Sal, trois vamps que je me rappelais avoir vus chez Tony et un dernier que je ne connaissais pas. Je n'avais vraiment pas envie d'être à l'origine d'une guerre de territoire. Mais en un battement de cil, Sal m'a agrippé le poignet et m'a éloignée.

— Laisse-les s'défouler maintenant. Sinon, ça s'ra encore pire, a-t-elle dit tandis que les deux bandes se rentraient dans le lard.

Alphonse a ramassé un cendrier sur pied, presque aussi massif qu'une poubelle, et l'a brandi comme une matraque. Le sable noir, sur lequel on avait soigneusement apposé le logo du *Dante*, a volé dans toutes les directions et le cendrier a percuté Casanova en plein dans le ventre. Ce dernier a titubé en arrière et renversé Ényo de son tabouret.

— Ça ne te dérange pas qu'ils s'entre-tuent ? ai-je demandé.

Ényo s'est redressée en balayant la salle du regard, avant de lancer la machine autopsiée sur Alphonse.

Sal m'a attirée à l'écart du combat, à quelques mètres de là, sur une petite banquette placée contre une vitre en verre sculpté donnant sur la promenade. Elle a allumé une cigarette. Ses innombrables bagues reflétaient la lumière bien mieux que les lustres couverts de toiles d'araignée qui pendaient au plafond.

— Ils ont besoin d'établir des limites claires, a-t-elle expliqué en haussant les épaules.

— Ce n'est pas pour ça que je vous ai fait venir !

— De toute manière, ça devait arriver tôt ou tard, chérie. Et c'est mieux maintenant : ils ont encore besoin l'un de l'autre.

Casanova a bondi sur le dos d'Alphonse avant d'entreprendre de l'étrangler avec la cordelette en plastique d'une carte de fidélité du casino.

— Je n'ai pas l'impression qu'ils retiennent spécialement leurs coups.

— Détends-toi. Ils ne peuvent pas se permettre de s'entre-tuer. C'est trop risqué avec Mircea encore en vie. Ils se cherchent des poux, c'est tout. Dès qu'ils se s'ront défoulés, on pourra parler calmement.

Apparemment, Casanova avait dérobé la carte de fidélité d'Ényo, et elle a voulu la récupérer. Enfin, c'est ce que j'en ai déduit lorsque je l'ai vue arracher l'incube du dos d'Alphonse pour l'envoyer valser à travers les portes vitrées. Sal s'est approprié le plateau de boissons des mains d'un serveur pressé de s'éloigner du champ de bataille. Elle m'a dévisagée d'un air mauvais tout en tapotant son verre de ses longs ongles rouges.

Elle s'était mise sur son trente et un. Son pantalon en soie blanche moulait ses jambes comme s'il adulait chaque centimètre carré de son anatomie, et son haut argenté était tellement décolleté ici et raccourci là qu'il se rapprochait plus du concept que du vêtement. Elle avait coiffé ses cheveux blond doré en queue-de-cheval bouclée, et son maquillage était impeccable. Le regard critique de Sal est passé de mes cheveux emmêlés au tee-shirt froissé et au jean que j'avais enfilés au saut du lit.

— Tu devrais te mettre un peu plus en valeur, ma fille. Tu es la compagne du seigneur Mircea, m'a-t-elle informée avec emphase.

Je me suis dit que ce n'était pas le moment d'expliquer la véritable nature de mes relations avec Mircea. D'autant que je n'étais pas sûre de la connaître.

— Et ?

— Tu représentes le clan. C'est quoi, ça ? (Elle a désigné d'un geste dédaigneux mon manque total d'élégance vestimentaire.) Tu n'as pas honte ?

— Pardon ?

— Tu ne peux pas te balader fagotée comme ça, a répété Sal plus explicitement, comme si elle pensait que j'étais un peu lente d'esprit.

Son petit copain, qui avait pris son élan en se balançant à un lustre, a atterri sur un des hommes de Casanova, occupé à battre comme plâtre le vamp inconnu au bataillon.

— Je ne vous attendais pas cette nuit, ai-je dit, sur la défensive. Sans compter que je suis déguisée.

— En quoi ? En clocharde ?

J'aurais dû m'en souvenir : Mircea faisait partie d'une minorité de vamps préférant s'habiller humblement. La plupart des autres croyaient en l'adage selon lequel l'argent ne sert à rien si on n'en fait pas l'étalage. Alphonse était un des adeptes les plus convaincus de cette philosophie. À tel point qu'il s'était souvent attiré les foudres du patron, à la cour, pour lui avoir volé la vedette. Ce soir, il exhibait un de ses costumes new-yorkais faits sur mesure pour un paquet de dollars, et une quantité de quincaillerie à faire pâlir de jalousie une star du rap. *J'aurais peut-être dû me passer un coup de brosse dans les cheveux*, me suis-je dit avec un peu de retard.

Casanova, qui avait disparu dans l'entrée, est revenu en titubant. Il s'est emparé d'un verre posé sur le plateau que Sal avait placé au bout de la banquette. Après avoir descendu la boisson cul sec, il a lancé le plat. Ce dernier a fendu l'air en direction du cou d'Alphonse qui l'a esquivé au dernier moment. Le projectile a failli percuter Dino, mais la Grée l'a attrapé comme un frisbee et l'a renvoyé à l'expéditeur. Sal l'a cueilli en plein vol avant d'y poser son verre à présent vide et de remettre le tout sur la banquette.

— Il faut que tu te trouves un style.

— Quoi ?

— Il faut que tu endosses un rôle.

J'ai cligné des yeux. C'était déconcertant d'entendre un mot tel que « endosser » dans la bouche de Sal. Je ne l'avais pas vraiment fréquentée, chez Tony. Elle passait son temps lovée contre Alphonse, habillée d'un vêtement court, moulant et avantageux, jouant parfaitement son rôle de blonde sans cervelle. En fait, jusqu'à cet instant précis, j'avais toujours été persuadée que c'était effectivement une blonde sans cervelle.

— Tiens : moi, par exemple, je suis une ex-entraîneuse de saloon. Le type même de la meuf à gangster. Tu crois qu'on me prendrait au sérieux si je m'habillais en Dior ?

— Tu pourrais essayer Gaultier, ai-je proposé avant de faire un pas de côté pour éviter un vampire.

Il a glissé sur la moquette, la tête la première, avant de disparaître sous la banquette. Comme le vampire tardait à émerger, j'ai jeté un coup d'œil sous le meuble, mais sa main s'est refermée comme un étau autour de ma gorge.

Sal lui a enfoncé un talon argenté brillant de milles feux dans les côtes et le vamp m'a aussitôt lâchée. J'ai regardé les chaussures avec plus d'attention et j'ai compris qu'elles méritaient bien leur nom de talons aiguilles. Ces derniers étaient effectivement en métal – de l'acier, à première vue – et aussi aiguisés que des lames.

— Tu dois mettre en valeur tes points forts, a-t-elle dit pendant que j'essayais de me masser le cou le plus discrètement possible. Moi, je suis une vraie teigne. Tout le monde le sait et je joue là-dessus. Mais toi... (Elle m'a jeté un rapide coup d'œil.) Tu décrocheras jamais le titre de caïd.

— Je suis parfaitement capable de jouer les caïds si je veux ! ai-je protesté, piquée au vif.

— C'est ça. (Sal a crevé sa bulle de chewing-gum.) Avec tes petits bras maigrichons, tu pourrais te la jouer élégante. Tu serais assortie à Mircea, comme ça.

— Mais Mircea ne...

— Tu vois pas que c'est précisément ce qui le distingue de tout le monde ? Son message est clair : « Je suis tellement costaud que j'ai pas besoin de m'habiller comme un dieu pour vous épater, bande de ploucs. » Pourtant, il a toujours la classe. Même quand il porte un costume médiéval tout minable.

— J'ai des choses plus importantes à faire que...

— Y a rien de plus important que ton image, m'a dit Sal, catégorique. Si tu épates pas la galerie, tu passeras ton temps à lutter pour défendre ton rang. Si tu as pas l'air d'être quelqu'un d'important, tout le monde se dira que t'es une lavette. Et nous, on devra te défendre pour plaire au patron, et beaucoup de gens vont mourir. Juste parce que tu prends pas le temps de te maquiller un minimum.

À la cour, j'avais passé ma vie à essayer de passer inaperçue, de ne jamais attirer l'attention sur moi. En général, quand on se faisait remarquer, ça finissait mal. À aucun moment je n'avais appris à épater la galerie.

— Je n'ai pas l'habitude de m'habiller chic, ai-je avoué, penaude.

Sal a agrippé mon bras. Ses ongles rouge sang étaient enfoncés dans ma peau mais ils ne la transperçaient pas.

— Ça peut s'arranger.

Elle m'a décoché un regard manipulateur. C'était de loin la chose la plus effrayante que j'avais vue de la journée.

Chapitre 16

— Je ne peux pas respirer, ai-je gémi.

Sal a jeté un coup d'œil au grand miroir qui nous faisait face.

— T'as pas besoin de respirer. T'as besoin d'avoir la classe, a-t-elle dit en laçant de plus belle le dos de mon bustier.

On était dans la suite royale qu'elle s'était appropriée, avec une bouteille de champagne, une armada de grooms et la robe que j'avais commandée à Augustin. Il n'avait pas apprécié qu'on le réveille au beau milieu de la nuit, ni qu'on envahisse son atelier. Il avait commencé à protester à corps et à cri que le génie ne se commande pas et qu'il n'avait pas encore fini, mais lorsque Sal lui avait payé deux tenues cash avant de lui en commander une troisième dans la foulée, ça lui avait coupé la chique. Sa bouche s'était fermée si brusquement qu'elle avait fait un bruit de soupape.

— Rectification. C'est *toi* qui n'as pas besoin de respirer. Dans mon cas, je suis relativement certaine que c'est une nécessité.

— Est-ce que t'as toujours autant chouiné ?

— Je ne pense pas que le fait de revendiquer le droit de respirer soit…

— Parce que je m'en souviens plus. (Sal s'est interrompue le temps d'admirer le slogan on ne peut plus vulgaire qui venait de s'inscrire sur sa poitrine. Une des tenues qu'elle avait achetées chez Augustin était une combinaison en cuir noir ayant la particularité d'afficher un slogan fluorescent aléatoire. Sal avait découvert qu'elle avait la capacité, en se concentrant, d'influencer le choix des mots, et elle s'amusait à débaucher sa nouvelle tenue.) Mais bon. Y a pas grand-chose à se souvenir. Tu parlais jamais à personne, sauf à tes amis imaginaires...

— C'étaient des fantômes!

— ... et tu rasais les murs. Dès qu'on te r'marquait, t'avais l'air complètement épouvantée...

— Je me demande bien pourquoi, tiens...

— ... d'ailleurs, à ce propos, t'as pas l'air d'avoir beaucoup changé. (J'ai pris une grande bouffée d'air. Je m'apprêtais à apprendre une nouvelle insulte à sa combinaison lorsqu'elle a sanglé brusquement mon bustier, au niveau de la taille, expulsant tout l'air de mes poumons.) Baisser la tête, c'est la pire chose que tu puisses faire! Ça donne l'impression que t'es vulnérable.

— Ce n'est pas plus mal, vu que je *suis* vulnérable...

— Tu comptes passer toute ta vie à te planquer? Tu dois montrer à tout le monde que c'est eux qui devraient avoir peur de toi, et pas l'inverse. Ce que t'as fait avec la Consule, c'était bien. Ça les a forcés à prendre un peu de recul histoire de cogiter. T'as pas eu de problème avec le Cercle, ces temps-ci, j'parie.

— À part le fait qu'ils ont mis ma tête à prix?

— T'as raison. Il faut peut-être remettre les points sur les « i ».

— Encore un point sur un « i » et je suis morte! (Sal s'est tournée pour prendre sa coupe de champagne. Une phrase très grossière est apparue sur son dos. Je l'ai regardée d'un air mauvais. Mais je n'allais pas m'abaisser à me disputer avec un bout de tissu.) Et si je n'ai pas eu d'ennuis avec le Cercle, c'est parce qu'ils ne savent pas où je suis. C'est tout.

Sal a donné un pourboire au dernier des grooms à prendre congé. Il avait l'air épuisé. Il venait de déposer une énorme malle au milieu du salon. Elle était assez grande pour contenir un cadavre. D'ailleurs, connaissant sa propriétaire, elle contenait probablement un cadavre.

— Tout le monde sait où tu te trouves, ma chère ! a-t-elle dit après le départ du groom. Je veux dire… Enfin ! Qu'est-ce que tu crois qu'on fiche ici ?

— Vous vouliez passer un savon à Casanova ?

— À part ça ?

— Je ne sais pas. Parce que Rafe vous l'a demandé…

— Parce que tu crois que d'habitude, on lui obéit au doigt et à l'œil ? (Elle a levé les yeux au ciel.) Alphonse est venu faire de la lèche au nouveau patron. Vu qu'il est HS, il s'est dit que tu ferais l'affaire.

— C'est ça, ouais.

Alphonse ? Me faire de la lèche ? C'était aussi absurde que si la terre décidait, du jour au lendemain, de tourner dans l'autre sens.

— Tu piges vraiment rien. (Sal avait l'air sincèrement effarée.) On est en guerre. Tout le monde est en train de choisir son camp. Les plus malins se rangent du côté des plus forts. Comme Mircea. Comme toi.

— Et Tony ? C'est votre maître, non ?

— Et depuis qu'il est parti, je me suis rendu compte à quel point je le méprisais. Ce sale nabot à face de crapaud.

— Mais s'il revient…

— Je le tuerai, a-t-elle dit d'un ton qui laissait présager le plaisir qu'elle y prendrait.

— Tu ne peux pas. C'est ton maître, et…

— Il ne sera plus mon maître. Mircea sera mon maître.

D'un seul coup, tout a pris sens.

— Tu veux que Mircea brise votre lien.

— Quand tout ce bazar sera fini, on a bien l'intention d'être encore de ce monde… et du côté des vainqueurs, a-t-elle confirmé en me toisant de ses yeux bleus, qui exprimaient soudain une certaine malice. On n'a pas envie de mourir pour un homme qu'on méprise tous les deux.

Magnifique. Encore des gens qui dépendaient de moi et qui pensaient que j'arrangerais les choses d'un coup de baguette magique. Je me débrouillerais peut-être mieux toute seule : moins de gens à décevoir ; moins de choses à foirer.

— Si je suis si puissante, pourquoi est-ce que je n'arrive pas à les empêcher de s'entre-tuer, en bas ?

Sal a décroché le téléphone et m'a tendu le combiné.

— Si tu veux qu'ils arrêtent de batifoler, demande-leur.

— Comme ça ?

— Comme ça.

Je l'ai regardée avec de grands yeux mais elle s'est contentée de faire éclater sa bulle de chewing-gum. J'ai dit au téléphone que je voulais parler à Casanova. On m'a répondu qu'il était occupé pour le moment. J'ai dit que j'aurais beaucoup aimé qu'il prenne un peu de temps. On m'a demandé si je voulais laisser un message. Sal m'a arraché le combiné des mains en me décochant un coup d'œil méprisant.

— Bouge-toi les fesses, va le voir et dis-lui que la Pythie en titre veut lui parler, a-t-elle dit sèchement.

Je pouvais dire « adieu » à ma couverture. Si le Cercle ne savait pas encore où je me trouvais, ils n'allaient pas tarder à le savoir.

— Tu te rends compte de ce que tu viens de faire ? ai-je demandé en sentant poindre une migraine.

Sal m'a donné un coup de poing dans le bras.

— T'es la Pythie. Tu devrais commencer à te comporter comme telle !

J'ai réprimé mon envie de masser mon bras douloureux et je l'ai fusillée du regard. Elle m'a rendu la pareille. Casanova a rappelé. Il avait l'air un peu essoufflé.

— Quoi ?

— Vous avez fini ? ai-je demandé. Parce que sauf erreur de ma part, *votre maître* est à deux doigts de perdre la boule, ce qui obligerait la Consule à *le tuer*. Ai-je besoin de te rappeler comment ça se traduirait, pour vous deux ?

Alphonse s'est emparé du combiné. Ce n'était pas comme s'il en avait besoin : l'audition vampirique étant ce qu'elle était, la moindre conversation se transformait en conférence téléphonique.

— C'est quoi le plan ? On le sort de là ?

— Ce serait une bonne idée, ai-je acquiescé.

— Rafe nous a dit que tu avais vu le maître il y a deux ou trois jours. Si tu as déjà réussi à y aller une fois, pourquoi as-tu besoin de nous maintenant ?

— Parce que les talismans ont probablement eu vent de ma petite visite ! ai-je répliqué avec impatience. Ils doivent s'attendre que je recommence. Et la dernière fois que j'ai arraché quelqu'un à l'emprise de la Consule, elle a utilisé une bombe à néant pour me prendre au piège.

— On m'a dit. J'arrivais pas à y croire.

— Oh je peux t'assurer que les bombes à néant, ça existe, ai-je confirmé. Et la Consule en a un paquet.

Je m'en étais rendu compte par moi-même. Je doutais qu'elle dilapide sa réserve pour moi : les bombes à néant sont une denrée rare et chère. Mais n'empêche que je lui avais fait perdre la face. Involontairement, certes, mais les vampires ne s'embarrassent pas de considérations aussi triviales. Et nuire à la réputation d'une personne gouvernant par la peur, c'est un crime de lèse-majesté.

— Ce que je voulais dire, c'est que j'arrivais pas à croire que tu t'en sois tirée, a précisé Alphonse.

Moi non plus. J'ai décidé de ne pas lui dire à quel point j'avais eu de la chance dans cette histoire. Je vivais dans un monde où la réputation fait l'homme. Et je ne pouvais pas m'appuyer sur la mienne : dans les souvenirs d'Alphonse, j'étais la petite voyante de service de Tony. Ce n'était pas ça qui allait le convaincre de bouger ses fesses pour moi. En revanche, s'il me croyait assez gonflée ou assez folle pour m'en prendre à la Consule, ça pouvait faire l'affaire.

Dieu merci, Alphonse et Casanova avaient tous les deux intérêt à ce que Mircea soit sain et sauf. Je pouvais donc leur faire confiance le temps de lever le *geis*. Dans une certaine mesure. Peut-être.

— Je crois que j'ai une idée de comment on pourrait s'y prendre, a-t-il dit.

J'ai entendu Casanova bafouiller quelque chose au loin. J'ai d'abord cru qu'on essayait de l'étouffer, mais il m'a rassurée en ouvrant son clapet :

— OK. Il n'y a pas photo : tu es une grande malade. Tout s'explique.

— Je suis une grande malade qui se trouve être la copine du patron, lui ai-je rappelé, tout miel.

Heureusement que je ne comprenais pas l'espagnol…

Dieu merci, au moment où Sal a reçu la réponse de la Consule – elle acceptait de nous rencontrer – il faisait presque jour. Ça n'aurait pas spécialement gêné la responsable du Sénat, depuis longtemps émancipée de l'emprise du soleil, mais Alphonse et les autres ne jouaient pas dans la même cour. J'avais donc une journée de répit pour me demander si mon plan allait fonctionner. Et puisque j'avais déjà bousillé mon cycle de sommeil, j'ai décidé de consacrer ce temps à autre chose.

Quand je suis descendue dans la salle de recherche, c'était Nick qui gardait la boutique. Je l'ai surpris le nez fourré dans un immense livre vétuste et poussiéreux, mais il avait l'air content de faire une pause.

— Je n'ai rien appris sur votre amie Tami, m'a-t-il annoncé avant que je dise quoi que ce soit. Mais je n'ai plus accès aux mêmes informations qu'avant, maintenant que je suis devenu un fugitif.

J'ai fait une légère grimace.

—Ouais. Désolée.

Quelqu'un aurait dû le prévenir que j'avais une fâcheuse tendance à mettre les mages dans le pétrin.

—Ça devait arriver tôt ou tard. Leur système est moyenâgeux mais le Conseil se voile la face.

—Et moi qui croyais que ce n'était qu'une bande de mariolles imbus de pouvoir.

—L'un n'empêche pas l'autre, a-t-il rétorqué avec amertume en refermant le livre.

Un symbole était ciselé sur la couverture : des écailles argentées étincelaient sur le cuir vert élimé.

—L'ouroboros, ai-je dit.

Lorsque son visage s'est éclairé, comme un fanatique venant de rencontrer l'âme sœur, j'ai aussitôt regretté ma remarque.

—Je ne savais pas que l'histoire de la magie vous intéressait, Cassie.

Ça ne m'intéressait pas avant cette histoire de *Codex*. Maintenant, je n'avais plus trop le choix.

—Un symbole d'éternité, c'est ça ?

Il a acquiescé avec ferveur.

—C'est l'une des interprétations. Le serpent – ou le dragon, ça dépend des sources – mange sa propre queue afin de subvenir à son existence et de garantir la pérennité du cycle de la vie. (Il a soulevé la couverture pour me montrer la page de garde, une feuille en papier presque transparent sur laquelle figurait le même symbole, représenté cette fois dans divers coloris plus vifs.) Celui-ci est une copie d'une amulette égyptienne datée de 1500 ans avant notre ère. Mais de nombreux peuples en avaient connaissance. Les Phéniciens, les Grecs, les Chinois, les peuples scandinaves…

C'est l'archétype ultime ! On le retrouve dans presque toutes les cultures sous une forme ou une autre.

— Fascinant. (Dans un certain sens, ça l'était. Mais je n'avais pas le temps de suivre un cours d'histoire de la magie.) Avez-vous vu Pritkin, aujourd'hui ?

C'était trop tard : Nick était déjà plongé dans un autre livre.

— C'est l'un des symboles protecteurs les plus vieux du monde, voire *le plus vieux* du monde. Et le plus répandu, bien entendu. Les Aztèques croyaient qu'un serpent géant résidait dans les cieux pour protéger la terre jusqu'à la fin des temps. Les Égyptiens avaient un mythe similaire. Ces deux peuples croyaient que l'humanité serait anéantie lorsque cette protection disparaîtrait.

— Nick ? (J'ai attendu qu'il lève les yeux. Il avait le bout du nez maculé de poussière.) Vous n'auriez pas vu un blond caractériel qui aurait bien besoin d'une coupe de cheveux ?

— John ? Oh, il doit bien être quelque part.

Nick a écarté ma question d'un geste vague de la main, tout en s'emparant d'un autre livre. Je lui ai arraché des mains.

— C'est ça que vous faites depuis tout ce temps ?

Il y avait un paquet de livres dédiés à sa marotte et aucun concernant le *geis*. À la vue de mon expression, il s'est empressé de se justifier.

— Non, non ! Enfin, si, mais c'est complètement lié à nos affaires.

— Ah oui ?

— Oui, oui. Vous voyez ça ? (Il a désigné, sur la page de garde, une série de symboles bordant les écailles du serpent. Ils étaient agrémentés de dorures et d'entrelacs.) Les *Ephesia Grammata*, a-t-il déclaré fièrement, comme si ça expliquait tout.

— Et c'est quoi ?

— Pardon. Les formules d'Éphèse. Elles ajoutent un peu de… *punch*… à la protection. Elles sont souvent associées au symbole de l'ouroboros. On raconte qu'elles ont été écrites par Salomon lui-même. (Il a tourné quelques pages et m'a montré une gravure représentant un serpent encerclant un type à cheval avec une grande lance.) C'est lui en train de pourfendre le mal, a-t-il ajouté en désignant la silhouette au centre du cercle. Ici, on peut encore voir les formules d'Éphèse.

— Mais qu'est-ce que c'est ?

Nick m'a observée un moment de derrière ses lunettes, les yeux comme des soucoupes.

— Vous n'en avez jamais entendu parler ?

— Pourquoi je demanderais si j'en avais déjà entendu parler ?

— C'est juste… Elles sont très célèbres. Même les norm' les connaissent. (Il avait l'air offusqué par mon degré d'ignorance. J'ai croisé les bras sans cesser de le toiser.) On raconte qu'elles étaient gravées sur la statue d'Artémis, à Éphèse. Dans l'Antiquité, c'était le centre névralgique de son culte, a-t-il expliqué. Comme la déesse était associée à la magie protectrice, ces mots étaient considérés comme les *voces magicae* les plus puissants de l'époque.

— Des mots magiques, ai-je traduit. Et qu'est-ce qu'ils signifient ?

— C'est bien ça le problème. (Nick m'a regardée avec fierté, comme si je venais enfin de faire une remarque intelligente.) Personne ne le sait.

— Comment ça, « personne ne le sait » ? Quel est l'intérêt d'utiliser des mots quand on ne sait pas ce qu'ils veulent dire ?

Nick a haussé les épaules.

— Les mots ont un pouvoir. Certains plus que d'autres.

— Et pourtant, personne n'a jamais compris leur signification ?

— Oh, on sait parfaitement ce que chaque mot signifie individuellement, a-t-il dit en adoptant un ton légèrement arrogant. Le premier, *askion*, peut se traduire grossièrement par « privé d'ombre ». Il désigne peut-être les dieux. Le problème, c'est que la formule en elle-même n'est qu'un moyen mnémotechnique, chaque mot la constituant devrait permettre de se rappeler une phrase entière.

— Et on n'a qu'un seul mot de chaque phrase ? Où est passé le reste ?

— C'est ça le problème. Le texte intégral constitue une formule si cruciale, si puissante, que personne ne s'est jamais risqué à l'écrire. (Il a souri. L'éclat de ses dents blanches a illuminé son visage criblé de taches de rousseur.) Sauf une fois.

— Laissez-moi deviner. Le *Codex* contient la formule intégrale.

— C'est la plus ancienne énigme de l'histoire de la magie, a dit Nick, rêveur. Le secret du pouvoir ultime.

Je commençais à saisir l'importance de ce livre pour le roi des faes des Ténèbres.

— Je comprends qu'on soit prêt à tout pour se l'approprier.

— C'est toujours la même histoire, a dit Nick en perdant son sourire. Un groupe de mages élitistes avides de puissance, appartenant probablement au culte d'Artémis, ont voulu garder le pouvoir pour eux. Ils se sont donc transmis la formule oralement. Mais lorsque leur temple a été rasé par un incendie, en 365 avant notre ère, ils ont tous péri.

— Et depuis, personne ne l'a jamais écrite…

— Personne ne savait ce que ça voulait dire.

— Hé ben, c'est très bête.

— Exactement. Comme quoi il est possible d'être trop prudent. Il est parfois plus hasardeux de prendre trop de précautions plutôt que d'opter pour un risque nécessaire.

— Comme me dire où se trouve Pritkin, ai-je fait remarquer, l'air de rien.

— Oui, par ex… (Nick s'est interrompu. Il a froncé les sourcils.) Vous m'avez tendu un piège.

Il avait l'air plus surpris que fâché.

— Où est-il ?

— Vous devez lui laisser un peu de temps. Il…

— Je lui donne le temps que j'ai. Et j'ai été attaquée tout comme lui. Je dois lui parler, Nick.

— Je ne crois vraiment pas que…

Je me suis penchée sur la table et j'ai frappé sa précieuse pile de livres du plat de la main. Ces derniers temps, je n'avais pas la concentration nécessaire pour garder mon calme.

— Je vais aller droit au but, Nick. Ce soir, je vais rendre une visite de courtoisie à la Consule. Déjà qu'elle est un chouïa soupe au lait, en plus elle a comme qui dirait une dent contre moi : il faut que je sache si je dois m'attendre qu'un seigneur démoniaque joue les squatteurs. Et la seule façon d'obtenir cette information, c'est de parler à votre pote.

— Je comprends, mais n'oubliez pas que…

— Et j'ai besoin de lui parler *maintenant.*

Il a froncé les sourcils de plus belle.

— Est-ce une tentative d'intimidation ? Dans ce cas, je dois vous informer que…

— Je croyais que tous les mages guerriers avaient prêté allégeance à la Pythie ?

Ce n'était pas comme si le Cercle m'avait reconnue officiellement comme telle, ni manifesté le moindre signe de loyauté à mon égard, mais a priori Nick n'était pas du même bord. Sinon, c'était à se demander ce qu'il faisait là…

— Eh bien, techniquement oui, mais…

— Je suis la Pythie, lui ai-je rappelé. Et vous êtes un mage guerrier. Je n'ai pas besoin de vous intimider pour obtenir une information de votre part, il est de votre devoir de me la fournir.

Nick a cligné plusieurs fois des paupières, avant de pousser un soupir et de se frotter les yeux. Il avait l'air d'avoir un début de migraine.

— Il est à la salle d'entraînement.

— Où vous auriez dû vous présenter il y a une demi-heure, a dit Pritkin d'un ton sec. (Sa voix venait de derrière. J'ai sursauté et senti sa main se poser sur mon dos pour m'éviter de perdre l'équilibre.) Si vous aviez tenu vos engagements, vous n'auriez pas été obligée de manipuler mon collègue pour lui soutirer cette information.

Nick faisait face à la porte. Pourtant, il avait l'air aussi surpris que moi. J'ai eu un flash bizarre : j'ai vu Pritkin apparaître *ex nihilo* comme son père. Mais j'ai écarté cette idée. Il était fait de chair et d'os. Aucun doute là-dessus. Il était juste furtif.

— Elle ne m'a pas manipulé, a répliqué Nick, visiblement vexé.

Pritkin m'a regardée du coin de l'œil.

— Mais bien sûr.

Son survêtement gris était dans un tel état qu'on aurait dit qu'il avait déjà couru un marathon. Il a considéré longuement ma tenue mais n'a pas fait de commentaire.

— Changez-vous et venez avec moi.

— Pourquoi ? ai-je demandé.

Mon estomac a fait des nœuds : il était déjà cette heure-là ? Avec ma nuit de veille, je ne m'en étais pas aperçue.

— Nous allons faire un jogging.

— Je ne cours jamais pour le fun. Seulement quand on me pourchasse avec une arme.

— Ça peut s'arranger, a-t-il marmonné tout en me traînant jusqu'à la porte.

Chapitre 17

J'ai sauté dans un vieux jogging assorti d'un tee-shirt élimé et on a fait six fois le tour de tous les couloirs du sous-sol. À la fin, je voyais double. Pritkin avait beau me jurer qu'on n'avait couru que trois kilomètres et que ce n'était qu'un entraînement, j'étais sûre qu'il mentait. Ou alors, j'avais encore plus perdu la forme que je pensais.

On s'est arrêtés dans ce qui avait servi de salle de gym pour un spectacle d'acrobatie passé aux oubliettes. Pritkin s'était approprié cet espace pour s'entraîner. Quelques tapis étaient encore roulés contre les murs. Ils détonnaient complètement avec le reste du décor. C'était une belle pièce. Elle ressemblait plus à une salle de bal qu'à une salle de gym. À l'origine, elle avait dû être conçue pour accueillir des petites conférences ne nécessitant pas la mise à disposition des grandes pièces du rez-de-chaussée. Elle était dotée de murs lambrissés soutenant un plafond voûté. Trois des murs étaient couverts d'immenses miroirs et le dernier de hauts vitraux. La lumière que ces derniers laissaient filtrer dans la pièce ondoyait comme de l'eau, déversant sur le plancher en bois une véritable mosaïque de couleurs.

Je me suis adossée négligemment à la porte en essayant de ne pas trop montrer que c'était la seule chose qui me maintenait debout. Pritkin s'est mis à fouiller dans un grand sac en toile tout en me gardant à l'œil, comme s'il avait peur que je me débine. Ce qui était parfaitement injuste : je ne lui avais fait le coup qu'une seule fois et uniquement parce qu'il était en train d'extraire une corde à sauter de la mort qui tue. Et de toute façon, j'aurais été incapable de m'éclipser : il aurait fallu qu'on me porte.

Je pensais qu'il allait sortir une machine de musculation bien vicieuse, ou un nouveau pistolet dans l'espoir que j'arrive enfin à viser – il était d'un optimisme hallucinant, ce type – mais quand j'ai vu ce qui émergeait du sac, j'ai cligné bêtement des yeux.

— C'est pour quoi faire, ça ?

— Il est facile d'ensorceler une arme à feu pour qu'elle se détraque ou rate sa cible, a expliqué Pritkin d'un ton sec. Ça se produit même sans magie, d'ailleurs. En outre, tous vos ennemis ne craignent pas les balles. De la même façon, un sortilège peut être contré par des boucliers, un sortilège plus puissant… ou la mise hors d'état de nuire de la personne le lançant. Il n'existe aucune méthode parfaite. D'autant que vous êtes confrontée à une panoplie d'ennemis très divers.

J'ai plissé les yeux.

— Ça veut dire quoi ?

Il a cinglé sa cuisse du plat d'une épée d'entraînement à l'allure désuète. La lame était en bois mais elle a quand même émis un bruit de fouet particulièrement sonore.

— Ça veut dire qu'on en revient au bon vieux cap et épée magique.

— Non, non. Ça veut dire que *vous* en revenez au bon vieux cap et épée magique. Ce n'est pas moi, le mage guerrier.

D'accord : il fallait que je garde la forme et que j'apprenne à toucher mes cibles de temps en temps, mais je n'avais pas signé pour un stage d'apprentie sorcière.

— Effectivement. C'est d'ailleurs pour ça que vous avez failli mourir hier.

— Heu… Pas du tout : j'ai failli mourir hier parce que votre père s'est dit qu'il n'appréciait pas que j'aie parlé à Saleh. Et tôt ou tard, il faudra qu'on en parle.

— Je savais que vous mijotiez quelque chose à l'appartement.

— Ce n'est pas la question.

— Que vous a-t-il dit ? a demandé Pritkin.

J'ai eu comme une sensation de déjà-vu. Bien horripilante.

Je l'ai regardé méchamment jusqu'à ce qu'il se retourne en fulminant et remonte son sweat. Les couleurs vives de son tatouage m'ont un peu rassurée, mais je me suis dit qu'il pouvait s'agir d'un faux.

— Il nous faudrait un code, ai-je proposé, sceptique.

Pritkin en a prononcé un dans sa barbe mais j'ai décidé de l'ignorer. Le mage m'a lancé l'épée. Je l'ai lâchée sur-le-champ : elle avait beau être en bois, elle pesait grosso modo la moitié de mon poids. Elle a atterri par terre, sur le pommeau, dans un bruit métallique sourd.

— Vous voulez rire.

— Je n'en ai pas de plus petite. Nous vous procurerons quelque chose de plus adéquat sous peu. Et vous avez éludé ma question.

— Mais pas du tout. Saleh ne m'a pas dit grand-chose. Il était trop préoccupé par le fait que votre père venait de le tuer.

Je me demandais combien de fois il fallait que j'évoque leur lien de parenté pour que Pritkin saisisse la perche. Dans des circonstances normales, je ne m'en serais pas mêlée. Mais quand on manque de se faire aspirer toute son essence vitale, on ne peut plus parler de circonstances normales. Ce n'était pas la première fois que ça m'arrivait, certes, mais ce n'était quand même pas « normal ».

— Certaines créatures ne sauraient être tuées, a enchaîné Pritkin en m'ignorant, comme d'habitude. Hier, vous avez rencontré l'une d'entre elles. Vous avez eu de bons réflexes mais d'ordinaire ça ne sert à rien de lancer des potions à ce démon. Si ce n'est à l'agacer.

— Il avait l'air plus qu'agacé.

— Parce que vous vous êtes débrouillée, Dieu sait comment, pour lui en lancer une bonne vingtaine. Et la moitié d'entre elles étaient néfastes aux puissances démoniaques. Je crois que vous avez battu un record. (Il m'a regardée du coin de l'œil.) À propos, j'aimerais savoir comment vous vous y êtes prise.

— J'ai arrêté le temps, ai-je répondu. Par accident. (Il a haussé les sourcils.) Je sais qu'Agnès en était capable, mais elle n'a pas eu le temps de me transmettre sa méthode.

— Pourriez-vous le refaire ?

J'ai secoué la tête.

— J'en doute. Je ne sais pas comment j'ai fait la première fois.

Sans compter que je serais obligée de passer la journée du lendemain au lit pour me remettre.

— Vous avez eu de la chance, dans ce cas, a dit Pritkin d'un air grave. La prochaine fois, vous n'en aurez peut-être pas autant.

— Et que vous voulez-vous que j'y fasse ? Que je panique ?

— Non. Je veux que vous appreniez à repousser ce démon. Et toute autre créature tentée de s'en prendre à vous !

— Et pourquoi seraient-elles tentées ? ai-je demandé.

J'avais peut-être de quoi paniquer, finalement.

— Pour la même raison que tout le monde ! Vous attirez les ennuis comme un aimant.

Je me suis renfrognée.

— N'essayez pas de m'embrouiller. Cette fois, ma légendaire poisse n'y était pour rien. Ce démon était *votre père*. Et vous ne m'avez même pas mise en garde !

— Je vous mets en garde maintenant. Une décapitation ne le tuera pas, mais elle le forcera à se retrancher dans le royaume démoniaque pendant une courte période. Quelques jours, peut-être. Lui infliger des dommages corporels catastrophiques aura le même résultat. Mais ses boucliers lui permettent de parer la plupart des attaques, y compris les coups de feu. Et contrairement à la plupart des démons, la lumière directe du soleil ne l'affecte pas. Toutefois, il doit baisser ses protections pour se nourrir, ce qui vous donne l'occasion de…

D'un coup de pied, j'ai envoyé mon épée contre le mur.

— Pritkin !

— Concentrez-vous ! Je ne peux pas être partout à la fois. Et même si je le pouvais… (Il a pris une bouffée d'air, comme si c'était douloureux à admettre.) Il y a des choses dont je ne saurais vous protéger.

— Je ne veux pas que vous soyez partout à la fois ! Je veux que vous me disiez la vérité.

— Nous ne sommes pas venus ici pour discuter.

Il a ramassé mon épée pour me la fourrer de nouveau entre les mains.

Lui, peut-être pas, mais moi si. Malheureusement, je ne pouvais pas lui arracher les vers du nez. Et ça n'allait pas m'avancer à grand-chose d'invoquer mon rang de Pythie : il n'allait pas se laisser intimider si facilement. Prise de court, j'ai levé l'épée et saisi la poignée à deux mains. J'espérais ne pas me faire un tour de reins : mon dos était la seule partie de mon anatomie qui ne me faisait pas encore mal.

— Vous voulez vous battre ? OK, lui ai-je dit. Mais si je fais preuve de la moindre compétence, vous devrez répondre à mes questions. Pour changer.

Pritkin n'a pas pris la peine de répondre. Il s'est contenté d'attaquer. J'ai esquivé avant que son coup porte. J'entendais, à mon oreille, les accents grognons d'une voix familière me servant ses commentaires blessants habituels. C'était presque apaisant. *Tu n'as aucune force, ma petite. Et tu n'en auras jamais. Ne compte jamais sur la force ! Si tu n'es pas obligée de parer, ne pars pas. Ton adversaire a beau être plus costaud que toi, si tu n'es plus là, il ne peut pas te faire de mal.* Une seconde plus tard, mon épée menaçait la jugulaire de Pritkin et le remettait à sa place.

Lorsque j'ai croisé son regard, j'ai vu que ses yeux verts me jaugeaient froidement. Il n'a pas bougé un muscle mais j'ai senti la tension monter d'un cran. Je suis restée à distance : puisque nos épées avaient la même taille, j'étais assez près pour attaquer mais assez loin pour que cette attaque nécessite un grand pas en avant. Il m'a contournée lentement d'un habile déplacement de côté, sans croiser les pieds, sans me donner une seule chance de lui faire perdre l'équilibre. Je ne l'avais encore jamais vu se battre avec une épée, mais apparemment, je n'étais pas la seule à avoir suivi des cours.

J'ai imité ses mouvements. J'entendais toujours la rengaine de ma gouvernante Eugénie : *Vitesse, tempo, équilibre. Glisse les pieds par terre. Ne saute pas comme un lièvre effrayé !* Je visais comme un pied et je commençais à me demander sérieusement si j'allais m'améliorer un jour, mais j'avais des rudiments d'escrime. Grâce à Eugénie et à Rafe, j'avais croisé le fer assez souvent pendant mon enfance pour savoir comment m'y prendre. Eugénie avait réussi à convaincre Tony que ces leçons n'avaient pas pour but de m'apprendre à me battre, seulement de me dégourdir les jambes.

Elle avait menti.

Sois à l'affût du moindre changement de pied, du moindre mouvement d'épaule, de la légère crispation musculaire précédant chaque assaut. Et surtout, ne réfléchis pas ! Ne réfléchis pas à ton adversaire, à ce qu'il est, à sa façon de combattre. N'anticipe pas : tu ne sais pas ce qui va se passer. Aie confiance en toi, mais pas trop. Reste ouverte, flexible, prête à agir et à réagir.

La lame de Pritkin s'est abattue, avant de changer brusquement de direction. Et il s'est fendu en gardant parfaitement son équilibre. Aux murs, les miroirs reflétaient l'image de son corps tendu… dans le vide. Cette feinte était une des préférées de Rafe : je n'étais pas tombée dans le panneau. Pritkin s'est repris aussitôt. Il a fait volte-face et enchaîné un autre mouvement, si rapidement que je n'ai pas eu le temps de me placer derrière lui.

Touche la personne, pas l'épée ! Ce n'est pas l'épée qui essaie de te tuer. Et rappelle-toi que les grands adversaires peuvent te toucher de plus loin, mais qu'ils ont tendance à exposer leurs jambes. Tes seules cibles ne sont pas la tête et le torse, ma fille ! J'ai donné un coup de taille en biais, vers le bas, et cinglé le mollet gauche de Pritkin, occupé à rompre. Ça ne lui ferait probablement pas le moindre bleu, mais avec une véritable épée, il aurait saigné.

Eugénie aurait pu lui renverser les deux jambes avec un coup pareil, mais je n'avais pas son niveau. Et malgré tous ses efforts, je ne l'aurais jamais. Pourtant, contrairement à Rafe, elle n'avait jamais retenu ses coups. On ne tirait qu'avec des épées en bois – j'étais bien placée pour savoir que ça faisait un mal de chien de se faire toucher – mais elle n'avait jamais hésité à me frapper les tibias ou les fesses du plat de son épée lorsqu'elle estimait que je ne me donnais pas à fond. Et au cours des années, à force de prendre des coups, j'avais fini par acquérir des rudiments dont j'avais encore de beaux restes.

Rappelle-toi de respirer. Nous n'en avons pas besoin, mais toi si. Alors utilise ton souffle. Expire en attaquant, ça donnera plus de puissance à ton coup. Très bon conseil. À condition d'arriver à toucher l'adversaire. Et ça devenait de plus en plus dur. Parades, retraites, passes, fentes… J'étais sur pilote automatique mais Pritkin était passé à la vitesse supérieure. Il avait dû se dire qu'on avait fini de jouer. Pourtant, je n'avais pas eu l'impression qu'on jouait.

Au bout d'une minute, les muscles de mes bras et de mes épaules, éreintés, se sont mis à m'élancer, et cette sensation s'est répandue le long de ma colonne vertébrale. De la sueur a commencé à dégouliner devant mes yeux, troublant ma vision d'un voile de vapeur granuleuse, et la fatigue faisait poindre une migraine à l'intérieur de mon crâne. Mais les tennis de Pritkin ne faisaient presque aucun bruit en glissant sur le sol, et il ne donnait plus aucun signe me permettant d'anticiper ses mouvements. Les miroirs reflétaient son corps. Ce n'était plus qu'une extension de son épée. La lame, les muscles, la sueur, les os… Tout ça ne formait plus qu'un. Alors que moi, je devais me concentrer pour ne pas perdre le fil, pour ne pas trébucher.

Un combat à la loyale, ça n'existe pas ! Utilise ce que tu as sous la main. Tout ce qui se présente. Jette-leur du sable dans les yeux, soulève la poussière à coups de pied, frappe sous la ceinture. Rappelle-toi ton objectif : survivre. Tu n'es pas là pour gagner un prix de chevalerie. Cette leçon-là, au moins, elle n'avait pas eu besoin de me la répéter deux fois. J'ai ignoré la lame se dirigeant sur moi, je me suis concentrée sur l'espace derrière Pritkin et je me suis téléportée. Une seconde plus tard, mon épée était braquée sur la cambrure de son dos.

J'ai hésité : je pensais bêtement que ce coup allait mettre fin à notre duel. Mais apparemment, Pritkin ne voyait pas les choses de cette façon. Il a fait volte-face et son arme s'est enroulée autour de la mienne, l'éjectant de mes mains. Sa lame s'est retrouvée sous mon menton en moins de temps qu'il n'en faut pour le dire.

— Je me demandais combien de temps ça vous prendrait de vous souvenir que vous pouviez faire ça.

Je me suis téléportée avant que son air hilare et suffisant envahisse entièrement son visage, et j'ai récupéré mon épée, qui avait glissé à travers la pièce et buté contre le mur soutenant un des vitraux. Quand je me suis retournée, Pritkin était déjà sur moi. Il avait traversé la pièce en un clin d'œil. Je me suis téléportée encore une fois, juste avant qu'il pose la main sur moi. J'ai essayé d'être un peu sournoise – l'idée, c'était de grappiller les quelques secondes qui m'auraient été nécessaires pour me retourner – et je me suis retrouvée face à lui.

Malheureusement, mon oreille interne n'a pas apprécié le changement de cap intempestif et le vertige qui s'en est suivi m'a fait perdre plus de temps que le simple fait de pivoter. Dans la foulée, j'ai foncé sur lui pendant qu'il essayait de se retourner, on a trébuché, on a éloigné nos épées tant bien que mal pour éviter de tomber dessus et on s'est retrouvés les quatre fers en l'air… J'ai essayé de le plaquer au sol mais il a fait un roulé-boulé pour se positionner sur moi. Il me souriait, les yeux brillants, le visage échauffé.

— Ça fait trois, pratiquement coup sur coup. Quelle est votre limite, déjà ? Quatre ?

Je me suis téléportée pour me dégager de son corps, que j'ai entendu tomber sur le plancher avec un bruit sourd, et j'ai saisi mon épée. À moins que ce soit la sienne ? Je ne voyais pas très clair : non seulement j'avais des litres de sueur dans les yeux, mais aussi des cheveux !

— Ça dépend…, ai-je commencé en enfonçant la pointe de mon épée dans l'épaisseur de son sweat à hauteur du cœur… de ma motivation.

Pritkin a projeté sa jambe, qui m'a heurté l'arrière du genou. J'ai trébuché. J'ai bien failli ne pas dégager mon épée à temps : un peu plus et je l'embrochais. Je n'ai pas eu le temps de reprendre l'équilibre que son corps musclé m'a plaquée de nouveau sur le plancher. Je sentais son souffle chaud dans mon oreille.

— En êtes-vous sûre ?

— Je n'ai pas encore eu l'occasion d'en faire l'expérience, ai-je dit avec hargne en essayant de lui faire mordre la poussière.

Bien entendu, ça n'a pas marché.

— C'est une botte secrète intéressante, a-t-il dit sans me lâcher. Mais d'un usage limité si vous n'avez pas d'autre corde à votre arc. Nous allons devoir travailler…

J'ai rué de plus belle, mais comme ça ne m'a pas avancée, je me suis téléportée de nouveau. Cette fois, c'était sensiblement plus difficile. Et le vertige à l'atterrissage était beaucoup plus corsé. J'avais visé l'extrémité de la pièce, mais je m'étais à peine remise que Pritkin m'avait rejointe.

— Ça suffit, maintenant ! a-t-il hurlé. Ce n'est pas en vous rendant malade que…

— Vous n'êtes qu'un sale… *loser*, lui ai-je dit, pantelante.

J'avais du mal à reprendre mon souffle. La première fois que je m'étais téléportée, j'avais eu l'impression de monter deux volées de marches quatre à quatre. Cette fois, ça en faisait une bonne dizaine.

— Je ne m'étais pas rendu compte que j'avais perdu, a-t-il répondu.

La pointe de son épée commençait à devenir très intime avec mes côtes. Mais il ne me prenait pas au sérieux. Il ne faisait pas attention à mon langage corporel. Il s'attendait probablement que je me téléporte encore. Donc, je ne me suis pas téléportée.

J'ai fait un pas de côté pour me retrouver dans son espace, je lui ai porté un coup au menton du pommeau de mon épée et j'ai enroulé mon pied autour de sa cheville. J'ai tiré d'un coup sec et on a atterri tous deux sur le sol. Cette fois, j'étais sur lui, avec le tranchant de ma lame contre son cou. Il a émis un petit bruit étouffé de surprise. Ou peut-être protestait-il ? Peut-être appuyais-je trop fort ? Je n'ai pas vraiment enfoncé mon épée, pas assez pour couper la peau. Mais je lui ai quand même infligé une éraflure rouge. Je me suis retirée. Mon cœur battait si fort qu'il menaçait de transpercer ma poitrine et j'avais les jambes molles.

Je me suis affalée contre un miroir, le souffle court.

J'aurais bien aimé frimer, mais je n'avais pas assez d'air.

— J'ai gagné. Vous êtes obligé de parler.

— Que voulez-vous que je vous raconte ? a-t-il demandé en s'asseyant à côté de moi. (Il parlait d'une voix ferme – le salaud : il n'était même pas essoufflé – mais il a traîné lourdement la pointe de son épée contre le plancher, au point de craqueler le bois.) Que cette créature a forcé ma mère en sachant pertinemment qu'elle mourrait en couche, comme les centaines de femmes qu'il avait violées ? Qu'elle n'a survécu jusqu'au moment de ma naissance que grâce à l'infime proportion de sang fae qu'elle possédait ? Que si j'existe, c'est uniquement en vertu de la curiosité perverse l'ayant poussé à vérifier s'il pouvait se reproduire ?

J'ai cligné des yeux. J'avais préparé une liste mentale d'arguments pour l'obliger à me dire la vérité. Eh bien, je pouvais tous les mettre à la poubelle. Je m'étais attendue à tout, sauf qu'il crache le morceau comme ça, *cash*, sans aucune gêne. C'était le problème de fond de toutes mes conversations avec Pritkin.

J'étais habituée aux joutes verbales entre vampires, à leurs discours alambiqués, à leurs conversations subtiles. Ce n'était qu'une parade de mensonges et d'omissions. Il fallait toujours lire entre les lignes. Je connaissais les règles du jeu. Je les connaissais même par cœur. Mais avec lui, il n'y avait pas de reparties compliquées, de menaces tacites, de négociations en sous-main. Il n'y avait que des faits arides qui me laissaient bizarrement sans voix. J'essayais désespérément de découvrir un sens caché mais il n'y en avait pas. En tout cas, j'espérais qu'il n'y en avait pas.

— Je commence à comprendre pourquoi vous détestez les démons, ai-je fini par dire.

— Je déteste les démons parce que leur existence n'a qu'un seul but : tourmenter l'espèce humaine ! Ils n'ont absolument aucune qualité venant contrebalancer ce défaut. Au pire, ce sont des calamités ; au mieux, de simples fléaux. Dans les deux cas, nous devons les traquer et les exterminer jusqu'au dernier.

— Vous voulez dire que parmi tous ces démons, il n'y en a pas un seul qui…

— Non.

Je savais ce que ça faisait de grandir avec l'impression qu'il manquait quelque chose de crucial à l'existence. C'est absurde de porter le deuil de personnes qu'on n'a pas connues. Pourtant, j'avais toujours ressenti l'absence de mes parents comme une douleur constante et lancinante. Pritkin avait certainement de très bonnes raisons de haïr Rosier, peut-être même les démons en général, mais quand même… Le génocide, c'était une réaction disproportionnée.

— Parce que vous les avez tous rencontrés ? ai-je demandé en essayant de soutenir le regard que me jetaient ses yeux d'un vert brûlant.

— Vous avez grandi parmi les vampires, a dit Pritkin avec sauvagerie. D'après vous, où ai-je passé mes jeunes années ?

C'était un peu tard, mais je me suis rappelé les propos de Casanova. Quand il m'avait dit que Pritkin s'était fait virer des Enfers, j'avais cru que c'était une façon de parler. *En fait, non*, me suis-je dit en regardant Pritkin bondir sur ses pieds et se mettre à faire les cent pas, le visage encore plus rouge qu'après l'entraînement.

— Vous avez grandi parmi ces créatures et pourtant vous prenez leur défense ! Je ne vous ai jamais compris. Comment un être humain peut-il pactiser avec des créatures se nourrissant à ses dépens ?

— Vous faites encore l'amalgame entre les démons et les vamps.

Ça avait toujours été son problème. Et le fait de fréquenter Casanova, le seul vamp à avoir jamais été possédé par un incube, n'avait pas dû arranger les choses.

— Vraiment ? (Son corps irradiait la tension et sa bouche avait repris son pli maussade habituel.) Ce sont des prédateurs égoïstes et totalement dépourvus de scrupules. Ils se nourrissent sur le dos des êtres humains assez stupides pour leur en donner l'occasion. J'ai du mal à voir la différence !

Je commençais à comprendre pourquoi Pritkin ne pouvait pas voir les vamps en peinture. Leur façon de se nourrir ressemblait un peu trop à celle des incubes. Les vamps prennent votre sang, tandis que les incubes vous subtilisent directement votre force vitale en accédant à vos émotions. Mais pour quelqu'un avec son passif, la frontière devait paraître mince.

— Ce n'est pas si simple.

Je me suis relevée laborieusement en essayant de ne pas broncher lorsqu'une douleur lancinante a parcouru ma colonne vertébrale. J'avais dû me retourner trop vite ou faire un pas de travers. J'ai bougé la tête de droite à gauche mais l'étirement n'a pas eu l'air d'aider. Pritkin a remarqué mais ne m'a pas proposé de massage. À la fois, ça m'aurait étonnée.

— Certains vamps sont des monstres, ai-je admis. C'est le cas de Tony. Mais je suis presque persuadée que c'était déjà un monstre avant sa transformation. Il n'y a pas de vampire type. Pas plus qu'il n'y a d'humain type.

Il s'est approché de moi. Son visage reflétait la douleur et la haine.

— Il y a un démon type ! Rosier n'est pas différent de votre ami du rez-de-chaussée. Ni des autres. La seule différence, c'est la quantité de pouvoir dont il dispose, et l'ampleur des dégâts qu'il est à même de causer.

— Mon père n'était peut-être pas un monstre, mais il travaillait pour un monstre, lui ai-je rappelé avec calme. (Pritkin n'était pas le seul à affronter les démons de son passé.) J'ai dû l'accepter. Assumer le fait qu'il avait peut-être refusé de me livrer à Tony, mais qu'il avait accepté de faire d'autres atrocités.

— Votre père était *humain*, a craché Pritkin, avec une telle rage que j'ai eu l'impression de recevoir un coup de fouet.

J'ai reculé.

— Vous aussi !

Il a éclaté de son petit rire sans joie habituel et je me suis rendu compte que je ne l'avais encore jamais entendu rire pour de vrai. De temps à autre, il était capable de ricaner froidement mais ça n'allait jamais plus loin. Et même dans ces rares cas, il ne riait qu'avec les muscles qu'il avait autour des yeux. J'aurais beaucoup aimé le voir éclater de rire. Ne serait-ce qu'une fois. Mais ça n'avait pas l'air d'être le moment.

Il s'est mis brusquement en mouvement et on s'est retrouvés serrés l'un contre l'autre. Cuisse contre hanche. Épaule contre épaule. Cette fois, je n'ai pas reculé.

— Vous croyez ? Pourquoi pensez-vous que votre *geis* réagit avec une telle violence avec moi ? Plus qu'avec d'autres ? Pourquoi pensez-vous qu'il me considère comme une menace particulièrement dangereuse ?

— Ces derniers temps, ça n'a pas l'air d'être le cas.

Mes bras couverts de chair de poule en étaient la preuve suffisante.

— Parce qu'il était ici ! Il voulait me démontrer, encore une fois, que je ne valais pas mieux que lui.

— Attendez… Rosier peut bloquer le *geis* ?

— C'est un seigneur démon. La magie humaine n'a aucune emprise sur un tel être.

— Peut-il le lever ?

Pritkin a agrippé mes bras. Ses doigts se sont enfoncés dans ma chair, formant de pâles auréoles exsangues.

— Vous n'irez pas trouver cette créature !

— Je ne passe pas mon temps à aller au-devant des gens qui veulent me tuer ! (La plupart me trouvaient très bien tous seuls et ils me donnaient déjà assez de fil à retordre.) Mais si seulement on pouvait reproduire le processus… Peut-être qu'un autre incube…

— Non. Personne ne dispose d'une telle puissance.

Soudain, sa voix s'était adoucie. Mais il a détourné son regard.

— Pritkin. Si vous avez la moindre possibilité de me débarrasser de ce *geis*, il faut que je le sache.

Avant que j'aille à la MAGIC faire quelque chose d'incroyablement stupide.

— Que croyez-vous que je sois en train de faire ?

— Je sais très bien que vous faites votre possible pour trouver une solution qui relève de la magie humaine. Mais vous détestez tellement les démons ! Je ne suis pas sûre que vous envisagiez toutes les… éventualités.

— Il n'y a pas d'alternative, a-t-il dit sèchement. Même Rosier ne saurait lever le *geis*. D'ailleurs, il n'en a pas besoin. Son pouvoir peut le bloquer, le temps pour lui de se nourrir, le temps de vous vider de votre force vitale et du pouvoir de votre sacerdoce. Un sacré festin, n'est-ce pas ?

— C'est ça qu'il veut ? Le pouvoir de la Pythie ?

Pritkin n'a pas répondu. Je crois qu'il ne m'a même pas entendue. Il a pris une mèche de mes cheveux et a tiré violemment dessus.

— Vous voyez ces cheveux ? À quel point ils sont forts et résistants ? Savez-vous à quoi ressemble une personne une fois qu'un incube l'a totalement vidée de sa force ? Ses cheveux se brisent comme des brins de paille. Sa peau est toute fine et parcheminée. Sa jeunesse lui est dérobée. Tout… (Il s'est détourné brusquement.) J'ai une longue liste de raisons de haïr cette créature, a-t-il dit au bout d'un moment, avec une rage contenue. Mais sa plus grande faute à mes yeux est de ne pas m'avoir prévenu de ma nature, de ne pas avoir pris le temps de m'aider à ne pas devenir comme lui.

— Vous n'êtes pas un démon, Pritkin !

— Allez raconter ça à mes victimes.

— Je ne comprends pas.

Il a tourné son visage vers moi. L'expression qu'il reflétait m'a fait tressaillir.

— Laissez-moi vous éclairer. Après mon petit séjour aux Enfers, j'ai décidé de mener une vie normale. J'ai rencontré une jeune femme et nous avons fini par nous marier. Et lors de notre nuit de noces, j'ai aspiré sa vie. Comme cette chose a failli le faire avec vous.

J'ai cligné des yeux. Finalement, je savais peut-être qui était cette fille sur la photo, et pourquoi Pritkin l'avait gardée. J'aurais dû le deviner : ce n'était pas par sentimentalisme. Il s'en servait pour se flageller. J'aurais pu lui rappeler que ce n'était pas sa faute, qu'il n'avait pu parler à personne de son pouvoir, qu'on ne l'avait pas prévenu du danger. J'aurais pu lui dire qu'à la place de sa femme, je n'aurais pas voulu qu'il se torture pendant des siècles à cause de ma mort. Mais je savais très bien quelle réponse je recevrais. Il me fusillait déjà du regard. Ses yeux auraient pu faire fondre de la glace.

— C'était un accident, ai-je fini par dire. Vous ne saviez pas…

— Oh ! Je suis sûr que ça l'a consolée au moment de rendre son dernier soupir, a-t-il dit avec amertume. (Je ne l'avais jamais entendu parler d'une voix si hachée, si glaciale.) Être trahie par l'être supposé vous protéger, par la personne en laquelle vous avez le plus confiance. Découvrir son vrai visage juste avant de mourir. Avec horreur. Elle aurait toujours dû me considérer comme un démon. Et vous me considéreriez comme tel, si vous aviez un tant soit peu de jugeote.

— Pritkin…

Il m'a forcée à reculer jusqu'au mur. J'étais acculée. Autour de lui, l'air grésillait frénétiquement : j'avais du mal à le regarder.

— Mais ils vous ont dressée à ne plus vous en soucier, n'est-ce pas ? Ça ne vous fait ni chaud ni froid que ces monstres se nourrissent à vos dépens. Vous vous êtes convaincue qu'il ne s'agissait que d'êtres humains affligés d'une maladie. Voudriez-vous savoir la façon dont vos vampires vous considèrent réellement ?

J'avais grandi au milieu de créatures capables de me tuer avec la même facilité que je pouvais écraser un insecte. Je savais pertinemment comment ils me considéraient, comment ils considéraient tous les êtres humains. Mais il y a une différence entre le fait de pouvoir tuer et le fait de tuer. Vous ne franchissez pas systématiquement le cap, surtout si votre proie présente plus d'intérêt en vie. Je marchais sur la corde raide depuis longtemps. Bien avant d'en avoir conscience.

— Je sais très bien…

Ses yeux ont rétréci et viré au vert vif. Comme s'il venait de tuer des gens trop bêtes pour s'enfuir quand ils en avaient encore l'occasion.

— Je ne pense pas, non. Continuez à croire qu'ils vous respectent ! Continuez à croire qu'ils vous aiment ! Continuez à vous bercer d'illusions et à vous voiler la face ! Mais gardez bien cela en tête : vous êtes leur *nourriture*. Rien d'autre. À partir du moment où vous perdez ça de vue, vous devenez vulnérable. Et si vous leur faites obstacle trop souvent, ils vous tueront. Pas parce qu'ils vous détestent, mais parce que c'est leur nature. Et leur nature ne changera *jamais*. (Je n'ai pas essayé de lui dire que c'était loin d'être un scoop et qu'il ne parlait plus des vampires : on le savait tous les deux. En plus, il avait l'air d'avoir perdu le combat contre ses propres démons. Je voyais son pouls battre à son cou et ses joues avaient l'air brûlantes, mais ses yeux s'étaient couverts d'un voile.) Ne me dites pas qui je suis. Apprenez seulement à vous défendre. D'eux et de moi !

Après son départ, je me suis rendu compte qu'il ne m'avait toujours pas expliqué pourquoi Rosier voulait ma peau.

Chapitre 18

— Mais c'est incroyable ! Je ne peux pas te laisser toute seule *cinq minutes* ? a craché Billy.

J'avais beau avoir changé de corps plusieurs fois – pas tant que ça, finalement – ça me faisait toujours bizarre d'entendre ma propre voix prononcer des mots ne venant pas de mon cerveau. J'allais peut-être m'y faire un jour mais j'en doutais.

J'ai jeté un coup d'œil à la vitre assombrie et j'y ai vu le reflet attendu : un gars basané et lugubre vêtu d'un costume beaucoup trop criard, et affligé d'une légère occlusion dentaire. Ce n'était pas le visage le plus sympathique du monde, mais il passait plus ou moins inaperçu. Je devrais me souvenir de remercier Alphonse d'avoir forcé son sous-fifre à se plier à ce petit jeu.

D'habitude, les vampires n'aiment pas se faire posséder. Principalement parce que le processus est censé être impossible. Même les vamps de bas niveau sont capables d'expulser un hôte indésirable en moins de deux. Et les plus puissants ont des boucliers tellement costauds qu'ils ne risquent pas d'attirer les squatteurs. Mais Marcello avait quand même préféré me prendre en stop plutôt que de risquer le courroux de son maître. Jusque-là, il restait bien sage. Il faisait profil bas et n'avait pas tenté de lutter pour reprendre le contrôle de sa personne. Je me demandais combien de temps ça allait durer.

À l'extérieur de la limousine, les rues éclairées défilaient comme autant de traînées lumineuses, chaotiques et bruyantes.

On nous conduisait, Billy et moi, jusqu'à la MAGIC, où nous devions rencontrer les membres du Sénat. Je m'étais éclipsée sans rien dire à Pritkin. Principalement parce que la première fois qu'il avait vu la Consule, ils s'étaient embrouillés. Elle ne m'avait déjà pas en odeur de sainteté : je n'avais pas besoin d'en rajouter une couche. Mais il y avait une autre raison. Dès que j'aurais récupéré Mircea, j'allais retrouver le *Codex* et en finir avec toute cette histoire. Et je n'étais toujours pas convaincue que Pritkin était spécialement intéressé par l'idée de sauver la vie d'un vampire. Encore moins maintenant.

Mais c'était quand même bizarre de ne pas l'avoir dans les parages. J'avais l'impression de porter un étui à pistolet vide. Je ne m'étais jamais rendu compte à quel point je comptais sur son type très particulier de folie. Trop bête : ce qu'on allait faire ce soir était précisément dans ses cordes.

Bref, j'avais des centaines de raisons de me faire de la bile et un allié de moins. Billy aurait pu avoir la décence d'arrêter de me pourrir la tête ! Mais c'était trop demandé : il était intarissable.

— Tu étais HS toute la journée, ai-je fait remarquer.

— Oh ! Excuse-moi de m'être épuisé à te sauver la vie ! a-t-il aboyé. Sans compter que tu étais censée dormir, pas courir dans tous les sens et planifier un putsch contre le Sénat avec une bande de malfrats !

— Nous n'avons pas planifié de putsch, lui ai-je rétorqué patiemment, pour la sixième fois. On entre. On prend Mircea. On part. Ce n'est pas la mer à boire.

En tout cas, j'avais besoin de m'en convaincre.

— C'est ça. C'est pour ça que tu as trop peur pour rester dans ton propre corps.

Billy s'est interrompu et s'est mis à tripoter la robe.

— Quoi ?

— Mes nichons rentrent pas là-dedans… J'arrive pas à croire que j'ai dit ça.

— Arrête ! (J'ai frappé ses mains pour les éloigner d'une partie de mon anatomie avec laquelle je n'avais pas spécialement envie qu'elles deviennent plus intimes.) Tu es censé être la dignité incarnée.

— Dans cette paire de pompes ? Estime-toi heureuse que je ne te casse pas le cou.

— Les femmes font ça tout le temps. Tu n'as que la nuit à passer, alors arrête de chouiner.

— Moi, je chouine ? Tu tiens vraiment à ouvrir le débat, Cass' ? Parce que j'ai pas mal de choses à dire sur ce chapitre.

— J'ai rien dit, a lancé Sal. (Elle avait assisté à cet échange avec un intérêt manifeste, tout comme les autres sous-fifres d'Alphonse, et puisqu'il s'agissait de vampires, « intérêt manifeste » équivalait à « fascination extrême ». Son petit copain était dans l'autre limousine, avec Casanova, d'après lui pour démontrer à ceux qui auraient entendu parler de leur baston que le clan restait solidaire.) Si tu te tapes ça tous les jours, t'as raison de chouiner.

— Je ne chouine pas ! ai-je aboyé.

— Sympa, Bonnie ! N'hésite surtout pas à t'incruster dans une conversation privée ! C'est quand tu veux ! a ajouté Billy.

À peine avait-il rencontré Sal et Alphonse qu'il s'était mis à les appeler Bonnie et Clyde. Et il n'avait pas l'air de s'en lasser. J'aurais préféré qu'il la ferme : il occupait momentanément mon corps et Sal n'arrêtait pas de triturer son automatique.

Billy s'est remis à tripoter mon anatomie, avec pour seul résultat de positionner un de mes seins plus haut que l'autre. Il les a considérés avec dépit en penchant légèrement la tête sur le côté.

— Tu sais, je ne m'attendais pas que la mort soit si bizarre.

J'ai regardé, par la vitre, le coucher du soleil revêtir le désert d'une teinte rouge sang. On venait à peine de sortir de Las Vegas – on était donc encore loin de la MAGIC – mais je sentais la présence de Mircea croître à chaque kilomètre, comme un aimant m'attirant à lui.

— Dans le même genre, la vie n'est pas mal non plus, ai-je répliqué.

De l'extérieur, la MAGIC a l'apparence d'un ensemble de bâtiments en stuc lambda, construits au milieu d'un océan de canyons pas spécialement spectaculaires. Rien ne la distingue d'un ranch normal, à part son isolement et le fait qu'on n'y trouve ni chevaux ni visiteurs d'un jour. Mais son apparence neutre est la moindre de ses protections : la zone 51 est moins protégée. D'un autre côté, elle a moins de choses à cacher…

Lorsqu'on est arrivés sur place, la MAGIC s'éveillait à peine. De l'extérieur, c'était loin d'être évident : on ne distinguait que les logements du personnel humain. Mais grâce aux sens de Marcello, je sentais l'activité se déployer en sous-sol. Il y avait le bourdonnement des talismans magiques, les sources de pouvoir éclatantes indiquant la présence de vampires, l'énergie totalement différente produite par les mages… Tout cela se mélangeait à d'autres sensations, moins familières : quelques garous et, de façon plus sporadique encore, des faes. J'avais l'impression d'être un sismographe enregistrant les prémices d'un tremblement de terre : trop d'activités dans un espace trop réduit, prêt à imploser. Je me suis retenue de pousser la comparaison plus loin.

J'ai suivi les autres à l'intérieur en essayant de me rappeler de ne pas me baisser en passant les portes. Ma nouvelle taille s'accommodait parfaitement des plafonds bas, mais ils me semblaient quand même trop près et trop durs. Sal, Alphonse et Billy – dans ma peau – ont été conduits dans une des antichambres du Sénat, histoire de poireauter en attendant le bon vouloir de la Consule. Et vu l'estime qu'elle me portait, ils allaient sûrement prendre racine. On a escorté les autres membres du clan dans les quartiers du seigneur Mircea, où on était censés attendre que les gens de la haute règlent leurs petites affaires.

La seule fois où j'avais accepté leur hospitalité, les vamps m'avaient logée au rez-de-chaussée, avec les autres humains. Un vague coup d'œil aux alentours m'a fait comprendre pourquoi. La suite de Mircea était un peu trop pompeuse. Elle ressemblait à un palais de la Renaissance souterrain, avec ses sols en marbres, ses tapisseries tape-à-l'œil et ses lustres en cristal se reflétant dans une quantité indécente de miroirs. Le hall d'entrée donnait sur trois couloirs différents. Un majordome des familles nous a conduits jusqu'à la bibliothèque, où déambulaient quelques rafraîchissements. La chambre sans prétention dans laquelle on m'avait logée la dernière fois était beaucoup plus accueillante. Et elle ressemblait plus à Mircea que cet étalage vulgaire.

Après avoir repoussé les donneurs de sang bénévoles, j'ai entrepris de me frayer un chemin à travers la foule. J'étais presque arrivée au couloir lorsque je me suis arrêtée net. Sur le seuil, il y avait un vampire aux grands yeux marron et aux boucles brunes en bataille. Son visage jovial se terminait par une barbiche. Charmant… Si on ignorait son côté « assassin sans scrupules ».

J'ai senti Marcello devenir mal à l'aise à la vue du chef des espions de la Consule. Je ne pouvais pas lui en vouloir : ça ne me mettait pas non plus en liesse. Je ne savais pas pourquoi Marlowe se mêlait au peuple, surtout avec la réunion cruciale qui se préparait, mais ce n'était sûrement pas bon signe. Il était toujours là quand on prévoyait du grabuge. Et il n'avait aucun moyen de savoir qu'il allait se passer quoi que ce soit d'intéressant ici.

— Vous n'avez pas faim ? a-t-il demandé sur le ton de la plaisanterie.

— J'ai mangé avant de partir, ai-je répondu de la voix grave de Marcello. (J'étais contente de ne pas avoir besoin que mon cœur d'emprunt batte vraiment, parce qu'il m'était remonté dans la gorge.) Je voulais présenter mes respects au patron.

— Le seigneur Mircea ne se sent pas bien.

— Dans ce cas, je ferai court.

Casanova nous a rejoints. Il portait une tenue élégante, tout en bleu pâle et blanc, agrémentée d'une cravate aux motifs étincelants. Il avait l'air de se rendre à quelque soirée chic sur un yacht privé. À côté, les ténébreux vêtements élisabéthains de Marlowe ressemblaient au costume d'une production théâtrale fauchée.

— Je souhaite aussi lui rendre visite, a-t-il ajouté. Pour le remercier de ma récente promotion.

— Je croyais qu'il ne s'agissait que d'un intérim.

Casanova a esquissé un léger sourire.

— C'est justement ce dont j'aimerais lui parler.

Plusieurs autres vampires avaient commencé à s'agréger autour de nous, comme s'ils avaient envie de s'inviter à la fête. La plupart n'avaient pas l'occasion de voir Mircea très souvent et, avec Tony sur la sellette, ils avaient probablement l'intention de faire un peu de lèche. *Histoire de tout balancer sur le dos du gros lard avant que le patron se fasse des idées*, a ajouté Marcello dans ma tête.

Tais-toi, ai-je répliqué.

— Quel courage, a dit Marlowe, l'air de rien. Il n'est pas de très bonne humeur, ces temps-ci. La plupart des gens gardent leurs distances. (Les nouveaux venus se sont dispersés si rapidement que je ne les ai pas vus partir.) Vous êtes donc les seuls ?

Son ton était encore cordial mais j'ai senti mon corps d'emprunt se couvrir de sueur froide.

— Nous lui transmettrons les vœux de rétablissement de tout le monde, a dit Casanova.

Il n'avait pas l'air ébranlé le moins du monde. Marlowe m'a jeté un regard en coin. Je n'ai rien dit mais je ne suis pas partie pour autant. Il a haussé les épaules.

— Si vous insistez.

On l'a suivi dans un long couloir menant à un grand salon faisant office de chambre. J'ai su, à la vue du trou en forme de poing pratiqué dans la porte, qu'il s'agissait bien de celle de Mircea. Apparemment, après mon départ, les choses ne s'étaient pas améliorées.

Contrairement aux couleurs douces prédominant dans les pièces publiques, la chambre était vive et bigarrée. Lors de ma dernière visite, je ne m'en étais pas aperçue parce que les lumières étaient tamisées. Cette fois aussi d'ailleurs, mais la vue de Marcello était bien meilleure que la mienne. Dans des niches se trouvaient des objets traditionnels roumains, dont les turquoises criards, les rouges et les verts m'apparaissaient avec netteté. Les mêmes couleurs se retrouvaient sur l'immense armoire peinte en bois sculpté. Ce mobilier aurait dû paraître kitsch et rétro, à côté du décor brun crème, précieux mais raffiné. Mais ce n'était pas le cas.

La première chose que j'ai remarquée, à part cette décoration bariolée, c'était le lit. La quenouille cassée était toujours inclinée sur la gauche et les draps étaient froissés. Mais il n'y avait personne à l'intérieur. J'ai balayé la pièce du regard : pas de Mircea recroquevillé dans un coin sombre. En revanche, il y avait quelqu'un d'autre.

— Tami !

C'est sorti tout seul. Tami avait l'air complètement perdue et Casanova m'a lancé un regard exaspéré. Je l'entendais presque penser « Tu n'es pas sortable ! ». Marlowe a souri.

— Merci. Je me demandais lequel d'entre vous était Cassandra, m'a-t-il dit avec jovialité.

J'étais trop occupée à dévisager Tami pour y prêter attention. Elle avait l'air plus vieille que dans mes souvenirs.

Ou plutôt, plus vieille qu'elle aurait dû l'être après sept ans. Et elle était trop maigre. Mais ce qui m'inquiétait le plus, c'étaient ses vêtements. Elle portait un tailleur froissé et des collants déchirés. Même si elle n'avait pas eu l'air lessivée, son apparence était suffisamment éloquente. Tami avait toujours soigné son look. Elle ne s'habillait jamais de façon voyante, mais elle était toujours impeccable. Ça m'inquiétait vraiment qu'elle porte encore les habits dans lesquels ils l'avaient surprise. Enfin : l'important, c'était qu'elle soit en vie.

Casanova s'est approché discrètement. Il voulait certainement être bien placé pour le moment où j'allais nous téléporter. C'était le plan B en cas de pépin. Malheureusement, ça n'allait pas marcher.

— Te fatigue pas, lui ai-je dit pour qu'il arrête de me donner des coups de coude dans les côtes. C'est une mage-néant.

— Quoi ?

Casanova a regardé Tami en fronçant les sourcils. Elle lui a rendu la pareille. Dans ses yeux, la stupéfaction cédait la place à la peur.

— Tout va bien, me suis-je empressée de lui dire, en espérant que ce soit vrai.

Ça n'a pas eu l'air de la rassurer beaucoup. Sûrement parce qu'elle ne savait pas qui j'étais.

— Tout va bien dans quel sens ? a demandé Casanova.

Je l'ai fusillé du regard. Mais il avait raison. Puisque mon pouvoir suit mon esprit, et pas mon corps, je m'étais dit que ce serait simple d'aller voir Mircea incognito et de nous téléporter. Même si le Sénat avait prévu de me lancer une bombe à néant pour m'empêcher d'agir, Marcello n'aurait pas dû éveiller de soupçons. Mais j'avais oublié que rien n'est jamais simple avec le Sénat.

— C'était un bon plan, a dit Marlowe, comme s'il avait lu dans mon esprit. Il essayait d'avoir l'air sympathique mais il n'arrivait pas à réprimer son sourire sardonique.

— Si on passe outre au fait que c'est un ratage complet, a ajouté Casanova.

— Comment avez-vous trouvé Tami ?

— On a entendu dire que les mages avaient un néant dans leur cachot et on leur a demandé si on pouvait l'emprunter, a-t-il dit avec empressement. Nous avons pensé que ça nous coûterait moins cher que d'utiliser une bombe à chacune de vos visites.

Et mince. J'aurais dû y penser. Placer un mage-néant au chevet de Mircea était la solution idéale. Contrairement aux bombes, Tami était toujours sur « on ». Certes, le rayon d'action d'un mage-néant était très limité, mais ça ne changeait rien si on la plaçait juste à côté de Mircea. Et d'un, elle était tout aussi prisonnière que dans une cellule du Cercle. Et de deux, sa présence me coincerait le temps que les vamps me cueillent. Au cas où je débarque.

Maintenant, par exemple.

— Ce n'est qu'en discutant avec elle que j'ai appris que vous vous connaissiez, a ajouté Marlowe.

J'ai lancé une des insultes de Pritkin. Pas étonnant que Marlowe ait l'air aux anges ! Sans le savoir, le Cercle lui avait donné une arme absolue contre moi.

J'ai décidé de zapper la phase de menaces mutuelles, suivie d'une phase de négociations à l'issue on ne peut plus prévisible.

— S'ils vous l'ont prêtée, vous devrez leur rendre tôt ou tard, ai-je fait remarquer.

J'aurais juré que c'était impossible, mais Marlowe a pris un air encore plus satisfait. Son satané sourire allait finir par lui couper le visage en deux.

— Nous trouverons un arrangement, m'a-t-il assuré. Si vous voulez bien me suivre…

J'ai soupiré. Heureusement que Billy s'était habillé chic, parce que j'avais bien l'impression qu'on allait effectivement rencontrer la Consule.

— Ouais. Finissons-en.

Quand on est entrés dans la salle d'audience du Sénat, Tami s'est arrêtée net, bouche bée. Il y avait beaucoup de choses à voir, depuis l'immense grotte en calcaire jusqu'aux lustres décorés de couteaux, en passant par les armoiries bariolées qui pendaient derrière les sièges en bois sculptés rassemblés autour de la gigantesque souche d'acajou servant de table de réunion. Mais je savais très bien pourquoi elle avait cet air ahuri. C'était difficile de se concentrer sur quoi que ce soit d'autre quand la Consule était présente.

Au début, j'ai cru qu'elle s'était enfin décidée à porter des vêtements constitués d'autres choses que d'organismes vivants. Mais la peau de serpent noire et dorée couvrant son cafetan s'est mise à ondoyer et des écailles scintillantes à glisser le long de son corps. Une gigantesque tête de reptile a émergé de derrière son visage, comme une capuche, pour me scruter méchamment de ses yeux noirs et luisants. J'ai compris avec stupéfaction que la Consule avait dépecé ce qui ressemblait à l'ancêtre de tous les cobras en s'arrangeant pour le garder en vie. Augustin en aurait eu une attaque.

Billy est venu à ma rencontre. À mon grand soulagement, il avait réussi à régler son problème de poitrine. La robe d'Augustin épousait parfaitement les formes de mon buste. À partir de la taille, elle s'épanouissait en une jupe bouffante dotée d'une petite traîne. Je n'étais pas une experte en costumes d'époque mais j'avais vu assez de films historiques pour avoir des doutes sur son authenticité : pour moi, Marie-Antoinette n'aurait jamais porté une chose pareille. Mais si je lui avais dit ça, il se serait contenté de renifler avec mépris, avant de me faire remarquer que (a) dès que la tête de la reine était partie en goguette sans son corps, la mode avait changé très vite, (b) il était question de mode magique, pas de mode humaine et (c) j'étais stupide. La raison pour laquelle Augustin n'était pas devenu un grand nom de la mode était assez évidente : il fallait vraiment avoir envie de vêtements pour supporter son caractère de chien.

Mais il se débrouillait sacrément bien avec une aiguille. Ou avec un sortilège. Au *Dante*, je n'avais pas apprécié l'ampleur de son talent. Sûrement parce que j'avais failli mourir étouffée. En tout cas, sans aller jusqu'à faire de l'ombre à la Consule, je me trouvais plutôt pas mal.

La base de la robe était en soie bleu marine, mais c'était difficile de se concentrer sur le textile : le bustier lui volait la vedette. Ce n'était pas exactement le bustier, d'ailleurs, mais ce qui avait l'air de se passer *à l'intérieur* de la robe. Plus on la regardait, plus il était difficile de se souvenir qu'il s'agissait de tissu et pas d'un ciel nocturne. Qu'il s'agissait de pierres précieuses et pas d'une cascade d'étoiles. Augustin s'était débrouillé pour créer une bande mouvante de diamants ressemblant à s'y méprendre à la voie lactée.

Quand Billy s'est approché, Marlowe a tiqué et reculé de quelques pas. Je n'ai pas compris tout de suite. Les étoiles agissaient en réalité comme un million de minuscules soleils. Ce qui expliquait les reflets légèrement stroboscopiques que la robe projetait sur le sol de la caverne, comme autant de petits prismes jaillissant de son ourlet.

— Cassie ?

Tami dévisageait Billy, incrédule, et j'ai décidé de reprendre mon corps. À ce stade, ce serait moins compliqué que de tout expliquer. Quand elle m'avait connue, je ne pouvais pas posséder les gens.

Je me suis insinuée sous ma peau et Marcello a soupiré de soulagement. Apparemment, il n'avait pas plus que moi apprécié notre cohabitation.

— C'est pas trop tôt, a marmonné Billy avant de se ruer sur mon collier.

Au ton de sa voix, j'ai su que je n'avais pas fini d'en entendre parler.

— Tout va bien, Tami, lui ai-je dit, les ignorant tous les deux. Je sais que tu n'as rien fait de mal. C'est juste un malentendu.

Marlowe a éclaté de rire.

— Un malentendu ? Je ne crois pas, non. (Apparemment, il s'était remis des brûlures de la robe, mais j'ai remarqué qu'il s'était mis un peu à l'écart. Et son pantalon était criblé de petits trous, comme pratiqués par des épingles. J'aurais juré qu'il ne les avait pas avant.) On peut difficilement faire plus coupable !

Tami s'était suffisamment remise de ses émotions pour lui lancer un regard noir. Ce regard m'était vraiment familier. Sûrement parce que j'avais récemment eu droit à sa copie conforme.

— Jesse ! C'est ton fils, n'est-ce pas ?

J'aurais pu faire le rapprochement plus tôt, mais à l'époque elle n'avait pas d'enfant. En tout cas, elle n'avait jamais mentionné en avoir.

Tami a tourné brusquement la tête vers moi.

— Où est-il ? Il va bien ? Et les autres…

— Ils vont bien. Ils ont débarqué il y a quelques jours. Je les ai mis en sécurité.

— Oh.

Elle s'est affaissée sensiblement. L'espace d'un instant, j'ai cru qu'elle allait finir par terre. Mais elle s'est reprise et m'a serrée dans ses bras, si fort que j'ai perdu le peu d'air que l'invention d'Augustin m'avait laissé dans les poumons.

— Merci, Cassie !

— De rien, ai-je haleté. Tu as fait la même chose pour moi, tu te souviens ? Mais la prochaine fois, ça serait sympa de passer un coup de fil. Après tout, tu savais où j'habitais.

— Mais pas comment tu réagirais. Et c'est plus facile de s'excuser que de demander la permission.

— Mais tu me connais !

Je n'arrivais pas à croire qu'elle ait pu penser que j'allais dire « non ».

— Je te connaissais, a-t-elle rectifié. Mais tout change avec le temps. Tu as une nouvelle vie, maintenant. Tu as pris un nouveau départ. En plus, la paranoïa peut se révéler sacrément utile.

On a prononcé les derniers mots en chœur et on a ri en dépit de la situation. C'était le dogme des Zonards. Il ne se passait pas une journée sans qu'elle nous l'enfonce dans le crâne.

Mais l'euphorie de Tami est vite retombée.

— Je me faisais du souci, Cassie… Les mages guerriers ne voulaient rien me dire. Et je ne savais pas… Jesse est malin, mais tellement de choses auraient pu mal tourner et je…

— Rien n'a mal tourné. (J'ai esquissé un sourire piteux.) Si ce n'est qu'il n'a rien voulu me dire. Ça ne me surprend pas : c'est bien le fils de sa mère. Mais je ne savais pas que tu avais un fils.

— Je n'avais pas prévu de tomber enceinte. Quand je m'en suis aperçue, j'ai caché mon état. Et lorsque Jesse est né, j'ai convaincu son père de le prendre. Sa femme ne pouvait pas avoir d'enfant, et il a réussi à la persuader de déclarer le bébé comme étant le sien. On pensait que si Jesse tenait plutôt de lui, s'il ne manifestait aucun signe de… de rien, il pourrait devenir apprenti quelque part. Vivre une vie normale. Mais lorsqu'il a eu onze ans… (Elle a dégluti.) Il y a eu tous ces incendies…

J'ai réfléchi une seconde et j'ai compris.

— Un incendiaire ! Waouh… C'est très… rare, ai-je dit en me reprenant à la dernière minute.

Mais Tami n'a pas été dupe.

— Et très dangereux, a-t-elle ajouté. (Sa bouche s'est déformée.) Le Cercle l'a d'office mis sur sa liste rouge. Et ils l'ont incarcéré. Pendant deux ans, son père a envoyé des pétitions pour le libérer. Il a embauché les meilleurs avocats. Il a fait tout ce qu'il fallait. Mais pour finir, ils ont dû lui dire que c'était sans espoir. Ils auraient peut-être pu faire quelque chose s'il avait eu un autre don. Un don moins dangereux. Mais Jesse… (Elle a froncé les sourcils.) Mais je n'allais pas me faire avoir par leurs bonnes paroles !

— Tu l'as libéré.

Elle a relevé fièrement le menton.

— Tu parles que je l'ai fait sortir ! Ils traitent toujours les mages-néant comme une bande de bras cassés. N'empêche que quand je traverse un de leurs foutus talismans, il tombe d'office ! Jesse a passé deux ans là-dedans ! Et il m'a raconté plein de choses. Qu'ils vivent comme des prisonniers, que personne les touche – comme s'ils étaient contagieux. Et puis les rumeurs…

— Quelles rumeurs ?

— Tu n'es pas au courant ? Le Cercle parle de les faire opérer de force. Dès qu'ils sont assez âgés.

J'ai froncé les sourcils.

— Les opérer de quoi ?

— Les empêcher de se reproduire. Éviter qu'ils polluent leurs précieux petits gènes, au cas où ils se débrouilleraient pour s'échapper !

— Le Cercle nie cette rumeur, a fait remarquer Marlowe avec douceur.

Tami s'est retournée pour lui faire face. Elle était furieuse.

— Même si on leur agitait la vérité sous le nez, ces salauds du Cercle seraient capables de nier !

C'est Tami tout craché de pourrir un maître vampire devant la moitié du Sénat, ai-je pensé tandis que Marlowe reculait d'un pas. Il a levé les mains. Sa bouche était déformée par un léger sourire qu'il ne parvenait pas totalement à réprimer.

— Je n'ai jamais dit que je les croyais !

— Mais ça n'explique pas ce que tu fais là, ai-je fait remarquer. Je veux dire : OK, tu as enfreint la loi, mais ce n'est quand même pas si grave.

Même pour le Cercle, claquemurer une mère poule dans un cachot ultrasécurisé, c'était disproportionné.

Marlowe m'a considérée en haussant un sourcil.

— Mettre à sac une demi-douzaine d'installations éducatives ? Vous ne trouvez pas ça grave ? Oh, mais j'oubliais à qui je m'adressais…

Je lui ai décoché un regard noir… et j'ai assimilé le reste de sa phrase. Tami a grimacé tout comme moi.

— Attends voir… C'est toi, Catwoman ?

Elle m'a gratifiée d'une grimace et désigné sa chemise chiffonnée.

— Est-ce que j'ai un look de Catwoman ?

Étant donné ce qu'elle venait de vivre, je trouvais son look assez impressionnant. Mais je n'approuvais pas pour autant ses agissements.

— Mais qu'est-ce qui t'est passé par la tête !

— Ce qui m'est passé par la tête, c'est que je devais absolument arracher mon fils de leurs sales pattes ! Et quand je l'ai libéré, il m'a supplié de retourner chercher ses amis. Et ses amis avaient des amis. Qui à leur tour avaient des amis… Et je n'ai pas seulement eu affaire à des talismans. Surtout quand ils ont compris que je pouvais les traverser. Ils se sont mis à poser des pièges. Donc j'ai commencé à embarquer des explosifs. Et de fil en aiguille…

— Oh…

J'ai cligné des paupières. J'avais du mal à croire que la femme que j'avais connue ait pu se transformer en Catwoman givrée. Mais elle aussi devait avoir du mal à me reconnaître.

— Au bout d'un moment, le Cercle m'a tendu une embûche et je suis tombée dans le panneau. Maintenant, ils veulent que je donne les noms de toutes les personnes qui m'ont aidée à cacher les gamins mais je m'y refuse. (Elle a regardé Marlowe d'un œil noir.) Vous pouvez me faire ce que vous voulez, espèces de sales vampires ! Vous pouvez me vider de mon sang. Je ne cracherai jamais le…

— Ce n'est pas pour ça qu'ils t'ont emmenée ici, l'ai-je interrompue.

Faire preuve d'un saut d'humeur, c'était une chose. Insulter le Sénat, c'en était une autre. Et j'avais déjà explosé notre forfait à tous les deux.

— Je veux voir Mircea, ai-je dit à Marlowe, tout en plaçant Tami derrière moi.

— Il ne se sent pas bien.

— Vous me l'avez déjà dit. Mais je tiens toujours à le voir.

En un clin d'œil, les traits de Marlowe étaient devenus impénétrables. Les vampires ont tous cette effrayante capacité.

— Pas question, m'a-t-il répondu sérieusement. Vous ne le verrez pas.

— Où est-il ? a demandé Alphonse.

Avec Sal, ils s'étaient jusque-là tenus à une distance respectable. Mais ils se sont avancés. Un des gardes du Sénat a fait mine de les intercepter mais Marlowe lui a ordonné, d'un geste de la main, de les laisser passer.

— Nous avons dû le mettre en sécurité. (Marlowe m'a jeté un coup d'œil en coin.) J'ai besoin de tous mes collaborateurs, en ce moment. Je n'ai pas assez d'hommes pour m'assurer que le seigneur Mircea reste confiné dans ses quartiers.

— « Confiné dans ses quartiers » ? (Cette expression appliquée à Mircea était totalement absurde. C'était un maître du premier niveau. Les maîtres du premier niveau vaquaient où bon leur semblait.) Que voulez-vous dire ?

— Il a tenté de s'enfuir. Pour vous retrouver, j'imagine. Mais il n'était pas en pleine possession de ses moyens. Dans son état, nous ne savions pas quelles seraient les conséquences de son évasion sur la population humaine. (Marlowe a grimacé.) Il… n'a pas apprécié… qu'on s'oppose à son bon vouloir. Six de mes hommes se trouvent dans un état critique. Ils peuvent en témoigner.

J'ai dégluti et tenté de garder une expression neutre. Je ne crois pas y avoir réussi. Quand Mircea avait encore toute sa tête, il m'avait ordonné de m'éloigner de lui. S'il essayait de me traquer maintenant, ça voulait dire que son état s'était dégradé plus vite que je le pensais.

— Où est-il ? a réitéré Alphonse en détachant les mots, d'un ton qui voulait dire « Ne me force pas à t'arracher la tête ».

Sal a pris Alphonse par le bras. Marlowe a eu l'air agacé. Visiblement, il se posait des questions sur le niveau intellectuel d'Alphonse. Et j'avais tendance à partager son point de vue. Ce n'était déjà pas très malin de défier un membre du Sénat ; se mettre à dos l'espion en chef, c'était franchement suicidaire. Surtout de la part d'un maître du troisième niveau à peine.

Comme Marlowe l'ignorait, Alphonse a émis un grognement qui n'avait rien d'équivoque.

— Si vous ne maîtrisez pas vos serviteurs, a lancé Marlowe, je le ferai moi-même.

Je n'ai pas compris tout de suite qu'il s'adressait à moi. C'était absurde. Alphonse n'était pas mon serviteur. Alphonse était… Et merde…

— À vous entendre, on croirait que je suis le second de Mircea.

Mes lèvres étaient complètement engourdies. J'ai été surprise que cette réplique fasse si naturelle.

— Il vous a désignée comme telle lorsqu'il était encore… responsable, a avoué Marlowe.

Génial. C'était la poisse. La poisse du siècle. Ça expliquait bien des choses, y compris pourquoi la Consule ne m'avait pas encore mise aux fers. Mais c'était le seul bon côté de l'affaire.

Techniquement, Mircea pouvait nommer n'importe qui à cette fonction. Le second représentait le clan en cas d'incapacité temporaire du maître. C'était le rôle qu'avait joué Alphonse auprès de Tony. Mais mince ! Pourquoi Mircea m'avait-il choisie ? Il avait une armada de serviteurs dans l'État de Washington, où il tenait sa cour. Sans compter une famille élargie de sympathisants. N'importe lequel d'entre eux aurait constitué un dépositaire de son pouvoir beaucoup plus logique. La deuxième tâche du second était de protéger le clan, et j'en étais incapable ! J'avais déjà du mal à sauver ma peau ! Qu'est-ce qui lui était passé par la tête ?

J'ai humecté mes lèvres. Un aveu non verbal de trop, qui m'aurait valu un coup sur la tête de la part d'Eugénie. Mais elles étaient si sèches que je n'aurais pas pu parler. Lèvres sèches ou pas, je me sentais incapable d'aligner trois mots.

— Bien sûr qu'il l'a désignée comme second, a dit Sal. (J'ai senti sa poigne de fer sur mon épaule, comme si elle voulait me dire « Essaie de ne pas t'évanouir. Ça nous ferait perdre la face ». Je me suis légèrement redressée et elle a relâché son étreinte. Je m'en tirerais avec un bleu.) Le maître et la Pythie ont passé une alliance.

L'expression de Marlowe en disait long sur ce qu'il pensait d'une telle alliance, mais la Consule a pris la parole et l'opinion des autres ne comptait plus.

— Dans ce cas, vous êtes autorisée à parler en son nom, a-t-elle dit.

Je me suis approchée un peu, tout en faisant bien attention de m'arrêter avant que les reflets de ma robe atteignent la table. Je ne pensais pas que les petits points de lumière puissent lui faire plus de mal qu'une piqûre d'insecte mais je n'avais pas besoin d'aide pour la mettre en rogne. J'y arriverais très bien toute seule.

J'ai regardé son magnifique visage de bronze.

— Pourquoi le seigneur Mircea a-t-il été emprisonné ?

— Comme nous vous l'avons dit : pour sa sécurité. Il devenait difficile de le contrôler sans le blesser. Et le piège remédie aux problèmes causés par une constante supervision.

— Le piège ? Vous voulez dire que vous l'avez mis dans…

— Nous n'avions pas le choix, s'est empressé d'expliquer Marlowe. C'était la seule façon de le maîtriser.

Alphonse a poussé un juron. Je me suis mordu la lèvre pour éviter de faire une déclaration qu'on ne m'aurait probablement pas laissé le temps de regretter. J'avais beau faire des efforts, j'ai senti mon pouls s'affoler. La Consule parlait de la cage magique que Françoise avait essayé d'utiliser sur les Grées. Elle était conçue pour contenir de dangereux criminels. Par conséquent, son inventeur n'avait pas pensé au confort du prisonnier, ni à une façon de le rendre inconscient. Le commentaire désinvolte de la Consule signifiait que Mircea était seul au milieu du néant, et qu'il perdait lentement l'esprit, sans aucune voix à qui parler, aucune main à toucher. Rien. C'était le pire sort imaginable.

— C'est des conneries, a craché Alphonse à mon oreille. Tu vas quand même pas laisser passer ça ? (Son poing était crispé et il avait l'air au bord de la crise de nerfs.) Parce que je...

Je lui ai violemment écrasé le pied. À ma grande surprise, il s'est tu.

— Certainement pas. (J'ai de nouveau regardé la Consule.) Vous devez relâcher Mircea sur-le-champ.

Elle a légèrement incliné la tête.

— Vous acceptez d'accomplir le *geis* ?

— Je n'ai jamais dit ça.

— Dans ce cas, il demeurera où il est, a-t-elle dit sèchement. Nous ne pouvons pas le guérir. Au moins, s'il est incarcéré, il ne peut faire de mal à personne. Ni à lui ni aux autres.

— Mais il a mal ! Le *geis* le rend fou !

— Il ne tient qu'à vous de l'aider. (Un éclair de colère a traversé son visage d'ordinaire si impassible.) S'il ne vous avait pas nommée son second, je vous aurais fait enfermer tous les deux dans la même pièce et tout serait déjà réglé !

— Si c'était ce que Mircea avait voulu, il ne m'aurait pas désignée comme son second, ai-je fait remarquer en essayant de faire le point. (Et d'un seul coup, j'ai compris pourquoi il m'avait éloignée. Pourquoi il s'était assuré, par tous les moyens, que la Consule ne nous forcerait pas à coucher ensemble.) Il a peur, n'est-ce pas ?

— Quoi ?

Alphonse avait l'air complètement perdu. Mais Sal était pensive. Je commençais à me demander qui portait vraiment la culotte.

— T'es la Pythie, maintenant, a-t-elle dit lentement. (Elle réfléchissait tout haut.) Et le *geis* obéit au pouvoir. (Ses yeux se sont élargis.) Et merde…

C'était décidé : je ne penserais plus jamais que Sal était un peu lente. Elle avait découvert le pot aux roses encore plus vite que moi.

J'ai expliqué plus en détail pour qu'Alphonse comprenne à son tour.

— Quand Mircea m'a lancé le *geis*, il était le plus fort de nous deux. Il contrôlait tout. Le sortilège devait être levé avant que je devienne la Pythie, mais ça ne s'est pas passé comme ça. Et maintenant, Mircea a peur que mon pouvoir l'emporte sur le sien. Si on accomplit le *geis*, ce n'est pas moi qui serai son esclave. C'est lui qui sera le mien.

Alphonse avait l'air de quelqu'un venant de recevoir une brouette de briques sur la tête. Je l'ai laissé se remettre et j'ai reporté mon attention sur la Consule.

— Tony avait un portail, lui ai-je dit sans transition. Il l'utilisait pour faire de la contrebande. Vous pouvez l'utiliser pour envoyer Mircea en Faerie. Là-bas, les effets du *geis* s'estomperont.

— Les faes ne veulent pas.

Elle avait de nouveau revêtu son magnifique masque lisse, comme si j'avais seulement rêvé son accès de colère.

— Les faes des Ténèbres seront d'accord. J'ai passé un accord avec leur roi. Et l'une de ses servantes s'est proposée d'escorter Mircea jusqu'à son palais, pour éviter qu'il lui arrive malheur en chemin. Tout ce qu'il nous faut, c'est une source de pouvoir suffisante pour ouvrir le portail.

J'ai réveillé Billy d'un coup de coude mental. Je savais qu'il n'allait pas hurler de joie à l'idée de surveiller une pixie caractérielle, mais je n'avais pas le choix. Je ne faisais pas confiance à Radella.

— Assure-toi qu'elle n'essaie pas de rouler Françoise dans la farine, lui ai-je dit.

— Et je suis censé m'y prendre comment ?

— Elle t'entend très bien, lui ai-je rappelé. (Pour une raison ou un autre, elle n'avait jamais eu de problème pour l'entendre, même dans notre monde.) Dis-lui que si elle tente quoi que ce soit, notre marché ne tient plus.

Billy est à moitié sorti du collier pour me sourire.

— Pas mal. Ça peut servir.

— Et ne t'embrouille pas avec elle !

— Bien entendu ! a-t-il rétorqué, l'air outré.

— Cela ne résoudra pas le problème qui nous occupe, a insisté la Consule en ignorant mon aparté.

La capuche qu'elle avait derrière la tête s'est repliée, et le serpent s'est mis à ondoyer de plus belle le long de son cafetan chatoyant. Je ne savais pas ce que ça voulait dire. J'ai donc décidé de ne pas y faire attention.

— J'ai réfléchi à une façon de résoudre définitivement notre problème. (J'aurais préféré ne pas aborder le sujet : je savais très bien comment elle allait réagir. Mais je n'avais pas le choix.) Il existe un contre-sort.

— Non, il n'en existe pas. Tous nos experts s'accordent sur ce sujet.

— Dans ce cas, vos experts se trompent. Le contre-sort se trouve dans le *Codex Merlini*.

Marlowe me regarda avec un éclair de compréhension dans les yeux. Il était présent lorsque le roi des Ténèbres m'avait confié la mission de retrouver ce satané bouquin. Et lorsque j'avais découvert qu'il renfermait une façon de me défaire du *geis*.

— Vous l'avez trouvé…, a-t-il dit à mi-voix.

J'ai secoué la tête.

— Non. Mais je sais comment me le procurer.

— Donnez-moi cette information, a déclaré la Consule. (Ce n'était pas une question.) Je l'enverrai chercher. Et si vous dites la vérité, je donnerai l'ordre qu'on relâche le seigneur Mircea. Vous resterez ici le temps qu'on me le ramène.

— Vous ne comprenez pas, ai-je dit en essayant de garder mon calme. La question n'est pas où mais *quand* le trouver. Je suis la seule personne capable de le récupérer. J'y travaille depuis bientôt deux semaines !

La Consule m'a regardée sans rien dire. Pendant un moment, j'ai cru qu'elle était victime d'un de ses célèbres black-out qui pouvaient durer de quelques minutes à plusieurs jours, mais elle a cligné des paupières.

— Pourquoi devrais-je croire que vous souhaitez venir en aide à l'un des nôtres ?

— L'un des vôtres ? (J'ai levé les mains au ciel, exaspérée.) Hormis cette histoire de suçage de sang, je *suis* l'une des vôtres !

Son visage s'est fendu d'un sourire. C'était la toute première fois que je la voyais sourire, et j'ai aussitôt espéré que ce serait la dernière.

— Si c'était le cas, votre impertinence vous aurait coûté la vie il y a bien longtemps.

Bien. Menaces de mort à part, on faisait des progrès.

— Si je voulais nuire à Mircea, pourquoi serais-je venue jusqu'ici ? ai-je demandé. Quelle punition pire que celle qu'il endure actuellement pourrais-je bien lui infliger ? Si je voulais qu'il souffre, je serais restée hors de tout ça. C'est une preuve suffisante de ma bonne foi.

— Et que voulez-vous en échange ?

On en était enfin arrivées au stade de la négociation.

— Je veux que Tami soit libérée. Et toutes les charges retenues contre elle levées.

— Cassie !

J'ai entendu Tami chuchoter avec excitation derrière moi. J'ai senti ses yeux furibonds me transpercer la nuque. Mais j'ai ravalé les mots qu'elle espérait entendre.

Elle voulait que je demande qu'on fasse quelque chose contre ces satanées écoles dirigées par les mages, mais je n'étais pas bête. La Consule pouvait peut-être tirer deux ou trois ficelles pour régler le sort d'une simple prisonnière, mais s'immiscer dans un pan entier de la politique du Cercle, c'était trop lui demander. Elle n'avait pas assez d'influence. Et si j'avais revendiqué quelque chose d'impossible, elle se serait dit que je ne souhaitais pas réellement venir en aide à Mircea. J'avais déjà demandé plus que je pensais obtenir en rajoutant la levée des charges contre Tami à sa simple libération. Je n'obtiendrais jamais rien de plus. Pas cette nuit, en tout cas.

— En échange, je retrouverai le contre-sort et je libérerai le seigneur Mircea du *geis*, me suis-je contentée d'ajouter.

Cette fois, la Consule n'a pas cillé.

— Marché conclu. Mais vous serez accompagnée de l'un des nôtres.

— Je comptais emmener Alphonse…, ai-je commencé.

Mais elle m'a interrompue.

— Non. Vous serez accompagnée d'un sénateur.

C'était ce que j'avais craint. Pourquoi se contenter de sauver Mircea quand on pouvait en profiter pour mettre la main sur le *Codex* ? Mais ça n'allait pas se passer comme ça. Je n'avais pas fait tout ça pour mettre un pouvoir pareil entre les mains des vampires. Heureusement, elle n'avait pas précisé de quel sénateur il devait s'agir.

J'ai souri : je n'avais même pas besoin de reformuler.

— D'accord.

Chapitre 19

J'ai remonté le temps de deux semaines et atterri sur le toit du *Dante*… d'où j'ai failli tomber. Mes pieds étaient bien sur le béton, mais la ceinture de ma jupe oscillait dans le vide. Je me suis accrochée à une tourelle, si fermement que je me suis écorché les mains. Quelques centimètres plus à gauche et je n'aurais atterri nulle part. J'ai frémi en y pensant. Mais tout allait bien : j'avais réussi. Au bout d'un moment, j'ai réussi à décrisper mes mains de la tourelle imitation pierre et j'ai regardé autour de moi.

D'en haut, tout avait l'air étrangement silencieux : le ronron des voitures était diffus et je n'entendais aucun bruit de combat. Tout avait l'air normal. Au loin, le Strip boulevard scintillait plus intensément que le dais criblé d'étoiles du ciel. Soudain, un courant d'air a pris naissance au pied d'une des tours, pour remonter vers moi avec une telle violence que j'ai dû reculer d'un pas. La bourrasque était accompagnée d'une odeur de poudre et d'ozone. De toute évidence, j'étais arrivée au bon endroit.

Avec précaution, je me suis rapprochée du rebord. En contrebas, sur le parking, c'était le chaos le plus total. D'un côté, la fumée bleue commençait à se dissiper, révélant des voitures incendiées, un certain nombre de corps visiblement décédés et Tomas en face d'un attroupement de badauds. Il leur faisait le coup d'Obi-Wan – « ce ne sont pas les droïdes que vous recherchez » – pendant qu'un rat-garou se traînait vers la porte en aspergeant le sol d'un sillage sanglant.

À l'autre bout du parking, côté rue, les opérations de nettoyage avaient commencé. Elles ont été brièvement interrompues par un vamp qui s'est mis à courir comme un dératé en agitant frénétiquement les bras. Le dos de sa veste était en flammes. Mircea l'a intercepté tandis que des renforts émergeaient de limousines gris argenté garées à l'autre extrémité du casino. Mircea a raisonné le vamp paniqué tandis que ses collègues éteignaient les flammes à grand renfort de couvertures. Peu après, je me suis vue disparaître dans un flash de lumière, accompagnée de Françoise et d'une boule chatoyante. La pixie, sûrement.

À part Mircea, personne n'avait remarqué notre départ. La plupart des vamps étaient trop absorbés par leur tâche. Ils essayaient de maîtriser les flammes : quand la moindre étincelle peut vous être fatale, vous avez tendance à faire attention. J'ai jeté un coup d'œil à l'autre siège des opérations : tout le monde avait l'air tout aussi occupé. Tomas discutait avec deux policiers et Louis-César aidait mon alter ego plus jeune à tenir debout pour mieux lui permettre de se disputer avec Pritkin. C'était maintenant ou jamais.

Je me suis téléportée juste derrière Mircea.

— Je vous ai manqué ?

Il a tourné brusquement la tête et ses yeux se sont élargis. Il a jeté un coup d'œil à l'endroit où mon autre moi venait de disparaître et m'a regardée de nouveau.

— Quelle est cette plaisanterie ?

Je l'ai dévisagé un instant. Depuis le toit, je ne m'étais pas aperçue qu'il était si mal en point. Le dos de sa veste, affligée d'une brûlure en forme du grillage, s'effilochait en fines bandelettes. On aurait dit qu'on y avait accroché des serpentins d'Halloween. Ses cheveux, dont la moitié s'était échappée de sa barrette, lui tombaient en biais sur l'une des pommettes. Quant à son menton, il était maculé de cendres. Sa chemise, au moins, avait l'air intacte : elle était en soie de Chine épaisse et dotée de fermoirs en guise de boutons. Apparemment, la veste l'avait protégé de l'électrocution.

Une petite traînée de cendres entachait le textile clair. J'ai tendu la main pour l'épousseter mais il a bondi en arrière.

— On doit y aller, ai-je dit avec agacement.

D'un instant à l'autre, je serais surprise par quelqu'un qui n'était pas censé me voir.

J'ai de nouveau essayé de le toucher, mais il a disparu d'un seul coup. J'avais oublié à quelle vitesse les vampires étaient capables de se déplacer.

— Qui êtes-vous ? a articulé une voix située derrière moi.

J'ai fait volte-face si rapidement que ma robe s'est enroulée autour de mes jambes. J'ai titubé légèrement mais j'ai réussi à ne pas m'étaler par terre. En revanche, mes cheveux se sont échappés du petit chignon chic que Sal avait réussi à me concocter et me sont tombés devant les yeux. Je les ai remis en arrière et je me suis mise à fouiller l'asphalte à quatre pattes, à la recherche des pinces. Je lui avais bien dit que ça ne marcherait pas. L'élégance et moi, ça fait deux.

J'ai fini par mettre la main sur quelques-unes des pinces et je me suis relevée en essayant de les garder bien en main tout en évitant de renverser le contenu de mon sac plein. Marlowe était allé faire ses courses au Sénat, et il avait ramené un sac rempli de bijoux, sur le point de me déboîter l'épaule.

— De la richesse portable, avait-il expliqué quand je lui avais demandé pourquoi je me coltinais une grappe de cailloux à faire pâlir le diamant bleu de la couronne. Durant les temps troublés de la Révolution, les gens gardaient sur eux les biens qu'ils pouvaient aisément transporter.

J'aurais pu lui rétorquer que le mode de transport laissait quand même à désirer, mais je n'allais pas cracher dans la soupe.

J'espérais juste que ça suffirait. Malheureusement, ces cailloux et mon pistolet n'avaient laissé aucune place à ma brosse.

— Avez-vous un peigne ?

Il faudrait qu'on ait l'air respectables pour faire ce qu'on avait à faire. Tels quels, je doutais qu'on nous laisse passer la porte.

Mircea ne répondait pas. J'ai levé les yeux et j'ai vu qu'il avait un objet entre les mains. Ce n'était pas un peigne.

— C'est pour quoi faire, ça ?

— C'est pour vous. Puisque vous vous obstinez à me mentir.

— J'ai déjà une arme, lui ai-je dit, stupéfaite. (Que croyait-il que j'allais faire avec une chose pareille ? Ce n'était même pas un pistolet, c'était un fusil d'assaut M16. Un bidule gigantesque ! Et il était braqué sur moi.) Oh… (J'ai fini par comprendre le message. J'ai lâché les pinces à cheveux et tendu les mains vers lui. Mais il n'en démordait pas : le fusil était toujours dirigé vers ma poitrine.) Après ce que vous venez de vivre, je comprends que vous soyez un peu sous le choc. (J'aurais pu y penser avant, mince !) Mais je suis là pour vous aider. Je vous jure ! S'il vous plaît : prenez-moi la main et je vous prouverai ma bonne foi.

En guise de réponse, Mircea s'est contenté de reculer de quelques pas. Sûrement pour mieux viser. Derrière lui, quelques-uns de ses vampires ont délaissé leur tâche d'extinction d'incendie pour nous regarder. *Il ne manquait plus que ça.*

— Vous pouvez vous démettre de votre charme de séduction, je ne suis pas dupe.

— Je n'utilise aucun…, ai-je commencé, mais il s'est remis à jouer à cache-cache sans me laisser finir.

Ça m'a pris un petit moment, mais j'ai fini par le localiser. Il était de l'autre côté du parking, derrière une des limousines. Je n'allais pas le laisser filer comme ça !

Je me suis téléportée. Le processus a pris une fraction de seconde à peine, mais il avait déjà disparu. Je m'apprêtais à ouvrir les portes d'une des voitures pour vérifier s'il se trouvait à l'intérieur quand j'ai aperçu, dans les vitres, le reflet de deux silhouettes floues en train de bouger derrière moi. Je me suis de nouveau téléportée avant que les vamps s'emparent de moi et j'ai atterri de l'autre côté du parking, quasiment au point de départ. Je commençais à avoir le vertige. Ce n'était pas bon signe, d'autant qu'on n'était pas encore arrivés dans cette satanée salle de ventes.

J'ai regardé autour de moi pour essayer de repérer Mircea et j'ai failli lui rentrer dedans. On a eu tous les deux un mouvement de recul. J'ai jeté un rapide coup d'œil à ses mains et j'ai vu qu'il n'avait plus de fusil. Il avait dû se rappeler qu'il pouvait me tuer sans. Ou peut-être avait-il décidé de me laisser en placer une ?

— Écoutez, ai-je commencé. Je veux juste…

Il m'a lancé une potion en plein visage. Comme j'avais la bouche ouverte, le liquide, proprement écœurant, a failli m'étouffer. Il était vert et huileux. Il a dégouliné le long de mon menton en formant des bulles et il a aspergé le collier de Billy. *Génial*. Cette babiole était tellement tarabiscotée que je n'arriverais sûrement jamais à la nettoyer à fond.

Au bout de plusieurs clignements de paupières, j'ai retrouvé l'usage de mes yeux. Mircea me dévisageait. Son visage reflétait une perplexité mêlée de colère.

— Ceci aurait dû vous défaire de votre charme de séduction, a-t-il dit, comme s'il se parlait à lui-même.

— Sûrement. Si j'en avais eu un ! ai-je rétorqué avec hargne. (Il a de nouveau disparu.) J'espère pour vous que ça ne tache pas ! ai-je hurlé dans le vide, en direction de l'endroit où il se tenait un instant auparavant.

Son bras s'est refermé sur mon cou.

— Vous devez être puissante, a-t-il chuchoté. (J'ai senti son souffle chaud dans mon oreille.) Cette concoction aurait dû fonctionner.

Je me suis téléportée pour me dégager de son étreinte, qui menaçait de m'étouffer, et j'ai atterri derrière lui.

— Vous ne pourriez pas vous arrêter de bouger trois secondes ?

Mircea a fait volte-face, trop rapidement pour que mes yeux le suivent, et m'a saisie à la gorge. Cette fois, sa paume était en contact avec ma peau. J'ai poussé un soupir de soulagement.

— Merci, ai-je dit avec sincérité.

Je nous ai téléportés avant que quelqu'un remarque notre partie de cache-cache.

L'instant d'après, je me suis retrouvée plaquée contre un mur en briques. Froid et dur. Mon corps était encore préoccupé par le fait que j'avais fait quelques bonds de trop et j'avais atterri dans une flaque de neige fondue qui avait éclaboussé ma chaussure. Par-dessus le marché, la main de Mircea, fermée comme un étau autour de ma gorge, était un peu trop serrée à mon goût.

— Où sommes-nous ? Et qui êtes-vous ?

Je ne le voyais pas très bien, mais il avait l'air remonté.

— *Quand* sommes-nous ? ai-je rectifié. (Il neigeait par fins flocons tourbillonnants, qui se prenaient dans mes cils poisseux de potion. Je n'y voyais pas grand-chose, avec son corps devant les yeux, mais la nuit n'était plus chaude et sèche mais froide et humide, et on avait des pavés sous les pieds. Plus d'asphalte. À en juger par le vertige que je ressentais, on avait fait un bond de quelques siècles. Au moins.) Et vous savez très bien qui je suis.

— Vous n'êtes pas ma Cassandra.

Sa voix était froide et cassante. Je ne l'avais jamais entendu parler sur ce ton. Ou plutôt, il ne m'avait jamais parlé sur ce ton.

— Dans ce cas, qui suis-je ?

J'aurais beaucoup aimé que la chaussée arrête de bouger dans tous les sens. Le temps que je reprenne mon souffle. Le temps que j'arrive à *réfléchir*.

— Vous êtes une mage camouflée sous un charme de séduction. Et si vous ne l'ôtez pas… (Sa main s'est resserrée d'un cran.) Je le ferai tomber moi-même.

J'ai dégluti et j'ai senti ma glotte contre sa paume. Je me suis demandée combien de temps je serais encore capable de faire ça. Si sa main se resserrait de plus belle, j'allais finir par ne plus pouvoir avaler, ni respirer. Ça n'allait pas tarder. Mais je ne savais pas quoi dire pour l'arrêter. Je n'avais jamais pensé que Mircea pourrait me confondre avec l'un de nos ennemis. Ça ne m'était pas venu à l'esprit. Je le connaissais si bien, instinctivement. J'avais cru que c'était réciproque.

Apparemment, je m'étais trompée.

Je sentais ses doigts sur mon cou, arqués autour des muscles de ma gorge, et je savais qu'il fallait que je me dépêche de dire ou de faire quelque chose. Je ne pouvais plus me téléporter de nouveau. C'était trop tôt. Et la panique associée à la fatigue me dévorait l'esprit. Je savais que j'allais m'évanouir avant de trouver un moyen de le convaincre de ne pas me tuer.

Soudain, la main de Mircea m'a lâchée. J'ai repris mon souffle. Des points lumineux dansaient devant mes yeux et mes poumons rivalisaient avec ma gorge pour aspirer l'air nécessaire à mon système sous-oxygéné. Je sentais sa main s'emparer de mon menton. Je sentais qu'il éloignait les mèches de mon visage, mais j'étais tellement concentrée sur le fait de ne pas mourir d'asphyxie que ses caresses m'ont semblé anodines. Il a promené ses doigts légers sur deux petites marques dont les reliefs reposaient calmement à fleur de ma peau.

— Où avez-vous hérité de cela ? (Sa voix était étouffée. Mais peut-être n'était-ce qu'une impression ? J'avais encore les oreilles qui sifflaient. À cause du saut ou de l'asphyxie, qui sait ? Au bout de quelques secondes, j'ai compris de quoi il parlait, pourquoi il m'avait relâchée et pourquoi je ne mourrais probablement pas cette nuit. Pas de sa main, en tout cas. Je me suis adossée au mur froid. J'étais tellement soulagée que j'aurais éclaté de rire si ma gorge avait été moins douloureuse.) Où ?

Sa voix était plus forte et plus insistante. Il avait sans doute eu le temps de se remettre du choc. Je l'ai fusillé du regard, une main à ma gorge meurtrie. Il pourrait au moins me laisser un moment de répit.

— D'après vous ?

Les marques de morsures, c'est comme les empreintes digitales. Il n'y en a pas deux identiques. Ça faisait des jours que je portais la marque de ses dents imprimée dans ma chair, comme une étiquette. C'était sûrement la principale raison pour laquelle Alphonse, Sal, et même la Consule, à sa façon, avaient été si coopératifs. Et puisqu'ils l'avaient reconnue, Mircea pouvait difficilement passer à côté.

— C'est ma marque. Pourtant, je ne me souviens pas vous l'avoir infligée.

— Vous ne me l'avez *pas encore* infligée, ai-je précisé

Je n'avais aucune raison de lui cacher le fait que je venais de l'avenir. Sa Cassie ne pouvait pas bouger les gens de place et encore moins d'époque. Je m'étais donc déjà vendue. L'astuce, c'était de ne rien lui dévoiler de plus.

— Pourquoi ne me l'avez-vous pas dit ? J'aurais pu vous tuer !

— Vous *auriez* pu ?

Il m'a caressée de plus belle. Ses doigts fermes se sont promenés dans mes cheveux et le long de ma nuque avant de s'attarder sur les cicatrices en voie de guérison, jusqu'à ce que je ne sente plus rien. En termes de douleur, en tout cas : les deux petites bosses étaient encore là. Elles n'étaient pas dures mais elles étaient évidentes. Pour moi. Et probablement pour lui, parce qu'il a penché la tête pour les embrasser légèrement, avec précaution, effleurant simplement les petites cicatrices de ses lèvres douces et chaudes.

Ce n'était pas spécialement sensuel, mais mon corps a réagi à la seconde. J'ai senti une montée d'adrénaline et mes doigts se sont crispés dans sa veste. Le froid n'avait plus aucune espèce d'importance. Ni son odeur de fumée. Ni la potion poisseuse qui dégoulinait dans mon cou.

— Elles sont toujours là, ai-je dit en tressaillant tandis que sa main faisait des va-et-vient sur ma gorge.

— Elles y seront toujours, a-t-il murmuré. Vous m'appartenez. Ces marques le prouvent à quiconque vous voit.

— D'habitude, on se contente d'une bague, ai-je plaisanté, pantelante. Et vous auriez pu m'en parler avant !

— Je suis un gentleman, *dulceață*, a-t-il répondu, vexé. Jamais je n'entrerais dans la demeure d'une femme sans y être invité. Pas plus que dans son esprit ou dans son corps.

— Je ne vous ai pas du tout…, ai-je commencé.

Mais je me suis interrompue. Je ne lui avais pas donné explicitement la permission de me mordre, mais je ne l'avais pas non plus jeté du lit. Et quand j'avais fini par me débattre, Mircea n'avait pas insisté. Il était bien lancé, pourtant. Mais il s'était quand même arrêté.

— C'est bien ce que je pensais, a-t-il murmuré.

Et il m'a embrassée. C'était toujours aussi chaud et humide. Aussi vital que de l'eau. Je me suis surprise à lui rendre son baiser avec enthousiasme. Je me suis vaguement fait la réflexion que cette ferveur n'avait rien de galant, mais il n'avait pas l'air de s'en offusquer. Il m'a embrassée jusqu'à ce que j'en aie le vertige. La chaleur s'est répandue dans mon corps, comme si j'étais sous l'effet d'une drogue étrange et rare. J'étais tellement subjuguée. Ça m'a pris un moment pour me souvenir que l'idée de cette excursion n'était pas d'alimenter le *geis*.

Je me suis dégagée, le souffle court. Sous la brise glaciale, mes bras nus se sont couverts de chair de poule. J'ai courbé les épaules pour me protéger du froid, tout en ravalant un petit bruit menaçant de virer au gémissement.

— Arrêtez, je vous en prie, ai-je chuchoté.

J'avais déjà du mal à réfléchir. Si en plus mes hormones rivalisaient avec mon rythme cardiaque…

— Pourquoi ?

Il avait l'air sincèrement perplexe.

— Parce que nous ne… Nous n'avons pas… C'est compliqué, OK ?

Le visage de Mircea faisait passer beaucoup plus d'émotion que ses discours. Il m'a gratifiée de son célèbre haussement de sourcils *sardonique.*

— *Dulceață*, je laisse de telles marques pour deux raisons : soit pour châtier quelqu'un, soit pour me l'approprier.

— Je devrais peut-être…

— Et lorsque je châtie, je ne me nourris jamais au cou de ma victime.

J'ai dégluti et décidé de me taire. Ce n'était pas comme ça que j'allais arriver à mes fins. Si je continuais à parler, je finirais par lui dévoiler toute la vérité. Ce n'était peut-être pas si grave. Ou si. Très rares sont les gens capables de supporter la torture qu'il était en phase de subir sans être tentés d'y échapper. Bien entendu, il n'arriverait jamais à y échapper, mais il risquait fort d'altérer l'histoire en essayant.

J'ai balayé les lieux du regard. Il n'y avait personne en vue. J'y voyais clair grâce à la lumière émanant des deux lanternes vacillantes flanquant la porte la plus proche. Elles étaient suspendues à la façade d'une maison jouxtant les habitations voisines, une rangée de bâtiments médiévaux avachis les uns sur les autres comme une bande de vieux soûlards. Aucun d'entre eux n'était doté de lanterne. Ils avaient bien des rideaux aux fenêtres, mais on n'y voyait aucune ombre portée. Mon pouvoir m'emmène toujours à l'endroit voulu. Mais si j'avais eu des doutes, le paysage m'aurait rassurée. On était très certainement arrivés à destination.

— Une soirée doit avoir lieu ce soir, ai-je expliqué en essayant de me calmer. (Tous mes nerfs avaient envie de hurler « maintenant ! » et « vite ! » et « il est là-dedans ! ». L'idée que le *Codex* ne se trouve qu'à quelques mètres me donnait le vertige. Je n'avais pas besoin que Mircea en rajoute !) Une bande de mages s'apprête à mettre en vente un livre de sortilèges. Nous devons entrer là-dedans et l'acheter ou le voler avant que quelqu'un d'autre s'en charge. Sinon… (Soudain, Mircea m'a écrasée sans ménagement contre lui et nous a plaqués contre le mur.) Ce n'est pas le moment, ai-je commencé.

Mais le ciel s'est déchiré en crépitant, comme si tous les éclairs de l'Europe s'étaient passé le mot pour nous tomber dessus en même temps. J'ai senti une bourrasque et tout s'est mis à tanguer. Un craquement assourdissant et un flash de lumière aveuglante et violette plus tard, un navire en bois sculpté trônait au milieu de la ruelle. Il était si gigantesque que sa coque frôlait les bâtiments qui le flanquaient.

J'ai dévisagé l'apparition, encore hantée par les images fantômes de la tempête soudaine : j'avais l'impression que des éclairs chimériques dansaient autour du gigantesque bateau, bien réel, qui bloquait la rue de façon éhontée. J'ai à peine eu le temps de penser « *Ouais, pas de doute, c'est ici* », que Mircea m'a traînée dans un passage étriqué entre deux bâtiments branlants. On était plongés dans la pénombre mais je sentais son regard vif de concentration.

— Où sommes-nous ?

— Paris, 1793, ai-je réussi à chuchoter, pantelante. (Je n'étais pas sûre qu'il m'ait entendue avec tout ce bruit. Moi-même, j'avais été obligée de lire sur ses lèvres. J'avais l'impression que mes conduits auditifs servaient de salle de concert à une formation de cuivres.) En tout cas, j'espère.

L'espace d'un instant, Mircea est resté muet. Son cerveau se mettait au jus à la vitesse de la lumière.

— Pourquoi ? a-t-il fini par demander.

— Je vous l'ai dit : nous allons à une soirée.

Derrière son épaule, j'ai vu une rampe sortir du navire et se poser sur la ruelle gelée. La rampe était rouge comme la coque. Cette dernière avait une base écarlate parcourue de méandres or, bleu et vert. Mes yeux convalescents ont fini par identifier un long dragon. Son museau sculpté formait la figure de proue, tandis que ses pattes avant tenaient entre leurs griffes des boules d'or chatoyantes. On aurait presque dit des phares. Son long corps reptilien parcourait le flanc du vaisseau et sa queue pointue s'arrêtait près de la poupe. Il n'y avait ni rame ni voile, ni aucun système de propulsion quelconque. Mais de toute façon, aucun mécanisme n'aurait pu expliquer la façon dont le navire s'était retrouvé arrimé entre deux rangées de maisons, sans aucune étendue d'eau en vue.

Quatre hommes gigantesques sont descendus le long de la rampe. Leurs vêtements étaient couverts de petites écailles, à l'image de celles du dragon. Ils ont pris place, deux par deux, de chaque côté de la rampe. Ils portaient chacun une longue lance, comme des gardes. Ensuite, un petit fauteuil s'est échappé en volant du ventre du dragon. Sur le petit fauteuil reposait une femme encore plus petite. Ses pieds minuscules étaient enveloppés dans des chaussures pointues en satin. Je n'ai pas eu besoin de me demander pourquoi elle utilisait un fauteuil en lévitation : elle ne devait pas peser grand-chose, mais ces excroissances ridicules auraient été incapables de supporter son poids.

À première vue, elle avait l'air vulnérable, comme une poupée trop bien habillée dépendant de ses serviteurs pour se rendre d'un endroit à un autre. Mais cette image détonnait complètement avec le pouvoir qui irradiait d'elle comme une supernova miniature. Il inondait la ruelle d'une force invisible mais presque suffocante. Les gardes, c'était de l'esbroufe : cette délicieuse personne n'avait pas besoin qu'on la protège.

— Qui est-ce ? ai-je réussi à émettre.

— Ming-de, l'impératrice de la cour chinoise, a chuchoté Mircea, givrant l'air devant mon visage. L'équivalent de notre Consule, si vous voulez.

Sur la robe de Ming-de, des dragons de pierres précieuses serpentaient et se tortillaient. J'ai cru qu'il s'agissait d'un effet causé par la lumière vacillante des lanternes, mais un d'entre eux, tout doré, s'est mis à crapahuter le long de son ourlet, scintillant comme une flamme sur la soie écarlate, et j'ai compris que les créatures avaient une volonté propre.

— Mais comment est-elle arrivée jusqu'ici ?

— Par les lignes telluriques, a répondu Mircea tandis que le petit groupe entrait dans le bâtiment en formant une procession solennelle.

— Quoi ?

Il y a eu un autre éclair, vert cette fois, accompagné d'un coup de tonnerre si tonitruant que j'ai sursauté. J'ai fermé les yeux et quand je les ai rouverts, j'ai vu un gigantesque éléphant, surmonté d'un palanquin doré, piaffer derrière l'embarcation de Ming-de. Apparemment, l'animal n'avait pas assez de place : il a poussé un assourdissant barrissement de protestation. La tête d'un garde a émergé de la poupe du navire. Il a crié quelque chose et le vaisseau s'est avancé de quelques mètres jusqu'à buter contre un réverbère et être contraint à s'arrêter. Ça ressemblait de plus en plus à une soirée pour laquelle les hôtes n'auraient pas prévu de parking.

Au bout d'un moment, l'éléphant a fini par s'agenouiller et un couple d'Indiens en est descendu. Ils étaient vêtus de magnifiques habits bleu et vert canard sur lesquels rien n'avait l'air de bouger. À eux deux, ils portaient autant de bijoux que j'en transportais dans mon petit sac, et le saphir que le type arborait à son turban était gros comme le poing. Mais ils n'auraient pas eu besoin de se dépouiller pour remporter l'enchère : tandis qu'ils se dirigeaient vers la porte, j'ai vu un petit tapis volant soutenant un coffre les suivre en virevoltant. J'ai senti un nœud se former dans mon estomac : si j'avais affaire à ce type d'enchérisseurs, j'étais mal partie...

— OK. Que se passe-t-il ? ai-je demandé.

— Il s'agit du mahârâja Parindra, du Darbâr indien. L'équivalent de notre Sénat, a expliqué Mircea. Je crois que la femme s'appelle Gazala. C'est son second.

— Mais comment sont-ils arrivés ?

— Ils ont suivi les lignes telluriques.

— Vous me l'avez déjà dit. Ça ne m'aide pas beaucoup.

Mircea m'a considérée en haussant un sourcil.

— Vous n'avez jamais parcouru de ligne tellurique ?

— Je ne sais même pas ce que ça veut dire.

— Vraiment ? Rappelez-moi de vous y emmener un jour ou l'autre. Je crois que vous trouverez l'expérience... euphorisante. (Je l'ai dévisagé en m'efforçant de me rappeler de quoi on parlait. Il m'a gratifiée d'un petit sourire bizarre. Son sérieux avait disparu. Ou plus probablement, il l'avait totalement masqué.) Je serais heureux de vous en faire la démonstration plus tard. Dans l'immédiat, j'apprécierais que vous m'expliquiez plus en détail la raison de notre présence en ces lieux.

— Nous devons acheter un livre de sorts aux enchères. Et vous venez de rencontrer nos concurrents.

Mircea m'a décoché un regard sceptique.

— Je connais bien Ming-de, mais seulement parce que j'ai occupé le poste d'ambassadeur du Sénat à sa cour. Et je n'ai rencontré Parindra qu'une seule fois. Tous deux ont la réputation de ne quitter que très rarement les frontières de leur territoire. S'ils convoitaient un tel objet, ils dépêcheraient un serviteur.

— Apparemment, ce n'est pas le cas, ai-je dit en fouillant dans les poches de ce qui restait de la veste de Mircea à la recherche d'un mouchoir. (J'ai essuyé la plupart de ce qu'il m'avait envoyé à la figure. Dieu merci, c'était presque sec et j'ai pu m'en débarrasser en époussetant mon visage.) Ça ne pue pas. C'est déjà ça, ai-je ajouté, morose.

Mircea a pris le mouchoir et s'est affairé sur une traînée verte maculant mon cou. Les articulations de ses doigts me frôlaient à peine, et toujours à travers les fibres satinées du tissu. Ça faisait bizarre. C'était presque une caresse, mais pas vraiment. C'était tiède. À peine une sensation. Je sentais la manche de sa veste effleurer mon bras nu.

— Pourquoi êtes-vous venue me chercher dans le passé ? a-t-il murmuré. (Son mouchoir me frôlait. Il appuyait tout juste assez pour que je sente l'aspérité des initiales brodées.) Je n'existe plus, à votre époque ?

Quelle est votre définition du mot « exister » ? ai-je pensé tandis que le tissu s'aventurait plus bas. Ses coins rayés me chatouillaient la naissance de la poitrine.

— La Consule tenait à ce que je sois accompagnée, ai-je soufflé.

Quand j'avais dit à Billy que je voulais emmener Mircea avec moi, il était encore relativement lucide – autant que le *geis* permet à quiconque de l'être. Mais si la Consule avait été contrainte de l'incarcérer, ça voulait dire que son état s'était dégradé. Il ne m'aurait été d'aucune aide. Et j'en avais cruellement besoin.

Si Mircea mourait, j'étais sûre que la Consule m'accuserait. Et contrairement au Cercle, qui avait trop de problèmes pour me traquer toutes affaires cessantes, elle me faisait l'effet d'une personne têtue. Si elle voulait ma mort, j'étais persuadée que je finirais effectivement six pieds sous terre. Et très vite.

— Vous auriez pu choisir un autre sénateur, a fait remarquer Mircea.

Je n'arrivais pas à imaginer de mensonge convaincant : tout mon corps était couvert de chair de poule, hypnotisé par ses caresses.

— Votre alter ego était occupé, ai-je dit en lui arrachant ce satané mouchoir des mains avant de devenir complètement folle.

Ça n'allait déboucher sur rien, et je n'étais pas maso.

— J'aurais escompté qu'il se libère, pour une affaire si cruciale, a rétorqué Mircea, badin.

Il m'avait eue. Effectivement, il n'enverrait jamais quelqu'un d'autre s'occuper à sa place d'un problème le concernant à ce point. Mais je ne pouvais rien lui dire.

— Il faut juste que vous me fassiez confiance, ai-je dit.

— Même si vous me refusez la pareille ?

J'ai pris une grande bouffée d'air tout en réprimant mon envie de me taper la tête contre le mur.

— Je ne peux pas vous en dire plus. Je vous en ai déjà probablement trop dit. Tout ce que vous devez savoir, c'est qu'il faut qu'on récupère ce livre. Sinon, nous courrons tous les deux un grand danger.

Mircea a réfléchi un bon moment. J'étais certaine qu'il n'allait pas lâcher le morceau, qu'il n'allait pas se contenter de ma parole. Mais il m'a tendu son bras.

— Dois-je en conclure qu'il s'agit de notre premier rendez-vous ?

— Oh ! là, là ! Non. Loin de là ! ai-je dit sans réfléchir.

Il a esquissé un léger sourire.

— C'est bon à savoir.

Chapitre 20

Le type qui nous a ouvert la porte avait à peine dépassé la quarantaine. Ses cheveux clairsemés apparaissaient sous une perruque qu'il portait de travers, et la plupart de ses dents avaient pourri. Il n'avait pas l'air de quelqu'un venant de vaincre un magicien de légende, mais il ne s'agissait peut-être que du majordome. Nous l'avons suivi le long d'un étroit couloir et d'un escalier menant à une bibliothèque. La pièce contenait une cheminée en marbre sculpté, des moulures en bois incrustées de nacre… et une trentaine d'hôtes.

Lorsque le majordome – si c'était bien sa fonction – nous a présentés, ils se sont tous interrompus pour nous regarder. Je ne me souvenais pas que Mircea lui ait donné son nom, mais il le connaissait. En revanche, je n'étais que « son invitée ». Je n'aurais pas dû m'inquiéter de notre apparence : Mircea a réussi à faire passer l'absence de veste comme la dernière mode. Peu après, j'ai vu les autres hôtes mâles tomber la leur discrètement pour ne pas être en reste. Seul l'un d'entre eux est resté calfeutré des pieds à la tête dans une épaisse cape noire balayant le plancher et le camouflant entièrement. On ne voyait même pas son nez. Ce n'était pas plus mal, d'ailleurs : le reste de l'assistance m'impressionnait déjà assez comme ça.

Une femme est apparue devant nous. Elle portait un panier rempli de rosettes bleu blanc rouge. J'ai décidé de garder la mienne en main pour éviter de trouer la création d'Augustin, mais ce n'était pas agréable : la texture était vraiment étrange. Je n'arrivais pas à identifier la matière utilisée.

— Il s'agit de cheveux humains, a murmuré Mircea. En provenance de personnes guillotinées, je suppose.

Je me suis empressée d'abandonner ma rosette au coin d'une table.

L'instant d'après, une jolie Française aux yeux noirs s'est pavanée devant nous, armée d'un plateau de verres. Elle en a offert un à Mircea et est restée là sans bouger. Apparemment, elle attendait qu'il termine son vin pour lui en proposer un autre : les autres invités pouvaient se brosser. Mais j'ai remarqué qu'il n'a pas bu. Il s'est contenté de tenir nonchalamment la coupe délicate d'une seule main. Son contenu rouge sang chatoyait dans la lumière diffuse.

J'ai pris un verre du plateau et je l'ai descendu d'une traite. C'était du bon vin, et ses émanations m'ont éclairci les idées. Mircea m'a considérée en souriant avant d'échanger nos verres pour me donner le sien.

— Vous n'aimez pas le vin ? ai-je demandé en sirotant mon nouveau verre avec un peu plus d'élégance.

— Dans certaines circonstances.

— Comme ?

— Je vous montrerai, un jour, a-t-il répondu tandis qu'une femme splendide se joignait à nous.

Elle était japonaise. En tout cas, elle avait l'air asiatique et elle était entourée d'une nuée gazouillante d'oiseaux-mouches en origami soulevant sa traîne aux motifs peints à la main. Et elle n'a fait qu'ouvrir le feu. On avait beau s'être réfugiés dans un coin sombre, près de la cheminée, pour attendre le clou de la soirée, les gens ont défilé pour nous parler. Ou pour être plus exact, pour parler à Mircea : la plupart d'entre eux ne m'accordaient pas le moindre regard. Et je n'ai pas pu m'empêcher de remarquer qu'une indécente proportion de ses interlocuteurs étaient des femmes particulièrement séduisantes.

Je ne sais pas pourquoi ça m'a tellement surprise. C'était exactement la même chose à la cour, lorsque Mircea séjournait chez Tony. J'avais surpris des conversations entre domestiques se plaignant du nombre incroyable d'invités. Même les vamps qui haïssaient Tony se faisaient violence pour lui présenter leurs respects. Mircea n'était pas seulement un membre du Sénat. C'était un Basarab, l'équivalent d'une star d'Hollywood dans le milieu des vampires.

Ou d'une star de rock, ai-je pensé en réprimant mon envie d'enlever la main qu'une groupie – une sorcière hiératique aux cheveux auburn – venait de placer sur son bras. Il s'est dégagé sous prétexte de poser son verre vide sur la cheminée mais son admiratrice l'a suivi. Il m'a décoché un sourire contrit. J'avais tellement envie de goûter à ses lèvres que je n'arrivais presque plus à réfléchir.

Mais je ne leur en voulais pas. Pas trop. Mircea était parfaitement capable de tirer parti de son apparence et de sa réputation : c'était sur sa fiche de poste. Le pire, c'était que la plupart du temps, il ne le faisait pas exprès. Il se contentait de profiter de la vie, où qu'il soit, quoi qu'il fasse, avec une inconsciente sensualité qui faisait autant partie de lui que la couleur de ses cheveux.

Même avec le surplus de pouvoir que m'avait donné mon sacerdoce, le *geis* se renforçait. Le simple fait d'être en sa présence suffisait à accélérer mon pouls, à faire battre mon cœur plus fort. Et mon corps avait de plus en plus de mal à obéir aux instructions de mon cerveau : il était plus lent à détourner les yeux, plus réticent à ne pas toucher, plus enclin à observer les moindres détails de sa personne. Comme la façon dont ses cheveux gardaient un discret souvenir du vent froid soufflant dehors. Comme la chaleur de sa peau lorsqu'il a appliqué son doigt sur le creux de ma lèvre supérieure.

— Une goutte de potion, a-t-il murmuré en me caressant les lèvres.

Bon. Je n'ai rien dit. Il le faisait souvent exprès

J'ai levé les yeux et croisé son regard calme, vif et concentré. Sous ce regard, c'était facile de croire qu'on était la seule personne dans la pièce à laquelle il attachait de l'importance. La seule personne au monde pour lui. Mais je connaissais bien ce regard et il ne m'avait pas toujours été adressé. Pour se conformer à son intensité, les timides devenaient loquaces, les agressifs se faisaient doux comme des agneaux et les personnes insignifiantes resplendissaient. Mais ce n'était qu'une illusion.

Pendant un long moment de tension, je l'ai soutenu avec hébétude. Mais j'ai fini par cligner des paupières et détourner les yeux. J'étais furieuse qu'il me fasse ce coup-là. Pourquoi maintenant ? C'est alors que j'ai aperçu l'attention que me portait une vampire aux cheveux noirs. Sa robe grenat épousait des courbes redoutables et sa mantille argentée encadrait un visage si magnifique que je n'ai pas pu m'empêcher de l'admirer bouche bée. Elle a tendu la main mais je l'ai ignorée. Elle était trop haute pour que je la serre : j'en ai conclu qu'elle ne m'était pas destinée.

Mircea l'a embrassée poliment et lui a dit quelques mots en espagnol. Mais ses yeux étaient toujours posés sur moi. Ça a duré un long moment. J'étais très mal à l'aise, mais comme elle ne parlait pas, je suis restée muette. Enfin, elle s'est décidée à le regarder, lui.

Je n'ai pas pu suivre leur conversation mais c'était inutile. Elle était très douée pour faire passer ses intentions tacitement.

Elle parlait d'une voix rauque, les yeux rivés sur lui, et battait des cils tout on promenant ses doigts sur le décolleté généreux de sa robe, quand elle ne faisait pas des va-et-vient suggestifs le long de son corps. Chacun de ses regards, chacun de ses gestes exprimait son désir. Elle était d'une franchise et d'un sans-gêne désarmants. J'ai détourné les yeux avant d'être tentée de faire quelque chose de stupide.

Elle a fini par s'éloigner, non sans me décocher de nouveau une œillade bizarre.

— Une vieille amie ? ai-je demandé en essayant d'avoir l'air décontracté.

— Une connaissance, a-t-il murmuré.

Il dévisageait les nouveaux venus : deux vampires mâles. Ils se sont inclinés devant lui. Il leur a répondu d'un hochement de tête mais il s'est sensiblement raidi. Pour une personne se maîtrisant parfaitement comme Mircea, ça revenait à paniquer. Je commençais à comprendre.

Même pour un maître de niveau un, en deux cents ans, on gagne pas mal de pouvoir. Et n'importe quel vamp est capable de sentir ce changement. Aussi facilement qu'un être humain remarque une nouvelle coupe de cheveux. Si un vampire s'approchait de Mircea, il remarquerait automatiquement que quelque chose clochait. Il s'était servi de moi pour distraire les femmes mais ça ne marcherait sûrement pas avec les hommes.

— Vous aviez l'air proches, pour de simples connaissances, ai-je relevé sans prendre la peine de masquer mon agacement.

J'étais d'accord sur le stratagème mais j'étais vexée d'avoir été instrumentalisée.

— La *contessa* et moi-même avons servi un temps auprès du Sénat européen, a expliqué Mircea en regardant les deux vampires prendre leur décoration tricolore. (Le visage totalement indéchiffrable, ils se sont mêlés à la foule. Heureusement, ils n'ont pas fait mine de s'approcher.) Elle a été surprise de me voir. Je suis censé être à New York, à l'heure actuelle. J'ai pour mission d'y juger de la pertinence d'un Sénat en Amérique.

— Génial.

Il ne manquait plus que ça. Quand le Mircea de cette époque reviendrait, la *contessa* Bidule Chose le cuisinerait au sujet de ses vacances parisiennes.

— Ne vous faites aucun souci. Elle est morte lors d'un duel peu de temps avant mon retour. Et de toute manière, nous avons essentiellement parlé de vous.

— De moi ? Pourquoi ?

— Elle voulait savoir pourquoi vous portiez ma marque. Je la lui ai refusée il y a peu et elle s'est dite… surprise… de la faveur que je vous ai accordée.

— Vous lui avez *refusé* votre marque ?

J'ai vraiment dû avoir l'air éberlué. Certes, j'avais pas mal d'allure, maintenant que j'avais essuyé la plupart de la potion et maîtrisé mes mèches rebelles en les coiffant au petit bonheur la chance. Mais on ne jouait pas dans la même cour. On ne jouerait *jamais* dans la même cour. Je n'avais pas besoin de ses airs hautains pour m'en rendre compte.

— Elle me voulait dans sa couche pour les avantages politiques que cela lui procurerait, non pour le plaisir, a ajouté Mircea avec douceur.

— Vous rigolez ?

Elle était droguée ou quoi ?

— Lorsque vous êtes riche ou puissant, certains individus trouvent ces qualités plus séduisantes que votre personne.

— Ces individus sont stupides, ai-je dit malgré moi.

Mircea a éclaté de rire. Ses yeux brillaient de malice.

— Vous ne m'avez pas demandé ce que je lui ai répondu, *dulceață*.

J'allais probablement le regretter, mais il fallait que je sache.

— Que lui avez-vous répondu ?

Il s'est penché pour me prendre la main, avant de la placer théâtralement contre son cœur.

— Que vous m'aviez ensorcelé.

— Vous n'avez quand même pas dit ça !

Il a posé ses lèvres sur le pouls battant à mon poignet.

— Mot pour mot.

J'ai retiré brusquement ma main et je l'ai fusillé du regard. Il ne manquait plus que ça : une ennemie de plus à surveiller cette nuit.

— Elle vous a appelé « prince », non ? ai-je demandé pour changer de sujet. (Je ne parle pas espagnol, mais c'est le même mot en italien.) Je croyais que vous étiez comte.

— Il n'y avait pas de comte en Valachie dans ma jeunesse, a dit Mircea. (Dieu merci, il n'a pas persévéré dans le registre amoureux.) Le terme exact était « voïvode ». On le traduit tantôt par « comte palatin », tantôt par « gouverneur » ou encore « prince ». (Il a haussé les épaules.) Notre famille régnait sur un petit pays.

— Pourquoi ne l'utilisez-vous plus ?

— L'idée d'un comte roumain est devenue par trop populaire après la parution de l'ouvrage de Stoker. Il aurait été imprudent de continuer à porter un tel titre après cela.

Nous avons été interrompus par l'arrivée d'une nouvelle groupie, tout aussi magnifique que les autres. Apparemment, les filles quelconques s'étaient passé le mot pour prendre leur soir de congé. Elle s'est mise à flirter et à ricaner bêtement. J'ai regardé au loin en essayant de penser à des choses plus importantes. Quoi qu'en pensent les gens, je ne suis pas bête. Je connaissais ma place. Mais en lui faisant les yeux doux alors que j'étais juste à côté, elle était non seulement vulgaire, mais également insultante. Et j'en avais plus qu'assez. J'ai passé mon bras sous celui de Mircea et j'ai fusillé ma rivale du regard. Soudain, la galaxie tournant autour de mes pieds s'est étendue et sa superficie a crû de trente centimètres. C'était suffisant pour enflammer l'ourlet de sa robe. La fille était une sorcière, pas une vampire – elle a éteint l'incendie d'un seul mot – mais elle ne s'est pas attardée.

J'ai jeté un coup d'œil à Mircea en me demandant avec un peu de retard si je ne l'avais pas brûlé par la même occasion. Mais son pantalon noir ne montrait aucun signe de trous d'épingle et je ne voyais aucune fumerolle. À bien y réfléchir, ce n'était pas très logique.

— Pourquoi ne brûlez-vous pas ?

Il a haussé un sourcil.

— Auriez-vous souhaité que je brûle ?

— Non, mais… La robe a eu… euh… un léger effet sur Marlowe.

Je n'avais pas été bien maligne, sur ce coup-là. Son sourcil s'est haussé de plus belle.

— Vous avez enflammé le sénateur Marlowe ?

— Je ne l'ai pas fait exprès ! (Mircea s'est contenté de me dévisager.) On était dans la salle d'audience, et il s'est trop…

— Dans la salle d'audience du Sénat ?

Je me suis renfrognée. Son visage était agité de petits tressaillements bizarres.

— Oui. Il m'a traînée devant la Consule, et…

— Vous l'avez enflammé dans la salle d'audience du Sénat, devant la Consule ?

— C'était un tout petit incendie, ai-je dit. (Je me suis interrompue : il venait d'éclater de rire. Son visage déformé n'était plus que dents éclatantes et bouche irrésistible.) Il l'a éteint, ai-je ajouté, sur la défensive.

Il a ri de plus belle.

— *Dulceață*, a-t-il fini par émettre en reprenant son souffle. J'aurais tout donné pour voir ça. Il ne manquerait plus que vous réitériez l'expérience ce soir.

— Je ne suis pas…

— Je vous dis cela uniquement parce que Ming-de a sollicité une audience.

— Quoi ?

Il a fait un discret signe de tête vers l'autre bout de la salle, où trônait une version chinoise de la Consule, flanquée de ses quatre gardes du corps.

— Il serait prudent de ne pas incendier l'impératrice de Chine.

— Elle a l'air occupée, ai-je protesté à mi-voix.

C'était vrai – elle avait déjà rassemblé une impressionnante cour d'admirateurs – mais j'avais surtout eu mon quota de maîtresses femmes pour la nuit. Mircea n'a pas pris la peine de répondre. Il s'est contenté de me traîner à travers la pièce.

Nous nous sommes arrêtés devant le petit piédestal sur lequel Ming-de avait installé son majestueux fauteuil. Des dragons formaient des entrelacs sur le dossier mais ils ne bougeaient pas. Contrairement aux éventails positionnés de chaque côté de sa tête. Ils s'agitaient et battaient l'air comme deux papillons hyperactifs. Personne ne les portait : les mains des gardes étaient monopolisées par les lances. Comme il s'agissait de vampires, je me doutais que ce n'était que des armes de cérémonie. D'autant que les éventails avaient des bords acérés. Sans crier gare, ils pouvaient certainement passer du mode « brasser l'air » au mode « trancher dans le lard ».

J'étais tellement hypnotisée par le spectacle que je n'ai pas immédiatement compris que Ming-de me parlait. Mircea a dû me donner un petit coup de pied pour que je m'en aperçoive. Mon regard est passé des éventails virevoltants à ses yeux d'un noir profond nichés dans son petit visage ovale. Ming-de n'avait pas l'air d'avoir plus de vingt ans et elle était d'une beauté époustouflante. J'ai soupiré. Bien sûr qu'elle voulait rencontrer Mircea.

Pourtant, ce n'était pas lui qu'elle regardait. Je me suis dit que j'aurais peut-être dû porter une pancarte « JE NE SUIS PAS UNE RIVALE, JUSTE LA VICTIME D'UN SORTILÈGE PARTI EN ROUE LIBRE ». Ça m'éviterait peut-être de me faire abattre à vue par la concurrence. Ming-de a tendu vers moi une main dotée d'ongles rouges ridiculement longs. J'étais tellement focalisée sur eux – celui du pouce mesurait bien 15 centimètres et formait une vrille, comme un ressort – que je n'ai pas vu tout de suite qu'elle braquait un objet sur moi.

C'était un bâton se terminant par une sorte de boule laide et marron. J'ai fait un bond en arrière pour éviter que la chose m'arrache le cœur, ou autre gracieuseté du même genre. Mais elle m'a suivie jusqu'à ce que je ne puisse plus éviter de la regarder. Et ce n'était pas évident, étant donné qu'elle était juste sous mon nez. La boule s'est déployée pour prendre la forme d'une tête rétrécie surmontée d'une minuscule casquette de capitaine camouflant une chevelure clairsemée.

— Sa majesté impériale, l'impératrice Ming-de, souveraine du présent et du futur, dame de dix mille ans, souhaite vous poser une question, a-t-il dit d'un ton monocorde et blasé exprimant tout le dégoût que lui inspiraient ma personne, sa maîtresse et le monde en général.

J'ai cligné des yeux.

— Vous n'êtes pas chinois.

Son accent anglais m'a, comme qui dirait, mis la puce à l'oreille. Tout comme la couleur rousse des quelques cheveux qui lui restaient.

La tête a poussé un long soupir abattu.

— Je ne lui serais pas d'une grande utilité en guise d'interprète, si j'étais chinois. Ne croyez-vous pas ? Et comment le saviez-vous ?

— Eh bien… C'est juste que…

— C'est la casquette, n'est-ce pas ? Elle m'oblige à la porter pour que les gens demandent.

— Pour que les gens demandent quoi ?

— Vous voyez ? Ça marche à tous les coups. Ça fait partie de mon châtiment : je ne peux pas poser *la moindre question* à Pierre Paul Jacques sans leur raconter le calvaire de ma vie.

— OK. Désolée. C'est quoi, la question ?

Il m'a lancé un regard méfiant.

— Vous ne voulez pas que je vous raconte le calvaire de ma vie et l'histoire de ma mort tragique ?

— Pas vraiment, non.

Soudain, il a eu l'air vexé.

— Et pourquoi pas ? Ma mort n'est pas assez intéressante pour vous ? Qu'est-ce qu'il vous faut, hein ? Si ce foutu Robespierre traînait ses guêtres ici, vous l'écouteriez, hmmm ?

— Je ne…

— Mais un modeste capitaine de la Compagnie des Indes ayant commis l'erreur de tirer sur le mauvais navire… Oh, non ! Il n'y a pas de quoi s'émouvoir.

— Écoutez ! ai-je lancé, furieuse. Je ne m'éclate pas spécialement, ce soir. Alors que vous me racontiez votre vie ou pas, ça m'est complètement égal !

— Oh ! là, là ! Ce n'est pas une raison de crier, a-t-il répliqué, visiblement froissé. Ma maîtresse veut seulement connaître le nom de votre modéliste.

— Quoi ?

— Le mage qui a enchanté votre robe, a-t-il expliqué d'un ton indiquant clairement qu'il n'y avait pas de pire torture, outre-tombe, que de discuter avec des gens comme moi.

— Il n'est pas… disponible en ce moment.

C'était la vérité : il n'était pas encore né.

— Tu veux garder tes petits secrets, c'est ça ? Ma maîtresse ne va pas apprécier, a-t-il fait remarquer, euphorique.

Pendant que je papotais avec le personnel, Mircea et Ming-de avaient entamé une grande discussion. Je ne m'étais pas donné la peine de suivre la conversation – ils parlaient mandarin – mais soudain, j'ai reconnu « *Codex Merlini* ». À ces mots, la main de Mircea s'est resserrée autour de moi comme un étau : impossible de ne pas y prêter attention.

— On est là pour le *Codex* ? a-t-il murmuré.

Je l'ai dévisagé en me demandant pourquoi il en faisait tout un plat.

— Ben oui. Je vous ai dit…

— Vous avez parlé d'un livre de sorts !

Mircea s'est incliné devant Ming-de en débitant une phrase en chinois, avant de m'éloigner de l'impératrice.

— Mais c'est un livre de sorts!

— *Dulceață*, décrire le *Codex Merlini* comme un livre de sorts revient à décrire le Titanic comme un bateau!

Je ne comprenais rien à ce qui se passait, mais je n'ai pas pu m'empêcher de remarquer qu'on se dirigeait vers la porte.

— Mais attendez! Où allons-nous comme ça?

— Ailleurs.

J'ai essayé de le retenir. Sans succès, bien entendu.

— Mais les enchères vont commencer d'un moment à l'autre!

— C'est ce qui m'inquiète, a-t-il marmonné.

Et à ce moment précis, toutes les lumières se sont éteintes.

On n'y voyait déjà pas bien clair avant – la pièce n'était éclairée que par quelques bougies. Maintenant, on était plongés dans l'obscurité la plus parfaite. J'ai senti un bras m'enserrer la taille et j'ai glapi. Mais j'ai vite reconnu le frisson de plaisir du *geis*. De tout côté, les gens chuchotaient et crapahutaient tandis que Mircea se dirigeait tout droit vers la sortie en me portant à moitié.

Je ne comprenais pas quelle mouche l'avait piqué. Tout le monde avait l'air paniqué par l'extinction des feus. Pourtant, je ne voyais aucune menace imminente. Quand on a atteint la cage d'escalier, mes yeux s'étaient habitués à l'obscurité: la lumière diffuse projetée par ma robe m'a permis d'y voir un peu plus clair. La salle, tout en ombres et en lumières d'étoiles, avait le même aspect qu'auparavant. Jusqu'à ce que des silhouettes sombres passent à travers les vitres.

Mircea m'a attirée dans ses bras et s'est envolé vers le hall d'entrée. Malheureusement, on a buté contre une escouade de silhouettes remontant les escaliers. Mon regard avait du mal à se fixer sur eux, et ce n'était sûrement pas à cause de l'obscurité. En moins de temps qu'il en faut pour me téléporter, on était de retour à l'étage. Mircea s'est arrêté sur le palier de la bibliothèque pour éviter le mage qui sortait de la pièce en titubant. Les éventails de Ming-de tournoyaient autour de sa tête comme des guêpes enragées. Un des éventails a heurté une applique dans sa course, et l'a fendue en deux. Très proprement.

J'ai jeté un coup d'œil à l'intérieur de la bibliothèque. Je n'y ai vu qu'un feu d'artifice de sortilèges, d'explosions et de cris. Il y avait trop de lumière pour distinguer le moindre détail. Mircea a attrapé un mage bloquant l'accès à l'escalier qui montait et l'a jeté au rez-de-chaussée. Il a bousculé le groupe de silhouettes sombres qui essayaient de grimper les étroites marches de front. La plupart d'entre elles ont titubé en arrière, poursuivie par les éventails, qui ont redoublé d'enthousiasme.

J'ai fermé les yeux et quand je les ai rouverts, on était à l'étage supérieur, où un mage affrontait la *contessa*. Son élégante mantille s'était déployée jusqu'à former un filet scintillant. Elle s'est refermée sur le mage comme une toile d'araignée. Juste avant qu'on s'engage dans le dernier escalier, je l'ai vue attirer son adversaire à elle d'un coup sec. Ses crocs luisants étaient déjà étirés.

Quand on a atteint le grenier, quelqu'un m'a attrapé la cheville. Mais Mircea a donné un coup de pied en arrière et j'ai entendu mon mystérieux agresseur dégringoler en bas de l'escalier. Mircea a ouvert brusquement une porte donnant sur ce qui ressemblait à une chambre de bonne. Il a ouvert la fenêtre et nous a fait sortir sur le banc glissant de gel. Je n'ai pas eu le temps de protester. Il a marqué une pause pour jeter un coup d'œil à l'entrée principale, en contrebas. Plusieurs dizaines de silhouettes sombres se ruaient sur la porte. *Ils sont à court de fenêtres*, me suis-je dit. J'étais complètement sonnée.

— Pouvez-vous reproduire ce que vous avez fait au casino ? m'a demandé Mircea d'une voix beaucoup trop calme pour la circonstance.

— Quoi ? Non. Pas encore.

Je ne ressentais presque plus la nausée et le vertige de mes téléportations successives, mais j'étais toujours épuisée. Je ne pensais pas être capable de me téléporter seule. Alors deux personnes…

Mircea ne m'a pas posé de question. Il m'a juchée sur son épaule droite, comme un ballot. Ce qui m'a permis d'apercevoir une silhouette encapuchonnée se ruer dans la chambre, derrière nous. C'était l'invité à la cape. Je n'avais toujours pas très envie de voir qui se cachait là-dessous.

— Je vais devoir sauter, *dulceață*, a dit Mircea en regardant le nouveau venu avec indifférence.

— Sauter ? Quoi ?

J'étais sûre d'avoir mal compris.

La cape a lancé un sort, qui a dévalé la cage d'escalier, avant de barrer la porte avec une lourde armoire.

— Si vous devez sauter, faites-le tout de suite. Sinon, dégagez le passage, a-t-il aboyé.

Je me suis demandé si je n'étais pas tombée dans le trou d'Alice au Pays des Merveilles. *C'est à cause du stress*, ai-je pensé, éberlué. *C'est sûrement à cause du stress.*

— J'attends que tous les mages entrent poser la bombe, a répondu Mircea, laconique.

— Quelle bombe ? a-t-on demandé en chœur, la cape et moi.

— Celle par laquelle les mages du coven de Paris comptent détruire cette habitation et le *Codex* qu'elle renferme. Du moins l'espèrent-ils.

Je comprenais mieux pourquoi il avait paniqué tout à l'heure. Enfin, pour lui, ça revenait à paniquer… Il avait dû entendre parler de cette soirée quelque part. Et si elle était assez mémorable pour que les gens en parlent, je n'avais pas spécialement envie de m'y attarder. Mais je ne pouvais pas partir. *Pas si près du but, mince !*

— Mais pourquoi le détruire ? ai-je demandé. Ils ne veulent pas le récupérer ?

— Si. C'est pour ça qu'ils sont en train de le chercher. Mais s'ils ne le trouvent pas, ils vont détruire ce bâtiment, et tout ce qu'il contient, pour ne pas risquer que le livre tombe entre les mains des Ténèbres.

— Le *Codex* n'est pas ici, a dit la cape en escaladant la fenêtre pour sortir. (On tenait donc à trois sur le toit glacé.) Le coven s'apprête à tuer des dizaines de personnes en vain !

— J'en doute, a dit Mircea.

Il a hoché la tête vers la ruelle, devant l'entrée du bâtiment. Les mages et les invités s'affrontaient. Apparemment, les derniers s'étaient extraits du piège mortel à temps.

Parindra nous est passé devant à toute vitesse. J'ai eu un mouvement de recul. Il était si rapide qu'il m'a presque décoiffée. Apparemment, il avait trouvé une autre façon d'utiliser son tapis. Il a jeté quelque chose sur la foule de mages massés en contrebas, et une explosion de fumée jaune s'est mise à grignoter leurs boucliers, comme de l'acide. Un certain nombre d'entre eux se sont enflammés. En conséquence de quoi, la poupe du vaisseau a pris feu… terrifiant à son tour l'éléphant.

L'animal a émis un barrissement de mécontentement et s'est mis à tout saccager. Il a ramassé un mage avec sa trompe et l'a projeté contre une des maisons. Le mage s'est fracassé contre le mur avec un atroce bruit de craquement d'os. L'attaque de l'éléphant a dispersé le reste des mages, qui se sont enfuis dans toutes les directions pour éviter de finir écrasés par la bête ou par son monumental palanquin. Ce dernier avait déjà presque glissé de son dos. Il se balançait violemment dans tous les sens, comme un bélier incrusté de pierreries.

— Ça devrait le faire, a dit Mircea.

— Attendez. De quoi parlez-vous ? Faire quoi ? ai-je demandé. (J'ai senti ses muscles se tendre sous moi. Je me suis rendu compte que le chahut avait dégagé la zone immédiatement sous nos pieds, momentanément désertée par les mages. Et Mircea avait l'air bien décidé à en tirer profit.)

Oh, non. Non, non, non. Écoutez : ces derniers temps, j'ai tendance à avoir le vertige et…

— Accrochez-vous, a-t-il dit.

Et on s'est mis à flotter dans les airs.

Je n'ai pas eu le temps de hurler. J'ai senti un courant d'air froid, un léger sentiment d'apesanteur, et on s'est fracassés contre le pont du navire. Mircea a encaissé tout le choc de la chute, mais je lui ai échappé des mains et je suis tombée contre la cape. Apparemment, il avait sauté avec nous. Je n'avais pas l'impression qu'il y avait un vampire là-dessous – je ne ressentais pas ce léger frisson caractéristique le long de ma colonne – mais comment un être humain avait bien pu se dépatouiller pour sauter d'une telle hauteur sans se rompre le cou ?

Je n'ai pas eu le temps de répondre à cette question. Un sortilège s'est abattu sur le navire, qui s'est mis à tanguer et à ruer, nous projetant tous les deux contre la balustrade, qu'un mage avait entrepris d'escalader. Un type habillé comme un des serviteurs de Ming-de s'est précipité sur l'envahisseur pour l'embrocher d'un coup de lance, mais le mage avait réussi à maintenir ses boucliers, et l'attaque n'a eu aucun effet, à part celui de l'énerver. Le mage a réussi à grimper à bord et s'est affalé sur le garde. Ils sont tombés tous les deux et ont fait un roulé-boulé avant de percuter notre duo. J'ai reçu un coup de pied dans le ventre. Ça m'a coupé la respiration. Mais la cape a trinqué plus que moi : sa tête s'est fracassée contre le bois massif de la balustrade du navire.

Mircea, de nouveau sur pieds, s'est dirigé vers la balustrade d'une démarche chancelante. Il a à peine eu le temps d'esquiver un sortilège. Ce dernier l'a rasé en grésillant avant d'exploser derrière nous, contre la façade en pierre d'une maison. Et ce n'était pas le seul. Les sorts fusaient de tout côté. Le ciel nocturne était presque aussi lumineux qu'en plein jour. Enfin, si la lumière du jour revêtait toutes les couleurs de l'arc-en-ciel.

— Je n'arriverai jamais à vous sortir saine et sauve de cet enfer. Pas sans bouclier, a-t-il dit avec gravité. Et je suis trop épuisé pour vous en fournir un. Je vais devoir improviser. (Il a échangé quelques mots avec le dernier vamp chinois.) Zihao vous protégera. Ne quittez pas ce navire, a-t-il ajouté avant de sauter par-dessus bord.

— Mircea !

Je me suis précipitée à la balustrade pour inspecter les environs, mais la ruelle fourmillait d'activités et je ne le voyais nulle part. En revanche, j'ai vu quelqu'un d'autre.

Apparemment, la *contessa* avait fini le plat de résistance et voulait passer au dessert. Et devinez sur qui elle avait jeté son dévolu ! Bon sang : j'étais sûre que ça allait finir par arriver !

Elle a sauté à bord et m'a dit quelque chose en espagnol – je n'ai pas compris – avant de me décocher un sourire cruel. Ça, j'ai compris. J'ai essayé de me relever, mais la traîne qu'Augustin avait rajoutée à la robe m'en a empêchée. Elle s'est enroulée comme une corde autour de mes chevilles. La *contessa* a éclaté de rire en me regardant tirer sur le tissu soyeux qui refusait obstinément de se déchirer ou même de se dégager. Elle s'est penchée sur moi et m'a libéré les pieds d'un rapide mouvement du poignet.

— Si vous le désirez tant, battez-vous pour lui. Debout, sorcière, m'a-t-elle dit.

Zihao avait trouvé mieux à faire de l'autre côté du bateau. Apparemment, « me défendre » n'incluait pas l'option « se faire étriper par une sénatrice jalouse ». Honnêtement, je ne pouvais pas trop lui en vouloir sur ce coup-là.

Je me suis relevée laborieusement et j'ai tenté un sourire.

— C'est… euh… très généreux de votre part, ai-je lancé avec espoir.

On arrivera peut-être à s'entendre, finalement.

Sa mantille s'est élevée derrière elle, formant un cadre à son magnifique visage.

— Pas vraiment. (Elle a souri.) C'est juste que je préfère dîner debout.

En fait, non.

Le piège en dentelle s'est lancé sur moi, comme il l'avait fait sur le mage, et j'étais certaine que ce dernier n'était pas sorti du bâtiment. Mais la mantille s'est arrêtée à mi-chemin, retenue par les étoiles qui s'étaient mises d'un seul coup à tourbillonner autour de moi, comme une galaxie miniature. L'espace de quelques secondes, le voile est resté suspendu en l'air, comme un objet inamovible butant contre une force irrésistible. Ensuite, tout a explosé, comme une étoile se transformant en supernova.

J'ai mis mon bras devant les yeux pour éviter d'être éblouie, et quand j'ai recouvré la vue, la *contessa* était bêtement debout. Comme si de rien n'était. Mais ce n'était qu'une illusion : je distinguais des détails de la bataille se déroulant derrière elle à travers les centaines de trous dont mes étoiles avaient criblé son corps. Ensuite, elle a basculé par-dessus la balustrade et s'est écroulée sur la rue en contrebas.

Je suis restée plantée là, les yeux rivés sur son corps mutilé, sous le choc. Complètement pétrifiée. J'étais en vie, mais pas pour très longtemps. Une broutille de ce genre est incapable de tuer un maître vampire. Ça lui fait mal, ça l'enrage, ça l'énerve : OK. Mais ça ne le tue pas. Elle se relèverait d'un instant à l'autre. Et elle ne ferait de moi qu'une bouchée. Il fallait vraiment que je descende de ce navire.

J'essayais de repérer une issue, n'importe laquelle, lorsque Zihao a fait irruption. Il avait perdu sa lance, mais une gigantesque rame lui servait d'arme improvisée et il s'apprêtait justement à en fracasser la tête de monsieur cape.

— Attendez !

Je suis tombée à genoux – de toute façon, mes jambes ne me portaient plus – et j'ai tendu les mains vers lui, paumes en avant. Les étoiles avaient repris leur place et elles n'avaient plus l'air de tourner, mais le garde s'est quand même interrompu.

Il m'a dit quelque chose. Bien entendu, je n'ai pas compris. Je commençais à envier à Ming-de son ustensile de traduction, malgré son mauvais caractère. Mais le garde a fini par s'apercevoir qu'on avait un problème de communication. Son pouce a fait des va-et-vient entre la cape et moi. Il voulait savoir si on était ensemble. J'ai opiné vigoureusement du chef. Ce n'était pas vrai. Je ne savais pas qui se cachait là-dessous. Mais il n'avait pas l'air d'être dans l'autre camp. Et j'avais vu assez de sang pour la soirée.

Rassuré, Zihao est parti d'un pas tranquille attaquer quelqu'un d'autre. J'ai reporté mon attention sur la cape, en me demandant si je n'avais pas perdu mon temps à sauver un cadavre. L'homme à mes pieds était parfaitement immobile. Un bras pâle dépassait de sa cape, mais la capuche obscurcissait toujours son visage. Il n'avait pas l'air de respirer. Mais il y avait tellement de poussière et de débris partout que c'était difficile à dire. En tout cas, son bras était chaud et il avait l'air bien humain. J'ai repoussé le capuchon pour vérifier s'il était blessé.

Et je me suis arrêtée net.

J'entendais le chaos autour de moi, l'éléphant saccager tout sur son passage, les vitres exploser, les gens hurler. Mais rien ne me semblait aussi réel que le visage reposant au milieu de tout ce noir et sur lequel se reflétait la lumière des sortilèges bigarrés. Un visage très familier.

Non! J'avais dû me cogner la tête sans m'en rendre compte. Je devais halluciner. J'ai cligné plusieurs fois des yeux mais ça n'a rien changé : le visage restait obstinément identique. J'ai pressé l'intérieur de mes poignets contre mes yeux et je suis restée un moment assise sans rien faire. Je ne suis pas entrée en hyperventilation – déjà parce que ça aurait été un signe de faiblesse ; ensuite, parce que je n'avais pas le temps – mais j'ai quand même… disons… respiré plus fort. Et quand j'ai laissé tomber mes mains sur mes genoux, j'avais réussi à reprendre mon sang-froid. Enfin, mon sang tiède. Grosso modo, quoi.

J'ai baissé de nouveau les yeux sur le visage et – OK : j'avoue – j'ai quand même fait un peu d'hyperventilation pendant que mon cerveau essayait de tripatouiller l'image absurde, stupide et strictement impossible que mes yeux s'acharnaient à lui montrer. Ils se trompaient. Ils devaient se tromper. Ça ne pouvait pas être Pritkin. Je l'avais laissé au *Dante* en lui disant que j'allais me coucher tôt, ce qui l'avait réjoui. Et à moins qu'il ait déniché une machine à remonter le temps, il y était encore. Mais ce n'était pas non plus Rosier. Certes, je savais, d'expérience, que le seigneur démon pouvait saigner, mais je doutais qu'il tombe dans les pommes à cause d'un bobo à la tête.

J'étais complètement sonnée mais j'ai quand même remarqué qu'il avait l'air un peu différent. Des cheveux roux mi-longs lui tombaient dans les yeux et effleuraient ses épaules, et il avait l'air plus jeune. Son visage était légèrement plus fin, ce qui rendait son nez encore plus épais et ses pommettes plus saillantes. Ses lèvres, qui avaient toujours été fines, formaient une fente à travers sa mâchoire.

J'imagine qu'il avait eu besoin d'un déguisement. Il ne pouvait quand même pas garder la même apparence, vie après vie : quelqu'un finirait par découvrir le pot aux roses. C'était peut-être pour ça qu'il n'y connaissait rien en vampires. Ce n'est pas très malin de fréquenter des créatures aussi vieilles que vous : elles peuvent se rappeler avoir vu votre visage quelques centaines d'années plus tôt, quel que soit votre déguisement. Et Pritkin n'avait jamais été stupide.

Non. Il ne s'appelle pas Pritkin, ai-je rectifié. J'ai eu un flash-back : un djinn grincheux me disait que l'auteur du *Codex* était un demi-incube. Et d'après Casanova, il n'y en avait jamais eu qu'un seul. Donc...

J'ai scruté le visage à moitié dissimulé par cette ridicule coupe au bol, incrédule. Apparemment, il ne s'était jamais coiffé correctement ! Mais les faits sont les faits. À ma connaissance, il n'y avait qu'un seul demi-incube à en pincer grave pour le *Codex* et à traîner ses guêtres en 1793. Et son nom n'était pas Pritkin.

Bon sang ! Je me disais bien qu'il n'avait pas une tête à s'appeler John. En revanche, d'un seul coup, il avait franchement une tête à s'appeler Merlin.

Chapitre 21

Ses paupières ont cligné. Une seconde plus tard, il me transperçait de ses yeux verts si familiers. J'ai fait de mon mieux pour avoir l'air inquiète et inoffensive – ce qui n'était pas bien difficile étant donné que j'étais assise sur mon pistolet et que je dégainais beaucoup moins vite que Pritkin. Je n'avais pas eu le temps de vérifier s'il portait des armes, mais avec lui, c'était plutôt superflu. Il était toujours armé jusqu'aux dents.

Il m'a passée en revue pour essayer d'évaluer la menace que je représentais. Je me rappelais bien ce regard froid et objectif: il l'avait chaque fois qu'on faisait face à un nouvel ennemi. Ça faisait un certain temps que je ne m'étais pas retrouvée dans sa ligne de mire, mais j'en avais un souvenir vivace. Il faisait un froid de canard mais après dix secondes je dégoulinais de sueur.

Pritkin s'est déplié, à l'affût du moindre de mes gestes. Il s'est mis lentement en position assise. Il avait sans doute la tête qui tournait mais il le cachait bien. Si je ne l'avais pas connu aussi bien, je ne m'en serais probablement pas aperçue.

—Quand je pense que j'ai pris le vampire pour le plus dangereux d'entre vous, a-t-il dit en lançant un rapide coup d'œil par-dessus bord avant de reporter son attention sur moi.

—Je ne suis pas dangereuse, lui ai-je dit.

J'étais encore sous le choc. À part les cheveux, il avait l'air parfaitement… pareil à lui-même. En tout point. Je n'aurais pas été étonnée qu'il me demande un café et m'envoie balader pour une raison ou une autre.

— Vous imitez bien l'innocente en détresse, a-t-il dit en me scrutant de son regard glacial. (Il s'est mis debout.) Je ne ferai pas comme cette vampire. Je ne commettrai pas l'erreur de vous sous-estimer.

— Ce que je voulais dire, c'est que je ne suis pas un danger pour vous, ai-je clarifié. Nous sommes du même côté.

— Voilà un bien piètre subterfuge, a-t-il craché avec mépris. Je sais ce que vous cherchez. Je sais qui vous servez. C'est à cause d'imbéciles de votre genre que nous sommes au bord du gouffre !

Il a reculé jusqu'à ce que sa cuisse heurte la balustrade, et il a passé une jambe de l'autre côté. Je ne savais pas où il comptait aller dans tout ce chaos mais le connaissant, il allait tenter le tout pour le tout. Et je ne pouvais pas le laisser filer. S'il y avait une personne qui savait où se trouvait le *Codex*, c'était bien l'homme qui l'avait écrit.

— S'il vous plaît ! ai-je supplié. Je ne sers personne ! On pourrait coopérer, vous et moi. S'aider…

— Si vous n'êtes pas au service de cette âme vengeresse, vous avez été trompée par les personnes ayant choisi de servir d'instrument à ses noirs desseins. Dans ce cas, sachez une chose : je ne sais pas quels mensonges on vous a racontés, mais notre sécurité réside en notre résistance. Et nous n'avons d'autre espoir, pour faire respecter nos droits et sauver nos vies, que de résister à ce pouvoir. Son seul objectif est de nous envahir et de nous soumettre à sa loi !

J'essayais toujours de décoder ses paroles lorsqu'une vision de cauchemar s'est levée du sol, juste derrière lui. Le corps de la *contessa* avait un petit air de gruyère, avec les vestiges de sa robe noire criblée de trous sanglants, mais des filaments de chair rouge et de veines violettes avaient commencé à se tisser à l'intérieur des lacunes, qui se comblaient peu à peu. Je connaissais la chanson : tant qu'un vampire peut bouger, il peut vous tuer. Et elle était de nouveau sur pied. Un des trous avait eu raison de son œil, qui ne formait plus qu'un cratère roussi dans son magnifique visage, mais l'autre me scrutait méchamment.

J'étais foutue.

Ma robe était parfaitement immobile – elle était toujours aussi belle, mais sans aucune vertu défensive. Je fouillais dans mon sac – éparpillant les bijoux sur le pont en flammes à la recherche d'un pistolet qui ne me serait probablement d'aucune utilité – lorsque j'ai entendu quelque chose gicler. J'ai levé les yeux et j'ai vu une colonne de flammes à la place de la *contessa*, et une fiole vide dans la main de Pritkin.

Elle s'est ruée sur la foule en hurlant, avant de piquer droit sur l'éléphant. L'animal a barri de terreur à la vue du torrent de flammes qui se dirigeait sur lui. Son instinct a dû lui dicter de l'éteindre : un de ses pieds massifs s'est abattu sur la vampire avec la violence d'un pylône à vapeur. Un deuxième coup a suivi, pour la forme, et j'ai détourné les yeux pour éviter de vomir.

— Vous m'êtes venue en aide, m'a dit Pritkin. Je vous rends simplement la pareille. N'allez pas présumer de mes bonnes dispositions, à l'avenir.

Il a grimpé sur la balustrade, tout en me regardant du coin de l'œil. Lorsque Parindra a fait un autre piqué, il s'est accroché au bord du tapis et s'est envolé.

— Pritkin !

J'ai crié le mauvais nom, mais ça n'avait aucune espèce d'importance : au moment où ces mots ont franchi mes lèvres, il était déjà hors de portée. Mais il n'était pas tiré d'affaire pour autant.

Ça a pris une seconde à Parindra pour remarquer qu'il avait embarqué un auto-stoppeur. Il lui a donné un coup de pied, mais Pritkin était fermement accroché. Le Consul indien n'a pas eu l'air d'apprécier. Il est remonté à la verticale, à quinze ou vingt mètres d'altitude par rapport aux bâtiments, et l'a frappé de plus belle. Cette fois, il a réussi à déloger Pritkin d'un coup de pied qui avait l'air particulièrement violent – même à cette distance – et le mage a dégringolé dans les ténèbres.

Les yeux rivés sur lui, j'ai senti ma gorge se serrer. Même un mage ne pouvait survivre à une telle chute. Mais je n'ai pas eu le temps de crier qu'une pellicule s'est formée autour de sa tête, bleu pâle contre le ciel sombre. On aurait dit une méduse lumineuse. Peu à peu, elle a recouvert ses bras et ses mains, tandis que son sommet formait un ballon réduisant progressivement la vitesse de la descente à un rythme de croisière.

Je savais que les boucliers étaient capables de faire bien des choses, mais servir de parachute ? C'était une première. En tout cas, ça avait l'air de marcher. Et sauf si le vent soufflait sans que je le sente, Pritkin semblait contrôler plus ou moins sa trajectoire. Il n'essayait pas de retourner sur ses pas : il visait une tout autre destination.

— La magie humaine ne cessera jamais de m'émerveiller, a dit Mircea, posté derrière moi.

J'ai fait volte-face.

— Il faut qu'on l'attrape !

— Ming-de s'est engagée à nous prendre avec elle lorsqu'elle fera sa sortie. Ce qui ne saurait tarder. Je ne sais pas ce qu'elle pensera de l'idée d'embarquer un mage inconnu.

— Je ne vous demande pas de l'aider ! Je vous demande de *l'attraper* ! C'est lui qui a le *Codex* !

Le regard de Mircea s'est aiguisé.

— En êtes-vous sûre ? L'avez-vous vu ?

— Pas besoin, ai-je répondu avec hargne. Il essaie de s'enfuir. Et il ne s'enfuirait jamais s'il n'avait pas obtenu satisfaction.

Quelque part, sous les plis de cette immense cape, il l'avait sur lui. Et il était en train de se carapater avec.

Mircea m'a regardée d'un drôle d'air.

— Vous connaissez ce mage ?

D'abord, j'ai cru avoir mal entendu. Mais je me suis souvenue que Mircea n'avait pas vu Pritkin sans sa capuche. Au chapitre « cohérence de la trame temporelle », c'était plutôt une bonne chose, mais ça voulait aussi dire qu'il ne savait pas à quel enfoiré rusé et à quel fou furieux on avait affaire.

Je n'ai pas eu le temps de répondre qu'un éclair de lumière rouge a éclaté, accompagné qu'un craquement si assourdissant qu'il a couvert les rumeurs de la bataille. Et en un clin d'œil, Pritkin avait disparu. Purement et simplement.

— Qu'est-ce que… Il est parti !

— Ne bougez pas.

Mircea a sauté par-dessus la balustrade et s'est dirigé d'un pas décidé vers Ming-de, qui venait d'émerger du bâtiment. Son trône était de nouveau en mode « lévitation ». Il glissait avec sérénité à travers le carnage. Devant elle, ses éventails lui fauchaient un chemin tandis que ses gardes hachaient menu quiconque la menaçait sur les flancs. Mais les éventails ont eu l'air de reconnaître Mircea, parce qu'ils l'ont laissé passer pour parler à leur maîtresse.

Une seconde plus tard, il était de retour. Il avait arraché un couteau des mains d'un mage passant par là, et l'utilisait comme un levier pour déchausser un des globes que le dragon transportait entre ses griffes.

— Qu'est-ce que vous faites ?

— J'ai promis de vous faire découvrir les lignes telluriques. Apparemment, je tiendrai parole plus tôt que prévu.

D'un coup de poignet, il a fait basculer le globe dans sa main. Ming-de est remontée avec élégance le long de la rampe, qui s'est refermée derrière elle. Le navire entier s'est mis en branle et s'est élevé lentement dans les airs, comme le zeppelin qu'il n'était pas.

— Attendez ! (J'ai haussé le ton pour qu'il m'entende à travers le brouhaha des sorts en pagaille venant de s'abattre de concert sur le vaisseau ; apparemment, les mages n'étaient pas très contents que Ming-de s'esquive plus tôt que les autres.) Je ne comprends pas!

—Je vous expliquerai plus tard. Mais si vous tenez vraiment à rattraper ce mage, nous devons agir vite.

—Mais les lignes telluriques sont des sources d'énergie monumentales! (Si j'en croyais l'explication de la pixie, elles étaient à mi-chemin entre l'éruption volcanique et le réacteur nucléaire.) On ne peut pas y aller comme ça!

—Je vous assure que si, a dit Mircea en passant son bras autour de ma taille tandis que le vaisseau brimbalant s'élevait au-dessus des toits.

—Ce n'est pas ce que je veux dire! ai-je rétorqué d'une voix stridente tandis qu'il sautait sur la fine balustrade entourant le pont.

Et on s'est mis à balancer. Mircea avait l'air de se moquer allégrement de considérations bassement matérielles comme le fait que la balustrade était branlante et les mages guerriers très énervés. Quant à la loi de la pesanteur, elle était passée à la trappe.

—Accrochez-vous.

J'ai secoué violemment la tête.

—Oh! là, là! Chaque fois que vous dites ça, on se retrouve à faire un truc vraiment... (Mircea a fléchi les genoux. Ses muscles se sont tendus.) Écoutez-moi! ai-je hurlé. On ne peut pas...

Mais on l'a fait quand même. Mircea a sauté. L'espace d'une seconde, on était suspendus dans le vide, avant d'être violemment projetés sur le côté, dans un maelström de lumière et de couleur. J'avais l'impression d'être au beau milieu de torrents cascadant frénétiquement le long d'un flanc de montagne, à destination de chutes aussi formidables que celles du Niagara. Des éclairs de lumière aveuglante éclataient tout autour de nous, tandis que des flots d'énergie pure nous frôlaient de chaque côté et formaient une arche au-dessus de nos têtes. Mon esprit avait tellement d'informations à assimiler que je n'ai pas compris tout de suite qu'on n'était pas en train de griller.

— Contrairement aux mages, nous ne disposons pas de boucliers, a dit Mircea, visiblement euphorique. Mais ce serait pure folie de pénétrer une ligne tellurique sans protection. Ne ferions-nous que les effleurer, leurs énergies nous consumeraient sur le champ.

— Et pourquoi elles ne nous consument pas, alors ?

Il a désigné la bulle d'énergie diffuse qui irradiait doucement autour de nous. À côté des pulsations frénétiques de la ligne tellurique, elle était presque invisible.

— Les mages les plus puissants sont capables de suivre les lignes telluriques sur un trajet relativement court avec l'aide de leurs seuls boucliers. Des voyages plus longs nécessitent une protection plus conséquente.

J'ai regardé autour de moi, complètement stupéfaite. Le courant énergétique nous projetait en avant.

— Comment saviez-vous où elle se trouvait ? On ne voyait rien.

— À l'œil nu, peut-être. Mais si on sait ce qu'on cherche, on arrive à les repérer. (Pendant un court instant, je suis restée béate d'admiration. Mais Mircea a esquissé un sourire.) Sinon, on se contente de faire comme la plupart des gens : on regarde une carte.

— Vous n'avez pas de carte.

— J'ai vécu de nombreuses années à Paris. J'ai mémorisé il y a fort longtemps les endroits où passent les lignes, a-t-il avoué. Je les utilisais constamment.

— Vous vous baladiez tout le temps avec un bidule comme ça ? ai-je demandé en gesticulant vers le globe qu'il avait en main.

Cette chose avait la taille d'un ballon de foot.

— Il existe des boucliers miniatures, mais ils ne permettent pas de voyager avec un tel confort.

Un remous électrique nous a projetés en vrille sur la gauche.

— Vous parlez d'un confort, ai-je fait remarquer en m'accrochant à son bras pour éviter de tomber.

— Je vous assure. (Mircea a caressé délicatement la petite sphère pour nous ramener au centre du flux, qui était légèrement plus calme.) Je déteste l'idée de devoir rendre cet objet. (Il m'a souri de nouveau. Apparemment, il avait l'air d'apprécier la chevauchée sauvage.) C'est bien plus qu'un bouclier. Il indique également la présence de lignes en brillant plus fort à proximité de l'une d'entre elles. Et il peut ouvrir une faille si on le place au bon endroit.

— Mais comment est-on censé retrouver le mage dans tout ce bazar ?

Mircea a désigné un tourbillon de lumière, droit devant.

— Quelqu'un est sorti de la ligne à cet endroit il y a peu. Je n'ai pas remarqué d'autre activité tellurique avant la sienne. Et vous ?

— Je ne sais pas.

Entre les sortilèges, le duel et cette histoire de Pritkin, il aurait pu pleuvoir des « activités telluriques », je n'aurais rien vu.

— Nous devons prendre le risque, a dit Mircea. Accrochez-vous.

— Vous savez, je commence vraiment à détester quand vous...

Et on s'est mis à tomber. On a traversé le pourtour de la ligne, qui n'était qu'un maelström de lumière et de son. L'espace d'un instant, j'ai cru que quelque chose avait mal tourné. Mais d'un seul coup, on s'est retrouvés sur la terre ferme, dans un « boum » ressemblant à un grondement de tonnerre. Et il n'y avait plus aucune couleur.

— Le Quartier latin, ai-je entendu Mircea annoncer pendant que mes yeux essayaient de s'adapter à l'obscurité. (Les couleurs changeantes de la ligne continuaient à danser frénétiquement devant mes yeux, comme des images fantômes. J'avais l'impression qu'un feu d'artifice criblait le ciel nocturne.) Même à notre époque, cet endroit est un méandre de ruelles. Ça sera plus difficile que prévu.

J'ai enfin réussi à me concentrer sur la seule source de lumière : la sphère qu'il avait entre les mains. Elle irradiait doucement mais ne projetait plus aucun bouclier autour de nous. En tout cas, je n'en voyais aucun. Mais je ne voyais pas grand-chose en général. À part la petite flaque de lumière, je ne distinguais rien d'autre que les bâtiments sombres s'élançant vers l'étendue étoilée, au-dessus de nos têtes.

— Comment savez-vous où on se trouve ?

Vision vampirique ou pas, il faisait noir.

— Cette ligne tellurique traverse le centre de Paris par l'Île de la Cité. Et je sens la Seine.

Il avait de la chance. Malgré la fraîcheur de l'air, je sentais les couches d'immondices pourrissant dans les égouts. Ma chaussure s'est enfoncée dans une chose visqueuse qui est restée collée à ma semelle et dégageait une odeur âcre de fruit moisi. Il émanait de partout une odeur de crottin de cheval et d'urine humaine, comme si quelqu'un avait intentionnellement badigeonné les rues. Bizarrement, les films de cape et d'épée ne montrent jamais ce genre de choses.

— Par là.

Mircea m'a prise par le bras. Ce n'était pas plus mal, parce que les pavés étaient irréguliers. Et les rares à ne pas être couverts d'une fine couche de gel étaient glissants malgré tout.

La rue, plongée dans l'obscurité, était beaucoup trop calme et tellement étroite que je m'attendais à chaque instant à me faire attraper par une main émergeant des ténèbres. Étant donné que Pritkin préférait l'offensive à la défensive, il y avait de fortes chances pour que ça arrive. Mais on est sortis de la rue sans encombre, pour découvrir un paysage légèrement plus lumineux : éclairée par une lune argentée, la Seine coulait devant les hautes tours de Notre-Dame. La neige qui était tombée plus tôt dans la soirée avait fondu, transformant les pavés en un miroir glacé reflétant à la perfection l'immense cathédrale. Malheureusement, ils ne reflétaient pas Pritkin.

Mircea a levé la tête, comme pour humer l'air. Tout ce que je sentais, c'était le poisson pourri et autres preuves que les lois relatives à la pollution de l'eau n'étaient pas encore passées. Mais apparemment, Mircea avait filtré ces odeurs : il s'est précipité vers une ruelle adjacente. On ne l'avait pas encore atteinte qu'une charrette remplie de foin s'est enflammée juste à côté de nous. Elle est restée un moment sur le bas-côté, immobile, avant de nous foncer dessus.

Mircea m'a poussée hors de sa trajectoire, mais ça lui a fait perdre une précieuse seconde et il s'est retrouvé à essayer d'éteindre, sans succès, les ballots de paille embrasés. Je l'avais déjà vu éteindre un incendie sans sourciller, mais ce feu-là avait probablement des vertus particulières – un résidu de potion, peut-être – parce qu'au lieu d'étouffer, les flammes ont gagné le tissu épais de sa chemise et commencé à se propager.

Il a arraché sa chemise et l'a jetée dans le fleuve, où elle s'est éteinte en chuintant. Mais le feu avait déjà atteint ses cheveux. J'ai fait mine de l'éteindre à mains nues, mais il a disparu en un clin d'œil et j'ai entendu un grand « plouf ». J'ai fait volte-face : la surface de l'eau s'était ridée.

Une seconde plus tard, j'ai vu sa tête en émerger. Le feu était éteint. J'ai voulu pousser un soupir de soulagement, mais j'ai senti un couteau glisser contre ma gorge. Je me suis pétrifiée.

— Je crois avoir mentionné le fait qu'il serait mal avisé de me suivre, a dit Pritkin.

— Il serait tout aussi mal avisé de lui faire du mal, a rétorqué Mircea.

Je ne l'avais pas vu bouger. Pritkin s'est crispé.

— Ne bougez pas, vampire !

J'ai senti la lame du couteau s'enfoncer dans ma peau, et une petite rigole chaude a coulé le long de mon cou. Mircea s'est figé à quelques mètres de nous. Il dégoulinait.

— Vous vous exposez à une mort atroce, mage, a-t-il dit.

Il avait beau être couvert d'une vase visqueuse qui dégoulinait de sa poitrine, ses menaces avaient l'air crédibles. La sphère, qui lui avait échappé des mains lorsqu'il avait plongé dans la rivière, a roulé un moment avant de buter contre un pavé légèrement saillant. C'était toujours la seule source de lumière. Je n'y voyais pas grand-chose mais j'avais l'impression qu'il était indemne, à l'exception de quelques méchantes brûlures sur le torse. Mais je n'en étais pas moins remontée contre Pritkin.

Je me suis débattue, trop furieuse pour me rappeler que cet homme n'était pas le Pritkin qui m'avait déjà menacée d'un couteau : ce Pritkin-là n'avait aucune raison de vouloir me faire du mal. Celui-ci, en revanche, pensait à juste titre que j'essayais de le cambrioler.

— Vous êtes fou ? Vous auriez pu le tuer !

— Et je pourrais récidiver. Je vous aurai avertie en toute bonne foi. Si vous ne m'écoutez pas, je serai contraint de recourir à d'autres moyens.

— Comme tuer deux personnes pour un simple livre de sorts ? Mais pour l'amour de dieu…

— Et quelle déité invoquez-vous ? a demandé Pritkin.

Sa lame s'enfonçait de plus en plus. Je commençais à sentir le sang couler plus abondamment dans le creux de mon cou. Mais ce qui m'inquiétait encore plus, c'étaient les yeux de Mircea. Ils étincelaient d'une lueur ambrée et brillaient plus intensément que notre ersatz de lanterne. Il était énervé. Ce n'était pas bon signe.

Mircea sortait rarement de ses gonds mais quand ça se produisait, c'était vraiment effrayant. J'en avais été témoin à deux reprises et je n'avais pas envie de réitérer l'expérience.

D'autant que Pritkin ne pouvait pas mourir ce soir. Aucun des deux hommes n'en avait conscience, mais un jour, ils collaboreraient et contribueraient à bâtir l'histoire. Mon histoire, en partie. J'avais besoin du *Codex*, et si je voulais rester en vie, il fallait absolument qu'ils survivent tous les deux aux événements.

— Écoutez, ai-je dit d'une voix grave et pressante. On va vous laisser tranquille. Vous pouvez le garder, votre satané bouquin. Tout ce qu'on veut, c'est une formule. Si vous nous la donnez, on s'en va.

— Une formule ? a répété Pritkin en faisant mine de réfléchir. (Il commençait à reculer. Je me demandais bien pourquoi : vu la vitesse à laquelle Mircea se déplaçait, quelques mètres ne changeraient pas grand-chose.) De laquelle peut-il bien s'agir ?

Je lui aurais bien dit, mais il avait resserré son étreinte et j'ai eu peur que ces paroles soient mes dernières.

— Relâchez-la, mage, et j'envisagerai de vous laisser survivre à vôtre châtiment, a dit Mircea, très doucement.

— Et si vous cessez de me suivre, j'envisagerai de la laisser partir. Lorsque ma tâche sera accomplie, a répliqué Pritkin.

Sa voix était calme, mais contre mon dos, je sentais son cœur battre à tout rompre dans sa poitrine. Mircea a essayé de dire autre chose mais Pritkin ne lui en a pas laissé l'occasion. Il a tendu la main vers le ciel, comme s'il voulait attraper quelque chose, et la nuit s'est fendue comme une plaie béante, rouge et palpitante dans l'obscurité. Mircea a fait un bond, mais c'était trop tard : la ligne tellurique nous a arrachés du sol et on s'est échappés.

Comme une cascade tumultueuse, la ligne nous a projetés dans tous les sens avant de nous recracher sur un chemin de terre. C'est ce que j'ai imaginé en tout cas : je n'ai pas eu le temps de prendre connaissance de mon environnement qu'on a emprunté une autre ligne. Bleue cette fois. Et c'était reparti pour un tour. Après ça, j'ai complètement perdu le fil : je ne pourrais pas dire combien de lignes on a traversées. Toutes les couleurs se mélangeaient : bleu, blanc, violet, noir, encore rouge… Le voyage était beaucoup plus agité qu'avec le bouclier de l'impératrice. À peine avais-je fait trois pas chancelants sur le sol qu'on s'évanouissait de nouveau dans la nature.

Mes yeux n'avaient jamais le temps de distinguer quoi que ce soit. À chaque arrêt, mes sens percevaient quelques indices aléatoires : une odeur âcre d'algues en putréfaction associée à des cris de mouettes ; la pestilence du crottin et le bêlement d'un troupeau ; la chaleur d'un endroit clos et la puanteur du vin renversé. On venait à peine d'arriver à destination – j'avais encore des images fantômes devant les yeux – lorsque j'ai vu un éclair aveuglant de lumière rouge. Et Mircea est apparu de nulle part.

Pritkin a poussé un juron et une boule de feu est apparue devant nous, flottant dans le vide. J'ai hurlé, Mircea a esquivé et le sort a explosé… contre le globe, qui avait toujours été sa cible. Pour une raison ou une autre, je pensais que la sphère allait éclater comme du verre. Mais elle était faite d'un matériau plus coriace et lorsque les flammes se sont dissipées, elle avait exactement la même apparence. Pritkin avait profité de l'explosion pour ouvrir une autre ligne. Jaune cette fois. Elle palpitait au-dessus de nos têtes, comme un soleil miniature, et je l'ai sentie nous attirer à elle tandis que Mircea se jetait sur nous.

Il a mis la main sur Pritkin, mais sa cape avait tellement de plis et de replis qu'il avait du mal à savoir où se trouvait le corps du mage. Au lieu de son bras, Mircea a saisi une poignée de tissu noir. La cape est tombée et Pritkin s'est lancé sur la sphère. Il l'a ramassée furtivement et le vide doré nous a aspirés.

Au bout d'un trajet aussi bref que tumultueux, j'ai senti une vague d'air froid balayer mon visage et on a atterri sur une surface qui suintait autour de mes chaussures. J'avais le dos contre ce qui ressemblait à de la pierre. Mes yeux ne voyaient rien d'autre que des ombres bondissantes et mes poumons protestaient contre la rigueur de l'air nocturne. J'avais l'impression de venir de plonger dans une piscine trop froide pour nager : avant d'émerger pour prendre son souffle, on ne ressent rien d'autre que le choc.

Lorsque j'ai retrouvé l'usage de mes yeux, j'ai vu que le torrent de lumière vive avait cédé la place à un monde de noirceur, qui s'étendait à perte de vue dans toutes les directions, aussi sombre que la cape que Pritkin venait de perdre. Je le sentais reprendre son souffle non loin de moi. Il avait l'air aussi sonné que moi. Je me suis rappelé ce que m'avait dit Mircea : plus le trajet est long, plus le bouclier doit être sophistiqué. C'était peut-être la raison pour laquelle on s'était arrêtés : toute cette cavalcade, avant de voler la sphère à Mircea, avait épuisé Pritkin. Dommage que je n'étais pas assez en forme pour en profiter.

Je me suis accrochée au roc glacial et j'ai fini par discerner le paysage. Ce rocher faisait partie d'une palissade en bois et en pierre entourant une prairie vide. Au loin, on ne distinguait rien d'autre que les petites taches anthracite de ce que je devinais être des arbres. Des fumerolles de brume grisâtre s'élevaient du sol humide et s'enroulaient autour de nos chevilles, comme autant de cordes détrempées. Pritkin a fouillé ses vêtements. À ses pieds, la sphère émettait une lueur diffuse à travers une couche de gadoue : elle avait eu droit à un bain de boue à l'atterrissage.

Apparemment, j'étais seule face au mage.

Tandis que ma respiration devenait peu à peu plus régulière, j'essayais de jauger le nouveau Pritkin. Il ne portait ni corsaires à la mode, ni gilet brodé, ni perruque poudrée. Il était simplement vêtu d'une chemise blanche à manches longues – malgré les frimas, ils les avaient relevées jusqu'aux coudes, révélant ses avant-bras musclés – et un pantalon gris moulant qui n'aurait pas dépareillé deux cents ans plus tard. Bien entendu, le tout était bardé d'armements divers et variés. La seule entorse à sa quincaillerie habituelle était l'absence d'armes automatiques.

La seule fausse note, c'était cette touffe de cheveux roux cuivre. Pour une raison ou une autre, je ne pouvais pas m'empêcher de la scruter. Je m'efforçais de voir l'homme que je connaissais – et considérais la plupart du temps comme un ami – mais cette chevelure m'en empêchait. Je la fusillais du regard, furieuse. Encore un retournement de situation ! J'avais fait le deuil de son amitié une première fois. J'avais déjà essuyé l'affront de sa trahison. Ensuite, j'avais été contrainte de reconsidérer les choses et j'avais réappris à lui faire confiance… Et voilà qu'il me forçait à revoir encore mon jugement !

Que Pritkin ait eu le *Codex* en sa possession n'avait aucune importance. C'était lui qui avait écrit ce satané bouquin. Il avait toujours connu la formule permettant de lever le *geis*. Il avait juste choisi de ne pas me la donner. Il n'aurait pas été obligé de tomber le masque ! Il aurait suffi qu'il fasse semblant de l'avoir trouvée dans un de ses vieux bouquins ; ou qu'il prétende la réinventer. Il aurait pu imaginer plein d'excuses ! Mais non. Il avait choisi de laisser Mircea mourir sans lever le petit doigt. À la fois, il avait été sincère en me disant que les vampires ne valent pas mieux que des démons.

Et un bon démon, c'est un démon mort.

J'ai réprimé une vague de rage pure. Je ne pouvais pas me permettre d'exploser maintenant. Si je ne récupérais pas cette formule, Pritkin gagnerait et Mircea mourrait. Et aucun de ces scénarios n'était acceptable.

J'étais encore en train de le dévisager lorsqu'il m'a agrippé les deux bras.

— La carte ! Qu'avez-vous fait de la carte ?

— Quelle carte ?

Il m'a secouée comme un prunier. Ça ne m'a pas aidé à réfléchir, si telle était son intention.

— La carte indiquant l'endroit où se trouve le *Codex* !

— Je croyais qu'ils voulaient mettre le *Codex* aux enchères ! Ne me dites pas qu'ils ne l'avaient pas !

— Ils ne voulaient pas l'emmener de peur que quelqu'un essaie de le ravir, a-t-il dit en me regardant des pieds à la tête, comme si j'avais fourré la carte dans mon décolleté. (Pourtant, il n'y avait même pas la place d'insérer un mouchoir en papier dans ce bidule !) Si vous ne voulez pas que je vous inflige l'opprobre d'un sortilège de révélation, je vous conseille de me la donner sur-le-champ.

— Je ne l'ai pas ! Et c'est quoi, cette histoire d'opprobre ?

Pritkin m'a survolée d'une main, sans me toucher, à quelques centimètres de la soie désormais immobile. La robe s'est illuminée de nouveau mais apparemment Pritkin n'avait plus de jus, parce qu'il ne s'est rien passé... si ce n'est que ma robe est devenue transparente. Ainsi que tout ce que je portais.

— C'est quoi ce bordel ! (J'ai bondi derrière un des piliers de la palissade. Allié à l'obscurité ambiante, il suffisait à me camoufler plus ou moins.) Mais vous êtes complètement taré, ma parole !

Pritkin n'a rien répondu, mais sa mâchoire s'est crispée légèrement.

— Rendez-moi mon bien et je lèverai le sortilège.

— Je vous l'ai déjà dit ! Je ne l'ai pas !

Il a fait un geste furtif de la main en marmonnant quelque chose. Au même instant, le pilier est également devenu transparent. J'ai hurlé et longé la palissade en courant, jusqu'au pilier suivant. De l'autre côté de la barrière, Pritkin m'a imitée. On s'est arrêtés, chacun de notre côté du pilier en pierre, et on s'est toisés.

— Je vous l'interdis ! ai-je lancé en le voyant lever la main.

— Dans ce cas, donnez-moi ce que je vous ai demandé !

— Allez pourrir en enfer !

— J'en viens, a-t-il grogné.

Et le pilier a disparu. Avant que j'aie pu faire le moindre geste, il a sauté par-dessus la barrière et sa main ferme s'est refermée comme un étau sur ma nuque. Je me suis débattue, mais ça ne servait à rien. J'ai fini par céder.

Je l'ai senti ôter sa main et reculer. Il avait dû essuyer la boue recouvrant la sphère, parce que ses reflets lumineux se sont mis à danser sur les roches luisantes, droit devant moi. Le globe irradiant et la pierre invisible ont dû terrifier une petite créature, qui s'est mise à crapahuter dans le noir.

Je sentais le regard inquisiteur, impitoyable et concentré de Pritkin balayer l'arrière de mon corps, comme une caresse spectrale. J'avais tellement envie de me téléporter que j'avais presque le goût du saut dans la bouche. Mais même si j'avais été capable de le faire, où serais-je allée ? J'avais besoin du *Codex* et c'était Pritkin qui l'avait. En tout cas, j'espérais pour lui qu'il l'avait. Sinon, j'allais le tuer. Très lentement.

— Retournez-vous, a-t-il dit au bout d'un moment.

Je me suis cramponnée au pilier invisible. Je me trouvais complètement ridicule. *Montre-lui, qu'on en finisse ! C'est le seul moyen pour qu'il t'écoute. Allez, ne réfléchis pas. Vas-y.* Très bon conseil. Si ce n'est qu'il s'agissait de Pritkin. Et malgré tout, ça faisait toute la différence. Bizarrement, j'aurais été moins gênée devant un parfait inconnu.

— Je n'ai pas la carte, ai-je répété en essayant de ne pas penser qu'il faisait froid et que mon corps réagissait en conséquence.

— Je suis désolé mais je ne saurais vous croire sur parole, a-t-il rétorqué sèchement. (Je devais avouer que ça semblait sincère. Et catégorique. Comme je ne bougeais toujours pas, il s'est approché de moi.) Tout cela est de très mauvais goût. Ne me forcez pas à pratiquer une fouille corporelle.

Au ton de sa voix, je ne doutais pas une seconde qu'il le fasse. J'ai pris une grande bouffée d'air.

— On fait un marché. Vous déballez votre marchandise et je déballe la mienne.

— Quoi ?

Il avait l'air complètement perdu. Je me suis dit que cette expression n'existait peut-être pas encore à cette époque.

— Lancez-vous ce machin de révélation et je me retourne.

— Je ne cache rien !

— Moi non plus ! Œil pour œil, dent pour dent. Mais peut-être cherchez-vous simplement une excuse pour pratiquer cette fouille corporelle ?

Pritkin a marmonné quelque chose dans sa barbe. Quelque chose de sûrement très méchant.

— J'ai équipé mes vêtements de talismans ! Même si je souhaitais me plier à votre demande, je ne pourrais pas m'exécuter. Le sortilège de révélation ne fonctionnerait pas.

— Dans ce cas, déshabillez-vous.

— Je vous demande pardon ?

D'un seul coup, il avait presque l'air poli, comme s'il pensait avoir mal entendu.

— Enlevez vos vêtements.

— Pour vous laisser me jeter un sort en profitant de ma faiblesse ?

Je ne voyais pas son visage mais je devinais à sa voix qu'il devait être déformé de rage.

— Vous aurez toujours vos boucliers, ai-je fait remarquer. Et si vous avez si peur que je sois plus forte que vous, vous n'avez qu'à garder vos armes. (Il est resté muet un long moment.) Si vous étiez un vrai gentleman, vous le feriez, ai-je ajouté.

Je commençais à être à court d'idées.

J'ai retenu mon souffle. J'étais sûre que ça n'allait pas marcher. Il ne tomberait jamais dans le panneau. C'était un piège vieux comme le monde ! Mais j'imagine qu'il n'était pas si vieux que ça, dans les années 1790. Peu après, j'ai entendu des froissements de vêtements. Il se déshabillait.

— Soit, a craché une voix furieuse au bout de quelques secondes. *Maintenant*, voulez-vous bien vous retourner ?

— Comment puis-je savoir que vous vous êtes vraiment déshabillé ?

— Mettez-vous ma parole en doute ?

Il avait l'air stupéfait.

— Disons que je ne vous fais pas spécialement confiance. Rendez le pilier opaque et passez de l'autre côté. Si vous ne m'avez pas menti, je me montrerai et ce sera réglé.

Cette fois, Pritkin n'a pas pris la peine de pousser un juron. Les roches sont redevenues opaques et il est passé devant. Il avait un pistolet à la main et portait toujours son poignard, soigneusement rangé dans l'étui qu'il avait au mollet. Mais il n'avait pas jugé bon de garder le reste. J'imagine qu'il voulait insister sur le fait que j'étais loin d'être la plus forte.

— Maintenant, respectez votre part du marché, a-t-il dit, la mâchoire crispée.

Mais peut-être serrait-il simplement les dents pour les empêcher de claquer. *Il a l'air d'avoir froid*, me suis-je dit sans aucune espèce de compassion.

Je l'ai examiné. Ses yeux verts me lançaient des éclairs à travers son rideau de cheveux cuivrés. Il n'a fait aucune tentative pour se cacher. Quelle grandeur d'âme. Je l'ai donc scruté des pieds à la tête. J'étais stupéfaite : malgré le froid, il n'avait aucune raison d'être timide.

— Dès que vous aurez le dos tourné, ai-je fini par dire. (Il a fait mine de protester, mais j'ai haussé un sourcil.) Soyons équitables.

Pritkin a levé les bras au ciel, mais il s'est quand même retourné, me dévoilant les fascinantes fossettes qu'il avait en bas du dos. Mais cette fois, je n'ai pas pris le temps d'admirer la vue. Dès qu'il a eu le dos tourné, j'ai attrapé ses vêtements, saisi la sphère et ouvert une ligne tellurique. En un clin d'œil, j'avais disparu.

Chapitre 22

Avec l'aide de la sphère, je n'avais eu aucun problème pour choper la ligne, d'autant que je savais exactement où elle se trouvait. Mais encore fallait-il se diriger ! C'était une autre paire de manches. Avec Mircea, j'avais eu l'impression que les lignes étaient des rivières de pouvoir. Mais celle-ci ressemblait plus à un torrent agité de remous, de courants et de tourbillons qui me ballottaient dans tous les sens.

La bulle de protection que la sphère générait autour de moi me permettait de ne pas griller. Mais c'était à peu près tout le confort qu'elle offrait. Il n'y avait pas de volant, pas de ceinture de sécurité et – plus grave – pas de freins. J'ai été projetée d'un côté à l'autre du couloir, j'ai été retournée comme une crêpe... et je suis tombée de deux mètres avant de me fracasser en bas de la bulle protectrice. J'étais montée dans les montagnes russes de l'enfer et je ne savais pas comment descendre.

J'ai fait un tas avec mon butin, avant de l'envelopper à la hâte dans ma robe pour éviter que les objets se trimballent partout. Ensuite, j'ai entrepris d'essayer de comprendre comment marchait ce bidule. J'ai découvert qu'il était possible de manœuvrer le petit cercle de protection en exerçant des pressions sur l'un ou l'autre côté de la sphère. Mais c'était loin d'être aussi simple que Mircea l'avait laissé penser. Une légère rotation suffisait à m'envoyer valser dans une direction sur un bon kilomètre. J'ai rapidement appris à mieux doser mes mouvements, me contentant de caresser la sphère d'infimes glissements du pouce.

C'était à peu près aussi facile que de contrôler un ballon de plage ballotté par la marée montante avec des baguettes chinoises. Peu à peu, je me suis améliorée. J'ai réussi à me positionner plus près du flanc de la ligne, où les gens avaient l'air d'entrer et de sortir, mais le courant y était plus mouvementé et moins stable qu'au milieu. Et lorsque j'ai essayé de projeter la sphère dans le monde normal, les secousses ont atteint leur paroxysme.

Apparemment, la ligne tellurique était enveloppée d'une espèce de peau constituée de bandes de pouvoir triple épaisseur. Je ne pensais pas que ce serait si compliqué de sortir. Chaque fois que j'exerçais une pression sur la ligne, elle me repoussait d'autant, me forçant à faire toutes sortes d'acrobaties pour retrouver ma position initiale. Mais j'ai fini par faire le mouvement adéquat et la boule s'est dégagée à moitié du champ d'énergie.

Et là, je suis passée de l'alerte orange à l'alerte rouge.

À l'intérieur du courant d'énergie, tourmenté et tourbillonnant, mes pieds et mes jambes tenaient en place, suspendus en l'air grâce au pouvoir de la sphère. Mais l'artefact ne devait pas fonctionner à l'extérieur : la partie de mon corps se trouvant hors de la ligne tellurique était totalement exposée aux éléments. Je me suis retrouvée à survoler la ville obscurcie, la tête en bas et les cheveux battus par les vents. L'air était tellement glacial que j'avais les yeux remplis de larmes mais, en les plissant, je voyais la Seine scintiller, très, très loin en bas. Son cours sinueux sillonnait Paris comme un serpent argenté. J'avais oublié que les lignes telluriques ne longeaient pas forcément la surface.

J'étais incapable de crier – j'avais trop de vent dans le visage – et j'y voyais à peine. L'avantage, c'est que j'avais transformé ma robe en baluchon : elle ne me tombait pas sur la tête. En revanche, elle n'arrêtait pas de me cogner violemment, et c'était douloureux. Mais bon sang ! Qu'est-ce qu'il trimballait, Pritkin ?

Pour ne rien arranger, même si l'espèce de champ de gravité exercé par la ligne m'empêchait de plonger vers une mort certaine, il lâcherait dès que la sphère serait totalement dégagée. Et ça n'allait pas tarder : chaque seconde qui passait révélait un nouveau bout de mon corps. Je ne savais pas du tout quoi faire pour arrêter le processus.

Je ne savais pas non plus comment utiliser mes boucliers rudimentaires comme parachutes. Mais, de toute manière, je n'étais pas convaincue qu'ils soient assez solides pour supporter mon poids. Apparemment, les mages guerriers apprenaient à les utiliser de toutes les façons possibles pour mieux se protéger, mais comme je l'avais déjà fait remarquer à Pritkin, je n'étais pas un mage guerrier. Je contemplais la cascade de pouvoir qui m'entourait en me disant que je m'étais fourrée dans un sacré pétrin lorsque la ligne s'est mise à descendre droit vers le sol, en piqué, comme une montagne russe invisible.

Cette fois, j'ai bel et bien crié, mais le son qui s'est extrait de ma gorge a pris la tangente avant que je l'entende. Les oreilles pleines de vent, étourdie par le vertige, j'ai senti la ligne vriller, tourner et repartir violemment vers le ciel. Au cours des quelques minutes qui ont suivi, la ligne a grimpé pour mieux plonger, avant de tourbillonner et de chuter encore. J'étais tellement désorientée que je ne distinguais plus le haut du bas.

Je ne pendouillais plus que par une jambe – mon corps était presque totalement émancipé de la faible protection fournie par la sphère – lorsque j'ai vu une gigantesque forme sombre se ruer sur moi. Je voyais la ligne s'étirer devant. Elle remontait. Haut. Si j'étais tombée sur la ville d'une hauteur pareille, j'aurais été absolument sans filet. Je ne savais pas ce qu'était cette forme, mais il fallait que je l'attrape.

La masse sombre grossissait. Je me suis hissée de toutes mes forces pour me libérer de la ligne. C'était une sorte de bâtiment, mais je ne distinguais pas les détails. J'avais les cheveux dans les yeux et ils voilaient le peu de vision que le vent et les larmes de panique m'avaient laissée. J'ai tendu une main à l'aveuglette et, d'un seul coup, comme sortie de nulle part, une créature cornue, l'air maussade, a sauté devant moi.

Mes pieds ont glissé de la ligne, et tout mon poids s'est reporté sur mes bras. Je me suis accrochée au monstre de toutes mes forces : pour rien au monde je n'aurais lâché prise. Mes pieds se sont balancés dans le vide avant de s'abattre avec toute la violence de l'énergie cinétique sur le côté d'une chose rigide. L'impact m'a secouée des pieds à la tête et j'ai relâché momentanément mon étreinte. Comme la créature ne bougeait pas d'un poil, je m'y suis accrochée de plus belle.

Après avoir repris mon souffle pendant quelques secondes, j'ai aperçu, à travers un rideau de cheveux emmêlés, le visage d'une créature canine me tirant la langue. J'ai cligné des yeux mais l'expression n'a pas changé. Au bout de quelques instants, mon cerveau a fini par comprendre que la chose à laquelle mes mains s'agrippaient n'était pas vivante.

J'étais suspendue à une gargouille en pierre surplombant ce qui devait être, en pleine journée, une vue panoramique sur Paris. En bas, de minuscules lumières intermittentes éclairaient des parcelles de ce monde presque entièrement ténébreux, et les reflets argentés de la lune dansaient sur la Seine. J'étais au sommet de Notre Dame. Je m'étais débrouillée pour revenir au point de départ.

Ça m'aurait pris un sacré bout de temps pour descendre, et j'avais les bras fatigués et les épaules douloureuses. À grands renforts de grognements, je me suis hissée au-dessus de la balustrade et je me suis laissée tomber de l'autre côté, sur le toit. Mes genoux ont cédé, et je me suis retrouvée en position assise. J'étais soulagée de poser les mains sur une surface immobile. C'était divin, comme sensation. Le toit en pierre était froid, humide et couvert de neige à moitié fondue, mais l'espace d'un instant, j'ai sérieusement pensé à l'embrasser.

J'avais l'impression que les étoiles tournoyaient au-dessus de ma tête. Je suis donc restée assise, pantelante, le temps qu'elles s'arrêtent. La sphère avait atterri à quelques mètres de là. J'ai regardé son étrange lumière miroiter contre la balustrade en pierre. Cette fois au moins, Pritkin ne pouvait plus me suivre. Cette idée m'a mise de très bonne humeur.

J'ai commencé à fouiller les lieux pour retrouver ses vêtements, qui s'étaient éparpillés à l'atterrissage, lorsque le baluchon formé avec ma robe s'était détaché. Je les ai rassemblés en tas devant moi et j'ai entrepris de les examiner un par un. J'avais récupéré un pantalon en laine, une chemise en lin blanc dotée de cordons au cou et aux poignets, une ceinture blindée de potions, une paire de robustes bottes de cuir et des chaussettes en laine chaude.

J'ai considéré ces dernières avec un sursaut de culpabilité. Je n'avais pas pensé qu'il prendrait ma demande au pied de la lettre et qu'il enlèverait ses chaussettes. Apparemment, il considérait qu'un marché était un marché, et je n'avais mentionné aucune exception. Ou alors, il s'en était voulu de m'avoir soumise à un tel traitement et il s'était dit qu'il méritait de se geler quelques orteils. Voire autre chose. Bon, d'accord : c'était peu probable. Mais quand même : la vue de ces chaussettes m'a mise un peu mal à l'aise.

Pas au point de me retenir de les passer, cela dit. Les bottes étaient trop grandes, mais je les ai quand même mises dans la foulée. Je les ai lacées aussi fort que possible. J'avais perdu mes chaussures quelque part au-dessus de Paris et je n'allais pas partir à la recherche de Mircea pieds nus.

J'ai tout passé au peigne fin. Deux fois. Avant de m'y remettre une troisième fois en vérifiant la moindre couture dans l'espoir de trouver quelque pochette secrète. J'ai même observé chaque petite potion à la lumière, au cas où il aurait glissé un bout de papier à l'intérieur d'une d'entre elles. Chou blanc. Il n'y avait pas de carte.

Bien sûr qu'il n'y a pas de carte, ai-je pensé avec hargne. Je croyais qu'il était tellement persuadé que je l'avais volée qu'il n'avait pas pris la peine de vérifier sur lui avant de m'accuser. Mais apparemment, il disait vrai. Il l'avait vraiment perdue. Ce qui voulait dire qu'elle pouvait se trouver n'importe où. Elle pouvait être encore sur le bateau. Ou avoir été foulée par les pieds des combattants. S'il ne l'avait pas lâchée en faisant un vol plané avec ses boucliers à vingt mètres au-dessus de la ville. Je n'allais jamais la retrouver.

Je me suis hissée sur la pointe des pieds et me suis penchée par-dessus la balustrade pour voir si quelque chose n'était pas tombé en bas. Globalement, le ciel était plus clair que la ville, dont les édifices projetaient des ombres balayant toute chose sur leur passage. On aurait dit que des tranches entières du monde avaient tout simplement disparu. Mais le célèbre vitrail en rosace se détachait sur les cieux obscurs comme la lumière vive d'un mirador, illuminant le parvis pavé de la cathédrale. Il n'y avait rien devant le portail.

J'étais encore plantée là, à me demander ce que je pouvais bien faire, lorsqu'un éclair de lumière jaune a traversé la nuit. J'ai levé les yeux et j'ai vu la moitié d'un mage guerrier nu et enragé sortir d'une ligne tellurique. Ses cheveux fouettaient son visage livide. Il m'a regardée droit dans les yeux. J'ai glapi et reculé en trébuchant, tout en me maudissant. Pritkin n'était pas aussi épuisé que je l'avais escompté. Et comme ses boucliers étaient intacts, il n'avait besoin ni de ses habits ni de ses gadgets pour accéder aux lignes telluriques. J'ai fourré ses armes dans ma robe, à toute vitesse, et j'ai pris mes jambes à mon cou.

Il a atterri juste derrière moi, les yeux fous, les cheveux encore fumant de l'énergie ayant dégouliné de ses boucliers trop sollicités. Pour la première fois, il ressemblait à son père. Paniquée, j'ai regardé dans toutes les directions. J'ai aperçu une porte en bois, à l'intérieur de la tour menant à la cloche. Dieu merci, elle n'était pas verrouillée.

Je me suis retournée pour la fermer, et l'espace d'une demi-seconde, j'ai vu Pritkin se détacher contre les arcs gris sombre soutenant la balustrade. Il avait déjà presque gagné la porte. Il n'était qu'à quelques pas de moi, comme porté par l'élan de la ligne tellurique qu'il venait de quitter. Je n'ai pas essayé de discuter. Vu son expression, j'étais certaine que toute négociation allait capoter. Je lui ai fermé la porte au nez, avant de rabattre le verrou et de prendre la fuite.

L'escalier en colimaçon était si étroit que ma robe balayait ses parois, de chaque côté. Et il était plongé dans l'obscurité, à l'exception de la faible radiance de la sphère et des longues fenêtres étriquées laissant passer, par intermittence, des éclats de clarté en provenance de l'extérieur, où il faisait légèrement moins sombre. Il ne fallait pas être claustrophobe ! Incapable de discerner plus de deux marches devant moi, je descendais le passage sinueux à toute vitesse tout en m'efforçant de ne pas glisser sur les pierres, rendues lisses par des centaines d'années d'usure.

Soudain, j'ai entendu une explosion derrière moi et des bouts de bois enflammés ont dégringolé le long des marches, à grand renfort d'étincelles. Apparemment, Pritkin avait utilisé une boule de feu pour ouvrir la porte. Dieu merci, la courbure de l'escalier m'a plus ou moins protégée, tandis que Pritkin devait traverser pieds nus un champ d'échardes acérées. Malheureusement pour moi, il s'en est très bien sorti.

Je n'avais pas descendu la moitié des marches lorsqu'il m'a attrapée. L'impact m'a fait trébucher. On a titubé le long de l'étroit escalier en spirale, qu'on a dégringolé avec moult roulés-boulés. En tombant, la ceinture de potions que j'avais enveloppée dans les replis de ma robe s'est échappée, projetant les petites fioles dans toutes les directions. Certaines d'entre elles nous ont accompagnés dans notre chute. D'autres se sont fracassées contre les murs et l'escalier s'est vite mis à empester. La puanteur était si forte que mes yeux se sont aussitôt mis à pleurer. Pritkin avait dû se faire éclabousser, parce qu'il a juré et m'a lâchée.

Je l'ai entendu tomber mais je ne pouvais pas l'aider. La sphère m'a échappé des mains. Elle est tombée en rebondissant contre les parois de la cage d'escalier, avant de disparaître derrière une courbe et de plonger les lieux dans les ténèbres les plus complètes. Si je ne l'ai pas suivie, c'est uniquement parce que j'avais agrippé mes ongles au rebord d'une des fenêtres étroites, qui constituait la seule prise possible. La puanteur émanant des potions était inconcevable, mais grâce à l'ouverture, j'ai réussi à respirer l'air frais de la nuit. Je suis restée suspendue là, les sens à l'affût dans l'espoir d'entendre autre chose que mes propres halètements, mais on n'entendait que le vent soufflant dehors.

— Êtes-vous blessé ? ai-je fini par hurler.

Pour seule réponse, je n'ai eu droit qu'à mon écho. Il n'y avait aucun bruit en bas. Pas même un grognement. La cage d'escalier était soudain plongée dans un silence inquiétant.

Je me suis mordu la lèvre, mais je n'avais pas beaucoup de choix. Même si je ne m'étais pas inquiétée pour Pritkin, c'était la seule issue : il n'y avait qu'un seul escalier dans la tour de la cloche et j'y étais. Par ailleurs, même si j'avais voulu tenter de nouveau l'expérience, j'aurais été incapable d'emprunter une ligne tellurique : la sphère reposait au pied de l'escalier.

J'ai pris une grande bouffée d'air et je me suis élancée au bas des marches, à travers les miasmes de fumerolles et les bris de fioles qui crissaient sous mes bottes. Au pied de l'escalier, la sphère avait fini sa course contre une porte en bois menant probablement à l'extérieur. À côté d'une petite flaque de lumière, Pritkin gisait sur le flanc, immobile. J'ai oublié le principe de prudence et dégringolé les dernières marches pour m'agenouiller sur les dalles, dans l'espace exigu situé devant la porte. Affolée, j'ai essayé de sentir son pouls battre contre la peau de son cou.

Il était chaud. C'était bon signe. Mais l'espace d'un instant interminable, je n'ai rien senti d'autre : d'épaisses mèches de cheveux s'étaient enroulées autour de son cou. Je les ai repoussées et j'ai essayé encore. Lorsque j'ai fini par sentir, sous mes doigts, le battement ténu mais fort et régulier, j'étais tellement soulagée que j'ai failli éclater en sanglots. Mais un liquide poisseux dégoulinait de sa mâchoire et me coulait dans la main. Après un bref examen, j'ai découvert une méchante entaille sur son cuir chevelu, et une autre à son avant-bras.

J'ai ouvert la porte pour faire sortir les vapeurs de potion et lorsque je me suis retournée, Pritkin était debout.

— Ce n'est que justice, a-t-il dit avec hargne avant de me saisir par les épaules et de me plaquer sans ménagement contre le mur en pierre, impitoyable.

— Lâchez-moi !

Je me suis tortillée et débattue, mais il me maintenait en place tout en me fouillant du regard, à la lumière faiblarde de la sphère.

— Donnez-la-moi !

— Je ne l'ai pas !

— Cessez vos mensonges ! a craché Pritkin.

— Je ne l'ai pas trouvée ! ai-je protesté en essayant en vain de le repousser. Maintenant, lâchez-moi ou je vous jure que…

Il m'a fait taire en m'embrassant, violemment, méchamment. Si méchamment que je n'ai pu que le laisser faire : il aspirait tout mon souffle et me rendait totalement muette. J'avais l'impression qu'il essayait tout bonnement une nouvelle méthode de me hurler dessus, vu que toutes les autres avaient échoué… J'ai senti le duvet rugueux de sa barbe de trois jours et les empreintes de ses doigts à travers la soie de ma robe. Il m'a pressée contre lui avant de se dégager brutalement. Ses yeux froids brillaient d'un vert étincelant.

— Dites-le-moi !

L'espace d'un instant, j'étais trop sidérée pour protester. Je me suis contentée de le dévisager en haletant. Une croûte durcie de sang séché maculait son front et une marque de contusion s'épanouissait à son menton, mais ses yeux n'avaient jamais été aussi vifs. Une chaleur douce et capiteuse s'est répandue en moi, et malgré le froid, je sentais la transpiration suinter à travers ma peau. Pour la première fois, le fait que Pritkin soit un demi-incube me semblait plausible.

J'ai senti l'hypnose infiltrer mes veines, comme une drogue.

— J'étais en train de la chercher lorsque vous m'avez attaquée, ai-je dit sans lutter contre son injonction magique. (Non seulement je disais la vérité, mais il fallait que j'économise mes forces si je voulais m'enfuir.) Je croyais que vous l'aviez sur vous. Mais je ne l'ai pas trouvée dans vos vêtements.

— Je vous ai demandé de cesser vos mensonges !

Pritkin m'a embrassée de nouveau avec brutalité, en s'emparant de ma lèvre inférieure pour la mordre. Sa bouche était froide et gercée par le vent hivernal mais son baiser était profond, chaud et avide. Mon cœur s'est accéléré. Mon instinct de survie me hurlait de fuir mais je ne faisais rien pour le repousser. D'un seul coup, mes mains se sont agrippées à ses épaules et mes ongles se sont enfoncés dans les muscles bandés de son dos. Je l'embrassais à mon tour avec fougue.

J'ai enroulé ma jambe droite autour de la sienne et j'ai senti son érection contre ma cuisse enveloppée de soie, tandis qu'il arrachait, dans mon dos, les cordons de mon bustier. Je ne portais rien sous ma robe – elle était si près du corps que je n'avais pas besoin de soutien-gorge – et c'est devenu évident lorsqu'il l'a baissée jusqu'à mes hanches. La sensation de froid sur ma peau eut pour effet de me rappeler brutalement à mon corps, tandis qu'il promenait ses mains sur moi. Maigre consolation : il n'avait pas meilleure mine que moi. Sa peau luisait de sueur. Des gouttes tombaient de ses cheveux et dévalaient le long de sa nuque. Et malgré tout, j'avais envie d'enfouir mon visage dans ses cheveux moites, de lécher sa peau brillante, de mordre son épaule tendue.

— Où est-elle ?

Il m'a attrapée par les épaules et m'a secouée sans ménagement.

Le mouvement a fait glisser ma robe encore plus bas. J'ai senti le tissu soyeux couler sur ma peau avec un doux bruit de frottement avant de s'amonceler autour de mes pieds, en tas, comme un emballage en plastique. J'étais debout dans le froid glacial et je ne portais rien d'autre que ma culotte, mes bas et les bottes trois fois trop larges de Pritkin.

L'espace d'un instant, j'eus la gorge serrée de colère et de douleur. Je ne pouvais rien faire pour l'empêcher de me fouiller, si ce n'est le regarder, les yeux piquants de larmes. Il ne m'a pas déshabillée entièrement, mais ses mains ont exploré chaque centimètre de ma peau, ne s'arrêtant qu'en haut des chaussures que je lui avais subtilisées.

— Vous ne l'avez pas sur vous !

Les mains encore sur mes mollets, il a levé sur moi ses yeux brillants de haine et pleins de reproches.

— C'est ce que je viens de vous dire !

J'ai eu du mal à me retenir de lui envoyer un coup de pied à la figure.

— Vous avez eu le temps de la cacher !

Il a entrepris de délacer les bottes. J'essayais désespérément de réfléchir. J'étais convaincue que ça n'allait pas m'avancer à grand-chose de nier une fois de plus ses accusations. Il ne m'écoutait même pas.

— Ça draine votre pouvoir, hein ? ai-je demandé. De séduire les gens qui vous résistent ?

En un clin d'œil, il avait plaqué mes poignets contre la roche et il appuyait ses hanches contre mon corps, entre mes jambes.

— Pas lorsqu'ils ne demandent que ça, a-t-il répondu doucement. Comme ça doit être frustrant de coucher avec un cadavre, nuit après nuit. Je sens la privation en vous. Le désespoir. Le manque.

J'ai regardé ses yeux verts. Ils étincelaient si intensément qu'on aurait pu les croire en flammes. L'espace d'un instant de transe improbable, j'ai eu sincèrement envie de les lui arracher.

— Au moins, je connais la nature de Mircea ! ai-je craché. Vos amantes peuvent-elles en dire autant ?

Pendant un moment, la surprise a traversé ses pupilles, mais la certitude que je bluffais l'a aussitôt voilée.

— Et quelle est donc ma nature ?

Il avait dû deviner mon point faible en sentant toute l'émotion accumulée par des semaines de combat acharné contre le *geis*, mais il en ignorait sûrement la cause. En revanche, je n'avais pas besoin de spéculer sur son point faible à lui.

— J'ai su dès que je vous ai vu, ai-je dit en me haïssant à la seconde où je prononçais ces mots. (Ce n'est jamais facile de remuer le couteau dans la plaie d'une personne qui vous a fait suffisamment confiance pour vous dévoiler ses secrets. Mais je n'avais pas le choix. S'il essayait de nouveau de m'hypnotiser, je n'étais franchement pas certaine d'avoir assez de force pour lutter.) Vous êtes à moitié incube.

Pendant une seconde, j'ai vu un éclair traverser le visage de Pritkin, comme s'il venait de recevoir une gifle violente et qu'il faisait de son mieux pour dissimuler la douleur qu'il ressentait.

— Comment avez-vous su ?

J'ai ignoré sa question. J'avais toute son attention et il fallait que j'en profite : je ne savais pas combien de temps ça allait durer.

— Si je mentais, pourquoi aurais-je pris vos affaires ? ai-je demandé. (Mon cœur battait à tout rompre.) Si je n'avais pas perdu de temps à fouiller dans votre bardas, j'aurais tiré ma révérence depuis longtemps. Pourquoi aurais-je fait une chose pareille si j'avais déjà été en possession de la carte ? Maintenant, lâchez-moi !

L'espace d'un instant, un éclair de doute a traversé son regard. Mais son menton s'est raffermi et ses traits ont repris leur air intraitable habituel.

— Je ne vous relâcherai que lorsque vous m'aurez rendu mon bien.

— Je ne peux pas vous rendre quelque chose que je n'ai jamais possédé, ai-je rétorqué sèchement. (J'ai utilisé ce qui me restait de force pour me dégager de son étreinte. Il ne m'a pas poursuivie et j'ai ramassé ma robe, avant de me souvenir qu'elle ne dissimulait pas grand-chose. Je l'ai quand même enfilée. Il faisait un froid de canard dans ces escaliers.) C'est quand vous voulez, lui ai-je lancé sans desserrer les dents.

Ses yeux ont parcouru de nouveau mon corps. Ma peau s'est durcie sous la simple caresse de son regard. Mais il a cligné des yeux et a regardé ailleurs. Il a fait un geste furtif de la main et ma robe est devenue beaucoup plus opaque. Je ne l'ai pas remercié.

Je me suis dirigée vers la porte, mais il l'a claquée devant mon nez.

— Nous n'avons pas terminé, a aboyé Pritkin.

J'ai fait volte-face. La rage m'aveuglait. Je me suis pris les pieds dans ma robe trop longue. Il m'a aidée à me redresser et, sans un mot, m'a fait pivoter pour refermer les cordons de mon bustier. Ses doigts étaient froids contre ma peau échauffée, et ils se mouvaient avec l'agilité d'un expert. Si je l'autorisais à me toucher, c'était uniquement pour éviter que Mircea le tue si je revenais dans cet état.

À bien y réfléchir, ce scénario était assez tentant.

— Lâchez-moi, ai-je dit lorsqu'il a eu terminé, d'une voix de glace.

Je me sentais trahie et j'étais franchement furax mais mon corps n'était pas assez malin pour comprendre. Il avait aimé la caresse de ses mains. Il en voulait plus. Tout de suite. J'avais l'impression d'avoir un alter ego. Une partie de moi adorait le mage. L'autre aurait été ravie qu'il meure.

À cet instant, je me suis rendu compte qu'un élément m'avait échappé.

— Le *geis*. Il ne s'est pas enflammé.

— Vous l'avez dit vous-même, a dit Pritkin, sèchement. Je suis à moitié incube. Je peux contrer le *geis* le temps de me nourrir.

Je l'ai regardé bouche bée. Toutes les pièces du puzzle se sont assemblées. Si Rosier était capable de passer outre au *geis*, son fils était bien entendu capable de faire de même. Mais il ne l'avait pas fait. En tout cas, pas à notre époque. Il avait préféré souffrir le martyre, et plus d'une fois, tout ça pour… Pourquoi ? Éviter qu'on devienne trop proches ? Éviter de reproduire ce qu'il avait fait endurer à sa femme ? *Une femme qu'il n'avait pas encore*, ai-je compris. Pas étonnant qu'il n'ait pas spécialement de scrupules à faire usage de ses pouvoirs. Pas étonnant qu'il n'évite pas de toucher les gens.

J'ai eu un flash de ses caresses insistantes et j'ai senti une vague de chaleur me monter aux joues. Bon sang, je le *détestais*. Mais je détestais le *geis* un chouïa davantage.

— Je veux lever ce *geis*, lui ai-je dit sans détour. C'est pour ça que je suis à la recherche du *Codex*. Pouvez-vous m'aider ?

Il m'a considérée, incrédule.

— Ce n'est que pour ça que vous avez fait tout ça ? Vous pensez vraiment que je vais vous croire ?

— Pour quelle autre raison récupérer le *Codex* ? ai-je rétorqué.

— Pour le détruire ! C'est le seul moyen de s'assurer qu'il ne tombe jamais entre les mains de personnes comme vous !

— Si vous me donnez la formule permettant de lever le *geis*, vous pouvez faire ce que vous voulez du *Codex*, je m'en fiche complètement !

Pendant une minute, on est restés dans un silence de mort. Il m'a dévisagée d'un œil mi-sidéré mi-furieux. Pour la première fois, il ressemblait à mon Pritkin. Il ressemblait à l'homme fondamentalement honnête, sardonique et bravache que je connaissais.

— Pourquoi ne pas l'avoir dit plus tôt ? a-t-il fini par demander.

— Je viens de vous le dire ! Vous allez me le donner, ou pas, ce sortilège ?

Pritkin a passé une main devant mon corps. J'ai senti mon aura crépiter.

— Vous ne portez pas qu'un seul *geis*. Il y en a deux, m'a-t-il informée au bout d'un moment. Ils sont entremêlés de la plus étrange façon. Je n'ai encore jamais rencontré de telle configuration. Comment est-ce arrivé ?

— C'est une longue histoire. (Que je ne pouvais de toute manière pas lui raconter.) Pouvez-vous les lever ?

— Peut-être. Si vous me rendez ma carte.

— Combien de fois faut-il que je vous le dise ? Je. Ne. L'ai. Pas.

— Si vous ne l'avez pas prise, je ne vois pas où... (Ses yeux se sont agrandis.) Ma cape !

Ça m'a pris une seconde, mais j'ai fini par comprendre. Mon visage s'est fendu d'un sourire que je n'ai pas essayé de rendre moins cruel.

— Ce ne serait pas celle que vous portiez au moment de voler la carte, par hasard ? La cape que Mircea a attrapée avant qu'on parte ?

Pritkin a émis un grognement et j'ai souri de plus belle. Il a prononcé quelques mots dans une langue inconnue. C'était sûrement « va te faire foutre » en vieil anglais.

— Vous allez me le donner, ce contre-sort, oui ou non ? ai-je demandé.

— Si vous convainquez le vampire de me rendre la carte, a-t-il fini par articuler, comme si ça l'étouffait.

Je me suis affalée contre le mur. D'un seul coup, j'étais épuisée.

— Marché conclu.

On est revenus sur nos pas mais la cave était vide. Quant à la taverne bruyante construite dessus, elle était pleine de monde, mais Mircea ne faisait pas partie des clients.

— Partirait-il seul à la recherche du *Codex* ? a demandé Pritkin.

— Je ne pense pas. (Mircea me cherchait. Il ne cherchait pas le *Codex*.) Mais il savait sûrement que vous alliez vous apercevoir tôt ou tard de la disparition de la carte. Il s'attend probablement que vous le pourchassiez. Et il s'attend à un combat. Il n'est sûrement pas resté là : il y a trop de monde.

— Et où serait-il allé ? a demandé Pritkin.

J'ai ouvert la bouche, prête à lui rétorquer que la télépathie ne faisait pas partie de mes attributions, avant de la fermer brusquement. *La rosace*, ai-je pensé. Je voyais le vitrail s'illuminer dans ma mémoire comme une gigantesque décoration de Noël. On était au beau milieu de la nuit et les rues environnant la cathédrale étaient désertes. Il n'y avait pas de meilleur endroit pour organiser un règlement de comptes.

J'en ai parlé à Pritkin. Il a émis un bruit qui aurait, chez n'importe qui d'autre, été le signe avant-coureur d'une attaque cardiaque. Mais il m'a ramenée dans la cave et ouvert une nouvelle ligne tellurique, presque avec sauvagerie, comme s'il déchirait l'air. Et en un clin d'œil, au bout d'une nouvelle chevauchée sauvage entre les mondes, on franchissait à grand fracas le portail central de la vieille église.

De chaque côté, de longs vitraux miroitaient faiblement à la lumière d'une poignée de bougies. J'ai constaté sans surprise qu'ils avaient l'air beaucoup plus authentiques que ceux du casino. Le verre suivait des courbes délicates jusqu'au bas des panneaux, plus épais à la base des fenêtres qu'au sommet. C'était il y a deux cents ans, mais les vitraux étaient déjà effrités par les ans. Une série de bougies éclairaient des chefs-d'œuvre tout aussi spectaculaires, et ce jusqu'à l'entrée de l'église obscurcie… où Mircea nettoyait ses plaies avec l'eau du bénitier.

— C'est impossible, a dit Pritkin en le dévisageant, les yeux comme des soucoupes.

S'il avait vu Mircea siroter du sang à même un calice, il n'aurait pas eu l'air plus outré.

Mircea avait dû nous entendre entrer, mais il n'a pas interrompu sa toilette. Il nous tournait le dos. La lumière des bougies mettait en relief les muscles de son dos nu. Après s'être lavé les cheveux pour ôter la vase de la rivière, il les a rejetés en arrière, projetant des gouttes chatoyant à la lueur des flammes. On aurait dit une bonne vieille couverture de roman à l'eau de rose.

J'ai soupiré et Pritkin m'a fusillée du regard.

— C'est un vampire ! a-t-il dit, comme si je n'avais pas remarqué.

— Et alors ?

— Je crois que le mage s'étonne que je ne prenne pas feu au contact de l'eau bénite, a dit Mircea en s'essuyant avec ce qui ressemblait étrangement à une nappe d'autel.

J'étais un peu surprise moi-même, étant donné qu'il était catholique, mais je me suis aperçue, en y regardant de plus près, que la nappe, tout comme la cathédrale, n'était pas de la première fraîcheur.

Des boîtes, caisses et autres coffres étaient empilés çà et là. Seule la travée centrale était dégagée, mais elle était maculée de traces de boue. À l'extérieur, je n'avais pas manqué de remarquer que les statues du portail, peut-être saintes mais franchement effrayantes, avaient été vandalisées. Apparemment, la révolution et la religion, ça faisait deux.

— Mais c'est bien sûr ! s'est exclamé Pritkin en grimaçant de mépris. L'eau n'est plus bénite ces derniers temps. Les Jacobins y ont veillé.

— Ils ont vandalisé la cathédrale et l'ont transformée en « Temple de la Raison », a confirmé Mircea, probablement pour mon information. Si l'on considère les excès auxquels ils se sont livrés, cette appellation peut paraître relativement ironique.

— Ils ont souillé cet endroit, a aboyé Pritkin. Ce n'est pas étonnant qu'il accueille en son sein une créature aussi dépravée !

— Toutefois, a repris Mircea, comme nous ne partageons pas leurs valeurs, tâchons d'être raisonnables. D'expérience, je sais que la plupart des hommes sont capables de l'être si on les encourage dans la bonne voie.

D'une main, il a tendu quelque chose qu'il tenait entre deux doigts. De l'autre, il continuait à se sécher les cheveux.

— Cette chose m'appartient !

Pritkin a fait mine d'avancer mais il s'est repris.

— Et vous avez quelque chose qui m'appartient. Je propose un échange, a rétorqué Mircea en se retournant enfin.

J'ai vu qu'il a reconnu Pritkin. Il n'a rien fait de démonstratif mais, l'espace d'un instant, son corps s'est crispé et son regard a bifurqué vers moi. J'ai secoué brièvement la tête mais je me suis interrompue lorsque j'ai senti les yeux de Pritkin faire des va-et-vient entre nous.

— Quel est ce subterfuge ? a-t-il demandé. Me prenez-vous pour un imbécile ?

— Non. Imbécile n'est pas le mot, a répliqué Mircea.

Il avait l'air de ne pas savoir comment prendre le mage. Je me suis demandé combien de temps ça allait lui prendre pour recoller les morceaux. Les êtres humains magiques ne vivent pas plus de deux cents ans. Il en existe donc peu à avoir vécu au moment de la Révolution française. Et aucun d'entre eux n'a l'air d'avoir trente-cinq ans de nos jours.

— Voilà comment nous allons procéder, a dit Pritkin d'un ton sec. Vous allez sortir avec la carte et la poser à côté de la ligne tellurique. Je la ramasserai et j'ouvrirai une faille. Dès que j'aurai vérifié son authenticité, je vous donnerai la formule.

— Il connaît la formule dont j'ai besoin, ai-je expliqué.

Mircea, qui regardait le mage d'un air suspicieux, a reporté son regard sur moi.

— Et vous croyez qu'il vous la donnera ?

— Ce n'est pas de ma parole dont il faudrait douter ! a rétorqué Pritkin, hors de lui.

— Vous l'avez kidnappée et vous avez essayé de la tuer !

— Je l'ai kidnappée pour *éviter* d'avoir à la tuer !

— Mage, je vous en prie. Je vous jure sur la tête de tous les saints que…

— De tous les saints ? (Le sourire de Pritkin était toujours aussi méprisant.) Comment osez-vous utiliser un tel terme ? Vous…

— La ferme ! ai-je hurlé. (Mon cri a fait un écho bizarre contre les murs de la cathédrale. On aurait dit un haut-parleur spectral. Je n'avais pas de temps à perdre avec ces bêtises.) Vous n'avez pas le choix, ai-je ajouté calmement à l'adresse de Mircea.

— Il a déjà fait montre de sa traîtrise ! Vous ne sauriez lui faire de nouveau conf…

— Je ne vous demande pas de lui faire confiance. Je vous demande de *me* faire confiance. S'il vous plaît.

Mircea n'a pas répondu mais il s'est approché de Pritkin et lui a saisi le bras, si rapidement que je ne l'ai même pas vu bouger.

— Si vous lui faites du mal, vous ne reverrez plus jamais cette carte, a-t-il articulé. D'ailleurs, vous ne vivrez pas assez longtemps pour revoir quoi que ce soit d'autre.

Pritkin a essayé de se dégager d'un mouvement d'épaules, mais il s'est aperçu que ça ne servait à rien.

—Si vous dites la vérité, je n'aurai pas besoin de lui faire de mal, a-t-il rétorqué avec hargne. Maintenant, lâchez-moi !

Mircea s'est exécuté à contrecœur, non sans serrer une dernière fois sa main, assez fort pour que Pritkin crispe la mâchoire de douleur. Et nous sommes sortis de concert. Pritkin a refusé avec obstination de se masser le bras – pourtant, il devait avoir la circulation coupée – et nous a gardés tous les deux bien à l'œil. Mircea a posé la carte au centre du parvis pavé et reculé de cinq mètres. Ce qui revenait, en termes vampiriques, à ne pas s'éloigner du tout : il pouvait franchir cet espace en un clin d'œil.

J'ai regardé Pritkin avec insistance. Il a gesticulé vers moi en marmonnant quelques mots gutturaux. Il ne s'est rien passé. Il a froncé les sourcils et réitéré l'expérience.

—Je n'ai rien senti, ai-je dit.

Mon pouls s'est accéléré.

—La formule a échoué.

—Vous m'avez dit que vous pouviez le lever !

La bouche de Mircea s'est déformée.

—On ne peut jamais faire confiance à un mage.

Pritkin l'a fusillé furtivement du regard, mais je l'avais déjà vu plus énervé. Il avait l'air préoccupé. Il tapotait ses lèvres du doigt.

—Savez-vous si une quelconque échappatoire aurait été prévue en cas de problème ?

—Oui. Mais on a déjà essayé, ai-je répondu, exaspérée.

—Quelle était-elle ?

Je lui ai décoché un regard noir. Mais je n'avais pas le choix : il fallait que je lui réponde. Je ne savais pas de quelle information il avait besoin pour faire fonctionner la formule.

—Avoir une relation sexuelle avec la personne à l'origine du sort, ou une personne de son choix. Mais il ne s'est rien passé.

Ça paraissait absurde, mais ça ne l'était pas tant que ça. Pour devenir la Pythie, je devais suivre un rituel impliquant la perte de ma virginité. C'était une clause relativement standard dans les temps anciens. Le sexe jouait alors un rôle dans à peu près tout, depuis les sorts de guérison jusqu'aux dévotions. Ça avait donné des idées à Mircea : il avait fait en sorte que le sexe soit un des éléments permettant de lever le *geis*.

Sur le papier, c'était un plan sans faille : le *geis* m'aurait protégée avant le rituel et le moment venu, j'aurais fait d'une pierre deux coups : je serais devenue la Pythie tout en me libérant du *geis*, empêchant par la même occasion Mircea de tomber sous le joug de mon pouvoir. Et ça aurait certainement marché si le sortilège ne s'était pas dédoublé avant la fin du transfert. Après quoi, Tomas avait servi de doublure à Mircea lors du rituel et j'étais devenue la Pythie en temps voulu. Mais le *geis* n'avait rien perdu de sa forme.

— En êtes-vous certaine ? a insisté Pritkin. Parce que si le *geis* dépasse ses paramètres d'origine, il se transforme, et nous avons alors affaire à un nouveau sortilège. Dans ce cas, le contre-sort s'avère totalement inefficace. C'est la raison pour laquelle on prend, d'ordinaire, des précautions supplémentaires.

— Le *geis* ?

Mircea a plissé les yeux.

— Pas le temps d'expliquer, ai-je rétorqué sèchement, tout en continuant à fusiller Pritkin du regard. Et oui, j'en suis certaine !

— Dans ce cas, il n'y a rien à faire, a conclu Pritkin en haussant légèrement les épaules.

— Arrêtez de raconter des salades. J'ai besoin du véritable contre-sort !

— Vous l'avez déjà.

— Je ne vous crois pas ! (Je l'ai attrapé par la chemise, sans me soucier des conséquences éventuelles. J'avais envie de hurler de rage.) Donnez-le-moi ! Il faut que je lève ce bidule ! Vous ne comprenez pas !

— J'ai fait tout ce qui était en mon pouvoir ! Maintenant, rendez-moi mon bien !

— Je préférerais le détruire plutôt que vous le donner ! lui ai-je lancé avec rage.

La colère m'aveuglait presque. J'aurais dû m'en douter. Chaque fois que je faisais confiance à cet homme, *chaque fois*, ça finissait comme ça : je me retrouvais au bord des larmes et hors de moi. Comme on dit : « la folie, c'est répéter sans cesse la même chose et s'attendre toujours à un résultat différent ». Ou peut-être est-ce juste la stupidité ?

Pritkin a poussé un juron.

— La punition me semble disproportionnée pour un simple attentat à la pudeur.

Je lui ai décoché un sourire assassin.

— Je sais. Mais je suis rancunière. C'est comme ça.

— Donnez-la-moi. De cette façon, nous nous séparerons sinon en amis, au moins sans être ennemis, m'a-t-il mis en garde. Et croyez-moi, madame, il n'est pas bon de faire de moi son ennemi.

— Je n'ai peut-être pas été assez claire, ai-je répliqué, agacée, en renvoyant d'un coup de pied la carte à Mircea. Pas de *geis*, pas de carte. Soit vous levez cette chose, soit vous ne reverrez plus jamais votre *Codex*. Vous pouvez me croire !

En guise de réponse, Pritkin a fait la dernière chose à laquelle je m'étais attendue. Il s'est dégagé de mon emprise, comme si je ne le tenais pas, et il a sauté sur Mircea. Il m'a fait basculer sur le côté, et lorsque j'ai réussi à me remettre en position assise, ils avaient déjà presque traversé le parvis en se battant. Et ils commençaient à regagner la cathédrale.

Mircea avait beau avoir été épuisé par l'assaut du casino, un maître vampire, ça reste un maître vampire, et Pritkin en a fait l'expérience à ses dépens. Le combat a été si rapide qu'il ne mérite presque pas le nom de combat. D'un méchant coup de coude, Mircea a envoyé le mage valser contre les gigantesques portes de la vieille cathédrale, qu'il a heurtées en produisant un bruit sourd de mauvais augure. Pritkin devait aussi être passablement épuisé, parce que ses boucliers n'ont pas eu l'air d'amortir l'impact.

Il a rebondi sur les portes et s'est étalé mollement sur les marches, dans une position évoquant celle d'une poupée désarticulée. Ce qui n'a pas empêché Mircea de se ruer sur lui, tandis que je me remettais maladroitement debout.

— Mircea ! Ne le tuez pas !

Il m'a regardée et il a semblé hésiter un moment. Mais il a fini par opiner légèrement du chef. Il avait vu Pritkin à notre époque. Il savait qu'il n'était pas censé mourir ce soir. Je me suis élancée, paniquée à l'idée qu'il soit déjà trop tard. Peut-être le craquement qu'on avait entendu provenait-il du crâne du Pritkin ? Mais lorsque je me suis agenouillée près de lui, je n'ai détecté aucune blessure sérieuse. J'ai vérifié son pouls et soulevé une de ses paupières. Dans la cage d'escalier, il avait peut-être joué la comédie. Je devais en être sûre. En revanche, sur le bateau, il était vraiment tombé dans les pommes : si c'était du chiqué, c'était un sacrément bon acteur.

— Il est inconscient, a confirmé Mircea.

Il sentait la pression sanguine : il aurait su si le mage se moquait de nous.

Mircea a transporté Pritkin à l'intérieur de la cathédrale et l'a couvert de sa cape. L'endroit était désert et le jour ne se lèverait que d'ici quelques heures. Personne ne viendrait le déranger avant qu'il reprenne ses esprits. Mais c'était trop calme, et les lieux respiraient une atmosphère étrange. Rien à voir avec les églises dans lesquelles on se rassemble régulièrement. Ça me faisait plutôt penser aux cryptes abandonnées du Père Lachaise. C'était beau mais oublié. Je n'aimais pas l'idée de le laisser là.

Mircea m'a prise par le bras pour m'éloigner du mage.

— Il vivra, m'a-t-il garanti. En revanche, lorsqu'il se réveillera…

Il avait raison. Pritkin n'était pas du genre à lâcher le morceau, même avec une commotion cérébrale. Et je n'avais pas envie que Mircea lui inflige plus de dégâts.

— On va où, maintenant ? ai-je demandé avec lassitude.

J'avais froid et faim. Et maintenant que l'adrénaline retombait, mes yeux menaçaient de se fermer tout seuls. La dernière chose dont j'avais envie, c'était bien de me lancer dans une quête éreintante.

— Nous avons tous deux besoin de repos avant d'entreprendre votre chasse au trésor, a dit Mircea, faisant écho à mes pensées. (Il a froncé les sourcils un moment et son visage s'est illuminé.) Je connais l'endroit idéal.

Chapitre 23

Un bref trajet en ligne tellurique plus tard, on se trouvait devant une épaisse porte en chêne massif dotée d'un heurtoir en cuivre représentant un serpent qui se mordait la queue. Je l'ai regardé de mes yeux bouffis. Décidément, ça me poursuivait ! Mircea l'a cogné à plusieurs reprises contre la porte, mais personne n'a répondu.

— La plupart de mes serviteurs logent dans ma résidence secondaire, m'a-t-il expliqué en frappant de nouveau, plus fort, cette fois. Mais le concierge devrait encore être ici. Il voyage peu.

J'ai examiné la maison, qui avait l'air parfaitement déserte, en me demandant s'il était sûr de son coup. Son maître parti, le concierge avait peut-être décidé d'opter pour un lieu de résidence où les décapitations n'étaient pas des occupations quotidiennes.

— Je crois qu'il n'y a personne, ai-je tenté en jetant un coup d'œil par la fenêtre.

Je ne distinguais pas grand-chose, avec tous ces draps jetés sur les meubles, mais ça avait l'air aussi vide que la cathédrale.

Mircea s'est contenté de sourire.

— Il est un peu lent.

— Donc, quand vous m'avez dit que vous habitiez à Paris…

— Je parlais de cet endroit. (Mircea s'est interrompu pour cogner violemment à la porte, faisant trembler le panneau massif.) Avant de devenir membre du Sénat nord-américain, je faisais partie du Sénat européen, qui a son siège à Paris depuis le haut Moyen Âge.

Il s'apprêtait à frapper de nouveau, lorsque la porte s'est ouverte brusquement, laissant passer un vieillard ratatiné doté d'un grand nez et d'yeux d'un bleu presque translucide. Il nous a inspectés de son regard myope, sous sa perruque disproportionnée, tout en crachant quelques paroles aigries en français. Il ponctuait chacune de ses syllabes en brandissant frénétiquement sa canne, mais sans elle, il a perdu l'équilibre. Si Mircea ne l'avait pas rattrapé, il aurait dégringolé les escaliers.

— Espèce de voyous ! s'est-il exclamé entre deux tentatives pour mordre le poignet de Mircea.

Mais il avait beau être un vampire, il n'avait qu'un seul croc, et il n'a jamais réussi à mordre quoi que ce soit.

— Horatiu ! C'est moi !

Mircea a pratiquement hurlé à l'oreille du vieil homme. Sa voix s'est répercutée sur toute la longueur de la rue.

— Hein ?

Le vampire a plissé les yeux, mais ça n'a pas eu l'air d'améliorer sa vision.

Mircea a soupiré.

— Je t'avais donné une cordelette pour attacher ton binocle, a-t-il dit en fouillant dans le manteau du vieil homme, qui lui frappait les mains pour les éloigner. Pourquoi ne le portes-tu pas ?

— Chu un vampire. J'ai pas besoin de binocle ! a-t-il informé Mircea.

Ce dernier l'a ignoré et a fini par mettre la main sur une paire de lunettes sans branches. Il les a placées sur le long nez du vamp et lui a décoché un sourire encourageant.

— C'est moi, a-t-il répété.

— Je sais bien ! a grinché le vieil homme. Z'auriez dû faire annoncer vot' venue. J'ai rien préparé, a-t-il commenté avec hargne.

Mais il nous a fait entrer.

On a traversé l'entrée à une allure d'escargot, et on l'a suivi jusqu'à un vaste escalier. Horatiu portait une bougie qui n'arrêtait pas de vaciller et de danser. Sa lumière projetait sur les murs des ombres bondissantes et m'a permis de mieux voir Mircea. Il avait beau avoir fait ses libations, il n'avait toujours qu'une moitié de costume, et la moitié survivante était couverte de terre et de poussière. Quant à ses cheveux, un filet douteux ressemblant fort à une algue y était accroché avec obstination. Je n'allais probablement plus jamais le revoir comme ça de ma vie. Je devais en profiter.

— Vous allez devoir vous changer avant de rencontrer l'autre moi, ai-je fait remarquer en réprimant un fou rire. Et trouver une tenue se rapprochant autant que possible de votre ancien costume.

Mircea m'a décoché un regard entendu. Il avait saisi mon amusement.

— J'ai plusieurs costumes noirs.

— Mais la chemise…

— J'en ai quelques-unes de la sorte.

— Ah bon ? Je n'aurais jamais dit que c'était du prêt-à-porter.

— Ce n'est pas du prêt-à-porter. Ming-de m'en envoie une chaque année pour mon anniversaire.

— C'est très gentil à elle. Elle fait ça pour une raison particulière ?

Mircea a cligné des yeux nonchalamment.

— J'imagine que vous n'aimeriez pas m'expliquer ce que le mage voulait dire par « attentat à la pudeur » ?

J'ai humecté mes lèvres. J'avais encore, sur la langue, le goût d'un certain mage guerrier psychopathe.

— Pas vraiment.

— Dans ce cas, je crois que je vais également garder mes secrets, *dulceață*.

— Ouais. Sauf que vous en avez plus que moi, ai-je marmonné.

Il a haussé un sourcil.

— Je commence à en douter quelque peu.

On a fini par gagner les quartiers de Mircea, composés d'une petite loge et d'une chambre à coucher un peu plus grande. L'armoire peinte que j'avais vue à la MAGIC y occupait la place d'honneur, à côté d'une tapisserie représentant un dragon vert en train de dévorer sa propre queue. Je l'ai regardée avec lassitude. Ça commençait à devenir un tout petit peu flippant.

— L'ouroboros.

— Le symbole du Sárkány Lovagrend, a rectifié Mircea, les yeux toujours posés sur Horatiu.

— Quoi ?

— L'Ordre du Dragon, a-t-il traduit en se rapprochant de son serviteur. (Le vieil homme s'affairait à côté de la cheminée faisant face au large lit. Il m'a fallu un moment pour comprendre ce qu'il fabriquait, parce qu'il approchait son allume-feu d'une brique couverte de suie, un peu à gauche du foyer, où reposaient quelques bûches couvertes de cendre.) Une société secrète créée en Hongrie par l'empereur Sigismond. Mon père en est devenu membre et… Laisse, je vais le faire, a proposé Mircea, les yeux rivés sur le papier, qui s'enflammait rapidement.

Horatiu l'a frappé sur l'épaule.

— Je vous ai pourtant appris à tenir votre rang ! C'est rentré par une oreille, c'est sorti par l'autre ! Toujours fourré avec les enfants des serviteurs ! Vous pensiez sûrement que votre sourire de chenapan allait vous faire pardonner tous vos actes irresponsables !

— Je vois que rien n'a changé, ai-je murmuré.

Mircea m'a décoché un regard offensé tout en luttant avec le vieil homme pour lui arracher l'allume-feu des mains.

— Quelles flammes ! s'est-il exclamé haut et fort. Il a réussi à prendre le papier au vieillard juste avant que sa main prenne feu.

Horatiu a considéré le foyer éteint avec fierté.

— N'est-ce pas ?

Au bout d'un certain temps, Mircea est parvenu à embraser les bûches.

— J'imagine qu'il n'y a rien à manger, n'est-ce pas ? a-t-il demandé, sans trop d'espoir.

Mais mon ventre s'est quand même mis à gargouiller à cette idée.

— Manger ?

Horatiu m'a dévisagée, incrédule. Apparemment, il s'était dit que Mircea était venu avec un casse-croûte.

— C'est mon invitée ! s'est offusqué Mircea.

Horatiu a marmonné quelques mots de désapprobation.

— Bon, eh bien j'imagine qu'il ne me reste plus qu'à sortir chercher quelqu'un, a-t-il dit à contrecœur. Mais avec tout ce qui se passe de nos jours, les rues sont souvent désertes à la nuit tombée.

— Je voulais dire « quelque chose à manger pour elle ».

— Hein ?

— Y a-t-il de la nourriture pour humains ? a demandé Mircea avec patience.

— Vous auriez dû vous faire annoncer, a rétorqué Horatiu, outré. Je ne pouvais pas deviner que vous alliez en ramener une ! Sans compter que la plupart des magasins sont vides de toute manière. À cause de tout ce grabuge avec les soldats.

— Un simple « non » aurait suffi, a répliqué Mircea. (Il m'a lancé un regard triste.) Toutes mes excuses. D'ordinaire, je suis un hôte plus… hospitalier.

— Pas de soucis.

Je me suis assise sur un tapis moelleux, devant l'âtre, et j'ai tendu les mains vers les flammes. Pour la première fois de la soirée, j'avais presque chaud et je n'avais pas à avoir peur qu'on me saute dessus par surprise.

— La cave est intacte, je suppose ? a demandé Mircea.

— Oui, oui. Elle est bondée de bouteilles de vin. (Horatiu n'a pas bougé d'un poil. Mircea non plus.) Voulez-vous que je vous en apporte une bouteille ? a fini par demander le vieil homme.

— Ce serait gentil, a dit poliment Mircea.

Horatiu s'est éloigné d'une démarche incertaine, tout en marmonnant dans sa barbe, juste assez fort pour se faire comprendre. Mircea a soupiré et s'est mis à fouiller à l'intérieur d'un petit meuble installé dans un coin.

— Mais c'est quand même l'ouroboros ? Le symbole de l'ordre ?

Mon regard s'était égaré sur la tapisserie. Les écailles du dragon étaient vertes et ses yeux, surpiqués de fil doré, avaient l'air de bouger à la lumière des flammes.

— Je suppose, a répondu distraitement Mircea. C'est un ancien symbole de protection. Une ceinture de pouvoir entourant quelque chose de précieux. Et c'est ce qu'ils essayaient de faire : protéger l'Europe de l'invasion turque. Pourquoi ?

— Je n'arrête pas de le voir, ces derniers temps. Partout où je vais. Ça commence à me mettre les jetons.

Mircea a éclaté de rire.

— L'ouroboros est l'emblème des mages. On le trouve partout dans notre monde.

— Mais leur emblème n'est qu'un cercle d'argent tout bête, ai-je protesté.

D'ailleurs, je m'étais toujours dit que c'était une preuve de leur manque d'imagination. Pour la plus vicille organisation magique de la planète, ils auraient pu se creuser un peu la tête.

— La version plus ancienne de leur symbole était un ouroboros, qui a été stylisé de façon à être plus aisément reproduit. D'après eux, ils l'ont choisi parce qu'il se rapproche du symbole alchimique de la pureté. Et la couleur argentée représente la sagesse.

Le ton de Mircea laissait entendre tout le bien qu'il pensait de cette association.

— Protection. Pureté. Sagesse.

Lorsque je pensais au Cercle d'argent, beaucoup de mots me venaient en tête. Mais aucun de ces trois-là ne faisait partie du lot.

Mircea m'a tendu une bouteille poussiéreuse.

— Du Bourgogne ! a-t-il annoncé d'un air victorieux.

— Mais vous venez d'envoyer Horatiu chercher du vin.

— Certes. Il aura oublié dans cinq minutes.

Il a rempli deux verres plus ou moins propres et m'en a offert un.

— Merci. (J'ai pris une gorgée de vin. Il était bon.) Que lui est-il arrivé ?

— Horatiu ? (J'ai acquiescé.) *Je* lui suis arrivé, j'en ai peur.

— Quoi ? Je croyais qu'il était… déconseillé de transformer une personne aussi vieille en vampire !

— C'est le cas. (Mircea a ignoré le vin et s'est mis à fouiller dans son armoire. Il a fini par en extraire un paquet enveloppé dans un papier sentant bon le bois de santal.) Ah. Il me semblait bien en avoir une autre. (Il a soulevé un coin de l'emballage.) Elle est blanche.

J'ai regardé la chemise en plissant les yeux. La petite gâterie de Ming-de, sans doute.

— Les vêtements colorés vous vont mieux, ai-je fait remarquer sèchement.

Il m'a décoché une œillade voluptueuse par-dessus son épaule.

— Vraiment ? La plupart des femmes pensent que l'absence de vêtements me va mieux.

Je me suis empressée de rétropédaler.

— Et donc ? Pourquoi l'avez-vous transformé en vampire ?

Mircea a haussé les épaules.

— Il m'a servi de tuteur durant mon enfance. Je lui ai rendu visite lorsqu'il gisait sur son lit de mort. Sa peau était aussi livide que les draps, mais son esprit était aussi vif que toujours. Il savait qu'il était en train de mourir, et il ne supportait pas cette idée. Il était allongé, là, le corps à l'agonie, et il m'a demandé de l'aider. Il avait la même voix que celle qui me terrorisait, enfant.

— Et vous avez cédé.

— J'ai accédé à sa demande, a rectifié Mircea avec dignité.

— Vous avez cédé.

Il a enfilé la chemise en soupirant.

— J'en ai bien peur.

— Mais pourquoi est-il dans cet état ? Si vous l'avez transformé, il devrait avoir une vision vampirique, non ?

Et par-dessus le marché, l'ouïe des vampires, leur sens de l'équilibre et la capacité de traverser la pièce un peu plus rapidement qu'un mille-pattes qui va aux fraises.

— Normalement, il aurait dû. Mais Horatiu se mourait, au moment de sa transformation. Aurais-je hésité ne serait-ce qu'une seconde, je l'aurais perdu. Comme vous l'avez mentionné, transformer une personne dans un état si déplorable est pour le moins… mal avisé.

— Dans ce cas, pourquoi l'avoir fait ?

Ce n'était franchement pas un cadeau de passer l'éternité dans un état pareil.

Mircea s'est mis à tisonner le feu. C'était parfaitement inutile : il faisait déjà bien chaud, dans la chambre.

— Parce que je ne savais pas ce que je faisais, a-t-il avoué après avoir torturé les bûches à satiété. Vous oubliez que je n'ai pas été choisi pour mener une telle vie. Si j'en ai hérité, c'est parce qu'une vieille femme vouait une haine inconditionnelle à ma famille. Elle m'a maudit.

— Ça n'a strictement rien à voir avec Horatiu !

— Au contraire. Je n'avais personne pour me porter conseil, *dulceață*. Personne pour me transmettre la moindre information sur mon nouvel état. Si tout cela était advenu en un autre temps, les choses auraient certainement été différentes. De nos jours, c'est le Sénat lui-même qui supervise les vampires sans maître. Et il en existe peu. Mais à cette époque… les choses étaient loin d'être aussi simples. Je ne me doutais pas qu'il aurait une telle destinée.

— Je ne me suis jamais demandé ce que ça vous avait fait, ai-je dit doucement. De vous réveiller transformé.

Il m'a adressé un sourire grave.

— Ça n'a pas été si rapide. La transformation ne s'est achevée qu'au bout d'une semaine. Et par la suite… Toutes ces choses n'étaient pour moi que des fables, des histoires destinées à faire peur aux enfants. Comment cela pouvait-il m'arriver ? À moi ? Un bon catholique ?

— Mais le vampirisme est une maladie métaphysique. Ça n'a rien à voir avec…

— Mais je ne le savais pas, Cassie. Je ne savais rien. J'étais capable d'entrer dans une église, de prier mon rosaire, de faire tout ce que j'avais toujours cru être inaccessible aux damnés. Et pourtant, le soleil sous lequel j'avais marché toute ma vie me brûlait. Et les aliments de ma jeunesse ne me nourrissaient plus. Mon corps lui-même changeait, d'une façon qui, à l'époque, me terrorisait. Je n'avais pas envie de voir plus que le commun des mortels, d'entendre des choses qui auraient dû rester secrètes, de me retourner dans mon lit parce que j'entendais le moindre battement de cœur m'appeler, à deux kilomètres à la ronde.

— Mais au bout d'un certain temps, vous vous y êtes fait.

— Ce n'est pas tout à fait le terme que j'aurais choisi, a rétorqué Mircea sèchement. (Il a ôté sans pudeur son pantalon dépenaillé, l'a posé sur le lit et s'est mis à le brosser.) J'étais en plein déni. Je refusais d'admettre ce qui m'était arrivé.

— Et quand est-ce que ça a changé ?

— Quand les nobles m'ont rattrapé. Notre régime était une monarchie élective – n'importe quelle personne dotée de la lignée appropriée pouvait être candidat au trône – et les nobles avaient décidé de confier le pouvoir à la branche adverse. Et à cette époque, la façon habituelle de changer le pouvoir de mains était de tuer celui qui le détenait. (J'avais entendu l'histoire de sa transformation, plusieurs années auparavant, mais il l'avait racontée comme une grande aventure. Je commençais à me dire que la version de mon enfance avait été largement censurée.) Ils ont tué Père en premier. La croisade contre les Turcs dans laquelle il m'avait envoyé était vouée à l'échec. Les troupes m'ayant été confiées ont donné le meilleur d'elles-mêmes, mais nous avons perdu la guerre. De ce fait, j'avais quelque peu perdu… de ma popularité… auprès des nobles qui ne s'étaient pas fatigués à participer aux combats. En guise de châtiment, ils m'ont fait assister à la mort de mon père. (Il s'est interrompu pour brosser une tâche particulièrement coriace.) Ils l'ont écorché vif. Un procédé que leur avaient appris les Turcs, et qui consiste à soulever la peau du visage de la victime, tandis qu'elle est encore en vie, de façon à la torturer tout en la rendant méconnaissable. Lorsqu'ils ont eu fini, ils m'ont aveuglé d'un tison brûlant, pour s'assurer que son corps mutilé serait la dernière chose que je voie, et ils m'ont enterré vivant.

— Oh mon dieu.

— J'étais allongé là. J'entendais les mottes de terre tomber sur mon cercueil. J'étais persuadé que c'était la fin, a-t-il raconté en s'asseyant sur le rebord du lit pour remettre son pantalon. J'ai attendu de manquer d'air, de mourir, d'être jugé par Dieu, mais des heures entières se sont écoulées et rien de tel ne s'est passé. Si ce n'est que mes yeux ont guéri, et que j'y voyais clair, malgré l'absence de lumière. J'ai dû me rendre à l'évidence : il se passait quelque chose… d'étrange.

— Qu'avez-vous fait ?

Mircea a haussé les épaules.

— J'ai creusé la terre pour sortir. Il avait plu pendant la nuit. Le sol était donc ramolli. Dans le cas contraire, je n'aurais jamais réussi à sortir. Peu après, je me suis affalé à même la terre humide, haletant, même si je n'avais de toute évidence plus besoin d'air. Je ne savais pas quoi faire. J'étais un monstre, j'avais fini par accepter cette idée. Mais j'étais un monstre diablement faible. Je ne m'étais pas nourri depuis ma transformation, et mon corps avait dû se remettre des dégâts considérables occasionnés par le combat et les tortures qui s'en étaient suivies. Je savais que je n'étais pas en état d'affronter de nouveau les nobles.

— Comment avez-vous survécu ? ai-je demandé avec empressement.

J'avais sincèrement envie de savoir. Nos situations n'étaient pas identiques, mais elles étaient similaires. Et j'espérais dégotter une petite perle de sagesse. À cette époque, Mircea ne savait pas comment se comporter en vampire. Pas plus que je ne connaissais les secrets de la position de Pythie. Et pourtant, il s'en était sorti.

Au timbre de ma voix, il a froncé les sourcils. Je l'ai aussitôt regretté. Avec la fatigue, j'avais du mal à contrôler correctement ma voix. Je m'étais probablement livrée beaucoup plus que je le voulais.

— Avec un peu de chance. Et de l'aide à point nommé, a-t-il répondu après une pause. Mes vêtements, hormis l'habit souillé que je portais sur moi, ainsi que tous les biens et richesses m'appartenant, étaient restés à Torgoviste, où résidaient la plupart des hommes ayant tout juste tenté de m'assassiner. Je devais risquer le tout pour le tout et m'y rendre. Par malchance, j'ai été surpris par l'un de mes agresseurs. Il n'a pas pris la mesure de mon épuisement et n'a pas osé m'attaquer seul. Mais il a convoqué ses comparses.

— Mais ils venaient tout juste de vous enterrer ! Comment ont-ils pu le croire ?

Si on se met à leur parler de morts-vivants, la plupart des gens vous demandent ce que vous avez bu.

Avant de me répondre, Mircea est venu près de moi. Étant donné que j'étais toujours assise devant l'âtre, bien trop près des jaillissements intempestifs d'étincelles pour un vampire, sa manœuvre m'a un peu inquiétée.

— Vous parlez comme une femme moderne, a-t-il dit avec légèreté. Sachez qu'à cette époque, la plupart des gens portaient foi aux vieilles légendes concernant les *nosferatu*. Et ils savaient précisément comment traiter ceux de nos semblables ayant l'audace de montrer leur vrai visage.

Il s'est assis et s'est détendu. Après avoir enseveli ses pieds nus dans l'épais tapis moelleux, il a rivé son regard sur le bas de ma robe. J'ai baissé les yeux et j'ai aperçu le bout crasseux des bottes de Pritkin dépasser de la soie. J'avais oublié que je les portais. Tout comme il avait oublié de les fouiller. Je me suis sentie rougir à la pensée de ce qui nous avait distraits.

J'ai essayé de camoufler mes pieds sous le tissu. Peine perdue. Mircea s'est agenouillé devant moi et a retiré la botte sale et disgracieuse pour l'inspecter avec incrédulité.

— Où avez-vous trouvé ça ?

— Euh…

C'était au moins du 43. Et elles étaient clairement masculines. Mircea a gratté un morceau de boue collée au talon et un couteau s'en est extrait. Il est tombé sur le plancher en produisant un léger cliquetis. L'espace d'un instant, on est restés bêtement à le regarder.

— Vous portez les chaussures du mage ?

— Techniquement, il s'agit de bottes.

Mircea a froncé les sourcils.

— Je vois bien. Pourquoi les portez-vous ?

— J'avais froid aux pieds.

— Et il s'est sacrifié ? En vrai gentleman ?

Sa voix dégoulinait de sarcasme.

— Pas tout à fait.

— Vous lui avez volé ses chaussures ?

Il n'avait pas l'air de trop y croire.

— Ce sont des bottes. Et je n'ai pas vraiment… Je veux dire. À ce moment-là, il ne les portait pas.

— Et pourquoi ça ?

— Euh…

Mircea a ôté la deuxième paire de bottes incriminées et a les a jetées à l'autre bout de la pièce. Elles se sont fracassées bruyamment contre l'épais lambris, éclaboussant le plancher d'une pluie de mottes de terre. Mircea s'est aussitôt mis à étudier les chaussettes de Pritkin.

Elles étaient en mailles grossières de laine grise et n'allaient pas du tout avec ma robe. Comme les chaussures, elles étaient trois fois trop larges. Cette fois, Mircea s'est abstenu de tout commentaire. Il s'est emparé des chaussettes et les a envoyées rejoindre les bottes.

— Je vais avoir froid aux pieds, ai-je protesté.

— Je vous fournirai quelque chose de plus seyant, m'a-t-il informée avec fermeté tout en posant mes pieds sur ses genoux.

Il n'avait pas encore boutonné sa chemise et lorsqu'il a bougé, les flammes ont fait saillir de manière alléchante les muscles de sa poitrine. Il s'est mis à masser mes plantes de pied, assez vigoureusement pour que ça ne me chatouille pas, et ça m'a procuré un tel plaisir que je me suis contrainte à détourner les yeux. C'était une erreur d'admettre l'effet qu'il me faisait, mais je n'avais pas le choix. C'était soit ça, soit je me levais. Et c'était encore plus dangereux.

— Comment avez-vous réussi à vous en sortir ?

— De quoi ?

— De la ville ?

— Avec l'aide de Horatiu, a-t-il dit en frottant le dos de mes pieds de ses doigts chauds et assurés.

Il avait des mains incroyables – longues, minces et habiles – et la tiédeur de ses caresses, à travers la soie de mes bas, était on ne peut plus troublante.

— J'imagine qu'il devait être plus jeune, à cette époque.

— De quelques années, effectivement. Ma famille a toujours su que sa mainmise sur le trône était fragile. Dès l'enfance, on nous avait préparés à nous tenir prêts à fuir à l'impromptu. Horatiu a recouvré mes biens, quelques vêtements et un cheval, et il m'a caché jusqu'à la nuit tombée. Je m'apprêtais à partir lorsqu'il est venu à moi. Il a insisté pour me suivre jusqu'à la frontière. J'ai essayé de l'en dissuader, mais il a toujours été buté. Et j'en remercie encore Dieu. Je ne m'en serais jamais sorti seul. Pas les premiers mois. Même avec son aide, nous l'avons échappé belle plus d'une fois.

Je lui ai saisi la main. Si je voulais réfléchir, il fallait absolument qu'il arrête de me masser.

— Si c'était à refaire, que changeriez-vous ?

Mircea a laissé sa main dans la mienne, mais il n'a pas enlevé son autre main de ma jambe, et ses longs doigts se sont refermés autour de ma cheville.

— Sur le moment, j'étais convaincu de faire la seule chose en mon pouvoir : fuir, le temps de devenir assez puissant pour me défendre. Attendre que le vent change. Mais je suis parti trop vite. J'ai laissé derrière moi trop d'affaires irrésolues. Par la suite, j'ai réussi à corriger certaines de ces erreurs. Mais je n'ai pu les amender toutes.

C'était peut-être la stricte vérité, mais ce n'était pas ce que j'avais besoin d'entendre.

— Que conseilleriez-vous à votre ancien « moi » ?

Mircea est resté un long moment silencieux.

— Je lui dirais que lorsqu'on accède à un niveau supérieur d'existence, on doit souvent sacrifier une partie de soi.

— Merci. Ça m'aide beaucoup.

— Ça ne vous aide peut-être pas, mais il n'existe pas de recette miracle en matière de survie. J'ai agi comme toute personne confrontée à une épreuve qui semble dépasser ses capacités.

— C'est-à-dire ?

— J'ai fait mon possible.

— Et quand ça ne suffisait pas ? ai-je chuchoté en admettant enfin les craintes que j'essayais de refouler.

J'avais peur de ne pas être à la hauteur. J'avais peur que la Pythie précédente ait eu raison. Je commençais même à croire que ses paroles étaient prophétiques. Elle m'avait dit que je serais soit la meilleure, soit la pire des Pythies. Je n'avais aucune idée de ce que pouvait être « la meilleure des Pythies », mais j'envisageais très sérieusement le deuxième scénario.

— J'ai trouvé de l'aide.

— Quel genre d'aide ?

— L'aide de ma famille, a-t-il répondu sans détour. Elle m'a soutenu. Elle m'a donné une raison de me battre, autre que ma simple survie. Elle m'a aidé à croire en notre victoire, même lorsque je doutais de moi-même.

— La famille, ai-je répété d'un ton morne.

C'était justement la seule chose qui me manquait.

— Mais il ne s'agissait pas de ma famille de naissance. Celle-ci s'était désagrégée. Après la mort de Père, j'ai dû subir la trahison de Vlad. Mais peu à peu, je m'en suis construit une autre. J'ai eu Horatiu, Radu, et d'autres plus tard.

Super conseil… pour un autre vampire. Comme si je pouvais descendre en ville et me fabriquer une petite famille. Les seules personnes qui avaient compté pour moi avaient disparu. Assassinées, trahies ou victimes d'un coup de malchance.

— Tout le monde n'a pas de famille sur laquelle compter, ai-je rétorqué, amère.

— Vous avez une famille, *dulceață*, m'a-t-il dit en m'attirant à lui. (Il y est allé doucement pour me laisser le temps de protester, de me dégager. Mais je n'en ai rien fait, et sa main s'est refermée sur ma taille tandis que son autre main saisissait ma nuque. Ses caresses étaient délicates mais fermes.) Vous avez toujours eu une famille.

— Une famille qui vous est loyale. À vous. Pas à moi.

— Mais puisque je vous suis loyal, cela revient au même.

— Êtes-vous sûr que vous m'êtes loyal ? (J'ai inspecté son visage. Il était magnifique, avec ces flammes dansant dans ses yeux sombres et moirant ses cheveux. Mais comme d'habitude, il était indéchiffrable.) Je suis une voyante, Mircea, pas une télépathe. Même un vampire a plus de facilité pour déceler les mensonges.

— Que ressentez-vous ?

Il respirait doucement par la bouche, et j'ai senti son souffle sur mes lèvres, chaud et saccadé. Pendant un instant, le souvenir de ses lèvres s'est imposé à moi avec une telle intensité que j'étais presque certaine d'être en train de l'embrasser. C'était si facile d'imaginer être amoureuse de Mircea. Mais c'était encore plus facile d'envisager les problèmes que ça causerait.

— Je ne peux absolument pas avoir confiance en mes sentiments ! lui ai-je répondu d'un ton incertain. Surtout mes sentiments pour vous.

— Ah, *dulceață*, a-t-il murmuré. Un jour vous saurez que je dis vrai : on ne peut faire confiance qu'à sa famille.

Il a pris mon visage entre ses mains et souri contre mes lèvres. Je n'ai pas pu m'empêcher de l'imiter. Sous ma main, posée sur sa poitrine, je sentais un fou rire contenu. Et le battement de son cœur s'est accéléré. Je me suis accrochée à lui. Mes mains, sous sa chemise, savouraient la chaleur de sa peau. J'ai promené frénétiquement mes doigts sur son dos.

Quand il s'est enfin décidé à m'embrasser, ça n'avait rien à voir avec Pritkin. Mircea était décidé mais il prenait son temps.

Il ne s'est pas imposé par la force. Il n'a pas essayé de me dominer. Mais en pressant sa bouche tendrement et fermement contre la mienne, il a enflammé mes sens avec la même intensité. La main posée délicatement sur ma joue, il titillait ma langue de la sienne. Elle était tiède et satinée. Lentement, sa douceur s'est changée en chaleur voluptueuse. Il n'y a qu'un adjectif pour décrire la façon dont Mircea embrasse. « Lascif ».

— Votre peau est froide, a-t-il murmuré en me lovant contre lui.

Je sentais sa tiédeur dans mon dos, tandis que le feu réchauffait l'avant de mon corps. Il avait soulevé ma robe au-dessus de mes genoux, et la chaleur sèche des flammes caressait mes jambes. C'était si bon.

Je savais que je devais mettre un terme à tout ça, mais j'étais épuisée et mes défenses étaient complètement baissées. Sans compter que j'entendais de nouveau cette petite voix intérieure, ô combien familière. Elle me susurrait que je pouvais attendre encore une minute avant d'arrêter. Il ne pouvait rien se passer en une minute ! Il suffisait d'être vigilante ! Une main toujours sur ma taille, Mircea s'est frayé un chemin, de l'autre, sous ma robe. Sa main est remontée le long de mon mollet gauche, pour gagner l'arrière de ma cuisse. Et là, il s'est mis à me caresser délicatement, en dessinant des petits cercles à travers le bas soyeux. Soudain, mon cœur s'est mis à battre à tout rompre et mes yeux se sont couverts d'un voile. Partout, ma peau semblait brûler.

— On ne peut pas faire ça ! lui ai-je dit d'une voix tremblante, en essayant de me rappeler pourquoi c'était tellement important.

Ses doigts ont fini par trouver la bande collante fixant mes bas à mes cuisses. Ils se sont tendus et je les ai sentis se plier et se déplier. Ses ongles s'enfonçaient sans ménagement dans la dentelle. Lorsqu'ils sont enfin passés à l'intérieur, je n'ai pu m'empêcher de frissonner de plaisir.

— Je suis passablement convaincu que nous le pouvons, a-t-il dit.

Mes yeux ont croisé les siens. Ils étincelaient de chaleur et de malice. J'ai senti, en moi, quelque chose se dilater, se détendre. Comme si cette chose avait été comprimée depuis trop longtemps et qu'elle avait enfin la place de s'épanouir. D'un seul coup, j'ai effectivement eu peur qu'on en soit capables.

Chapitre 24

Je me suis rendu compte qu'il était en train de défaire ma robe, mais lorsque ses ongles ont tracé de longs sillons dans mon dos, j'ai oublié pourquoi ça posait problème. Sous la chaleur cumulée du corps de Mircea et du feu de cheminée, de la sueur avait commencé à perler entre mes omoplates et menaçait de dégouliner le long de ma colonne vertébrale. Un par un, les rubans ont cédé, et sa langue était partout, léchant les gouttelettes salées, dessinant des motifs sur ma peau. Il effleurait délicatement ma peau de ses lèvres, s'attardant sur chacune de mes vertèbres, aspirant doucement ma sueur.

— Vous ne comprenez pas. Le *geis*…

Je me suis interrompue : un frisson particulièrement violent m'a parcourue. J'avais l'impression désagréable d'être à bord d'un train roulant à tombeau ouvert en direction d'une falaise. J'ai senti Mircea rire, ce qui était loin d'être rassurant, d'autant que ma robe se défaisait à une vitesse alarmante. Mais il murmurait des mots en roumain, doux et chantants, contre mon épaule, et je les comprenais au plus profond de moi.

Je sentais la soie glisser et tomber. Le bustier avait lâché. Mircea m'a couchée sur le tapis et s'est penché sur ma jambe droite pour effleurer l'intérieur de ma cuisse de ses lèvres. Lorsque sa langue a touché ma peau, à travers la soie, mes frissons se sont transformés en chair de poule, et ses dents se sont refermées sur la bande collante de mon bas.

— Mircea, écoutez-moi, ai-je dit à toute vitesse, pour essayer de masquer l'excitation lancinante qui s'est emparée de moi quand je l'ai vu enlever mon bas avec les dents. Le *geis* s'est détraqué. Il ne s'agit plus du sortilège d'origine. C'est…

— C'est délicieux, a-t-il dit en achevant d'enlever mon bas.

— Maintenant, peut-être. Mais son pouvoir se renforce !

Mircea avait refermé la main sur mon autre cuisse, le pouce glissé dans le haut de mon bas. Il s'est mis à me caresser de bas en haut, avant de s'interrompre : il avait trouvé un point sensible. Il l'a touché délicatement, comme s'il avait parfaitement saisi l'effet que ça me faisait. Je m'efforçais de ne pas oublier de respirer.

— Je m'en réjouis à l'avance, a-t-il chuchoté avant de m'enivrer d'un baiser lent et voluptueux comme du miel frais.

Pendant les quelques instants qui ont suivi, tout s'est passé comme dans un rêve. Je me souviens qu'il m'a lentement déshabillée. Ses traits reflétaient le désir, la concentration, mais également, bizarrement, une certaine forme de tendresse. Je me souviens de ses doigts habiles faisant des va-et-vient sur ma peau nue, tandis que ses yeux, soudains sombres, me dévoraient. Je me souviens que ses grandes mains m'ont transportée avec précautions, sur la couverture, et qu'elles m'ont touchée partout, tandis que le feu fumait et crépitait. Que la neige, dehors, s'épaississait.

— Mircea…

Je me suis interrompue. D'un doigt, il venait d'enduire mes lèvres de vin, m'imposant le silence avant de m'embrasser. Il a pris plus de vin et m'en a versé sur le torse, où il a dégouliné en rigoles rouge sombre. Lorsqu'il s'est mis à les lécher, j'ai inspiré de façon saccadée.

Il a effleuré mon téton et s'est mis à le lécher délicatement. Lorsque sa langue a commencé à dessiner des motifs sur ma peau, j'ai frissonné. Chaque caresse de ses lèvres, chaque souffle, se répandait le long de mes nerfs comme une traînée de poudre. *Au moins, maintenant, je sais dans quelles « circonstances » il aime le vin*, ai-je songé, dans un nuage. Mais il s'est engouffré dans mon nombril et j'ai perdu le fil de mes pensées.

Le vin dégoulinait le long de mon ventre, sur mes hanches, jusqu'à mes cuisses. Mircea a levé les yeux sur moi. Ils étaient brillants, et ce n'était pas seulement dû au reflet des bougies. Ensuite, il a commencé à caresser mon bas-ventre. Tout mon corps s'est contracté de désir. J'avais toujours attendu ce moment. Et je n'y avais jamais eu droit. J'ai tressailli. Lorsqu'il m'a effleurée du bout des doigts, je me suis tendue vers lui. Mais il a retiré sa main.

J'ai incliné la tête en avant pour le regarder. Je ne comprenais pas. Pourquoi s'arrêtait-il ? Mais il a ramené son doigt, enduit de vin, et l'a lentement enfoncé à l'intérieur de mon corps. Mes muscles ont renâclé sous l'effet de l'intrusion. Pourtant, je ne voulais que ça. Ignorant la crispation instinctive de mon corps, son doigt a continué à me pénétrer, lentement, obstinément. Ensuite, il s'est retiré pour céder la place à une langue chaude qui s'est mise à aspirer le vin, le savourant autant qu'il me savourait, tandis qu'il traçait de ses pouces, sur mes hanches, de petits cercles frénétiques.

C'est moi qui ai détourné les yeux en premier. Étourdie de chaleur, incapable de penser, j'ai laissé ma tête tomber en arrière sur la couverture, tandis que mon corps se cambrait. Sa bouche me parlait doucement, de la mystérieuse langue du corps. Apparemment, une partie de moi la comprenait très bien. Une partie de moi la parlait couramment, si j'en croyais les vagues successives de plaisir qui déferlaient sur moi. Il me rendait folle : sa langue s'agitait juste assez lentement pour me faire gémir d'attente.

La fenêtre obscurcie reflétait la vue improbable de sa tête noble penchée sur moi, de sa langue si savante à me faire hurler de plaisir. J'ai fermé les yeux pour respirer au rythme de ses caresses. C'était presque trop bon. Il avait commencé doucement, mais ses attouchements devenaient plus précis, plus impérieux, plus intenses. Il a fini par s'agripper à mes hanches pour les rapprocher de sa bouche, comme s'il voulait me dévorer. Mon corps avait dû lui parler, lui aussi, parce qu'il avait l'air de comprendre le rythme qui me plaisait, la caresse précise dont j'avais envie. Une vague de plaisir allait et venait le long de ma colonne vertébrale, comme une coulée de cire chaude. Au bout d'un moment, elle a éclaté et j'ai eu l'impression de fondre littéralement.

Sans qu'il me le demande, j'ai écarté mes jambes pour mieux le sentir. Et le *geis* m'a aussitôt rétribuée : soudain, le sentiment qui m'oppressait lorsque j'essayais de lui résister – l'impression que ma poitrine était prise dans un étau – s'est évanoui. J'avais l'impression de respirer pour la première fois depuis des jours.

Et ça m'a terrifiée.

J'avais été folle de croire que je pouvais me maîtriser. Insensée d'avoir laissé les choses aller si loin. Si je devenais l'esclave de Mircea, ce serait terrible. Mais s'il devenait le mien, ce serait presque pire. Je ne pensais pas que la Consule soit ravie à l'idée qu'un de ses sénateurs tombe sous le joug d'une tierce personne. Surtout si j'étais cette personne. Sa réaction était facile à deviner. Si je ne mettais pas un terme à tout ça, deux portes s'ouvraient à moi : tomber en esclavage ou mourir.

Mon corps ne suivait plus les ordres de mon cerveau – je ne contrôlais absolument plus rien – mais je pouvais toujours parler.

— Mircea. Écoutez-moi. Nous devons…

Je me suis interrompue brutalement, trop occupée à étouffer le gémissement qui voulait désespérément s'échapper de ma gorge.

Il a entendu le petit bruit que je n'ai pas totalement réussi à réprimer. Les coins de ses yeux ont formé des pattes d'oie.

— Je commençais à m'inquiéter, a-t-il dit avec légèreté. À ce stade, la plupart des femmes perdent l'esprit.

Je l'ai hissé jusqu'à moi en tirant les deux parties de sa chemise ouverte, et je l'ai embrassé pour effacer le petit sourire satisfait qu'arborait son visage. Il s'est livré tout entier à ce baiser, tandis que j'arrachais la soie couvrant ses épaules pour lui dénuder les bras. Une des attaches a cédé et ricoché par terre, mais le tissu refusait de céder. Je me suis dégagée pour le fusiller du regard, avant de tirer plus fort. La chemise a fini par s'enlever. Mircea me laissait faire, les yeux brillants, un petit sourire aux lèvres. Cette fois, je n'ai rien fait pour le lui ôter.

— Je suis contente que vous soyez plus courageux que votre alter ego, ai-je dit tandis qu'il m'allongeait de nouveau sur la couverture.

Je me suis aperçue que j'avais encore un bas. C'était assez bizarre étant donné que je ne portais rien d'autre.

— Quel alter ego ? a-t-il chuchoté en m'embrassant de plus en plus bas.

— Celui de mon époque.

— Et pourquoi ça ? a-t-il demandé en m'effleurant de son souffle.

J'ai incliné la tête en arrière. Bientôt…

— Il avait peur de me toucher.

Mircea a posé le menton sur mon ventre et m'a considérée de ses yeux dorés et brûlants. Il a refermé sa main sur ma hanche, d'un geste possessif.

— J'en doute. Comme le disait Oscar Wilde : « La meilleure façon de résister à la tentation, c'est d'y céder ».

— Même si ça fait de vous mon esclave ?

Pendant un long moment, il ne s'est rien passé. Ensuite, Mircea s'est brusquement hissé sur ses avant-bras, placés de chaque côté de mon corps, pour me surplomber. Son visage faisait face au mien. Il avait les pupilles encore dilatées et les joues échauffées, mais contrairement à moi, il se maîtrisait totalement.

— Que voulez-vous dire ? a-t-il demandé.

— Le *geis* obéit au pouvoir. (Ses cheveux caressaient mes seins. Leur texture soyeuse était si douce qu'elle en était presque insupportable. J'ai poussé un gémissement de plaisir et j'ai dû faire tous les efforts du monde pour me retenir de me lover contre lui.) Et maintenant que je suis la Pythie…

Il a écarquillé les yeux. Sur ses traits, j'ai vu la douleur et la surprise combattre une émotion plus noire, plus primaire.

— Il y a de fortes chances pour que votre pouvoir surpasse le mien.

Je me suis contentée de hocher la tête. J'avais l'impression que ma peau était en feu. Mon cœur battait à tout rompre et je sentais toute ma volonté s'évanouir. J'ai glissé ma cuisse entre ses jambes et passé le bras derrière son dos. Je me suis accrochée à lui. J'ai mordu mes lèvres pour étouffer les sons qui voulaient sortir de ma bouche, les supplications que j'avais envie de lui faire.

Lorsque ses bras se sont refermés autour de moi, j'ai tressailli en émettant gémissement désespéré. Il m'a serrée contre lui et m'a embrassée.

— Ça va aller, a-t-il murmuré. Ça va aller, a-t-il soufflé contre mes cheveux.

En guise de réponse, je me suis mise à sangloter. Faible et sans voix, je m'efforçais de trouver la force de lui dire que ça n'allait pas, justement.

Mircea s'est mis à masser la base de mon crâne et le bas de mon dos. Inlassablement, il accompagnait ces caresses apaisantes de doux murmures inintelligibles. Soudain, mon corps a cessé de lutter, tous mes muscles se sont liquéfiés et mes oreilles ont été envahies par un bourdonnement sourd. J'ai compris qu'il venait de m'hypnotiser. En temps normal, j'aurais été furieuse qu'il ne me demande pas l'autorisation, mais à ce moment-là, je lui en étais étrangement reconnaissante. Bercée par la chaleur et la certitude d'être en sécurité, j'ai sombré progressivement et je me suis endormie sans m'en apercevoir.

C'est le bruit de la porte qui m'a réveillée. Elle s'est ouverte sur Horatiu, qui est entré en boitillant. Il ne s'était pas écoulé trop de temps : dehors, il faisait toujours nuit. J'étais en sueur et enchevêtrée dans la couverture dont on m'avait couverte. La laine collait à mes membres. Le feu était trop vif et il faisait trop chaud.

— Où est le maître ? a demandé Horatiu d'une voix chevrotante.

Je me suis mise en position assise et j'ai pris ma tête entre mes mains. Elle me faisait mal. Sans compter que j'avais la bouche sèche et que j'étais dans le cirage. Les trois symptômes habituels d'une fin d'hypnose. Pour surclasser le *geis*, Mircea avait dû sortir la grosse artillerie. Résultat : j'avais l'impression d'avoir une gueule de bois carabinée. Je me suis levée et j'ai titubé jusqu'à la fenêtre. Je l'ai ouverte violemment et j'ai pris quelques bouffées d'air frais et sec.

— Le maître ? a répété Horatiu.

Je lui ai décoché un regard par-dessus mon épaule. Il portait un plateau d'argent terni sur lequel reposait une bouteille de vin. Comme ses mains tremblaient, sa cargaison tressautait et menaçait de se renverser.

— Je ne sais pas, ai-je répondu en m'avançant pour l'aider.

Une seconde plus tard, il serrait ma gorge déjà douloureuse.

Je n'ai pas eu besoin d'attendre que les taches d'âge s'estompent et que les doigts se reforment pour comprendre qui m'avait attrapée.

— Comment nous avez-vous retrouvés ? ai-je demandé sans essayer de lutter.

— Vous avez eu l'amabilité de porter le nom du vampire à ma connaissance, a répondu Pritkin en me gratifiant d'un sourire méprisant. Et il semblerait qu'il bénéficie d'une grande renommée à Paris. Ça n'a pas été difficile de découvrir le lieu de résidence du « seigneur Mircea ».

— Dites-moi que vous n'avez pas fait de mal au vieil homme, me suis-je exclamée en me demandant ce qu'il avait fait d'Horatiu.

J'espérais que mon inattention n'allait pas coûter la vie à un être de plusieurs centaines d'années.

L'aboiement que Pritkin a émis en guise de rire a résonné avec violence à mes oreilles.

— Je l'ai trouvé endormi, avec ce plateau à ses côtés. Je l'ai laissé ainsi. Je n'ai aucun contentieux avec lui.

— En effet. Vous avez un contentieux avec moi. Et ma patience a des limites, a craché Mircea.

Il venait d'apparaître à la porte, un plateau identique à celui d'Horatiu entre les mains, mais rempli de nourriture. Une miche de pain, du beurre et de la confiture. Apparemment, il avait réussi à me dénicher de quoi manger.

— Dans ce cas, je ne serai pas long, a rétorqué Pritkin en sortant une sphère noire de sa cape. Rendez-moi mon bien ou nous mourrons tous les trois. Ici même. Sur-le-champ.

— Cette carte ne vous servira pas à grand-chose si vous mourez !

— À vous non plus, a répliqué Pritkin avec hargne.

— Lorsque j'ai dit que nous étions des hommes raisonnables, il semblerait que j'aie surestimé l'un d'entre nous, a répondu Mircea.

Ses poings se sont crispés et ses lèvres se sont retroussées, révélant ses dents. J'aurais juré avoir vu ses crocs s'allonger. J'avais envie de hurler qu'on ne pouvait pas se permettre de se battre : l'un d'entre nous pourrait y trouver la mort. Voire on pourrait tous y trouver la mort. Mais comme ça n'aurait servi à rien, j'ai opté pour quelque chose de plus expéditif.

Pendant que Pritkin était occupé à fusiller Mircea du regard, je me suis téléportée derrière lui, je lui ai arraché la petite sphère des mains et l'ai jetée par la fenêtre. Il s'est retourné, stupéfié, et Mircea nous a saisis tous les deux pour nous extraire de la pièce. La porte s'est fermée juste au moment où l'explosion a percuté la façade de la maison. Tout ça n'avait pris que dix secondes.

— Avez-vous perdu la tête ? m'a demandé Mircea d'un ton badin. C'était un disloquateur.

Je n'ai pas eu le temps de répondre. Pritkin a lâché un hurlement de rage pure et s'est jeté sur Mircea.

Ils ont basculé en arrière, fracassé la balustrade et dégringolé les escaliers. Après avoir heurté le sol, ils ont fait un roulé-boulé jusqu'à un grand miroir. La glace a tressailli mais ne s'est pas brisée… jusqu'à ce que Mircea saisisse Pritkin au collet et l'envoie valser contre elle. Le verre s'est cassé en émettant un bruit de feuille d'aluminium qu'on froisse. Autour des épaules du mage, les bris acérés du miroir, comme autant de petits éclairs brisés, se sont mis à chatoyer comme des ailes lumineuses. Ensuite, le miroir s'est fracturé complètement, éparpillant ses tessons un peu partout. Pritkin en a saisi un et l'a brandi en direction de Mircea, menaçant de lui entailler le cou.

Ensuite, je n'ai pas vu ce qui se passait : le combat s'est poursuivi dans la pièce voisine, hors de ma vue. J'ai repoussé la couverture dont j'étais toujours vêtue et je me suis ruée au pied des escaliers. Malheureusement, j'ai dû ralentir pour éviter les bris de miroir. Et tout en bas, mon pied nu a buté contre un objet qui n'était ni du bois ni du verre, mais une feuille de papier pliée en quatre.

C'était du papier épais sur lequel on avait griffonné un tas d'instructions. Un tas d'instructions très familières. Je l'ai considéré sans y croire. Apparemment, j'étais en position de dicter mes conditions.

Soudain, j'ai levé brusquement les yeux : j'avais entendu une explosion. Je me suis précipitée dans la salle de bal. Une portion du plancher en bois fumait, ravagée de suie. Puis j'ai repéré une fiole brisée, qui reposait juste à côté. C'était donc une potion, pas un sortilège. Apparemment, ils étaient tous deux tellement éreintés qu'ils devaient s'en tenir à un corps à corps vieille école. Ce qui voulait dire que j'avais encore droit à quelques secondes avant que quelqu'un meure.

L'explosion avait décroché un lustre, qui avait échoué sur le côté. La plupart des bougies s'étaient éteintes en heurtant le sol, mais l'une d'entre elles continuait à brûler. Je l'ai ramassée et l'ai rapprochée du coin de la carte.

— Levez-moi ce *geis* ou je la crame ! ai-je hurlé.

Les combattants se sont figés. Mircea avait la main serrée autour du cou de Pritkin et le mage venait de stopper l'élan du couteau visant la poitrine du vampire.

— Je l'ai déjà levé ! a craché le mage. (Même dans la lumière quasi inexistante, je voyais qu'il avait le visage livide.) Le contre-sort n'aurait jamais, absolument jamais, dû échouer. Vous vous y êtes très certainement opposée.

— Je n'ai rien fait du tout !

— Vous mentez ! Quel était votre plan ? Vous vouliez me distraire le temps que votre vampire trouve le *Codex*. C'est ça ? (Je l'ai regardé sans rien pouvoir dire.) Ça a toujours été votre objectif. Retrouver le *Codex* à n'importe quel prix.

J'ai senti ma poitrine se soulever. À en juger par l'émotion que reflétaient les traits de Pritkin, je devais ressentir grosso modo la même chose que lui.

— Pas du tout. Mais maintenant, peut-être bien que si, ai-je rétorqué avec hargne.

— Ça ne vous avancera à rien ! (Il a jeté un coup d'œil paniqué à la petite flamme qui commençait à grignoter le coin de la carte.) Elle ne contient pas le point de départ. La personne remportant les enchères se le serait vu confier oralement.

— Dans ce cas, je n'ai qu'à rechercher le commissaire-priseur. Je suis sûre que je peux réussir à le raisonner.

— Sûrement. S'il est encore en vie !

Mircea a ouvert la main et s'est remis debout.

— Apparemment, nous sommes dans une impasse, a-t-il dit à Pritkin. Vous avez le point de départ, mais pas la carte. Nous avons la carte, mais pas le point de départ. Nous n'arriverons à nos fins qu'en coopérant.

C'était un bon laïus, mais il l'a accompagné d'un petit sourire en coin. Aussitôt, le mage a porté la main à sa ceinture, chargée de sa rangée habituelle de petites fioles.

Je les ai ignorés et j'ai reporté mon regard sur la flamme, qui grossissait en consumant une œuvre d'art que quelqu'un s'était donné la peine de peindre en bas de la page. Vu la mauvaise qualité du reste de la carte, ça détonnait. D'autant que le dessin ne figurait pas sur la version que me donnerait plus tard un gentil petit vieux dans la campagne française. Il représentait un ouroboros doré, parfaitement rendu. Ses minuscules écailles scintillaient à la lumière des bougies.

— Que faites-vous ? a demandé Pritkin tandis que les flammes voraces bondissaient de plus belle. Si vous la brûlez, vous ne trouverez jamais le *Codex*. Et même si votre vampire en a fait une copie, cette copie ne contient sûrement pas le point de départ ! Et je ne vous aiderai pas !

— C'est un risque que je suis prête à prendre, ai-je dit en regardant la flamme jaune vif s'élever en sautillant.

— Vous plaisantez ?

Pritkin a fait mine de s'approcher de moi, mais, d'un coup, Mircea l'a envoyé promener sans effort. Le mage s'est remis laborieusement sur pied et m'a dévisagée. Son visage reflétait la plus grande confusion.

— Au contraire. Je n'ai jamais été aussi sérieuse de ma vie, ai-je répondu avec sincérité.

Impuissant, il a regardé le papier brunir et se tordre sous l'effet des flammes. Et puis un éclair de compréhension a traversé son regard. Je l'ai repéré immédiatement. Si personne ne trouvait le *Codex*, il s'autodétruirait lui-même, lentement, enseveli dans le trou que lui avaient choisi les mages. Et si quelqu'un finissait par tomber dessus, le livre leur serait parfaitement inutile. Il n'avait pas besoin de le détruire. Ça reviendrait au même. On a regardé ensemble le parchemin se transformer en cendres. Pritkin l'a piétiné avec précaution tout en me dévisageant, le visage totalement impénétrable. Ensuite, il a tourné les talons et, une seconde plus tard, un éclair de lumière bleue a heurté la façade de la maison, comme un stroboscope. Le mage a disparu.

— Je n'ai pas fait de copie, m'a annoncé Mircea avec calme. Je peux tenter de reproduire la carte de mémoire, si vous le souhaitez, mais elle était relativement complexe.

— Non. (J'ai baissé les yeux sur les débris de carte, le cerveau en surchauffe.) Elle n'est pas complexe du tout.

— Vous savez, *dulceață*, il est rare que je passe mes rendez-vous galants à patauger.

— Arrêtez de vous plaindre ! Vous devriez voir dans quel état ce sera dans deux cents ans, ai-je rétorqué en lui fourrant le chandelier rallumé entre les mains.

Mircea a saisi délicatement la rangée de bougies pendant que j'enfonçais son couteau sous l'ouroboros en or perdu au milieux des crânes. Le plâtre avait à peine eu le temps de prendre. Derrière, un petit cylindre en cuir était incrusté dans la roche. Au prix de quelques efforts, j'ai réussi à en extraire un bord et, une seconde plus tard, le tout m'est tombé entre les mains. À la vue du tube tout poussiéreux de calcaire, j'ai failli pleurer.

Le commissaire-priseur – le grand-père de Manassier, j'imagine – avait bel et bien livré le point de départ à Pritkin, mais c'était un faux. Et les copies de la carte qui circulaient un peu partout, du fait de son petit-fils, sûrement, ne servaient absolument à rien si on leur tombait dessus. À moins d'être dans le secret, les chasseurs de trésor en herbe allaient forcément à la chasse au dahu. C'est d'ailleurs ce qui m'arriverait dans deux cents ans.

Pas étonnant que Manassier m'ait si gentiment donné cette carte : il savait pertinemment qu'elle ne me servirait à rien. Le véritable indice, c'était le dessin au bas de la page. Un dessin ne figurant sur aucune copie. Un dessin que le Pritkin de cette époque n'avait pas eu le temps de remarquer.

J'ai tripoté le cylindre dans tous les sens pour essayer de l'ouvrir, mais j'avais les doigts engourdis de froid et d'excitation. J'ai donc fini par reprendre le chandelier des mains de Mircea et par le laisser faire. L'instant d'après, il a extrait une liasse de parchemin, jaunie par l'âge mais encore parfaitement lisible.

— Je n'arrive pas à y croire, ai-je chuchoté. (Il avait toujours été là. J'avais même touché le symbole marquant la cachette. Je l'avais touché. Et j'avais bêtement passé mon chemin.) Je n'arrive pas à y croire. C'est enfin fini.

— Ce n'est pas fini, a rectifié Mircea en balayant une page des yeux. (Il en a tourné quelques-unes et a froncé de plus belle les sourcils.) À moins que vous parliez gallois.

— Gallois ? (Je lui ai arraché la liasse des mains. Un coin de page s'est effrité. Je l'ai regardé tomber par terre : ce bidule se désintégrait sur place. Je l'ai manipulé avec précaution. Malheureusement, j'ai tout de suite vu que Mircea disait vrai : toutes les pages étaient remplies du charabia dont Pritkin se servait pour prendre ses notes. Je ne comprenais pas un mot.) Et merde !

— Malheureusement, je ne comprends pas cette langue, a précisé Mircea, devançant ma question. Toutefois, on doit pouvoir trouver des mages de cette époque capables de le traduire. Et de lancer ce sortilège.

J'ai regardé la petite boucle d'une lettre disparaître lentement. Elle appartenait au dernier mot de la dernière page. Un mot qui s'était déjà autodétruit. *Du calme*, me suis-je réprimandée. *Il y a quand même peu de chance que ce soit le sort dont j'ai besoin*. Quoique, à la réflexion, vu ma poisse, les statistiques n'étaient pas franchement de mon côté. J'ai soupiré.

— Il faut qu'on se dépêche, ai-je dit en roulant de nouveau la liasse.

— La précipitation n'est pas souhaitable. Il est toujours dangereux de s'adjoindre l'aide de mages. Je vais devoir mener quelques recherches avant de contacter quiconque. Nous devons être sûrs de ne pas être trahis.

— Vous n'allez pas me dire qu'ils sont tous aussi fous que Pritkin !

— S'ils se rendent compte de ce qu'ils ont en main, cela se pourrait, a-t-il répondu sèchement.

J'ai tendu les pages à Mircea avant de remettre la balise dorée dans le plâtre humide. Il n'y avait aucun risque à emporter le *Codex*. Lorsqu'on était passés devant, avec Pritkin, l'ouroboros était encore en place. Les rumeurs n'avaient été qu'un tissu de mensonges. Personne ne l'avait trouvé.

— Je crois connaître quelqu'un susceptible de nous aider. Mais il faut que je retourne à mon époque pour lui parler. (J'espérais juste avoir la force de nous ramener à bon port. J'ai attrapé la main de Mircea… Il n'y avait qu'une seule façon de le savoir.) Accrochez-vous, lui ai-je dit.

Et je me suis téléportée.

Chapitre 25

Lorsque je suis revenue à mon époque, après avoir déposé Mircea à la sienne, il régnait un calme sidérant au *Dante*. Heureusement. Comme ça, personne ne m'a vue me fracasser contre le mur. Mince ! Il fallait sérieusement que je fasse une pause de téléportation. J'avais l'impression que ma tête allait exploser. Le sang battait tellement fort à mes tempes que je n'y voyais plus rien : en l'espace de quelques instants, le couloir ressemblait à l'intérieur d'un cœur ; c'était tout rouge et ça tressautait.

Mais j'ai réussi à me traîner jusqu'à la salle de recherche. Nick était fidèle au poste, le nez fourré dans un bouquin. Il avait l'air de l'intello type. Tant mieux : c'était exactement ce qui me fallait.

— Cassie !

Il s'est levé brusquement, l'air paniqué. Ce qui m'a rappelé que j'aurais peut-être dû prendre une petite douche avant. Mais ça pouvait attendre. En revanche, le *Codex*…

De la poussière calcaire a glissé de mes cheveux et recouvert la table. J'y ai posé les feuilles de parchemin, non sans éparpiller les livres dans tous les sens.

— Pouvez-vous lire ça ? ai-je demandé en ignorant ses gloussements. C'est important !

Il a fini par se calmer. Sa curiosité intellectuelle avait pris le dessus. Il a parcouru quelques phrases des yeux.

—Du gallois, a-t-il dit, comme s'il réfléchissait tout haut. Un gallois très ancien. J'irais jusqu'à dire « peu commun ».

—Vous pouvez le lire ?

—Oh bien sûr. Enfin, je crois. Ce n'est pas l'une de mes langues principales, vous savez. Mais j'ai suivi quelques…

—J'en ai besoin tout de suite, Nick. (J'ai gesticulé devant les feuilles éparpillées.) Quelque part là-dedans se trouve la formule permettant de lever le *geis*. Et ça serait hyper cool si on pouvait lancer le contre-sort avant que Mircea devienne complètement marteau.

Et avant que la formule s'efface, accessoirement.

Soudain, Nick s'est pétrifié. Il ne bougeait plus. Il ne respirait plus. Pendant une seconde, il ressemblait à s'y méprendre à un vampire.

—C'est… (Il s'est interrompu pour déglutir.)… c'est le *Codex* ? Vous l'avez trouvé ?

—Ouais. Mais ça ne me sert pas à grand-chose, vu que je n'arrive pas à le lire. (Comme il restait bras ballants, je lui ai donné un petit coup de pied.) C'est pour aujourd'hui ou pour demain ?

—Certes, certes… (Il est revenu subitement à la vie et s'est mis à tourner frénétiquement les pages à la recherche de la bonne formule.) Ça prendra un certain temps, a-t-il marmonné. Il y a des centaines de formules, et je ne vois d'index nulle part… Attendez…

—Vous avez trouvé l'index ?

—Mieux. (Ses cheveux lui sont tombés devant les yeux. Il les a repoussés avec agacement.) J'ai peut-être trouvé la formule.

—C'est vrai ?

Je l'ai scruté, pleine d'espoir. Ce foutu *geis* me donnait du fil à retordre depuis des semaines. J'avais du mal à croire que j'allais en être débarrassée en quelques minutes.

— Ça risque de prendre un peu de temps, Cassie. Vous pourriez… euh… aller vous rafraîchir, si vous voulez.

C'était clair que j'en aurais eu besoin. J'avais les mains pleines de contusions, les ongles craquelés, les paumes incrustées de terre et les cheveux calcinés. Sans compter que ma petite séance de spéléo m'avait couverte de poussière. Mais Nick allait devoir me supporter dans toute ma splendeur de vieille sorcière croûtée : pas question que je perde le *Codex* de vue. Rien à faire.

Il m'a bien regardée, et à la vue de mon expression décidée, il a laissé tomber et s'est remis à traduire. Je me suis assise en face de lui et j'ai repéré la théière en porcelaine blanche, fidèle au poste. Malheureusement, il en émanait une vague odeur d'herbe. J'ai appelé les cuisines pour qu'ils nous envoient du café – on en avait bien besoin, tous les deux – et je me suis concentrée pour ne pas m'endormir en attendant qu'on nous serve.

— Vous connaissez bien le Cercle, Cassie ? a demandé Nick subitement.

J'ai bâillé.

— Je sais juste qu'ils essaient de me tuer. Point.

— Oui. J'ai entendu dire que vous avez eu quelques différends dans le passé.

— Dans le présent aussi. Où voulez-vous en venir, Nick ?

Je ne voulais pas qu'il me fasse la conversation. Je voulais qu'il traduise.

— Eh bien, en fait… C'est juste… Je crois que vous devriez savoir que vous n'êtes pas seule. Nombreux sont ceux, parmi nous, qui désapprouvent le Cercle, ces derniers temps. Seulement, nous ne nous accordons pas sur les façons de changer les choses. Certains d'entre nous considèrent que c'est le système en soi qui pose problème, et pas seulement le groupe de personnes détenant le pouvoir. Pour nous, la guerre est l'occasion de faire table rase du passé et d'établir un mode de gouvernement calqué sur celui des vampires. Afin d'éviter que de petits groupes de mégalomaniaques fassent des erreurs dont pâtisse l'ensemble de la communauté.

En fait, je trouvais que cette description collait parfaitement au Sénat.

— Vous voudriez qu'il n'y ait qu'une seule personne à la tête de la communauté magique ?

— Pas nécessairement. Nous souhaiterions l'avènement d'une forme d'autorité plus centralisée en mesure de superviser les activités des uns et des autres. Cette autorité serait contrôlée et dotée d'un contre-pouvoir important.

— Il n'y a pas grand monde qui contrôle le Sénat. Et il n'existe pas beaucoup de contre-pouvoir, ai-je fait remarquer. Aucun, en fait.

— Et pourtant, ça fonctionne ! Au lieu d'un système d'élections, qui se transforme vite en compétition de popularité, c'est un seul chef, soucieux du bien de tous, éclairé, qui attribue les meilleures personnes à chaque fonction.

— Ce n'est pas comme ça que je décrirais la Consule, ai-je dit sèchement. Si elle a décroché ce poste, c'est parce que c'est la plus forte et la plus maligne. Point à la ligne.

— Mais elle gouverne bien. Les gens la respectent.

— Les gens la *craignent*.

— Tous les chefs d'envergure sont craints des ignorants, a protesté Nick. (Apparemment, il n'écoutait pas un mot de ce que je lui racontais.) Nous avons beaucoup à apprendre des vampires. Si seulement nous arrivions à mettre nos préjugés de côté.

J'ai éclaté de rire. C'était plus fort que moi. De toute évidence, les mages avaient un petit problème de perception. Pritkin considérait les vampires comme le mal incarné et Nick les mettait sur un piédestal. Mais mon hilarité n'a pas eu l'air de lui plaire. Pendant qu'il cherchait la signification d'un mot particulièrement obscur, j'ai entrepris d'éclairer sa lanterne.

— Le système des vamps fonctionne uniquement à cause des liens obligeant les vampires à obéir à la volonté de leurs maîtres. Et parce que les maîtres sont responsables des infractions de leurs disciples. Les mages n'ont pas ce type d'arrangement. On ne peut pas s'attendre que les gens…

— Eh bien, nous devrions ! m'a-t-il interrompue. Si on coordonnait nos efforts, on pourrait éradiquer les Ténèbres une fois pour toutes. Pour l'instant, ils ont toujours une longueur d'avance sur nous, parce qu'ils passent constamment d'un coven à l'autre. Et quand, à force de débats, de pots-de-vin et autres faveurs, on arrive enfin à avoir la permission de les traquer, ils sont déjà partis !

Il avait vraiment l'air énervé. Ses joues couvertes de taches de rousseur étaient toutes rouges. J'aurais bien changé de sujet, mais quelque chose me tracassait.

— Je croyais que le Cercle était une autorité centrale. Ce n'est pas l'instance responsable de la communauté magique ?

— Non, a-t-il répondu sèchement. C'est une organisation parapluie. Tous les covens du monde n'en sont pas membres – nous sommes particulièrement peu représentés en Asie – et quant aux membres, ils ont tous adhéré à des moments différents. Sous des conditions différentes.

— Je ne savais pas.

Les vamps parlaient toujours du Cercle comme un synonyme pour « mages ». C'était peut-être le cas aux États-Unis, d'ailleurs. Je n'avais jamais envisagé que ce puisse être différent ailleurs.

— C'est un vrai bazar ! a continué Nick. (Il commençait vraiment à s'échauffer.) Certains covens n'autorisent pas qu'on mène des perquisitions sans l'apport de preuves irréfutables permettant de démontrer l'existence d'activités suspectes. Et bien entendu, nous n'avons pas toujours de preuve. Parfois, nous n'avons qu'une simple intuition, ou un tuyau en provenance d'une personne qu'ils estiment illégitime. Quand on leur explique que si nos sources sont tellement au courant de ce qui se passe du côté des Ténèbres, c'est précisément parce qu'elles sont illégitimes, neuf fois sur dix ça ne nous avance à rien. Ce serait beaucoup plus simple si nous ne dépendions que d'une seule autorité.

— Une dictature, en d'autres mots. (Pritkin était entré subrepticement dans la pièce. Je ne l'avais pas entendu. J'ai sursauté et j'ai essayé, d'un seul mouvement, de me lever et de faire volte-face. Avec pour résultat de manquer tomber. Il m'a rattrapée et je me suis dégagée dès que j'ai retrouvé l'équilibre. J'étais pantelante et furieuse.) Je vois que vous êtes revenue indemne.

— Nous ne sommes pas obligés d'en arriver là, a protesté Nick, sans se rendre compte que plus personne ne l'écoutait.

Pritkin avait l'air de sortir du bain. Ses cheveux, de nouveau blonds et courts, étaient plaqués sur son crâne en longues mèches humides et ça me troublait beaucoup. Je n'arrivais pas vraiment à savoir pourquoi. Peut-être parce que ça mettait son visage en valeur, comme l'ancienne version ; peut-être parce que ça me rappelait la dernière fois où je l'avais vu trempé et luisant de sueur.

Je le haïssais, ce type.

— Vous ! (J'arrivais à peine à parler. J'avais tellement de choses à dire.) Vous saviez !

C'est la seule chose que j'ai réussi à articuler sans m'étouffer.

— Non. Je ne savais pas. À l'époque, j'ai pensé que vous étiez une sorcière particulièrement douée. J'ai cru que vous essayiez seulement de me voler.

— Arrêtez de mentir ! Vous m'avez vu me téléporter !

— J'ai cru que vous m'aviez obscurci l'esprit. Vous ou votre vampire. Mes défenses étaient très basses et mes boucliers presque épuisés. Ça m'a semblé une explication rationnelle.

— Et lorsqu'on s'est revus ? Vous ne m'avez pas reconnue ?

— Après une si longue période, non. Pas tout de suite. Je me suis posé plusieurs fois la question, mais je n'en étais pas certain. Jusqu'à ce que je vous voie dans cette robe. (Il a considéré les vestiges de ma tenue.) Ce n'est pas une robe qu'on oublie.

— Mais moi, en revanche…, ai-je rétorqué sèchement.

— Nick, pourrais-tu nous laisser seuls un instant ?

— Mais je suis en pleine… (À la vue des regards assassins qu'on lui a décochés, il a dégluti.) Je peux aussi aller vérifier pourquoi le café met tant de temps à arriver, a-t-il coassé avant de gagner la porte.

Il a essayé d'emmener la page sur laquelle il travaillait, mais j'ai tendu la main d'un air entendu et il me l'a rendue à contrecœur.

— Vous l'avez donc trouvé.

La voix de Pritkin était totalement dénuée d'émotion. Apparemment, il s'était amélioré en deux cents ans.

— Et je le garde.

— J'ai bien peur d'être dans l'obligation de vous en empêcher, Cassie.

J'ai éclaté d'un rire teinté d'amertume, même à mes oreilles.

— Oh ! Vous m'appelez Cassie, maintenant ? Alors quand vous prétendez être loyal, c'est mademoiselle Palmer, mais quand vous m'enfoncez un poignard dans le dos, c'est Cassie ? C'est bon à savoir.

Pritkin a bronché mais il a soutenu mon regard.

— Vous ne comprenez pas l'enjeu.

— Et c'est quoi l'enjeu ? Vu qu'on ne me dit jamais rien !

J'avais presque hurlé, mais ça m'était égal. Je savais que ce serait dur de le revoir, mais je ne pensais pas que ce serait difficile à ce point. Avant, je me sentais relativement bien. C'est beaucoup plus simple de refouler ses émotions que de les exprimer. Surtout des émotions de cet acabit.

— Je vous dirai tout ce que vous voulez savoir. Si vous me promettez de ne pas vous téléporter. Vous pensiez déjà être une cible ? Ce n'était rien en comparaison de la situation présente. Maintenant que vous êtes en possession de cette chose… Nous devons la détruire.

Même si ma vie en avait dépendu, j'aurais été incapable de me téléporter. J'avais déjà du mal à rester debout. Mais Pritkin n'en savait rien, ce qui me donnait un avantage. J'avais une monnaie d'échange. J'arriverais sûrement à lui extorquer des réponses. Mais très franchement, ça ne m'amusait vraiment pas.

— J'ai passé toute ma vie à magouiller, lui ai-je dit, plus calme. C'est le passe-temps favori des vamps. Un soupir par-ci, un clin d'œil par-là ; une piste qui pourrait mener par ici, ou nulle part ; un indice qui aurait très bien pu être donné exprès ; ou pas. J'en ai assez de ces petits jeux. Je veux juste qu'on me dise la vérité. Je mérite au moins ça, non ?

Pritkin a brièvement fermé les yeux. Il a dégluti. Sa pomme d'Adam a fait un va-et-vient. J'ai scruté ce visage si jeune en essayant de deviner ce que cachait son masque ; de déceler ces milliers d'années d'expérience. Mais il n'y avait rien.

J'avais grandi entourée de créatures ne faisant pas leur âge, du moins physiquement. Mais on arrivait toujours à détecter les vieux. Et pas seulement à cause de l'aura de pouvoir émanant d'eux. Ils dégageaient une espèce de gravité : comme si l'air devenait plus lourd lorsqu'ils entraient dans une pièce. Comme si leur personnalité avait une qualité supérieure. Plus profonde, plus brillante, plus riche.

Il a ouvert les yeux mais je n'ai pas détourné le regard. Je l'ai scruté. J'essayais de me souvenir de l'effet que me faisait la Consule. La façon qu'elle avait de capter l'attention de tout le monde, sans faire quoi que ce soit. J'ai vu ses pommettes rougir légèrement mais je l'ai inspecté de plus belle. *Non. Il ne peut pas être aussi vieux. C'est impossible.*

Ça devait être dû à son séjour en enfer. Il m'avait dit qu'il y avait passé son enfance. Et apparemment, en 1793, il venait tout juste de s'enfuir. C'était complètement fou. S'il avait effectivement disparu de la trame historique – il avait littéralement quitté ce monde – ça voulait dire qu'il était parti au début du Moyen Âge. Et s'il venait tout juste d'en sortir au XVIIIe siècle… Mille ans sur cette terre, ça devait marquer son homme. Quid de mille ans dans le royaume démoniaque ?

Qu'est-ce que ça faisait de se faire embarquer dans un univers dont on ignore tout ? Dans un seul but : servir de trophée à son père ! Servir d'expérience tordue pour que papa se la joue ! Et qu'avait-il bien pu faire pour se voir mettre à la porte ? Que fallait-il faire pour se voir virer des Enfers ?

— Si Rosier a voulu vous tuer, c'est précisément pour vous empêcher de faire ce que vous venez de faire : retrouver le *Codex* et, avec lui, la formule connue sous le nom de « formules d'Éphèse », a-t-il fini par expliquer.

Je ne sais pas si c'était à cause de la fatigue. Ou parce que j'étais trop près de Pritkin sans être capable de le toucher, de le frapper ou de passer mes mains dans ses foutus cheveux pour les redresser… En tout cas, j'avais du mal à suivre.

— Quoi ?

— Il s'agit des mots gravés dans l'ancien temple d'Artémis à Éphèse…

— Nick m'a expliqué ce qu'étaient les formules d'Éphèse, l'ai-je interrompu, passablement agacée. Pourquoi tout le monde s'excite au sujet de cette vieille formule ?

— À cause de ce qu'elle produit. Ou plutôt de ce qu'elle *produisait*. (Pritkin s'est assis sur le rebord de la table.) De ce qu'elle continuerait à produire si personne n'avait lancé le contre-sort que j'ai été assez stupide pour écrire. Merlin « le sage »… Quelle imposture.

— Donc j'avais raison. Vous êtes bien Merlin.

Malgré toutes les preuves du contraire, j'avais du mal à y croire. Pritkin ? Un mythe issu d'une période révolue ? Impossible. Pritkin, c'était juste… Pritkin.

— Myrddin, en fait. Mais cela fait très longtemps que je n'ai plus utilisé ce nom. Un poète français le trouvait obscène. Il l'a donc changé. Pourquoi pas, après tout ? Il a changé tout le reste.

— Vous voulez dire que toutes ces histoires sont fausses ? Il n'y a pas de Camelot, ni de Lancelot ni d'Arthur...

— Il y a bien eu un Arthur, d'une certaine façon. Mais il se retournerait dans sa tombe s'il savait tout ce qu'on raconte à son sujet ! Ne serait-ce que cette rumeur concernant ses relations avec sa sœur. Il n'aurait pas hésité à arracher le cœur de la personne responsable.

» Sa sœur en aurait été tout aussi capable, a-t-il rajouté après un moment de réflexion. C'était une femme terrifiante.

— Ça veut dire que vous avez, quoi..., mille ans ?

Je n'arrivais toujours pas à y croire.

— Pas... exactement. Je suis né au VIe siècle, mais j'ai réussi à vivre une vie relativement normale avant que Rosier revendique sa paternité. Et le temps passe différemment en enfer, un peu comme en Faerie. La distorsion est encore plus extrême. De mon point de vue, je n'y suis resté que dix ans, mais lorsque je suis revenu... (Il a secoué la tête, encore stupéfait.)... le monde avait tellement changé !

— Quand on s'est vus à Paris, vous m'avez dit que vous veniez tout juste de revenir. C'est à ce moment-là que vous avez refait surface ?

— Plus ou moins. J'étais de retour depuis plusieurs années déjà. Assez pour apprendre à me débrouiller. Jusqu'à un certain point. Mais pas assez pour éviter de me faire cambrioler au moyen d'une formule qui n'existait pas à mon époque, mais qui était déjà un grand classique au XVIIIe siècle.

— Par le grand-père de Manassier ?

— Oui. Avec l'aide d'un complice. Ils vivaient en marge. Le Cercle les avait bannis pour mauvaise conduite – et incompétence, à mon avis – mais ils étaient dépourvus des qualités prisées par les Ténèbres. Ils ont mené une existence précaire en soulageant de leurs biens terrestres quelques péquenauds naïfs. Non sans leur subtiliser leur pouvoir chaque fois qu'ils en avaient l'occasion. Ils n'ont pas réussi à percer mes boucliers : ce deuxième larcin leur a donc été impossible. Mais ils sont parvenus à s'emparer du *Codex*.

— Et cette mystérieuse formule dont vous alliez me parler ?

Pritkin a soutenu sa tête d'une main. C'était un geste de fatigue authentique. Je ne l'avais jamais vu faire ça.

— J'ai fait de nombreuses erreurs au cours de mon existence. La pire d'entre elles a été d'écrire cette satanée formule.

— Mais Nick m'a dit que personne ne l'avait jamais écrite. Qu'elle était tombée dans l'oubli après l'incendie du temple et la mort de ses prêtres.

— L'un d'entre eux a survécu jusqu'à un âge très avancé. Il en a laissé une seule et unique copie. Peut-être était-il sénile ? Ou triste à l'idée que son secret meure avec lui ? Peut-être avait-il oublié la raison pour laquelle cette formule restait un secret ? Peut-être ne l'avait-il jamais su ? Toujours est-il que j'ai retrouvé ses divagations manuscrites dans un vieux temple, à Angelsey. Comment étaient-elles arrivées là ? (Il a haussé les épaules.) Peut-être un légionnaire romain les a-t-il trouvées en Grèce ? Il les aura gardées par curiosité avant d'être assigné ailleurs. Je n'ai jamais su.

— Comment les avez-vous trouvées ?

— Je les cherchais. Enfin, je ne cherchais pas cette formule en particulier, mais tout vestige du passé ayant survécu. Je n'avais pas beaucoup d'espoirs concernant cet endroit. Il avait été incendié par les Romains au cours d'une de leurs razzias contre les druides, et pillé par les Saxons quelques siècles plus tard. Mais personne n'avait dû apporter la moindre importance à ce vieux rouleau. D'autant qu'il était écrit dans une langue que personne ne pouvait lire. Les langues ont toujours été ma spécialité. Bref. Je me suis jeté dessus.

— Pour quoi faire ?

— Par curiosité. En partie. Pour le reste… J'étais très fier de moi, vous savez. Je croyais que c'était l'œuvre de ma vie. C'était avant que je prenne conscience de ma longévité. Je pensais agir pour le bien de l'humanité : préserver et cataloguer les sagesses anciennes, dans ce monde qui se désagrégeait alors sous nos yeux. Je n'avais aucun moyen de savoir que ce que je collectais avait le pouvoir d'y mettre un terme, bien plus efficacement que ces maudits Saxons !

— Mais qu'est-ce qu'elle fait ?

S'il ne me le disait pas, j'allais devenir folle.

— Les formules d'Éphèse sont à la fois un sort et un contre-sort. Ça dépend du ton, de l'accentuation et de la façon dont on les prononce. Dans un sens, elles ouvrent une porte. Dans un autre, elles la ferment.

— Quelle porte ?

— La porte entre les mondes. Rosier craint que si l'on retrouve la formule, quelqu'un renverse le sort. Ce serait la porte ouverte aux rivaux que lui et ses semblables n'ont plus affrontés depuis… (Il était en train de trier la liasse de feuilles posées à côté de son coude. Soudain, il en a extrait une. Ça devait être la traduction de Nick. Sauf si les anciens prêtres d'Éphèse écrivaient sur des feuilles de cahier. Il s'est arrêté de respirer.) Qu'est-ce que c'est ?

Je lui ai décoché un regard inquiet.

— Nick était en train de me traduire le contre-sort du *geis*.

— Ce n'est pas le contre-sort, a dit Pritkin.

Son visage a blanchi à vue d'œil. J'ai jeté un coup d'œil à la page, mais ça ne me disait pas grand-chose.

ASKION : Privé d'ombre. *Là où les dieux régnaient en maîtres,*
KATASKION : Obscur. *Les hommes ont pris le pouvoir.*
LIX : La terre. *La terre est sous le joug*
TETRAX : Le temps. *Du gardien du temps.*

DAMNAMENEUS : Le soleil tout-puissant. *Que ceci rende sa toute-puissance au soleil.*
AISION : Voix véritable. *Et l'oracle dira vrai.*

Pritkin m'a prise par le bras.

— Ramenez-nous ! Vite !

— Que je nous ramène où ?

— Au moment où Nick s'est levé pour partir ! Il faut que je le rattrape !

— Pourquoi ? Qu'est-ce qu'il a…

— Pas le temps d'expliquer. Dépêchez-vous !

J'ai repoussé une mèche folle qui venait de me tomber dans les yeux. J'avais du mal à me concentrer. J'étais vraiment épuisée.

— Je ne peux pas me téléporter maintenant. Demain, peut-être…

Pritkin a poussé un juron.

— Si je ne le trouve pas, il n'y aura plus jamais de lendemain !

Et il a disparu. Je ne l'ai pas vu sortir. J'ai juste entendu la porte se refermer violemment derrière lui.

Chapitre 26

C'est à ce moment-là que les lumières se sont éteintes. Je suis restée un moment assise dans le noir en me demandant si je ne ferais pas mieux de poser la tête sur la table et de faire un petit somme. C'était sympa au sous-sol. C'était calme. Avec un peu de chance, personne ne me retrouverait avant le lendemain matin.

S'il y avait un lendemain.

Je me suis levée en grognant. Je l'avais toujours su : avoir des responsabilités, c'est nul. Surtout si personne ne s'en rend compte.

J'ai rassemblé le *Codex* à tâtons, j'ai roulé le tout, y compris la traduction de la formule dont je n'avais pas besoin, et j'ai mis un élastique autour. Ensuite, j'ai fourré la liasse dans mon corsage. Mircea ne l'avait pas autant serré que Sal, mais j'étais quand même gentiment compressée. Et avec un rouleau remplissant le peu d'espace qui restait, respirer était redevenu un peu problématique. Enfin, au moins, personne n'arriverait à le déloger. Si je ne tombais pas en syncope, ça devrait bien se passer.

Je suis sortie dans le couloir en essayant de me souvenir de la distance entre la salle de recherche et l'escalier de secours. Mais c'est typiquement le genre de choses auxquelles on ne fait pas attention quand on y voit clair. J'avais couvert ce que j'estimais être la distance adéquate lorsque quelqu'un m'a attrapée.

J'ai crié. Quelqu'un a hurlé et je me suis retrouvée plaquée contre le mur. Ça faisait mal. Déjà que j'étais de mauvaise humeur… Et quand j'ai donné un coup de genou dans l'aine de la personne en question, je m'en suis donné à cœur joie.

— J'espère pour toi que ça ne va pas faire de marque ! a craché Casanova.

— Tu es un vampire. Tu vas te remettre. Qu'est-ce que tu fais ici ?

— C'est *mon* casino ! a-t-il rétorqué d'une voix légèrement stridente. J'ai le droit d'être ici si je veux. C'est plutôt toi et ta bande de vauriens qui devriez déguerpir avant de m'attirer encore plus d'ennuis !

— Franchement, tes ennuis, c'est le cadet de mes soucis, ces derniers temps. Ça vient largement derrière « mourir » et « regarder Mircea devenir fou sans rien faire ». À ce propos…

— Le Sénat n'est pas encore arrivé. On vient juste de me dire qu'ils étaient en chemin. Je ne sais pas si tu sais, mais je n'ai pas encore officiellement décroché ce boulot ! Tu imagines ce qui se passerait si la Consule trouvait ce foutu casino plongé dans l'obscurité ?

— La Consule vient ? Pourquoi ?

Il ne manquait plus que ça.

— Comment je pourrais savoir ? Est-ce que j'ai l'air d'être au parfum des magouilles du Sénat ? Je fais mon possible pour éviter de me coltiner cette bande de fous furieux ! (Il a marqué une pause.) Je ne parle pas de Mircea, bien entendu.

— Bien entendu. Et sinon, pourquoi il fait noir ?

— Parce qu'un des squatteurs que tu m'as refilés a fait sauter les plombs !

— Comment peux-tu être sûr que c'est un des gamins ? ai-je demandé.

Je me sentais un peu coupable.

— Comment ? Parce que la compagnie d'électricité m'a traité de fou quand je les ai appelés pour signaler la panne. D'après eux, on a du courant. Pourtant, on n'a pas de lumière.

Et si je puis permettre, on n'a pas non plus de machines à sous, ni de jeux. Rien. Je suis en train de perdre une fortune !

— Ça fait à peine dix minutes. Relax. Je vais m'en occuper.

— Encore heureux que tu vas t'en occuper ! Et fissa, encore !

— Arrête de hurler. On a pire, comme problème. Est-ce que tu as vu Nick ?

— Oui. Comment tu crois que je t'ai trouvée ? Il m'a dit…

Je l'ai agrippé par les revers de sa veste – en tout cas, au toucher, ça y ressemblait – et je l'ai secoué.

— Il est où ?

Il a éloigné mes mains en poussant un juron.

— Au risque de me répéter : comment pourrais-je le savoir ? Et je te signale que c'est de la soie italienne d'importation.

— Où est-ce que tu l'as vu ?

— Dans le hall d'entrée. Je lui suis rentré dedans après l'extinction des feux. Il essayait de sortir et j'essayais de te trouver. On a fait un échange.

— Tu l'as aidé à sortir ?

J'ai encore agrippé Casanova, malgré ses protestations.

— Je lui ai montré le chemin. Je n'allais quand même pas l'escorter. Et qu'est-ce que ça change ?

— Il faut absolument que tu l'arrêtes !

— OK. On fait un marché. Arrange-toi pour que tes petits morveux réparent les derniers dégâts qu'ils ont causés, et je fais en sorte d'intercepter ton mage. C'est la panique, dans le hall !

— Comme tu voudras.

À mon avis, les vamps ras-les-pâquerettes que Casanova embauchait n'avaient aucune chance d'arrêter un mage guerrier, mais ils pourraient toujours le ralentir le temps que Pritkin le repère.

Casanova a appelé les vigiles depuis son portable, tout en montant les escaliers à tâtons. À ma grande surprise, il n'avait pas exagéré en parlant de la situation dans le hall. Une poignée de vigiles brandissait leur lampe torche sur la foule paniquée, comme des stroboscopes, pendant que leurs collègues, armés de porte-voix, hurlaient des instructions contradictoires. Deux ou trois rôlistes jouaient de la guitare et chantaient dans un coin, à la lueur faiblarde des briquets qu'ils agitaient au-dessus de leurs têtes. J'ai cru reconnaître l'air, mais les paroles mentionnaient un nazgul. Et les espèces de ptérodactyles aux yeux brillants regardaient toute la scène d'un air affamé.

J'ai balayé la pièce du regard, à la recherche de Nick. Mais j'avais vraiment du mal à distinguer les visages. Casanova s'est approché de l'équipe de sécurité. La plupart d'entre eux étaient cantonnés devant les douves. D'habitude, ce sont des barges, manœuvrées par des Charons dotés de robes noires et de masques squelettiques, qui font des va-et-vient entre le hall et l'entrée pour faire traverser les gens. Mais ils étaient à quais pour cause d'obscurité, et le pont-levis desservant l'autre issue avait l'air bloqué en position ouverte.

Quelques clients impatients avaient donc décidé d'essayer de patauger dans les douves, mais ils s'étaient vite aperçus qu'elles étaient plus profondes qu'ils l'avaient cru. L'équipe de sécurité était donc occupée à les repêcher tout en dissuadant les autres candidats. J'ai repéré un vigile aux prises avec un type ayant déjà le pied dans l'eau.

Un type qui ressemblait beaucoup à Nick.

— Là-bas !

Je l'ai montré du doigt, mais Casanova avait déjà réagi. Il a fait signe à deux gardes vamps de venir en aide au vigile humain, apparemment dépassé, mais Nick leur a échappé et s'est rué sur les coulisses, d'où il gagnerait probablement la sortie du personnel.

— Dis à la sécurité de fermer les issues, ai-je dit à Casanova.

— Lesquelles ?

— Toutes !

Je ne voulais pas prendre de risque. Nick reviendrait peut-être sur ses pas : il n'aurait aucun problème à se fondre dans la foule.

Casanova s'est affairé au téléphone tandis que j'essayais de suivre Nick des yeux dans cette masse humaine ondoyante et vacillante. Je l'ai perdu de vue pendant cinq bonnes minutes. Une des espèces de ptérodactyles s'est mise à crier, me forçant à lever les yeux. J'ai saisi le bras de Casanova et tendu la main vers le plafond.

— Regarde !

Plusieurs lampes torches ont imité mon geste. Les rayons ont convergé vers la silhouette d'un homme qui avait l'air de marcher dans le vide. Casanova a cligné des yeux.

— Mais qu'est-ce qu'il fabrique, ce taré ?

— Il tient comment ?

Je ne savais pas que la lévitation faisait partie du répertoire des mages guerriers.

— Sur les plates-formes. On les a peintes de la même couleur que le plafond pour que personne ne les remarque. On les utilise pour faire des réparations.

Casanova a arraché une lampe torche des mains du vigile le plus proche et l'a braquée sur un labyrinthe de formations rocheuses scintillantes. Je ne voyais toujours pas de quoi il voulait parler, mais de toute évidence, Nick marchait quelque part.

— Qu'est-ce qu'il fait là-haut ?

— Il essaie sûrement de s'échapper par le toit. Espérons que ce crétin ne se casse pas la figure. (Casanova a poussé un juron.) Mes primes d'assurance vont grimper en flèche s'il tombe.

— Pourquoi tomberait-il ?

— Parce que les plates-formes servent aussi de support aux plus grosses stalactites. Elles sont traversées par des énormes rocs.

Nick venait précisément de s'arrêter devant une roche apparemment trop volumineuse pour être contournée.

J'étais certaine qu'il n'allait pas y arriver. Mais j'aurais dû me méfier : il avait peut-être l'air inoffensif, c'était quand même un mage guerrier. Heureusement, Pritkin aussi. Et il venait de le voir. À la lumière des lampes torches, on voyait un type blond platine escalader les parois pour rattraper le fugitif. Malheureusement, Nick a eu une idée. Il a enfoncé une dague dans le flanc du faux bloc de pierre, ce qui lui a procuré une prise supplémentaire. Il s'en est servi pour contourner furtivement l'obstacle.

— Tu crois vraiment qu'il peut rejoindre le toit ? ai-je demandé à Casanova.

J'ai agrippé son bras avec une telle violence que le rayon de sa lampe a tressauté.

Je savais qu'il ne pourrait jamais atteindre le niveau des tourelles, où j'avais atterri deux semaines auparavant. Mais de toute façon, il avait plutôt intérêt à atteindre le niveau inférieur, celui qui surplombait l'entrée.

— S'il parcourt toute la plate-forme, oui. Il y a une trappe dans le toit. Elle sert à réparer l'enseigne principale. (Casanova m'a regardée du coin de l'œil ?) Tu tiens vraiment à ce qu'il descende ?

— À fond ! Pourquoi ?

— Parce que certains des vigiles sont armés.

— Tu ne vas pas te mettre à tirer dans une salle pleine de monde !

— On pourra faire passer ça pour un spectacle, a-t-il dit en désignant la foule.

La plupart des touristes prisonniers s'étaient dit que ça devait être une animation surprise. Ils avaient arrêté de se plaindre le temps de tendre le cou vers le plafond. Ils essayaient désespérément de distinguer la scène malgré l'obscurité.

— Même s'il y a des morts ? Les balles, ça peut ricocher !

— Mes gars sont de bons tireurs.

— Et lui, c'est un mage. Ses boucliers ne laisseront rien passer. Tu ne peux pas plutôt envoyer quelqu'un à l'extérieur, pour l'intercepter ?

Avant que Casanova puisse répondre, Nick, qui avait repéré son poursuivant, lui a décoché un sortilège, pile au moment où Pritkin contournait l'épaisse stalactite. Le sort a heurté la fausse roche de plein fouet. La stalactite s'est fendue en deux dans le sens de la largeur, et une pluie de plâtre a aspergé la foule de badauds, suivie par une cascade d'étincelles. Pritkin et Nick s'étaient lancé des sorts au même moment. Le public a poussé une exclamation de joie. En revanche, les espèces de ptérodactyles en ont eu assez. Ils se sont élancés dans les airs en criant et se sont dirigés droit sur la scène de combat.

— Casanova !

— Ne te fatigue pas. Je ne peux pas les rappeler.

— Comment ça ? C'est toi le chef, oui ou non ?!

Une des créatures s'est ruée sur Pritkin. Elle s'est mise à donner des coups de griffe et de bec dans ses boucliers. L'autre créature s'en est prise à Nick, mais le sortilège qu'il lui a décoché a abîmé une de ses ailes de chauve-souris, et la bête est tombée en vrille en direction de la foule. La créature s'est rétablie très vite, mais entre-temps, Nick avait déjà atteint la stalactite suivante.

— Pas en ce qui concerne la sécurité, a répondu Casanova avec empressement. Les talismans sont conçus pour agir de leur propre chef. Tant qu'ils continuent à balancer de la magie à tout vent, je ne peux absolument rien faire !

Je me suis mordu la lèvre en regardant la créature qui s'en était prise à Pritkin lui décocher un violent coup de bec, qui a transpercé la moitié de son bouclier. Mais elle s'est interrompue : sa tête était coincée. Le ptérodactyle s'est débattu frénétiquement, forçant le mage à se mettre à genoux et à s'accrocher à la poutre pour éviter que les ruades de la bête le fassent passer par-dessus bord. Pendant ce temps-là, Nick se rapprochait de la sortie. Beaucoup trop vite à mon goût.

Malgré les battements d'ailes hystériques du volatile géant, Pritkin a réussi à se concentrer suffisamment pour lancer un sortilège à Nick. La portion de plate-forme sur laquelle se trouvait ce dernier s'est effondrée. Les poutres sont tombées dans les douves à grand renfort d'éclaboussures et de crépitements. Sous l'impact, qui a raté de près un Charon encore occupé à amarrer sa barge, une colonne de vapeur s'est élevée au plafond. J'ai levé les yeux : par miracle, Nick avait réussi à s'accrocher à la portion indemne de la plate-forme. Il s'est hissé dessus tout en parant les attaques de sa créature en la bombardant de sortilèges, sans se préoccuper des badauds rassemblés en contrebas pour assister religieusement au spectacle.

Pritkin avait un handicap : il faisait son possible pour éviter de toucher la foule, mais Nick n'avait pas autant de scrupules. Tôt ou tard, il allait rater son coup et décocher un sort mortel à la masse de touristes. Je ne pouvais rien faire pour aider Pritkin : je n'étais pas une mage. Mais je pouvais peut-être rétablir la lumière et aider les vigiles à évacuer les lieux.

— Allons-y ! ai-je dit à Casanova en le tirant par la manche. Les gamins sont sûrement dans les cuisines.

Il m'a prise par le bras et on a joué des coudes pour regagner l'escalier – les ascenseurs ne fonctionnaient pas. On s'est arrêtés au pied des marches pour profiter de la lueur faiblarde filtrant par le vitrail, mais ça n'améliorait pas beaucoup la visibilité. Devant moi s'étendait un long tunnel noir. S'il y avait eu de la lumière, j'aurais vu des bannières médiévales bigarrées, deux rangées d'armures flanquant les murs et la porte des cuisines, un peu plus loin sur la gauche.

Je me dirigeais vers elle quand, soudain, un bruit sourd a émergé des ténèbres. Ça ressemblait à un lent chuintement. On aurait dit des écailles glissant sur le sol. Je me suis pétrifiée. Je ne savais pas ce que c'était, mais ce genre de bruit, ça n'annonce jamais rien de bon. Qu'à l'entendre, mes nerfs faisaient des nœuds et mes poils se hérissaient sur mes bras.

— Oh, oh, a dit Casanova, la gorge nouée. J'ai déjà vu ce film. Tout le monde meurt à la fin.

— La ferme !

— Tu ne comprends pas. Je connais très bien ce bruit visqueux !

Une brume noire a commencé à se répandre le long du sol en fausse pierre. Et quoi qu'elle touche, l'obscurité anéantissait le peu de clarté baignant le couloir.

— Qu'est-ce que c'est ?

Je l'ai entendu déglutir.

— Ce n'est pas l'absence de lumière qui provoque cette obscurité. C'est une présence. Et crois-moi, tu n'as pas envie de voir ce que c'est.

Ouais. Sauf que je n'avais pas spécialement envie de mourir dans le noir non plus. Je l'ai attrapé avant qu'il puisse s'enfuir, froissant sans ménagement sa manche en tissu de prix.

— Qu'est-ce. Que. C'est ?

— Puisque je te dis que…

— Casanova ! Il est très possible qu'il y ait des enfants, là-bas. C'est quoi, ce truc qui rôde ?

En guise de réponse, il a braqué sa lampe torche sur le plafond. Les murs du couloir étaient tapissés de lambris sombre, mais le plafond était peint en blanc, avec des frises dorées. La chose était difficile à voir : elle était complètement livide. Elle était accrochée au plafond, la tête en bas, légèrement inclinée sur le côté, et elle nous observait. C'était une parodie de nouveau-né. Elle était minuscule, à moitié informe, et sa surface poisseuse luisait d'humidité. Elle avait l'air aveugle – aucune pupille ne semblait briller dans ses orbites, couvertes d'une fine pellicule de peau tirée à outrance – mais son visage s'est tourné vers moi, comme si elle me voyait.

— Cassie, a-t-elle dit avec la voix de Pritkin, d'un ton compatissant. Si vous ne vous enfuyez pas, je vous tuerai rapidement. Et j'épargnerai les enfants.

Tout en réprimant le hurlement sur le point de franchir mes lèvres, j'ai passé en revue les armes dont on disposait. Pour ma part, je n'avais qu'une paire de couteaux caractériels : j'avais perdu mon sac dans le chaos. Pas cool. En revanche, il y avait toute une rangée d'armes entre les mains des armures alignées devant les murs. Ces dernières avaient l'air aussi inanimées que des pièces de musée, mais elles faisaient partie du système de sécurité.

— Casanova, ai-je dit précipitamment. Ordonne aux gardes d'attaquer.

— Je ne peux pas.

Il secouait la tête frénétiquement. Je ne l'avais jamais vu aussi paniqué.

— Comment ça, tu ne peux pas ? Si tu me laisses mourir, Mircea te tuera.

— Et si tu l'aides, c'est moi qui te tuerai, a rétorqué la chose au plafond, comme si on lui avait demandé son avis. C'est difficile, de servir deux maîtres, n'est-ce pas ? Je t'avais prévenu que ça finirait par devenir embarrassant.

— Deux maîtres ? (J'ai fini par comprendre.) C'est Rosier, n'est-ce pas ? (Casanova a opiné du chef, complètement sonné.) Mais vous n'êtes pas censé être déjà rétabli ! ai-je lancé au démon sur un ton de reproche.

Pritkin m'avait dit que ça lui prendrait au moins deux ou trois jours pour se remettre. Ça ne faisait quand même pas si longtemps ! Si ? Avec tous ces sauts dans le temps, je n'étais plus trop sûre, mais ça m'aurait quand même étonnée.

La chose a incliné la tête de l'autre côté. Pourquoi ? Aucune idée. Vu qu'elle n'avait pas d'yeux, ça ne pouvait pas être pour mieux voir.

— Pour tout vous dire, je ne suis pas au mieux de ma forme, a-t-elle fini par avouer.

J'ai jeté un coup d'œil à Casanova. Il tremblait de tous ses membres et il était au bord de l'évanouissement.

— Va-t'en, lui ai-je dit. Va aider Pritkin. Ne laisse pas Nick s'échapper. Ne le laisse parler à personne. Je vais m'occuper de ça.

— Tu vas t'occuper de ça ?

Casanova m'a dévisagée. Son visage était totalement dénué d'expression, comme s'il avait du mal à choisir la plus adéquate.

— Ouais. (J'ai de nouveau levé les yeux sur la chose. Elle était horrible mais très petite. J'étais sûre que j'allais m'en tirer.) Je vous ai déjà tué une fois.

— Tout à fait. Vous m'avez tué. Maintenant qu'on en parle, c'est pour ça que je suis venu avec des amis, a-t-il dit, tout miel.

Casanova a pris ses jambes à son cou.

— Des amis ?

— Les serviteurs d'un collègue qui m'est redevable. Mes gars sont doués pour tout un tas de choses, mais l'assassinat n'est pas leur point fort. Bon. Vous savez, d'ordinaire, je suis relativement expéditif, a-t-il continué. Mais après la fois dernière, vous comprendrez que je vais devoir faire une entorse à ce principe. C'est une question de prestige. Vous savez ce que c'est.

— Bien sûr.

Du coin de l'œil, j'ai vu quelque chose de petit et de scintillant émerger de la cage d'escalier.

— Bien. Ne bougez pas. Ça va vous faire un mal de chien.

— Comme tu dis ! a dit la pixie en lui envoyant sa petite épée au visage, comme une flèche.

La lame s'est plantée en travers des yeux inexistants de la créature, lui arrachant un hurlement de rage et de douleur mêlées.

J'ai tourné brusquement la tête et j'ai vu Françoise descendre les marches et se ruer vers moi. Elle avait l'air complètement éreintée, sa robe était déchirée à trois endroits, dont un maculé d'une tache s'élargissant à vue d'œil, et ses yeux étaient complètement écarquillés. En revanche Radella, qui tournicotait devant moi, avait l'air indemne. Si les armes humaines ne faisaient aucun mal aux démons, les armes faes avaient l'air plus efficaces.

Je me suis retournée pour faire face à Rosier. J'étais un peu plus calme. À ce moment-là, tout le long du couloir, les flaques d'ombre baignant le sol et les murs ont commencé à se retirer. Je n'arrivais toujours pas à les regarder en face. Mais comme l'avait si bien dit Casanova, je n'avais pas envie de voir ce que c'était.

— Oh ! oh !, a émis la pixie.

Ce n'était vraiment pas constructif.

— Qu'est-ce qui se passe ? (Françoise s'est mise à parler en français à toute vitesse. Même si j'avais parlé français, j'aurais été incapable de la suivre.) Radella !

— On était en train d'essayer de rejoindre les enfants. (Elle a gesticulé vers l'extrémité du couloir.) Cette chose en a capturé la moitié. Il les tient prisonniers dans la cuisine.

— Est-ce qu'ils vont bien ?

— Pour le moment. Le personnel les protège. Mais ils ne vont pas tenir très longtemps. Surtout si ces machins passent à l'attaque.

— Mais je croyais que la magie fae fonctionnait sur les démons !

Radella a posté son visage furieux devant le mien.

— Si j'avais une troupe de soldats au lieu d'une bande de cuistots, ça pourrait le faire ! Mais là, tout de suite…

— Et ça veut dire quoi ? Vous n'avez pas réussi à entrer ?

— On a réussi à forcer la porte de derrière, mais la sorcière a failli se faire tuer. Et toute seule, je ne peux pas faire grand-chose.

Billy Joe a traversé le plafond.

— On a un autre problème, a-t-il annoncé avec précipitation. (Il ne s'est même pas arrêté pour me pourrir de l'avoir laissé tout seul avec ce bazar sur les bras.) Ton pote ici présent a envoyé ses petits copains en haut. Ils sont avec les enfants. Et je n'ai aucun pouvoir sur les démons, Cass'.

Billy, Françoise et Radella me regardaient tous les trois. Au bout d'une seconde de stupeur, j'ai compris qu'ils attendaient mes ordres. Comme si j'avais su comment nous sortir de cette galère ! *Agnès aurait su*, ai-je pensé avec amertume. *Peut-être même que Myra aurait eu deux ou trois idées.* Mais moi, je n'avais pas la moindre piste.

— J'ai une proposition à te faire, pixie, a haleté Rosier. (J'ai levé les yeux. Il avait réussi à extraire l'épée de Radella. Les vestiges de l'arme sont tombés par terre en résonnant. Il ne restait guère plus que la garde. Le métal avait l'air d'avoir été rongé, comme par de l'acide.) Si tu pars maintenant, je te promets de ne pas prendre offense de tes actions mal avisées.

— J'ai une meilleure offre, me suis-je empressée de dire.

Radella a quitté des yeux son arme défunte pour me jauger du regard.

— Tu as intérêt à ce qu'elle soit bonne, humaine !

— Ça te dirait d'avoir la rune ? Pas seulement le temps de la lancer. Pour de bon. Après usage, il faut la recharger pendant un mois. C'est tout. Tu pourrais avoir tous les enfants que tu veux. Tes amis pourraient même…

Je n'ai pas fini ma phrase : elle s'était figée, comme si tous les os de son corps venaient subitement de se liquéfier. L'espace d'une minute, j'ai cru qu'elle ne pouvait plus respirer, mais elle a fini par se lécher les lèvres, d'un geste lent et précis. Ensuite, elle m'a regardée. Ses immenses yeux lavande reflétaient une expression d'agonie.

— Qu'est-ce que tu veux ? a-t-elle demandé dans un souffle.

— Fais sortir les gamins, et la rune est à toi.

— Tu es sourde ou quoi ? Je t'ai dit qu'il n'y avait pas moyen !

— Est-ce que les démons peuvent te suivre en Faerie ?

— Quoi ? Bien sûr que non ! Et s'ils y arrivaient, ils ne resteraient pas bien longtemps, a-t-elle ajouté en arborant un sourire machiavélique. Mais comment est-ce que…

— Retourne aux cuisines et invoque le portail. Emmène les gamins avec toi en Faerie et ramène-le dès que les choses se seront stabilisées.

— Et comment je suis censée faire ? Admettons que j'arrive à franchir les lignes ennemies. J'aurais besoin d'une mort pour alimenter le portail. Et ton fantôme m'a dit…

— Tu l'auras.

— Quoi ?

— Pas question, Cass'. C'est du délire.

Pour une fois, Billy avait l'air on ne peut plus sérieux. Ça voulait dire qu'il avait compris plus vite que Radella.

— Tu auras ta mort, ai-je répété. (D'une façon ou d'une autre.) Ça change quelque chose si c'est la mienne ou celle de cette créature ?

La pixie est restée muette un moment.

— Non. Ça ne change rien du point de vue du sortilège.

Le regard de Françoise n'avait pas arrêté de faire des va-et-vient entre nous deux pour essayer de suivre la conversation.

— Quoi ? C'est quoi ? Que se passe-t-il ?

— Une seconde. Radella, as-tu vu une petite fille dans la cuisine ? Blonde. Yeux bruns. À peu près cinq ans ?

— Il y avait plusieurs enfants. Je n'ai pas…

— Avec un nounours dans les bras ? Elle ne s'en sépare jamais.

— Non.

J'ai hoché la tête. C'était la première bonne nouvelle.

— Billy, il faut que tu trouves un moyen de faire sortir du casino les gamins restés en haut. Parmi eux, il y a une petite voyante. Elle devrait t'entendre. Amène-les à l'air libre, sous le soleil.

Pritkin m'avait dit que la plupart des démons le craignaient. J'espérais juste que ceux-là faisaient partie du lot.

— Mais bien sûr ! Je vais faire joujou avec les mioches pendant que tu te sacrifies ! Tu rêves.

— Je n'ai pas le temps de me disputer avec toi ! ai-je rétorqué en fourrant le collier de Billy dans les mains de Françoise. Donne ça à la petite voyante, lui ai-je dit. Je crois qu'elle s'appelle Jeannie.

Elle l'a pris mais elle avait toujours l'air aussi perdue. Je n'étais pas certaine qu'elle ait tout compris.

— Non, mais tu délires ma parole ! s'est exclamé Billy.

— Si je ne m'en tire pas, elle s'occupera de toi.

— Ce n'est pas la question ! a-t-il dit.

Je ne l'avais jamais vu aussi furieux.

— Billy va trouver un moyen de te faire sortir d'ici, ai-je dit à Françoise. Va chercher les trois vieilles biques. Elles sont sûrement dans le hall. (D'après Casanova, elles apparaissaient dès qu'il y avait du grabuge. J'espérais juste qu'elles n'avaient pas décidé de prendre un jour de congé.) Elles t'aideront à rejoindre les enfants.

— Un fantôme, trois vieilles femmes et une sorcière qui a déjà échoué à nous combattre, a fait remarquer Rosier avec sarcasme. Si j'étais toi, je réfléchirais, pixie.

Je n'ai pas pris la peine de regarder Radella. Je savais qu'elle avait fait son choix. L'expression sur son visage avait été assez éloquente. Et Françoise m'a déconcentrée : elle a manqué de m'étouffer en me serrant dans ses bras.

— Non ! Je ne te laisserai plus jamais seule !

— Je suis la Pythie ! ai-je dit en me dégageant laborieusement de son étreinte. (Et moi qui voulais rester digne !) Tu dois m'obéir.

— C'est cela. Obéis-lui, sorcière, est intervenu Rosier, plaidant ma cause. Tu ne fais pas le poids contre nous.

Françoise s'est retournée vers lui, les yeux brillants de colère. Elle a émis un mot. Un seul mot guttural. Ça n'avait rien de commun avec les intonations liquides du français. Ça ne ressemblait à aucune langue de ma connaissance. C'était grave et rocailleux. Sous l'effet de son pouvoir sous-jacent, ma peau s'est couverte de frissons. Quelque chose a filé en direction de Rosier. Quelque chose d'indistinct dans la lumière faiblarde. Il l'a écarté d'un petit geste nonchalant et le sort s'est fracassé contre le vitrail me surplombant. Une pluie de bris de verre bigarrés s'est éparpillée autour de moi.

J'ai attrapé Françoise par les deux bras, avant qu'elle ait l'idée de recommencer. Je l'ai secouée aussi fort que possible.

— Il a raison ! Tu ne peux pas m'aider ! Mais tu peux encore aider les enfants ! Vas-y ! Dépêche-toi !

Je l'ai poussée vers l'escalier.

Son regard est passé de ma personne au démon. Son visage reflétait la douleur et l'incompréhension. Si Rosier n'avait pas, d'une chiquenaude, ordonné à quelques flaques de ténèbres de s'émanciper de la masse noire principale, je ne sais pas ce que Françoise aurait fait. Les ombres n'ont pas pris la peine de passer par l'escalier. Elles ont traversé directement le plafond et se sont précipitées droit sur le reste des enfants.

J'étais sur le point de faire remarquer que Rosier devait craindre ses pouvoirs plus qu'il le laissait paraître, pour envoyer des renforts, mais je n'en ai pas eu l'occasion. Françoise a tourné les talons et disparu.

Billy n'a pas bougé d'un poil.

— Billy !

— Je… C'est… Tu ne crois quand même pas que je vais…

— Ramène la cavalerie dès que les gamins seront en sécurité.

— Tu seras déjà morte !

Rosier a éclaté de rire. Apparemment, les démons entendaient très bien les fantômes.

— Si tu restes, comment comptes-tu t'y prendre pour me sauver ? ai-je demandé. Si tu veux faire ta B.A. ce n'est pas ici que tu y arriveras !

— Ne me demande pas de te laisser.

— Billy, s'il te plaît…

Je me suis interrompue. Je ne savais pas comment le convaincre. S'il refusait de m'aider, les chances de Françoise se réduiraient de manière drastique. Aussi longtemps que les gamins seraient plongés dans l'obscurité, les serviteurs de Rosier trouveraient un moyen de les détruire. Et « zonards » ou pas, ce n'étaient que des enfants.

— Et le duo Cassie-Billy ? Tu l'as mis aux oubliettes ? a-t-il essayé, plus timidement cette fois. « Où tu iras, j'irai ».

— C'est fini, l'époque du duo Cassie-Billy. (Je la regrettais beaucoup, d'ailleurs.) S'il te plaît, Billy. Fais-le pour moi.

Ses épaules se sont affaissées.

— J'espère que ça sera pas le dernier service que je te rendrai, a-t-il dit, la mine déconfite. Parce que si tu meurs, a-t-il ajouté, mollement fâché, je ferai de ta vie après la mort un véritable enfer !

Dès qu'il eut disparu, Radella s'est mise à voleter devant mes yeux.

— Si tu meurs, comment je récupère la rune, moi ? a-t-elle demandé.

— Pritkin. Il te la donnera. Si tu ramènes les gamins sains et saufs. Tu es sûre d'en être capable ?

— Oui.

— Et emmène le personnel des cuisines avec toi.

Miranda m'avait dit qu'elles défendraient une crèche au péril de leur vie. Je n'avais pas vraiment envie qu'elle m'en fasse la démonstration.

— Mais… Ce sont des faes. Des faes des Ténèbres, a fait remarquer Radella, comme si je n'avais pas remarqué.

— Et alors ? Qu'est-ce que ça change ? Emmène-les avec toi. Un point c'est tout.

Je ne savais pas si les démons s'en prendraient à elle une fois les gamins disparus. Mais je n'étais pas certaine qu'ils n'allaient pas le faire. Rosier prenait le concept de vengeance au pied de la lettre.

Radella est restée un moment silencieuse. Ensuite, elle a émis une phrase douce et lyrique, aussi claire qu'un tintement de cloche.

— Qu'est-ce que c'était ?

— Rien. (Elle avait l'air embarrassée.) C'est juste... Bonne chance, Cassie.

J'ai senti un souffle d'air lorsqu'elle est passée devant moi. Rosier m'a décoché son horrible sourire.

— La bénédiction d'une fae. C'est rare. Et parfaitement inutile hors de Faerie. (Derrière Rosier, le nuage noir, qui avait fini de s'assembler quelques minutes auparavant, attendait son bon plaisir.) Je t'avais proposé un échange : ton sacrifice contre la vie des enfants. Tu aurais dû accepter mon offre. Maintenant, vous mourrez tous.

Je m'apprêtais à lui rétorquer que j'avais plus confiance en mes alliés que dans sa parole, mais je n'en ai pas eu le temps. D'un seul coup, la masse immonde et ondoyante s'est figée, comme une troupe de soldats au garde-à-vous... et elle a plongé. Droit sur moi.

Chapitre 27

J'ai hurlé. J'étais trop épuisée pour faire comme si je n'avais pas peur. Ces foutues armures restaient obstinément inertes, incapables de détecter les créatures s'apprêtant à me tuer. Mais soudain, une gerbe de feu a jailli de l'extrémité du couloir. Elle avait la puissance d'une bonne vingtaine de lance-flammes.

Peut-être Casanova avait-il installé un nouveau système de sécurité ? Je n'avais aucune idée de ce que c'était, mais c'était efficace. Le nuage a hurlé – j'avais l'impression d'entendre crier une centaine de voix – et s'est mis à ruer frénétiquement. Ce n'était plus qu'une masse noire infâme, gigotant et se tortillant sous les flammes. Ça me rappelait l'amas d'asticots affairés sur le corps décapité de Saleh.

L'incendie se réfléchissait sur les armures, illuminant la scène par la même occasion. Finalement, j'aurais préféré rester dans le noir. Rosier s'est laissé tomber du plafond. Il a atterri au milieu du couloir avec un faible bruit mouillé. À ce moment précis, quelqu'un m'a sauté dessus par-derrière et m'a enfoncé dans le dos une sorte de rangée de petits couteaux.

J'ai hurlé et titubé en arrière. Lorsque j'ai percuté le mur, les griffes se sont enfoncées profondément dans ma chair. J'ai vacillé jusqu'au milieu du couloir et j'ai lancé mes couteaux astraux. Malheureusement, à la vue de la lutte se déroulant à quelques mètres à peine, ils m'ont abandonnée. Aux abois, j'ai regardé frénétiquement autour de moi. Mais il y avait beau y avoir tout un panel d'armes entre les mains des armures, je ne savais pas comment m'y prendre pour déloger ce qu'on venait de m'enfoncer dans le dos. C'était planté si haut que je ne pouvais même pas le voir.

Un objet griffu du même type s'est accroché à mon bras gauche, transperçant ma chair jusqu'à l'os, tandis qu'un autre s'est refermé autour de ma cuisse droite. Je suis tombée à genoux, aveuglée de douleur et de surprise. Mais les choses n'ont pas continué leur assaut. Elles m'ont simplement forcée à m'allonger sur le dos. Après m'avoir clouée par terre, elles ont attendu. J'ai légèrement soulevé la tête, et lorsque j'ai vu ce qui arrivait entre mes jambes, j'ai compris pourquoi.

Rosier s'approchait de moi en rampant. Ses bras filiformes le tiraient en avant. Ses jambes grossièrement formées traînaient derrière lui. D'un mouvement irréel, il a tendu les orbites vides de son visage vers moi. Malgré le hurlement des démons, j'entendais un bruit chuintant d'écailles glissant sur le sol. Il avait l'air inoffensif. Ce n'était qu'une créature difforme et inachevée dotée d'une bouche édentée et de petites griffes naissantes. Mais je n'avais pas envie qu'il me touche.

Son corps invertébré est passé sur mes pieds et s'est positionné sur mes jambes. Ses doigts longs et mous se sont refermés autour de mes mollets, sur mes genoux, puis mes cuisses, et il s'est hissé le long de mon corps. Je sentais déjà l'écho de cette atroce sensation de succion psychique. Il commençait à se nourrir.

Tous mes muscles étaient bandés, mais j'étais incapable ne serait-ce que de me retourner pour me débarrasser de lui. Ses serviteurs épinglaient mes bras au sol tandis qu'il aspirait lentement le peu de force qui me restait. De chaque côté de mon corps, mes poings fermés restaient immobiles. Inutiles.

Il a appuyé sur mon ventre, de tout son poids, et a commencé à déchirer le tissu de ma robe de ses petites griffes pour dénuder mon ventre. Il a ouvert sa bouche obscène et j'ai vu, à l'intérieur, son gosier à la teinte cadavérique. Il a passé sa langue poisseuse sur ma peau.

— Vous êtes sucrée.

— Dégagez tout de suite ! ai-je dit d'une voix rauque.

Même s'il en était incapable, j'ai eu l'impression qu'il me souriait méchamment. Il m'a regardée fixement de ses orbites vides.

— Pas avant d'avoir pris mon plaisir.

J'ai senti une de ses griffes s'enfoncer dans mon flanc, profondément. Il n'a pas dit un mot. Il n'a pas rouvert sa bouche obscène. Mais j'ai su ce qu'il comptait faire. Il allait m'ouvrir en deux, comme il l'avait fait avec ma robe. Il allait se repaître d'une nourriture plus substantielle que mon seul pouvoir. Il allait me dévorer vive.

Un sentiment – ce n'était pas exactement de la douleur ; ça ressemblait plutôt à une combustion spontanée de mes terminaisons nerveuses – est remonté de mon ventre à ma bouche. Je l'ai ravalé. Je refusais de crier. Mais j'ai senti mes yeux se révulser tandis que ses griffes exploraient mon estomac.

Il s'est retiré un moment, le temps de lécher délicatement sa peau maculée de sang, exhibant ostensiblement les gouttelettes rouges dégoulinant le long de son bras. L'une d'elles est tombée de son coude sur mon bas-ventre et il s'est interrompu pour la lécher. J'ai senti la texture froide et lisse de sa langue contre ma peau. Ensuite, il a de nouveau enfoncé ses griffes dans ma chair et entrepris de m'ouvrir un peu plus le ventre.

Volontairement lent, il me découpait centimètre par centimètre, s'arrêtant toutes les deux ou trois secondes pour lécher les bords labourés de la plaie. J'étais parcourue de haut-le-cœur violents. Il voulait que je sache que le processus serait interminable. Soudain, tout s'est expliqué : il voulait que les autres partent à la rescousse des enfants pour s'offrir le luxe de prendre son temps.

Et c'est un luxe qu'il aurait effectivement pu s'offrir, sans l'irruption d'un certain djinn furieux armé d'une machette.

— Saleh !

J'étais tellement contente de le voir que j'ai failli pleurer.

— Salut, ma belle. (Il m'a regardée de plus près.) Vous avez mauvaise mine.

Il a brandi sa machette et tranché un des bras difformes du démon, l'envoyant valser contre le mur. Le membre s'y est fracassé dans un bruit à soulever le cœur.

— Sale journée, ai-je répondu, haletante, tout en essayant de tendre le cou pour voir l'ampleur des dégâts que Rosier avait causés.

Et je sentais qu'ils étaient substantiels.

— À qui le dites-vous ? a dit Saleh. Ça n'a pas été de la tarte de dégotter ce lascar. (Il a brandi de nouveau sa machette, mais le coup n'a pas porté.) Arrête de bouger, saloperie ! s'est-il exclamé en abattant son arme sur le démon.

Mais la créature se déplaçait incroyablement vite, même sans l'usage de ses jambes squelettiques. Elle a réussi à esquiver assez de coups pour rester en un seul morceau.

Saleh avait peut-être débusqué sa proie, mais il n'avait pas l'air en mesure d'assouvir sa vengeance. Pourtant, Rosier mettait moins d'enthousiasme à rester en vie qu'à me tuer. Et Billy avait raison : la cavalerie n'arriverait jamais à temps.

Au passage, Saleh s'est arrangé pour me libérer le bras gauche. À choisir, j'aurais préféré le droit, mais bon : je n'allais pas me plaindre. J'ai saisi un des morceaux de vitraux tombés à côté de moi. Il avait une base carrée et une pointe aussi fine qu'une aiguille. Ça ressemblait un peu à une griffe rouge et luisante. Pritkin m'avait dit que Rosier devait baisser ses défenses pour se nourrir. Apparemment, j'allais avoir l'occasion de mettre cette théorie en pratique.

Rosier a sauté sur moi, comme une forme livide et floue contrastant avec l'obscurité ambiante. Il m'a percutée avec une telle violence que ça m'a coupé le souffle. Je ne pouvais plus respirer, j'étais aveugle, mais je pouvais encore sentir. Avant de me laisser de nouveau envahir par la léthargie, avant de devenir totalement impuissante, j'ai tendu le bras vers la zone de peau molle et j'ai enfoncé le bout de verre dans son flanc, aussi profondément que possible.

Il a crié, mais il n'a presque pas perdu de sang. Ni fluide corporel d'aucune sorte. Et sa chair spongieuse s'est refermée presque immédiatement autour de la plaie. J'y ai plongé de nouveau le morceau de verre. Cette fois, je l'ai laissé à l'intérieur avant d'en dénicher d'autres. Certains étaient trop émoussés pour m'être d'une utilité quelconque, mais j'en ai trouvé un bleu très pratique, avec un bord acéré ; et puis un bleu canard fendu au milieu, qui formait une sorte de double lame ; et plus loin, presque hors de portée, un nacré au tranchant tellement abîmé qu'il était presque en dents de scie. D'ailleurs, il coupait aussi bien qu'une scie.

Tandis que son maître hurlait, se débattait et essayait de déloger d'un seul coup tous les éclats de verre que j'avais fichés dans son corps, une des choses noires a essayé d'attraper mon bras libre.

— Vous me paierez ça ! m'a-t-il menacée.

Du sang a coulé de sa bouche sur mon ventre, où il s'est mêlé au mien.

— Peut-être, mais pas aujourd'hui, ai-je rétorqué tandis que Saleh se dressait derrière lui de toute sa hauteur.

Je n'ai pas eu le temps de dire « ouf » que sa large lame a décapité Rosier.

C'est seulement à ce moment-là que le sang a jailli pour de bon. Une rivière de sang. Comme si une chose bien plus corpulente que cette minuscule créature venait d'être mise à mort. J'étais allongée dans une flaque rouge lorsque j'ai senti une nouvelle tornade de feu. Son fracas a été couvert presque aussitôt par le sifflement familier annonçant l'ouverture d'une fissure tellurique ou, comme c'était le cas en l'occurrence, d'un portail.

— Vous feriez mieux de fuir, m'a dit Saleh.

Effectivement, la gerbe de feu me protégeant du nuage démoniaque venait brusquement de s'éteindre. Mais je ne pouvais pas m'enfuir – je pouvais à peine ramper – et de toute manière, je n'en aurais pas eu le temps : le nuage a fondu sur moi comme une masse hystérique de haine pure. Mais, d'un seul coup, une pluie de balles en provenance de la cage d'escalier l'a aspergée, et une bonne dizaine de vamps a fait irruption dans le couloir.

— C'est une soirée privée ? a demandé Alphonse en écrasant la chose noire agrippée à ma cuisse d'un coup de ses lourdes bottes de moto. Ou c'est ouvert au public ?

Sal a arraché la créature accrochée à mon dos et l'a piétinée sans ménagement. La chose a poussé un hurlement strident et s'est tortillée avant de se dissoudre, ne laissant qu'une trace de suie sur les dalles.

— Tu as un don pour organiser des fêtes réussies, a-t-elle dit en enlevant la dernière créature de mon bras droit pour l'envoyer valser contre le mur. (Elle m'a dévisagée des pieds à la tête.) En revanche, tu avais raison : l'élégance et toi, ça fait deux.

Je me suis de nouveau allongée contre le sol en fausse pierre et j'ai écouté les démons et les vamps se battre tout autour de nous. Apparemment, les démons n'aimaient pas plus les carabines que le feu. J'ai regardé la botte pointure 45 d'Alphonse réduire à néant le dernier d'entre eux, tandis que Sal passait mes nombreuses plaies en revue. Les vestiges du corps de Rosier reposaient juste à côté. Ce n'était qu'un tas sanguinolent de chair blanche. J'ai caressé l'idée de vomir, mais ça m'aurait demandé trop d'efforts.

Après avoir examiné ma cuisse et mes épaules, Sal m'a annoncé que ce n'étaient que des blessures superficielles.

En revanche, mon ventre était en mauvais état : l'entaille était suffisamment large pour nécessiter quelques points de suture. Je lui ai emprunté sa ceinture, sous laquelle j'ai rassemblé des lambeaux de robe de façon à former un bandage de fortune tout en me permettant de rester décente. Deux en un. *La polyvalence*, ai-je pensé. *Il n'y a que ça de vrai.* J'ai pouffé d'un rire nerveux.

— Ah non ! Pas de ça maintenant, m'a réprimandée Sal. Garde ta crise d'hystérie pour plus tard : la Consule ne va pas tarder à arriver. Et elle voudra savoir si… Est-ce que tu l'as ?

— Bien sûr que je l'ai ! Et vu qu'elle se pointe, elle pourrait en profiter pour se bouger les fesses et m'aider à faire le sale boulot, pour changer.

Le visage de Sal est devenu livide et ses yeux se sont braqués sur un point situé au-dessus de mon épaule gauche.

— Et pour quel « sale boulot » avez-vous besoin de mon aide ? a demandé une voix profonde derrière moi.

Personne ne saura jamais ce que j'aurais pu répondre. Je n'ai pas eu le temps de me retourner que Jesse a fait irruption des ténèbres pour s'interposer.

— Je l'ai ! a-t-il hurlé en envoyant une gerbe de feu sur la Consule.

Elle l'a parée au moyen d'un mur de sable aveuglant, aussi sec que celui du désert, aussi chaud que l'enfer. J'avais déjà vu ce sable dévorer vifs plus d'un vampire. Mais elle ne l'a pas dirigé contre nous. Au bout d'un moment, j'ai constaté que ma chair tenait encore à mes os et j'ai compris que la Consule avait simplement activé son bouclier. J'ai attrapé Jesse par la taille et je lui ai crié à l'oreille.

— Arrête ! C'est une amie !

Soudain, le feu s'est éteint. Jesse était tout penaud.

— Euh… Désolé.

— Alors comme ça, tu n'es « pas puissant du tout » ? ai-je demandé.

Il a haussé les épaules.

— Bon, OK. J'suis un peu puissant.

Au moins, je savais qui avait attaqué l'agrégat de démons en furie.

— Pourquoi n'es-tu pas resté avec les autres ? ai-je demandé.

— J'étais en train de descendre quand deux de ces machins m'ont attaqué. J'les ai cramés, a-t-il dit fièrement.

— Mais pourquoi tu n'es pas allé aux cuisines ? Tu aurais pu aider Radella et les autres !

— Et te laisser dans ce pétrin ?

Il avait l'air vexé.

La Consule a mis fin à sa tempête de sable et Jesse l'a mieux regardée. Aussitôt, il est resté bouche bée à la dévisager, comme s'il voulait prouver qu'on pouvait *effectivement* avoir des yeux comme des soucoupes. J'imagine qu'il ne devait pas l'avoir bien vue la première fois. Elle a haussé un sourcil. Un tic qui me rappelait étrangement celui de Mircea.

— Depuis quand sommes-nous amies ?

— Oui, enfin. Vous voyez ce que je veux dire : on n'est pas ennemies.

— Cela reste à prouver, dit-elle en tendant une main couverte de bijoux.

Je l'ai regardée un certain temps avant de comprendre ce qu'elle voulait. Elle pensait que j'allais lui donner le *Codex*. J'avais déjà avoué l'avoir en ma possession. Si je ne le lui filais pas dans la seconde, elle allait me faire fouiller de la tête aux pieds.

— Euh…

Je n'ai rien trouvé de plus spirituel à dire. Mon cerveau était épuisé, j'avais mal partout. Je n'avais plus aucune ressource. Mais je ne pouvais pas lui donner le livre comme ça. Pas après ce que Pritkin avait enduré pour le détruire. Je ne savais toujours pas ce que faisait ce sortilège, mais ce que je savais suffisait à me ranger de son côté. Une chose était sûre : le *geis* n'était pas la seule formule qu'elle convoitait. Ni Ming-de ni Parindra n'avaient de vampire malade sur les bras. Pourtant, ils avaient l'air plutôt motivés.

La Consule n'a rien dit, mais elle n'a pas non plus baissé le bras.

— Donnez-moi le *Codex*, Cassandra.

— Ce n'est pas ce qu'on avait convenu, lui ai-je rappelé. J'ai promis de sauver Mircea, rien de plus.

— Nous nous occuperons nous-mêmes de notre parent. (Elle a tiré une personne se tenant derrière son dos. Tami.) Donnez-moi le *Codex* et je vous rendrai votre amie.

— Vous allez me la rendre de toute manière. Dès que Mircea sera guéri, elle sera libre. Vous avez donné votre parole.

Elle a plissé ses yeux couleur prunelle.

— Mais il n'est pas guéri. Pas encore.

Ça m'a pris une seconde avant de capter.

— Vous détenez Mircea.

J'avais le contre-sort, mais je n'allais pas pouvoir guérir Mircea si je ne savais pas où il se trouvait. Et la Consule garderait Tami prisonnière de ses griffes manucurées tant que ça la chanterait. Si elle ne préférait pas la livrer au Cercle.

— Si je comprends bien, vous tenez plus à détenir le *Codex* qu'à sauver Mircea ?

— Si vous me donnez le *Codex*, nos mages seront en mesure de lancer le sort.

Malheureusement, elle avait raison.

— Et si je refuse ?

La Consule a resserré légèrement son étreinte autour du bras de Tami.

— Je ne crois pas que vous alliez refuser.

— Mais moi, si, a déclamé une voix sonore, derrière moi. (Soudain, le couloir était envahi d'une lumière dorée aveuglante.) Beau travail, Hérophile. Tu as accompli ta quête.

Je n'avais pas besoin de me retourner pour savoir qui venait de parler. L'expression de la Consule était assez éloquente. Son visage reflétait une surprise modérée : la connaissant, je savais qu'elle était totalement abasourdie.

Je l'ai regardée du coin de l'œil tout en reculant de quelques pas, entraînant Jesse près du vitrail cassé.

— Oh ! Alors j'ai droit à une image ?

Le dieu doré haut de trois mètres et vêtu d'une tunique beaucoup trop courte a éclaté d'un rire qui s'est répercuté contre les parois.

— Si tu me donnes le *Codex*, tu auras tout ce que tu désires. Ce monde est le nôtre désormais, Hérophile !

Derrière lui, je distinguais une rangée de silhouettes vêtues de couleurs sombres, et l'odeur de pourriture se dégageant d'elles m'a renseignée sur leur nature. Des mages noirs. J'imagine qu'ils étaient venus s'occuper des méchantes petites Pythies qui ne font pas ce qu'on leur dit.

— Je dis ça parce que j'en ai déjà une, ai-je poursuivi. C'est plutôt un symbole en fait. Un cercle doré. Le *Codex* était caché derrière. J'aurais dû penser à vous dès que je l'ai vu.

— Effectivement, a-t-il expliqué, toujours satisfait de ma prestation. En alchimie, l'or est la couleur du soleil.

— Je me suis posé des questions, vu que le symbole du Cercle est argenté.

— Comme la lune, a-t-il dit avec nonchalance. Artémis. Cette sale traîtresse.

L'expression qu'avait fini par revêtir le beau visage de la Consule ne me disait rien qui vaille.

— Vous collaborez avec nos ennemis ! a-t-elle craché en serrant de plus belle le bras de Tami, qui a lâché un cri de surprise.

— Elle a donné la formule à ses prêtres. C'est ça ? ai-je repris en ignorant la vampire.

Elle avait vécu deux mille ans : elle était loin d'être stupide. Si je lui donnais assez d'indices, elle comprendrait par elle-même.

— Elle a toujours fait preuve d'un sentimentalisme ridicule, a-t-il reconnu. Elle pensait que nous étions trop durs avec l'humanité. Selon elle, ceux de ton espèce étaient en voie de disparition.

— C'était le cas ?

— Ne sois pas ridicule, a-t-il répondu avec dureté. Vous vous reproduisez comme des lapins.

— On en a de la chance ! (Mon cerveau fatigué avait du mal à recoller les morceaux. Mais puisque le dieu était de bonne humeur, j'ai décidé de le mettre à contribution.) Donc, l'ouroboros est la formule empêchant votre espèce de rejoindre notre monde.

Il a éclaté de rire. Il était jovial, presque d'humeur badine. Et ça se comprenait : je ne lui avais pas encore dit « non ».

— C'était le symbole de la protection de Salomon, qui m'a piégé dans cet autre monde. C'est cette malédiction que j'ai levée lorsque j'ai vaincu cette salope de Delphes. « Python », qu'on l'appelait : la dernière d'une longue lignée de puissantes sorcières entretenant le sort que le roi avait lancé. J'en ai tué une. Puis j'ai fait de son antre mon temple et de ses filles Phémonoé et Hérophile mes esclaves. J'ai même gardé son nom. « Pythie » signifie python, comme tu le sais.

Je n'en savais rien. Décidément, j'en apprenais, des choses, ces derniers temps.

— Après sa mort, il n'y avait plus personne pour entretenir le sort originel, ai-je extrapolé. Il a donc expiré. Et les ponts entre les mondes se sont de nouveau ouverts, jusqu'à ce qu'Artémis décide de redonner la formule à l'humanité. (Il a opiné du chef.) Mais ses prêtres sont tous morts. Qui a entretenu le sort après la destruction de son temple ?

— Le Cercle d'argent, bien sûr ! (Il avait l'air surpris par mon ignorance.) Mais ils avaient oublié que j'avais transféré une partie de mon pouvoir à la Pythie. Et lorsque les miens ont été repoussés…

— Le pouvoir est demeuré.

— Et m'a permis de communiquer avec mes prêtresses, a-t-il confirmé. À grand-peine. Mais ce satané Cercle les a corrompues et les a retournées contre moi, détruisant ainsi le seul lien qui me restait avec votre monde. À cause d'eux, j'étais totalement impuissant !

— C'est là que j'entre en scène.

Je commençais à avoir envie de vomir.

— Oui. J'ai cru bénéficier d'une bonne candidate en la personne de Myra, mais ça a été un véritable fiasco. (Il a écarté la précédente héritière d'un geste agacé de la main.) Elle était trop intéressée par sa propre réussite pour suivre mes ordres. J'ai été relativement soulagé que tu me débarrasses d'elle.

— Je ne vous ai pas débarrassé d'elle.

— Non. Mais tu y as contribué. Ce faisant, tu t'es fait des amis, jeune Hérophile. Artémis n'avait pas réfléchi au fait que la formule nous interdisant l'accès à votre monde bloquait également les autres univers. Faerie, par exemple, dépendait de notre magie. Depuis notre exil, leur monde est en déclin. Ils seront ravis de notre retour.

— Ce qui explique pourquoi certaines faes ont tellement envie de mettre la main sur le *Codex*, ai-je dit.

Son visage irradiait de satisfaction.

— Elles savent pertinemment qu'il vaut mieux suivre l'ancienne voie, pour les leurs comme pour les vôtres. Tu n'imagines pas ce que nous avons à vous apprendre !

— Ouais. Vous n'arrêtez pas de me promettre d'éclairer ma lanterne.

— Et je viens tout juste de le faire. Donne-moi le *Codex*, Hérophile, et tu prendras la place qui te revient de droit. Tu prendras la tête de mes servantes.

— Vous continuez à m'appeler comme ça. (J'ai pris une grande bouffée d'air et je me suis rapprochée insensiblement de la Consule.) Pourtant, je vous ai dit que je m'appelais Cassandra.

Soudain, l'expression d'Apollon a changé du tout au tout.

— Oui, a-t-il craché. C'est le nom que ta mère t'a donné. Et tu sais pourquoi, petite voyante ?

— Non.

— Parce qu'elle avait eu une vision. Elle avait vu que sa fille me libèrerait. Elle avait vu que si tu devenais la Pythie, le sortilège serait levé, marquant mon avènement et celui de mon peuple. Elle savait quel serait ton destin, mais elle n'a pas pu se résoudre à te tuer. Pourtant, c'était la seule façon. Elle a choisi de fuir et de te donner le nom d'une autre de mes servantes rebelles, par défi. Ce choix lui a coûté la vie. Rends-moi ce qui m'appartient !

J'ai regardé la Consule du coin de l'œil. Elle n'a pas hoché la tête, ni cligné des paupières, ni fait le moindre signe évident, mais j'ai vu un éclair traverser ses yeux. J'espérais sincèrement l'avoir interprété correctement, parce que sinon, j'étais cuite.

J'ai extrait le *Codex* de mon corsage. Le regard d'Apollon s'est immédiatement braqué sur lui. Et j'ai fait un dernier pari. C'était notre seul espoir. Après tout, je n'avais pas vraiment besoin de ce livre : je connaissais son auteur, et très franchement, il me devait bien un petit service.

— Jesse, ai-je dit avec précipitation. Refais ton truc.

— Quoi ?

Il n'avait pas quitté sa mère du regard une seule seconde. Je n'étais pas sûre qu'il ait tout compris, mais je n'avais pas besoin qu'il comprenne. J'avais juste besoin qu'il utilise ses talents.

— Crame-le, ai-je expliqué.

— Tu ne peux te soustraire à ton destin, Hérophile ! a aboyé Apollon. Votre Cercle s'affaiblit de jour en jour, victime de divisions intestines. Et lorsqu'il tombera, il entraînera le sortilège dans sa chute ! Ne choisis pas le camp des perdants !

— Je ne choisis aucun camp. (J'ai lancé le *Codex* en l'air. J'ai eu l'impression que le temps ralentissait. Le parchemin a tourné une fois, deux fois, et avant même d'atteindre sa hauteur maximale, une gerbe de feu de l'épaisseur de ma jambe l'a heurté de plein fouet. Lorsque les flammes se sont éteintes, il n'en restait rien. Pas même des cendres.) Et je m'appelle Cassandra.

— Tu aurais mieux fait de penser au sort que j'ai réservé à ton homonyme, *Cassandra*, a-t-il craché tandis que deux mages noirs se ruaient sur moi.

Les vampires n'ont pas bronché. J'ai fait mon possible pour me téléporter en emportant Jesse, mais j'étais trop fatiguée et il ne s'est rien passé. Rien de normal en tout cas.

Une bulle est sortie de nulle part et s'est mise à flotter dans le vide, hors de portée. Étrangement épaisse, elle reflétait la pièce en la distordant. Une autre a suivi, plus petite. Pendant un moment, les deux bulles ont papillonné comme deux ballons d'hélium. Elles s'entrechoquaient et voletaient sans direction précise. Mais soudain, la plus grosse a dérivé vers le plus grand des mages.

Au lieu de rebondir contre lui. Elle a adhéré à son bras tendu et s'est répandue sur le cuir de son manteau comme de la mélasse. J'étais complètement paniquée mais je n'arrivais pas à détourner mon regard : la partie de la manche placée sous la bulle était en train de se transformer.

Le cuir a noirci, s'est durci et a commencé à se craqueler. Le mage a crié et sa manche s'est désagrégée comme la couverture d'un des vieux livres de Pritkin. Elle est tombée en miettes, révélant le bras du mage. Mais j'ai vu que ce n'était plus un bras. Le mage s'est éloigné de moi non sans laisser, accrochés à mon poignet, les vestiges de sa manche et de sa main. Cette dernière n'était plus qu'un amas d'os sous une peau brune, aussi fine que du parchemin.

J'ai tressailli et les os sont tombés par terre avec un cliquetis sourd. J'ai relevé les yeux. Le mage m'a dévisagée avec horreur. Il avait vieilli de plusieurs dizaines d'années en quelques secondes. Le souffle coupé, j'ai compris ce qui s'était passé : une substance limpide, presque translucide, a émergé de son corps pour reformer une bulle, qui s'est éloignée de quelques centimètres en voletant avant de s'évaporer. Ce qui restait du corps s'est affaissé comme un ballon dégonflé.

Les yeux braqués sur lui, je me suis souvenue des mages morts lors du combat contre Mircea, deux semaines auparavant. J'avais cru qu'ils avaient été touchés par un des leurs, qu'ils avaient été victimes d'un sortilège défectueux. Mais apparemment, ça n'avait pas été un accident.

— Je vois que tu as suivi quelques cours. (Apollon bouillait de fureur.) Cette traîtresse d'Agnès a dû passer plus de temps avec toi que je le pensais. Mais peu importe : tu ne peux pas les vaincre tous.

Et toute une rangée de mages a déferlé sur moi.

Complètement exténuée, je les ai regardés avancer. Je voyais trouble. Qu'est-ce que j'avais fait ? Avais-je accéléré le temps dans un espace circonscrit ? Aucune idée. Une chose était sûre : j'étais incapable de le refaire. Si je n'avais pas été appuyée sur Jesse, je me serais déjà effondrée.

Mais les mages n'ont pas eu le temps de me toucher. La première ligne – six mages, en tout – a été frappée de plein fouet par une tempête de sable d'une violence inouïe. Venue de nulle part, elle s'est concentrée entièrement sur leurs corps. Le nuage de sable tourbillonnant et virevoltant les a complètement enveloppés pendant vingt secondes à peine, et lorsqu'il s'est dissipé, il ne restait plus rien d'eux, à part leurs os et leurs armes métalliques, qui sont tombés par terre. Les autres mages ont dû faire face à une bande de vampires enragés – des membres du Sénat, pour la plupart – et la bataille a commencé.

J'ai serré Jesse dans mes bras en lançant un regard noir à la Consule.

— Vous en avez mis, du temps !

— Puisque nous devons faire alliance, je préférais m'assurer que vous m'apporteriez quelque plus-value, a-t-elle répliqué calmement. Je suppose que vous avez mémorisé la formule permettant de lever le *geis* ?

— Je sais qui l'a mémorisée, ai-je répondu.

— Et qui est-ce ?

— Le mage Pritkin. Je… Je lui ai apprise.

Elle a haussé un sourcil mais elle m'a épargné une remarque bien sentie sur ce mensonge évident.

— Vous feriez mieux de vous hâter, dans ce cas. Je l'ai vu lutter contre un autre mage, dans le hall. Et il n'avait pas l'air d'avoir le dessus.

Je me suis ruée vers l'escalier mais Jesse m'a rappelée d'un cri.

— Et maman ?

J'ai regardé la Consule.

— Puisque nous devons faire alliance, je m'attendrais que vous me fassiez confiance.

Elle m'a considérée un long moment, avant de relâcher Tami.

— Ne me décevez pas, *Pythie*.

Son ton était menaçant, mais c'était la toute première fois qu'elle utilisait mon titre. L'un dans l'autre, je trouvais que c'était positif. J'ai relevé le bas de ma robe et me suis mise à courir.

Chapitre 28

Je me suis réveillée dans un lit que je ne connaissais pas. La chambre était assez chic. Ses murs étaient peints dans un turquoise apaisant. Les rideaux étaient soigneusement tirés. J'en ai déduit qu'il faisait jour, étant donné qu'une vampire était assise à mon chevet.

— Tu es rentrée dans le mur, m'a annoncé Sal en levant les yeux de sa manucure. C'était carrément embarrassant.

Je me suis mise en position assise et je l'ai aussitôt regretté : j'avais mal partout.

— Non ! Je n'ai pas fait ça !

— Et si. T'as fait ça. Bam ! Je savais bien que t'allais perdre la boussole tôt ou tard.

J'ai tâté mon crâne. J'étais presque sûre d'avoir une énorme bosse.

— Je me sens comme une merde.

— Tu en as l'air aussi. Et je suis gentille. Le côté positif, c'est qu'on a gagné la bataille. Et ce que tu as fait au mage… C'était franchement cool.

— Tu veux dire qu'en gros, je m'en suis bien tirée ?

— C'était tout juste, mais oui. (Elle a plaqué un truc froid et dur contre ma poitrine.) Tiens. Une gamine a laissé ça pour toi. Elle m'a dit de te dire que ton collier est hanté.

J'ai refermé la main sur l'objet familier et j'ai senti un léger crépitement d'énergie. Billy était rentré se gaver d'énergie.

—Je sais, ai-je dit, les larmes aux yeux. Donc les enfants vont bien ?

—J'imagine, a-t-elle grimacé. Il y en a plein partout.

—Et Françoise ? Et Radella ? Et…

—Eh ! Tu me prends pour le flash info du matin ou quoi ? T'as qu'à demander au mage.

—Pritkin ! Comment…

—Il va bien. Après ta petite cabriole, la Consule a envoyé Marlowe à son secours, mais il n'avait pas besoin d'aide, finalement. Il avait déjà tué l'autre type.

J'ai dégluti et me suis recouchée. *Nick*. Elle voulait parler de Nick. Et Pritkin avait été obligé de le tuer parce que j'avais été assez bête pour lui offrir ses rêves les plus fous sur un plateau d'argent. En tout cas, c'était ce qu'il avait cru. Je me suis souvenue de sa tête lorsqu'il m'avait dit que le *Codex* était la clé du pouvoir suprême. Dommage qu'il n'ait pas compris que ce pouvoir ne nous était pas destiné.

—Il faut que je le voie, ai-je dit à Sal.

—Ouf. (Elle s'est levée en s'étirant. Son combinaison moulante enchantée m'informait que je lui pompais gravement l'air.) Parce qu'il commence vraiment à me taper sur les nerfs.

—Il est ici ?

Sal a levé les yeux au ciel.

—Malheureusement, oui. Franchement, je me demande comment tu fais pour le supporter.

—On finit par s'y attacher.

—Si tu le dis. (Elle n'avait pas l'air convaincue.) Oh ! Une dernière chose. (De son ongle interminable, elle a tapoté la boîte noire posée sur la table de chevet.) La Consule a laissé ça pour toi. Et elle commence à perdre patience.

J'ai failli demander ce que c'était, mais ça m'est revenu : c'était Mircea. Sal avait raison. Ce n'était pas fini. On avait peut-être gagné la bataille, mais j'avais encore une guerre personnelle à mener.

J'ai hoché la tête et Sal est sortie. Enfin, elle a essayé de sortir : à peine avait-elle entrouvert la porte que Pritkin l'a bousculée pour entrer. Il n'avait pas l'air de s'être douché, ni même de s'être changé, mais ses cheveux s'étaient de nouveau émancipés pour former une entité indépendante.

— On m'a dit que vous l'avez détruit !

— Je vais bien, ai-je dit tout en jetant un coup d'œil sous les draps pour vérifier que j'étais habillée. (C'était le cas. On avait remplacé la robe de soirée fichue par un tee-shirt et un jogging. Je me suis redressée sur le lit.) Merci de demander.

Pritkin a fait un geste agacé de la main.

— J'ai déjà parlé au médecin qui s'est occupé de vous. Je savais que vous alliez bien. L'avez-vous détruit ?

— Oui.

— Intégralement ?

J'ai soupiré.

— Non. J'ai laissé de côté les parties les plus importantes. Bien sûr que je l'ai détruit intégralement ! Jesse l'a complètement cramé. Il n'en reste rien. Même pas un tas de cendres. Détendez-vous. C'est fini.

— Ça ne sera jamais fini. Une autre Pythie pourrait très bien remonter dans le temps, le retrouver et…

J'ai éclaté de rire mais je me suis vite interrompue : ça faisait mal.

— Ouais. Facile. Un vrai jeu d'enfant.

— Ça pourrait très bien se produire, a-t-il réitéré, têtu.

— Eh bien, je lui souhaite bien du courage. Elle en aura besoin. (Je l'ai considéré avec gravité.) J'aimerais vous poser une question. Et j'aimerais que vous me répondiez franchement, pour changer.

— Vous voulez savoir pourquoi je ne vous ai rien dit.

— Exactement. Pourquoi ne pas m'avoir dit ce qui se passait ?

Il m'a décoché un regard incrédule.

— Comment pouvais-je deviner que vous alliez choisir le Cercle et refuser la proposition d'Apollon ? Il aurait pu vous offrir tout ce dont vous rêvez : la sécurité, les secrets de votre pouvoir, la richesse… tandis que le Cercle…

— … a fait son possible pour me tuer.

C'était difficile, mais j'ai dû admettre à contrecœur que je comprenais son point de vue. Avec de tels enjeux, même s'il avait eu envie de tout m'expliquer, il n'aurait pas pu prendre le risque.

— Ils avaient peur des dégâts que pourrait causer une Pythie non formée, a-t-il poursuivi. Étant donné ceux qu'avaient causés Myra. Pourtant, elle avait été élevée en parfaite connaissance de la malveillance de cette créature. Nous l'avions avertie du danger qu'elle constituait. Ça ne l'a pas empêchée de se conformer à ses plans. Comme d'autres l'avaient fait avant elle.

— Ça explique beaucoup de choses, ai-je acquiescé.

Je m'étais souvent demandé pourquoi Tony, qui était quand même un grand parano, avait pris le risque de rejoindre la rébellion. J'imagine que lorsqu'on a un dieu dans son camp, ça nuance un peu le concept de risque.

— Le Cercle pensait que vous alliez tenir le même raisonnement. Et lorsque leurs tentatives pour vous démettre de vos fonctions ont échoué, ils ont été d'autant plus certains que vous vous retourneriez contre eux dès que vous auriez pris conscience de la toute-puissance de votre allié. (Il m'a lancé un regard curieux.) Le fait est que je ne comprends pas vraiment pourquoi vous n'en avez rien fait.

Je l'ai regardé d'un œil noir.

— J'ai lu les vieilles légendes. Une bonne partie, en tout cas. Ce n'est pas difficile de deviner l'état dans lequel le monde serait plongé si cette bande de malades était de nouveau parmi nous.

— C'est tout ? (Pritkin avait l'air sceptique.) Parce que vous seriez devenue sa favorite, son enfant gâtée, son…

— Son esclave, ai-je poursuivi d'un ton désabusé. Je serais devenue son esclave. (J'avais déjà eu un maître. Ça m'avait suffi.) Après Tony, je me suis promis de ne plus jamais tomber sous la coupe de quelqu'un. Je n'en ai jamais démordu.

La mâchoire de Pritkin s'est crispée.

— Un pouvoir de cet acabit est presque irrésistible. La plupart des gens se soucieraient peu du prix à payer pour l'obtenir.

— Je suis désolée pour Nick, ai-je dit en devinant ses pensées.

Il n'a pas cillé mais ses yeux se sont couverts d'un voile de tristesse.

— C'était nécessaire, a-t-il rétorqué avec dureté. Il avait vu la formule. Il pouvait la communiquer.

— Il *l'aurait* communiquée. Il a passé une demi-heure à me raconter tous les travers du Cercle, à critiquer la lourdeur de son administration, à me dire qu'il fallait que quelqu'un prenne les choses en mains et gère ce chaos infâme. Il parlait de ses mains à lui, sans doute.

— Il vous sondait. Il voulait savoir si vous le soutiendriez.

— Ouais. Quand je me suis moquée de lui, il n'a pas eu l'air d'apprécier.

Pritkin m'a longuement regardée.

— Vous avez une personnalité peu commune… dame Cassandra.

J'ai cligné des yeux. L'espace d'un instant, j'ai cru que j'avais mal entendu.

— Comment vous venez de m'appeler ?

— Vous avez choisi un nouveau nom de règne, si je ne m'abuse.

— Ouais, mais depuis quand vous l'utilisez ?

— Depuis que vous l'avez mérité.

— Dans la foulée, j'ai « mérité » pas mal d'ennemis.

Ma liste de problèmes comportait désormais un seigneur démon très en colère et un dieu bien remonté contre moi. Sans compter le roi des faes des Ténèbres, qui attendait le

Codex avec impatience. Et pour éviter qu'Apollon fasse de nouveau mumuse avec l'humanité, je devais sauver le Cercle de l'autodestruction. Sachant qu'ils étaient précisément en guerre contre les alliés du dieu du soleil... et qu'ils voulaient ma mort. Et, oh ! J'oubliais. J'étais dans une position on ne peut plus inconfortable au milieu de tout ce bazar : alliée avec le Sénat.

— Ça fait partie des risques du métier, a commenté Pritkin en haussant les épaules. Nombreux étaient ceux qui ne portaient pas dame Phémonoé dans leur cœur.

Ouais. Ceux qui l'avaient tuée, par exemple.

— Un jour, elle m'a dit que je serais soit la pire soit la meilleure d'entre toutes, ai-je avoué. Pendant longtemps, je n'ai pas compris ce qu'elle avait voulu dire. Maintenant, je crois que je comprends. Soit mon règne marquera l'avènement d'une Pythie totalement émancipée du contrôle du Cercle et de toute créature primitive. Soit tout le monde, moi y compris, tombera sous le joug de ladite créature.

— Ça n'arrivera jamais.

J'ai failli lui faire remarquer que ça avait tout juste manqué de se produire, mais je n'avais pas envie qu'on se dispute.

— Ce qui m'amène à ma deuxième question, ai-je choisi de dire. C'est le Cercle qui entretient la formule de l'ouroboros maintenant, non ?

— Oui. Son pouvoir est issu du Cercle, collectivement. Aucun mage seul n'aurait assez d'énergie pour une chose pareille.

C'était bien ce que je craignais.

— OK. Et combien de « pertes » le Cercle peut-il accuser avant de cesser d'être en mesure de maintenir la formule collectivement ?

— Je ne sais pas.

— Essayez de deviner.

— Je ne peux pas. Tout ce que je peux vous dire, c'est qu'à l'époque où le sortilège a été lancé, le Cercle était d'une taille beaucoup plus modeste qu'aujourd'hui. Nous avons donc probablement de la marge avant d'atteindre le seuil au-delà duquel la crise deviendrait inévitable. Mais la guerre allant en s'aggravant, nous souffrons de plus en plus. Et chaque nouvelle mort devient plus dangereuse.

— Parce que chacune d'entre elles nous rapproche du retour des anciens dieux.

— Ce ne sont pas des dieux ! Ils sont forts, mais principalement parce que leur magie est si différente de la nôtre qu'elle en devient difficile à contrer. Et leur attitude n'a absolument rien de divin. Ce sont des créatures cruelles, arrogantes, mesquines, absolument dénuées de...

— Ce que je veux dire, l'ai-je interrompu en haussant la voix, c'est que si le Cercle s'affaiblit au-delà d'un certain point, le sortilège cédera. Que doit-on faire pour empêcher que ça se produise ? C'est pas évident de sauver la vie d'une bande de gens qui essaient encore de me tuer !

Pritkin s'est passé la main dans les cheveux avec frénésie.

— J'en suis bien conscient ! Nous devons trouver un moyen de leur faire accepter un rapprochement. Tant que nous continuerons à nous déchirer, nos ennemis disposeront d'un avantage certain.

— Et même si nous gagnons la guerre, si le Cercle s'affaiblit au-delà d'un certain point, le sort risque de se désagréger et...

— Et on aura perdu de toute façon, a terminé Pritkin, l'air sombre.

— Par quoi on commence ? Le Cercle me déteste.

— Je ne sais pas. Étant donné le groupe ayant actuellement le pouvoir... Je ne sais pas, a-t-il répété. Ça ne sera pas facile. Mais surtout, vous devez leur prouver que vous n'êtes pas la femme de paille des vampires. Ce n'est pas le cas, je le sais bien, a-t-il dit en devançant mes protestations. Mais les apparences sont contre vous. Vous vivez ici, entourée de vampires ; vous portez la marque de Mircea ; vous êtes liée à lui par un *geis*...

— À propos, j'imagine que vous allez m'aider à le lever, maintenant.

On a entendu une dispute à l'extérieur de la chambre. La porte s'est ouverte violemment sur Casanova, qui se débattait avec Sal.

— Lâche-moi tout de suite, espèce de harpie !

— Que croyez-vous que j'ai fait, pendant tout ce temps ? a demandé Pritkin, incrédule. Que voulez-vous que je fasse de plus ?

Casanova m'a regardée.

— Ça va mieux ?

Il n'avait pas du tout l'air inquiet. Il avait l'air très énervé.

— Pas tout à fait. (J'ai reporté mon attention sur Pritkin.) Eh bien, lancer le sort, bien sûr !

— Très bien, a aboyé Casanova. Parce que grâce à toi, moi non plus je ne vais pas fort !

— Quel sort ? a demandé Pritkin, complètement perdu.

— Celui qui lève le *geis* ! ai-je répondu avec agacement. J'ai été obligée de détruire le *Codex*. Vous vous souvenez ? Donc je ne l'ai pas. Mais vous si. Donc ça revient au même.

— Tu m'écoutes ? a demandé Casanova.

— Ça dépend. Si tu arrêtes de m'agresser, peut-être, ai-je rétorqué.

— Parce que Françoise ne veut rien faire pour ces femmes, et la pixie ne veut rien faire du tout tant qu'on ne lui donne pas la rune chérie dont elle n'arrête pas de parler. Et il faut bien que quelqu'un se dévoue !

— Quelles femmes ?

— Nous avons déjà essayé, a dit Pritkin.

Il commençait à avoir l'air inquiet.

— Les Grées ! s'est exclamé Casanova en levant les bras au ciel. Comme elles ont aidé Françoise à faire sortir les gamins – personnellement, je crois qu'elles adorent tuer les démons, voire tout ce qui reste immobile trop longtemps – elle ne veut même plus essayer de les emprisonner. Et elles sont toutes les trois en bas ! Ensemble ! Si tu te dépêches…

— On a déjà essayé quoi ? ai-je demandé à Pritkin.

— Le contre-sort. Je vous l'ai jeté en France. Deux fois.

Je l'ai regardé bêtement, oubliant totalement la présence de Casanova.

— Ce n'était pas le bon. Ça n'a pas marché.

— Ça n'a pas marché, a-t-il confirmé. Mais c'était le bon.

— Qu'est-ce que ça veut dire ?

— Ça veut dire qu'elles sont toutes les trois au même endroit au même moment ! a aboyé Casanova, hors de lui. Ça n'arrivera peut-être plus jamais ! Alors lève-toi, descends dans le hall et essaie de convaincre cette sorcière !

J'avais les yeux braqués sur Pritkin.

— Mais il faut absolument que ça marche ! On a déjà essayé tout le reste !

Il a secoué la tête.

— Je ne l'ai pas lancé qu'en France. Je l'ai aussi lancé ici, à notre époque. Ça n'a pas marché. C'est la raison pour laquelle j'étais à la recherche d'une alternative.

— C'est pour aujourd'hui ou pour demain ? a demandé Casanova.

— Mais qu'est-ce qu'on fait, alors ? me suis-je exclamée, complètement paniquée.

— Rien. Je ne comprends pas pourquoi le *geis* agit de la sorte. Il ne devrait plus être présent. Il ne *peut* pas être présent. Et pourtant, vous l'avez encore.

— Tu m'écoutes, au moins ? a hurlé Casanova, à bout.

— Oui ! ai-je rétorqué méchamment. Les Grées sont en bas, toutes ensemble, et tu veux que je les emprisonne avant que…

Je me suis interrompue, les yeux rivés sur lui.

— Exactement ! Allez, on y va !

Il m'a hissée sur mes pieds.

— C'est ce que je me disais, justement, ai-je dit en attrapant le piège de Mircea et la main de Pritkin.

— Où va-t-on ? a demandé Pritkin.

Il avait l'air perdu.

— On va en finir !

On a réapparu dans la suite de Mircea, à l'intérieur de la MAGIC. Deux semaines s'étaient écoulées depuis que je l'avais déposé, à notre retour de Paris. Au moment de nous téléporter, je ne m'étais concentrée sur aucun endroit particulier, seulement sur sa personne : je n'avais aucune idée d'où il se trouvait. Mais je ne m'étais pas attendue à le surprendre en train de sortir de la douche.

— *Dulceață*. C'est toujours un plaisir, a-t-il dit, sans aucune pudeur, tout en continuant à s'essuyer. (Il a jeté un regard en direction de Pritkin.) Encore lui ! a-t-il ajouté, comme s'il souffrait le martyre.

— Il n'est pas venu se battre. Il faut qu'on vous jette un sort, me suis-je empressée d'ajouter, tout en me disant que j'aurais peut-être dû me préparer un minimum.

Sous la masse de mèches brunes mouillées, je l'ai aperçu hausser un sourcil d'un air sarcastique.

— Vous ne connaissez rien à la magie, Cassie. J'en conclus que c'est lui qui doit me jeter un sort.

Waouh. Je n'étais pas arrivée depuis trente secondes qu'il m'appelait déjà Cassie. Bientôt, il aurait complètement oublié Cassandra. Avant que je puisse dire quoi que ce soit, quatre gigantesques vampires grimaçants ont fait irruption dans la pièce, l'arme au poing. Ils se sont arrêtés sur le seuil de la salle de bains et sont restés les bras ballants. Leurs regards ont fait des va-et-vient entre Mircea, Pritkin et moi.

Pritkin a dégainé un pistolet mais Mircea n'a pas réagi. Il s'est contenté de s'envelopper d'une serviette.

— C'est à quel sujet ? a-t-il demandé poliment.

— C'est les talismans, a dit un des vamps, un peu mal à l'aise. (C'était le plus grand et le plus musclé, mais à en croire l'énergie qu'il dégageait, c'était également le plus jeune.) Ils nous ont signalé une intrusion.

Il a pris un air renfrogné en regardant le pistolet que Pritkin avait en main.

— Ils se sont trompés, a dit Mircea avec douceur, comme si nous n'étions pas là.

Aussitôt, trois des vampires se sont inclinés.

— Toutes nos excuses, mon seigneur, a chuchoté un des vamps, solennel. Je ferai vérifier nos talismans pour éviter que d'autres erreurs se produisent. Mais ça prendra une bonne heure.

— Veillez à ce que ce soit fait.

— Bien, monsieur.

Les trois vamps se sont précipités vers la porte mais le plus grand a hésité.

— Mon seigneur, sauf votre respect, la Consule a insisté pour qu'on s'empare de tout intrus et qu'on le signale aussitôt.

— Mais il n'y a personne ici, a répété Mircea.

— Mon seigneur ! (Il a gesticulé en direction du mage guerrier et de la voyante défraîchie qui squattaient la salle de bains de Mircea.) Ils sont juste…

— Vous voyez quelqu'un ? a demandé Mircea à l'un des autres gardes.

— Non, monsieur ! a-t-il répondu en regardant droit vers moi.

— Ils ont dû vous manipuler l'esprit ! Il y a deux mages juste… (Mircea a fait un petit geste de la main et le vamp s'est immédiatement tu. Ses yeux regardaient grosso modo dans ma direction, mais ils ne me voyaient pas.) Mais… Mais il y avait deux personnes ! J'en suis sûr !

Mircea a haussé un sourcil et les compagnons du vamp l'ont poussé dehors.

J'ai regardé la porte avec inquiétude.

— Ils reviendront ?

—Non. Mais ils vont devoir en informer leur hiérarchie. Ça leur prendra une petite heure. J'imagine que ce que vous avez à faire ne vous prendra pas plus d'une heure. Dans le cas contraire, je dois prendre des mesures plus conséquentes.

—Je ne sais pas vraiment combien de temps ça prendra, lui ai-je répondu, un peu mal à l'aise. (Ça dépendait de la façon dont il réagirait. Entre autres.) C'est… euh… un peu compliqué.

Il a éclaté de rire tout en me faisant signe de passer dans la chambre.

—Avec vous, ce n'est jamais simple !

Comme la salle de bains, toutes les pièces de la suite étaient éclairées à la bougie. Il n'y avait aucune lumière électrique. Je me souvenais pourquoi : c'était la nuit où la guerre avait éclaté – officiellement, en tout cas – la nuit de l'assaut contre la MAGIC. On avait érigé les talismans les plus puissants qui existent et ces derniers n'aimaient pas l'électricité. Mais malgré la lumière diffuse, le regard inquisiteur de Mircea ne m'a pas échappé.

J'ai jeté un coup d'œil à Pritkin en soupirant. Il s'était installé dans la chaise qu'occuperait Tami, plus tard. Il ne m'a pas aidée ; il s'est contenté de hausser les épaules. On en avait déjà parlé : Mircea n'accepterait jamais une chose pareille sans explications préalables. Mais ça ne me disait trop rien. À force d'envisager toutes ces possibilités, je risquais de devenir complètement folle. Je me suis donc jetée à l'eau.

—C'est une longue histoire. Pour faire simple, la trame temporelle s'est vaguement détraquée et le *geis* s'est dédoublé. Du coup, il s'est mis à grossir ou à muter. Enfin, un truc du genre. Et j'ai failli devenir folle. Mais heureusement, j'ai hérité du pouvoir de la Pythie, ce qui m'a donné un peu de répit. Vous, en revanche, vous êtes devenu à moitié taré et vous avez atterri là-dedans. (Je lui ai tendu la boîte noire.) C'est la Consule qui a ordonné qu'on vous enferme. Elle avait peur que vous… euh… pétiez un câble. Voire pire.

— « Pour faire simple » ? a-t-il répété.

— Oui, enfin, plus ou moins. Mais je crois avoir compris pourquoi le contre-sort ne fonctionne pas. C'est parce qu'on a lancé le même *geis* sur vos deux « moi » : celui de cette époque et celui du passé. Mais puisqu'il n'y en a qu'un lorsqu'on essaie de prononcer la formule, le sort estime qu'il manque quelqu'un. C'est ça l'idée.

— Pardon ?

— C'est comme avec les Grées, ai-je expliqué avec agacement. Je les ai libérées par accident et, depuis, on n'arrête pas d'essayer de les emprisonner. Mais d'un point de vue magique, elles ne forment qu'une seule et même personne. Donc s'il en manque une des trois, le sort ne fonctionne pas. On peut passer notre journée à le lancer, il ne se passera rien.

— Interrompez-moi si je me trompe, a dit Mircea en enfilant un autre présent de Ming-de. Vous croyez que le *geis* nous considère, moi et l'alter ego sur lequel on a lancé le sortilège, comme une seule et même personne.

— Vous *êtes* la même personne.

— Mais puisque le sort se trouve, avec moi, dans deux périodes différentes chaque fois que le contre-sort est confronté à l'un des deux « moi », il ne le considère pas comme une personne complète. Et il ne fonctionne pas.

— Tout à fait. Il faut qu'on soit tous là au même moment : les deux « vous » et moi. Un seul « moi » suffit parce qu'on ne m'a lancé le *geis* qu'une seule fois. En revanche, vous, vous l'avez reçu deux fois. Une fois par le mage qui est à l'origine du *geis* et une fois par moi. En tout cas, j'espère que j'ai bien compris, parce que s'il faut faire intervenir un deuxième « moi », ça va vraiment devenir compliqué.

— *Devenir* compliqué ? a marmonné Pritkin.

— C'est sans doute la raison pour laquelle votre robe ne m'a pas attaqué à Paris, a réfléchi Mircea en ignorant Pritkin. Comme nous sommes liés par le *geis*, elle nous a considérés, vous et moi, comme une seule et même personne. Et, bien entendu, elle n'allait pas faire de mal à sa propriétaire.

— Enfin, deux tiers de sa propriétaire. Mais pour le reste, oui. En gros, c'est ça.

— Et je suis là-dedans, c'est ça ?

Mircea a mis des boutons de manchettes en onyx tout en regardant la boîte d'un air sceptique.

— On peut vous laisser sortir, ai-je proposé à contrecœur. Mais je ne crois pas… Enfin, je ne sais pas comment vous allez réagir. Marlowe a dit qu'il ne pouvait plus vous contrôler à la fin…

— Est-ce qu'on ne pourrait pas en finir ? a demandé Pritkin.

Mircea l'a ignoré mais il m'a regardée en fronçant les sourcils.

— Et l'idée ne vous a pas effleurée que le mage aurait pu vous tromper ? Probablement afin de déjouer les mesures de sécurité, de pénétrer dans cette pièce et ainsi de m'assassiner en profitant de ma vulnérabilité ?

— Les mages essaient souvent de vous tuer ? ai-je demandé, surprise.

— Quelques mages noirs ont essayé. Après ce qui est advenu du dernier en date, j'ai eu droit à quelques années de répit. (Il a jeté un coup d'œil à Pritkin.) Mais peut-être a-t-on oublié la leçon ? Peut-être faut-il que je fasse un nouvel exemple ?

Pritkin a bondi de sa chaise.

— Si j'avais eu l'intention de vous faire du mal, j'en aurais eu grandement le temps !

Mircea a exhibé ses dents, mais ça n'avait absolument rien d'un sourire.

— Essayez toujours.

J'ai réprimé, à grand-peine, mon envie de casser quelque chose. Je savais que c'était une mauvaise idée d'emmener Pritkin, mais après ce qui s'était passé avec Nick, je ne voulais plus prendre le risque de faire confiance à quelqu'un d'autre. Sans compter qu'il était le seul à connaître la formule. Ça devait être lui et ça devait se faire tout de suite.

— Très sincèrement, je ne sais pas s'il vous reste beaucoup de temps à vivre, ai-je expliqué calmement à Mircea. Si on ne fait rien, le sort suivra son cours et vous mourrez de toute façon.

— Ce sortilège n'a jamais été conçu pour tuer ! a-t-il protesté. Même s'il se transforme de façon insensée.

— C'est vrai. Mais il peut rendre complètement fou ! Et la Consule se chargera de vous tuer.

Mircea est resté muet, les yeux rivés sur le piège. Il l'a regardé un long moment, le visage totalement dépourvu d'expression. J'imagine que ça devait faire un peu bizarre – OK : très bizarre – de se dire qu'on était à l'intérieur de cette chose tout en se tenant juste à côté.

— Le Sénat dispose de nombreux experts. Ils vont sûrement trouver une solution.

— Ils ont déjà essayé. Vous croyez que la Consule vous aurait enfermé là-dedans s'il y avait eu une autre possibilité ?

— Mais que se passerait-il si le contre-sort, non content de me débarrasser du *geis*, en débarrasse également votre Mircea. Dans ce cas, la trame temporelle serait changée.

— On pense que ça n'arrivera pas. (C'était un des sujets dont on avait parlé avec Pritkin, avant de partir.) Il sera lancé sur nous trois, pour briser notre lien. Mais il n'affectera aucune des personnes absentes, comme la Cassie de cette époque. Le lien que vous partagez avec elle pourra… euh… suivre son cours.

— Et provoquer son lot de problèmes.

— J'en ai bien peur. Mais on n'a pas le choix. Si vous voulez que la trame temporelle actuelle perdure…

— Celle dans laquelle vous devenez la Pythie. (Je n'ai pas répondu. C'était inutile. Depuis le combat du *Dante*, Mircea avait compris que toutes ses manigances avaient fini par payer. L'espace d'un instant, il a eu l'air de réfléchir. Mais ses yeux ont glissé sur Pritkin et son expression s'est durcie.) Je sais que vous pensez agir au mieux, *dulceață*, mais vous ne connaissez pas nos ennemis, et…

Pritkin a poussé un juron. Avant que je l'en empêche, il avait articulé quelques mots dans une langue gutturale que je reconnaîtrais entre mille. En un clin d'œil, il avait fini. Mircea l'a plaqué contre le mur, un poing contre sa chemise. Son envie de meurtre se lisait dans son regard.

— Mircea ! Non ! (J'ai agrippé son bras libre.) Je croyais qu'on avait convenu d'attendre qu'il soit d'accord ! ai-je ajouté à l'adresse de Pritkin.

— Il n'aurait jamais été d'accord, a-t-il craché. Et peu importe, maintenant.

— Peu importe ? Il pourrait vous tuer !

C'était tellement stupide de lancer un sort à un vampire sans sa permission qu'il n'existait même pas de loi contre ça. Pas besoin : la plupart de ceux qui y parvenaient ne vivaient pas assez longtemps pour attendre un éventuel procès.

— Vous ne comprenez pas. Le *geis*…

— Quoi, « le *geis* » ?

Pritkin avait l'air d'avoir avalé une poignée de clous.

— Ne le sentez-vous pas ? Le contre-sort n'a pas fonctionné. Le *geis* est toujours là.

Chapitre 29

— Mais c'est impossible ! Vous avez dit…

— J'ai dit que votre théorie était plausible *si* le *geis* n'avait pas pris la forme d'un sort de tout autre nature. Et c'est ce qui s'est produit, semble-t-il. Cela fait cent ans que vous l'avez lancé sur le vampire. Il a eu le temps de grandir, de se transformer et de devenir tout autre. Par conséquent, le contre-sort ne fonctionnera pas. Pour la simple raison que le sort qu'il est censé contrer n'existe plus !

— Vous voulez dire qu'on a fait tout ça pour rien ? Qu'on va quand même mourir ?

— Nous n'avons pas fait tout ça pour rien. Le processus nous a fait découvrir… (Il a regardé Mircea avec méfiance.) … des choses intéressantes.

Ouais. C'était peut-être vrai. Mais ça n'allait pas beaucoup m'aider de connaître les véritables raisons de la guerre si je ne vivais pas assez longtemps pour la mener.

— Ça me fait une belle jambe !

— Je vous ai toujours dit que le contre-sort ne fonctionnerait sûrement pas.

Je m'apprêtais à lui servir une réplique bien sentie lorsque j'ai eu un flash. C'était vrai. Il me l'avait toujours dit. Mais il m'avait dit autre chose. Une chose que j'avais oubliée dans mon obsession à retrouver le *Codex*. Il y avait une autre façon de briser le *geis*. Un moyen que Mircea avait prévu dans le sort lui-même.

Tout en envisageant cette possibilité, j'ai senti mon cœur s'accélérer. Les trois composants du *geis* étaient désormais réunis : moi et les deux Mircea. Si le contre-sort n'avait pas fonctionné, c'était uniquement parce que le sortilège de base s'était transformé. Mais ma théorie restait juste. Pritkin m'avait dit que l'issue de secours faisait partie intégrante du *geis* et se transformerait donc avec lui. Par conséquent, l'issue de secours devait toujours fonctionner.

— J'ai peut-être une autre idée, me suis-je risquée à dire.

— Laquelle ? a demandé Pritkin en plissant les yeux.

J'ai regardé Mircea.

— Vous souvenez-vous avoir inséré une clause spéciale au moment de lancer le sort ? Une porte de secours ?

— Une échappatoire. Parfaitement. Toutes les personnes que j'ai consultées m'ont conseillé de le faire. Il s'agit d'une précaution commune. Le *duthracht geis* est connu pour… (Mircea s'est interrompu. Il venait de comprendre, puis un éclair d'obstination a traversé son regard.) *Dulceață*, a-t-il commencé sur un ton de reproche.

— Si ça n'a pas marché avec Tomas, l'ai-je interrompu avec empressement avant qu'il se braque. C'est parce qu'il n'était qu'un substitut. Il ne remplaçait que l'un d'entre vous. Et tout comme le contre-sort, l'échappatoire ne fonctionnera que si les deux « vous »… euh… y participent.

— Cassie…

— Vous avez perdu la raison ! l'a interrompu Pritkin. Si ça ne fonctionne pas, vous serez à jamais liés l'un à l'autre !

— Ça ne se produira pas.

— Vous n'en savez rien ! Vous n'avez aucun moyen de prévoir ce qui se produira ! Ce sortilège obéit depuis trop longtemps à ses propres règles ! (Mircea n'avait pas dit un mot. Il n'avait même pas bougé. Mais les gardes ont fait de nouveau irruption dans la pièce.) Vous ne cédez jamais, sauf en présence du maître adéquat, c'est bien ça ? (Pritkin m'a jeté un regard méprisant tandis que les gardes le faisaient sortir sans ménagement.) Toute votre enfance, vous avez servi de marionnette aux vampires ! Je ne pensais pas que vous vouliez mourir en étant leur esclave !

Les gardes ont fermé violemment la porte derrière lui mais je continuais à l'entendre fulminer dans le couloir, jusqu'à ce que les gardes parviennent à l'éloigner.

— Vous ne pouvez pas lui faire de mal. Il faut que je le ramène.

— Je leur ai juste ordonné de l'immobiliser, a répondu Mircea en me regardant avec intensité. J'ai pensé que vous préféreriez discuter de cela en toute intimité.

— Oui. C'est vrai. (Je me suis interrompue pour éloigner mentalement les accusations de Pritkin : il fallait que je me concentre si je voulais me faire comprendre. Si je voulais *lui* faire comprendre.) Si j'ai bien saisi – et je suis presque sûre d'avoir bien saisi étant donné qu'on a essayé tout le reste – on doit être trois. L'échappatoire n'a jamais formé d'entité à part. Elle fait partie intégrante du *geis*. Donc, lorsque le *geis* s'est transformé, l'échappatoire a suivi le mouvement. Même si le *geis* échappe à tout contrôle, l'échappatoire continue à être en mesure de le contrer.

— Mais nous devons être trois pour quoi faire ?

J'ai plissé les yeux. Mircea s'y connaissait, en magie. Il savait parfaitement de quoi je voulais parler. Il voulait juste me le faire dire.

J'ai marqué une pause. Je n'étais pas sûre de réussir à formuler ça. Et encore moins à prononcer ces mots tout haut.

— Eh bien, vous savez. Pour faire « ça », ai-je fini par cracher. On doit le faire à trois.

Avant que Mircea se mette à sourire – et ça a pris un temps fou – j'ai eu l'impression que personne n'avait jamais rien dit de plus absurde.

— Vous savez, *dulceață*, quand je vous ai dit que j'étais avide d'expériences nouvelles, je ne pensais pas que vous me prendriez au mot.

Il s'est mis à boutonner sa chemise. Puisqu'il s'habillait, je me suis dit que je n'avais pas été assez claire.

— Qu'est-ce que vous faites ? ai-je demandé. Je viens de vous dire qu'il faut qu'on fasse l'amour !

— Non, je crois que l'expression exacte était « faire ça ». (Mircea a enfilé sa veste de costume.) Je dois admettre n'avoir que très peu de principes en matière de relations, mais il y a une règle à laquelle je me tiens scrupuleusement. (Il s'est penché vers moi et m'a embrassé tendrement la joue.) Si la dame n'arrive pas à le dire, a-t-il chuchoté, on ne le fait pas.

Je l'ai repoussé et je lui ai jeté un regard noir. J'étais hors de moi.

— Vous n'étiez pas obligé de me lancer un *geis*, ai-je dit, les mains sur les hanches. (J'ai enfoncé l'index dans sa poitrine totalement vêtue. Lorsque j'ai senti, sous mon doigt, la texture soyeuse de la chemise chinoise, mon humeur ne s'est pas améliorée.) Et vous n'étiez pas obligé de choisir une relation sexuelle comme échappatoire ! J'ai sué sang et eau pour trouver une solution ! Et maintenant, vous osez jouer les saintes-nitouches ?

Mircea avait l'air d'être de plus en plus amusé, mais pas intimidé le moins du monde. Sal avait raison : l'autorité, ce n'était pas mon truc.

— Vous devez admettre, *dulceață*, que votre théorie est pour le moins…

— Déshabillez-vous, lui ai-je ordonné.

Mircea est resté les bras ballants à côté du cadre de lit. Il m'a adressé un haussement de sourcils incrédule, qui voulait clairement dire « Je ne peux pas y croire. Venez-vous vraiment de me demander d'ôter mes vêtements ? ». *Mais si*. En guise de réponse, je l'ai gratifié d'un hochement de menton. Très lentement, il s'est débarrassé de sa veste de costume et l'a laissée tomber sur le lit. Il m'a intimé du regard de retirer également un vêtement.

Je lui ai fait un signe de tête. Pas de problème. Après la semaine que je venais d'avoir, c'était du gâteau. J'ai passé les mains derrière le dos pour ouvrir la fermeture de ma robe. Sal n'avait pas voulu que je rende visite au « maître » dans mon vieux jogging, et elle m'avait concocté une tenue. J'ai descendu la fermeture Éclair, et le tissu satiné a glissé le long de mes courbes, jusqu'à n'être plus qu'une flaque de textile turquoise autour de mes chevilles. Je ne portais plus qu'un soutien-gorge sans bretelle et une culotte assortie – que Sal avait achetés pour aller avec la robe – ainsi qu'un corset.

Ce dernier jurait un peu avec le reste mais je n'avais pas eu le choix. La personne qui m'avait raccommodée avait fait du bon boulot : d'un sortilège, elle avait voilé le plus gros de mon lot de coupures, de bleus et autres marques de griffes. Mais je ne guéris pas aussi vite qu'un vamp. Rien à faire. La dentelle et les rubans blancs camouflaient une méchante cicatrice de cinq centimètres de long, et on avait eu peur qu'elle se mette à saigner sur ma nouvelle robe chic.

— Vous êtes sérieuse.

Mircea fronçait les sourcils. J'ai levé les bras au ciel.

— Oui ! Oui, je suis sérieuse ! C'est quoi, le problème ?

Il m'a regardée, l'air tiraillé entre l'exaspération et l'incrédulité.

— Vous savez très bien quel est le problème ! Vous me l'avez expliqué. Et je n'ai pas envie de passer le reste de ma vie soumis aux caprices d'une…

Il s'est interrompu brutalement.

— D'une quoi ?

Il commençait à m'énerver.

Il s'est vite repris.

— D'une jeune femme, certes charmante, mais dépourvue des connaissances nécessaires pour comprendre les choses de ce monde.

— J'apprends vite, ai-je rétorqué. Et arrêtez de jouer les papas.

J'étais presque sûre que le mot qu'il s'apprêtait à prononcer était « gamine ». Et on pouvait dire beaucoup de choses à mon sujet, mais pas ça. Depuis quatorze ans, l'âge de ma première fugue, je savais précisément dans quel monde on vivait.

— Je ne me le permettrais jamais, a-t-il dit, imperturbable. Et j'ai bien peur de ne pas pouvoir me permettre non plus d'accomplir un sortilège aussi dangereux.

— Nous n'allons pas l'accomplir ! On l'accomplirait si on n'était que deux. À Londres, l'échappatoire n'aurait pas fonctionné si on avait fait l'amour. Parce qu'on n'était pas trois. Mais maintenant, tout de suite, elle va court-circuiter le *geis*.

— Comment pouvez-vous en être certaine ?

— Je n'en suis pas certaine. En revanche, je suis certaine que vous mourrez si nous ne brisons pas le *geis*. Préférez-vous mourir plutôt que d'être sous le joug de quelqu'un d'autre ?

— Je ne saurais le dire, a-t-il répondu avec calme. Je n'ai jamais eu de maître. Mais je suis déjà mort une fois. Et d'après mes souvenirs, ce n'est pas si terrible.

— Mircea !

— Cassie. Mettez-vous à ma place ! Vous pensez vraiment que je vais vous croire sur parole quand vous me dites que mon alter ego se trouve dans cet objet ? (Il a fait un signe de tête en direction du piège.) Et que nous devons copuler tous les trois afin de briser le *geis*, sachant que l'un d'entre nous est probablement fou ?

— Vous pensez que je vous mens ?

— Je vous ai déjà dit ce que je pensais : on vous a manipulée. Vous devez…

— Je ne dois rien faire. Je suis la Pythie. Au cas où vous ne seriez pas au courant, ça veut dire que je suis la plus gradée.

Mircea a attrapé mes mains, qui essayaient désespérément de libérer de leurs attaches les petites boules de soie servant de boutons. Je n'avais qu'une envie : lui enlever cette foutue chemise !

— Si vous êtes la Pythie, c'est parce qu'on vous a instituée Pythie !

Je l'ai poussé sans ménagement. Il est tombé sur le lit.

— *Dulceață*...

— Si j'ai décroché ce titre, c'est parce que je l'ai mérité ! Arrêtez de me prendre pour la gamine que vous avez laissée entre les mains de Tony. C'est fini, cette époque.

— Les mages ne sont pas dignes de confiance, a-t-il insisté. Et de toute évidence, celui-ci...

Je l'ai interrompu en plaçant un pied sur le lit, entre ses jambes, tout en essayant tant bien que mal de garder mon équilibre. Je n'avais pas l'habitude d'être juchée sur des talons aiguilles. Et je n'étais pas sûre de pouvoir tenir bien longtemps.

— Enlevez-moi ça, ai-je ordonné en tapotant l'intérieur de sa cuisse du bout de ma chaussure. Sal avait réussi à me convaincre d'opter pour une paire de talons hauts en satin, avec une sangle autour de la cheville et un bout criblé de cristaux façon « ciel étoilé ». Je m'étais dit que c'était un peu exagéré, mais pour une raison obscure, elle avait lourdement insisté.

— Magnifique. Beaucoup plus seyant que vos précédentes chaussures.

Je l'ai de nouveau tapoté, très délicatement. Cette fois, je ne visais pas la cuisse. Il a inspiré bruyamment. Mircea avait beau dire, ma proposition n'avait pas l'air de le laisser complètement indifférent.

— Cassandra, a-t-il commencé, sur un ton de reproches.

J'ai réprimé un sourire. OK. Maintenant, j'étais sûre d'avoir toute son attention.

La chaussure a continué son œuvre, en pratiquant des mouvements circulaires de plus en plus rapides à chaque passage. Je ne faisais que l'effleurer. Je ne le touchais pas vraiment. Ce n'était qu'un petit encouragement. Mais il n'avait pas l'air d'en avoir besoin.

— C'est trop risqué, a-t-il insisté. Si vous vous trompez…

— Je ne me trompe pas.

— Vous n'en savez rien ! Vous l'avez avoué vous-même.

Je l'ai encore tapoté. Il a fermé les yeux à demi.

— Je croyais qu'on ne pouvait faire confiance qu'à la famille. Faites-moi confiance, Mircea.

Il n'a pas répondu, mais sa main s'est refermée autour de ma cheville, avant de glisser le long du talon, jusqu'à la pointe. Du pouce, il faisait des va-et-vient sur la soie. Je commençais à avoir un léger vertige. Je savais pourquoi Sal avait insisté pour que je mette ces chaussures, maintenant.

— Je vous ai demandé de l'enlever, ai-je répété.

J'avais de plus en plus de mal à tenir en équilibre sur une jambe. D'une main, Mircea a réussi à défaire la petite boucle en pierreries passée autour de ma cheville. Il a enlevé l'escarpin, et a posé les lèvres sur mon pied. Je ne m'étais absolument pas attendue à ça. Il m'a prise totalement au dépourvu. Lorsque j'ai senti sa langue sur ma voûte plantaire, mes orteils se sont crispés et j'ai perdu le souffle.

— Et votre alter ego ? ai-je demandé pendant que mon cerveau était encore capable de faire des phrases.

— Eh bien ? a-t-il chuchoté, avant de presser ses dents contre mon talon.

Il les a enfoncées. Ce n'était qu'un mordillement, mais mon genou s'est soulevé de surprise. J'ai sursauté et failli tomber, mais je me suis agrippée au cadre du lit pour garder l'équilibre.

— C'est malin, ai-je marmonné.

Mircea m'a décoché un sourire malicieux et m'a attirée à côté de lui.

— Le mage ne m'a pas maudit, tout à l'heure. Ça ne vous étonne pas, vous ?

Je l'ai dévisagé. Son magnifique visage était si proche que j'aurais pu l'embrasser. Mais il avait l'air d'avoir d'autres idées.

— Il essaie de nous aider.

— Peut-être. Mais il est également possible qu'il ait fomenté quelque traquenard.

— Il n'a aucune raison de…

— Les tensions entre le Cercle noir et le Sénat sont à leur comble. Ils seraient ravis de nous prendre de vitesse en nous portant un coup fatal. Et qu'y aurait-il de plus sensationnel que de faire d'une pierre deux coups en tuant un membre éminent du Sénat ainsi que la toute nouvelle Pythie ? Il s'est arrangé pour quitter la pièce…

— Vous l'avez jeté dehors !

— Il pouvait aisément l'avoir anticipé. Et maintenant que nous sommes seuls, il pense que nous allons céder à la curiosité et ouvrir cette boîte. Ce faisant, nous nous jetterons un sort. Une fois l'alarme générale sonnée, il pourra facilement se mêler à la foule pour disparaître.

Et moi qui pensais être parano.

— Ce n'est pas…

Je me suis arrêtée : je voyais bien qu'il ne m'écoutait plus. Lorsqu'il a levé les yeux sur moi, j'ai vu qu'il ne me regardait pas.

— Les gardes ont de plus en plus de mal à maîtriser le mage. Je reviens de suite.

Il s'est levé prestement du lit et s'est précipité vers la porte.

— Mircea !

Il m'a regardée par-dessus son épaule, l'air grave.

— Je ne le tuerai pas, Cassie. Mais je dois faire la lumière sur tout ceci. Et sur beaucoup d'autres choses. D'une façon ou d'une autre.

Je l'ai regardé partir en me demandant comment tout avait pu basculer si vite. Je savais que Mircea se méfiait des mages – tous les vamps se méfiaient des mages – mais j'avais bêtement pensé qu'il passerait outre étant donné que c'était une question de vie ou de mort. Mais il n'avait pas conscience de l'enjeu. En plus, il était convaincu que Pritkin était un mage noir homicide, et moi un pauvre pigeon naïf qu'il avait manipulé pour arriver à ses fins. J'étais mal barrée pour obtenir sa coopération.

Pour que l'échappatoire fonctionne, deux éléments devaient être réunis : la proximité des deux Mircea et une relation sexuelle. En ce qui concernait le premier élément, tout n'était pas perdu. Mircea voudrait probablement laver le linge sale en famille : il interrogerait certainement Pritkin ici, dans sa suite. D'après ce que j'en avais vu, elle était assez étendue mais pas plus qu'une grande maison. Donc ils ne devaient pas être bien loin.

C'était la seconde partie de l'équation qui posait problème. Je pensais qu'il fallait qu'on soit présents et actifs tous les trois pour briser le *geis*. Mais ce n'était peut-être pas le cas. Je me suis mordu la lèvre et essayant de me souvenir d'un indice quelconque, de quelque chose qu'on m'aurait dit. Mais rien à faire : j'avais une chance sur deux de me tromper : si je faisais l'amour avec un seul Mircea, mais en présence des deux, j'arriverais peut-être à briser le *geis*. Ou pas. C'était un risque à prendre, sachant que si je perdais mon pari, je me retrouverais liée à lui. Et c'était précisément ce que je voulais éviter.

Un jour, Billy m'avait dit que je ne devais jamais parier si je ne pouvais pas me permettre de perdre. Mais si je ne pariais pas maintenant, je perdrais Mircea. Et je savais que je ne m'en remettrais jamais.

J'ai regardé la petite boîte reposant innocemment sur la table de chevet tout en me demandant si je n'avais pas perdu la boule. Marlowe était incapable de le maîtriser ; la Consule avait tellement eu les jetons qu'elle l'avait fait enfermer. Et s'il ne me reconnaissait pas ? S'il me prenait juste pour son quatre-heures ? Je savais à quelle vitesse il se nourrissait : je serais morte avant que quiconque essaie de l'arrêter.

Je peux toujours me téléporter si ça devient trop chaud, me suis-je dit, en espérant que c'était vrai. Super. Et après ? Si ça ne marchait pas, j'étais à court d'idées. Si ça ne marchait pas… J'ai éloigné cette pensée, que je trouvais franchement contre-productive, et j'ai saisi la boîte avec précaution.

Un jour, Pritkin m'avait dit autre chose : le *geis* s'adaptait aux désirs les plus profonds de son lanceur. Et tout de suite, là, maintenant, Mircea n'avait pas d'autre envie que celle d'en finir une fois pour toutes. Envie que je partageais. J'espérais juste que ça suffirait. J'ai placé la boîte au milieu du lit, j'ai inspiré une grande bouffée d'air… et je l'ai libéré.

Une forme s'est matérialisée sur le lit, à côté de moi. Ce n'était que l'ombre d'un homme. Au début, il avait l'air endormi. Mais à y regarder de plus près, j'ai vu que son visage, à moitié enfoui dans le coussin, était perclus de douleur. Sa main s'est tendue à tâtons pour agripper mon épaule, qu'elle a serrée. Pendant une longue minute, ses doigts étaient aussi crispés que sa mâchoire. Ensuite, lentement, comme s'il ne savait plus comment faire, il s'est détendu.

J'ai compris qu'il n'était pas dangereux et j'ai plissé les paupières pour réprimer les larmes qui me venaient aux yeux en le regardant. Il avait l'air de ne même pas savoir où il était. J'ai essayé de passer les doigts dans ses cheveux emmêlés, mais je n'arrêtais pas de buter sur des nœuds.

— Mircea ? ai-je chuchoté.

Il avait les cils scellés et ne les a pas ouverts au son de ma voix. Il n'a pas non plus répondu, mais sa main s'est aventurée sur mon cou. Ses doigts ont glissé le long de ma chair, avant de les poser au niveau de ma jugulaire, où battait mon pouls, sur les deux petites cicatrices qu'il y avait laissées.

Je l'ai regardé, les larmes aux yeux. Mon cœur battait si vite que j'ai cru manquer de m'évanouir. Toujours aveugle, il m'a empoignée en émettant des bruits d'agonie étouffés que j'ai fini par identifier comme étant des mots. Il me demandait si j'étais sûre.

— Je n'ai jamais été aussi sûre de rien, ai-je répondu avec ferveur.

Soudain, l'équation était devenue simple : je ne pouvais pas le laisser mourir. Aucun argument au monde, même le plus logique, ne pouvait contrebalancer cette certitude. Pendant tout ce temps, je m'étais autant battue pour sauver sa vie que la mienne. Je n'allais pas le perdre maintenant.

C'était facile de le retourner d'une main sur sa poitrine. Mais c'était une torture d'ignorer la chaleur de sa peau, la dureté de ses tétons, la fermeté de ses muscles longs, le battement vigoureux de son cœur. Lorsque j'ai refermé les cuisses autour de ses flancs, il en a eu le souffle coupé et son ventre s'est creusé sous sa cage thoracique. J'adorais ça.

Je ne me faisais pas d'illusion : je savais ce qu'il adviendrait de cette relation. Tôt ou tard, Mircea commettrait l'irréparable, probablement pour suivre les ordres de la Consule. Ou je lui demanderais un service qu'il serait obligé de me refuser. Il n'y avait pas que l'ombre menaçante du Cercle qui planait au-dessus de nous. Chaque seconde qu'on passait ensemble, j'entendais le décompte, comme le bruit lointain d'un train à l'approche. Je savais, j'avais toujours su qu'à long terme, c'était voué à l'échec. Mais cette nuit-là, il m'appartenait entièrement. Et j'avais bien l'intention d'en profiter au maximum.

J'ai refermé ma paume autour de son sexe et ai été récompensée par le soupir haletant qu'il a poussé. Son membre massif, à l'extrémité plus tendre, était irrésistible. Sa peau y était plus sombre avec des reflets roses et dorés. J'étais fascinée par la façon dont l'afflux sanguin suivait les mouvements lents de mes doigts. Je l'ai effleuré des lèvres, m'imprégnant de son odeur familière. Ça m'aidait à m'habituer à ces gestes qui m'étaient étrangers.

Je l'ai léché sur toute la longueur, de bas en haut, tout en laissant ma langue glisser sur lui et l'explorer. *Oui*. Ses halètements m'ont encouragée. J'ai recommencé et je l'ai senti tressaillir. Dès ce moment, je n'ai plus eu la moindre hésitation. J'en avais *besoin*. J'avais besoin de sentir la texture lisse de sa chair passer et repasser sur mes lèvres. J'avais besoin de goûter sa peau salée, douce-amère, sur ma bouche.

Avant que je sois prête, Mircea m'a hissée sur lui, me pressant de sa langue, de ses dents et de ses lèvres criblées de traces de morsures dues à des semaines de torture. Il hurlait en m'embrassant, mais ce n'était pas de douleur. Je me suis frottée à son corps, tout en muscles fermes, en peau trempée de sueur, en cheveux emmêlés. Puis il m'a pénétrée, brutalement, vigoureusement, profondément. Je me suis déplacée pour mieux le sentir et il s'est enfoncé si loin en moi qu'il n'y avait plus un millimètre d'espace entre nous.

Il s'est interrompu. L'espace d'un instant, on s'est regardés. Il avait enfin ouvert les yeux. Ils étaient fous, remplis de douleur et si dorés que je ne voyais plus une once de brun. Quand il s'est enfin remis à bouger, ce n'était pas avec de petits mouvements de hanches, mais un déluge acharné. Les muscles de ses bras et la puissance de ses cuisses réduisaient son corps à une longue ondulation. Toutes les fibres de mon corps me hurlaient de me rapprocher de lui, de me crisper autour de lui chaque fois qu'il se retirait, de m'imprégner de son goût et de son odeur, de ressentir, dans mes dents, l'écho de chacun de ses mouvements. L'espace d'un instant, j'ai eu l'impression d'être possédée, mais ça avait l'air d'aller dans les deux sens. À chacun de ses assauts, une partie de moi murmurait à travers lui, dédoublant d'autant mon plaisir. J'ai cru mourir.

— Parfait, a-t-il dit brusquement, avant de m'arracher un nouveau baiser.

La bouche ouverte, la langue plongeant de plus en plus loin, il me caressait au rythme de ses mouvements en moi.

Et d'un seul coup, c'est devenu trop violent, trop rapide, trop tout. Quand j'arrivais à respirer, mon souffle se réduisait à une série de petits halètements rauques. Mon corps se convulsait alors que mon esprit luttait pour assimiler tout ce qui se passait. Peine perdue : tous mes sens étaient à leur paroxysme. Clouée au lit, triturée par ses mouvements vigoureux, je sentais la douleur se fondre en plaisir. Il me martelait sans relâche, tout en grognant dans ma bouche, tout en me mordant les lèvres. Son souffle, ses mains et son corps répétaient la même chose : *Tu es à moi !* Et ses mots résonnaient à l'intérieur de mon corps à chacun de ses assauts. *À moi.* Chacun de ses formidables mouvements de hanches, chacun de ses baisers mouillés répétait cette phrase. *Tu es à moi. À moi.*

Et soudain, que mon corps puisse le supporter ou non, toutes ces sensations sont devenues encore plus intenses. Entre deux respirations, nous sommes devenus chacun le prolongement de la passion de l'autre. Comme si on s'était insinués dans la peau l'un de l'autre, comme si on ne formait plus qu'un seul corps. J'avais l'impression que son plaisir était le mien. Je savais que mon plaisir était le sien. Il a dégluti et j'ai senti sa salive dans ma gorge. Désespéré à l'idée de me posséder, il s'est mis à faire des mouvements frénétiques, et je sentais chaque à-coup.

Lorsque ses doigts ont effleuré mes cicatrices, j'ai ressenti son frisson de satisfaction. *À moi, à moi.* Ensuite, il a fait glisser sa main sur ma hanche et s'est mis à en caresser la courbe tendre, avant de la poser sur ma poitrine. Et j'ai senti au travers de son doigt ma propre peau qui tressaillait. J'ai senti un frémissement parcourir sa colonne vertébrale et le plaisir l'envahir lorsque mes muscles se sont resserrés autour de lui, avant de se détendre pour s'abandonner totalement.

Lorsque l'orgasme nous a enfin emportés, c'était à la fois délicieux et douloureux. C'était comme franchir la barrière invisible qui séparait nos deux corps et tomber l'un dans l'autre, abandonner tout semblant de maîtrise de soi. Il s'enfonçait toujours et encore, sans finesse, sans réfléchir. Rien que l'extase brute. Pure. Chacune de ses caresses résonnait en moi comme une brûlure et le plaisir qui a explosé dans mes veines a trouvé un écho dans les siennes. Je ne savais plus lequel d'entre nous bégayait « à moi, à moi » d'une voix rauque.

Et soudain, sans crier gare, tout a implosé. Les sensations – les couleurs, la chaleur, le plaisir – étaient si intenses que j'ai eu peur d'éclater en mille morceaux. C'était si intense que c'en était douloureux, et je l'ai supplié d'arrêter. De ne jamais s'arrêter. C'était sans fin. Chacun des mouvements frénétiques et irréguliers de Mircea produisait une nouvelle vague de plaisir, décuplée par les violentes décharges qui émanaient de moi, de lui, de moi. Et bientôt, je ne pus plus respirer.

Il s'est arrêté brusquement et il y avait quelque chose d'étrange dans ses yeux. Une expression de stupeur. Il avait l'air un peu abattu, mais surtout émerveillé. Moi aussi, d'ailleurs, parce que je n'avais jamais fait cet effet-là à personne. Il est resté comme ça un long moment, à me dévisager, avant de se coucher sur le dos et de m'attirer contre lui. Sa poitrine se soulevait et s'affaissait au rythme de sa respiration affolée.

Il a hissé la couverture sur nos deux corps. J'avais l'impression d'être dans un cocon bien chaud. C'était bon d'être allongés ensemble, de regarder la bougie la plus proche fondre et se creuser. La cire goutter du bougeoir. Elle a fini par s'éteindre, plongeant la chambre dans une douce obscurité, étrangement intime. Et c'est à ce moment-là, alors qu'on reposait, les membres entremêlés au point qu'on ne distinguait plus nos deux corps, que je l'ai senti. Ça n'avait rien de théâtral, rien d'extrême. Ce n'était qu'un léger décrochement. D'un seul coup, j'étais de nouveau moi. Pleinement moi.

Le *geis* était parti.

—*Dulceață*, a haleté Mircea.

Et lorsqu'il a prononcé mon nom, j'ai entendu le doux murmure d'un sentiment qui m'a reconnue et m'a accueillie comme une amie de toujours. Mais ce n'était pas un sortilège. Je m'étais toujours sentie comme ça en sa présence. Le *geis* – avec cette sensation de chaleur lancinante, sourde et constante, de faim inassouvie, de désespoir, de douleur – l'avait seulement masqué. Ce sentiment-là était moins écrasant mais aussi plus profond et plus doux. J'ai embrassé Mircea doucement. C'était fabuleux : chaud, familier, réconfortant.

— Ça va ? ai-je demandé.

Mais je connaissais la réponse avant même qu'il ouvre les yeux pour me décocher un léger sourire. Ses longs cils ont effleuré ses pommettes bien trop saillantes, mais je me suis sentie chavirer. Comme toujours lorsque nos regards se croisaient.

— Ça va aller.

Je venais de sauver la vie d'un homme. Vu le nombre de problèmes que j'avais, ça pouvait sembler anecdotique, mais je souriais quand même comme une idiote. J'avais fini par apprendre sur le tas à profiter autant que possible de mes victoires. Demain, tout ne serait que problèmes, danger, douleur… Et je ne savais même pas si j'étais assez forte, assez intelligente et assez douée pour tout gérer. Surtout maintenant que je savais à qui j'avais affaire. Mais il y avait une chose dont j'étais sûre : aujourd'hui, j'avais enfin réussi à accomplir quelque chose.

— L'autre va bientôt revenir, ai-je dit en espérant qu'il était assez lucide pour comprendre. Et je lui en ai déjà trop dit. Je ne peux pas me permettre de lui laisser la mémoire.

— Personne ne peut effacer les souvenirs d'un maître, a-t-il dit d'une voix enrouée. Je crois que même la Consule en est incapable.

— Mais si vous vous souvenez de ce qui vient de se passer, vous allez essayer de changer le cours des choses…

— C'est ce que j'ai fait. J'ai cherché le mage, mais je ne l'ai jamais trouvé. Et lorsque je suis revenu ici, vous aviez disparu.

Ensuite, j'ai pensé à ce que vous m'aviez dit et j'ai essayé de briser le *geis* avant qu'il se dédouble, mais la guerre a éclaté. Et lorsque le *geis* s'est dédoublé, nous ne pouvions plus rien y faire. Nous n'avions qu'à attendre le dénouement.

Je l'ai dévisagé, incrédule.

—Mais vous ne pouviez pas savoir ce qui s'était passé en votre absence! Vous ne saviez pas qu'on avait réussi!

—Je vous connaissais. Je ne pouvais pas imaginer que vous soyez partie sans avoir accompli votre mission. Je n'ai rien pu faire d'autre que vous faire confiance. J'ai supposé que vous aviez trouvé un moyen de briser le sort.

—C'est pour ça que vous m'avez tenue à distance, ai-je dit. (Mon cerveau surchauffait.) C'est pour ça que vous avez interdit à Rafe de me mener jusqu'à vous.

—Je ne voulais pas changer l'avenir, a-t-il confirmé. Et lorsqu'en dépit de mes instructions vous vous êtes présentée devant moi, j'ai cru, pendant un bref instant, que tout était fini. Mais je me suis souvenu que je n'étais pas encore emprisonné. Par ailleurs, vous n'aviez pas les mêmes vêtements et il n'y avait aucun piège sur la table de nuit. C'était trop tôt. J'ai bien failli céder. Pour la première et la dernière fois.

Je n'arrivais pas à concevoir qu'il ait attendu tout ce temps, tout seul. Qu'il ait souffert le martyre, sans être sûr qu'on allait gagner à la fin. Toute cette souffrance aurait très bien pu ne servir à rien. Je ne crois pas que j'en aurais été capable. Comment avait-il pu endurer ça?

Avant que je puisse dire quoi que ce soit, la porte s'est ouverte violemment et Pritkin a fait irruption dans la chambre. Son manteau avait disparu, ainsi que la moitié de ses potions, et il tenait un pistolet dans chaque main. Je me suis demandé comment il s'était débrouillé pour ouvrir la porte. Il l'a refermée derrière lui d'un coup de pied.

—Ça a marché? a-t-il demandé.

—Oui. Et ce n'est pas grâce à vous!

— Ce n'est pas grâce à moi ? Comment vous seriez-vous arrangée pour éloigner cette créature ?

— C'était voulu ?

— Bien sûr !

— Mais… Mais si je vous avais écouté ? Si je n'avais pas osé…

Pritkin m'a décoché un coup d'œil agacé.

— Vous ne m'écoutez jamais !

— Ce n'est pas la question !

Un poing a fait un trou de dix centimètres dans la porte en chêne roumain, et tenté de s'emparer de Pritkin. Mais ce dernier s'est dégagé de justesse.

— On en parlera plus tard, a-t-il dit avec empressement. Pour le moment, sortez-nous d'ici, pour l'amour du ciel !

J'ai regardé Mircea. J'étais encore sonnée.

— Vous avez peut-être *espéré* que j'allais réussir, ai-je dit. Mais vous ne pouviez pas être sûr que…

— Je suis sûr de vous, a-t-il insisté. J'étais donc sûr de la façon dont cette histoire se terminerait.

Je les ai pris tous les deux par la main au moment même où la porte sautait de ses gonds.

— Elle ne fait que commencer ! ai-je rectifié.

Et sur ces mots, je me suis téléportée.

CPI
AUBIN IMPRIMEUR

IMPRIM'VERT
Votre imprimeur agit pour l'environnement

Achevé d'imprimer en décembre 2010
N° d'impression L 74161
Dépôt légal, janvier 2011
Imprimé en France
81120454-1